CONTENTS

Readers can explore the full collection of colour character illustrations on the author's personal Facebook page here:

https://www.facebook.com/profile.php?id=61581325000577

Chapitre 1 : Là où commencent les Monts Verts

La brume de montagne était dense, l'air saturé d'humidité.

Les roues de la calèche s'enfonçaient dans la boue mouillée, y écrasant des sillons profonds, comme si elles broyaient par la même occasion les rêves emmêlés et les souvenirs d'une vie passée de la voyageuse.

Qin Nianyin souleva le coin du rideau de la voiture ; un vent froid chargé d'humidité s'engouffra aussitôt dans sa manche.

Au loin, le rideau de brouillard s'agitait furieusement. Soudain, un cri long et perçant comme celui d'un aigle déchira la brume — le galop des chevaux suivit instantanément, pressé et rythmé comme un roulement de tambour.

Son cœur se serra. Ce n'était pas le bruit d'un voyageur ordinaire.

L'instant d'après, plusieurs silhouettes sombres jaillirent du brouillard. Des lames d'acier, froides comme la neige, brillèrent dans l'air, visant directement le flanc de la voiture.

Mei la repoussa brusquement vers le fond de la cabine en criant d'une voix paniquée : « Madame ! Reculez ! Vite ! »

La caisse de la voiture subit une secousse violente. Une odeur de cendre d'encens et de terre boueuse envahit ses narines en un instant.

Ses doigts serraient convulsivement le tissu du rideau. Avant même qu'elle n'ait pu distinguer le visage des assaillants, le choc métallique et aigu des épées qui s'entrechoquaient résonna à ses oreilles.

C'est alors qu'une voix glaciale sembla traverser les années pour l'atteindre : « Qin Nianyin, sais-tu seulement ce que tu es en train de faire ? »

Cette voix était aussi tranchante qu'une lame, s'enfonçant directement dans sa poitrine, comme pour rejeter violemment toute son existence dans le compartiment d'une mémoire scellée.

Dans ses rêves, les scènes de sa vie antérieure étaient aussi claires que si elles s'étaient passées hier.

* * * * *

Vie Antérieure – Douzième année de Jianyuan – Cour Est du Manoir Su

La lueur des bougies vacillait, la nuit était fraîche comme l'eau.

C'était l'impulsion la plus téméraire qu'elle n'aurait jamais dû avoir lors de son arrivée à la capitale. Pour ne pas être renvoyée dans le Jiangnan, elle avait abandonné toute réserve féminine.

Profitant de l'ivresse de Su Zhang, elle avait rassemblé son dernier reste de courage pour pousser cette porte...

Qin Nianyin se souvenait de ses premiers jours à la capitale, de cette peur constante qui la faisait vivre chaque jour au manoir Su dans l'appréhension.

Elle se souvenait aussi de cet amour secret, enfoui au plus profond de son cœur, qui avait grandi en silence pour ce cousin noble, distant et fier comme une lune solitaire : Su Zhang.

Cette nuit-là, la Cour Est était si paisible que le moindre souffle de vent était audible, si silencieuse qu'elle pouvait entendre le bruit de son propre espoir fragile se briser à l'intérieur de sa poitrine.

Elle arriva tenant une lanterne à la main, ses doigts serrant fermement la poignée, ses paumes moites.

Le bas de sa jupe effleurait les pierres bleues avec un bruit si léger qu'il en était presque imperceptible, comme si cela pouvait effacer toute l'indécence et la honte de sa démarche.

En poussant la porte, les effluves du vin l'accueillirent.

Su Zhang était à demi adossé contre le divan, le col de sa robe légèrement entrouvert, ses longs cheveux en désordre.

Son vêtement blanc, trempé par le vin, collait aux lignes froides et sculptées de son corps.

Il semblait ivre sans l'être tout à fait, mais son regard restait aussi limpide qu'un bassin d'eau glacée, la transperçant d'un seul coup d'œil.

« Cousin. » Sa voix était basse, pareille à la flamme d'une bougie sur le point de s'éteindre sous le vent.

Elle savait qu'elle marchait au bord d'un précipice : un pas en avant signifiait l'abîme, un pas en arrière... elle n'avait déjà plus de chemin pour reculer.

Elle savait que cette étreinte pouvait lui apporter l'humiliation plutôt que la chaleur. Mais si elle ne le serrait pas, elle n'aurait plus rien du tout.

Ce pari désespéré et misérable était son dernier atout.

Il leva les yeux, les sourcils légèrement froncés : « À une heure pareille, pourquoi es-tu venue ? »

Elle se mordit les lèvres sans répondre, s'approcha doucement et posa la lanterne sur la petite table.

La lumière souligna la pâleur de son visage, mais ses yeux trahissaient une résolution et un désir réprimés depuis trop longtemps.

Elle s'agenouilla devant le divan, levant les yeux vers lui : « Je voulais seulement... vous voir. »

Le regard de Su Zhang s'assombrit, sa voix devint froide, sans aucune place pour la négociation : « Sors. »

Le bout de ses doigts trembla, mais elle tendit tout de même la main pour attraper sa manche, sa voix vibrant d'émotion : « Cousin, j'ai apporté une soupe pour dissiper l'ivresse, voulez-vous en boire un peu ? »

Il fronça les sourcils et dégagea sa manche d'un geste brusque : « Pour ces futilités, laisse faire Xiuyan. »

« Cousin... »

« Sors. » Sa voix portait désormais une trace de colère. « Ne me le fais pas dire deux fois. »

Avant qu'il n'ait fini de parler, Elle s'était déjà avancée à genoux pour entourer sa taille.

À cet instant, le corps de l'homme se figea nettement.

Une lueur furtive passa dans ses yeux, peut-être de la surprise, mais elle fut aussitôt recouverte par la froideur.

« Qin Nianyin, sais-tu ce que tu fais ? » Sa voix résonna comme du fer froid.

Il la repoussa et elle tomba au sol, les cheveux défaits et les lèvres livides : « Ne me chassez pas, je voulais juste... »

Il la regarda de haut, l'expression indifférente : « Tes leçons de vertu et de bienséance féminines, ont-elles toutes fini dans l'estomac des chiens ? »

Ces mots furent comme une lame tranchant son visage.

Elle le fixa, hébétée, les joues brûlantes de honte.

Son visage était brûlant, mais son cœur semblait gelé, et même son dernier reste d'espoir insensé s'était figé en glace.

À cet instant, elle comprit enfin — il la détestait.

« Pardon... je n'aurais pas dû venir... » murmura-t-elle, sa voix presque étouffée par l'obscurité.

Su Zhang se détourna, son dos exprimant une résolution sans la moindre hésitation.

Elle retint ses larmes, ramassa la lanterne au sol et sortit de la chambre pas à pas.

Le vent sous le couloir était cinglant comme des couteaux. La lumière de la lanterne vacillait ; ce n'est qu'alors qu'elle remarqua que le crochet en cuivre de la lanterne s'était desserré.

Elle retira l'épingle simple de sa chevelure, en plia délicatement la pointe pour en faire un petit crochet, et suivant la texture du fil de cuivre, l'enroula et le fixa fermement.

Elle murmura doucement : « Le cuivre doit suivre son grain, mais qu'en est-il du cœur humain ? »

Elle avait suivi son grain à lui, cherchant à lui plaire avec tant de précautions pendant toutes ces années, pour n'obtenir en retour que son mépris.

La lumière de la lanterne se stabilisa enfin. Elle se retourna pour s'enfoncer dans la nuit.

La lueur oscillait, le vent nocturne était glacial, incapable d'éclairer le réservoir de regrets qui débordait de ses yeux — il ne restait plus qu'un silence infini.

* * * * *

Vie Actuelle – Porte du Temple de Qingshan

Devant la porte du temple, la pluie s'était arrêtée pour laisser place à un ciel dégagé.

Les aiguilles de pin laissaient tomber des gouttes d'eau dans les fentes des pierres, produisant un son clair et froid, tout comme son ton en cet instant.

Qin Nianyin sortit du hall latéral en tenant son tube d'encens vide.

Alors qu'elle montait les marches, à travers la brume, une silhouette vêtue d'un manteau officiel de couleur d'encre apparut, montant du bas de la montagne.

L'homme avait les cheveux attachés par une couronne de jade, les traits de son visage étaient nets, le nez droit, les lèvres fines serrées.

Sous son manteau, on devinait une robe intérieure d'un blanc de neige. Sa démarche n'était ni rapide ni lente, mesurée comme par une règle.

En approchant, la lueur froide dans ses yeux, balayée par le vent de montagne, devint aussi limpide que l'eau d'un puits en hiver.

Elle fut interdite, son cœur se réchauffant d'abord légèrement — le rencontrer en un tel lieu ressemblait à un rayon de soleil inattendu.

Un murmure s'échappa de ses lèvres : « ... Comment se fait-il que vous soyez là ? »

Su Zhang se tenait à trois pas d'elle. Son regard balaya les cendres de santal sur sa manche, et son ton était égal : « Tu es restée en retraite au temple pendant trois jours, je suis venu te chercher. »

Il baissa les cils, s'écarta pour lui laisser le passage le long de la balustrade de pierre et posa une cape de couleur sobre sur le garde-corps : « Le vent de nuit est lourd, mets ceci d'abord. »

« La voiture est au pied de la montagne. Si tu t'es agenouillée longtemps pour prier durant ces trois jours, tes genoux vont enfler. »

Ses doigts se serrèrent inconsciemment sur le tube d'encens.

Un sourire très léger apparut sur ses lèvres — il était d'ordinaire si rigide que de telles attentions étaient rares.

Elle se surprit même à penser que peut-être... peut-être que dans cette vie, certaines choses étaient différentes.

Pourtant, elle l'entendit ajouter : « Trois jours consécutifs sans que la maîtresse de la maison ne rentre, si cela s'ébruite... ce serait inconvenant. »

La chaleur de l'instant fut balayée par le vent de montagne. C'était toujours pour la dignité de la famille Su, pour sa réputation de Grand Ministre.

Sa main qui allait saisir la cape se figea.

Une pointe d'amertume monta dans son cœur, sa voix devint malgré elle plus tendue : « Dois-je obtenir l'accord d'autrui pour venir au Temple de Qingshan ? »

Ses sourcils s'animèrent imperceptiblement, gardant toujours sa retenue habituelle : « C'est une question de convenance. »

Il marqua une pause, puis sa voix devint plus basse : « Ta réputation ne t'appartient pas à toi seule. »

Convenance, réputation — les deux mots qui revenaient le plus souvent à ses lèvres au fil des ans.

Elle baissa les yeux pour masquer ses émotions et dit d'un ton plat : « Ainsi, Monsieur le Ministre craint les ragots d'autrui, mais ne se soucie guère que j'aie froid ou chaud. »

Ses articulations se crispèrent un instant dans sa manche, comme s'il réprimait une parole.

Il dit d'une voix grave : « J'ai aussi amené un médecin impérial qui attend au pied de la montagne. Ne t'agenouille plus, cela nuit à la santé. »

La petite joie qui aurait dû trouver sa place fut broyée en miettes entre les mots « inconvenant » et « convenance ».

Elle détourna le visage, d'un ton obstiné : « Je ne rentre pas aujourd'hui. »

Il leva les yeux vers elle, son regard l'effleurant comme s'il cachait quelque chose, ou peut-être rien du tout : « À ta guise. »

Cela dit, il se retourna, ses pans de robe effleurant l'air pur après la pluie.

Après deux pas, il s'arrêta. Son profil était pâle et froid, sa voix brève : « Si tu changes d'avis avant l'heure de Chen, j'aurai quelqu'un qui t'attendra à la porte du temple. »

Ces mots dits, il ne se retourna plus.

Elle rentra dans le hall, posa le tube d'encens et pressa doucement du bout du doigt une marque dans la cendre d'encens — La marque pouvait rester, mais la chaleur ne pouvait être gardée.

Tout comme sa brève trace de tendresse à lui de tout à l'heure : ce n'était qu'un produit des règles et du devoir, qui se dispersait dès que le vent soufflait.

Chapitre 2 : Une rencontre inattendue

Trois bâtons d'encens brûlèrent jusqu'à se consumer entièrement ; une fumée bleutée, fine et persistante, s'enroulait en volutes.

À l'extérieur de la salle, le tambour du soir frappa une première fois, sourd et lourd, comme un coup étouffé qui descendait dans la poitrine.

Les fidèles se retournèrent, et quelques matrones, la voix volontairement comprimée, échangèrent des mots à mi-souffle.

Un filet de fumée, oblique, glissa de biais et brûla le dos du doigt de Qin Nianyin ; une petite rougeur, nette et vive, y leva une marque délicate, comme une piqûre de feu.

Au moment où elle s'apprêtait à se retirer, une voix féminine, claire et froide, surgit des profondeurs du voile de fumée :

« Nianyin, petite sœur… quelle heureuse coïncidence. Qui aurait cru que nous nous rencontrerions ici, aujourd'hui ? »

Ce terme, si longtemps oublié — ce « petite sœur » — fut comme un couteau émoussé qui éventre lentement une chambre de souvenirs couverts de poussière, sans éclat, mais avec une obstination cruelle.

Une femme en robe bleu-vert se tenait devant l'autel ; ses traits étaient ceux d'autrefois, son expression calme, presque immobile, et pourtant quelque chose les séparait : des années, des saisons, tout un passage de lumière.

C'était… Shen Lingyan.

Elles avaient seize ans, jadis ; elles riaient côte à côte en ornant leurs cheveux de fleurs, si proches que leurs voix semblaient ne faire qu'une.

À présent, tout avait changé ; l'étoile du destin avait tourné, et chacune s'était depuis longtemps jetée sur sa propre route, irrévocable.

Face à ce visage venu du passé, le cœur de Qin Nianyin se serra à peine — juste assez pour que cela pique.

Puis, presque malgré elle, elle courba la bouche en une ironie silencieuse, une auto-dérision fine comme une lame : pas étonnant qu'elle l'ait aperçu dans la montagne aujourd'hui. Peut-être… sa venue n'était-elle pas uniquement pour elle. — Très probablement, c'était pour Shen Lingyan.

Shen Lingyan esquissa un sourire gracieux et s'avança lentement ; elle exécuta une révérence mesurée, sa voix coulant comme une source claire :

« Cela fait de nombreuses années. J'espère que tu as été en bonne santé depuis notre dernière rencontre. »

Qin Nianyin répondit par un salut posé, gardant sa contenance :

« Grande sœur Lingyan, je vais bien. »

Ses genoux étaient engourdis ; dans ce simple mouvement — se relever, puis se prosterner à nouveau — son équilibre faillit se rompre.

Elle serra les dents, refusa de laisser paraître la moindre faiblesse, et ce fut la servante à son côté qui la soutint à temps, lui évitant une impropriété.

Shen Lingyan baissa les yeux vers la main légèrement tremblante, et son ton se fit plus doux, presque indulgent :

« Toujours à te forcer… toujours à faire comme si tu pouvais tout porter. »

Qin Nianyin pinça les lèvres et sourit, très légèrement :

« Grande sœur plaisante. À notre âge… de quelle obstination parlerait-on encore ? »

Une nuance traversa le visage de Shen Lingyan ; elle laissa échapper un soupir discret :

« Je ne m'attendais pas à te revoir ici. On dirait que le lien entre nous, les sœurs, n'est pas entièrement tranché. »

« En effet, » répondit Qin Nianyin, la voix égale. « Le monde est changeant. Pouvoir se revoir une fois… c'est déjà une sorte de destinée. »

Le regard de Shen Lingyan était limpide comme l'eau, clair, mais teinté d'une compassion légère, presque d'une pitié soigneusement tenue :

« Tout à l'heure, à l'extérieur de la porte de la montagne, j'ai aperçu de loin Lord Su et sa suite — ils semblaient prêts à quitter le temple. Je me suis dit que tu devais être là, parmi eux ; alors je suis entrée en passant.

Quand on pense à ces années où chacune de nous a été ballotée par le cours des choses… les retrouvailles sont rares. Je suis venue te saluer. Et puis, à force de vieillir… on devient facilement trop sensible. Ah… »

Qin Nianyin ne changea pas d'expression ; elle inclina juste la tête et laissa sa servante l'aider à s'asseoir sur un grand fauteuil de maître, à côté.

Sa voix resta calme :

« Grande sœur s'est donné bien du mal. »

Shen Lingyan s'assit en face.

Sans bruit, sans brusquerie, elle l'examina, comme on jauge une blessure qu'on devine sous des vêtements impeccables :

« Et tu oses encore dire que tu n'es pas têtue ? Lord Su est monté lui-même, et il a même amené un médecin de la cour pour te faire revenir… mais tu refuses toujours de retourner à la résidence.

S'il ne s'inquiétait pas sincèrement, s'il ne te portait pas dans son cœur, pourquoi aurait-il fait cette ascension ? »

Qin Nianyin baissa les yeux, esquissant un sourire poli :

« Grande sœur se méprend. Je cherche seulement la tranquillité du temple ; je souhaite y demeurer quelques jours de plus.

Mon époux est accablé par les affaires de la cour. S'il vient parfois offrir de l'encens, c'est pour prier la paix, rien de plus. »

« Ah… toi, vraiment… » Shen Lingyan secoua la tête ; sa voix portait une douceur impuissante, un soupçon de fatigue.

Qin Nianyin la regarda en silence, la courbe de ses lèvres si faible qu'elle semblait presque absente :

« Grande sœur a eu toute une vie de richesse et d'honneurs, une position élevée, le pouvoir, l'éclat. Pourquoi soupirer pour moi ? »

Shen Lingyan s'arrêta ; dans ses yeux, une émotion compliquée passa comme une ombre.

Son ton s'abaissa :

« Parce que je comprends. »

« Comprendre ? » Qin Nianyin leva les yeux, sans hausser la voix ; elle resta froide, mesurée.

« Ta petite sœur est lente d'esprit. Je prie la grande sœur de parler clairement. »

Shen Lingyan baissa les cils ; sa voix contenait de la douceur, mais aussi une tristesse qui s'effilochait :

« À l'époque, tu as tout risqué, tu as tout misé, pour obtenir une forme d'accomplissement.

Et aujourd'hui… au-dessus, tu n'as plus de beaux-parents à servir ; au-dessous, tu n'as pas d'enfant. Toute la résidence Su… est vide, silencieuse, comme si le vent y passait sans rencontrer personne. »

Elle s'interrompit ; un sourire amer frôla ses lèvres.

« Et en quoi est-ce différent de mon manoir de général ? Il combat aux frontières depuis des années. On raconte qu'il garde à ses côtés une concubine — et qu'elle lui a même donné un fils aîné.

Moi, je reste seule dans la capitale, sans fils ni fille pour réchauffer mes genoux. Une demeure immense… et une seule personne pour la garder.

La splendeur que le monde croit voir… au bout du compte, ce n'est qu'une lampe solitaire. Une seule, dans la nuit. »

À ces mots, le cœur de Qin Nianyin trembla d'un frisson bref ; sa voix se refroidit d'un degré :

« Grande sœur… quel est le sens de ces paroles ? »

Shen Lingyan la regarda ; son regard restait stable, trop calme, comme de l'eau qui ne reflète rien :

« Ne t'affole pas. Je veux seulement dire ceci — nous, les femmes… ce que nous voudrions racheter, nous n'avons aucun chemin pour le racheter ; ce que nous voudrions aimer, nous n'avons aucun lieu sûr où déposer cet amour.

À la fin, il ne reste qu'un poids de fautes, et un vide.

Tu ne trouves pas ? »

Les carillons sous l'avant-toit frémirent ; une note pure s'y glissa, mince, et pourtant elle fendit le silence comme une ligne qui le coupe en deux.

Le bout des doigts de Qin Nianyin trembla, mais sa voix demeura tenue :

« Grande sœur a vécu dans l'honneur et la gloire. Hormis la froideur auprès de toi… n'est-ce pas, malgré tout, une vie où l'on obtient ce que l'on veut ? »

Shen Lingyan sembla rester un instant sans réaction, puis elle sourit faiblement :

« Obtenir ou ne pas obtenir… quelle différence ? Ce n'est qu'un rêve. »

Une brise passa sur l'autel et souleva un fil de fumée.

Shen Lingyan murmura, plus bas encore :

« …Et j'ai aussi fait du tort à un enfant. »

Le cœur de Qin Nianyin bondit ; ses doigts se serrèrent en poing. Elle releva les yeux ; sa voix s'enroua légèrement :

« De qui parlez-vous, grande sœur ? »

Le regard de Shen Lingyan était plein de désolation, d'une lassitude ancienne :

« Un enfant. Oui… il y en a eu un, au début. Mais… hélas.

Nous, les femmes… il suffit de n'avoir aucun enfant à ses côtés pour être tournée en ridicule toute une vie. »

Qin Nianyin resta figée ; sa respiration, dans sa poitrine, se mit à trembler par saccades, une à une, comme si l'air se déchirait.

Finalement, elle ne dit que :

« Oui… je comprends. »

La voix était si faible qu'elle semblait disparaître — et pourtant elle laissa une trace, comme une entaille sur la pierre, s'infiltrant jusque dans l'os du cœur.

Qin Nianyin baissa les yeux ; le sourire au coin de ses lèvres était infinitésimal — ce n'était pas une négation, c'était une auto-dérision muette.

Elle enfonça le bout de son doigt dans la cendre d'encens ; la douleur aiguë lui arracha un souffle glacé.

Un enfant.

Ce n'était pas seulement Shen Lingyan… elle aussi, jadis, avait perdu quelque chose ; elle aussi avait laissé s'écouler ce qui ne revient pas.

Dans le désordre de ses pensées, elle entendit Shen Lingyan reprendre, toujours d'une voix douce :

« Nianyin, petite sœur… dis-moi : n'est-ce pas ainsi ? »

(Et non : qui nous sommes — mais bien : est-ce que ce n'est pas, précisément, notre sort ?)

Qin Nianyin évita ces yeux clairs. Elle répondit sans chaleur :

« Peut-être. »

Un bref silence tomba ; on n'entendait que la flamme de la lampe éternelle, son souffle minuscule.

Qin Nianyin releva soudain les cils ; son sourire se glaça :

« Le monde aime parler du bien et du mal ; il ignore que ceux qui sont pris dans le jeu ont chacun des impossibilités.

Cette époque… sait surtout rendre la vie difficile aux femmes. Grande sœur, n'est-ce pas ? »

Shen Lingyan eut un léger sursaut.

La voix de Qin Nianyin était comme la première fissure d'une rivière gelée :

« Dans mon enfance, j'ai traversé deux inondations. J'ai perdu les miens, j'ai vu ma maison détruite, j'ai erré, sans appui.

Si ma tante maternelle, de la famille Su, ne m'avait pas recueillie, je n'aurais plus eu de vie.

Aujourd'hui, j'ai un lieu où reposer ma tête. Je sais parfaitement ce que l'extérieur raconte, comment les mots se brisent et se répètent… mais je ne crains pas les rumeurs. »

Elle fixa Shen Lingyan ; chaque mot était net :

« Ce que j'ai fait — le juste et l'injuste — j'en porterai seule la responsabilité.

Désormais, je suis une Dame de Premier Rang, investie par l'Empereur en personne… la femme du Ministre. »

Les carillons heurtèrent une seconde fois, très doucement.

Le mot « investie », le titre, tomba comme un marteau sur le sol ; l'air sembla s'alourdir, comme si la salle elle-même avait pris du poids.

Shen Lingyan releva les yeux ; son sourire s'était effacé :

« Ces deux mots… sont lourds. Assez lourds pour couper le souffle. »

Elles restèrent face à face. Aucune ne parla.

Comme si le silence, à lui seul, était devenu un mur.

Après un long moment, Shen Lingyan soupira et se détourna :

« Puisque c'est ainsi… je ne troublerai pas la retraite de la Dame Ministre. »

Elle fit deux pas, puis se retourna soudain ; un sourire léger, indéchiffrable, effleura sa bouche :

« Prends soin de toi. »

Sur ces mots, ses servantes et les matrones la suivirent ; leurs silhouettes se fondirent dans la brume d'encens.

Un ricanement silencieux passa dans le cœur de Qin Nianyin, sans larme. Quand elle mourait de faim autrefois… de quoi pouvait-elle encore se soucier ?

Elle se prosterna à nouveau ; un fil de fumée bleue s'enroula à ses doigts. Dehors, le vent passa, et remua une mèche de cheveux sur son épaule.

C'était comme si, du plus profond des nuages, quelqu'un demandait à voix basse : s'il existait vraiment une vie suivante… chercherait-elle encore, une fois, cette « complétude » ?

Elle n'osa pas répondre.

Elle baissa seulement les yeux vers l'image dorée du Bouddha. La statue restait compatissante, solennelle, immobile ; pourtant, au fond d'elle, quelque chose… se desserra, imperceptiblement.

Le deuxième coup du tambour du soir retentit ; les portes du temple allaient se fermer.

Elle comprit soudain : si elle ne se détournait pas maintenant, cette vie entière resterait prisonnière de cette porte.

Elle joignit les paumes, et, dans son cœur, récita mot à mot, avec une révérence stricte, comme on dépose des aveux :

Disciple Qin Nianyin, mes fautes sont profondes ; je me suis égarée, je me suis trompée moi-même, et j'ai nui à de bonnes affinités.

Jadis, par avidité de pouvoir, j'ai trahi les liens de la famille ; j'ai fait du tort à un homme de valeur ; j'ai conduit les miens à se détourner, et je me suis condamnée à la solitude.

Aujourd'hui, prosternée devant le Bouddha, je ne demande qu'à réduire mes entraves karmiques, à couper les attachements de poussière, et à expier toute cette vie.

Que ceux que j'ai lésés vivent en paix et en sûreté ; que les affections que j'ai manquées puissent atteindre leur accomplissement.

S'il m'est accordé une prochaine vie, je ne demande pas de vieillir avec lui ; je demande seulement de ne rien devoir, de ne rien regretter, et de traverser l'existence en paix. Amitabha.

Que le Bouddha ait compassion, et me délivre de mon ignorance.

L'encens s'était entièrement consumé ; la fumée, éthérée, monta jusqu'au toit de la salle, comme si elle se reliait, en secret, au vide même.

Son esprit se rapprochait d'un état presque sans pensée ; il ne restait à ses oreilles que le souffle de l'encens, sa chaleur légère.

Alors, une voix féminine, douce, chaleureuse, s'éleva près d'elle :

« Bienfaitrice… êtes-vous souffrante ? »

Qin Nianyin ouvrit les yeux. Une bhikkhuni se tenait à côté de l'autel, vêtue de robes simples ; son visage était paisible, bienveillant, les mains jointes.

« Merci, Maître, de votre compassion, » dit Qin Nianyin d'une voix sèche, basse.

La bhikkhuni sourit et sortit un chapelet de santal, lisse et tiède ; elle le posa dans la paume de Qin Nianyin :

« Ce sont des perles de santal. Elles peuvent aider à calmer le cœur. »

Au moment où ses doigts les touchèrent, la tiédeur remonta, étrange et immédiate, comme si elle traversait la peau pour atteindre la poitrine.

Au centre de son front, une chaleur légère apparut soudain — comme si une lumière invisible venait de tomber sur elle, sans bruit.

Un chant lointain, profond, sembla parvenir de très haut, du bord du ciel ; il était bas, prolongé, et pourtant étrangement intime, comme si l'on prononçait son nom.

Son esprit vacilla. Instinctivement, elle leva les yeux.

Dans la fumée qui tournoyait, la grande statue dorée du Bouddha sembla, à peine, incliner la tête ; son visage serein regardait en bas, comme s'il la voyait.

Qin Nianyin murmura :

« Cette disciple remercie le Maître. »

Mais cette palpitation sans nom, cette agitation inexplicable, montait encore, vague après vague — comme une marée — enveloppant tout son être, la serrant, non pas avec violence, mais avec une insistance qui ressemblait à un appel.

Chapitre 3 : Le précepte de la famille Su

Au temple de la Montagne Verte, la brume s'attardait sans se dissiper, comme si la montagne elle-même retenait son souffle. Tout était silencieux. Le froid du printemps mordait la peau ; sous les avant-toits, le vent portait une humidité légère qui faisait frissonner les flammes des bougies, les contraignant à vaciller sans jamais s'éteindre.

Qin Nianyin était agenouillée devant l'autel d'encens.

Entre ses mains, elle tenait trois longs bâtons d'encens, ses doigts frémissant malgré elle sous l'effet du froid. La fumée montait droit, fine et ininterrompue, se mêlant aux nappes pâles de brume jusqu'à dessiner, dans l'air trouble, la silhouette vague d'un Bouddha — haut, lointain, solennel, inaccessible aux mortels.

La cendre tomba sans bruit. Une seule braise rougeoyante se détacha et se posa sur le dos de sa main, brûlant la peau. Elle ne bougea pas. Comme si cette douleur n'était déjà plus capable de traverser son cœur.

Elle abaissa les cils. Une fine pellicule de sueur brillait à son front tandis que le passé, sans prévenir, se soulevait en elle et l'engloutissait comme une marée.

Elle se souvenait.

Dans les premières années de leur mariage, elle avait tenté d'aborder la question d'un héritier. Ce n'était ni par jalousie ni par désir de plaire. C'était une inquiétude silencieuse, profonde : la peur que la lignée de la famille Su s'éteigne avec eux.

Cette nuit-là, sous la lumière tremblante des lampes, les ombres des bougies frissonnant sur son profil, elle avait parlé d'une voix à peine plus forte qu'un murmure :

« Si cela continue… sans fils, sans héritier… comment répondrons-nous au clan ? Si nécessaire… prendre une concubine serait acceptable. »

Sa main s'était arrêtée sur la tasse de thé. Le couvercle de porcelaine avait effleuré le bord dans un léger tapotement — un son net, froid, presque tranchant. Son front avait à peine bougé, puis était redevenu parfaitement droit.

« Madame aurait-elle oublié le précepte de la famille Su ? »

Sa voix paraissait posée, mais elle était claire et coupante comme une lame froide.

Elle s'était figée.

« Le décret ancestral est formel : afin d'éviter toute contestation de rang issue de naissances secondaires, les fils peuvent être adoptés, mais aucune concubine ne peut être prise. »

Le ton de Su Zhang était plat, égal, chaque mot tombant comme du fer, résonnant d'une froideur définitive.

La lumière des bougies éclairait son profil ; ses traits semblaient sculptés à même la pierre, nets et durs, sans la moindre chaleur.

À cet instant précis, une lueur de moquerie — presque imperceptible — avait traversé ses yeux.

Elle s'en souvenait avec une netteté cruelle, incapable de dire si cette ironie s'adressait à elle… ou à ce mariage qui n'existait déjà plus que de nom.

Après cette nuit-là, quelque chose s'était vidé de son cœur.

Ils prenaient leurs repas séparément. Ils n'avaient plus de mots à échanger. Ils partageaient le même lit, et pourtant demeuraient étrangers.

Lorsqu'elle se retournait la nuit, l'espace à côté de son oreiller était toujours occupé par son dos droit comme un bâton, séparé d'elle par quelques centimètres de vide — un vide froid, aussi infranchissable qu'un mur.

Elle en vint soudain à trouver ce mariage profondément risible.

Si une union n'en venait qu'à conserver l'apparence et la bienséance, que restait-il à comprendre, à sauver ?

Ce qui rendait tout cela encore plus absurde, c'était qu'autrefois, dans sa quête de gloire et de richesse, elle les avait elle-même poussés, tous les deux, dans ce puits silencieux et sans fond.

Aux yeux du monde, elle était illustre, éclatante. En réalité, les chambres intérieures étaient désertes.

Sous les couloirs, la pluie frappait les ombres de bambou ; elle était seule à son bureau, recopiant des sutras.

Le jardin se couvrait de fleurs printanières, et pourtant il ne jetait jamais un regard en arrière. Elle voyait tout cela avec une clarté parfaite, mais ne parlait jamais à la légère de tristesse ou de joie.

Ce mariage lui avait offert une vie d'honneur. Pour elle, cela avait peut-être déjà constitué une forme « d'accomplissement ».

Mais si cet accomplissement était réel, s'il ne laissait aucun regret dans son cœur — même elle n'aurait su le dire.

Elle s'inclina profondément devant les marches de jade.

Dans son esprit, tout était d'une limpidité douloureuse : bien des choses n'étaient que des nuages passagers. Qu'on les obtienne ou non, elles finissaient toujours par retourner à la poussière.

Su Zhang ne lui avait jamais rien dû. C'était elle qui lui devait trop.

Dans sa vie précédente, elle avait utilisé le nom d'une « grâce salvatrice » pour le contraindre au mariage.

Elle se disait animée d'un amour profond ; en vérité, ce n'était qu'une prétention arrogante.

Son cœur appartenait à une autre — elle le savait — et pourtant elle s'était imposée, de force, uniquement pour échanger cela contre stabilité et honneur.

Le jour de leur mariage, ses yeux étaient profonds et froids ; elle, pourtant, avait souri pour accueillir les invités dans la grande salle, forçant son calme, le cœur légèrement tremblant.

Su Zhang, diplômé de Tanhua, raffiné, sûr de lui, sévère envers lui-même. Même avec du ressentiment au fond du cœur, il ne se plaignit jamais d'elle.

Pendant plus de vingt ans de mariage, il ne prit jamais de concubine, ne la critiqua jamais durement.

Elle recevait l'honneur et la faveur aux yeux de tous, mais chaque nuit, dans ses rêves, elle faisait face à son dos.

Et au réveil, la chambre n'était remplie que d'un silence glacé.

Peut-être que cette indifférence prolongée était la punition la plus silencieuse qu'il lui infligeait.

(Tanhua : troisième rang à l'examen impérial final du système administratif de la Chine ancienne.)

Vingt années d'époux n'avaient été qu'un lien de papier. Elle s'était mariée pour le pouvoir, avait vécu pour la réputation, l'avait contraint par gratitude, s'était enfermée avec lui dans un acte de mariage. Elle avait naïvement cru que tant qu'elle occuperait une position élevée, elle finirait par gagner son cœur — sans comprendre que cette union était une cage pour elle et des menottes pour lui.

La lumière des bougies du temple vacillait. Les chants des sutras coulaient comme de l'eau. Son cœur, lui, s'enfonçait comme une pierre.

Elle ferma lentement les yeux. Le bout de ses doigts toucha le bois de santal glacé de l'autel du Bouddha. Sa poitrine se soulevait et s'abaissait ; au fond d'elle, seuls quelques mots émergèrent :

Ne pas ravir l'amour d'autrui.
Ne pas entraver mon seigneur.

La pensée était aussi légère que la poussière — et pourtant, définitive.

* * * * *

À cette époque, elle venait d'apprendre qu'elle était enceinte.

Les premiers jours furent comme tenir entre ses mains un filet de lumière tiède. Chaque jour, elle s'asseyait près de la fenêtre et attendait son retour, imaginant en secret l'éclair de surprise qui pourrait traverser ses yeux lorsqu'elle lui annoncerait la nouvelle.

Cet après-midi-là, il était rentré à la résidence de façon inhabituelle. Elle attendait déjà dans le couloir, vêtue d'une jupe simple bleu clair, la paume serrant fermement un petit motif de chaussure fraîchement brodé.

La silhouette qui apparut au détour du corridor portait encore sa robe de cour. Une colère légère et une fatigue profonde se lisaient sur son front, comme s'il venait une fois de plus d'être pris dans des querelles judiciaires.

Elle venait à peine d'appeler : « Cousin », qu'il se contenta de lever les yeux vers elle — un instant seulement — froid comme une neige d'hiver recouvrant le sol.

« Quelque chose ? » Il ne s'arrêta pas.

Ses lèvres s'entrouvrirent ; les mots n'avaient pas encore franchi le seuil qu'il s'était déjà détourné, s'éloignant à grands pas, ne laissant derrière lui que cette phrase :

« S'il y a quelque chose, dis-le quand je reviendrai. Je dois entrer au palais. »

À cet instant, sa main serrait toujours les petites chaussures. Mais aucun son ne parvint à sortir de sa gorge.

Elle pensait qu'il y aurait une autre occasion.

Pourtant, une fois parti, il ne revint pas pendant dix jours. Lorsqu'il reparut enfin, elle avait déjà perdu l'enfant. Cette pointe d'anticipation et d'excitation n'avait existé que dans son propre cœur.

Elle ferma les yeux, laissant la tristesse s'enfoncer profondément. En dix jours, d'une joie débordante à un vide total — ce n'avait été qu'un rêve silencieux. Et lui… il ne le sut jamais.

Plus loin encore dans sa mémoire se trouvait la région aquatique du Jiangnan.

Cette année-là, avant même d'atteindre l'âge des quinze ans, elle fut frappée par une inondation soudaine et dévastatrice. Son père la souleva jusqu'au toit ; lui-même ne remonta jamais. Sa mère, tenant son frère cadet emmailloté, se dissipa dans les eaux troubles de la crue comme un souffle d'âme.

Elle resta recroquevillée sur une poutre instable, une journée et une nuit entières. Lorsqu'on la sauva, ses dix doigts étaient profondément enfoncés dans le bois ; le sang avait coagulé en croûtes sombres, violacées.

Après cela, elle oublia même son nom d'origine. Elle ne se souvenait plus que d'un seul : « Nannan ».

Heureusement, son cousin maternel Qin Shouyi et son épouse, pris de compassion, l'accueillirent chez eux. Ils lui donnèrent le nom de Qin Nianyin et la traitèrent comme leur propre fille.

Lorsqu'elle entra pour la première fois dans la résidence Qin, elle se tenait pieds nus sur le sol de pierre propre, la peau fendue par le froid, ne sachant où poser ses mains ni ses pieds. Cette période fut brève, mais chaude.

Son frère aîné lui apprit à lire ; sa belle-sœur lui enseigna la couture ; sa mère adoptive fit confectionner des vêtements pour elle. Ils regardaient les lanternes lors de la Fête des Lanternes, les courses de bateaux-dragons à la Fête du Printemps, vénéraient la lune à la Mi-Automne… Elle avait presque oublié qu'elle avait été orpheline.

Puis, à la douzième année de l'ère Jianyuan, le déluge revint. Son père adoptif mourut en service comme superviseur des rivières ; sa mère adoptive succomba à la peste.

Dans la salle de deuil, agenouillée entre deux cercueils, elle comprit soudain qu'il ne restait plus, en ce monde, une seule personne liée à elle par le sang.

« Ah Nianyin… » Sur son lit de mort, sa mère adoptive lui tendit une lettre, sa voix aussi faible que le vent. « Va à la capitale… trouve ta tante… elle pourra te protéger… »

À seize ans, Qin Nianyin, serrant cette lettre, parcourut tout le chemin avec sa petite servante Mei. Finalement, elle se tint devant la porte de la résidence Su, levant les yeux vers la plaque aux caractères dorés : « Résidence du Ministre ».

Plus tard, elle orchestra une situation sous prétexte de lui sauver la vie, afin que Madame Su fasse une demande de mariage en son nom.

Ce jour-là, Su Zhang avait été pris dans une embuscade aux abords de la capitale. Elle passait par là, revenant du temple de la Montagne Verte après avoir offert de l'encens.

Elle ordonna à Mei de retourner en ville chercher de l'aide, tandis qu'elle-même cachait l'homme blessé parmi les rochers, le soutenant à travers des heures périlleuses, cernées par la mort.

Elle réalisa son souhait. Elle devint la jeune maîtresse de la résidence Su, puis gravit rapidement les rangs jusqu'au titre de Dame de Premier Rang. Pourtant, Su Zhang demeura distant du début à la fin ; ses paroles étaient comme des lames, tranchant jour après jour ses illusions et son estime d'elle-même.

Elle avait voulu faire demi-tour, mais les souvenirs de son enfance errante l'enchaînèrent, l'entraînant toujours plus loin.

Pour plaire aux nobles dames de la capitale, elle employa tous les moyens à sa disposition. Même Shen Lingyan fut prise dans ses calculs ; son destin en fut changé. Dès lors, les familles Su et Shen se séparèrent, rompant une amitié de longues années.

Su Zhang et elle demeuraient unis en apparence, mais séparés dans leur cœur. Shen Lingyan épousa le général Zhenguo avec du ressentiment. Et elle-même, au milieu des luttes de pouvoir, perdit le cœur du peuple — et perdit l amour.

Chapitre 4 : Résolution de se séparer

Le jour déclinait.

Au loin, le premier coup du tambour du soir retentit — profond, lourd, venu des montagnes lointaines.

Le son entra dans le Temple de la Montagne Verte comme une onde lente, se répandant sous les avant-toits, glissant le long des murs, et s'accrochant un instant dans la poitrine avant de disparaître.

Le soleil couchant inclinait sa lumière sur la pagode.

À travers une fente entre les nuages, un rayon d'or se répandit sur les marches de pierre blanche, comme si une fine pellicule de radiance sacrée avait été déposée là, silencieuse et froide.

Qin Nianyin se redressa en s'aidant de ses genoux tremblants.

Ses articulations semblaient rouillées par le froid et l'agenouillement, et au bout de ses doigts, la chaleur de la cendre d'encens persistait encore — une chaleur trop faible pour réchauffer quoi que ce soit, mais assez tenace pour lui rappeler combien elle avait prié, combien elle avait insisté, combien elle s'était obstinée à ne pas fléchir.

Elle se retourna vers la grande salle.

Le Bouddha doré siégeait dans sa solennité immobile, serein et compatissant, le regard abaissé sur tous les êtres.

La lumière s'accrochait à ses traits comme à une surface intacte par le temps.

Qin Nianyin eut l'impression — absurde, irrépressible — que même ce qu'elle n'osait pas formuler, même ces pensées interdites enfouies au plus profond de sa poitrine, pouvaient être vues… comprises… puis pardonnées sans un mot.

Elle franchit la porte du temple. La pluie fine venait tout juste de cesser.

L'air était saturé d'humidité ; la brume montait du sol en nappes épaisses, comme si la montagne exhalait encore l'eau qu'elle venait d'avaler.

Les pierres étaient luisantes, traîtresses.

Mei accourut aussitôt, tenant un parapluie de papier huilé.

Elle se plaça à la bonne distance pour couvrir Qin Nianyin sans la bousculer, puis soutint son bras avec précaution.

« Madame, faites attention où vous mettez les pieds. Le chemin est glissant. »

Qin Nianyin sourit.

Son expression semblait calme, presque douce, mais entre ses sourcils demeurait quelque chose de trop serré pour être dit : un tissu dense de remords et de nostalgie, d'attachement et de fatigue, comme des fils emmêlés qu'aucune main ne pouvait démêler sans saigner.

« Mei… »

« Madame… » Mei hésita. Ses yeux trahissaient un malaise qu'elle tentait de cacher par habitude.

« Qu'y a-t-il ? »

Elles se connaissaient depuis trop longtemps. Qin Nianyin n'avait pas besoin de chercher : la teinte du visage, la manière de retenir son souffle, le léger tremblement dans la main qui tenait le parapluie — tout la dénonçait.

Mei finit par parler, la voix plus basse qu'à l'ordinaire, comme si elle avait peur que même la brume l'entende.

« Madame… pourquoi n'êtes-vous pas rentrée avec Sa Seigneurie aujourd'hui ? »

Qin Nianyin laissa échapper un petit rire, sans joie réelle, un rire qui sonnait comme une manière d'écarter une lame.

« Je savais que cela te rongerait. »

Mei serra les lèvres.

« Madame, combien de temps cette impasse avec Sa Seigneurie va-t-elle durer ? »

Qin Nianyin s'appuya davantage sur le bras que Mei lui tendait. Sous ses doigts, elle sentit la fermeté d'un muscle qui avait trop porté, trop tenu, trop supporté.

Elle vit, d'un détail soudain, les fines ridules au coin des yeux de Mei — des rides qui n'auraient pas dû apparaître si tôt. Elle eut un pincement sec dans la poitrine.

« Quelle impasse ? » dit-elle doucement. « Mon oncle et ma tante ne sont plus là. Je ne veux simplement pas retourner affronter cette cour glaciale. Ce lieu vide… ce silence qui colle aux murs. »

Mei baissa la tête. Ses yeux rougirent, comme si une phrase longtemps retenue venait enfin heurter sa gorge.

« Si seulement Madame avait pu avoir un enfant… »

Ces mots étaient simples. Mais ils eurent l'effet d'un clou.

Qin Nianyin tapota doucement la main de Mei, une caresse brève, presque maternelle, comme si elle voulait calmer l'autre… et se calmer elle-même. Elle parla plus bas encore, comme à mi-voix, comme si c'était une pensée plutôt qu'une phrase.

« Notre Mei a aussi atteint cet âge. »

Mei se tourna brusquement de côté, gênée, blessée, pudique.

« Quelles bêtises Madame raconte-t-elle ? »

Elle retira discrètement sa main pour essuyer ses larmes, croyant ne pas être vue. Qin Nianyin le vit pourtant. Elle sentit son cœur se resserrer, non pas d'un grand chagrin éclatant, mais d'une culpabilité sourde, ancienne.

Mei avait été à ses côtés depuis l'enfance. Sa jeunesse s'était usée au service, aux veilles, aux départs, aux silences à supporter à la place de sa maîtresse. Elle n'avait jamais été mariée. Elle avait vieilli dans l'ombre d'une autre.

Et soudain, Qin Nianyin eut la certitude qu'elle lui devait trop.

« À partir d'aujourd'hui, » dit-elle, et sa voix fut étrangement stable, « vivons correctement. Vraiment. Pas comme avant. »

Mei resta figée. Quelque chose, dans ces mots, était trop net, trop calme. Une mélancolie obscure remonta en elle, portant avec elle un pressentiment qui ne disait pas son nom.

Qin Nianyin reprit une expression neutre, comme si elle avait refermé une porte intérieure.

« Allons-y. Retour à la résidence. »

Devant la porte du temple, le tambour du soir résonnait encore, son écho roulant dans la vallée. La montagne paraissait vaste, indistincte, noyée de brume et de fin du jour. Mei l'aida à monter dans la calèche et fit signe au cocher de partir.

Les roues s'enfoncèrent dans la boue humide. La calèche se mit à descendre lentement la montagne. Le bruit du bois, du cuir, des sabots — tout semblait amorti par l'eau.

Qin Nianyin posa ses mains sur ses genoux, les doigts serrés l'un contre l'autre. À chaque cahot, la résolution en elle grandissait, comme une marée qui monte malgré la digue. Plus la route descendait, plus quelque chose en elle montait.

Elle allait parler à Su Zhang.

Non. Pas "parler".

Elle allait lui demander la séparation, une séparation officielle. Tout de suite. Immédiatement.

Cette pensée — comme si le tambour du soir l'avait réveillée à coups sourds — naquit et, dès qu'elle naquit, elle ne laissa plus aucune place au retour en arrière.

« Plus vite, » ordonna-t-elle.

Elle l'avait déjà répété deux, trois fois. Le cocher répondit, respectueux, presque suppliant.

« Madame, c'est déjà le plus rapide possible. »

Alors, sans prévenir, un long cri fendit la brume au loin — aigu, semblable à un sifflement d'aigle. Et aussitôt, le martèlement des sabots s'approcha, rapide, violent. On entendit le choc du métal. Il y avait, dans ce son, une intention froide, une précision meurtrière qui ne trompait pas.

Le cœur de Qin Nianyin se contracta.

Elle allait relever le rideau —

Mais plusieurs silhouettes vêtues de noir jaillirent déjà de la barrière de brume, comme des flèches. Leurs lames brillèrent, blanches comme la neige. La froideur de l'acier sembla envahir l'air.

« Madame ! Reculez ! » Mei la repoussa d'un geste brutal, se plaçant devant elle sans réfléchir, son corps tendu comme un bouclier.

Le cocher fouetta frénétiquement les chevaux. Un hennissement déchira l'air. La calèche secoua violemment ; la boue éclaboussa les rideaux. Par une fente, Qin Nianyin vit quatre hommes s'avancer pas à pas, leurs mouvements étranges, précis, chaque attaque faite pour tuer.

Les huit gardes qui escortaient la calèche durent engager le combat. Des étincelles jaillirent quand les lames s'entrechoquèrent.

« Misérables ignorants ! Savez-vous qui se trouve dans cette voiture ? » cria un garde.

« Assez parlé. Mourrez ! »

La formation des assaillants changea d'un seul mouvement. Leur chef leva la main — un geste bref — et les trois autres pressèrent en même temps, féroces, impitoyables, sans la moindre hésitation. Ce n'était pas un vol. Ce n'était pas un coup de hasard.

C'étaient des tueurs.

Et ils visaient Su Zhang.

Un froid brutal traversa la poitrine de Qin Nianyin. Ceux qui voulaient sa mort étaient trop nombreux. Trop de raisons. Trop d'ennemis. Et elle… elle n'était qu'un pion, entraîné au milieu d'un jeu où l'on saigne sans même avoir choisi la partie.

Mei tremblait, mais sa voix tenta de rester ferme.

« Madame, je vais les retenir… Vous devez fuir ! »

Qin Nianyin serra les dents. La peur lui mordait la gorge, mais elle l'écrasa de toutes ses forces. Elle ne pouvait pas mourir ici.

Pas aujourd'hui.

Pas maintenant.

Elle devait rentrer.

Elle devait se séparer.

Si sa vie s'arrêtait ici, elle porterait encore le nom de Su dans la mort. On l'enterrerait comme "l'épouse". Les offrandes d'encens, les tablettes, la place dans le clan — tout appartiendrait aux Su. Même son dernier souffle serait rangé sous un nom qui n'était pas un refuge, mais une chaîne.

Elle ne pouvait pas accepter cela.

« Mei. Le feu d'alarme. »

« Oui ! »

Mei fouilla sous le plancher de la calèche et sortit un petit tube de signal — quelque chose que Su Zhang avait fait préparer "au cas où". À cet instant, Qin Nianyin sentit, avec une lucidité amère, la présence de cette précaution : même dans le danger, il avait pensé à des mesures. Même dans la froideur, il avait prévu.

Elle arracha rapidement une épingle à cheveux et s'en servit pour ouvrir le capuchon. L'odeur de poudre et de papier humide lui monta au nez. La mèche, trempée par la pluie, collait aux doigts.

Elle ne perdit pas de temps : elle torsada la partie imbibée, en arracha un segment, reconstitua une courte amorce, plus sèche, plus rapide. Ses mains tremblaient, mais ses gestes furent précis — trop précis, comme si son corps avait décidé de survivre avant même que son esprit n'en ait le droit.

« Maintenant. Lance-le. »

Une lumière éclata dans la brume. Un grondement tonitruant suivit. Des oiseaux affolés s'envolèrent du couvert des arbres.

Au loin, les sabots résonnèrent de nouveau — plus nombreux, plus lourds. Des renforts arrivaient.

Les silhouettes noires comprirent. Elles se replièrent d'un seul mouvement, glissant dans les bois, disparaissant dans le brouillard comme des ombres, trop rapides pour être rattrapées par l'œil.

Qin Nianyin attrapa Mei et la serra contre elle. Tout son corps tremblait. La sueur froide coulait dans son dos, collant ses vêtements à sa peau. La peur, maintenant, trouvait enfin un passage.

« Madame… vous… »

Mei n'eut pas le temps de finir.

Un éclat froid jaillit de l'arrière, tranchant la brume.

Un homme en noir surgit du fossé, sur le côté de la calèche. Sa courte lame rasa le bois, l'ombre de l'acier rapide comme l'éclair.

« Madame, attention ! »

Mei se jeta devant elle.

Le choc fut sec, irréel.

La lame fendit la poitrine de Mei. Le sang jaillit et éclaboussa le visage de Qin Nianyin, chaud, violent, épais. Pendant un instant, elle ne comprit pas. Le monde sembla suspendu — puis la réalité la frappa, brutale.

« Mei ! »

Sa voix se brisa. Elle se jeta pour la retenir, mais ses mains ne trouvèrent que du sang, du sang tiède et lourd qui glissait entre ses doigts, qui collait à sa peau comme une accusation.

Les yeux de Mei se voilèrent peu à peu. Pourtant, ses lèvres tremblèrent encore, comme si elle refusait de partir sans accomplir une dernière chose. Un souffle, presque inaudible, sortit d'elle.

« Madame… partez… vite… »

Ses doigts agrippaient toujours la manche de Qin Nianyin, comme si elle craignait qu'elle ne tombe seule dans un abîme sans fin. Puis la force quitta sa main. Une mousse rouge apparut au coin de ses lèvres.

Qin Nianyin eut un cri qui n'avait plus rien d'humain.

« Mei… ! »

Elle voulut la serrer. Elle voulut la retenir.

Mais au moment où elle se pencha, son pied glissa. La boue, le sang, la pente — tout se confondit. Elle perdit l'appui.

Le vide s'ouvrit.

La brume se souleva en tourbillons. Qin Nianyin resta suspendue un instant, les doigts agrippés au bord de la calèche. Le bois était humide. Le sang l'avait rendu glissant. Ses pieds battaient l'air sans trouver de prise. Devant ses yeux, la blancheur de la brume se roulait comme une mer.

Le vent hurla à ses oreilles. Elle entendit des chevaux. Des cris. Des lames. Quelqu'un, quelque part, appelait son nom — mais le son arrivait déformé, lointain, comme s'il passait à travers une eau épaisse.

Et en elle, il ne resta qu'un immense blanc.

Ses doigts se relâchèrent, un par un. La brume était froide, humide, comme des aiguilles de glace piquées dans la peau.

Juste avant la chute, elle vit la pagode au loin. Un point de lumière y trembla, minuscule, comme une lampe qu'on allume dans la nuit.

Elle comprit soudain, avec une clarté étrange : peut-être que le destin, depuis longtemps, avait déjà dessiné ce cercle. Peut-être que tout, depuis le temple, depuis le tambour, depuis la chaleur de la cendre au bout des doigts, n'était qu'un chemin vers cet instant.

Le tambour du soir résonna encore. L'écho roulait comme si le ciel et la terre récitaient pour elle une dernière invocation.

Son vêtement se déploya dans le vent, pâle, large, comme une fleur blanche qui s'ouvre au bord d'une falaise. Dans le clignement entre la lumière et l'ombre, il ne resta qu'une silhouette.

Dans la brume, une lueur d'or sembla surgir. Une image de Bouddha — illusoire, immense — apparut dans son cœur, solennelle et compatissante.

Si une prochaine vie…

Ses lèvres bougèrent, mais le vent avala le son.

Un bourdonnement profond traversa l'air, comme une cloche, comme un sutra chanté, comme si toutes choses répondaient à sa dernière pensée.

Son corps bascula.

Le vent déchira ses tympans. Devant ses yeux, le rouge du sang et le blanc de la brume se mêlèrent. Dans son dernier regard, elle vit seulement Mei s'affaisser dans la boue, le sang s'étalant, teignant l'épingle à cheveux, tachant le bord des manches. Cette scène se grava en elle comme du feu.

Son cri fut englouti par la vallée, brisé en échos sans fond.

Le troisième coup du tambour du soir retentit, lourd, étouffé, comme un dernier glas.

Le vent de la montagne déchirait ses vêtements. Ses oreilles étaient pleines du hurlement du vent et du martèlement de son propre cœur. Au cœur de la brume, au sommet, un grand Bouddha doré semblait se dresser — majestueux, immobile, les yeux abaissés, comme s'il compatissait à tout ce qui tombe.

Qin Nianyin ouvrit grand les yeux. Sa poitrine se souleva violemment. La dernière lueur qui resta en elle se condensa en un seul mot, simple, nu, brûlant : regret.

Un murmure sembla frôler son oreille, venu de nulle part et de partout à la fois.

La rétribution n'est pas achevée… la cause n'est pas encore close…

Le tambour du soir résonna encore, comme s'il comptait sa vie.

Et sa silhouette, telle une feuille emportée par le vent, chuta droit dans le ravin sans fond.

SU HUI ZHONG
蘇懷章

Chapitre 5 : Retour de l'Entre-deux

Le ciel et la terre vacillaient, comme si leurs contours s'étaient dissous. Tout devenait trouble, indistinct ; les couleurs se retiraient une à une, et le monde semblait perdre jusqu'à l'idée même de la lumière.

Il n'y avait pas de vent. Pourtant, un silence étouffant pesait sur elle — un silence si dense qu'on aurait dit que le temps, lui aussi, s'était arrêté ici, suspendu, retenu.

Ses cheveux et ses manches glissaient lentement, comme flottant dans l'eau. Mais aucun bruit ne l'accompagnait. Pas le froissement du tissu, pas le souffle de l'air. Rien.

Seul son cœur battait, isolé, obstiné, frappant sa poitrine d'un son sourd et creux, comme si elle était devenue le seul être vivant encore capable d'émettre une trace.

Elle voulut ouvrir la bouche, appeler, crier — mais aucun son ne sortit.

Même l'air sembla lui être retiré : son souffle fut avalé par la brume blanche qui l'entourait. Cette brume n'était pas immobile ; elle montait, elle se resserrait, elle s'enroulait avec une vitalité étrange, comme un être vivant qui cherche à prendre possession d'elle.

Elle sentit la brume se glisser autour de ses chevilles, remonter le long de ses mollets, enserrer ses genoux, sa taille… puis, plus haut, sa gorge — centimètre par centimètre, sans hâte, sans brutalité, mais avec une persévérance terrifiante.

Qin Nianyin fixait devant elle, hébétée. Un vide soudain s'ouvrit dans sa poitrine.

Si c'était la mort…

Pourquoi cela faisait-il encore mal ?

La douleur ne venait pas du corps ; c'était un mal plus profond, plus intime, comme si quelqu'un avait effleuré son âme du bout des doigts, et qu'à cet effleurement tout ce qu'elle avait enfoui — remords, regrets, honte, attachements — s'était mis à saigner.

À cet instant, un grondement bas monta de très loin, si lointain qu'il ressemblait au vent au fond d'un puits ancien, un souffle qui circule là où aucun soleil ne descend.

Elle eut la sensation d'être à la fois suspendue dans les nuages… et déjà tirée vers un gouffre sans fond.

Tout autour, c'était un blanc glacé, une étendue sans limites, sans bords, sans directions. Elle tenta de bouger, de trouver une prise, un repère ; elle tendit la main.

Ses doigts ne touchèrent que le vide, fin, froid, presque coupant.

— Suis-je morte ?

La pensée venait à peine de naître qu'un son s'éleva près de son oreille.

D'abord, il fut léger, comme une brise du matin caressant les saules ; puis, soudain, il enfla, roulant comme une marée, frappant comme des vagues sur une rive — ancien, immense, et terriblement lointain.

Une cloche.

Un timbre grave, prolongé, qui semblait venir d'un autre âge. Chaque vibration traversait la brume, venait frapper l'esprit, et descendait jusqu'au cœur, comme si l'on appelait son âme d'un endroit où nul vivant n'a droit de réponse.

À chaque coup de cloche, la brume ondulait légèrement, comme une mer blanche qu'on aurait remuée d'un doigt.

Et au loin, une route apparut.

Une route étroite, pâle, d'une lueur froide, comme si quelqu'un avait tracé un chemin dans le vide avec un fil de lumière.

Qin Nianyin resta immobile un instant. Ses pensées étaient lourdes, ralenties, comme prises dans de la cendre.

Où était cet endroit ?

En quelle année était-ce ?

Et… ce corps, à qui appartenait-il ?

Mais la cloche persistait, régulière, inébranlable. Elle était comme une petite lampe qui vacille dans la nuit : pas assez brillante pour rassurer, mais assez forte pour empêcher de s'arrêter.

Comme si s'arrêter, ici, signifiait se dissoudre.

Elle avança.

Elle trébucha plutôt qu'elle ne marcha. La brume était froide comme une lame ; elle lui mordait les joues et le front. Une oppression se forma dans sa poitrine, et chaque respiration devenait plus courte, plus mince, comme si l'air se retirait d'elle.

Pourtant, au creux de cette oppression, il y avait une autre sensation :
comme un murmure, tout près, tout contre l'oreille.

En avant.

Elle ne savait pas combien de temps elle marcha. Ses membres devinrent
lourds ; ses paupières pesaient comme du plomb. Elle avait l'impression
que, si elle les fermait complètement, elle ne les rouvrirait jamais.

Puis, au milieu de cette mer blanche, une lueur apparut.

Une forme.

Un temple.

Des tuiles dorées, des avant-toits vermillon : une présence solennelle et
immobile, comme posée là depuis des siècles, indifférente aux vies qui
passent.

Au centre, une grande cloche de bronze pendait, lourde, massive.

Elle sonna de nouveau.

Le son traversa Qin Nianyin comme le tonnerre, secouant son âme
jusque dans ses os.

Elle s'arrêta. Ses manches frémirent légèrement, non pas à cause du vent
— il n'y avait toujours pas de vent — mais comme si son propre corps
avait enfin reconnu quelque chose.

Une bouffée de bois de santal monta à ses narines.

Cette odeur… elle était si familière qu'elle lui transperça la poitrine,
comme une lame chaude.

Quelque chose en elle se brisa.

Et avec ce craquement silencieux, des images surgirent, nettes, cruelles :

les ombres de bambou devant la fenêtre d'un bureau, le bruissement du
vent contre les tiges ;

un couloir froid, long, trop propre — et un homme qui se détourne, qui
s'éloigne sans se retourner ;

la distance d'un dos droit, séparé par quelques centimètres de vide, froid
comme un mur.

Tous les regrets et remords qu'elle avait comprimés, enfouis sous des
années de bienséance et d'orgueil, rompirent à cet instant — et
déferlèrent.

La cloche sonna encore.

La brume se dissipa.

Le ciel et la terre se renversèrent.

Tout devint noir.

Et son corps tomba — léger comme une plume — dans quelque chose de chaud, de doux, de vivant, comme une couverture qu'on jette sur une épaule tremblante.

* * * * *

Elle ouvrit brusquement les yeux.

La voix de Mei, affolée, la ramena au monde comme un crochet qui arrache un noyé à la surface.

« Mademoiselle ! Mademoiselle, réveillez-vous ! »

Le visage de Qin Nianyin était encore flou, comme vu à travers de l'eau. Mei était déjà à moitié agenouillée devant elle, les yeux rouges, une gourde en cuir serrée dans ses mains tremblantes, froide du début du printemps.

Autour d'elles, c'était calme. On n'entendait que le froissement du vent dans de jeunes pousses vertes, un bruit léger, ordinaire — et précisément pour cela, bouleversant.

Une crête de terre bordait le chemin ; au loin, une charrette d'âne, simple et usée. Le cocher somnolait sous un chapeau de bambou incliné, comme si rien au monde n'avait changé.

Ce n'était pas un rêve.

Parce que tout son corps lui faisait mal.

Et surtout sa tête : une douleur sourde, insistante, comme si un maillet y frappait coup après coup.

« Mei… » Sa voix sortit sèche, presque inaudible.

« Mademoiselle, ne me faites pas peur… » La panique de Mei tremblait dans chaque syllabe. « Buvez un peu d'eau… vous venez de vous évanouir… »

Qin Nianyin leva soudain les yeux, frappée par quelque chose de plus violent que la douleur.

« Comment… comment m'as-tu appelée ? »

Mei cligna des yeux, perdue. « Mademoiselle… bien sûr. Mademoiselle, vous… vous m'avez fait mourir de peur ! »

Mademoiselle.

Ce mot la frappa comme une gifle.

Dans l'autre vie, depuis combien d'années personne ne l'avait appelée ainsi ?

Ses mains tremblèrent. Elle prit la gourde, mais ses yeux, malgré elle, tombèrent sur Mei : la veste courte de toile bleue, délavée presque jusqu'au blanc ; la coiffure simple ; l'épingle d'argent sans ornements.

C'était Mei… au tout début.

Mei, quand elles n'étaient pas encore entrées dans la capitale.

Quand elles avaient encore des chemins devant elles, et non des tombes.

Qin Nianyin porta la main à son poignet.

Un vieux fil rouge y était noué, serré — l'amulette que sa mère avait attachée avant de mourir, comme un dernier geste de protection.

Et le chapelet de bois de santal offert plus tard… avait disparu.

Elle sentit son cœur s'enfoncer, puis remonter violemment, comme une vague qui brise un rocher.

Cette route…

Elle la connaissait trop bien.

C'était le chemin vers la capitale, dans sa vie précédente.

Pas encore en ville.

Pas encore Su Zhang.

Pas encore le prince héritier.

Pas encore… la chaîne d'événements qui l'avait menée, pas à pas, jusqu'au bord de la falaise, jusqu'au sang, jusqu'au tambour du soir qui compte la vie.

Elle n'avait pas encore forcé un mariage.

Pas encore parlé d'héritier avec la froideur de l'orgueil.

Pas encore poussé le destin jusqu'à se retrouver piégée dedans.

La joie la frappa comme une marée.

Ses yeux brûlèrent, et les larmes tombèrent, lourdes, une à une, sur sa jupe usée. Elles assombrirent la poussière, comme si elles lavaient ses fautes goutte après goutte.

Elle se jeta sur Mei et la serra contre elle.

Son corps tremblait. Dans son champ de vision, un éclat de sang persistait encore, comme une hallucination collée aux paupières ; une sueur froide coula le long de son dos.

Mais Mei était vivante.

Pas encore tombée à cause d'elle.

Cette joie retrouvée était si vaste qu'elle lui coupa le souffle.

« Mademoiselle… pourquoi pleurez-vous encore ? » Mei tentait de la soutenir, affolée. « Vous… vous m'effrayez… »

« Ce n'est rien. » Qin Nianyin secoua la tête.

Ses larmes ne s'arrêtaient pas, mais sa voix se stabilisa — claire, contenue, et ferme.

Elle leva les yeux vers le nord.

Vers la capitale.

Entre les nuages, une lame de soleil fendit le ciel et tomba sur les montagnes. La ligne des crêtes ressemblait à un grand Bouddha assis, silencieux, immobile.

Elle ferma les yeux. Quand elle les rouvrit, son regard était net, comme neuf — comme un oiseau qui se relève des cendres.

Miséricorde du Bouddha… ou retour du destin ?

Qu'importe.

Cette vie, elle ne recommencerait pas les mêmes erreurs.

Su Zhang — elle ne le forcera plus, jamais.

Gu Xiao — elle ne le laissera pas mourir.

Mei — elle lui trouvera une bonne union, une vie entière, pas une fin dans la boue.

Ce n'étaient plus des souhaits.

C'étaient des décisions. Des serments. Des commandements qu'elle se donnait à elle-même.

Le vent se leva le long du chemin. Les fleurs sauvages frémirent doucement, comme si elles chuchotaient une bénédiction.

« Mei, » dit Qin Nianyin en se redressant, la voix stable comme une montagne, « allons à la capitale. »

* * * * *

« Mademoiselle… mademoiselle… »

La voix anxieuse de Mei revint à son oreille, plus proche, plus pressante.

Qin Nianyin rouvrit lentement les yeux une seconde fois. De la sueur froide collait à ses tempes ; ses paumes étaient glacées.

Elle avait dû s'assoupir encore, sans s'en rendre compte — comme si son corps, revenu trop brusquement, n'arrivait pas à suivre.

Ses cils battirent. Elle fixa Mei, encore engourdie, la gorge râpeuse.

« Où en sommes-nous ? »

« Nous arrivons bientôt à la grande route, aux abords de la capitale ! » Mei la soutenait, le visage tendu. « Vous avez été inconsciente un bon moment… vous avez encore mal ? Vous vous sentez nauséeuse ? »

Qin Nianyin secoua doucement la tête. Elle inspira lentement, comme pour vérifier que l'air lui appartenait encore.

Puis elle regarda devant.

Au loin, les hauts murs de la capitale se devinaient déjà. Devant la porte, la rumeur des voix montait en vagues. Sur les remparts, une rangée d'étendards claquait au vent ; les premiers signes de tumulte et de splendeur apparaissaient.

Dans cette ville, il y avait tout ce qu'elle avait perdu.

Et tout ce qu'elle avait juré de protéger.

Elle repoussa une mèche humide sur son front. Dans ses traits s'installa une détermination tranquille, une calme dureté.

Cette fois, elle entrerait avec le cœur propre.

Cette fois, elle affronterait chacun sans fuir.

Et elle reprendrait la vie qu'elle avait laissée se perdre.

* * * * *

Capitale — La Porte de la ville

Quand la charrette approcha des portes, le ciel avait déjà pris une teinte de fin de jour.

D'en haut, depuis la tour de la porte, un coup sourd retentit.

Un son lourd, épais, qui portait le froid accumulé dans la pierre au fil des années, vibrant jusque dans les briques.

Qin Nianyin s'arrêta net.

Sa poitrine se serra.

Ce son… c'était le même, ou presque : semblable au tambour du soir qu'elle avait entendu avant de tomber de la falaise, dans l'autre vie — un rythme bas, comme si l'on comptait une existence.

Ses doigts se crispèrent au col de sa cape. Elle avala lentement sa salive, puis inspira plus profondément, forçant les souvenirs à retomber.

Cette fois, même si le tambour résonnait comme une sentence, il ne serait plus son glas.

Ce serait un rappel.

Un avertissement.

La charrette d'âne entra, en se balançant, sous la porte de la ville.

Dans la rue, il y avait des gens et des charrettes, sans être encore une marée ; la journée s'éteignait, et le froid fin du printemps s'infiltrait sous les étoffes, mordant la peau.

« La capitale est si froide… » murmura Mei en resserrant son manteau.

Qin Nianyin pensa : le froid de la capitale… elle s'y était déjà habituée. Simplement, dans un autre temps.

Elle souleva le rideau.

Au loin, elle vit les murs de la résidence Su : briques hautes, tuiles vert sombre, une grande porte vermillon immobile dans la lumière qui tombait. Devant, deux lions de pierre, imposants, sévères.

Tout était identique à ce qui vivait dans sa mémoire, jusqu'à la manière dont la porte semblait attendre, muette, comme une bouche fermée.

Qin Nianyin baissa les yeux.

Ses doigts serrèrent le bord de sa cape.

Cette demeure… c'était l'endroit où, dans l'autre vie, elle avait avancé pas à pas, calcul sur calcul, pour s'y forcer une place.

Aujourd'hui, en revenant vers ces mêmes murs, elle n'était plus la jeune fille orgueilleuse, affamée de position, prête à tout pour ne pas retomber dans le vide.

Elle entrait dans la capitale à nouveau…

Mais cette fois, les yeux clairs, la respiration régulière, et le cœur décidé.

Chapitre 6 : Retour à la résidence Su

Deuxième porte de la maison Su

À la deuxième porte de la maison Su, Mei souleva soigneusement la lettre familiale longtemps conservée et le jeton d'entrée de son paquet, les présentant au serviteur de la porte.

La lettre était celle que la mère adoptive de Qin Nianyin lui avait confiée avant de mourir ; l'enveloppe, aux coins, s'était assouplie, comme polie par les ans, amincie par le fil des jours. Le domestique se hâta d'entrer pour signaler leur arrivée.

Après ce rapport, celle qui vint les accueillir ne fut ni l'intendant ni un majordome : ce fut Madame Qin Hui-niang en personne — la mère de Su Huaizhang. Elle arriva d'un pas pressé, suivie de deux vieilles matrones qui se tenaient un demi-pas derrière elle.

Dès qu'elle vit Nianyin, elle accéléra encore. Ses yeux se réchauffèrent, son sourire s'adoucit, et sa voix s'éleva avec une joie contenue :

« C'est vraiment notre Nianyin. Cette vieille femme a failli croire qu'elle avait mal entendu. »

Elle attira Nianyin dans ses bras avec une tendresse tranquille. La chaleur de son étreinte avait quelque chose d'ancien, de familier — comme si la petite fille qu'elle avait jadis bercée sur ses genoux n'avait jamais réellement quitté ce seuil.

« Cela fait des années depuis la fois où tu es venue à la capitale, enfant. Te voilà devenue encore plus belle. »

Une chaleur picota derrière les yeux de Nianyin. Elle baissa la tête et murmura :

« Tante. »

Madame Qin lui donna une petite tape dans le dos, puis répondit d'un rire affectueux, presque maternel :

« J'ai déjà entendu ce qui s'est passé au Jiangnan. Puisque tu entres maintenant dans la résidence Su, il n'est plus nécessaire de m'appeler "Tante". Suis ton cousin et Wan'er — appelle-moi A-niang. »

Nianyin baissa les yeux.

« …Oui. »

Sa voix était rauque.

Elle avait répondu, et pourtant, dans sa poitrine, quelque chose se heurta silencieusement à ces mots : une résistance qu'elle ne pouvait pas dire.

Dans sa vie précédente, elle avait bel et bien appelé cette marquise "Mère" pendant toute une vie — en tant que belle-fille.

Et ces appels, si tendres et sincères qu'ils aient été au commencement, n'avaient fini par récolter que des regards froids, des silences, et une mise à l'écart progressive, jusqu'à ce que toute la maison lui devienne étrangère.

Maintenant qu'elle était revenue à cette vie, elle ne souhaitait plus faire face à cette femme sous cette même identité.

À l'intérieur de la porte, un chemin de pierre bleue s'étendait sous leurs pas. Deux rangées de lanternes cramoisies ondulaient au gré de la brise ; de fines traînées de fumée parfumée s'en échappaient, lentes et persistantes.

Plus loin dans la résidence, on entendait le faible bruit d'une cithare mêlé à de doux rires, flottant dans l'air printanier. La mélodie était souple, presque tendre — et pourtant elle fit frissonner subtilement la poitrine de Nianyin.

Dans son autre vie, la première fois qu'elle avait franchi ce seuil, c'était ce même type d'air qu'elle avait entendu.

À l'époque, elle était entrée le cœur plein d'attente.

À présent, elle ne sentit qu'un fil de froideur glisser dans son cœur.

Elle baissa la tête pour saluer et, ce faisant, aperçut du coin de l'œil un camphrier fraîchement planté près des marches de pierre. La terre en dessous était encore sombre et humide, striée de traces récentes, comme si les années qu'elle croyait ensevelies respiraient à nouveau, en secret, sous ses pieds.

* * * * *

Résidence Su — Salle principale

« Ne reste pas comme ça dans l'embrasure, entre vite, » dit Madame Qin avec empressement. « Bois un peu de thé chaud. Le soir tombe, il fait froid. »

Elle attira Nianyin vers l'intérieur avec une chaleur sincère, tout en donnant aux domestiques plusieurs instructions rapides, pour que tout ce qui serait nécessaire fût préparé sans délai.

La cour centrale de la résidence Su était large et ordonnée. Le printemps venait à peine de s'éveiller : quelques grappes de pruniers précoces avaient déjà poussé des bourgeons pâles ; leur parfum léger, clair, flottait doucement dans l'air.

Pas à pas, Qin Nianyin avançait, comme si elle marchait sur l'ombre des cauchemars passés — sur la trace d'un ancien rêve devenu prison.

Dans la salle, le Marquis d'Anguo, Su Ze, était déjà assis, attendant.

Ses traits étaient droits et mesurés, son maintien stable et posé. Lorsqu'il la vit entrer, il inclina simplement légèrement la tête.

« Ton voyage vers la capitale a dû être éprouvant. »

« Merci de votre sollicitude, oncle, » répondit-elle.

Son expression resta posée, son regard clair, ses manières exactes : ni trop, ni trop peu — sans une faille de bienséance.

Su Ze hocha légèrement la tête et ne poursuivit pas. Pourtant, du coin de l'œil, il la regarda attentivement. Son regard ressemblait à la surface d'un lac profond et immobile : calme, impénétrable, sans joie ni colère visibles — comme s'il observait une partie d'échecs, en jaugeant la pièce qu'on vient de poser.

La flamme des bougies vacilla doucement, projetant dans la salle une chaleur ténue, un éclat doré qui allait et venait.

Madame Qin garda la main de Nianyin, la regarda un long instant, comme si elle voulait y lire la fatigue, la minceur, le froid — puis elle sourit.

« Cela fait plusieurs années que je ne t'ai pas vue. Tu es vraiment devenue gracieuse, comme du jade. Quand tu es partie vers le Nord avec mon frère aîné et ma belle-sœur, je craignais que le climat ne te convienne pas ; mais aujourd'hui, à te regarder… tu sembles même plus claire de teint que les jeunes filles élevées ici, dans la capitale. »

Nianyin baissa les yeux et écouta, un léger sourire effleurant ses lèvres, discret.

Madame Qin poursuivit, d'une voix douce :

« Bien que tu aies été adoptée par mon frère et ma belle-sœur, je t'ai considérée comme un de mes propres enfants depuis ton enfance. Il n'y a jamais eu de différence dans mon cœur. À partir d'aujourd'hui, tu resteras ici. Ne sois pas distante. Considère cet endroit comme ta maison. »

« Nianyin a peu de fortune, » répondit-elle doucement, la voix basse. « Ce n'est que grâce à la bienveillance de Tante et Oncle que je peux vivre en paix aujourd'hui. »

Madame Qin soupira ; une lueur de tendresse et de douleur apparut dans ses yeux.

« Tu as perdu les tiens très tôt, et tu as suivi mon frère et ma belle-sœur alors qu'ils voyageaient d'un endroit à l'autre. Ces années… ont dû être difficiles. Ils étaient bons de leur vivant, et, dans leurs derniers instants, ils t'ont confiée à moi. Comment aurais-je pu oser négliger leur ultime souhait ? »

Son ton était si léger qu'il semblait ne pas vouloir troubler la salle ; pourtant, au coin de ses yeux, une petite lueur trembla — comme si les larmes d'autrefois, celles de l'adieu, n'avaient jamais complètement séché.

Qin Nianyin baissa les yeux ; sa voix frissonna à peine.

« Tante m'a accordé une grande bonté. Nianyin s'en souviendra toujours, et n'osera jamais l'oublier. »

Le sourire de Madame Qin s'interrompit un instant. Son regard glissa, comme si la question venait sans intention, puis elle demanda :

« Pendant que tu étais au Jiangnan… as-tu correspondu avec Huaizhang ? »

Un choc léger traversa le cœur de Nianyin — mais son visage ne changea pas. Elle secoua lentement la tête.

« Je ne l'ai pas fait. »

« C'est mieux ainsi. » Madame Qin laissa échapper un soupir discret, dont le sens restait difficile à saisir. « Son tempérament a toujours été froid et têtu depuis l'enfance. Maintenant que sa carrière est en pleine ascension, je doute qu'il se souvienne encore des affaires de la maison. Si tu croises sa route… ne te préoccupe de rien. Ne garde rien en travers du cœur. »

Nianyin baissa les cils.

« Tante peut être rassurée. Nianyin saura garder la mesure. »

Les mots furent dociles ; mais, dans ses manches, ses doigts se recroquevillèrent très légèrement.

Il avait été son mari, dans sa vie précédente. Son fardeau. Sa dette karmique.

Et même après y avoir consacré une vie entière, elle n'avait jamais réussi à la régler.

Au milieu de la conversation, Su Ze déclara soudain :

« Puisque tu es revenue, dis-nous clairement : quelle est ton intention en venant à la capitale ? »

Les sourcils de Madame Qin se froncèrent comme si elle voulait détourner, adoucir, protéger — mais Qin Nianyin s'était déjà levée avec calme. Elle s'inclina, puis répondit d'une voix posée :

« Oncle, ces années au Jiangnan, j'ai étudié l'écriture et la broderie. À présent que j'ai atteint l'âge… je souhaite rester dans la capitale et me bâtir une voie à moi, une place où tenir debout. Si la résidence Su ne juge pas cela inconvenant, Nianyin est prête à demeurer provisoirement dans les quartiers intérieurs, jusqu'à ce que je trouve un endroit où m'établir, puis je m'en irai. »

« Quelle idée de "te bâtir une voie" ? » Madame Qin commença aussitôt, l'inquiétude visible. « Une fille n'a pas à se montrer dehors… »

Su Ze leva une main pour contenir son malaise.

« Ne te précipite pas. Laisse-la finir. »

Madame Qin lui lança un regard perçant, puis revint vers Nianyin, la voix pressante :

« Ne fais pas attention à ton oncle. Du matin au soir, tout ce qu'il a en bouche, ce sont des "réussites", des "accomplissements", il n'en finit jamais. Toi, tu es une jeune fille : reste ici tranquillement, et tout ira bien. »

« Tante, soyez rassurée. Nianyin comprend. »

Su Ze, sans tenir compte des interruptions, demanda de nouveau, d'un ton plus direct :

« T'établir par toi-même… As-tu des plans concrets ? »

Le regard de Nianyin était serein, stable comme une eau calme.

« À Suzhou, j'ai appris la broderie, la fabrication d'épingles florales, le mélange des parfums ; et je connais aussi, modestement, des méthodes de fabrication du qin. »

Son ton ne portait ni vanité ni soumission. Dans ses yeux, il y avait cette certitude tranquille de quelqu'un qui a déjà traversé le désastre — et qui en est revenue vivante.

À ces mots, le sourcil de Su Ze se haussa, un changement presque imperceptible.

Il avait supposé que la fille adoptive de son cousin aîné venait à la capitale uniquement pour s'appuyer sur l'ancienne dette de la famille Su. Dans son esprit, il n'avait eu l'intention que de l'installer dans les quartiers intérieurs, de préparer au mieux une dot convenable, puis de lui trouver un mariage passable — et d'en finir.

Après tout… le destin des femmes, n'était-ce pas, le plus souvent, cela ?

Mais elle parlait de "s'établir", de "gagner sa vie", sans la moindre intention d'être un fardeau accroché à quelqu'un.

Une réévaluation passa dans ses yeux ; une surprise légère, et, malgré lui, il la regarda avec un peu plus de poids.

Et pourtant, sous cette brève approbation, un fil de raison froide glissa : la capitale n'était pas le Jiangnan. Une femme qui voudrait tenir debout seule ici… paierait un prix qu'elle ne connaissait peut-être pas encore.

Il l'observa encore un moment, puis acquiesça enfin.

« Pour une femme, la maison est traditionnellement son domaine ; il n'est pas approprié de se montrer trop ouvertement. Puisque tu es arrivée à la capitale, reste pour l'instant dans les quartiers intérieurs. Ta tante s'occupera des préparatifs. »

Madame Qin ajouta aussitôt, le sourire revenu, presque soulagée :

« Oui, exactement. Ne dis pas de bêtises. C'est ta maison — où donc serait cette idée de "provisoirement" ? Quant à gagner sa vie, une jeune femme ne devrait pas s'exposer au monde. Si tes parents te regardent depuis le ciel, ils espéreront sûrement que tu aies un lieu sûr, un véritable refuge. La capitale est remplie de dangers cachés ; il est bien plus difficile pour une fille de s'y tenir debout seule. Si tu rencontres des difficultés, surtout… ne les garde pas enfermées dans ton cœur. »

« Oui, tante, » répondit doucement Qin Nianyin.

Elle le dit très bas — et pourtant, ces deux syllabes effleurèrent sa poitrine comme une main tiède qui chasse le givre accumulé depuis trop longtemps.

La lumière des bougies flottait dans la salle, s'éclairant puis s'atténuant, comme si elle révélait, dans ses battements, une autre ondulation plus profonde.

Nianyin savait : sous cette douceur, sous cette chaleur, un ancien schéma du destin attendait encore, tapis.

Et l'homme qu'elle était destinée à affronter — celui qui était lié à son passé, à sa faute, à sa dette — était déjà quelque part dans cette capitale, silencieux, immobile, comme si le temps lui-même l'y avait placé.

Dans cette vie, elle devrait encore le rencontrer.

Elle ne cherchait pas l'amour.

Elle ne cherchait qu'à régler ce qu'elle devait.

Chapitre 7 : Première rencontre dans cette vie

Des pas, dehors — stables, lourds de retenue, approchaient avec une régularité presque austère.

On ne voyait pas encore l'homme ; pourtant, sa présence était déjà distincte, comme si l'air se resserrait d'un demi-doigt avant même qu'il franchît le seuil.

Ce rythme… Qin Nianyin le connaissait trop bien. Dans sa vie précédente, elle l'avait gravé dans sa chair, dans ses os, jusqu'à ce qu'il devienne un son qui la réveillait parfois au milieu de la nuit.

Ses doigts marquèrent une imperceptible pause. Son cœur, lui aussi, eut un bref soubresaut — comme une corde ancienne qu'on pince sans prévenir.

Cette stabilité intérieure, cette réserve calme, cette autorité silencieuse… la troublaient plus qu'elle ne voulait se l'avouer.

Elle savait déjà, avant même de lever les yeux : celui qui venait ne pouvait être que ce cousin noble et beau, au tempérament froid, dont la dignité semblait naturelle, presque innée. Su Zhang.

Langzhong du Bureau des Sélections au Ministère du Personnel — le service où se décidaient les promotions, les mutations, les destitutions.

Il était de ces hommes qui, sans lever la voix, tiennent le destin d'innombrables autres dans le creux de leur main.

Depuis l'enfance, on disait de lui qu'il était intelligent jusqu'à l'inquiétant, taciturne par nature, lucide au point de paraître presque inhumain.

Il venait d'une famille de lettrés ; il avait obtenu le rang de Tanhua aux examens impériaux, et l'Empereur l'avait honoré en personne, lui remettant la ceinture pourpre et or.

Sa carrière avait suivi les voies les plus droites : de l'Académie Hanlin au Ministère des Rites, puis au Ministère du Personnel — et désormais, jeune encore, déjà assis au centre névralgique du pouvoir.

On disait qu'il gouvernait le papier comme d'autres gouvernent l'épée : sans éclat, mais avec une précision froide.

Pourtant, il n'était pas de ceux qui se vendent. Il ne formait aucune faction, ne cherchait aucun patronage, ne courbait jamais l'échine.

Bien qu'il eût des liens privés avec le Prince héritier Li Duan, jamais il ne franchissait la limite : ni faveur excessive, ni proximité suspecte, ni geste qui pût être interprété comme une ambition cachée.

À la cour, ceux qui parlaient de lui répétaient the même sentence, presque comme une formule : se tenir comme le jade, agir comme le fer. C'était la marque des Su — et c'était aussi son cœur.

Parce qu'il était brillant, et parce qu'il était sans indulgence, il avait fait naître des ennemis partout.

Sa main politique était tranchante, peu humaine, et souvent on la trouvait impitoyable ; pourtant, sa route officielle n'avait jamais connu d'obstacle visible.

Au moment où Qin Nianyin était morte dans sa vie précédente, il était déjà Ministre du Personnel — shangshu — au sommet de ce même ministère.

Maintenant, il entra.

Il portait une longue robe de brocart bleu indigo.

Sa silhouette était droite, son pas mesuré, ses gestes retenus à l'extrême, comme s'il refusait au monde toute familiarité.

Son visage restait froid, immobile, tel qu'elle s'en souvenait — une froideur qui ne cherchait pas à blesser, mais qui éloignait tout.

À peine franchit-il le seuil qu'il joignit les mains et salua.

« Père. Mère. »

Madame Qin Hui-niang sourit, hocha la tête, puis fit un geste pour le rapprocher, comme si elle voulait d'un seul mouvement faire tomber l'épaisseur qui venait d'entrer avec lui.

« Viens. Salue ta cousine. »

Le regard de Su Zhang effleura Qin Nianyin — un passage bref, net, sans émotion lisible. Il inclina les mains en salut.

« Cousine, la route a dû être éprouvante. »

Le mot cousine tomba avec calme. Pourtant, il fit naître en elle une palpitation discrète, un frisson presque indécent au creux de la poitrine. Qin Nianyin eut un instant de flottement : une seconde où sa mémoire, plus rapide que sa raison, voulut recoller les morceaux d'un autre temps.

Elle s'en détourna aussitôt.

Cette vie n'est pas la dernière, se répéta-t-elle. Ne t'ébranle pas. Ne t'égare pas.

Elle stabilisa son souffle, ajusta son col, lissa son vêtement, et quand il s'approcha, son visage était déjà paisible — calme comme l'eau, sans remous.

La bougie proche vacilla. Son ombre, oblique, s'étira sur le bord de sa jupe, comme déposée à travers une fine brume de lumière. Qin Nianyin sentit l'air se resserrer autour d'elle, comme si sa seule présence tenait les poumons en laisse. Ce n'était pas une menace ouverte ; c'était une pression muette, un contrôle sans mots — et cette pression avait une familiarité terrible.

Elle revit, malgré elle, l'image de sa vie précédente : des nuits innombrables, la lampe allumée très tard, lui debout sous la clarté, penché sur les dossiers, le dos droit, l'expression froide, indifférent au monde comme à elle. Même sa silhouette, même de loin, imposait une frontière.

Son cœur se serra — puis, presque aussitôt, se relâcha.

C'était mieux ainsi. Si, dès le commencement, ils pouvaient rester distants, étrangers, sans enchevêtrement, alors elle pourrait payer ce qu'elle devait avec plus de netteté. Elle pourrait rembourser la dette d'une vie sans se laisser reprendre par le filet des illusions.

Madame Qin, percevant sans doute sa raideur, lui prit la main avec chaleur et rit doucement.

« Ton cousin a toujours été ainsi : peu de paroles, un tempérament froid. Ce n'est pas contre toi. Il est plus âgé, voilà tout. Tu t'y feras peu à peu. Tant que je suis là, je ne laisserai personne te faire subir le moindre tort dans cette maison. »

Qin Nianyin baissa les yeux, sourit avec docilité.

« Nianyin sait que le cousin est de nature claire et froide, qu'il se tient avec mesure et droiture. »

La phrase était douce. Mais la fin trembla légèrement, malgré elle.

Dans sa vie précédente, elle avait poursuivi cette parenté encore et encore : pas après pas, jusqu'à forcer un lien, jusqu'à épuiser la patience même d'un homme qui ne la donnait à personne. Elle n'avait reçu, au bout, qu'une froideur lassée, et une fatigue dans ses yeux — comme si l'existence elle-même devenait lourde quand elle approchait.

Dans cette vie, elle ne le poursuivrait plus.

Su Zhang ne changea pas d'expression. Sa voix demeura égale, posée.

« Le voyage du Jiangnan à la capitale est long. Cousine, repose-toi. Si ton logement présente la moindre gêne, fais prévenir la maisonnée ; on arrangera ce qui doit l'être. »

« Merci, cousin. » répondit-elle avec une politesse irréprochable.

Leurs regards se rencontrèrent une seconde — puis se détournèrent presque aussitôt, chacun revenant à sa place, à sa distance. Et dans cette seconde, une douleur sans nom traversa Qin Nianyin : brève, aiguë, comme un vieux rêve qui revient frapper la chair.

Madame Qin, sentant le léger malaise, s'empressa de rire pour arrondir.

« Nianyin vient d'arriver, elle ne connaît rien à la capitale. Zhang, tu dois veiller un peu sur elle. Et puis… vous l'avez oublié ? Quand vous étiez enfants, vous avez même étudié ensemble quelques jours. »

À ces mots, une image floue traversa l'esprit de Su Zhang : une petite silhouette, un paquet de douceur vêtu de rose pâle, un souvenir trop ancien pour être précis, mais assez net pour être réel. Qin Nianyin, elle, ne retrouva rien : elle se souvenait seulement d'être venue une fois, très jeune, et que ce séjour s'était dissous dans le brouillard des années.

Les lèvres de Su Zhang bougèrent comme s'il allait répondre, puis il se contenta d'un sourire infime — un geste presque formel, presque absent.

« Il me reste des dossiers à examiner. Je me retire. Père, Mère, Cousine — excusez-moi. »

Il tourna les talons et partit. Son dos restait droit comme un pin. Ses pas ne ralentirent pas. Pas une hésitation, pas une once de regret.

La salle se figea un instant dans le silence.

Madame Qin poussa un soupir, puis dit d'une voix tendre, comme pour effacer l'aiguille de froid qu'il venait de laisser.

« Ton cousin est ainsi depuis toujours. Même Wan'er se plaint parfois qu'il est trop raide. Ne le prends pas à cœur. Avec le temps, vous vous habituerez l'un à l'autre. »

Qin Nianyin sourit avec douceur.

« Le cousin se tient avec droiture et discipline. Si quelque chose a paru maladroit, la faute est sûrement à mes manières. J'espère ne pas avoir causé d'embarras à Tante et Oncle. »

Sa voix était lisse, posée. Son cœur, lui, était immobile — une eau sans vagues.

Dans sa vie précédente, elle avait aimé précisément cette froideur : cette solitude hautaine, cette netteté qui séparait le monde de lui. Elle l'avait aimée au point qu'une nuit, ivre, elle avait franchi toutes les limites, s'était avancée pas à pas, avait forcé un mariage qui n'aurait jamais dû être arraché. Et au bout, ils s'étaient brisés tous les deux.

Dans cette vie, elle voulait seulement rester loin. Ne pas demander. Ne pas s'accrocher. Ne pas troubler l'eau.

Madame Qin, toujours souriante, ne remarqua pas ce qui se cachait sous ce calme. Elle dit avec chaleur :

« Tu dois être épuisée. Viens, je t'emmène voir ta cour. Ça te va ? »

« Je dérange Tante. »

Qin Nianyin se leva et la suivit. Avant de franchir la porte, pourtant, elle ne put s'empêcher de se retourner légèrement.

La silhouette de Su Zhang avait déjà disparu, engloutie par l'épaisseur des lampes et des ombres, comme un homme séparé d'elle par des vies entières.

* * * * *

Peu après, derrière le paravent, des pas légers retentirent — souples, contrôlés, avec une froide discipline glissée dans la grâce. Une jeune fille entra.

Elle portait un bijia bleu pâle brodé de bambous. Elle avait quinze ou seize ans ; ses traits étaient fins, presque dessinés, et sa peau avait cette blancheur froide qui donne l'impression que la chaleur n'y demeure pas longtemps. Dans son expression, il y avait une fierté distante, trop mûre pour son âge.

Elle fit une révérence parfaite. Sa voix était claire — mais tenue, éloignée.

« Mère, Père. J'ai entendu dire que la cousine est arrivée. Je viens présenter mes respects. »

Elle baissa les yeux et salua Qin Nianyin avec exactitude : rien de chaleureux, mais rien d'impoli. Une distance idéale, infranchissable.

Le cœur de Qin Nianyin se serra.

Dans ces yeux, elle reconnut une réserve, une vigilance, comme une fine pellicule de givre posée entre elles. Dans sa vie précédente, Su Wan et elle avaient été proches comme des sœurs : elles avaient admiré la neige ensemble, veillé sous la lampe, partagé des nuits froides à deux, se réchauffant l'une l'autre de mots et de présence. Aujourd'hui, tout cela semblait avoir été dispersé par un seul souffle de vent.

Qin Nianyin réprima l'acidité qui montait, répondit par un sourire doux, puis rendit le salut avec une mesure parfaite.

« Grande sœur Wan. »

Madame Qin, voyant l'échange, sourit, presque soulagée, comme si elle voulait croire à une harmonie immédiate.

« Wan'er, j'allais justement emmener Nianyin s'installer. Te voilà à point. Elle ne connaît pas encore la capitale. En tant que sœur aînée, tu dois veiller sur elle. Et quand tu auras du temps, organise une petite réunion de thé : qu'elle rencontre quelques dames de la ville. »

Une impatience passa dans le fond des yeux de Su Wan — très brève, presque imperceptible — puis elle baissa la tête, docile en apparence.

« Naturellement. Il faut laver la poussière du voyage de la jeune sœur. »

Elle releva le regard. Ses lèvres sourirent, mais ce sourire avait la netteté d'une gelée fraîche : élégant, froid, fragile.

« Dans trois jours, à l'heure de Wei, j'organiserai une réunion de thé dans la cour de Ningfang. Cousine, viens à l'heure. »

Le ton était poli. Qin Nianyin, pourtant, entendit sans peine la pointe cachée : un test discret, une faveur accordée depuis une position supérieure, comme si l'on mesurait déjà si cette "parente du Jiangnan" saurait tenir sa place.

Elle plia légèrement les genoux, et répondit avec douceur.

« Je remercie grande sœur Wan de sa bienveillance. Nianyin sera ponctuelle. »

Sa voix était souple, presque chaleureuse. Son cœur, lui, restait clair et immobile : elle comprenait parfaitement qu'à cet instant, Su Wan ne la voyait que comme une cousine "venue de loin", une présence nouvelle, donc suspecte, donc à tenir à distance.

Mais dans cette vie, Qin Nianyin ne rivaliserait plus. Elle ne s'accrocherait plus. Elle ne chercherait ni à prendre, ni à gagner, ni à forcer.

Elle voulait seulement, sans troubler personne, réparer lentement ce qu'elle avait détruit de ses propres mains : la clarté, la réputation, les liens.

Entre les deux jeunes femmes, sous le vernis des politesses, la première friction venait de naître — silencieuse, douce, mais réelle.

Madame Qin, heureuse de voir "les formes" se tenir, conclut avec satisfaction :

« Entre sœurs d'une même maison, c'est ainsi que cela doit être : proches et unies. »

Qin Nianyin baissa les yeux avec un sourire discret. Dans son regard, pourtant, une chaleur retenue scintilla — une émotion qu'elle garda soigneusement sous contrôle.

Cette fois, elle ne laisserait pas le destin rejouer la même pièce.

Même si le commencement était séparé par une couche de givre, elle attendrait le jour où la glace fondrait enfin.

Chapitre 8 : Un cadeau inapproprié

Le lendemain matin

Dès l'aube, des présents arrivèrent dans la cour intérieure de la résidence Su — comme si la maison, en surface chaleureuse et bien tenue, tenait à rappeler à tous que l'arrivée de la "cousine" était déjà entrée dans les usages.

Mei entra en portant une pile de boîtes en bois finement travaillées. Elle les posa une à une, tout en énumérant à voix claire, comme pour chasser la nervosité de sa maîtresse par la routine.

« Poudre d'orchidée… baume parfumé à la prune… bourse brodée au fil d'or… »

Qin Nianyin ouvrit chaque boîte avec un calme minutieux. Les fragrances, tantôt claires, tantôt plus profondes, s'élevaient en petites nappes : tout cela appartenait à la bienséance des femmes — des attentions ordinaires, ni excessives ni humiliantes, pas réellement coûteuses, mais impeccablement "présentables". Ce n'étaient pas des trésors ; c'étaient des messages. Une façon de dire : nous t'avons vue, nous t'avons notée, et tu entres dans notre cercle sous conditions.

Puis Mei hésita devant la dernière boîte.

Elle était un peu plus longue que les autres. Son revêtement de brocart portait un motif de nuages fluides brodé d'un fil d'argent si serré qu'il donnait, à la lumière du matin, une impression de brume en mouvement. Mei la posa plus doucement que les autres, et sa voix baissa d'un cran.

« Celle-ci… ça devrait venir du Jeune Maître. »

Qin Nianyin leva les yeux. Elle n'eut pas besoin de demander lequel : dans cette maison, un "Jeune Maître" dit d'un certain ton ne pouvait désigner que Su Zhang.

Elle souleva le couvercle.

Une épingle à cheveux en jade blanc — d'une pureté dite "graisse de mouton", chaude et dense à l'œil — reposait là, et le soleil du matin lui donnait un éclat doux, presque vivant. La tête de l'épingle était sculptée en bouton de fleur de prunier, encore fermé, comme prêt à s'ouvrir au premier souffle. Au cœur du bouton, une perle du Sud était incrustée : sa lueur n'était pas criarde, mais profonde, tranquille, comme une goutte de rosée tenue immobile par le temps.

Mei laissa échapper malgré elle un souffle admiratif.

« Qu'est-ce que c'est beau… »

Qin Nianyin ne répondit pas.

Elle baissa les yeux, posa le bout des doigts sur le jade. La froideur entra aussitôt dans ses articulations, glissa jusque dans l'os — une fraîcheur nette, presque tranchante, qui ne venait pas seulement de la pierre. Elle resta ainsi une respiration, puis referma le couvercle.

Sa voix fut calme, plate, mais sans appel.

« Renvoie-le. »

Mei se figea, croyant avoir mal entendu.

« Le renvoyer ? »

Qin Nianyin parla plus bas, comme on parle d'une règle qui ne souffre aucune discussion.

« C'est trop précieux. Ce n'est pas… dans les limites. Ce n'est pas de mon rang. Cela donnerait matière aux langues. »

Elle ne dit pas l'autre phrase, celle qui était la vraie : dans sa vie précédente, elle avait appris à quel point il est facile d'entrer dans un enchevêtrement par un simple geste, et à quel point il devient ensuite difficile d'en sortir intacte. Un présent reçu, c'est un fil ; un fil devient une corde ; une corde devient une dette. Et les dettes, en cette maison, ne se remboursaient pas sans sang.

Mei ne comprenait pas vraiment, mais elle obéit. Elle remit l'épingle dans sa boîte, la serra contre elle et partit la rendre, en transmettant mot pour mot "les sentiments" de sa demoiselle.

* * * * *

Le cabinet de travail de Su Zhang

Dehors, le soleil avait une clarté calme. Les ombres des branches dessinaient sur le papier des lignes fines et instables, comme un réseau discret.

Le petit valet entra, s'inclina et rapporta avec respect :

« Grand Jeune Maître… la cousine a dit que le présent était trop important. Elle n'ose pas l'accepter. »

Su Zhang tournait une page de dossier. Ses doigts marquèrent un arrêt léger, presque imperceptible, comme si l'on avait interrompu une pensée à mi-course.

Son regard glissa vers le côté du bureau, là où reposait la boîte de brocart.

Dans la boîte, l'épingle en jade blanc était posée à plat, silencieuse. La perle du Sud captait la lumière oblique et, au lieu de paraître plus chaleureuse, en semblait plus froide, plus belle d'une beauté distante — une beauté qui n'appelle pas la main, mais impose la mesure.

Su Zhang étendit les doigts et effleura la tête sculptée, la fleur en bouton. Un sourire très pâle passa sur ses lèvres — un sourire si léger qu'on aurait pu le prendre pour une simple politesse de l'esprit.

« Je vois. Range-la. »

La voix fut douce, comme toujours, sans la moindre vague.

Mais le sourire n'atteignit pas les yeux.

Ses yeux restèrent comme un puits profond recouvert d'une fine pellicule de glace : on ne pouvait pas savoir ce qui circulait dessous, ni quelle patience, ni quel courant.

* * * * *

L'après-midi — la galerie du jardin

Su Zhang allait vers la cour principale pour saluer sa mère. Au détour de la galerie, il vit venir en face, dans la lumière, une silhouette vêtue de soie pâle.

Une tenue simple, presque austère, mais tenue avec exactitude : ce genre de simplicité qui, en réalité, demande une connaissance précise des "limites". Qin Nianyin sortait elle aussi. En le voyant, elle s'arrêta d'un pas, inclina légèrement le corps en un salut discret.

« Cousin. »

« Cousine. »

Il se décala, lui laissant le passage. Sa voix était chaude, polie — et pourtant, son regard sembla s'arrêter une fraction de souffle, comme si quelque chose, en elle, avait retenu son attention sans qu'il le montrât.

Ils allaient se croiser.

Su Zhang se retourna soudain, comme ayant pensé à une chose "simple", et appela d'un ton léger :

« Attends. »

Qin Nianyin s'arrêta, se retourna. Son visage était tranquille, presque docile, sans aucune expression de défi.

Su Zhang parla comme on parle de météo, ou d'un détail de maison —
une légèreté de surface, parfaitement maîtrisée.

« On m'a dit que tu avais renvoyé l'épingle. C'était… parce qu'elle ne te
convenait pas ? Si c'est une question de goût, je peux la remplacer par un
autre présent de bienvenue. »

Qin Nianyin baissa les yeux. Sa voix fut posée, nette, et un peu distante
— comme une porte qu'on ferme doucement.

« Le présent est trop lourd. Celui qui n'a aucun mérite ne reçoit pas un
tel don. Je reçois l'intention, cousin. Mais je ne peux pas recevoir l'objet.
»

"Celui qui n'a aucun mérite ne reçoit pas une telle récompense." Elle
avait choisi les mots avec précision : assez fermes pour couper court,
assez respectueux pour ne pas être accusée de froideur.

Su Zhang la regarda comme s'il évaluait quelque chose au-delà du jade :
la ligne qu'elle traçait, l'endroit exact où elle refusait d'entrer.

Un sourire très léger remua au fond de ses yeux — si léger qu'on aurait
dit qu'un souffle l'emportait aussitôt.

« Dans ce cas… je n'insisterai pas. »

Il inclina la tête, et son ton demeura le même : doux, égal, irréprochable.

Qin Nianyin refit un salut, tourna les talons et partit.

Su Zhang resta sur place, regardant s'éloigner ce dos vêtu de couleurs
simples. Ce n'est qu'après un moment qu'il reprit sa route vers la cour
principale.

Ses doigts effleurèrent le bord de sa manche — un geste qui paraissait
absent, mais où demeurait, comme un fil, une réflexion qu'il n'avait pas
formulée.

* * * * *

Trois jours plus tard, à l'heure de Wei — Cour de Ningfang (凝芳院)

Le printemps, d'ici, s'était réchauffé. Dans Ningfang, le petit thé avait
été préparé avec un soin entier, comme si chaque tasse, chaque assiette,
chaque parfum devait servir de décor à une mise à l'épreuve.

Nous étions au quatrième mois. Le jardin offrait ses floraisons en
procession : ici des branches chargées, là des corolles ouvertes. Près du
pavillon, les pivoines étaient à leur apogée, opulentes et dignes,
déployant des couches de pétales comme des jupes nobles. Leur parfum

flottait par rafales fines, rendant le lieu plus élégant encore — mais cette élégance, Qin Nianyin le savait, pouvait être aussi une lame.

Elle portait une robe de gaze blanche. À l'ourlet, un motif d'ondes d'eau à peine visible, brodé dans un fil pâle : assez pour ne pas paraître pauvre, assez discret pour ne pas paraître provocant. À la tempe, une simple fleur perlée. Rien de plus.

Elle connaissait les limites des "origines modestes". Il ne fallait pas briller, mais il ne fallait pas non plus se laisser salir. Cette tenue était exactement au milieu — impeccable.

Mei murmura :

« Mademoiselle… Ningfang est juste devant. »

Qin Nianyin inspira doucement, étouffant l'inquiétude qui remontait comme une petite pointe sous les côtes.

« Allons-y. »

Dans le pavillon, plusieurs jeunes dames étaient déjà installées. Un parfum de cheveux, de soies, de poudre fine et de thé s'entremêlait — un parfum de capitale. Elles étaient toutes des filles de grandes maisons ; leurs gestes, leurs sourires, leurs regards avaient l'assurance tranquille du rang.

Au siège d'honneur, Su Wan était assise. Elle portait une tenue bleu-lac, rehaussée de fines lianes argentées. La coupe soulignait une silhouette longue, élégante. Son visage était froid, et dans ses yeux il y avait une hauteur qui empêchait qu'on s'approche trop près. Ce n'était pas de la cruauté, mais une noblesse lointaine — presque un mur.

Qin Nianyin laissa son regard glisser sur l'assemblée.

Tous… des visages qu'elle connaissait.

Des visages de sa vie précédente.

Elle eut presque envie de sourire : Su Wan et Su Zhang étaient vraiment du même sang. Cette réserve austère, ce refus de plaisanter, ce froid propre… au moins sept parts sur dix se ressemblaient.

En la voyant entrer, Su Wan pinça les lèvres en un sourire de convenance.

« Cousine. Tu es venue. Assieds-toi. »

« Merci, grande sœur Wan, de vous être donnée cette peine. »

Qin Nianyin salua et prit place, gestes mesurés, voix douce, rien qui déborde.

À côté, une jeune fille se pencha, chuchota d'un ton qui prétendait être innocent :

« C'est donc ta cousine venue de la campagne ? Elle est… plus convenable que je ne l'imaginais. »

Un autre murmure suivit, comme des fils qu'on tend :

« On dit qu'elle est arrivée en fuyant des malheurs… logée chez le marquis d'Anguo… Qui sait ce qu'il y a derrière. Sa "pureté", à quel point est-elle vraie ? »

Puis une voix, plus douce encore, donc plus venimeuse :

« Sa tenue est élégante. Mais l'élégance se porte, ça s'emprunte. Dans la capitale… tout le monde n'a pas le droit de s'asseoir à cette table. »

Les mots étaient polis, comme du coton. Mais dedans, il y avait des aiguilles.

Su Wan tint sa tasse, but sans parler. Elle n'acquiesça pas. Elle ne stoppa pas non plus. Comme si elle n'avait rien entendu. Comme si, pour elle, ce n'était pas son rôle d'interrompre "la nature des choses".

Qin Nianyin, elle, ne réagit pas. Elle versa le thé, ses doigts stables. Son visage resta calme, ses sourcils tranquilles. Elle semblait écouter le bruit du thé et non les voix.

Intérieurement, pourtant, elle se dit avec une froide lucidité : Dans ma vie précédente, j'aurais peut-être laissé ces mots me blesser. Trois parts. Pas plus. Aujourd'hui… après l'honneur et la honte, après la vie et la mort, ces piqûres ne valent rien.

Alors, un rire chaleureux entra depuis l'extérieur, rompant l'air figé comme une main qui pousse une porte.

« Wan, pourquoi ne pas m'avoir fait prévenir plus tôt ? Une réunion de thé aussi intéressante, et j'ai failli la manquer. »

La nouvelle venue était Shen Lingyan. Elle portait une robe longue couleur lune, brodée de pruniers. Ses traits avaient une vivacité franche, une droiture presque "héroïque", adoucie par une gentillesse naturelle. Sa présence, immédiatement, donna de la chaleur à l'endroit — comme si l'air cessait d'être uniquement une salle d'examen.

Pour la première fois, Su Wan parut vraiment s'assouplir.

« Grande sœur Lingyan, tu arrives à point. Aujourd'hui, c'est pour accueillir la cousine. Viens, ajoute un peu de vie à la table. »

Shen Lingyan s'assit près de Qin Nianyin, la regarda un instant, puis dit avec une surprise sans malice :

« Alors c'est Mademoiselle Qin ? Tu as… un calme rare. Plus de silence dans l'âme que les jeunes dames de la capitale. »

Qin Nianyin se leva et salua.

« Je salue grande sœur Shen. »

Elle se souvenait : dans sa vie précédente, Shen Lingyan, malgré son rang, avait été l'une des rares à lui offrir une part de sincérité. Une petite part — mais vraie.

Shen Lingyan eut soudain un arrêt, les sourcils levés, amusée.

« Oh ? Voilà qui est drôle. Nous n'avons pas échangé nos noms, et pourtant tu m'appelles Shen. Comment as-tu deviné mon nom de famille ? »

Le cœur de Qin Nianyin se resserra. Un bref instant, ses doigts se crispèrent — un risque de fissure.

Puis elle se reprit aussitôt, d'une voix parfaitement posée :

« Sur le chemin, il m'a semblé entendre quelqu'un mentionner la maison Shen. Et quand j'ai vu la prestance de grande sœur, puis ton arrivée un peu tardive… il était naturel de deviner. »

Shen Lingyan éclata d'un rire léger, ne chercha pas à creuser.

« Ah… je vois. »

À ce moment-là, une autre jeune fille, en tenue rose pâle, se pencha vers elle avec un sourire malicieux.

« Et moi ? Peux-tu deviner mon nom ? »

Qin Nianyin la reconnut immédiatement : Jiang Ying, deuxième fille du vice-ministre des Finances. Dans sa vie précédente, elle avait aimé Su Zhang sans retour, puis s'était brouillée avec Su Wan et avait fini par être mariée loin, très loin, dans une vie moins brillante.

Qin Nianyin sourit.

« Avec une silhouette et un visage pareils… grande sœur ressemble à une immortelle tombée du ciel. Peut-être l'Empereur de Jade vient-il de te renvoyer parmi les mortels. »

Le pavillon éclata en petits rires. L'air se réchauffa. Même les piques devinrent moins directes.

Su Wan ajouta, par pure bienséance, un mot qui restait à distance :

« Notre cousine est vive d'esprit. »

Qin Nianyin inclina légèrement la tête.

« Merci, grande sœur, de votre compliment. »

Avec Shen Lingyan comme présence, la table de thé devint moins coupante. Les sarcasmes se firent plus rares. Des courants restèrent — bien sûr — mais ils se cachèrent sous le tissu des sourires.

Qin Nianyin garda le contrôle. Elle répondit avec douceur, esquiva avec élégance, ne s'excusa pas trop, ne se défendit pas trop. Elle savait : dans cette vie, elle ne monterait pas en s'accrochant. Elle se tiendrait dans la capitale par sa capacité, par son caractère, par ce qu'elle construirait.

Puis, par hasard, elle leva les yeux.

Au bout de la galerie fleurie, sous l'avant-toit, se tenait un homme en habit de cour bleu-noir, tenant un hu de jade à la main. Sa silhouette était droite, contenue. Un valet se tenait derrière lui, discret. Il semblait venir de l'audience.

Su Zhang.

À travers la fine lumière du printemps, il jeta un regard vers le petit pavillon — un regard qui effleurait plus qu'il ne s'arrêtait, comme s'il avait simplement "vu", sans vouloir "regarder".

Puis il se détourna et partit.

Son visage était le même : froid, sévère, net. Le visage auquel elle s'était habituée une vie entière.

Qin Nianyin baissa les cils.

Le bout de son doigt trembla, une seule fois, contre le bord de la tasse — si peu que personne ne pouvait le voir. Puis elle stabilisa la main comme si rien n'avait existé.

Elle porta le thé à ses lèvres.

La couleur était vert pâle, le goût légèrement amer.

Elle but pourtant avec un calme absolu — si calme qu'on aurait juré qu'elle n'avait rien vu, rien senti, rien reconnu.

Comme si, vraiment, il n'était qu'un passant au bout d'un corridor.

Chapitre 9 : Le rassemblement du thé à Ningfang

Dans la cour de Ningfang, le printemps avançait sans hâte.
La lumière tombait en nappes pâles à travers les treilles, filtrée par les fleurs nouvelles, et l'air semblait saturé d'un parfum mêlé de thé, de bois chauffé par le soleil et de pétales écrasés sous les pas feutrés des servantes.

Des rires flottaient légèrement dans l'air. Les jeunes filles sirotaient leur thé, discutaient doucement ou chuchotaient derrière les manches relevées.
Les coupes dorées peintes de fleurs délicates dégageaient une chaleur parfumée, mais rien ne pouvait adoucir les subtiles remarques cachées sous les paroles raffinées de la noble.

Sous cette apparente légèreté, le rythme même de la réunion était mesuré.
Chaque rire avait sa durée exacte, chaque silence survenait au moment opportun.
On ne parlait jamais trop fort, on ne se taisait jamais trop longtemps.
Tout était équilibre — un équilibre appris, imposé, transmis de mère en fille.

Su Wan arborait un sourire serein et correct. Chacun de ses gestes était mesuré, raffiné, courtois.
Son regard balaya lentement chaque visage du pavillon, mais se retirait toujours dans le dernier instant, retenu par une couche invisible de distance lumineuse. Cette réserve parfaite ressemblait à une porte bien fermée. Peu importe qui se tenait devant lui, personne n'était autorisé à franchir le seuil.

Ce n'était pas une froideur née du mépris.
C'était une retenue forgée par l'expérience, par la lucidité précoce de celles qui avaient compris trop tôt que la bienveillance gratuite n'existait pas dans ces cercles.
Su Wan gardait cette porte close non par dureté, mais par instinct de survie.

Qin Nianyin baissa les cils, la regardant. Quelque chose bougea faiblement dans sa poitrine.
Elle se rappela le Su Wan de sa vie précédente. Grâce à Madame Qin, ils s'étaient rapprochés brièvement un instant, mais la chaleur s'estompa rapidement, leurs chemins se séparant silencieusement.

À l'époque, Qin Nianyin croyait simplement que sa cousine était difficile à approcher, de nature distante. Mais maintenant, en regardant à nouveau, elle percevait une autre couche sous cette distance — Su Wan se convainquait d'avance. Elle se protégeait contre tout le monde.

Et cette réserve ne venait pas simplement du fait que Qin Nianyin venait d'origines plus modestes. C'était parce qu'elle était une femme.

Une femme entourée d'observations constantes, de jugements murmurés, de comparaisons tacites.
Une femme dont la moindre indulgence pouvait être interprétée comme une faiblesse, et la moindre proximité comme une invitation.

Des rires flottaient dans la cour comme de la musique. Des cordes jouaient doucement en arrière-plan et les ombres de fleurs mouvantes effleuraient les visages des filles. Pourtant, sous la lumière se cachait un fil de froid.
Une vapeur parfumée s'élevait des bouilloires, caressant les cheveux de Qin Nianyin. Même sa respiration portait une légère impression de contrainte.

L'air semblait plus dense qu'ailleurs, chargé d'attentes silencieuses. Chaque inspiration devait être contrôlée, chaque expression soigneusement contenue.
Ce pavillon n'était pas un lieu de repos, mais une épreuve déguisée en divertissement.

Lorsqu'elle leva les yeux, elle croisa plusieurs paires d'yeux souriants qui l'étudiaient, une curiosité teintée de calcul. À cet instant, elle comprit enfin.
Ce soi-disant paradis des dames nobles de la capitale n'était rien d'autre qu'une cage dorée, ses lames dissimulées sous ses décorations délicates.

Les barreaux n'étaient pas visibles.
Ils prenaient la forme de convenances, de sourires polis, de paroles élégantes prononcées avec une douceur calculée.
On y entrait sans méfiance, et l'on apprenait à n'en sortir qu'avec prudence.

Dans sa vie antérieure, d'innombrables nobles s'étaient approchées sous couvert d'amitié, mais en vérité, elles cherchaient à utiliser Su Wan comme un pont vers Su Zhang — le jeune maître accompli et élégant de la famille Su.
Froid et réservé qu'il fût, il restait la lumière de la lune convoitée par les filles les plus fières de la capitale.

En tant que sœur légitime, Su Wan était depuis longtemps lasse des paroles mielleuses, des intrigues cachées et de la fausse chaleur qui l'entourait.

Pour elle, Qin Nianyin dans cette vie précédente ne devait pas être différente de n'importe quelle autre jeune femme nourrissant des arrière-pensées — pire encore, une cousine d'origine incertaine vivant sous le toit d'une autre famille.

Les lèvres de Qin Nianyin se courbèrent légèrement, bien qu'une pointe de regret auto-moqueur se lise sous son sourire.
Elle ne pouvait le nier.

Su Wan ne l'avait jamais mal jugée auparavant. Elle avait des intentions envers Su Zhang. Elle avait, en effet, cherché quelque chose qu'elle n'aurait pas dû.

Elle le reconnaissait aujourd'hui sans détour.
Ce qu'elle avait appelé autrefois attachement n'était qu'un désir mêlé d'orgueil, une tentative maladroite de s'accrocher à une lumière qui ne lui appartenait pas.

À peine cette pensée s'apaisa qu'un rire clair et lumineux retentit. Shen Lingyan s'approcha, ses pas posés.

Elle venait d'une lignée distinguée. Son père et ses frères occupaient des fonctions publiques et son allure portait naturellement la facilité de quelqu'un élevé dans le privilège.
Contrairement à ceux qui rivalisaient avec des piques voilées et une jalousie cachée, les traits de Shen Lingyan dégageaient une sincérité chaleureuse, sa lumière comme une source claire révélant sa profondeur d'un simple regard.

Son regard ne portait pas de condescendance envers Qin Nianyin. Au lieu de cela, elle remarqua la stabilité silencieuse dans les yeux de Qin Nianyin et ressentit une étincelle inattendue d'appréciation.

« J'ai entendu dire que Mademoiselle Qin venait d'arriver de Jiangnan », dit Shen Lingyan avec un sourire aisé. « Comment la brume et les eaux du Sud se comparent-elles à celles de notre capitale ? »

Qin Nianyin inclina la tête. Sa voix coulait doucement, chaude comme de l'eau de source. « Le Jiangnan possède de nombreux cours d'eau et lacs. Au printemps, les pluies de prunes persistent, de fines gouttelettes effleurant les branches de saule alors que la ville se remplit d'une douce brume.

Quand l'automne arrive, l'odeur d'Osmanthus flotte partout. Près du temple de Confucius, des bateaux glissent le long de la rivière, portant des notes de soie et de musique de bambou sur l'eau... Elle est très différente de la grandeur solennelle de la capitale. Petits ponts et courants fluides, voilés par la pluie et la brume, Jiangnan a son propre charme. »

Elle venait à peine de finir de parler qu'une jeune fille en veste croisée abricot jaune abricot laissa échapper un petit rire. « Ça semble assez raffiné, mais avec autant de pluie, j'imagine que le charme doit vite devenir lassant. »

Une autre noble fille, vêtue d'une jupe de soie à motifs verdoyants, fit glisser ses doigts le long des perles autour de son poignet et ajouta légèrement : « C'est juste un sentiment pour les petits foyers. Pour la vie quotidienne, comment pourrait-elle rivaliser avec l'agitation et le génie de la capitale ? »

Les mots furent prononcés avec douceur, mais la pointe de condescendance en dessous était indéniable. Leurs regards parcoururent la tenue simple de Qin Nianyin, la pesant comme un bibelot apporté de loin.

L'expression de Qin Nianyin resta posée. Un léger sourire courtois effleura ses lèvres. « La capitale est naturellement inégalée — étant au pied du trône, sa grandeur surpasse toutes les autres villes. Le paysage de Jiangnan n'est rien d'autre qu'un vieux souvenir. Ça ne se compare guère. »

Son ton était teinté d'humilité sans servilité, de confiance sans arrogance, ne leur laissant aucune ouverture pour insister.

Shen Lingyan se tourna pour l'observer. Dans ces yeux calmes et humides d'automne de Qin Nianyin, aucune ondulation ne s'éveilla. Quelque chose d'inexprimé vacilla dans la poitrine de Shen Lingyan, un léger changement qu'elle ne pouvait pas vraiment nommer.

Son sourire s'élargit.

Elle s'installa à côté de Qin Nianyin avec une aisance qui ne réclamait aucune invitation.

« Le Jiangnan est réputé pour ses arts raffinés. Mademoiselle Qin, avez-vous pratiqué le qin, le pinceau ou la planche à imprimer ?

J'organise un petit rassemblement dans quelques jours et comptais inviter plusieurs sœurs pour apprécier musique et peinture.

Si vous avez un moment, vous devriez vous joindre à nous. »

Une invitation aussi sans réserve réchauffa le cœur de Qin Nianyin.

Vraiment, pensa-t-elle, si Su Zhang avait choisi Shen Lingyan dans une vie antérieure, le mariage aurait été parfait. Par sa naissance, son talent et sa prestance, elle était son égale. En tempérament, l'un froid et réservé, l'autre chaud et lumineux —ils se seraient parfaitement complétés.

Plus elle y réfléchissait, plus elle ressentait la douleur de la folie passée. J'étais vraiment désespéré. J'ai gâché quelque chose qui n'aurait jamais dû m'impliquer.

Elle baissa la tête en une inclinaison gracieuse, son sourire sincère. « Merci pour votre gentillesse, Mademoiselle Shen. J'espère seulement que ma maladresse ne vous dérangera pas. Je m'y connais un peu en peinture et je connais un peu le qin. »

Shen Lingyan cligna des yeux et sourit, à moitié en plaisantant. « Ce que je crains le plus, ce sont ces dames nobles qui ne parlent que selon les règles et la bienséance. Je préfère largement les sœurs aussi faciles et intéressantes que toi. »

À ce moment-là, la main de Su Wan s'arrêta au-dessus de sa tasse de thé. Elle baissa les yeux et resta silencieuse, son doigt traçant le bord de cercles lents et délibérés.

Un instant plus tard, elle leva les yeux vers Qin Nianyin. Quelque chose de faiblement bougea dans ses yeux, cette cousine à elle était bien plus sûre d'elle qu'elle ne l'avait imaginé.

Peut-être... cela ne ferait pas de mal de l'observer un peu plus longtemps.

Un parfum de thé flottait dans l'air. Des fleurs de poirier flottaient légèrement devant le pavillon et de faibles anneaux scintillaient sur les tasses en porcelaine blanche.

Qin Nianyin effleura du pouce le bord brodé de sa manche. Silencieusement, fermement, elle prit sa détermination.

Dans cette vie, elle réarrangerait le plateau dès le début, même si chaque pas l'obligeait à marcher le long du tranchant d'une lame.

* * * * *

La fumée de thé flottait paresseusement dans l'air. Les fleurs parfumaient la brise. Les rires traversaient le pavillon comme un fin fil de soie.

Qin Nianyin était assise silencieusement parmi les sièges, son regard attiré, presque contre sa volonté, vers Su Wan, posant sa main sur la rambarde. Ses propres doigts effleurèrent le bord brodé de son mouchoir sans faire de bruit.

Cette posture familière, cette légère ligne entre les sourcils de Su Wan, ramena vivement ses pensées à un crépuscule de sa vie précédente, un crépuscule lourd comme des cendres tombantes.

À cette époque, elle était déjà devenue la maîtresse de la maison Su. Pourtant, son corps faiblissait, chaque os semblait creusé et même le bouillon chaud était devenu difficile à avaler. Aucune quantité d'encens ne pouvait masquer la fine odeur rampante de mort qui s'accrochait à la pièce.

La porte s'était ouverte, non pas à Mei, mais à Su Wan, mariée depuis longtemps et vivant loin.

Elle traversa le couloir sombre et silencieux, portant un bol de bouillon médicinal chaud. Sa robe simple traînait doucement derrière elle.

Son regard était fixe, tempéré par des années de vent et de givre, mais sous lui se cachait une gentillesse silencieuse.

Elle s'assit près du lit. Se penchant légèrement en avant, elle prit une cuillerée de ce remède noir, souffla doucement dessus et la porta aux lèvres de Qin Nianyin. « Bois-le », dit-elle doucement. « Écoute-moi. Ne meurs pas si vite. Ça n'en vaut pas la peine. »

Qin Nianyin avait essayé d'ouvrir complètement les yeux, de parler, mais sa gorge était trop sèche pour faire un son. Sa poitrine se soulevait et s'abaissait brusquement à chaque respiration courte.

Su Wan posa le bol de côté et tapota légèrement sa poitrine du bout des doigts frais. « Bois un peu », murmura-t-elle. « Si tu pars aussi... alors cette maison Su, non, toute cette capitale, n'aura plus personne qui me parle vraiment. »

Les mots étaient doux, mais portaient le poids des années, une affection inébranlable enfouie sous la retenue. L'amertume du médicament lui brûlait la gorge et la chaleur derrière ses yeux montait avec.

Ce n'est qu'à cet instant qu'elle avait compris, Su Wan ne l'avait jamais considérée comme une étrangère.

Même s'ils s'étaient éloignés avec le temps, quand elle avait été la plus abandonnée et seule, ce restaient ces mains froides et inébranlables qui tenaient son dernier souffle.

Lorsqu'elle reprit conscience, la scène devant elle était à nouveau le pavillon animé de la cour de Ningfang.

Qin Nianyin regarda Su Wan au loin et un léger sourire doux se dessina sur ses lèvres.

Peu importe à quel point Su Wan semblait froide ou distante maintenant, elle ne pouvait plus s'en soucier, car elle se souvenait de ce remède amer et de cette paire de mains.

Le passé s'était déjà dissous. Dans cette vie, elle ne cherchait qu'à vivre sans honte.

Elle ne manquerait plus jamais une main qui lui aurait tendu.

Chapitre 10 : La palette printanière dans le jardin

Après plusieurs tournées de thé, Shen Lingyan laissa échapper un rire agréable et prit la main de Qin Nianyin. « Rester assis si longtemps devient ennuyeux. Allons nous promener dans le jardin. Les fleurs sont presque à leur apogée. »

Son ton était léger et chaleureux, adoucissant l'étiquette rigide qui planait sur la réunion.

Qin Nianyin acquiesça et se leva, mais avant qu'elle ne puisse faire un pas, Su Wan prit la parole de sa voix habituellement froide. « Puisque Mère m'a demandé de recevoir correctement notre cousin de loin, je devrais naturellement vous accompagner tous. »

Son ton était posé, ne portant ni bienvenue ni rejet. Elle lissa la manche de sa robe, se leva devant eux et mena le groupe en avant.

Le jardin arrière débordait de couleurs. Le long des sentiers étroits, la mousse tachait les pierres de verts tachetés.

Une légère brise portait l'odeur de la terre et des fleurs, faisant bruire les branches au-dessus. Quelques petits oiseaux se posèrent sur la rambarde, battant des ailes et soulevant une cascade de pétales.

Un pont de pierre s'arquait au-dessus de l'eau. Les ombres de saules se balançaient doucement et plus profondément dans le jardin, les pommiers sauvages avaient ouvert la moitié de leurs fleurs —le rouge et le blanc s'entremêlaient comme un feu d'artifice silencieux figé en plein air.

Shen Lingyan marchait avec un vif intérêt. Elle montra un buisson de pivoines et éclata de rire. « Celle-ci est magnifique. Les fleurs de ma propre cour n'ont même pas encore formé de bourgeons. Il semble que les jardiniers de la famille Su connaissent vraiment leur art. »

Ses mouvements avaient une grâce naturelle. La facilité de son attitude attirait l'affection même chez ceux qui la connaissaient à peine. Plusieurs dames nobles intervinrent avec de doux rires, leurs tons lumineux et musicaux.

Seule Qin Nianyin marchait silencieusement derrière eux, son expression posée. De temps en temps, elle baissait les yeux et effleurait du bout des doigts une feuille. Le parfum persistant s'accrochait à sa peau, envoyant un léger tremblement dans sa poitrine.

Dans sa vie antérieure, elle aussi avait déjà traversé ce même jardin à côté de Su Zhang. Mais elle était alors la maîtresse de la maison et le jardin, malgré ses fleurs, semblait désolé, comme si aucune trace de chaleur ne subsistait. Maintenant, elle pulsait de vie et de voix joyeuses.

Elle réprima ce souvenir. Quand elle releva les yeux, elle trouva Su Wan qui regardait par-dessus son épaule. Leurs regards se croisèrent brièvement dans la lumière tachetée, un instant si pâle qu'il semblait presque transparent.

« Cousin, tu ne sembles pas aimer les rassemblements animés ? » Le ton de Su Wan resta faible.

« Les habitants du Jiangnan sont habitués aux endroits plus calmes », répondit Qin Nianyin avec un doux sourire.

« La capitale est différente du Sud. Avec le temps, tu t'y habitueras. » Su Wan inclina légèrement la tête, calme et posée.

Shen Lingyan intervint en riant doucement. « Vous deux, debout ensemble, ressemblez à des silhouettes sorties d'un tableau. Le reste d'entre nous ne se compare guère. »

Des rires parcoururent le groupe. L'atmosphère se réchauffa à nouveau alors que les ombres de fleurs ondulaient sur leurs manches.

À ce moment-là, une grande silhouette apparut derrière la porte des fleurs suspendues.

Su Zhang avait quitté sa tenue de cour pour une robe indigo pâle, serrée d'une simple ceinture blanche, les cheveux relevés en un chignon haut. Sa présence se faisait claire et posée, empreinte d'une aisance tranquille qui contrastait totalement avec la réserve qu'il affichait à la cour impériale.

Plusieurs jeunes filles se retournèrent au bruit de ses pas et l'air s'agita comme de l'eau de source touchée par le vent.

« C'est le jeune maître Su, » murmura quelqu'un, incapable de cacher sa joie.

Shen Lingyan fut le premier à le saluer. « Seigneur Su ! »

Su Zhang s'arrêta. Il inclina la tête vers elle. « Mademoiselle Shen. » Puis il fit une révérence polie aux autres. « Mesdames. »

Shen Lingyan sourit. « Qu'est-ce qui t'amène au jardin aujourd'hui ? »

« Les affaires officielles sont terminées pour aujourd'hui. Je ne fais que prendre un moment de repos », répondit-il d'un ton égal.

Les mots étaient neutres, ni chaleureux ni distants, mais alors que son regard balayait le groupe, il s'arrêta, presque imperceptiblement, sur Qin Nianyin debout au bord du rassemblement.

Elle portait des vêtements simples, les cils baissés, sa posture assez calme pour s'effacer en arrière-plan. Même le bruit de sa tasse de thé était doux, comme si elle craignait de déranger quelqu'un.

Elle semblait déterminée à ne pas être plus qu'une ombre invisible du monde —pourtant il la voyait malgré tout.

Ce regard furtif fit trembler son cœur.

Sentant le poids subtil de son attention, elle garda délibérément la tête baissée.

Ce ne fut qu'après son départ que quelqu'un remarqua la fine ronce d'humidité le long du bord de sa tasse — sans que nul ne sache jamais pourquoi.

Su Zhang ne resta pas un moment. Son ton resta courtois mais distant. « Mesdames, continuez à profiter de cet après-midi. J'ai encore des affaires à régler, alors je vais prendre congé. »

Il s'inclina et se retira. Sa silhouette disparut peu à peu dans la profondeur des sentiers couverts de fleurs, laissant derrière elle une série de soupirs et de murmures.

Plusieurs jeunes filles nobles le regardaient avec une admiration à contrecœur, leurs yeux brillant d'un désir muet.

Ce n'est qu'alors que Su Wan parla, sa voix froide. « Mon frère n'a jamais aimé les rassemblements animés. Le fait qu'il ait fait une pause ici est rare. Je demande la compréhension de tous. »

Shen Lingyan sourit. « Tu plaisantes, Wan. Le seigneur Su est fortement compté par Sa Majesté. Avec un tel fardeau, qui pourrait lui en vouloir ? »

Une jeune fille ajouta en plaisantant : « La famille Su est vraiment bénie, frère et sœur sont aussi immaculés et intouchables que le givre et la neige. »

L'expression de Su Wan resta immobile, mais son regard se posa — brièvement, involontairement —vers Qin Nianyin, qui continuait de siroter son thé en silence, comme si le moment qui venait de passer n'avait rien à voir avec elle.

« Le jardin est magnifique aujourd'hui. Il n'est pas nécessaire de s'accrocher à la formalité et de gâcher l'ambiance », dit Su Wan en époussetant un pétale tombé de son genou, son ton aussi calme que jamais.

Un rire doux monta autour d'elle.

« Lord Su est en effet aussi raffiné que les rumeurs le disent. »

« Son allure surpasse même les figures peintes en parchemins. »

« C'est dommage qu'il parle rarement plus que quelques mots à une femme... »

Leurs voix débordaient d'admiration, une admiration si transparente qu'elle frôlait le désir.

Seule Qin Nianyin baissa de nouveau les yeux. Ses doigts tournaient lentement la tasse de thé, son expression pâle et impénétrable. Pourtant, cette silhouette qui s'éloignait, calme, distante, inaccessible, s'installait profondément dans son cœur.

Elle prit une gorgée discrète de thé et se mit à marcher avec Shen Lingyan et Su Wan alors qu'ils s'éloignaient vers la partie plus profonde du jardin. Sa silhouette élancée, ferme dans sa maîtrise, flottait sous les ombres mouvantes des fleurs.

C'était comme si, dans cette marche silencieuse, elle avait laissé derrière elle tout vestige de sa vie passée, et de ses rêves.

* * * * *

La lueur du soir s'étendait dans le ciel, teintant le jardin de nuances dorées et roses. Des ombres de fleurs s'étendaient en pente sur les chemins de pierre. Les invités se dispersèrent progressivement jusqu'à ne plus que Shen Lingyan et Qin Nianyin, marchant côte à côte sous la lumière tamisée.

« Ce seigneur Su de tout à l'heure, c'est vraiment votre cousin ? » demanda Shen Lingyan d'un ton taquin, un sourire où perçait une pointe de malice.

Qin Nianyin se raidit au bout de ses doigts pour prendre une inspiration, puis effaça la réaction. Son sourire en réponse était doux. « C'est le fils de ma tante. J'ai entendu dire qu'il était intelligent depuis l'enfance. »

« Intelligent ? » Shen Lingyan haussa un sourcil, un air amusé tirant ses lèvres. « Il est certainement bien considéré. Mais à en juger par ce que vous dit, vous ne semblez pas particulièrement proches ? »

Qin Nianyin hocha légèrement la tête. « Nous ne nous sommes rencontrés qu'une seule fois quand nous étions très jeunes. Il est naturel que nous ne soyons pas familiers. »

À cela, Shen Lingyan éclata de rire. « Alors tu ne dois pas savoir ceci : à mon avis, ton cousin ressemble plus à quelqu'un de retenu et à peine inaccessible. Un homme comme ça, c'est le plus difficile à lire. »

Après avoir parlé, elle posa sa tasse de côté et regarda autour d'elle, comme si elle cherchait quelqu'un parmi les pétales flottants et la lumière déclinante. Son ton semblait décontracté quand elle demanda : « Au fait, j'ai entendu dire que tu es... adopté ? »

La franchise de la question prit Qin Nianyin au dépourvu un instant. Elle reprit rapidement contenance et hocha la tête avec un sourire discret. « Oui. Mes parents adoptifs sont l'oncle et la tante de mon cousin. »

Si cela avait été sa vie antérieure, sans les cicatrices et les leçons de tout ce qu'elle avait enduré, cette question l'aurait brisée. Elle se serait repliée, honteuse, effrayée, impuissante.

« Ooh... » murmura Shen Lingyan sans grand intérêt, son attention toujours ailleurs. « C'est en effet assez pitoyable... »

Qin Nianyin ne répondit pas. Elle se contenta de regarder vers une mare d'eau de source à proximité. La lumière déclinante du soleil se répandait sur sa surface, se dispersant en éclats dorés.

« Mademoiselle Shen, toutes les choses dans le monde suivent leur propre cause et conséquence. Lorsque le Jiangnan a subi la grande inondation, j'ai eu la chance d'être recueilli par mes parents adoptifs. C'était une bénédiction pour moi. »

« Oui, oui... une bénédiction. » répéta distraitement Shen Lingyan, scrutant toujours les environs avec une distraction apparente.

« Mademoiselle Shen cherche-t-elle quelqu'un ? »

Ce n'est qu'alors que Shen Lingyan retira son regard. Elle sourit, balayant la parole. « Ce n'est rien. Je regarde simplement autour de moi. »

Ils continuèrent à marcher ensemble sous le long voile de branches de saule. Une brise s'agita, apportant avec elle une trace de fleurs et la chaleur du début du printemps.

De loin, à la courbe où la véranda rejoignait le chemin, une toux sourde d'homme traversa le silence.

Su Zhang se tenait sous les avant-toits. Il semblait écouter la conversation des deux femmes, mais semblait aussi détaché, comme si les mots lui échappaient sans poids.

La lumière oblique du soir traversait son front, cachant la faible émotion indistincte dans ses yeux au creux qui s'approfondissait.

Il observa les deux silhouettes marcher côte à côte. Pendant un bref instant, quelque chose traversa son expression. Entre ses doigts, il brisa la tige d'une fleur fraîchement tombée.

La fraîcheur de la tige brisée effleura sa peau.

Des pétales glissèrent entre ses mains et se dispersèrent à ses pieds.

Une brise passante effleura sa manche, et quelque chose en elle sembla se briser dans le silence.

Le crépuscule tomba.

Qin Nianyin resta inconsciente du regard qui s'attardait derrière elle. Elle sentit seulement que le ciel s'était assombri et se tourna vers Shen Lingyan avec un sourire discret. « Sœur, nous devrions rentrer. »

Shen Lingyan s'arrêta. En regardant le profil serein de Qin Nianyin, une émotion indistincte s'éveilla en elle, quelque chose de réfléchi et d'inexplicablement doux.

Certaines personnes reviennent au monde renaissant mais ne sont plus les mêmes qu'avant.

Et le destin, peut-être, commença à changer à cet instant précis.

La lune se leva, voilant le jardin d'une fine couche de brume. Lorsque Qin Nianyin jeta un regard en arrière vers le chemin bordé de fleurs, le faible bruit d'une cloche de temple flottait à travers la brume, à la fois lointain et proche, comme s'il résonnait d'un rêve de sa vie antérieure.

Ses doigts tremblaient. Une vague s'agita faiblement dans sa poitrine.

Le passé n'est pas loin. Ses conséquences ne se sont pas encore dissipées. La route devant elle était peut-être encore pleine d'épines, mais elle la parcourrait, pas à pas.

Le vent frôlait les avant-toits. Les lanternes vacillaient. Elle baissa les yeux, sa voix un murmure destiné uniquement à elle-même.

« Si le Ciel m'accorde une dernière chance... dans cette vie, je préférerais trahir les cieux plutôt que trahir mon propre cœur. »

Chapitre 11 : Gu, le Vent Hurlant

Un éclat de rire franc et sonore jaillit soudain de loin, roulant à travers les allées comme un tonnerre de printemps, déchirant net la quiétude feutrée du jardin.

« Zijun ! Viens donc voir ce que ton humble serviteur a réussi à se procurer ! Du *Mantangchun* tout juste distillé ! J'ai dû m'abaisser à supplier ce vieux démon de la cave pendant un demi-mois avant qu'il ne consente à m'en céder une jarre ! »

Entre les ombres mouvantes des arbres en fleurs, une haute silhouette s'avança d'un pas large et assuré, une cruche de vin à la main, suivant le sentier de pierre jusqu'au pavillon.

L'homme portait une robe de brocart noir ceinturée de jade. Ses sourcils étaient droits et tranchants, ses yeux brillants comme des étoiles, son allure tout entière débordait d'une vitalité presque insolente. À chaque mouvement, un rire indiscipliné flottait sur ses lèvres, mais sous cette désinvolture se devinait une acuité difficile à ignorer — comme une lame soigneusement dissimulée sous une apparente ivresse.

C'était Gu Xiao, marquis de Zhongwu.

La famille Gu, depuis des générations, avait donné ses fils aux champs de bataille. Son père et ses frères étaient tous tombés sous les bannières impériales. Lui-même avait grandi au palais, élevé sous la protection directe de l'Impératrice. Bien qu'il fût titré marquis dès sa jeunesse, il n'avait jamais consenti à vivre dans l'oisiveté.

Sur le champ de bataille, Gu Xiao était impitoyable et décisif. Hors de celui-ci, il se présentait comme un homme rieur, irrévérencieux, parlant sans retenue, riant sans mesure.

Dans la capitale, on disait souvent en plaisantant que toute l'arrogance et l'ardeur du marquis Gu se lisaient dans ses sourcils et ses yeux — tandis que son véritable tranchant demeurait enfoui sous son sourire ivre.

Arrivé au pied des marches du pavillon, il s'arrêta, joignit les poings par-dessus la balustrade et s'inclina avec une désinvolture théâtrale.

« Quelle date fastueuse donc ! Même la résidence Su s'est couverte de fleurs et de soie aujourd'hui ? »

Sous le pavillon, les rideaux frémirent légèrement. Les rires et les conversations se figèrent l'espace d'un instant.

Shen Lingyan porta sa manche à ses lèvres, dissimulant un sourire amusé.

« Le petit marquis Gu n'a décidément pas changé. En quelques phrases à peine, il met tout le monde dans l'embarras. »

Les sourcils de Su Wan se froncèrent imperceptiblement. Sa voix demeura calme, mais la froideur y transparaissait.

« Petit marquis Gu, ceci est une réunion de femmes de la maison. Je vous prie de faire preuve de retenue. »

Gu Xiao ne sembla nullement s'en soucier. Il enjamba d'un pas long le seuil, s'assit sur un banc comme s'il s'agissait de son propre domaine, se servit une tasse de thé, en but une gorgée, puis claqua la langue.

« Le thé est honnête… mais rien ne vaut le vin. »

Puis son regard se déplaça.

Il s'arrêta sur Qin Nianyin.

Dans ses yeux rieurs apparut aussitôt une lueur différente — un intérêt aigu, une attention faussement désinvolte. Ce regard, qui semblait n'être qu'un balayage distrait, glissa pourtant avec précision sur chaque détail : la façon dont ses doigts reposaient sur ses genoux, la légère tension de ses manches, la courbe tranquille de son sourire, ni servile ni défiant.

« Cette jeune demoiselle… elle m'est inconnue. Je ne crois pas l'avoir déjà rencontrée. »

Le ton oscillait entre la plaisanterie et la curiosité sincère, mais son regard était aussi acéré qu'une lame, comme s'il cherchait à éplucher couche après couche les secrets enfouis sous son calme.

Qin Nianyin leva les yeux sans hâte et soutint ce regard audacieux. Ses lèvres esquissèrent un sourire clair et mesuré.

« Je me nomme Qin Nianyin. Je viens du Jiangnan et séjourne pour le moment à la résidence du marquis d'Anguo. »

Le sourire de Gu Xiao s'élargit, comme s'il venait de goûter à une saveur inattendue.

« Qin Nianyin… Un très beau nom. »

Tout au long de la réunion de thé, Qin Nianyin demeura assise en silence. Son expression restait posée, ses paroles rares, mais elle ne montrait ni gêne ni timidité.

Cela, pour Gu Xiao, était inhabituel.

Il fit tourner la tasse de thé entre ses doigts, lui jetant des regards furtifs. Les réunions de la famille Su, il en avait vu bien d'autres. Les jeunes dames qui s'y rendaient se divisaient généralement en deux catégories : celles à la voix douce et aux regards fuyants, et celles qui feignaient une élégance précieuse. Il suffisait de quelques plaisanteries de sa part pour les voir rougir ou baisser les yeux.

Mais cette Qin Nianyin — ni issue d'une grande lignée, ni véritablement membre de la maison Su — demeurait assise avec une stabilité qui ne semblait pas feinte.

Quelque chose remua faiblement dans sa poitrine.

Il se pencha légèrement vers elle.

« Première fois dans la capitale, entourée de tant de dames nobles… et tu n'es pas nerveuse ? »

Qin Nianyin sourit doucement. Sa voix était tendre, mais nullement fragile.

« Nerveuse ? Pas vraiment. Ma tante me traite comme sa propre fille. Mes cousins et cousines sont tous bienveillants. Puisque personne ici ne me considère comme une étrangère, pourquoi aurais-je à craindre quoi que ce soit ? »

Les sourcils de Gu Xiao se haussèrent. Son sourire se chargea d'une pointe d'ironie.

Les frères et sœurs de la famille Su ? Bienveillants ?

Si les gens de la capitale entendaient cela, ils s'étoufferaient sans doute de rire.

Comme si elle avait perçu cette nuance dans son expression, Qin Nianyin ajouta calmement :

« De plus, ce n'est pas ma première venue à la capitale. Lorsque j'étais enfant, j'accompagnais déjà mes parents lors de visites au marquisat. »

Gu Xiao la fixa un long moment, puis laissa échapper un rire bas, indéchiffrable.

« Voilà qui est… remarquable. »

Qin Nianyin soutint son regard, impassible, sans expliquer davantage.

Il n'insista pas. Il se contenta de faire lentement tourner sa tasse, l'air pensif.

À côté, Su Wan intervint d'un ton froid et maîtrisé :

« Mon frère se trouvait ici un instant plus tôt, mais il est déjà parti. Si le petit marquis souhaite le voir, il pourra le trouver au bureau. »

Gu Xiao esquissa un sourire paresseux.

« Je compte bien aller le chercher… mais rien ne presse. Une atmosphère aussi animée mérite qu'on s'y attarde. »

Shen Lingyan rit doucement. Qin Nianyin se contenta d'incliner légèrement la tête, baissant les yeux pour porter sa tasse à ses lèvres, laissant les plaisanteries glisser comme le vent sur une eau calme.

Pourtant, dans le silence de son cœur, une fraîcheur inquiète s'installait.

Gu Xiao… il n'avait pas changé.

Toujours aussi flamboyant, toujours aussi insouciant, toujours aussi prompt à rire.

Mais elle savait.

Elle savait que cet homme, un jour, tomberait sur le sable brûlant des frontières, son sang se mêlant à la poussière, et que dans une autre vie, elle n'aurait pu que murmurer son nom dans ses rêves :

Reviens.

* * * * *

Lorsque Gu Xiao quitta finalement le pavillon dans un éclat de rire désinvolte, son pas résonnant encore faiblement sur les dalles de pierre, Qin Nianyin abaissa lentement les paupières.

Ses doigts glissèrent, presque inconsciemment, le long du bord de la tasse de thé. La porcelaine était tiède, mais cette chaleur ne parvenait pas à dissiper le froid qui s'insinuait peu à peu dans sa poitrine.

Dans le silence qui suivit son départ, des images anciennes surgirent, brûlantes et glacées à la fois, comme si deux saisons contradictoires se heurtaient dans son esprit.

Dans sa vie précédente, elle n'avait jamais été proche de Gu Xiao.

Elle savait seulement qu'il était l'ami le plus intime de Su Zhang, un jeune héros promis à un avenir éclatant, une étoile montante parmi les officiers militaires de la cour. On parlait souvent de lui dans les cercles officiels — avec admiration, avec fierté, parfois même avec une pointe d'envie.

Puis vint l'ordre impérial.

Gu Xiao fut envoyé aux frontières, chargé de mener les troupes contre l'ennemi. Il partit à la tête de ses soldats, le dos droit, l'allure fière, comme s'il était né pour le fracas des armes et le tumulte du champ de bataille.

Les rapports de victoire affluèrent rapidement vers la capitale.

Une bataille remportée.

Puis une autre.

Et encore une.

Les rues s'emplirent de récits exaltés. Les tavernes résonnaient de louanges. Les vieillards et les enfants connaissaient son nom.

« La famille Gu est loyale depuis des générations. »

« Le jeune marquis est un général d'exception. »

« Un véritable pilier de l'empire. »

Mais la faveur du destin est instable, et la guerre n'accorde jamais de promesses durables.

Lors d'une expédition censée n'être qu'une opération de routine contre des bandits, la situation bascula brutalement.

Gu Xiao tomba dans une embuscade.

On disait que celui en qui il avait placé le plus de confiance — son lieutenant Liang Dong — avait trahi. Les itinéraires furent divulgués, les positions révélées. L'armée impériale fut encerclée.

Ce jour-là, Gu Xiao combattit jusqu'au dernier instant.

Il ne se replia pas.

Il ne chercha pas à fuir.

Il tint sa position, l'épée à la main, jusqu'à ce que son sang imprègne la terre étrangère.

Lorsque la bataille s'acheva, il ne resta de lui aucun corps à rapatrier.

Seulement un pan déchiré de son uniforme, trempé de sang, retrouvé parmi les cadavres entremêlés et envoyé à la capitale comme unique témoignage de sa mort.

Quand la nouvelle parvint au palais, l'Impératrice s'effondra devant le trône, frappée d'un chagrin si violent qu'elle manqua de perdre connaissance. Elle avait élevé cet enfant comme le sien.

La famille Gu, déjà décimée par les guerres successives, s'éteignit ce jour-là.

Une lignée entière de loyauté et de sacrifice, réduite au silence.

Et avec la mort de Gu Xiao, ce ne fut pas seulement une vie qui s'acheva.

La famille Gu avait été le soutien le plus solide du prince héritier. Sa disparition équivalait à lui arracher une aile encore vivante. En l'espace d'une nuit, l'équilibre des forces à la cour bascula.

Les factions se réalignèrent.

Les intrigues s'intensifièrent.

Le prince héritier frôla la déchéance.Ce n'est qu'au prix de manœuvres risquées, de calculs implacables et d'une détermination sans faille qu'il parvint à conserver sa position.

À cette époque-là, elle — Qin Nianyin — était déjà devenue la maîtresse de la maison Lu, honorée du rang de noble de premier ordre, entourée de prestige et d'autorité.

Et pourtant, elle ne put rien changer.

Elle regarda ce jeune général mourir dans les sables lointains, sans sépulture, sans retour. Elle regarda une vie héroïque s'éteindre, sans même savoir où son âme avait trouvé refuge.

Et tout ce qu'elle éprouva alors…ce ne fut pas la douleur.

Ce fut l'indifférence.

À cette époque, son cœur était entièrement occupé par le pouvoir. Elle s'efforçait de plaire à Madame Su, de consolider sa position auprès de Su Zhang, de préserver ce qu'elle croyait être sa survie.

Pour Gu Xiao — un homme loyal, droit, destiné à mourir pour l'empire — elle n'avait jamais accordé une pensée sincère.

Aujourd'hui, en le revoyant ainsi, vivant, riant, marchant devant elle avec l'assurance éclatante de la jeunesse, quelque chose se fissura profondément en elle.

C'était comme si elle voyait un homme avancer sur un chemin déjà jonché d'ossements blanchis, ignorant encore que ce sentier menait inévitablement à l'abîme.

Avec vingt années de souvenirs gravés dans l'âme, elle contemplait cette vitalité ardente comme on regarde un enfant courir vers une falaise invisible.

Ce n'était pas de la tendresse. Ce n'était pas de l'affection.

C'était une compassion née du décalage du temps — la douleur de quelqu'un qui connaît la fin, tandis que l'autre n'en est encore qu'au prélude.

Un poids lourd, silencieux, qui pesait sur la poitrine.

« …Si l'on pouvait changer les choses plus tôt… » murmura-t-elle presque sans voix.

« Pourrait-on au moins le protéger une fois ? »

Les mots étaient à peine audibles, mais ils tombèrent dans son cœur comme une ancre.

À ses côtés, Shen Lingyan tourna légèrement la tête, perplexe.

« Nianyin ? Tu ne te sens pas bien ? »

Qin Nianyin sursauta imperceptiblement, puis releva les yeux avec un sourire doux.

« Ce n'est rien. Le thé a refroidi. »

Elle écarta la tasse laissée de côté et en versa une nouvelle. La vapeur blanche s'éleva lentement, caressant son visage.

Son regard, en revanche, devenait de plus en plus clair.

Elle comprit alors une chose, avec une certitude implacable : Elle ne pouvait plus rester immobile.

Même si la route à venir était semée d'obstacles.

Même si sa force était limitée.

Même si le destin semblait déjà tracé.

Elle ferait tout ce qui était en son pouvoir — aussi infime soit-il — pour tenter de détourner cette issue sanglante.

Cette fois-ci, elle ne détournerait pas le regard.

La lumière de la lampe éclairait le bureau de Su Zhang d'un éclat clair et ordonné. Sur la table, une théière laissait s'échapper un voile de vapeur discret, et une trace de santal se déroulait en spirales calmes dans l'air.

Gu Xiao poussa la porte avec la facilité de quelqu'un qui connaissait l'endroit depuis longtemps. Il lança le pot de vin dans un geste léger, et son visage se fendit déjà d'un sourire débridé.

« Je te jure, Su Zijun, ton bureau est encore plus sombre que ta salle principale. Dehors, tout n'est que des oiseaux chanteurs et des manches de soie, des bavardages animés, un jardin plein de printemps. Mais ici, cette pièce ressemble à un sanctuaire construit pour des ancêtres morts. »

Su Zhang ne releva pas la tête. Sa voix était posée, sans chaleur ni irritation. « Continue à débiter des bêtises en tenant ce vin et la porte reste exactement là où elle est. »

« Qu'est-ce que c'est ? Tu me jettes déjà de l'eau froide avant même que je prenne un verre ? »
Gu Xiao rit en s'asseyant sur une chaise, débouchant la jarre d'un geste sûr.

« Voici Mantangchun. Si cela ne vous plaît pas, je le reprendrai et je m'en occuperai moi-même. »

Su Zhang lui lança enfin un regard. Il posa son pinceau avec un calme délibéré et accepta une tasse. « Si tu pouvais parler moins, je pourrais être convaincu de partager un verre. »

« Ça ne va pas. Le vin sans conversation ne vaut pas mieux que de boire dans une tombe. » Gu Xiao avala une bonne gorgée, les yeux brillants. « Votre maison était animée aujourd'hui. Toute une file de jeunes filles assises aussi bien qu'un lit de pivoines. Une âme robuste comme moi a failli avoir honte d'entrer. »

Su Zhang resta impassible. « Pourtant, tu es entré de toute façon. »

« C'était moi qui manquais de politesse. » Gu Xiao se pencha en avant d'un air complice, baissant la voix. « À propos… ta cousine qui vient d'arriver, Qin Nianyin ? »

Le front de Su Zhang se plissa légèrement. « Et elle ? »

« Pas grand-chose. » Le sourire de Gu Xiao devint rusé. « Je l'ai juste trouvée plutôt agréable à regarder. Calme, modeste, sans faire semblant. Elle a cette douce aura de Jiangnan —douce pour les yeux. »

Su Zhang ne dit rien. Il leva sa tasse et but une gorgée.

Le sourire de Gu Xiao s'élargit, devenant tout malice. « Si ta sœur ne m'avait pas fusillé du regard comme si elle voulait me jeter dans un banc de neige, j'aurais sérieusement envisagé de choisir une épouse dans ta maisonnée. Tisser des liens par le mariage, comme ce serait pratique. Et cette cousine à toi, eh bien, elle a attiré mon attention. Tu veux aider ton frère ici ? »

Ses mots ne s'étaient pas éteints que Su Zhang posa sa tasse avec un coup sourd et décidé. Sa voix baissa de plusieurs degrés. « Si tu insistes pour dire ces bêtises, alors il n'est pas nécessaire de partager une autre tasse. »

Gu Xiao cligna des yeux, surpris. « Pourquoi ce tempérament soudain ? »

« Elle porte le nom de famille Qin, mais elle fait désormais partie de la famille Su. » Le ton de Su Zhang était retenu mais teinté d'un avertissement indéniable. « Tu ferais bien de retenir ta négligence. Elle est comme Wan, toutes deux sont des femmes que tu ne devrais jamais traiter avec ta frivolité habituelle. »

« Ce n'est pas pareil », répliqua Gu Xiao en ricanant. « Je ne causais pas d'ennuis. Je ne parlais que de façon décontractée, »

« Ça suffit. » L'interruption de Su Zhang fut brutale, l'air autour de lui se refroidissant comme du givre s'installant sur l'eau. « Peu importe la plaisanterie ou la sincérité, garde tes distances avec elle. »

Gu Xiao haussa un sourcil, son sourire s'effaçant lentement alors qu'il étudiait le profil de l'autre homme.

Su Zhang n'en dit pas plus. Il se retourna vers son bureau, reprit son pinceau et reprit son écriture avec un calme presque rigide. Son dos était droit, immuable, comme un monolithe de pierre contre le vent.

Gu Xiao l'observa en silence un instant, puis avala une autre gorgée de vin. À voix basse, il murmura : « Vraiment... une plaque de glace têtue. »

* * * * *

Quelques jours plus tard, sous un ciel dégagé, la cour de la résidence Su était inhabituellement silencieuse. La lumière du soleil traversait l'espace, tombant sur le couloir de pierre bleue en motifs soignés, brisés en carrés par les ombres en treillis projetées par les avant-toits.

Une brise légère agitait les carillons à vent ; leurs notes claires se mêlaient aux appels lointains des oiseaux, douces et superposées comme le murmure du temps qui s'écoulait, invisible.

Qin Nianyin venait de lui rendre hommage matinal dans la grande salle. Sa tante l'avait récompensée avec un morceau de satin, lisse, brillant et doux comme de l'eau. Elle le portait à deux bras, le tissu montant suffisamment pour obscurcir une grande partie de sa vue.

En tournant dans le couloir, une rafale traversa, soulevant plusieurs mèches de cheveux contre sa joue. Elle leva la main pour les repousser, ses pas ni pressés ni hésitants.

Et puis, Un impact solide retentit, le son étouffé mais ferme, comme s'il frappait une colonne de pierre.

Le satin faillit glisser de ses bras. Sa poitrine se souleva légèrement et elle leva les yeux droit vers une paire d'yeux d'une froideur frappante, clairs, austères, aussi immobiles qu'un lac couvert de givre. Ils n'avaient aucune colère, pourtant leur réserve silencieuse exigeait une retenue plus efficace que n'importe quelle voix élevée.

Ses lèvres s'entrouvrirent. Elle avait voulu offrir une explication. Mais sous ce regard, chaque excuse s'amincissait en inutile. Un léger soupir lui traversa le cœur.

Elle inclina la tête. « Mes excuses. »

Sa voix était douce, mais sa clarté portait une décorum indéniable.

Elle resserra son étreinte sur le satin et s'écarta, le dépassant avec une grâce mesurée. Sa manche effleura légèrement son épaule, portant avec elle une trace de bois de santal qui ne resta qu'un instant.

Ses pas restèrent réguliers, ni troublés ni précipités, comme si rien ne s'était passé.

Derrière elle, l'homme s'arrêta. Quelque chose vacilla faiblement dans son expression, mais il baissa les yeux à peine et reprit sa marche.

À ce moment-là, une autre silhouette s'approcha du couloir latéral, Su Wan, le mécontentement évident sur son visage.

« C'était le cousin tout à l'heure ? »

Su Zhang hocha légèrement la tête.

Su Wan renifla doucement. « À mon avis, elle doit déjà te repérer. »

Son expression ne changea pas. Il lui lança un regard froid, une lame fine dans la voix. « Une jeune fille qui n'a pas encore franchi les chambres intérieures ferait bien de garder sa langue », dit Su Zhang, sa voix froide comme du jade ombragé. « Fais attention à tes paroles, de peur de te transformer en bavardage pour les autres. »

Su Wan ne montra aucun signe de gêne. Elle se contenta de relever le menton et de suivre le pas de son frère avec une familiarité sans effort.

« Tu vas aussi rendre hommage à Mère ? Alors marchons ensemble. »

Pas loin devant, Qin Nianyin avait déjà avancé de plusieurs mètres dans le couloir. Pourtant, dans le silence de la lumière de la fin de matinée, la remarque désinvolte de Gu Xiao d'il y a quelques jours sembla lui revenir — douce, persistante, comme un fil de vent caressant son oreille.

Ses lèvres se relevèrent, si légèrement qu'elle ne comptait presque pas comme un sourire, plus comme une reconnaissance silencieuse à elle-même.

Dans cette vie... Je ne remettrai plus jamais les pieds sur ce chemin.

La lumière du soleil traversait la grille sculptée à l'extrémité du couloir, dorant le sol en pierre bleue de motifs changeants. Sa silhouette s'allongea et s'amincissait à mesure qu'elle marchait, une ombre solitaire s'étirant sur la lumière et l'ombre, jusqu'à se dissoudre enfin dans la lumière devant elle, emportant avec lui le serment silencieux qu'elle portait dans son cœur.

* * * * *

La nuit s'était installée profondément sur le domaine, lourde de rosée. La lune projetait sa lueur pâle et liquide sur la cour, baignant la longue colonnade d'un éclat aussi froid que l'eau.

Su Zhang posa son pinceau après un dernier coup délibéré. Il s'attarda, le silence autour de lui s'épaississant sous la réflexion, avant de se diriger vers la petite table d'appoint pour se verser une tasse de Mantangchun que Gu Xiao avait apportée plus tôt.

Il n'avait pas encore pris une gorgée qu'un enchevêtrement d'émotions agitées monta dans sa poitrine, se resserrant comme des lianes trop tendues. Ses sourcils se froncèrent, la plus légère ombre d'épuisement s'installant au fond de ses yeux habituellement impénétrables.

Sans s'en rendre compte, il s'appuya contre le bureau bas, et le sommeil le gagna presque aussitôt.

Les rêves s'infiltraient en lui doucement, comme le premier souffle du vent printanier : doux au toucher, mais résolus dans son intention.

Dans la brume, il distingua un homme assis seul dans une cour isolée.
Les dalles de pierre bleue étaient couvertes de fleurs d'abricot tombées
en silence. Une lanterne y projetait une lumière instable, sa flamme
tremblant comme un souvenir battant sous un voile.

La silhouette dans la cour lui semblait familière, de façon troublante,
pourtant le visage de l'homme restait caché, comme s'il se tenait derrière
une vitre embuée, toujours à un doigt de portée.

Quelqu'un rit doucement. Une main apparut de l'ombre pour poser une
robe de chambre sur ses épaules, le bout des doigts effleurant légèrement
son visage avec une intimité à la fois naturelle et précautionneuse. Une
voix douce, chaude comme de l'encens persistant, murmura près de son
oreille :

« Il fait froid dehors. Tu vas attraper froid. »

Il essaya de lever les yeux, pour voir clairement le parlant. Mais la voix
ne faisait que tourner autour de ses oreilles, claire mais insaisissable,
tandis que ses traits restaient flous, comme si le rêve lui-même refusait
de les révéler.

La scène changea brusquement.

Il était allongé sur un lit de malade, faible et fiévreux, le souffle court et
irrégulier.

La même silhouette était assise à ses côtés, fidèlement, le nourrissant
cuillère après cuillère de remède chaud. La voix qui s'éleva était teintée
d'une colère née du chagrin, tremblante d'épuisement et de désespoir : «
Su Zhang, on en est là et tu insistes encore pour nous tourmenter tous les
deux ! »

« Tu m'en veux à ce point... ? »

« S'il te plaît, arrête de te faire du mal... et arrête de me faire mal... »

Chaque mot le traversait comme des points de suture rassemblant un
tissu déchiré, liant les fragments de son être fracturé avec une tendresse
impossible.

Ses membres étaient lourds, vidés de toute force.

Pourtant, c'est précisément grâce à cette présence et cette compagnie
inébranlable qu'une chaleur fragile commença à s'infiltrer à travers la
douleur froide dans ses os, apportant avec elle une paix rare et
silencieuse.

Il entendit son propre rire bas et discret. Puis, dans le rêve, il leva une
main affaiblie et écarta le bol de médicaments.

La porcelaine se brisa sur le sol dans un craquement sec et soudain, un bruit qui fendit la nuit immobile en deux. Une douleur brûlante lui traversa la poitrine, vive et surprenante.

Ce n'est qu'alors qu'il comprit,

L'homme malade dans ce rêve était lui-même.

Mais avant qu'il ne puisse regarder à nouveau, la silhouette et la cour éclairée par les lanternes se dissipèrent en une épaisse brume envahissante.

La voix s'éloignait de plus en plus, mais son dernier appel lui parvint clairement, mêlé de chagrin, de supplication et de quelque chose de dangereusement proche de l'amour.

« Zhang... Zhang... »

Le cri s'enfonça directement dans le coin le plus doux et vulnérable de son cœur.

Su Zhang se réveilla en sursaut.

La sueur froide perlait à son front ; sa sous-robe lui collait humidement au dos. Sa main se referma instinctivement sur la couverture brodée, ses jointures blanchirent tandis que son souffle battait lourdement dans sa poitrine.

Pendant plusieurs instants, il ne put immédiatement distinguer les vestiges du rêve de la réalité de la pièce silencieuse autour de lui.

La flamme de la bougie vacillait sauvagement dans le courant d'air, sa lumière vacillante projetant des silhouettes tremblantes sur les murs. Il leva une main pour se poser sur le front, une douleur sourde pulsant derrière ses yeux. Sa voix, rauque de désorientation, s'évanouit dans l'air immobile.

«… Absurde. »

Ce n'était qu'un rêve.

Comment un simple rêve pouvait-il faire battre son cœur avec une telle force ?

Et qui — qui — qui, dans ce monde, pouvait inspirer une telle confiance, une telle reddition, pour qu'il lui confie une vie entière, affrontant tempête et feu à ses côtés ?

Il avait toujours été discipliné, guidé par la clarté et la retenue, non par la superstition. Pourtant, la tristesse persistante du rêve, cette étrange familiarité douloureuse, s'accrochait à lui comme du lierre, serrée et tenace, impossible à chasser.

La personne dans le rêve, il ne pouvait pas s'en souvenir.

Et pourtant, il avait l'impression de ne jamais vraiment les avoir oubliés.

Dehors, une légère rafale agita l'air nocturne. Des fleurs de poirier se détachèrent de leurs branches et passèrent devant la fenêtre, pâles comme des restes de rêve.

Su Zhang baissa les yeux, ses cils projetant une fine ombre sur ses yeux. Sa voix baissa en un murmure doux, à peine audible :

«… Comme c'est stupide. »

Chapitre 13 : Si l'on pouvait trouver un cœur sœur

La lumière du soleil filtrait à travers les fenêtres en treillis de la grande salle, chaude mais tamisée, et une ondulation étouffée de voix élevées filtrait à travers les écrans à moitié fermés.

Qin Nianyin s'arrêta juste au moment où elle s'apprêtait à franchir le seuil. Elle retira silencieusement le pied qu'elle avait déjà avancé, comme si un pas de plus risquait de troubler l'équilibre fragile de la scène.

À l'intérieur, Madame Qin était assise sur le siège principal, douce dans son visage, mais inflexible dans son ton.

« Zhang n'est plus jeune. Il est temps que son mariage soit réglé. Il y a de nombreuses jeunes filles de grande réputation et de caractère dans la capitale. Je ne vois aucune raison de nous lier uniquement aux maisons nobles. Tant que la fille est chaleureuse et vertueuse, quelqu'un qui comprend son tempérament et peut marcher à ses côtés — c'est ce qui perdure. »

Personne ne connaissait son fils mieux qu'elle ; il avait été déterminé depuis l'enfance, réservé mais obstiné, et ne se marierait pas facilement selon le seul désir de son père d'un mariage de haute naissance. Elle savait aussi que, pour un homme comme lui, une union fondée uniquement sur l'utilité finirait par devenir une autre forme de solitude.

Le marquis Su Ze leva son thé avec un léger froncement de sourcils.
« C'est un sentiment de femme. Zhang sert désormais le prince héritier. Son avenir est illimité. S'il épousait une fille d'une maison puissante, cela le renforcerait considérablement. Et puis, la Seconde Dame Shen a grandi avec lui. Son tempérament et son apparence lui vont bien. »

Madame Qin soupira et secoua la tête.
« La Seconde Dame Shen est radieuse et gracieuse, issue d'une lignée noble, mais elle ne pourra peut-être pas supporter la nature austère de Zhang. »

« Le tempérament d'un gentleman peut se forger après le mariage », répliqua Su Ze. « Le pin et le bambou sont résistants ; le caractère aussi. »

Madame Qin lui jeta un regard en coin.
« Tu connais la nature de ton fils. Extérieurement calme, mais profondément fier — il ne supporte pas la moindre trace d'affection

feinte. Dis-moi, durant tes années en fonction, quelle jeune femme de noble naissance t'a regardé avant de noter ton rang ? »

Su Ze renifla.
« J'occupais un poste respectable. Quel défaut y a-t-il là-dedans ? Zhang est un homme ; il saura distinguer la vérité de la feinte. »

Leur dispute atteignit une impasse lorsqu'une voix douce retentit de l'extérieur :
« Oncle, tante, Nianyin est venue rendre hommage. »

L'expression de Madame Qin s'illumina.
« Entre, enfant. »

Qin Nianyin entra dans une robe bleue discrète, une épingle en fleur de poirier en jade blanc ornant sa tempe. Ses sourcils et ses yeux portaient une douceur maîtrisée, limpide et retenue, comme une eau claire dissimulant des courants profonds.

Madame Qin sourit en la voyant entrer.

« Parfait timing. Ton oncle et moi discutions justement du mariage de ton cousin. Dis-nous : lorsqu'on associe deux personnes, doit-on valoriser la lignée ou le tempérament ? »

Qin Nianyin se figea. Ses cils s'abaissèrent légèrement pour dissimuler le choc qui lui traversait la poitrine et, sous sa manche ample, ses doigts se recroquevillèrent presque imperceptiblement.

Son mariage ?

Avec une vie entière de souvenirs derrière elle, elle comprenait trop bien ce que signifierait un tel mariage.

Si Su Zhang épousait une famille puissante, sa trajectoire politique serait en effet plus fluide ; pourtant, la plupart des dames nobles n'admiraient pas l'homme lui-même, mais l'éclat de ses perspectives et l'ombre projetée par son rang futur.

Peu respectaient l'austérité discrète et principielle qu'il avait protégée toute sa vie.

Dans sa vie précédente, il était resté isolé. À part quelques domestiques et intendants, personne ne s'approcha réellement de lui.

À la cour, il choisit de rester un ministre seul, loyal uniquement au trône, et, ce faisant, suscita plus d'inimitié qu'aucun homme ne pouvait en supporter.

Finalement, elle et Mei furent elles-mêmes prises dans les conséquences : l'une poignardée, l'autre précipitée d'une falaise.

Pour un homme comme lui, comment pouvait-il confier toute sa vie à des splendeurs creuses ?

Et pourtant, même les orgueils ont leur propre hiver. S'il y avait une personne capable de réchauffer ses mains avec les siennes, de lui verser une coupe de vin doux, de tourner les pages avec lui sous la lumière d'une lampe — cela valait bien plus que toutes les courtoisies vides des grands domaines.

Qin Nianyin baissa les cils avec un léger sourire, son ton doux mais mesuré.

« Tante, tu te moques de moi. De telles choses dépassent largement tout ce que Nianyin ose commenter. »

Madame Qin secoua légèrement son éventail brodé.

« Écoute-moi — je deviens vraiment étourdie à force de parler. Imaginer poser une telle question à une jeune fille qui n'a même pas quitté les quartiers intérieurs… »

Mais Su Ze intervint avant que le sujet ne soit écarté.

« Aucun mal n'a été fait. Puisque ta tante a soulevé la question, donne ton avis. Nous sommes les seuls ici ; ce n'est rien d'autre que des discussions de famille. »

Qin Nianyin hésita une demi-seconde, puis inclina la tête.

« Si l'oncle insiste, alors Nianyin obéira. »

Dans sa vie précédente, il l'avait épousée — une femme sans pedigree ni talent reconnu — et leur mariage n'était qu'une coquille de bienséance, une union correcte en apparence mais vide dans son essence, les laissant chacun plus seul encore.

Maintenant, renaissant dans une seconde chance, elle souhaitait seulement qu'il trouve quelqu'un de digne : quelqu'un qui puisse le soutenir, le comprendre, le chérir, et apaiser la froideur de sa nature afin qu'il ne traverse pas une autre vie glacée par le devoir et le silence.

Après une réflexion silencieuse, elle parla doucement.

« Mon cousin est exceptionnel — raffiné, accompli, admiré dans toute la capitale. Si l'on parle strictement de lignée, alors oui, un noble mariage pourrait servir d'ailes pour l'élever davantage… »

Dans son esprit défilèrent d'innombrables images de cette silhouette austère et solitaire, avançant devant elle à travers les couloirs et les cours, traversant des ponts de pierre, toujours droit, toujours distant, la lumière du soir allongeant son ombre jusqu'à la rendre presque douloureuse à regarder.

Sa voix s'abaissa.

« Mais le mariage, finalement, est fait des longues années de riz et de sel. S'il peut trouver quelqu'un qui connaît son vrai cœur, respecte l'intégrité qu'il protège, et comprend les peines cachées derrière l'hiver et l'été… une telle personne serait le compagnon le plus rare et le plus juste. »

La salle tomba dans un silence contemplatif. Quelque chose de chaud brilla dans les yeux de Madame Qin, tandis que Su Ze, à court d'arguments, baissa simplement la tête vers son thé.

« Très bien », dit enfin Madame Qin, son éventail oscillant légèrement alors qu'elle souriait.

« Dans quelques jours, ce sera le Festival de la Déesse des Fleurs. La capitale sera animée. Laisse Zhang t'accompagner, toi et Wan ; cela vous évitera bien des déplacements et il pourra vous protéger. »

Elle fit signe à Qin Nianyin de s'approcher, se penchant pour lui chuchoter avec un sourire à la fois tendre et malicieux :

« Pendant que vous y êtes, observe bien pour moi — quelles jeunes filles ont un caractère doux, lesquelles possèdent du talent. Et toi aussi, enfant… garde les yeux ouverts. »

« Tante… je préférerais ne pas y aller », dit Nianyin doucement. Ses cils tremblaient, mais elle ne révéla pas la véritable raison — qu'au fond d'elle-même, elle avait déjà juré de ne plus jamais se marier dans cette vie.

« Ça ne va pas », répondit Madame Qin en lui prenant la main.

« Tu es dans la capitale depuis plusieurs jours sans sortir. Profite de l'agitation, sinon tu finiras par t'étouffer à force de rester enfermée. »

Qin Nianyin serra les lèvres, choisissant le silence plutôt que la dispute. Très bien, pensa-t-elle. Qu'il en soit ainsi.

Madame Qin supposa simplement qu'elle était timide et rit doucement.

« Les paroles des entremetteurs sont toujours enjolivées. Rien ne vaut ce que l'on voit de ses propres yeux. Assez parlé. »

* * * * *

La lumière de la lampe vacilla faiblement et le bureau autour de Su Zhang s'installa dans un silence si complet que le seul son restant était le doux glissement ininterrompu de son pinceau sur le papier.

Chaque trait tombait avec une précision silencieuse, l'odeur d'encre fraîche flottant dans l'air. Puis, presque sans intention, la pointe de son pinceau se courbe, formant le contour d'une petite silhouette.

Une petite fille en chemisier rose et jupe apparut sur la page, ses deux courtes tresses s'inclinant de façon inégale sur ses épaules alors qu'elle poursuivait un papillon.

Son pinceau s'arrêta en plein mouvement.

Pendant un long moment, il fixa simplement ce toucher d'encre rose, un détail insignifiant à tous égards, mais quelque chose se serra dans sa poitrine comme frappé par un souvenir qu'il n'était pas prêt à affronter. Quelque part au plus profond de lui, une porte qui était restée fermée pendant des années s'ouvrit sans prévenir.

Il s'en souvenait.

C'était un après-midi baigné de soleil, une cour où les papillons volettaient en essaims comme des pétales flottants. Il avait sept ans, accroupi sur les marches de pierre, un petit couteau à la main, concentré à tailler une bande de bambou pour en faire une petite épée.

Sans prévenir, une petite silhouette surgit de derrière les arbustes fleuris. Un éclair de satin rose traversa la cour baignée de soleil avant de s'écraser de plein fouet contre sa poitrine.

L'impact le projeta en arrière ; Le morceau de bambou glissa de ses doigts et tomba au sol. La petite fille le regarda en silence, surprise, pendant un battement de cœur, puis éclata en sanglots.

Ses pleurs étaient forts, stridents et étrangement doux à la fois, un son si perçant qu'il semblait faire trembler toute la cour.

Il se figea. Puis, réalisant qu'elle tremblait, il s'accroupit maladroitement, baissant la voix dans une tentative douce de la réconforter. « Ne pleure pas. Je ne suis pas en colère. »

Son effort, cependant, ne fit que la faire sangloter plus fort.

Elle se jeta contre lui, agrippant le devant de sa robe de ses deux petites mains, ses larmes et son nez coulant librement sur ses manches. Sa chaleur, son poids, sa misère débridée —tout cela était accablant.

À une certaine distance, la voix anxieuse d'une femme résonna dans la cour. « Yinyin ! Où est Yinyin ? »

C'était sa tante.

Il releva la tête juste au moment où elle se précipitait, son expression marquée par l'inquiétude.

Il tenta de desserrer la prise de la petite fille pour la ramener en sécurité, mais elle s'accrochait à lui avec une force surprenante.

« Non, Yinyin veut grand frère ! » hurla-t-elle entre deux hoquets, son petit visage rougi d'avoir pleuré, mais ses mots étaient indéniablement clairs.

Il cligna des yeux, pris au dépourvu, et après un moment parvint enfin à demander doucement : « Comment tu t'appelles ? »

« Yinyin. » Elle renifla, les larmes brillant comme de la rosée sur ses cils. « Je suis Yinyin. »

C'était la toute première fois qu'il entendait ce nom.

La chaleur de ce souvenir se dénoua lentement, comme un rêve qui se dissout à l'aube, et le bureau retrouva son calme paisible.

Su Zhang posa le pinceau et fixa la silhouette en robe rose sur le papier. Il ne bougea pas pendant longtemps.

Les flammes des bougies tremblaient, comme si une brise s'infiltrait par la jointure étroite de la fenêtre, soulevant les pages lâches sur son bureau en un léger battement.

Il tendit la main et les pressa vers le bas, mais ses doigts tremblaient presque imperceptiblement.

« Yinyin... »

Le nom lui traversa l'esprit, à peine plus fort qu'un murmure, comme quelque chose soufflé de l'intérieur, vers le passé, peut-être, ou vers une part de lui-même qu'il reconnaissait rarement.

Dehors, la nuit enveloppait la cour.

Le vent caressait le bambou, faisant bruisser les feuilles dans un murmure bas.

Quelque part dans ce paysage sonore changeant, il crut entendre l'écho fugace d'un rire d'enfant, doux, lointain, emporté un instant plus tard par le vent, ne laissant derrière lui que la pâle immobilité de la pièce et le léger parfum d'encre.

Chapitre 14 : Murmures sous le pavillon du jardin

Le printemps s'était installé sur la capitale, mais au lieu d'apporter de la lumière, il s'était posé comme un voile de brume nacrée. Les premières pluies de la saison flottaient dans l'air, tissant de fins voiles de brume sur la lumière du jour. Et au sein de la cour impériale, l'atmosphère était encore plus lourde, une tempête silencieuse s'amassant dans chaque recoin de la salle.

Le prince héritier, Li Duan, avait atteint un âge mature et était loué pour sa vertu et ses compétences, mais il n'avait toujours pas choisi de princesse héritière. Son indécision laissa le paysage politique plongé dans l'incertitude.

« Le deuxième prince, Li Xuan, le véritable objectif n'est probablement pas du tout les Gardes du Tigre, mais les Gardes Impériaux. Les Gardes Impériaux existent uniquement pour défendre la capitale. Si Li Xuan gagne de l'influence sur eux, la porte s'ouvrira, et le pouvoir militaire du royaume glissera des mains légitimes. La position de prince héritier pourrait alors... »

La voix de Su Zhang s'éteignit.

Gu Xiao avait depuis longtemps abandonné sa moquerie précédente. Ses doigts tapotaient légèrement la table, chaque tapotement régulier et délibéré. La légèreté sur son front s'était estompée, remplacée par une acuité vive digne de quelqu'un né sous une bannière militaire.

« Je sais ce que cela signifie », murmura-t-il. « Mais... ce jeu n'est pas un jeu que Li Duan peut gagner facilement. »

Su Zhang fixa son regard sur lui. Son expression devint sévère ; Quand il parla de nouveau, sa voix baissa d'un peu.

« As-tu déjà envisagé que l'Impératrice t'a suggéré plus d'une fois de prendre un poste au sein de la Garde Impériale ? Si le commandement des Gardes Impériaux tombait entre vos mains, non seulement vous vous protégeriez, mais vous protégeriez aussi Li Duan, l'Impératrice et votre propre avenir. »

Gu Xiao secoua simplement la tête. Ses yeux brillaient de l'imprudence brute de la jeunesse, une clarté dangereuse.

« Si j'entre dans la Garde Impériale, je m'attache avec des chaînes. Aujourd'hui, le prince héritier est gentil avec moi, de sang, il est pratiquement de ma famille. Mais quand les vents changent ? Sur le

terrain, la loyauté et l'affection valent aussi bon marché que la poussière.
»

Sa voix était basse, mais chaque syllabe frappait comme du fer frappé la pierre.

« Les Gardes du Tigre sont là où j'ai l'intention d'aller. »

Les Gardes du Tigre, autrefois un nom qui faisait trembler la frontière. Ils étaient l'armée de la famille Gu, la « Légion du Tigre au Sang de Fer », redoutée dans tout le royaume.

Depuis l'époque du vieux général Gu, la famille défendait les frontières nord pendant trente ans sans reculer. L'armée vénérait la famille Gu par-dessus tout.

Le frère aîné de Gu Xiao, Gu Changyuan, hérita du commandement de leur père ; Malgré sa jeunesse, il mena dix mille hommes au combat, remportant victoire après victoire. Partout où flottait sa bannière, les soldats ennemis sentaient leur courage se figer.

Mais la gloire est capricieuse. La puissance se déplace plus vite que la fumée.

Lors de la campagne brutale dans le nord, le vieux général Gu et son fils aîné tombèrent tous deux sur le champ de bataille. Avec les Gardes Tigres dévastés, les érudits de la cour ont saisi l'occasion de soumettre des mémoires. Le décret impérial suivit rapidement.

Le commandement des Gardes Tigres fut retiré, absorbé par le Secrétariat aux Affaires Militaires, puis intégré directement aux Gardes Impériaux.

Trente ans d'autorité de la famille Gu se sont évaporés du jour au lendemain.

Dans la ville, les roturiers se lamentaient. Parmi les vétérans, des larmes coulaient alors qu'ils criaient : « Le général est peut-être parti, mais l'esprit du tigre demeure ! »

Pourtant, même un esprit persistant s'efface.

Avec le général et Gu Changyuan ensevelis sous les sables frontaliers, la dernière trace de la domination des Gardes Tigres se dissipa lentement en poussière.

L'expression de Su Zhang se crispa légèrement.

« Tu sais bien que Li Duan n'est plus celui qu'il était autrefois. Il est devenu plus stable, plus méfiant face aux dangers sous la surface. Toi et moi avons étudié à ses côtés pendant des années. Maintenant, quand il a le plus besoin des gens, il n'a personne sur qui compter. Si nous refusons de bouger, si nous restons les bras croisés pendant que les ombres changeantes se tordent dans la cour, combien de temps pourra-t-il tenir ? »

Gu Xiao tenait sa tasse de thé entre ses doigts.

Le silence s'installa entre eux.

Des fleurs de poirier trempées de pluie recouvraient le sol au-delà des avant-toits. L'air portait un parfum léger et frais, rafraîchissant mais étouffé sous le poids de la pluie printanière.

Après un long moment, il parla enfin.

« Je vais y réfléchir. »

Su Zhang expira lentement. Il repoussa un pétale de poire qui avait flotté sur la table, son ton plus doux.

« Alors réfléchis bien. Juste pas trop longtemps. »

Gu Xiao laissa échapper un bref rire, sans réponse claire.

Il tourna la tasse de thé dans sa main, le geste sans hâte ; Quand il parla, sa voix trahissait une aisance paresseuse mêlée à une arrogance juvénile.

« Les Gardes Impériaux vont bien. Mais sans poste officiel à mon nom, quel mérite ai-je pour justifier d'entrer directement dans leurs rangs ? Même l'Impératrice ne peut m'élever sans raison. »

Le deuxième prince, Li Xuan, nourrissait des ambitions qui n'étaient guère un secret ; Renforcé par la puissance redoutable de son clan maternel, il avait commencé à attirer ministres et généraux sous sa bannière, formant une faction qu'on ne pouvait plus rejeter comme de simples ondes.

Le Troisième Prince, Li Suo, bien que plus jeune, se comportait avec une prudence frôlant l'invisibilité, mais même derrière lui, de faibles mouvements suggéraient la lente convergence d'une autre force.

Une mante religieuse rôde autour de la cigale, inconsciente de la présence de l'oriole derrière ; Chaque matin donnait aussi l'impression que chaque public ressemblait à un champ de bataille enveloppé de soie.

La pluie printanière venait de cesser à la Cour Songxue. À l'extérieur du bureau de Su Zhang s'étendait une petite cour, sereine et élégante. Les fleurs de poirier alourdies par la pluie tombaient comme de la soie blanche, recouvrant les sentiers de pierre humides d'un tapis doux de pétales fragiles. Leur parfum se mêlait à la fraîcheur légère du début du printemps.

La scène aurait dû être apaisante, mais à côté de la table en pierre, Su Zhang était assis dans une robe blanche comme la lune, une ceinture de jade soigneusement serrée à la taille. Raffiné, posé, comme taillé dans une lumière tranquille... Et pourtant, son front était tendu d'une certaine tranquillité.

Il versa une tasse de thé chaud pour l'ami assis en face de lui et la fit glisser sur la table.

Son ton était calme, mais pas léger. « Qu'est-ce qui t'amène ici pour prendre le thé avec moi aujourd'hui ? »

Allongé contre la table basse, Gu Xiao avait l'air aussi calme qu'un homme se bronzant un après-midi de printemps.

Il ne répondit pas à la question ; au contraire, ses sourcils se haussèrent d'une lueur taquine.

« Où est ta petite cousine ? »

Su Zhang fronça les sourcils. « Pourquoi l'avoir mentionnée ? »

« Pour discuter avec elle, naturellement... »

« Ça suffit. Arrête de dire des bêtises. Il n'y a aucune possibilité entre toi et elle. »

Su Zhang le coupa, une irritation traversant brièvement sa voix habituellement calme, une irritation accentuée par l'agitation persistante de ce rêve.

Gu Xiao repoussa une mèche de cheveux rebelle, le geste paresseux et arrogant. « Qui peut le dire ? Quelqu'un d'aussi beau, charmant et irrésistible sans effort que moi, »

« Ça suffit. Parlons de quelque chose d'utile. »

Le ton froid de Su Zhang transparait parfaitement à travers la vantardise. Il changea de sujet sans hésiter.

« Lors de la séance de cour d'aujourd'hui, la faction du Second Prince a de nouveau soulevé la question des troubles des barbares du Nord, appelant au renforcement de la Garde du Tigre. Sa voix était forte. Tu — étais au courant ? »

« Et si je le faisais ? et si je ne le faisais pas ? »

La réponse de Gu Xiao était langoureuse, comme s'il commentait la météo.

« Je n'exerce pas vraiment de fonction. Juste un titre honorifique creux qui prend la poussière. »

« Sois sérieux. » Les sourcils de Su Zhang se froncèrent.

« Je te connais depuis des années, quelle part de moi a jamais été sérieuse ? »

Pourtant, malgré la désinvolture, il laissa enfin un brin de sobriété revenir sur son visage. Il expira doucement et jeta un regard en travers à la mâchoire crispée de son ami.

« Eh bien alors. Ce n'est rien d'autre qu'une excuse. Les tribus du nord causent des problèmes chaque année —ce n'est guère une nouvelle annonce. Pourquoi cela justifierait-il de mobiliser la Garde des Tigres parmi toutes les unités ? »

Su Zhang hocha faiblement la tête, ses yeux sombres comme de l'eau profonde.

« Malheureusement, il semble que même quelques ministres plus âgés aient été convaincus par le Second Prince. Leurs discours aujourd'hui étaient sincères, trop sincères, pleins de discours sur « prévenir le danger avant qu'il n'apparaisse » et « protéger le royaume ». On pourrait penser que ne pas lever des troupes équivaut à de la négligence. »

Il s'arrêta et un souffle de froid amusement s'échappa dans sa voix.

Les yeux de Su Zhang bougèrent légèrement. Il observa Gu Xiao longuement avant de parler d'une voix basse.

« Des nuages d'orage montent. Rien au tribunal n'est stable. Peu importe la taille du poteau, il faut surveiller le vent avant de faire un seul pas. »

Une légère lourdeur traversa ses traits alors qu'il terminait.

Il fit une pause, puis ajouta d'un ton presque décontracté, mais porteur d'un poids indéniable :

« Il y a autre chose. Tu as remarqué ? Les hommes du Second Prince ne se limitent pas à la question des frontières nord. Ils s'accrochent fermement au ministère des Finances —exigeant une réévaluation complète des fonds de contrôle des inondations du Sud. Ils veulent retarder les réparations. »

Les sourcils de Gu Xiao se froncèrent.

« Les crues printanières dans le sud sont presque là. Si les défenses ne sont pas rétablies à temps, le désastre frappera. »

« Ils le savent. »

Un sourire froid se dessina sur les lèvres de Su Zhang.

« Jiangnan a toujours été la base de Li Duan. Si une calamité éclate pendant la saison des inondations, la responsabilité incombera au ministère des Revenus et aux gouverneurs locaux. Le prince héritier portera la faute, qu'il le mérite ou non. »

La prise de Gu Xiao sur sa tasse de thé se resserra. Son regard s'assombrit ; Un malaise sourd ondulait sous son calme.

Su Zhang poursuivit après un bref moment de réflexion.

« Nous faisons déjà partie de cette lutte. Tout ce qui concerne le prince héritier nous appartient aussi. Nous sommes sa faction, son peuple. Nous ne pouvons pas continuer à agir comme des garçons qui croient que la passion seule peut arranger les choses. »

Les doigts de Gu Xiao se crispèrent autour de la porcelaine. Ses jointures pâlirent.

Une brise légère traversa la cour, éveillant les fleurs de poiriers au-dessus de nous. Les pétales tombaient les uns après les autres, blancs et légers, comme de la neige qui refusait de fondre.

Il baissa les yeux.

Il n'était pas d'accord, ni n'a réfuté.

Il laissa échapper un léger rire, presque désinvolte.

« Je connais mes limites. »

Les mots portaient une pointe de malice, mais le sens était indéniable, il ne se laisserait pas persuader davantage.

Su Zhang le regarda en silence. Une inquiétude brillait profondément dans son regard, trop subtile pour être nommée mais impossible à dissimuler.

Les deux hommes restèrent assis dans le silence.

Le printemps pesait lourdement sur la cour, atténué et retenu. Seule la chute constante des fleurs de poirier brisait le silence, comme si elle témoignait silencieusement des premiers signes d'une tempête à venir.

Ils échangèrent un bref sourire, tous deux reflétant compréhension —et inquiétude qu'aucun des deux n'exprimait à voix haute.

Non loin de là, Qin Nianyin se tenait derrière la porte latérale coincée, observant la scène se dérouler sans un bruit.

Sa main se resserra autour du mouchoir qu'elle tenait. Ses jointures blanchirent.

Dans sa vie précédente, elle avait personnellement été témoin de Gu Xiao envoyé à la frontière nord. Elle l'avait vu partir avec fierté, pour tomber dans une embuscade orchestrée par son propre adjoint. Son corps n'a jamais été retrouvé.

Le clan Gu —loyal depuis des générations —fut alors faussement accusé de complicité avec l'ennemi. Toute la famille a été exécutée.

Le sang lavait les rues de la capitale.

Et le clan Gu avait été le seul soutien restant de l'Impératrice. La mort de Gu Xiao avait été une condamnation à mort pour l'Impératrice, et pour le Prince Héritier.

À partir de ce moment, Li Duan perdit la moitié de ses forces.

La cour sombra dans le chaos.

Rien ne pouvait être inversé.

Qin Nianyin baissa les yeux.

Un frisson se répandit dans sa poitrine, aigu et amer.

Cette heure... elle allait changer cela.

Pour lui. Pour sa famille. Pour le royaume.

À tout prix.

Le vent se levait dans la cour.

Des fleurs de poirier se dispersèrent comme de la neige accumulée, comme si les cieux eux-mêmes murmuraient une lamentation discrète.

Dans le bureau impérial, la lumière du jour filtrait à travers les fenêtres en treillis dorées et tombait sur deux mémoriaux ouverts sur le bureau. Des sceaux rouges, de l'encre noire, un à gauche, un à droite, s'opposaient silencieusement les uns aux autres.

L'un venait du ministère des Recettes, intitulé Mémorial sur l'allocation des fonds militaires pour la frontière nord.

L'autre provenait du ministère des Travaux, intitulé Rapport de réexamen sur les réparations de contrôle des inondations du Jiangnan.

L'empereur Xuanwen s'appuya contre le trône sculpté du dragon. Ses sourcils étaient froncés et ses doigts frottaient lentement le bord du mémorial comme s'il voulait effacer le motif du dragon laqué d'or.

La salle était si silencieuse qu'une épingle tombant aurait résonné comme un tonnerre.

Seuls le doux froissement du papier et le rythme lent de sa respiration remplissaient l'air.

« … Frontière du Nord. » murmura-t-il, puis ses yeux glissèrent vers le second document.

« … Jiangnan. »

Nord et Sud, deux artères du royaume.

L'une concernait la fortification des frontières de l'empire ; l'autre, des milliers de kilomètres de berges.

Un eunuque présenta le thé avec un soin extrême. Voyant l'expression sombre de l'empereur, il osa à peine respirer. Dans un coin, une clepsydre en bronze gouttait régulièrement, chaque goutte semblant moudre le temps d'un cran, jusqu'à l'amincir.

L'empereur Xuanwen leva la coupe mais ne but pas.

À la surface du thé, deux souvenirs remontèrent à la surface, superposés, distincts.

La première date d'il y a dix ans : les inondations du Jiangnan.

Des vagues semblables à des bêtes déchaînées avaient dévoré champs et villes. Des maisons en bois renversées. Des cris de terreur résonnèrent sur les eaux. Des os blancs flottaient parmi les courants chargés de boue.

Il était encore le prince héritier à l'époque et était allé personnellement dans la zone sinistrée. Il se souvenait des yeux d'un enfant luttant dans l'eau trouble, des yeux vides d'espoir.

Ce regard s'était gravé en lui comme une lame, une lame qu'il ne pouvait oublier même après une décennie.

Le deuxième souvenir date de cinq ans plus tôt : la frontière nord.

Neige et vent tranchants comme des couteaux ; des bannières de bataille crépitaient dans l'air.

Des soldats en armure chargèrent à travers des congères tachées de sang, des lances s'enfonçant dans les lignes ennemies.

Le vent portait à la fois les cris des mourants et la chaleur du sang frais.

Il comprenait bien que la ligne de vie de la frontière se payait avec la vie des hommes.

Le thé refroidit. Il posa lentement la tasse de côté et regarda une dernière fois les mémoriaux sur son bureau.

Si la frontière nord ne recevait pas ses fonds, les soldats manqueraient de nourriture, d'armures et d'équipement d'hiver. La frontière serait un mur creux — prêt à s'effondrer.

Si les ouvrages de contrôle des crues au Jiangnan n'étaient pas réparés, les crues printanières déferleraient à travers les digues, et des centaines de milliers de personnes se noieraient dans la boue et la ruine.

Ses doigts tapotèrent le bureau, un rythme métallique et discret.
« Les deux sont des questions de vie ou de mort, » murmura-t-il, « et pourtant… tout exige de l'argent. »

Le trésor était presque vide. Les recettes de la taxe sur le sel venaient tout juste de commencer à entrer dans les comptes ; les fonds de la Cour intérieure ne pouvaient pas être déplacés à la légère.
L'avertissement laissé par l'ancien empereur lui revint, net, implacable : les secours comme la défense — aucun des deux ne devait être négligé.

Une lumière dorée vacillait sur les piliers, dure comme des couteaux ; elle lui piquait les yeux, acide, comme si même l'éclat du palais réclamait un prix.

Ce royaume était un qu'il avait sécurisé de ses propres mains, mais chaque centimètre semblait se dresser contre lui et lui demander du sang.

Plus préoccupant encore était le déficit de revenus cette année.

Au printemps, la pluie avait trempé Jiangnan pendant des mois. Les eaux de crue ont persisté longtemps après la saison des prunes. Les semis se sont noyés.

Au nord, des gelées précoces sont arrivées, ruinant le millet et le blé.

Hedong a souffert de sécheresse ; Guanzhong faisait face à la peste.

Plusieurs provinces n'ont pas livré les taxes sur le sel à temps.

Les responsables du transport ont signalé des dizaines de bateaux chavirés, entraînant la perte de dizaines de milliers de taëls.

Les expéditions fiscales ont été retardées encore et encore.

Dehors, une annonce retentit.

Un eunuque entra et s'inclina profondément.

« Votre Majesté, le ministre Wen Cong du ministère des Finances et le vice-ministre Shen Ting du ministère des Travaux demandent audience. »

La voix de l'empereur Xuanwen était plate.

« Invoquez-les. »

Les deux officiels se hâtèrent à l'intérieur et s'agenouillèrent côte à côte.

Wen Cong, presque soixante ans et en sueur abondante, éleva la voix :

« Votre Majesté ! Le rapport de la garnison du Nord est des plus urgents. La ligne de front ne dispose de grain que pour quinze jours. Les armures et les manteaux d’hiver n’ont pas été réapprovisionnés depuis longtemps. Si le retard se prolonge, le moral de l'armée s'effondrera ! »

Shen Ting s'avança aussitôt, le mémorial serré à deux mains.

« Votre Majesté, la réévaluation des digues de Jiangnan recense quarante-cinq sections nécessitant des renforts. Les inondations printanières sont imminentes. Un faux pas et le désastre de l'année dernière reviendra au centuple. Les maisons et greniers ne se sont pas encore rétablis. Si la rivière débordait à nouveau, pas moins d'un million de personnes seront déplacées. »

Wen Cong intervint avec urgence.

« Si les défenses du nord échouent, la cavalerie ennemie se ruera vers le sud. Jiangnan ne serait pas en sécurité non plus ! »

Shen Ting refusa de céder.

« Une fois que les eaux montent, les comtés sombrent dans le chaos. Bien avant l'arrivée des allocations militaires, il faudra détourner les troupes pour le contrôle des émeutes. C'est du désordre qui précède la défense. »

Leurs voix se firent plus aiguës.

Shen Ting insista, plus fort qu'avant.

« Votre Majesté se souvient-elle encore de la brèche à Runzhou sous le règne du défunt empereur ? Cent li de dévastation — un tollé public, des bureaux préfectoraux brûlés, des greniers pillés. Trois bataillons de la garnison du nord furent appelés pour aider les secours en cas de catastrophe, laissant la frontière vide et presque submergée ! »

Le visage de Wen Cong pâlit, mais il répliqua.

« Et le résultat ? Le Jiangnan a passé deux années entières à reconstruire ses remblais — pour un coût de trois millions de taëls. Si nous répétons cela maintenant, comment le trésor va-t-il durer ? Ce n'est pas que je méprise le peuple, mais si l'armée perd le moral, la nation ne survivra pas ! »

Shen Ting laissa échapper un rire froid et sans humour.

« Le moral peut être remonté. La confiance du peuple, une fois brisée, ne peut pas. Si des troubles éclatent au Jiangnan, il n'y aura ni taxes à percevoir ni hommes à enrôler. »

Wen Cong s'inclina de nouveau, la colère montante.

« Votre Majesté, le trésor est déjà épuisé. L'année dernière, le ministère des Travaux publics a dépensé trois cent mille taëls pour réparer cinq préfectures de remblais — des paiements encore impayés. Si nous rouvrons les coffres, sur quoi compterons-nous ensuite ? »

Les taxes commerciales rapportées par le ministère des Finances avaient également chuté.

Les marchés étaient déserts. Les maisons d'argent s'étaient effondrées les unes après les autres, déclenchant une série de faillites.

Les marchands de sel au nord de la rivière ont conjointement demandé une réduction des taxes.

Le mois dernier, Wen Cong avait demandé la permission de puiser dans les fonds de la Cour intérieure pour combler le déficit, mais le directeur de la Cour intérieure avait refusé, invoquant des « lourdes dépenses du palais ».

L'empereur Xuanwen sentait encore une colère froide s'enrouler sous ses côtes.

Les dépenses du palais.

Une expression polie pour désigner des rénovations extravagantes et des robes sans fin pour les consorts.

Alors que le peuple gelait et mourait de faim, comment le palais pouvait-il s'enflammer avec des lampes et de la soie sans devenir une plaisanterie pour le monde ?

Il se leva lentement et regarda vers la lumière tamisée du jour au-delà de la fenêtre entrouverte.

Sa voix était posée, définitive et teintée de givre.

« Envoyez un message à la Cour intérieure : à partir d'aujourd'hui, toutes les dépenses pour la musique du palais, les tenues cérémonielles et les rénovations de jardin seront suspendues. Les dépenses du Bureau de la Garde-robe et du Trésor intérieur seront réduites de moitié. »

Les eunuques se pressèrent au sol, retenant leur souffle, la sueur froide coulant sur leurs tempes.

« De plus, » poursuivit l'empereur Xuanwen,

« Les allocations mensuelles de l'Impératrice et de la Noble Consort seront réduites de trente pour cent. En cas d'objections, le Secrétariat doit les consigner intégralement. Je veux que tous ceux sous le Ciel sachent que la cour partagera les difficultés avec le peuple, en commençant par le sommet. »

Lorsqu'il eut fini de parler, il baissa les yeux vers les deux mémoriaux posés sur le bureau.

Une faible désolation lasse traversa ses yeux.

« Si le Ciel ne nous accorde aucune aide, » murmura-t-il, « alors c'est à moi de nous sauver. »

Des cris résonnèrent de nouveau, les querelles se fondant dans une cacophonie sans fin.

La pression dans la salle s'épaissit.

« Ça suffit. »

Son unique ordre fendit l'air.

Les deux officiers s'effondrèrent silencieusement au sol, n'osant prononcer le moindre mot de plus.

Un autre eunuque se précipita à l'intérieur.

« Votre Majesté, une dépêche urgente en provenance de Lin Wang, gouverneur de la garnison du Nord ! »

Les yeux de l'empereur Xuanwen se durcirent.

« Avancez-le. »

Le parchemin du courrier militaire fut présenté et déroulé. Le scribe impérial lut à voix haute :

« Des vents froids ont frappé tôt. Le gel ne s'est pas encore dissipé. Il y a trois cent soixante-seize cas d'engelures parmi les troupes. Les réserves de céréales dureront quinze jours ; la viande salée, seulement sept.

Nous demandons une allocation immédiate d'armures et de provisions, et sollicitons que les responsables locaux soient autorisés à avancer la moitié des recettes de la taxe sur le sel pour soulager notre besoin désespéré. »

La salle tomba dans le silence, lourd, métallique et absolu.

Seul le léger tremblement du papier semblait bouger.

Shen Ting baissa la voix.

« Votre Majesté, la Garnison du Nord… Elle s'est à peine remise de la campagne de l'année dernière. Demander de l'argent si tôt — il pourrait y avoir des exagérations dans les rangs. »

Wen Cong répliqua aussitôt, son ton tranchant d'offense.

« Fais attention à tes paroles, Seigneur Shen. Le général Lin est réputé pour son intégrité. Qui à la cour ignore les difficultés subies dans la garnison du Nord ? »

Le regard froid de l'empereur Xuanwen balaya les deux hommes.

Le silence s'abattit sur la salle comme une pierre qui tombe.

Il se leva du trône et marcha vers la grande carte de l'empire.

La frontière nord s'étendait en montagnes d'un noir profond ; Jiangnan s'étendait en veines bleues de rivière et de lac.

Ses doigts flottaient entre les deux régions, s'arrêtant pour une longue inspiration calme avant de bouger à nouveau, comme s'il pesait d'innombrables vies face au destin d'une nation.

« À l'époque du défunt empereur, » dit-il doucement, « la rivière du Sud fut sacrifiée pour défendre la frontière nord. Les frontières étaient tenues, mais des cadavres bordaient les rives. »

Il expira, un son presque comme un soupir.

« Je ne répéterai pas ce choix. »

Un léger rire s'échappa de lui, doux, presque agréable, mais glacial, sans la moindre chaleur.

« Vraiment… quel embarras tu me laisses. »

Il retourna à sa place.

Le pinceau de jade touchait chaque mémorial à tour de rôle, soulevant, descendant, puis resoulevant — chaque mouvement délibéré, chaque hésitation lourde de conséquences.

Enfin, il ferma les yeux et prit une lente inspiration.

« Faites venir le Prince héritier et le Second Prince dans la salle. »

L'ordre ne fut ni prononcé fort ni précipité, pourtant un mince courant de givre coulait sous chaque mot.

Un cinglant « Oui, Votre Majesté ! » résonna de l'extérieur.

Les eunuques s'éloignèrent précipitamment pour transmettre l'ordre, suivi d'un autre décret : les fonctionnaires du ministère des Recettes et du ministère des Travaux ne devaient reculer que d'un pas, ne quitter pas les environs et revenir dès qu'ils seraient appelés.

Le ciel s'assombrit sans prévenir.

Une masse de nuages ombragés pressait depuis le nord-ouest, le tonnerre printanier murmurant dans leurs profondeurs.

Avant que le tonnerre n'arrive, le vent souffla dans la salle, soulevant les coins des mémoriaux et les faisant bruisser d'un bruit fragile et inquiétant, comme si même le Ciel retenait son souffle pour la décision à venir.

L'air devint plus lourd, son poids s'enfonçant dans la pierre comme dans l'os.

Ces deux pétitions n'étaient pas un simple conflit entre le nord et le sud, ni entre soldats et maisons.

Ils étaient la collision entre le gagne-vie et le destin — entre la survie du peuple et l'avenir de l'empire.

« Un poids bien plus lourd que je ne l'aurais imaginé. »

Chapitre 16 : L'Assemblée de Floriate

Le printemps venait à peine de déployer sa première véritable chaleur lorsque la capitale accueillit sa célébration annuelle la plus attendue —le Festival de la Déesse des Fleurs.

Le jour d'ouverture, les fleurs atteignaient leur apogée et la foule affluait comme une marée montante.

Ce matin-là, le ciel était pâle et clair. Une brise légère traversait les saules en bourgeonnement et les branches chargées de fleurs printanières. Le parfum se répandait dans chaque rue et ruelle.

Au bord du lac de l'îlot des Cent-Fleurs, des pavillons aux couleurs vives se dressaient en rangées, des bannières printanières flottaient au-dessus d'eux et des habitants du peuple comme des jeunes dames nobles arrivaient vêtus de leurs plus beaux habits, leurs rires scintillant sous le soleil du matin.

"Selon la tradition, huit jeunes filles âgées de dix à douze ans étaient sélectionnées chaque année dans la capitale, à l'intérieur comme à l'extérieur de l'enceinte impériale —toutes issues de grandes maisons. «

Vêtues de robes célestes identiques, couronnées de diadèmes de fleurs et portant des paniers de pétales frais, les huit jeunes filles quittaient l'autel de la Déesse des Fleurs et descendaient l'Avenue Impériale, dispersant des pétales jusqu'à l'Îlot des Cent Fleurs.

Elle était censée symboliser la descente des bénédictions printanières sur tous ceux qui se trouvent sous le ciel.

La sélection était exigeante. La lignée, l'apprentissage, le talent, la grâce et l'apparence étaient tous pris en compte.

Pour les clans nobles de la capitale, avoir une fille choisie comme l'une des jeunes filles des fleurs était un signe de prestige —un présage de bonne fortune, un honneur public pour la famille et une réputation convoitée pour l'enfant avant qu'elle n'atteigne l'âge du mariage.

Les tambours résonnaient dans la rue ; les pétales dérivaient comme des nuées tombantes, et les enfants filaient à travers la pluie de fleurs en criant de joie.

De jeunes érudits tendaient le cou au-dessus de la foule, cherchant les silhouettes élégantes des jeunes filles de la ville.

Au milieu du bruit et de la cascade de fleurs, un petit groupe attira particulièrement l'attention —non pas par l'extravagance, mais pour la grâce discrète et la tenue distinguée que chacun arborait.

Pour encourager les jeunes hommes et femmes à s'observer discrètement, les terrains du festival furent disposés le long de la rive : les hommes d'un côté, les femmes de l'autre, séparés par à peine quelques pas d'eau.

« Un petit pont unique reliait les deux rives : il préservait la bienséance entre les sexes, comme si mille montagnes et dix mille eaux les séparaient ; et pourtant il permettait, de l'autre côté du courant, d'échanger des vers et des mots à portée de voix, si près qu'on eût cru n'être qu'à un pas."

La chaleur printanière flottait légèrement dans l'air. La rivière ondulait de fils d'argent et les saules traînaient leur vert naissant.

« Su Wan avait invité Shen Lingyan à l'accompagner au festival. Su Zhang, sur ordre de sa mère, accompagna quelques jeunes sœurs."

Qin Nianyin portait une robe abricot pâle ornée de fleurs tissées pâles. Une ceinture blanche comme la lune brodée d'or entourait sa taille et ses cheveux étaient ornés d'une seule épingle en jade —ni extravagante ni trop simple.

Debout aux côtés de Su Wan et Shen Lingyan, dont la noble naissance se reflétait dans leurs vêtements richement ornés, Qin Nianyin apparaissait comme une orchidée de printemps silencieuse sous une douce bruine : discrète, sereine et naturellement raffinée.

Elle se tenait sous un pêcher au bord de l'eau, parlant doucement avec quelques jeunes filles.

Une brise souffla ; Des pétales se desserrèrent et descendirent, effleurant ses épaules avant de se disperser sur le sol.

De l'autre rive, les pétales tombèrent aussi dans le champ de vision de Su Zhang.

« Des salutations polies circulèrent dans le groupe. Du début à la fin, Su Wan conserva un sourire parfaitement mesuré, mais parla peu ; son expression demeura fraîche, presque distante. Même ceux qui n'avaient pas l'oreille la plus fine pouvaient percevoir, sous la courtoisie, cette nette ligne de séparation. »

Su Zhang, vêtu de robes simples, se tenait tranquillement au sommet du vieux pont de pierre du côté des hommes. Il ne prononça pas un seul mot.

Mais lorsqu'il leva les yeux au-dessus de l'eau, il croisa le sien.

Ses yeux ne traversaient ni forêts ni rivières, pourtant elle avait l'impression que d'innombrables pensées inavouées lui étaient déjà parvenues.

Il la vit sourire faiblement à quelque chose qu'une autre dame avait dit, la vit baisser la tête pour attraper une fleur tombée de sa manche —un geste qui semblait accidentel, mais peut-être pas tout à fait.

Son expression changea à peine. Ses doigts se resserrèrent légèrement autour du bord de sa manche. Mais il ne s'avança pas.

Les préparatifs du festival avaient commencé quelques jours plus tôt. Chaque grande boutique, des maisons de broderie aux boutiques d'encens en passant par les ateliers de jade, lançait de nouvelles épingles, de nouveaux sachets et des éventails peints pour la saison. La foule coulait comme de la soie tissée.

Les maisons de thé au bord de la rivière et les pavillons à vin avaient depuis longtemps été réservés par les érudits ; leurs balcons, ornés de lanternes à pompons, se balançaient doucement, comme portés par la lumière mouvante de l'eau.

La musique flottait au-dessus de la rivière. Des enfants couraient en riant derrière de minuscules bateaux de fête en forme de pétales de lotus.

Les filles comparaient les épingles à cheveux en fleurs ; De jeunes hommes échangeaient des couplets improvisés à travers l'eau.

Le printemps lui-même semblait se rassembler, prêt à déborder des bords de la scène.

À la tête de pont, le regard de Su Zhang parcourut les pétales dérivants et le bruit indistinct des mouvements sur la rive opposée.

Une seule fleur de pêcher tomba dans la rivière, son reflet tremblant alors qu'elle s'estompait en aval, son expression semblait touchée par la même teinte légère.

De l'autre côté, Qin Nianyin ajusta l'épingle dans ses cheveux. Un pétale effleura son bout de doigt et fit trembler légèrement sa main involontairement.

Elle sentit un regard lointain se poser sur elle, stable, inébranlable, presque trop direct pour être croisé.

Sentant la lueur de distraction, Shen Lingyan leva son éventail pour cacher un sourire.

« Sœur, en un tel jour, si tu ressens la moindre étincelle d'inspiration, pourquoi ne pas offrir un vers ? »

Qin Nianyin s'arrêta.

Un doux sourire étira ses lèvres.

« Blague de sœurs. Aujourd'hui, mes pensées sont ailleurs. »

* * * * *

La procession des demoiselles des fleurs venait de passer.

Des pétales tourbillonnaient dans l'air, des rubans flottaient et les doux accords des flûtes et des cithares flottaient au-dessus de la foule animée.

Les jeunes femmes bougeaient elles-mêmes comme des fleurs, leur parfum et leurs manches traînantes formant des ondulations de couleur.

Les jeunes gentlemen de la ville marchaient avec une confiance naturelle, leur attitude gracieuse sous la canopée du printemps.

À l'intérieur d'un des pavillons au bord de la rivière, plusieurs dames nobles étaient allongées derrière des rideaux vaporeux.

Leurs robes superposées flottaient comme des nuages et leurs rires montaient et descendaient en vagues légères et scintillantes.

Dehors, la lumière du soleil filtrait à travers les rideaux perlés de perles, dispersant des éclats d'or sur les manches brodées et les chaussures en brocart.

La vapeur s'échappait des fines tasses de porcelaine et, à mesure qu'elle montait, la conversation dérivait, inévitablement, vers les jeunes filles récemment arrivées dans la capitale.

Une fille en robe d'un vert bleu profond baissa les yeux avec un sourire langoureux. Elle fit tournoyer distraitement une épingle à cheveux en fleur de prunier entre ses doigts en parlant, son ton portant trois fois fierté et sept parts de mépris.

« J'ai entendu dire, » lança-t-elle d'un ton traînant, « que pour le rassemblement de poésie de cette année, même cette fille Qin, quel que soit l'endroit lointain d'où elle sortait, avait eu l'audace d'y assister. Quelqu'un a même livré une invitation en son nom. »

Une jolie fille en gilet jaune pâle gloussait derrière sa manche.

« Elle ? J'ai entendu dire qu'elle n'est qu'une personne à charge qui vit encore sur d'anciens liens familiaux. Et maintenant, une telle personne ose s'asseoir parmi nous et discuter de poésie ? »

Une autre jeune fille aux yeux longs et étroits ajouta d'un ton doux mais tranchant :

« La famille Qin avait peut-être une certaine réputation autrefois. Mais leurs jours de grâce sont révolus depuis longtemps. Et sa mère était née d'une lignée modeste. La seule raison pour laquelle elle peut rester dans la capitale, c'est ce mince lien avec la branche collatérale de la famille Su. »

Leurs voix n'étaient ni fortes ni douces, mais chaque mot tombait avec une lueur glaciale.

Certaines filles cachaient leur amusement derrière des fans ; d'autres échangeaient des regards, leurs expressions ondulant comme la lumière du soleil sur l'eau, curiosité mêlée à un ridicule à peine voilé.

Une jeune femme un peu plus âgée parla d'un ton plus doux, mais sa douceur était mêlée d'aiguilles.

« Ça suffit. Un rassemblement de poésie valorise le talent, pas le pedigree. Si Mademoiselle Qin possède vraiment une quelconque capacité, personne n'oserait la mépriser. »

Les mots semblaient doux, mais la légère courbe de ses yeux portait une moquerie indéniable —un plaisir anticipé, comme si elle attendait d'assister à une gêne mise en scène.

Quelqu'un murmura en signe d'accord,

« C'est vrai... Espérons toutefois qu'elle ne gâchera pas l'élégance de l'occasion. Ce serait dommage de voir la journée gâchée. »

Un véritable éclat de rires s'ensuivit.

Les ornements de perles suspendus au toit du pavillon tremblaient doucement, tapotant les uns contre les autres comme des gouttes de pluie frappant les tuiles émaillées au début du printemps —agréables dans le son, mais avec une teinte de froid.

De l'autre côté de la rivière, de jeunes érudits avançaient les uns après les autres pour composer des vers.

Le thème du rassemblement était « Le printemps arrive comme le destin le permet. »

Le vin avait déjà circulé plusieurs fois et l'enthousiasme poétique montait.

À moitié étourdi par l'alcool, quelqu'un cria bruyamment,

« Maître Su, jinshi classé troisième au plus haut examen impérial, était renommé dans toute la capitale !

Si la réunion d'aujourd'hui se terminait sans un poème de sa propre main, cela ne décevrait-il pas la Déesse Fleur en ce jour sacré ? »

D'autres se joignirent à eux en riant et en criant avec enthousiasme.

« Les vers du seigneur Su coulent aussi naturellement que le souffle. Même un poème improvisé de lui surpasse les œuvres préparées de la plupart des présents. Empruntons aujourd'hui un peu de l'éclat de l'érudit qui a exploré le classement des fleurs ! »

En un instant, tous les regards se tournèrent vers Su Zhang.

Il leva les yeux, calme et nonchalant, le coin de sa bouche se courbant d'un sourire tranquille.

Se levant, il fit une révérence courtoise.

« Si tout le monde insiste, alors je proposerai humblement un vers. »

Il se dirigea vers la plateforme fleurie.

Derrière lui, les ombres des fleurs s'étendaient sur le sol et la brise caressait ses manches, faisant frapper le pendentif de jade à sa taille avec un son doux et clair.

Sa voix, fraîche et posée, glissait sur l'eau comme un ruisseau courant sur une pierre polie, tandis qu'il récitait un quatrain de sept caractères qu'il avait lui-même composé.

Dans l'air frais de l'hiver, le lièvre de jade éclaire les rivières ;

Dans le souffle doux du printemps, des cerfs-volants éclatants balaient le ciel.

Si le monde des mortels cherchait où demeure la beauté —

Elle réside là où les années gardent la foi des montagnes verdoyantes.

冬寒玉兔照三川，

春暖彩鳶飛九天。

人間若問何處好，

青山有約共流年。

Dès que la dernière phrase quitta les lèvres de Su Zhang, l'assemblée devint totalement silencieuse.

Pas un murmure, pas même le doux bruissement de la soie.

Puis, comme une marée qui recule et revient en trombe, des murmures discrets d'étonnement se répandent dans le pavillon et le long des deux rives.

Su Zhang se tenait au centre de la foule, son sang-froid impassible, son expression calme comme de l'eau imperturbable.

Il semblait presque inconscient des regards fixés sur lui, pourtant il était impossible pour eux de regarder ailleurs.

Le vent lui passait à côté ; Les fleurs derrière lui oscillaient et même ce léger mouvement semblait faire écho à la cadence mesurée de son couplet.

De l'autre côté de la rivière, Qin Nianyin tenait une tasse en porcelaine entre ses doigts.

Sa prise vacilla.

Le parfum du thé chaud montait, mais son pouls battait faiblement contre le bord de la tasse.

Elle avait lu ce poème d'innombrables fois dans sa vie précédente.

Elle l'avait copié, récité, rassemblé dans son cœur jusqu'à ce que chaque personnage lui semble un vieil ami.

Mais aucune de ces années de souvenirs ne pouvait égaler l'impact de l'entendre prononcer ici, maintenant, par lui, d'une voix aussi ferme que les sources de montagne se déversant dans un lac profond, aussi douce qu'une brise nocturne s'infiltrant à travers des rideaux suspendus, portant une clarté fraîche qui pressait doucement, presque douloureusement, contre sa poitrine.

Autour d'eux, la conversation reprit doucement et taquine.

Un jeune homme s'approcha de Su Zhang avec un sourire facile et murmura juste assez fort pour que les autres entendent,

« Seigneur Su, un tel poème porte sûrement un sentiment caché. Serait-ce destiné à quelqu'un en particulier ? »

La remarque provoqua un léger rire.

Qin Nianyin leva les yeux avant qu'elle ne puisse se retenir.

Ses yeux croisèrent ceux de Su Zhang.

Les siens étaient sombres comme des bassins d'encre, immobiles mais incroyablement profonds, portant quelque chose d'inexprimé sous leur surface comme si une centaine de pensées y scintillaient, contenues au dernier moment.

Puis, avec une aisance calme et maîtrisée, il détourna le regard, ne laissant derrière lui qu'un léger tremblement dans son souffle.

Chapitre 17 : L'admiration de la princesse

À ses côtés, la princesse Li Jing gardait son regard fixé sur Su Zhang, incapable de cacher l'admiration qui brillait dans ses yeux. Elle s'était habillée aujourd'hui avec un soin délibéré, robes écarlates à col croisé, manches étroites, chaque pli impeccable.

Ses sourcils étaient lumineux, son attitude posée et cultivée. Pourtant, rien de tout cela ne suscita un regard insistant de la part de Su Zhang.

Une fois la récitation de poésie terminée, l'hôte fit servir du vin, et les invités burent en silence, chacun à petites gorgées. Profitant de l'occasion, Li Jing remplit elle-même une tasse et la porta à Su Zhang avec un large sourire.

« Puisque le tanhua possède une inspiration si infinie, » dit-elle, son ton à moitié taquin et à moitié provocant, « pourquoi ne pas nous offrir encore un vers ? Je vous en accorderai trois coupes pour récompense. »

Les mots portaient une intonation délicate, coquette et légèrement provocante.

La conversation autour du pavillon s'interrompit. Tout le monde savait qu'une fois qu'une princesse parlait ainsi, refuser n'était plus une option facile.

Qin Nianyin baissa les yeux, une inquiétude silencieuse s'éveillant dans sa poitrine pour Su Zhang.

Su Zhang, cependant, resta maître de lui. Il accepta la tasse avec une légère révérence. « Votre Altesse est trop généreuse. Le talent de Cet humble serviteur est maigre. Être aussi favorisé me met déjà mal à l'aise. »

La ligne était courtoise sans être charmante, respectueuse sans laisser place à la présomption.

En l'entendant refuser à nouveau, le sourire de Li Jing se raidit ; sa voix s'assourdit légèrement.

« Le tanhua est-il vraiment aussi froid et sans cœur que les rumeurs le prétendent ? Si je ne comprenais pas la bienséance, je ne verserais pas le vin moi-même, ni ne m'abaisserais à quitter mon siège. »

L'expression de Su Zhang ne changea pas. Sa voix était posée, presque tranquille. « La faveur de Votre Altesse m'humilie. Pourtant, j'ai grandi dans une vie de moyens limités et de longues études. Je connais peu de tels plaisirs raffinés et je n'oserais jamais mal comprendre les intentions gracieuses d'une noble dame. »

Ce qui ressemblait à de la modestie était, ligne par ligne, un retour infaillible de sa propre phrase, « intentions gracieuses », soigneusement repoussée dans ses mains. Net. Contrôlé. Ne lui laissant plus de terrain à parcourir.

Li Jing laissa échapper un petit rire sec et cassant.

Le bout de son doigt tapota légèrement la coupe de jade.

« Maintenant que tu es le tanhua, si tu recevais mon respect, beaucoup supplieraient pour une telle fortune. »

« J'ai étudié les classiques », répondit Su Zhang, s'inclinant de nouveau avec une retenue calme. « Il faut connaître sa place et savoir quand avancer ou se retirer. »

« Et si je force vraiment les choses », demanda-t-elle doucement, « que se passerait-il alors ? »

Le pavillon tomba dans un silence complet.

Une tension subtile ondula dans l'air.

Plusieurs dames relevèrent les yeux, curiosité voilée ; quelques jeunes fonctionnaires s'agitèrent avec inquiétude. Certains attendaient un spectacle. D'autres retenaient leur souffle pour Su Zhang.

Il ne s'arrêta qu'un bref instant — non par hésitation, mais par réflexion.

« Si Votre Altesse insiste, dit-il d'un ton ferme, je n'oserais désobéir. Cependant, si mon insuffisance venait à ternir le nom de Votre Altesse, ce serait une grave offense. Rien qu'à y penser, j'en ai la chair de poule ; je n'oserais agir avec imprudence. »

En apparence, c'était de l'obéissance.

En vérité, il avait utilisé la menace de « salir son nom » pour riposter avec une formalité impeccable, scellant tous les chemins qu'elle pourrait emprunter.

Autour d'eux, personne ne parlait. Plusieurs baissèrent la tête, feignant la surdité. Même l'encens sur la table sembla vaciller, sa fumée vacillant comme si l'air lui-même s'était arrêté.

Li Jing balaya brusquement sa manche en se relevant, sa jupe effleurant le sol jonché de fleurs, laissant une légère trace de parfum. Ses pas étaient rapides, empreints d'une fierté blessée, mais elle luttait pour maintenir l'apparence de grâce. Au seuil du pavillon, elle força une dernière remarque posée : « Puisque le tanhua possède une telle intégrité élevée, je ne vais pas vous inculquer davantage. »

Sa silhouette disparut derrière les rideaux suspendus.

Le pavillon sombra dans un silence profond et retenu.

Les invités gardaient les yeux baissés, chacun absorbé par ses pensées privées. Ce qui s'était passé quelques instants plus tôt ressemblait à une pierre jetée dans un étang immobile, sa surface restait paisible, mais sous ce calme, un courant sous-jacent commençait à tourbillonner.

Tout le monde comprenait que Su Zhang venait de refuser la Seconde Princesse —fermement, mais avec une courtoisie irréprochable. L'audace contenue de ce refus, et la fermeté avec laquelle il tint sa position, surprenaient bien davantage que son titre de tanhua.

Plusieurs jeunes filles de nobles familles qui entretenaient secrètement quelque espoir envers lui virent leur cœur pâlir en silence. Si une princesse elle-même ne pouvait en franchir le seuil, comment prétendre atteindre une telle hauteur ?

Seule Wen Wan, assise sous la parcelle d'ombre de saule, sentit ses doigts pâlir autour de sa manche. Elle enfouit son éclat de réticence et de prudence profondément dans sa poitrine, l'enfouissant là où personne ne pouvait voir.

De l'autre côté du pavillon, quelques invités échangèrent des regards discrets. Quelqu'un cacha un sourire derrière une tasse de thé. Une autre dame se couvrit les lèvres avec sa manche, murmurant doucement à l'amie à ses côtés. Leurs rires restaient étouffés, mais leur sens était clair.

Depuis son siège près du bord, Wen Wan —la fille du ministre du Revenu —leva les yeux avec une hésitation silencieuse. Quelque chose de nouveau scintilla sous sa maîtrise de soi : un mélange de retenue et d'hésitation.

Su Zhang avait osé rejeter une fille de sang impérial sous tant d'yeux. Ce niveau de détachement et de détermination n'était pas à prendre à la légère.

Au coin du pavillon, Qin Nianyin resta silencieuse, ses doigts se resserrant lentement dans ses manches. Son souffle vacilla, rompant son rythme régulier.

Elle savait bien que le geste audacieux de Li Jing envers Su Zhang avait été une déclaration d'intérêt et elle comprenait aussi le tempérament de la princesse : fière, impulsive, habituée à forcer ce qu'elle ne pouvait pas obtenir.

Dans sa vie antérieure, elle avait déjà été témoin de cette scène.

À l'époque, il était aussi froid que le gel de l'hiver et elle restait en marge, incapable de parler, incapable d'intervenir.

Maintenant, alors que le destin revenait sur lui-même, elle ne s'asseyait ni trop près ni trop loin de lui. Pourtant, son cœur semblait être une feuille dans le vent, flottant sans ancre.

Soudain, Su Zhang inclina la tête. Il posa sa tasse et jeta un regard dans sa direction d'une manière presque involontaire.

Ce seul regard —léger comme une plume égarée —la tira de son tumulte comme pour la sortir de l'eau.

Puis, dans un murmure bas assez doux pour passer pour une pensée privée mais assez clair pour que les personnes proches entendent, il récita :

« La rosée blanche s'amasse sur les marches de jade pendant la longue nuit.

Les rideaux ornés de bijoux tombent et, à travers leur lueur cristalline, elle contemple la lune d'automne. »

Il leva sa tasse et en but une gorgée. Le vin glissa dans sa gorge sans changement visible d'expression, son visage aussi impassible qu'avant.

Le poème original de Li Bai dépeignait une beauté recluse, passant une nuit solitaire à regarder la lune derrière des rideaux de cristal. Maintenant, offerte ici, son sens avait changé, se transformant en un reproche voilé destiné à celle qui prenait ses propres illusions pour de l'affection.

Quelqu'un qui reconnut la référence émit un faible son étouffé et baissa les yeux pour cacher un sourire.

Le pouls de Qin Nianyin se serra. Elle connaissait ce poème de sa vie précédente. Livrée maintenant—si précise, si tranchante—c'était une lame enveloppée de soie. Elle leva les yeux.

Su Zhang semblait totalement calme, comme s'il avait saisi le verset sans réfléchir, sans importance.

De loin, le vers parvint aux oreilles de Li Jing en plein pas. Ses pas vacillèrent. Un rouge et un blanc traversèrent son visage, mais elle ne put rien dire. Elle ravala sa colère et s'éloigna rapidement.

Et pourtant, une chose était indéniable dans son regard : elle était désormais d'autant plus déterminée à l'obtenir.

À la place principale, l'hôte de la réunion força un rire et leva sa tasse bien haut. « Le talent poétique de Maître Su est vraiment renommé !

Si certains de nos invités se sentent encore inspirés, pourquoi ne pas adopter un nouveau thème —« Le printemps s'échappe trop facilement, la jeunesse ne peut pas être retrouvée » —et chacun composer un couplet ? » Il détestait cette perte de contrôle.

Ceux qui avaient bon sens exprimèrent rapidement leur accord, apaisant la tension et éclairant à nouveau l'atmosphère. À l'extérieur du pavillon, la lumière printanière restait douce et claire. Une brise effleura le lac, dispersant un champ d'ondulations comme du verre brisé.

Qin Nianyin regarda de l'autre côté du lac et laissa un léger sourire apparaître au bord de ses lèvres. Elle comprenait maintenant —cette vie n'était pas l'écho de la précédente.

 Cette malveillance cachée et ces regards en travers n'avaient plus le pouvoir de la toucher. Elle ne s'inclinerait plus devant eux.

Sous les pétales ondulants, une table de jade contenait du vin jaune fraîchement infusé et de délicats fruits miellés. De jeunes nobles se rassemblaient autour, discutant de vers et critiquant les écrits des uns et des autres, leurs conversations animées emplissant le pavillon d'une chaleur naturelle.

Qin Nianyin resta assis dans un coin tranquille. Sa robe pâle adoucissait ses traits, lui conférant une grâce presque peinte. Un jeune érudit — nerveux mais sincère —s'approcha et présenta à deux mains une feuille pliée de poésie.

Elle prit la page et la lut attentivement. Ses sourcils se haussèrent légèrement et sa voix portait un véritable éloge alors qu'elle rendait la page. « La rime s'installe naturellement et le passage entre les vers porte de la force. C'est un beau poème. Merci de m'avoir permis de le lire. »

Son ton était doux, sans la moindre trace de courtoisie vide.

La couleur monta instantanćment aux oreilles de l'érudit. Ses yeux s'illuminèrent d'un mélange de joie et d'incrédulité.

« G-Girl Qin... Si tu... Si tu aimes... Je, je m'appelle Xie Zongyang... I...»

Les mots s'emmêlèrent dans sa gorge, chaque syllabe s'échappant en fragments. Ses joues étaient presque rouges.

À une courte distance, Su Zhang s'appuya contre l'une des marches de pierre. Son long regard froid se plissa imperceptiblement et ses doigts se resserrèrent dans sa manche.

Il vit Qin Nianyin sourire à l'érudite tremblante — il observa la façon dont son hochement de tête portait une douceur, presque lumineuse — et une douleur fine et perçante lui parcourut les côtes.

Ce sourire, offert à quelqu'un d'autre, ondulait comme de l'eau de source, et il trouva cela profondément, profondément déplaisant.

Son esprit se tourna vers le rêve de la nuit précédente.

Une silhouette floue lui avait posé une robe sur les épaules, lui avait offert des médicaments, murmurant un reproche tendre qui s'adoucit en chaleur. Les fragments semblaient si réels qu'ils menaçaient de l'engloutir, comme s'ils n'appartenaient pas à un rêve mais à un souvenir.

Ce sentiment inexplicable de reconnaissance, cette familiarité inébranlable, il sut presque, avec une certitude troublante, que la femme dans son rêve était Qin Nianyin.

Ce qu'il ne comprenait pas, c'était ceci :

Pourquoi s'était-il réveillé assis plusieurs respirations, avec une sensation de vide qui lui serrait la poitrine ? Pourquoi l'idée de perdre quelque chose d'innommé l'avait-elle laissé si profondément agité ?

Il détestait cette perte de contrôle.

Su Zhang baissa les yeux, enfouissant les étranges vestiges de ce rêve au plus profond de son cœur. Pourtant, lorsqu'il regarda de nouveau Qin Nianyin, ses yeux s'assombrissaient davantage, leur profondeur impossible à discerner.

« … Alors… cela vous plaît ? »

La douleur sous son sternum s'étendit, silencieuse et insistante, comme un courant caché s'élevant des profondeurs d'un puits.

Même lui ne pouvait dire si c'était parce que son sourire n'avait rien à voir avec lui, ou parce que sa légère hésitation le déstabilisait d'une manière qu'il ne pouvait nommer.

Chapitre 18 : La frontière nord et les inondations du sud

Dans le bureau impérial, l'air semblait dense de retenue. Tous ceux qui se tenaient sur les côtés avaient inconsciemment calmé leur respiration.

Au-delà des hautes portes, deux silhouettes entrèrent presque au même moment. Leurs robes effleurèrent les briques dorées du sol, produisant un léger murmure de tissu. Des gardes impériaux bordaient les deux côtés de la salle ; leurs hallebardes de bronze reflétaient la lumière du brasier, et l'éclat froid paraissait pouvoir entamer la peau.

Le jour déclinait. La dernière trace d'or se répandit à travers le treillis des fenêtres, étirant sur le sol une longue barre de lumière qui allait précisément jusqu'au bureau du dragon.

Les portes s'ouvrirent, et les deux hommes entrèrent ensemble, s'agenouillant à l'unisson.

« Vos fils saluent Père. Que Père Impérial jouisse de paix et de santé. »

L'empereur Xuanwen était assis, dos tourné à la lumière déclinante ; un peu d'argent commençait à strier ses tempes. Son regard était dur comme du fer. Les dragons brodés de fils d'or sur sa robe frémissaient subtilement au rythme de sa respiration.

Il leva la main et indiqua deux mémoriaux posés sur le bureau. Sa voix était basse, ferme, sans place pour la contestation :

« Assez de formalités. Vous deux, parlez. Ces deux mémoriaux — la frontière nord, et le Jiangnan — sont l'un comme l'autre essentiels. Exposez chacun votre raison. »

Le prince héritier, Li Duan, prit la parole le premier :

« Père, la crue printanière approche. Si les digues du Jiangnan ne sont pas réparées d'abord, au moindre effondrement, les vies de cent li seront réduites en cendres : les foyers engloutis, les champs détruits, et les impôts eux-mêmes s'en trouveront diminués. Votre fils demande qu'une somme urgente soit provisoirement prélevée sur le Trésor Intérieur, afin d'assurer d'abord la défense fluviale ; puis, dans une quinzaine de jours, nous compléterons les approvisionnements militaires, de sorte que la frontière nord ne subisse aucun retard. »

En parlant, il resta incliné, mais son regard demeura stable et résolu ; sa voix, comme l'eau frappant la pierre, était profonde, pesée, et pleine de force.

Le Second Prince, Li Xuan, répondit avec respect ; son ton resta doux, courtois :

« Du point de vue de votre fils, l'affaire des frontières presse à brûler. Si, ne fût-ce qu'un jour, l'armée manque de ravitaillement, le mur frontalier perd un jour de solidité. Quant aux travaux hydrauliques, ils doivent suivre les saisons : forcer la cadence, c'est risquer d'obstruer les cours d'eau et de provoquer une rupture plus grave. Je supplie que l'on pourvoie d'abord entièrement au nord ; le Jiangnan peut, pour l'instant, procéder à de petites réparations locales. Une grande réfection peut attendre l'été ou l'automne, lorsque les eaux auront baissé. »

Tout en parlant, il releva lentement la tête. Sa voix resta tiède ; pourtant, au fond de ses yeux, une lueur vive passa — comme une lame dissimulée dans la soie.

Le silence s'installa. Le goutte-à-goutte de l'horloge à eau devint d'une netteté presque douloureuse ; comme si l'on avait laissé brûler un bâton d'encens entier, nul n'osa parler avant qu'une voix, enfin, ne s'élève.

Le ministre Wen Cong, du Ministère des Revenus, sortit de la ligne. Ses manches frôlèrent le sol lorsqu'il s'inclina ; sa voix était si prudente qu'elle tremblait :

« Votre Majesté… En examinant les registres des digues du Jiangnan, j'ai constaté que certaines sommes allouées à l'automne dernier n'ont pas été dûment vérifiées. Le ministère soupçonne qu'une part des fonds a une destination encore inconnue… Si nous débloquons à nouveau aujourd'hui, je crains que cela ne fasse qu'ajouter du "gaspillage" à du "gaspillage". »

Le regard de l'empereur Xuanwen s'assombrit.

« Destination inconnue ? »

Ces deux mots frappèrent la salle comme un marteau sur la pierre. Les officiels retinrent leur souffle.

Un vice-ministre se jeta à genoux ; une sueur froide roula sur son front. Il frappa le sol du front :

« Votre Majesté, votre serviteur n'ose pas conclure à la légère. Je supplie un édit : que la Censure et le Ministère des Travaux publics procèdent à une vérification conjointe, puis seulement que l'on débloque les fonds de manière claire. »

Li Duan leva les yeux ; sa voix, peu à peu, se refroidit :

« À l'instant où les vies du Jiangnan tiennent à un fil, retardera-t-on les réparations pour un seul "soupçon" ? Et si le désastre frappe de nouveau, à qui incombera la responsabilité ? »

Son ton demeura égal, mais les doigts cachés dans ses manches se recroquevillèrent, se serrant.

Li Xuan laissa échapper un rire bref, très bas :

« Les paroles du Grand Frère sont sévères. Enquêter, c'est de la prudence, non un obstacle. Si la corruption existe, il faut d'abord purifier l'administration ; sans quoi, même l'effort d'après sera vain. »

Le sourire sur ses lèvres paraissait doux ; pourtant, il portait un froid discret, comme le vent d'hiver balayant le bambou.

Le regard de Li Duan glissa légèrement avant qu'il ne reprenne, sa voix stable, chargée d'une résolution indéniable :

« Le Jiangnan n'est pas simplement une région de plus, Père. C'est le grenier du royaume et le nœud du transport fluvial. Qu'une inondation éclate là-bas, et tout l'empire tremble ; ce qui est touché ne se limite pas au Jiangnan, mais atteint le pouls même du pays. Si l'on retarde les réparations pour un seul caractère de doute, alors, le jour où la frontière nord sera tenue, les bateaux de grain seront déjà stoppés, les voies d'acheminement coupées — et lorsque les soldats du nord se retrouveront face à l'ennemi, les réserves vides… »

Sa voix baissa, gagnant du poids.

« …Avec quoi garderont-ils la frontière ? »

Li Xuan laissa échapper un petit rire, son ton doux, presque courtois :

« Grand Frère semble oublier que la frontière nord n'est pas moins vitale. Si la frontière venait à céder, le Jiangnan n'aurait naturellement plus à craindre les inondations, car — »

Il s'interrompit, laissant le silence s'étirer. Une pointe de moquerie et de provocation scintilla au fond de ses yeux.

« — l'ennemi marcherait déjà droit vers le cœur du pays. »

L'expression de Li Duan ne changea pas, mais il expira, très bas, comme pour contenir le feu.

« Ainsi, Second Frère veut dire… que la vie du peuple du Jiangnan pèse moins que celle des troupes de la frontière ? »

Au moment où il leva les yeux, la force de son regard trancha la salle comme une lame.

Li Xuan resta incliné, et répondit sans se départir de son calme :

« Votre fils croit simplement qu'avec des fonds impériaux limités, l'État doit d'abord fortifier ses portes, puis réparer ses digues. De plus, la défense fluviale du Jiangnan n'est pas un mal d'un ou deux ans. Des fonds ont été alloués il y a dix ans ; puis encore il y a trois ans. Pourquoi faut-il réparer encore aujourd'hui ? »

L'air se figea, comme si la salle avait pris du givre. Personne n'osait respirer. Les bougies vacillèrent sous un courant invisible ; leurs ombres dentelées s'étirèrent sur le bureau du dragon.

L'empereur Xuanwen frappa du bout des doigts trois fois sur le bureau.

Lentement, sans hâte, mais avec le poids du tonnerre.

« Ton sens est donc… que quelqu'un a avalé cet argent ? »

La voix était basse ; chaque syllabe tomba comme une hache sur la pierre.

Li Xuan baissa davantage les yeux, sans reculer :

« Votre fils n'ose pas accuser à la légère. Mais si le Ministère des Revenus et les bureaux locaux ont réellement commis des détournements, débloquer les fonds avant de les avoir clarifiés revient à ajouter un désastre d'origine humaine. »

Les sourcils de Li Duan se froncèrent ; ses yeux se levèrent, aiguisés comme une lame dégainée :

« Second Frère a-t-il des preuves ? »

Li Xuan répondit d'une voix calme :

« Qu'on vérifie, et l'on saura. »

Les mots tombèrent, et la salle retomba dans un silence absolu. Le vent s'infiltra par une fente de la porte, remuant les stores de bambou dans un bruit léger, cassant.

Le regard de l'empereur Xuanwen glissa lentement de l'un à l'autre. Dans sa mémoire affluèrent les visions du Jiangnan, dix ans plus tôt : des vagues noires engloutissant les maisons, des milliers de voix hurlant ; puis, cinq ans plus tôt, la frontière nord : le sang, et des soldats gelant sur le champ de bataille. Deux extrémités du royaume, l'une civile, l'autre militaire — toutes deux soutenues par des vies.

Après un long silence, il expira :

« Très bien. La défense fluviale du Jiangnan restera provisoirement au Ministère des Revenus pour vérification. Les approvisionnements du nord seront débloqués immédiatement. Quant au Jiangnan… Li Duan, Li Xuan : vous enquêterez ensemble. »

Sa voix n'était pas forte, mais elle tomba comme un verdict.

Les deux princes répondirent en chœur ; lorsqu'ils baissèrent la tête, la lumière vacilla, attrapant le froid dans chaque paire d'yeux.

Sous son calme apparent, le cœur de Li Duan se souleva : il comprit que cette "enquête conjointe" était un jeu de l'Empereur pour éprouver ses fils. Li Xuan, lui, laissa naître un sourire intérieur : le Ciel m'est favorable ; cela m'épargne des paroles.

L'empereur Xuanwen poursuivit :

« Les approvisionnements militaires du nord : débloqués sur-le-champ. La défense fluviale du Jiangnan : le Trésor Intérieur avancera d'abord trois dixièmes de la somme urgente, afin de parer au présent. Le reste sera retenu jusqu'à nouvel examen. La Censure, avec le Ministère des Travaux publics et le Ministère des Revenus, descendra au Jiangnan dans les trois jours pour vérifier les registres ; un rapport complet sera rendu dans les vingt jours. Le prince héritier supervisera l'affaire ; le Second Prince en pressera l'exécution. Que quiconque tergiverse — je ne le pardonnerai pas. »

Les deux princes se prosternèrent et frappèrent le sol du front.

« Vos fils obéissent. »

Leurs voix résonnèrent contre les briques dorées, au point que le trépied de bronze du brûle-encens sembla frémir légèrement.

L'empereur Xuanwen resta silencieux un long moment avant de reprendre :

« Quant à l'envoyé impérial à envoyer au Jiangnan… il faut un homme aux yeux et aux mains clairs, dont la bouche et le cœur ne se contredisent pas. J'y réfléchirai encore. »

Il se leva. La lumière du crépuscule coupa son dos en deux moitiés inégales : on eût dit qu'il méditait, ou qu'il parlait à sa propre ombre, seul dans le poids du pouvoir.

Du brûle-encens en bronze, la fumée monta droit, et la brume s'enroula au-dessus du bureau du dragon, dessinant un anneau pâle. On eût dit une chaîne invisible — liant les digues du Jiangnan aux neiges de la frontière nord, et liant aussi, au fond du cœur impérial, l'arbitrage et la fatigue.

Dehors, le ciel s'assombrit. Au loin, le tonnerre roula bas ; le vent souleva les nuages, comme pour répondre à la confrontation muette de l'intérieur.

Ainsi, une lutte touchant le fondement du nord et du sud — le sang, les clans, et le pouvoir — venait d'ouvrir son rideau.

* * * * *

À peine les portes du palais s'étaient-elles refermées qu'un vent sombre glissa sur les marches de pierre.

Li Duan et Li Xuan marchaient côte à côte en quittant l'étude impériale. Les serviteurs se tinrent loin, n'osant approcher. Sur les degrés, leurs ombres avançaient parallèles, l'une plus longue, l'autre plus courte.

Li Duan parla le premier, sa voix basse :

« Second Frère, tes paroles dans l'étude impériale étaient nettes. Père t'a plutôt loué. »

Li Xuan baissa les mains et salua avec respect, l'air humble :

« Je n'ose. La frontière nord est pressante ; ton frère cadet n'a fait que dire ce qu'il fallait. »

Li Duan sourit légèrement, sans chaleur :

« "Ce qu'il fallait" ? On dirait que tes mots étaient préparés depuis longtemps. Même le manque dans les registres du Ministère des Revenus, tu l'as pointé d'une seule phrase. »

Li Xuan répondit d'un ton égal :

« Ton frère a simplement feuilleté quelques anciens dossiers hier soir. J'ai vu que les chiffres ne concordaient pas, et je l'ai mentionné. Si cela t'a paru abrupt, je te remettrai plus tard un registre détaillé. »

Li Duan ralentit et se tourna vers lui ; sa voix tomba, sourde :

« L'affaire du ravitaillement du nord est une affaire d'État. Une seule remarque sur le "gaspillage", et tu fais encore hésiter les réparations du Jiangnan. Sais-tu combien de gens vivent encore sous une digue prête à rompre ? »

« Grand Frère a raison. » Le ton de Li Xuan se fit plus lent, plus doux. « Mais ton frère cadet sait aussi que les soldats du nord partent au combat enveloppés de manteaux en lambeaux. Si l'on traîne encore dix jours, ils pourraient ne pas revenir vivants. Le peuple peut se relever ; si l'armée se brise, la frontière est perdue. »

Une froideur traversa le regard de Li Duan :

« Ainsi, devant Père, tu voulais insinuer que je manque de clairvoyance ? »

« Je n'oserais pas. » Li Xuan sourit, faible et impénétrable. « Je pensais seulement : s'il y a la moindre faille, et que Père ne vérifie pas… que dira le monde des deux fils de l'Empereur ? »

Li Duan se tut un instant, puis descendit les marches. Sa voix, lorsqu'elle revint, était glaciale :

« Très bien. Qu'on vérifie. S'il y a un détournement, je le punirai de ma main. Mais si l'on ne trouve rien — Second Frère, retiens bien cette dette. »

Li Xuan baissa les yeux ; son sourire s'élargit, comme une onde dans une eau calme :

« Grand Frère peut être rassuré. Ton frère cadet a toujours eu une excellente mémoire. »

Chapitre 19 : Les fardeaux que nous portons

Le festival annuel de la Déesse des Fleurs se tenait toujours le long des rives de la rivière Zhaoyang, où l'eau scintillait comme du jade liquide et dérivait dans des courants langoureux.

Des milliers de fleurs rivalisaient pour l'éclat, sur les deux rives et, chaque fois qu'une brise passait, les pétales se dispersaient comme des flocons de saule, emplissant l'air d'un tourbillon de couleurs douces.

La musique coulait sans fin des cordes de soie, se mêlant aux rires des érudits et des jeunes filles ; la scène rivalisait avec les fleurs qui s'ouvraient, chacune cherchant à atteindre son moment d'éclat.

Qin Nianyin était assise seule dans un coin calme, ses robes simples plus légères que la neige tombante. Une broderie subtile d'orchidées soulignait le bord de ses manches, et l'ombre projetée sur ses genoux la rendait aussi immobile que l'eau d'automne, silencieuse et tranquille, comme si elle n'appartenait pas tout à fait à ce monde animé.

Devant elle reposait une tasse de thé pâle. Deux pétales de pommier sauvage flottaient à sa surface, teintant sa clarté d'une légère fraîcheur.

Une brise de la rivière caressait ses cheveux, portant la plus légère trace de parfum, quelque chose qui ressemblait à une orchidée, peut-être une pointe d'Osmanthus, si délicate qu'elle disparaissait presque au moment où on la cherchait.

Au loin, on entendait le bruit des enfants poursuivant les bateaux de fleurs, leurs rires traversant les sons persistants des instruments.

Alors que l'assemblée atteignait son apogée de rires et de conversations, un cri aigu fendit l'air.

« Cette fille en robe simple est-elle l'orpheline recueillie par la famille Qin ? »

La voix était claire et tranchante, comme une aiguille froide frappant le jade.

La locutrice était Zheng Mingzhu, la fille légitime du marquis Tongbo.

Elle avait bu plusieurs coupes de vin doux d'Osmanthus et, bien que ses joues soient légèrement rougies, sa colère monta comme un feu soudain. Elle se leva brusquement ; Les perles dorées de son ornement de cheveux oscillaient au mouvement, clignotant violemment sous le soleil.

Le banquet tomba aussitôt dans le silence.

Tous les regards se tournèrent vers le coin, vers Qin Nianyin.

Le mot orphelin frappa l'assemblée comme une pierre jetée dans l'eau calme, envoyant des vagues de surprise et des murmures de spéculations sur les sièges.

Certains fils de maisons nobles haussèrent les sourcils avec un amusement à peine voilé ; d'autres chuchotaient derrière leurs manches. Quelques jeunes érudits issus de familles modestes se raidirent à cette insulte, incertains s'ils devaient parler ou rester silencieux.

Gu Xiao était allongé nonchalamment contre une rambarde vermillon, son éventail pliant se balançant paresseusement entre ses doigts. Mais à ces mots, le ventilateur se referma brusquement net.

Il prit son souffle pour parler, mais Shen Lingyan se mit rapidement sur son chemin. Ses lèvres s'étirèrent en un sourire élégant, ses yeux brillants d'une intuition aiguisée.

« Sœur Zheng semble un peu ivre », remarqua Shen Lingyan d'un ton léger. « Permettez-moi de vous accompagner pour vous vider la tête. »

Elle tendit la main comme pour la guider loin.

« Attends. »

Le mot unique se déploya dans l'air comme l'ondulation d'un caillou tombé dans une eau claire.

Qin Nianyin se leva sans hâte. Son ourlet effleura les marches de pierre, envoyant tomber trois pétales de pommier crabe au sol. Ses traits restaient impassibles, son ton doux mais inébranlable, portant aisément dans tout le pavillon, surpassant même le vent qui passait parmi les fleurs.

« Puisque Mademoiselle Zheng a demandé, je vais répondre. »

Il n'y avait aucune colère dans sa voix. Au contraire, elle portait la douceur tempérée du début du printemps, douce, mais indéniablement stable.

Elle quitta le couloir ombragé pour s'éloigner de la mer de fleurs. Derrière elle, des murs rouges et des carreaux verts encadraient sa silhouette silencieuse, tandis que des pétales de pommier tombaient comme une lumière dispersée.

Un silence s'installa.

Quelqu'un murmura : « Elle ose répondre ? »

Un autre se pencha en avant, la curiosité s'enflammant.

L'expression de Qin Nianyin resta impassible. Son regard balaya légèrement la foule alors qu'elle parlait.

« Aujourd'hui, c'est le Festival de la Déesse des Fleurs. Cela aurait dû être une occasion de profiter du printemps et d'échanger des vers. Mais comme mon passé trouble certains, je ne souhaite pas que des rumeurs en l'air s'attardent. La naissance d'une personne peut différer par son rang ou ses circonstances, mais il ne faut pas l'utiliser pour la faire honte. »

Ayant déjà vécu une vie entière avant cela, elle considérait désormais les jeunes hommes vêtus de couleurs vives et les jeunes filles enjouées devant elle comme on considérerait une génération plus jeune : espiègles, pleins d'esprit, mais aussi éphémères dans leurs soucis.

Elle n'avait pas du tout prévu de répondre. Mais elle résidait désormais dans la maison Su ; sa tante, Madame Qin, la traitait avec une véritable affection. Elle ne laisserait pas des commérages négligents apporter ne serait-ce qu'une ombre de troubles à la famille Su.

Cette vie n'est plus la même que la précédente. Je ne laisserai pas de vieilles blessures se rouvrir, ni pour moi, ni pour ceux qui me protègent.

Elle termina de parler d'un léger hochement de tête, sa voix claire et résonnante comme des copeaux de jade tombant dans un récipient en bronze.

« Si tout le monde est vraiment curieux, permettez-moi d'expliquer.

Mon défunt père, Qin Shouyi, a autrefois été magistrat de septième rang du comté de Yonghe.

Il était droit et honnête, donnant la moitié de son salaire chaque année pour fournir des médicaments aux pauvres.

La troisième année de Yonghe, lorsque les inondations frappèrent, il mena personnellement les coureurs de Yamen dans le danger et sauva plus d'une centaine de réfugiés — mais finalement, il contracta la peste et mourut. »

Elle sortit un pendentif en jade vert de sa taille et le souleva pour que tout le monde le voie.

« Ce jade a été offert par le défunt empereur pour féliciter le service de mon père dans les secours en cas de catastrophe.

Je le porte aujourd'hui non pas pour exhiber quoi que ce soit, mais simplement comme un souvenir de mes parents disparus. »

Une brise balayait ses manches, faisant trembler légèrement le jade et le faire briller d'un doux éclat.

Au moment où ses mots tombèrent, toute la salle tomba dans le silence.

L'expression de Shen Lingyan changea. Elle posa sa coupe de vin et dit calmement,

« Donc, Mademoiselle Qin est la fille d'un fonctionnaire méritoire. Madame Qin a parlé sincèrement. Mingzhu, tu devrais t'excuser. »

Les lèvres de Zheng Mingzhu se pincèrent. Son visage rougi devint pâle.

« Je... Je n'ai fait que répéter ce que les autres ont dit... »

Quelques instants plus tard, plusieurs pauvres érudits invités se levèrent silencieusement et s'inclinèrent.

« Le magistrat Qin était un homme juste. Nous lui tenons beaucoup de respect. »

Un certain nombre de chercheurs plus âgés acquiescèrent également, murmurant des louanges.

« Cette jeune fille est vraiment bien instruite. »

Qin Nianyin poursuivit doucement :

« Toute sa vie, mon père l'a offerte au peuple, et c'est ainsi qu'il a trouvé la mort. Je ne porte aucun regret. »

Bien que j'aie été orpheline jeune, j'ai eu la chance d'être élevée avec soin et d'être maintenant accueillie par la famille de ma tante.

Ainsi, je demande seulement à tout le monde de s'abstenir de m'appeler à nouveau 'orpheline'. »

Son ton était chaleureux et approprié, ni servile ni envahissant, mais il ne laissait aucune place à la discussion.

« Oui, oui... après tout, elle est protégée par la famille Su. Qui oserait perdre la face comme ça... »

Les murmures se répandirent et Zheng Mingzhu devint troublé. Enfin, elle s'inclina avec un visage brûlant.

« Mademoiselle Qin, j'ai parlé hors de propos. Pardonne-moi, je te prie. »

Qin Nianyin rendit son salut avec un léger sourire.

« Tu es franc par nature. Je ne me suis pas vexée. »

À cet instant, l'atmosphère tendue fondit enfin —comme de la glace qui dégèle dans l'eau de source.

Debout près du pilier, Gu Xiao frotta inconsciemment la côte de son éventail pliant du bout du doigt.

Son regard glissa vers Su Zhang.

Su Zhang, habituellement si calme, était étrangement troublé aujourd'hui.

Il tenait une tasse de thé Biluochun, sans en prendre une gorgée.

La porcelaine tremblait faiblement dans sa prise.

Soudain,

Fissure.

La tasse s'est fendue.

Le thé coulait entre ses doigts, formant une tache sombre sur le brocart bleu paon de sa robe.

« Intéressant. »

Gu Xiao se pencha, sa voix un murmure discret à l'oreille de Su Zhang.

« Pourquoi Zijun aurait-il perdu son sang-froid à ce point ? »

Su Zhang ne dit rien.

Son regard resta fixé sur Qin Nianyin,

En cet instant, chaque fleur du jardin sembla s'éteindre.

Elle seule se tenait éclatante comme une lame captant la lumière de l'aube.

Sans prévenir, le rêve de la nuit précédente se dressa devant lui.

Sous la lumière vacillante des bougies, une femme s'était penchée sur sa main blessée, enveloppant délicatement les bandages.

Attaché à son poignet se trouvait un fin cordon rouge.

Et aujourd'hui, Qin Nianyin portait ce même cordon rouge.

Qin Nianyin leva les yeux.

Par coïncidence ou par destin, ses yeux croisèrent les siens de l'autre côté de la cour.

Elle aperçut la tache de thé s'étaler sur sa manche, et la tension dans son poing serré.

Un éclair de compréhension traversa son expression, rapide et délicat, avant que ses traits ne retrouvent une sérénité tranquille.

Malgré la turbulence qui le traversait, Qin Nianyin releva la tête, son expression placide.

Sa voix est sortie douce mais inébranlable, comme de l'eau immobile agitée par une brise passagère,

douce dans son ton, mais chaque mot frappait avec une clarté cristalline.

Alors que ses derniers mots tombaient, le vent caressa ses manches.

Des pétales de fleurs de pommier tombaient, s'accrochant à ses cheveux noirs ; Chaque pétale tremblait faiblement dans l'air, comme s'il lui ajoutait une aura intacte par la poussière.

Un silence tomba sur le rassemblement.

Quelque part au loin, l'ensemble de soie et de bambou s'était tu, sans que personne ne s'en aperçoive.

Seules les ombres mouvantes des fleurs s'éveillaient.

À ce moment-là, Xie Zongyang s'avança.

Il joignit les mains en signe de salut.

« Les paroles de Mademoiselle Qin me rappellent ce que mon défunt père disait souvent —

Que la loyauté et la droiture n'ont aucun rapport avec la naissance de quelqu'un.

Seul le cœur se tient clair devant le soleil et la lune. »

Qin Nianyin se tourna vers lui, son expression inchangée, offrant un léger sourire courtois.

« Maître Xie. »

Elle abaissa le pendentif de jade et s'inclina avec une grâce nonchalante.

« Je remercie tout le monde d'avoir été témoin de cette affaire aujourd'hui.

En un sens, cela a chassé la mémoire de mon père.

Que ça s'arrête ici.

Que cela ne soit plus évoqué. »

Des pétales de pommier sauvage s'élevèrent de nouveau avec le vent, se dispersant sur ses vêtements et s'accrochant à la légère courbe de ses manches et de ses cheveux.

La lueur rouge dans son rêve n'était pas différente de ce qu'il voyait maintenant.

Il baissa les yeux.

Le sang sur sa paume avait séché depuis longtemps, ne laissant qu'une entaille rouge vif sur la peau.

Ses pensées se resserrèrent peu à peu, se posant en quelque chose de froid et de calme sous le souffle du vent.

Murmura-t-il à voix basse, à peine audible même pour lui-même :

« Cette femme dans le rêve...qui... était-elle... »

QIN NIANYIN
秦念音

Chapitre 20 : Dans l'œil de la tempête

La brise passa sur les bégonias ; le parfum s'éloigna, de plus en plus ténu.

Su Zhang avait déjà reposé sa tasse de thé. Pourtant, sous sa manche, ses phalanges se resserrèrent, presque malgré lui. Ce qu'elle venait de dire — mot après mot — ressemblait à une lame qui venait d'ouvrir, dans sa poitrine, des souvenirs longtemps scellés : la femme du rêve, la cordelette rouge sous la lueur des chandelles, et cette voix claire qui refusait de plier. Tout remonta d'un seul coup, roulant et heurtant en lui.

Le jade qu'il tenait, pressé dans sa paume, émit un bruit infime. Il ne sentit pas la douleur ; il sentit seulement, à cet instant précis, sa contenance se faire tirer, déchirer, comme si quelque chose en lui avait été arraché.

Du sang s'infiltra entre ses doigts. Il ne jeta pas un regard à sa main. Son regard resta verrouillé sur Qin Nianyin — elle n'était ni furieuse, ni en quête de pardon. Elle se tenait simplement là, silencieuse, froide et résolue, telle une orchidée droite dans le vent.

Gu Xiao, voyant la scène, inclina légèrement la tête et rit tout bas :

« Zijun, ta cousine est vraiment rare. Ni servile ni arrogante… il y a chez elle une certaine tenue. Je vais aller lui parler… »

Su Zhang posa aussitôt une main sur lui.

« N'y va pas. »

« Seigneur Su ! » s'écria le médecin impérial tout près, apercevant le sang dans sa paume et faisant un pas pour l'en dissuader. Su Zhang leva la main pour l'arrêter, net.

Son visage demeura froid ; sa voix, elle, sortit plus basse, plus enrouée, comme tirée de la gorge :

« Si habile de langue. »

Puis il se leva et se dirigea vers Qin Nianyin.

« Zijun, où vas-tu ? »

« J'y vais un instant. Je reviens. »

* * * * *

On ne sut pas à quel moment Su Zhang avait quitté son siège. Lorsqu'on s'en aperçut, il se tenait déjà à trois pas derrière elle.

Il gardait ce même visage froid, mais son regard, lourd comme une substance, tomba sur Xie Zongyang — et les mots que celui-ci n'avait pas encore achevés se trouvèrent coupés net, avalés dans la gorge.

Su Zhang se tourna ensuite vers Qin Nianyin. Son regard s'arrêta une seconde sur la cordelette rouge à son poignet ; puis il dit, d'une voix si basse que seuls quelques proches pouvaient entendre :

« Langue habile. »

Quatre mots, sans qu'on puisse distinguer clairement s'il louait ou s'il piquait.

Sans attendre qu'elle réponde, il se détourna vers l'assemblée et parla d'un ton égal, comme s'il refermait la scène d'un geste :

« Le printemps est beau. Ne laissez pas des querelles de bouche gâcher la lumière. Les magnolias du jardin sont en pleine floraison ; pourquoi ne pas aller les voir ? »

Puis seulement il regarda Qin Nianyin, et sa voix, toujours aussi plate, prit une nuance qui ne souffrait aucun refus :

« Toi, viens avec moi. »

Sous les saules, la rumeur des voix s'éloigna peu à peu. La musique et le tumulte du "continent de fleurs" furent séparés par le vent, couche après couche, jusqu'à ce qu'il ne reste plus que le bruit de la rivière frappant doucement la pierre de la berge.

Su Zhang s'arrêta dans l'ombre, les mains derrière le dos. Sa manche portait encore une tache de thé qui n'avait pas séché. Il la regarda ; ses traits étaient froids, et sa voix descendit encore plus bas :

« Ce qui s'est passé tout à l'heure… tu aurais pu ne pas ouvrir la bouche. »

Qin Nianyin le regarda tranquillement, les yeux comme de l'eau. Elle ne hocha pas la tête, ne se justifia pas.

Su Zhang poursuivit :

« Le lieu n'était pas bon. Les personnes n'étaient pas bonnes. À une fête des fleurs, sous tant de regards, plus tu ajoutes un mot, plus tu offres aux autres une bouche de plus. »

Qin Nianyin releva les cils, et un sourire léger, presque détaché, passa :

« Alors voilà. Aujourd'hui, est-ce moi qui ai manqué aux convenances ? »

« Je n'ai pas dit que tu avais manqué, » répondit-il, plus lentement. « Mais je n'aime pas que tu sois si tranchante, si prompte de langue. Cette affaire n'avait pas besoin que tu te montres. D'ailleurs… tu as encore derrière toi… »

La maison Su…

Son regard se refroidit, mais sa voix demeura posée, et elle l'interrompit doucement :

« Je n'ai dit que la vérité sur mon père adoptif. »

Elle n'avait pas l'intention de débattre davantage ; mais elle en avait assez qu'il brandisse le mot "règles" comme on tient une bride.

« Même la vérité dépend du moment, » dit-il, marquant une pause, ses mots devenant plus directs. « Si tu étais restée silencieuse, Mademoiselle Shen aurait arrondi la situation. La maison Su aurait couvert, aurait bloqué. Pourquoi te placer toi-même au bord de la tempête ? »

Qin Nianyin baissa les yeux, époussseta la poussière de sa manche. Sa voix devint si légère qu'on l'entendait à peine :

« Mais si le vent continue de souffler sur le nom de la maison Su… cela me rend mal à l'aise. »

Il fut étouffé une seconde par ce "mal à l'aise". Son froncement de sourcils s'accentua :

« Puisque je t'ai fait sortir, je te protégerai. Tes paroles, si on les entend avec bonté, c'est de la tenue. Si on les entend sans bonté, c'est du tranchant. Or le monde ne sait pas toujours reconnaître le bon. »

Qin Nianyin se tut un instant, et s'efforça de contenir la colère qui montait lentement.

Dans l'autre vie, il l'avait déjà accablée de "règles". Dans cette vie, il ne lâchait toujours pas.

Elle releva les yeux, le regard très calme, presque pâle :

« Que cela m'importe ou non… qu'est-ce que cela peut faire pour les autres ? »

Cette phrase fit enfin apparaître, au fond de ses yeux, une colère fine, contenue.

Su Zhang la fixa :

« Cela ne concerne pas les autres. Cela te concerne. Si quelqu'un te garde rancune, si un mot de travers te fait porter la faute et entraîne la maison Su, qui ramassera après toi ? »

Qin Nianyin le regarda. Puis, au coin de ses lèvres, un sourire vague, à peine là :

« Alors, cousin… ce qui t'inquiète, est-ce moi, ou la maison Su ? »

Il eut un arrêt. Sa voix retomba plus froide :

« Les deux. Et si tu n'étais pas de la maison Su, crois-tu que je dirais autant ? »

Elle baissa les yeux. Elle ne répondit pas. Mais en elle, une fatigue calme forma des cercles, l'un après l'autre — une fatigue qui n'avait ni hâte ni drame, seulement l'usure.

Dans l'autre vie, il lui parlait déjà ainsi : il lui "tenait un parapluie", mais attachait à ses chevilles une corde invisible. Elle ne le blâmait pas. Elle était seulement lasse.

Su Zhang, la voyant se taire, crut qu'elle avait cédé. Son ton se fit un peu plus lent, comme s'il expliquait :

« Je ne te reproche rien. Je te rappelle seulement : aujourd'hui tu as gagné la scène, oui. Mais cela signifie aussi que la maison Zheng du marquis Tongbo t'a retenue. »

« Je n'avais pas l'intention de me lier à eux, » répondit-elle en relevant les yeux, sa voix toujours douce. « Mais puisque cousin n'aime pas que je parle trop, je parlerai moins à l'avenir. »

Cette obéissance trop rapide, ce "je ferai" sans résistance, lui serra le cœur. Un moment, il resta muet. Puis, très bas :

« Ce n'est pas parler moins. C'est… savoir parler. »

Qin Nianyin hocha la tête :

« Bien. Nianyin apprendra. »

Le vent venait de la rivière, portant un parfum de bégonia à la fois sucré et clair. Elle se tourna légèrement, comme pour prendre congé :

« Il se fait tard. Tante va sans doute rentrer au manoir. Si cousin n'a rien d'autre… »

Il l'interrompit brusquement, plus tranchant :

« Et toi, avec Xie Zongyang — à parler et à rire — quelle était ton intention ? »

Elle s'arrêta, se retourna vers lui. Son visage demeura tranquille :

« Maître Xie a dit une parole juste pour moi. Je l'ai remercié. C'est tout. »

« C'est tout ? » Il eut un rire sans chaleur. « Les autres ne verront qu'une chose : la demoiselle de la famille Su, au festival des fleurs, se lie à un nouveau venu, et échange des sourires. »

Son sourcil bougea très légèrement.

Dans l'autre vie, il était pareil : dès qu'elle disait deux phrases à quelqu'un, il lui rappelait le rite, la réputation, les intérêts, le danger. Elle avait su avaler alors ; elle pouvait encore avaler maintenant.

Alors sa voix se fit plus douce :

« Bien. Nianyin comprend. Je ferai plus attention à l'avenir. »

Il la fixa. Et l'inquiétude en lui grandit au lieu de se calmer, comme si cette sérénité le poussait plus loin, plus loin encore.

Il demanda soudain :

« Cette cordelette rouge à ton poignet… d'où vient-elle ? »

Qin Nianyin baissa les yeux, releva la main, et enroula doucement la cordelette sur l'os de son poignet :

« Ma mère adoptive l'a nouée à mon poignet avant de mourir. Pour la protection. Et comme souvenir. »

Elle se tourna pour partir, voulant laisser derrière elle, dans l'ombre des saules, ces admonestations qui lui donnaient la même sensation d'étouffement que jadis.

Mais derrière elle, sa voix la rattrapa, plus froide, plus dure :

« Si tu veux vraiment penser à la maison Su, alors à l'avenir, évite de te dresser en public contre les gens. »

Elle s'arrêta. Après une brève hésitation, elle répondit sans se retourner :

« Cela ne se reproduira plus. »

(Ça s'arrêtera quand ?)

Elle resta immobile un souffle, puis se retourna pour le regarder. Son rythme ne changea pas ; sa voix demeura posée :

« Je ne me dresserai pas contre les gens. Aujourd'hui, si Mademoiselle Zheng n'avait pas prononcé "orpheline", je n'aurais pas dit davantage. Si cousin veut blâmer, qu'il blâme mon cœur trop attaché à mon père — pas le fait d'avoir dit deux phrases un peu dures. »

Su Zhang assombrit le visage :

« Je… ce n'est pas ce que je voulais dire. »

« Je sais que ce n'est pas ça. » Ses traits s'adoucirent soudain. « Cousin a mal au cœur pour moi ; il a peur que je fasse un faux pas et que tout soit perdu. Je comprends. »

Elle marqua une pause, et sa voix descendit plus bas :

« C'est seulement que, dans l'autre vie, j'ai trop obéi. Et au final… cela ne m'a rien donné. »

Il n'entendit pas clairement. Instinctivement, il demanda :

« Quoi ? »

Quelle autre vie ?

Elle baissa les yeux, comme si elle ramenait toutes ses émotions à l'intérieur :

« Rien. »

« Dis clairement. »

Il avait bien entendu qu'elle avait dit quelque chose ; seulement, sa voix avait été trop basse. Il refusa de laisser cela passer.

Qin Nianyin reprit son souffle, puis dit doucement :

« Cousin, je me souviendrai des règles dont tu parles. Tu peux être rassuré. »

Cette manière "nuage clair, vent léger", cette acceptation trop plate, le priva de mots. Ses doigts se crispèrent sous la manche.

Après un long moment, comme s'il s'était forcé à trancher, son ton se durcit :

« Si tu veux réellement la paix pour la maison Su, alors écoute-moi : à la capitale, parle moins, vois moins, expose moins ton tranchant. La retenue, c'est la protection. »

Qin Nianyin le regarda. Elle ne dit rien.

Puis elle se retourna et s'éloigna pas à pas, sa jupe frôlant l'ombre des saules. Sa voix revint, plate, sans chaleur :

« Sois tranquille. Je ferai comme tu dis. »

Tous les mots restés dans sa gorge se changèrent en silence. Longtemps, il ne resta qu'un souffle très léger — et une pointe de regret, infinie, qu'il ne savait pas nommer.

Le vent s'éleva de la rivière, dispersant pétales et rumeurs. Il resta là, regardant son dos se faire avaler par les alternances de lumière et d'ombre. Et dans son esprit monta une pensée, froide, nette :

La maison Zheng du marquis Tongbo instruit mal sa fille. Aujourd'hui, sous prétexte de fête des fleurs, on a en vérité blessé la bienséance et troublé l'ordre. Si l'on ne frappe pas tôt un avertissement, les conséquences seront sans fin.

Le pendentif de jade, caché dans sa manche, chauffait sous la pression de sa prise ; sa paume, elle, était froide.

Après un moment, il ravala ses émotions, ajusta son col, et revint dans la lumière.

Sur la rive, les tambours et la musique reprirent.

Son visage avait déjà retrouvé ce froid familier — comme une lame rentrée au fourreau : muette, mais capable de trancher le vent.

Chapitre 21 : Ne parle pas d'amour

La princesse Li Jing s'éloigna en trombe, ses manches claquant au vent. Peu après, la princesse Li Rong apparut sous le rideau des saules, avançant d'un pas lent, soutenue par sa servante. En voyant le visage outré de sa sœur cadette, elle laissa à peine se relever le coin des lèvres — un sourire discret, presque absent.

« Encore ? » murmura-t-elle. « Encore une porte fermée au nez ? »

Li Jing tapa du pied ; la colère lui rougissait les yeux.

« Su Zhang est totalement aveugle à sa propre fortune ! »

Elle se retourna brusquement — et manqua de heurter Li Rong, qui sortait du pavillon avec un calme imperturbable.

Vêtue d'une robe de cour bleu d'eau, la taille ceinte d'un ruban souple brodé de fils d'or, Li Rong avait une magnificence posée. Pourtant, son regard demeurait froid, distant, intact de tout élan.

Elle détailla Li Jing de haut en bas, puis sourit, léger, indéchiffrable.

« Alors ? Tu as encore échoué ? »

Elle savait depuis longtemps que sa sœur s'était entichée du nouveau tanhua.

Le nez de Li Jing la brûla ; elle détourna le visage, forçant sa voix à rester ferme.

« Qui s'en soucie ? Su Zhang est aveugle. Je lui tends une échelle vers les nuages et il n'en veut pas. Un jour, il le regrettera. »

Li Rong ouvrit son éventail de soie et s'approcha d'un pas tranquille. Sa voix paraissait nonchalante, presque douce, mais chaque mot tombait net.

« Tu sais qu'il est le tanhua choisi par Père, et qu'un édit l'a déjà désigné pour assister le Prince héritier. »

Li Jing se figea un instant. L'entêtement revint aussitôt, même si une hésitation s'insinua dans sa voix.

« Et alors ? Je l'aime bien. Si je l'épouse, n'est-ce pas encore mieux ? »

« L'aimer bien ? » Li Rong laissa échapper un petit rire. Une lueur de pitié passa, fugace, dans ses yeux. « Tu es vraiment encore une enfant. Trop innocente. »

Le visage de Li Jing se crispa.

« Pourquoi dis-tu ça… ? »

Li Rong tendit un doigt fin et tapota légèrement le front de sa sœur.

« Petite sotte. Si tu l'épousais vraiment, tu le pousserais droit dans une impasse. »

« Comment ça ? » Le visage de Li Jing perdit ses couleurs ; sa voix monta, incrédule.

Li Rong prit le ton patient de quelqu'un qui dispense un conseil — et, syllabe après syllabe, ses mots se firent plus tranchants.

« S'il épousait une princesse, quel avenir lui resterait-il ? Toute la maison Su serait exposée. Et lui… il se peut même qu'il ne vive pas assez longtemps pour voir l'année prochaine. »

Sa voix s'adoucit, mais la clarté de ce qu'elle disait en devenait plus cruelle.

« À la cour, quelle tempête politique n'a pas fait de victimes ? Il jouit aujourd'hui de la faveur impériale ; sa renommée monte, son nom circule. Si tu tends la main vers lui à cet instant, c'est comme lui planter une lame dans le dos. Jing, tu ne comprends pas. Ces lettrés qui paraissent si doux… d'un simple trait de pinceau, ils peuvent enterrer un foyer entier. Si Su Zhang est sage, celui qu'il doit éviter, ce n'est pas toi. C'est le trône derrière toi. »

Elle marqua une pause. Dans ses yeux passa quelque chose de plus ancien, de plus las.

« Ne parle pas d'affection. Même un murmure privé peut devenir une preuve contre lui. Tu souris, et son cœur doit trembler. Tu prononces une phrase, et il doit déjà couper toute voie de retraite. »

Li Jing vacilla. Son visage devint pâle, comme de la cendre sous la lune. Sa voix se brisa.

« Ce n'est… ce n'est pas à ce point… »

Li Rong referma son éventail. Son ton descendit, froid, grave.

« Jing, nous sommes nées dans la maison impériale. Le mariage n'a jamais été un choix. L'Impératrice, et ta mère — la Consort Chen — ont arrangé ton avenir depuis longtemps. Dans trois ans, tes fiançailles avec l'héritier de la commanderie de Nanping seront fixées. Su Zhang ? Bannit cette pensée. N'y pense même pas. »

Les lèvres de Li Jing tremblèrent.

« Et toi, Grande Sœur ? Es-tu prête à être mariée à ce… »

« Grand Prince-consort ? » Li Rong haussa légèrement un sourcil, et un souffle d'amusement passa dans sa voix. « Zhao Ziqi est obéissant. Il sait endurer ; il sait ce qu'il ne faut pas demander. Rien que cela le rend rare. »

Son sourire s'élargit d'un rien — une courbe polie, sans chaleur.

« Quant au reste… tant que je suis à mon aise, cela suffit. »

Puis elle ajouta, comme par jeu, la voix volontairement légère :

« Il a la santé solide, et il est compétent au lit. De quoi pourrais-je bien me plaindre ? »

Li Jing rougit d'un coup, jusqu'au bout des oreilles.

Li Rong se pencha vers elle, sa voix réduite à un murmure — douce dans la forme, glacée dans le fond.

« Si tu veux vraiment la liberté… fais comme moi. Garde quelques favoris. Il le sait. Il n'ose pas parler. Les jours passent quand même. »

Elle remit doucement derrière l'oreille de Li Jing une mèche échappée. Le geste semblait tendre ; le ton, lui, pouvait geler l'acier.

« Jing, retiens ceci : pour vivre sans entraves, on s'appuie sur le pouvoir, pas sur la dévotion. »

Li Jing la regarda, muette. Dans ses yeux : le choc, la confusion, et la peur brute de goûter pour la première fois l'amertume du monde.

Non loin d'elles, derrière la colonnade, une grande silhouette se tenait immobile.

Zhao Ziqi, Grand Prince-consort, avait les mains serrées dans ses manches, si fort que ses jointures blanchissaient. Il écoutait sans un bruit. Chaque mot, chaque légèreté, s'enfonçait en lui comme des aiguilles dans l'os.

Son regard ne portait ni rage ni remous — seulement une immobilité morte.

Enfin, il recula, se laissant engloutir par l'ombre des saules, comme s'il n'avait jamais été là.

Une brise remua les branches. Une fleur de pêcher tomba sur son épaule. Il ne leva pas la main pour l'écarter.

Le printemps était lumineux, généreux — et pourtant, son cœur s'enfonçait plus bas encore dans sa propre glace.

* * * * *

Cette nuit-là, Zhao Ziqi rentra seul à la résidence de la princesse.

Dans l'enceinte, tout était calme. Les domestiques se tinrent à distance, aucun n'osant s'approcher. Il ôta son manteau, alourdi de rosée nocturne, et entra lentement dans son bureau.

Des pétitions restaient intactes sur la table. La bougie avait brûlé jusqu'au dernier doigt de cire ; la mèche tremblait encore. La flamme projetait de longues ombres, étirées.

Il demeura immobile un long moment, puis leva la main et effleura une lampe de lotus en porcelaine blanche. Elle l'avait choisie elle-même pour lui, disant que cela stabiliserait l'esprit et aiguiserait la clarté.

Sous ses doigts, il n'y eut que de la porcelaine froide.

Les lampes qu'elle avait choisies, le jade qu'elle avait attaché à sa taille, les mots qu'elle avait prononcés — « vieillir ensemble » — tout cela, soudain, ressemblait à une plaisanterie cruelle et lointaine.

Il s'assit. Ses yeux étaient vides. Dans sa tête, le murmure revenait, ne le quittait pas : garder quelques favoris…

Il baissa la tête et referma ses doigts sur un pendentif de jade aux fissures anciennes, comme s'il serrait un morceau de passé déjà pourri, qui ne prenait plus forme.

Après un long silence, il laissa échapper un rire très léger.

« Assez… assez… »

La bougie eut son dernier frisson et s'éteignit. Le bureau fut englouti par l'obscurité. Dehors, quelques étoiles éparses flottaient comme de la poussière d'argent, éclairant à peine la silhouette solitaire.

Cette nuit-là, il comprit avec une clarté absolue : quel que fût ce lien qu'ils appelaient autrefois mariage, il avait franchi un point dont il ne reviendrait jamais.

* * * * *

Le lendemain matin, dans le salon des fleurs, Li Rong était assise devant sa coiffeuse tandis qu'une femme de chambre arrangeait ses cheveux. Elle portait une longue robe de brocart argent-rouge, tissée d'or. Son visage ne portait pas de poudre — seulement une fine couche de crème parfumée qui laissait sa peau lisse, comme du jade poli. Son expression restait froide.

« Votre Altesse, » dit doucement la servante, « le Grand Prince-consort attend dehors. Il dit qu'il a quelque chose à rapporter. »

Li Rong haussa un sourcil.

« A-t-il dit de quoi il s'agit ? »

La servante hésita, puis baissa la tête.

Une légère courbe effleura les lèvres de Li Rong — un sourire sans chaleur. Elle prit une épingle dorée en forme de fleur et la glissa en place d'un geste lent ; dans ses yeux, il n'y avait ni amusement ni irritation, seulement un rejet calme.

« Dis-lui d'aller au salon annexe. Ma toilette n'est pas terminée. Je n'ai pas le temps d'écouter ses tracasseries. »

Elle attrapa un livre de récits posé sur la table et le laissa tomber sur ses genoux. Les pages s'ouvrirent — et elle ne les tourna pas.

* * * * *

Dans le salon annexe, Zhao Ziqi attendit longtemps. Finalement, la convocation ne vint jamais.

Il se leva, remit ses manches en ordre, et resta debout un instant avant de partir. Au seuil, il se retourna et fixa les hautes portes vermillon. Son regard était stable, froid, pâle.

Derrière les portes, on entendait le murmure d'une femme parlant avec sa servante, un rire bas, flottant — lointain, mais assez clair pour que cela lui semblât destiné à lui seul.

Ses lèvres se pincèrent. Enfin, il se détourna et s'éloigna.

À l'intérieur, Li Rong demeurait dans l'ombre, les doigts effleurant la frange perlée de son épingle. Elle ne sortit pas. Elle n'ordonna à personne de le retenir. Elle se contenta de demander qu'on remplisse à nouveau le thé, la voix intacte — comme si l'homme qui venait d'attendre dehors n'avait jamais existé.

Elle avait compris depuis longtemps : la sincérité se transforme toujours en faiblesse. Mieux valait retirer sa main que la tendre. Mieux valait enfouir l'affection si profondément qu'elle ne l'atteindrait même plus.

Le monde avançait comme un échiquier. Elle préférait se tenir sur la terrasse haute et regarder la partie, plutôt que d'être entraînée dans les nœuds du jeu.

Épouser Zhao Ziqi avait été, dès le début, un lien politique. Elle s'était autrefois autorisé un espoir insensé, croyant qu'ils pourraient vieillir côte à côte. Mais peu à peu, elle comprit : partout où il y a du vrai sentiment, les chaînes suivent.

Mieux valait ne pas se laisser enfermer par l'amour — et vivre, froidement, dans la force du pouvoir.

Le rassemblement de poésie battait son plein. Sous le pavillon, les rires et les conversations se mêlaient sans fin. Les coupes s'entrechoquaient, les manches frôlaient les tables, et l'on entendait parfois, au-dessus des éclats de voix, un vers récité d'un ton vif.

Pourtant, en plein milieu, Qin Nianyin prit congé de Shen Lingyan et se retira discrètement, comme si elle ne voulait laisser derrière elle qu'une trace légère, à peine un froissement.

Mei tenait au-dessus d'elles une petite ombrelle de soie blanche et la suivait de près, murmurant à voix basse :

« Mademoiselle part si tôt aujourd'hui… La jeune demoiselle Su risque de nous en vouloir. »

Qin Nianyin esquissa un léger sourire, sans confirmer ni nier. Elle savait aussi, au fond, qu'un départ trop hâtif serait commenté ; mais rester plus longtemps, à écouter des politesses et des sous-entendus, l'épuisait davantage encore.

Lorsqu'elles atteignirent l'entrée d'une ruelle isolée, des éclats de voix leur parvinrent soudain. Devant une auberge, une dispute faisait rage. Un employé invectivait bruyamment un jeune homme vêtu comme un étudiant.

« Dégage ! Pas d'argent, pas de chambre ! Ne bloque pas l'entrée, tu nuis au commerce ! »

Mei claqua la langue avec indignation.

« Regardez, mademoiselle. Cet employé est bien trop cruel. »

Qin Nianyin jeta un coup d'œil. Les deux hommes se faisaient face, visiblement à bout.

« Frère, je vous en prie, ayez un peu de compassion. Donnez-moi deux jours. Je trouverai du travail et je paierai sans faute. Où puis-je aller maintenant ? »

« Dehors ! Sans argent, tu n'as rien à faire ici ! »

À cette scène, un souvenir fulgurant traversa l'esprit de Qin Nianyin.

Dans sa vie précédente, un étudiant avait été chassé d'une auberge pour défaut de paiement, avait manqué les examens du printemps, puis s'était jeté dans un lac. L'affaire avait longtemps fait parler dans la capitale : on la racontait dans les salons comme dans les échoppes, chacun ajoutant une phrase, chacun jugeant, comme si l'on pouvait, par des paroles, recoudre une vie déjà perdue.

Ce qui avait suscité tant de discussions, c'était que ce malheureux érudit avait été victime d'un complot : des compagnons l'avaient forcé à avaler des purgatifs, lui faisant manquer l'examen du lendemain.

Son nom absent des listes, le désespoir l'avait englouti, jusqu'à le pousser à chercher la mort dans l'eau. Et au centre de tout cela, il y avait un nom que Qin Nianyin n'avait jamais oublié, précisément parce qu'il avait été prononcé avec tant de pitié et tant de cruauté mêlées.

Cet homme s'appelait Xu Wencai.

À présent qu'elle vivait cette vie une seconde fois, Qin Nianyin refusait de le voir répéter la même tragédie. Elle ne cherchait ni gloire ni gratitude ; elle espérait seulement que, dans un coin de ruelle, un destin puisse être dévié sans bruit, comme on détourne un fil avant qu'il ne se rompe.

Si elle pouvait empêcher ne serait-ce qu'un seul « trop tard », alors cette renaissance n'aurait pas été vaine.

« Allez, allez, allez ! Même pas une seule pièce sur toi et tu oses t'attarder ici ? Ce n'est pas une maison de charité ! »

L'employé se tenait les bras ouverts, un chiffon à la main, repoussant sans ménagement un jeune homme à la tenue légère.

Celui-ci semblait avoir dix-sept ou dix-huit ans. Ses traits étaient fins et nets, ses vêtements délavés par d'innombrables lavages. À ses pieds, quelques pages arrachées d'un livre étaient éparpillées.

Avec obstination, il ramassa les feuillets tombés à terre. Son visage exprimait la fierté et l'entêtement, mais il ne protesta pas. Il se contenta de serrer les lèvres, endurant l'humiliation en silence, comme si chaque insulte devait être avalée pour sauver ce qui restait de dignité.

Mei cracha doucement par terre et murmura :

« Les gens de la ville sont vraiment trop opportunistes. Dès qu'ils voient quelqu'un dans la misère, ils enfoncent le couteau. »

Qin Nianyin s'arrêta. Elle baissa les yeux, réfléchit un instant, puis dit calmement :

« Mei, donne-lui l'argent que tu portes sur toi. »

Mei sursauta et tira aussitôt sur la manche de Qin Nianyin.

« Mademoiselle… On ne connaît même pas son origine. Est-ce vraiment approprié ? »

« Considère cela comme un simple geste de bonté, Mei », répondit Qin Nianyin d'une voix douce. « Un secours aujourd'hui peut être une route demain. Et parfois, une route suffit. »

Mei fit la moue, visiblement réticente. Elle sortit un petit sachet brodé, le pesa dans sa main, puis murmura avec douleur :

« Ce sont nos économies privées, durement mises de côté… Mademoiselle, vous devez absolument l'inscrire dans les comptes ! »

Qin Nianyin sourit légèrement.

« Bien sûr que je m'en souviendrai. »

Mei renifla et s'avança d'un pas rapide.

Elle glissa le sachet directement dans la main de Xu Wencai et claqua la langue.

« Frère érudit, considère-toi chanceux aujourd'hui. Tu es tombé sur notre jeune maîtresse au cœur généreux. Sinon, dans ces rues froides et désertes, qui aurait une pièce de plus à donner ? »

Xu Wencai resta figé. Il serra le sachet à deux mains, la gorge serrée, des mots naissant puis mourant avant de franchir ses lèvres.

Voyant la scène, l'employé de l'auberge fit aussitôt rouler ses yeux et afficha un sourire obséquieux.

« Ah ! Un malentendu, un complet malentendu ! Jeune frère, entrez donc ! Ce misérable avait les yeux aveuglés, totalement aveugles ! »

Mei leva les yeux au ciel, les mains sur les hanches.

« N'est-ce pas toi qui disais à l'instant que ce n'était pas une maison de charité ? Pourquoi ton sourire est-il soudain plus éclatant qu'une fleur ? »

L'employé multiplia les révérences.

« Oui, oui, jeune demoiselle, soyez magnanime ! Cette humble auberge a manqué de courtoisie, elle mérite une correction ! »

Tout en parlant, il fit semblant de se taper légèrement la joue.

Mei trouva la scène à la fois ridicule et amusante. Elle renifla et se détourna.

Xu Wencai sortit enfin de sa stupeur. Il se hâta de les rattraper, joignit les mains et s'inclina profondément, la voix tremblante :

« Cet humble se nomme Xu Wencai. Je remercie la jeune demoiselle et cette aimable servante pour votre grâce salvatrice. Si un jour j'en ai les moyens, je chercherai à rendre cette dette. »

Qin Nianyin répondit d'un ton détaché :

« Il n'est pas nécessaire de remercier. »

Xu Wencai la regarda, un peu perdu, puis hocha la tête comme s'il comprenait, sans être certain d'avoir tout saisi.

Une brise printanière traversa la ruelle, portant avec elle le parfum délicat des fleurs d'abricot.

Cette brève rencontre au bout de la ruelle, nul ne savait encore qu'elle venait de modifier en silence la trajectoire de plusieurs destinées.

Mei tourna la tête, lança un regard entendu à Qin Nianyin et murmura :

« Vous avez sauvé ce petit érudit, mademoiselle. Espérons seulement qu'il ne s'accrochera pas à nous. »

Qin Nianyin laissa échapper un léger rire et secoua doucement la tête. Elle tendit la main et tapota le front de Mei.

« Tu te trompes. Ce n'est pas moi qui ai sauvé cet érudit. Cet argent provenait des économies privées de notre jeune demoiselle Mei. »

Mei écarquilla les yeux, incrédule.

« Mademoiselle, comment pouvez-vous revenir sur votre parole ? Vous aviez dit que vous l'inscririez dans les comptes ! »

Mon ciel… la jeune maîtresse ne compte-t-elle pas me rembourser ?

Xu Wencai, bien qu'ayant accepté la bourse, ne se pressa pas d'entrer dans l'auberge. Il observa la silhouette de Qin Nianyin s'éloigner ; ses yeux s'humidifièrent légèrement, comme si une chaleur longtemps contenue y montait enfin.

Il ne savait pas ce que valaient ces quelques pièces pour deux femmes, ni combien il leur avait fallu de jours pour les économiser — et c'était précisément cela qui le bouleversait.

Il inspira profondément, serra ses livres contre sa poitrine et la rattrapa de nouveau. S'arrêtant devant elle, il s'inclina encore une fois, la voix vibrante d'émotion :

« Jeune demoiselle, je vous en prie, attendez un instant. »

Qin Nianyin tourna la tête. À ses côtés, Mei fit la moue.

« Il s'accroche vraiment… »

Xu Wencai se tenait droit dans le vent. Le jeune homme était mince, au visage net, une détermination inflexible transparaissant entre ses sourcils. Il sortit le livre qu'il portait contre lui et le présenta à deux mains.

« Cet humble, Xu Wencai. Ma famille fut jadis une lignée d'érudits, mais je suis né en des temps malheureux. Dans mon enfance, notre fortune déclina ; mes parents moururent l'un après l'autre. Je n'eus d'autre choix que de me réfugier chez des parents éloignés, vivant sous le toit d'autrui. »

« Cette année, je suis venu à la capitale pour les examens. Qui aurait cru que l'endroit où je passais la nuit… On m'a tendu un piège, mêlé des drogues au vin… Mon ventre s'est tordu de douleur, et j'ai manqué l'épreuve. Sans votre aide aujourd'hui, jeune demoiselle, j'ai bien peur de n'avoir même pas conservé ma vie. »

Sa voix s'abaissa peu à peu, étranglée par l'émotion. Le livre qu'il offrait tremblait légèrement.

Qin Nianyin regarda l'exemplaire usé des Annotations du Livre des Odes. Les pages jaunies, les coins émoussés, mais soigneusement nettoyés, comme si l'on pouvait, en entretenant le papier, tenir debout ce qui restait d'une existence.

Quelque chose s'ébranla en elle.

« Ta famille… t'a-t-elle recherché ? » demanda-t-elle doucement.

Xu Wencai esquissa un sourire amer.

« Ma famille ? Ils préféreraient que je disparaisse de moi-même. Ils m'ont chassé alors que j'étais encore jeune. Cette fois, pour venir passer les examens à la capitale, j'ai épuisé toutes mes ressources… tout cela pour une seule chance de changer mon destin. »

En l'entendant, une lueur de compassion traversa le regard de Mei. Elle tira discrètement l'ourlet de la robe de Qin Nianyin.

« Mademoiselle, il est vraiment pitoyable. »

Qin Nianyin sourit légèrement.

« As-tu un endroit où aller désormais ? »

Xu Wencai s'inclina profondément.

« Si la jeune demoiselle ne me juge pas indigne, je suis prêt à servir comme commis sous votre toit, à me dévouer corps et âme, jusqu'à la mort. »

Mei agita vivement les mains en riant.

« Oh là là, notre jeune maîtresse est de noble condition. Elle n'accepte pas les érudits errants comme clients. »

Le visage de Xu Wencai se figea. Il baissa la tête et se tut.

En le voyant ainsi, le cœur de Qin Nianyin s'adoucit.

« Reste à l'auberge pour l'instant et soigne-toi. Laisse-moi réfléchir à un endroit où tu pourrais être placé. »

Même en disant cela, Qin Nianyin sentit naître une gêne sourde. Elle-même vivait sous le toit d'autrui ; sa parole avait des limites, et ses moyens aussi. Lui promettre trop serait encore une autre cruauté. Pourtant, si elle le laissait partir sans rien, elle savait trop bien où pouvait finir une honte accumulée.

Xu Wencai frissonna, puis s'agenouilla brusquement. Il s'inclina trois fois, le front heurtant le sol avec un bruit sourd.

« Dans cette vie et dans toutes les suivantes, je jure de servir la jeune demoiselle ! »

Mei, affolée, se hâta de l'aider à se relever.

« Oh, mon ciel, relève-toi vite ! Notre jeune maîtresse n'est pas du genre à accepter des serments de servitude. »

Xu Wencai répondit avec fermeté :

« La jeune demoiselle m'a sauvé d'une détresse extrême. Je graverai cette bonté dans mon cœur ; même la mort n'éteindrait pas ma gratitude. »

Qin Nianyin ne put s'empêcher de rire doucement. Elle désigna Mei à ses côtés.

« Jeune maître, vous remerciez la mauvaise personne. Cette jeune demoiselle s'appelle Mei. Elle est votre véritable sauveuse. La bourse d'argent que vous tenez provient de ses économies personnelles. »

« Mademoiselle ! » s'exclama Mei, le visage rouge foncé.

Et ce n'était pas seulement Mei : Xu Wencai rougit également.

« Cet érudit indigne remercie la jeune demoiselle Mei de l'avoir sauvé. En cette vie, je rendrai cette grâce, fût-ce en nouant l'herbe et tenant l'anneau. »

Voyant sa sincérité, Mei soupira légèrement, agita la main et répéta à plusieurs reprises :

« Laisse tomber, laisse tomber. »

Face à tant de droiture, elle pensa en son for intérieur :

Considérons la perte d'aujourd'hui comme une manière d'éviter un désastre plus grand. Après tout… autant dire que c'est "dépenser pour conjurer le malheur".

Chapitre 23 : Premières réflexions sur la fabrication d'une épingle à cheveux

À l'entrée de la ruelle, la brise de printemps se leva à peine ; des pétales d'abricotier, légers comme de la poussière, vinrent se poser sur une épaule, puis une autre.

Qin Nianyin regarda en silence le jeune homme devant elle. Dans sa poitrine, une pointe d'acidité remonta —elle se souvenait de sa vie passée : lui, seul au monde, la tête pleine d'encre et de talent, et pourtant promis à une fin misérable, enterré loin de toute reconnaissance, comme si le destin l'avait effacé d'un simple revers.

Dans cette vie, elle espérait que l'aide d'aujourd'hui suffirait à rompre, ne serait-ce qu'un fil, de cette mince malchance qui pesait sur Xu Wencai.

Elle le soutint pour qu'il se relève, et demanda d'une voix douce, sans détour :
« Xu Wencai, je ne te pose qu'une seule question : as-tu le courage de recommencer depuis le début ? »

Xu Wencai leva les yeux. Dans le noir et le blanc net de ses prunelles, une lueur vive s'alluma, comme une braise soudain réveillée. Il répondit sans hésiter, tranchant comme un serment :
« J'ose. »

Mei, sur le côté, les mains sur les hanches, marmonna à mi-voix :
« Ce gamin… il a quand même un peu d'ossature. »

Qin Nianyin rit doucement derrière ses doigts, puis répondit, plus bas encore :
« Alors c'est bien. »

Elle tourna la tête vers le bout de la ruelle. Le soleil déclinant étirait sa lumière sur la longue rue, et le rouge du soir couvrait les pavés comme un tapis —comme si un autre destin, tout neuf, était en train de s'ouvrir en silence, sans tambours ni annonce.

Et tout ce qui venait de se passer tomba aussi sous le regard de deux paires d'yeux dissimulées.

« Je te le dis, Zijun… ta petite cousine, elle surprend à chaque fois. » Gu Xiao claqua la langue, mi-amusé, mi-admiratif.

Su Zhang suivit maître et servante du regard, sombre et profond. Il ne répondit pas.

* * * * *

En sortant de la ruelle, Qin Nianyin resserra autour de ses épaules son voile fin. Elle releva légèrement le visage vers l'horizon alourdi de lumière oblique, où le soleil, déjà bas, paraissait tomber dans un ciel assombri.

Mei jeta un coup d'œil prudent à sa jeune maîtresse et dit, avec précaution : « Mademoiselle… sauver ce jeune maître Xu, c'est bien. Mais nous… il faut aussi trouver un moyen de vivre. »

Elle soupira, comme si la phrase avait un goût amer.

Ah… elles étaient devenues de vraies pauvres.

Qin Nianyin esquissa un sourire, mais une gravité flottait au fond de ses yeux :

« Je sais. Si nous dépendons seulement de l'aide de la famille Su, ce sera comme avant. Ce ne sera pas différent de… l'autre fois. »

Mei cligna des yeux, confuse :

« Avant… quoi ? »

Qin Nianyin se mordit la langue : elle avait parlé trop vite. Elle se reprit aussitôt, comme si elle changeait de marche en plein pas.

« Rien. Je veux dire… ce qui s'est passé auparavant. »

« Oh. » Mei ne s'y attarda pas. Elle recommença à se tourmenter, les sourcils froncés.

Qin Nianyin, elle, se rappela le jour où elle avait franchi les portes du manoir : devant le Marquis, elle avait prononcé des paroles nettes —se tenir seule, se faire un nom, ne pas peser sur les proches. Une promesse dite à haute voix… comment la trahir si vite ?

Mei se gratta la joue, marmonnant :

« Mais nous deux, on n'a même pas un bijou convenable. Et on veut faire du commerce ? Dans la capitale, une boutique… ça commence à mille taëls. Nous… on va faire affaire avec notre langue ? »

Qin Nianyin allait répondre quand, au coin de la rue, une voix claire et vive retentit :

« Venez voir ! Regardez ! Des fleurs de velours toutes fraîches ! Mettez-en dans vos cheveux, et la fortune vous sourira ! »

Elles suivirent le cri du regard. Sur un petit étal recouvert de brocart éclatant, on avait disposé des épingles en fleurs de velours : rose tendre, jaune pâle, vert d'eau, blanc argenté… Elles frémissaient au vent, séduisantes, presque trop voyantes.

Plusieurs jeunes filles se pressaient autour, choisissant, comparant, riant à gorge déployée.

Quelque chose remua dans l'esprit de Qin Nianyin. Elle s'accroupit et observa attentivement. À première vue, le travail était grossier : fils d'argent emmêlés, finitions irrégulières, couleurs un peu criardes.

Et pourtant… une seule épingle se vendait trente pièces de cuivre.

Ses sourcils se levèrent d'un souffle. Un sourire très léger, presque invisible, effleura le coin de ses lèvres.

Mei se pencha vers elle, chuchotant :

« Mademoiselle… tu ne vas pas me dire que tu veux… faire ça ? »

« Pourquoi pas ? » répondit Qin Nianyin, doucement amusée. Ses yeux étaient calmes, clairs, d'une lucidité nette.

« Les fleurs de velours demandent du temps, mais le coût des matières est bas. Nous pouvons commencer par des ornements simples. Acheter des chutes de tissu, du fil d'argent… y mettre un peu d'idée. Dessiner quelques modèles. Je suis sûre qu'on peut sortir des motifs nouveaux. »

Mei ouvrit de grands yeux :

« Mais… il y a mille et mille motifs dans le monde. Comment tu pourrais apprendre tout ça ? »

Qin Nianyin sourit. Dans ce sourire, il y avait une assurance rare —celle de quelqu'un qui a déjà vu l'avenir.

Des fragments de sa vie passée passèrent, comme des éclats de lumière : elle savait, elle le savait très bien… Dans trois ans, la capitale ne jurerait plus par ces fleurs de velours épaisses et grossières, mais par des épingles délicates, fines, superposées, faites de petites pièces de tissu et de broderies en couches, ingénieuses et légères.

« Ce qui vaut le plus cher dans ce monde, » dit-elle lentement, « ce n'est pas la main rapide. C'est l'idée neuve. »

« Si nous faisons des épingles en petites fleurs de tissu, avec fil d'argent, assez fines pour que les demoiselles nobles se les arrachent… alors nous aurons notre première bourse. »

Mei resta bouche bée, puis claqua des mains, ravie :

« Mademoiselle, quel calcul ! Mais… acheter le tissu, acheter le fil… il faut encore de l'argent. »

Elle fouilla machinalement son vêtement, puis s'affaissa.

« Et on vient de sauver quelqu'un… on a donné nos derniers sous… »

Qin Nianyin soupira, impuissante :

« Oui. Avoir le savoir sans capital… c'est comme avoir une barque sans eau. »

Elles se regardèrent et rirent, un rire un peu amer. Mei tira sur sa manche, hésitante :

« Alors… on met en gage mon épingle ? Celle que je porte ? »

Qin Nianyin se figea, surprise. Mei détourna la tête, mais ses yeux brillaient d'entêtement :

« Je suis une servante. Une épingle, à quoi ça sert sur moi ? Autant en faire une vraie mise de départ. Je veux… je veux suivre mademoiselle et devenir riche, moi. »

Le cœur de Qin Nianyin se réchauffa. Elle prit la main de Mei et la serra doucement :

« Non. Cette épingle… je te l'ai donnée le jour où tu as atteint l'âge. Je ne la laisserai pas partir. »

Mei grogna, faussement contrariée :

« Q-qui a dit que j'étais… que j'étais vexée ? Je… je veux juste qu'on fasse fortune ensemble ! »

Elles échangèrent un sourire. Le vent du soir glissa dans la rue, emportant le froid fin du crépuscule et ouvrant, devant elles, une route différente.

Elles reprirent le chemin en riant, épaule contre épaule.

* * * * *

Au bout de la longue rue, en tournant un angle, Mei se tapa soudain le front :

« Mademoiselle ! On n'a plus une seule pièce. Comment on fait ? Même pour des fleurs de velours, il faut acheter des matières ! »

Qin Nianyin resta d'un calme étonnant. Son regard glissa vers une boutique au bord de la route —un prêteur sur gages. Sa voix demeura posée :

« Ce n'est pas grave. J'ai un moyen. »

Elle sortit de sa manche un petit pendentif de jade. Il était doux, gras, presque crémeux au toucher, mais le temps l'avait usé : il avait perdu son éclat. C'était un souvenir laissé par sa mère adoptive à l'instant de mourir ; une chose minuscule, mais lourde d'affection.

Mei sursauta et agrippa sa manche :

« Mademoiselle, non ! Ça, c'est ce que Madame t'a laissé… Comment peux-tu le mettre en gage ? »

Le sourire de Qin Nianyin s'amincit, pâle comme un fil :

« Ce n'est que temporaire. Quand nous aurons de l'argent, je le rachèterai. »

Avant que Mei ne proteste davantage, Qin Nianyin était déjà entrée.

Le vieux patron l'observa longtemps, d'abord méfiant. Puis, lorsqu'il reconnut la qualité —jade blanc, fin, "gras de mouton" malgré l'usure— son visage changea et prit une politesse plus respectueuse.

« Demoiselle… ce jade est de bonne matière. Deux cents pièces de cuivre… cela vous convient ? »

« Oui. » répondit Qin Nianyin sans marchander. Elle prit l'argent, se retourna et sortit.

Dehors, Mei était encore anxieuse :

« Mademoiselle… tu vas vraiment compter sur si peu pour te relever ? »

Qin Nianyin sourit, doucement :

« Ne sous-estime jamais une petite somme. Si la méthode est bonne, ça suffit à ouvrir le chemin. »

Elle entraîna Mei aussitôt vers un marchand de tissus et une échoppe de fils. Au choix des matières, elle fut d'une minutie rare : elle prit la soie la plus fine, blanche comme des cocons ; le fil bleu lac le plus lumineux ; plusieurs paquets de chutes de satin ; et de petites plaques de cuivre.

Mei regarda les rouleaux s'empiler dans le panier en bambou et ne put s'empêcher de marmonner :

« Notre mademoiselle dépense l'argent… plus calmement que quelqu'un qui achète sa vie. »

Qin Nianyin tourna la tête et rit :

« Quand ça vaut la peine, ce n'est pas du gaspillage. »

* * * * *

Quand elles rentrèrent dans la petite cour, la nuit était déjà tombée.

Sous la lampe, Qin Nianyin étala son plan de travail. Ses doigts, fins et sûrs, enfilèrent l'aiguille ; le fil glissa comme une rivière. Elle prit d'abord une mince plaque de cuivre pour faire l'ossature, puis la recouvrit de soie, couche après couche. Les points étaient serrés, réguliers, d'une patience sans faille.

Bientôt, une fleur prit forme : un bégonia. Le cœur, souligné de fil argenté, brillait ; les pétales, doux et rosés, semblaient porter la couleur du couchant.

Mei en resta bouche ouverte :

« Ciel… mademoiselle, tes mains… c'est de l'art céleste ! »

Qin Nianyin sourit seulement. Sous la lampe, le bout de ses doigts trembla à peine —non de fatigue, mais d'une émotion muette. Elle savait : chaque point n'était pas seulement une fleur. C'était une vie qu'elle recousait, un avenir qu'elle reprenait.

« Demain, » dit-elle calmement, « nous irons près de Baihuazhou. Pas d'étal. On testera d'abord le prix. »

Mei cligna des yeux :

« Mademoiselle… tu veux y aller toi-même ? »

« Oui. Si je ne vois pas le marché clairement, comment faire du commerce ? »

Elle posa la fleur sous la lampe. La flamme vacilla ; l'ombre trembla ; la fleur, elle, semblait brûler d'une petite lumière.

Mei demanda, presque en chuchotant :

« Mademoiselle… tu vas vraiment commencer par là ? »

Qin Nianyin leva les yeux. Dans son regard, la douceur portait une force ferme :

« Si le destin doit changer… il faut le faire de ses propres mains. »

Le vent nocturne passa. La lumière de la lampe vacilla encore.

Et la petite fleur de bégonia, fraîchement cousue, resta là —minuscule, claire— comme une étincelle d'espoir allumée dans l'obscurité.

Chapitre 24 : L'Encre et le Jade

La première lumière de l'aube teinta le ciel d'une pâle blancheur. Une fine brume enveloppait les rues et les cris lointains des vendeurs ambulants résonnaient déjà dans l'air.

Qin Nianyin, accompagné de Mei, marchait lentement le long des dalles de pierre bleue légèrement humides. Le marché était une agitation de bruit et d'activité, les parfums du thé, des gâteaux huileux et les odeurs médicinales des ateliers de teinture se mêlant en une seule atmosphère vibrante.

Mei, encore somnolente, se frotta les yeux et grogna à voix basse, « Mademoiselle, il fait à peine jour... devoir déjà sortir... c'est suffisant pour épuiser quelqu'un... »

Les cheveux de Qin Nianyin étaient ébouriffés par la brise du matin, mais son expression était claire et lumineuse, son ton doux et posé. « Sans endurer les épreuves, comment peut-on s'établir ? Si l'on souhaite être autonome, il faut commencer par les moindres détails. »

En marchant, elle observait tout attentivement. D'abord, elle visitait des boutiques vendant des fleurs en velours et des perles pour s'informer sur les prix, notant mentalement les styles et les couleurs des boutiques de vêtements prêts-à-faire.

Arrivé dans un coin, elle vit un petit stand vendant des chutes de tissu et du fil argenté. Les matériaux, bien que non luxueux, étaient uniformes et durables. Elle prit un peu d'argent dans son sac à main et choisit quelques couleurs.

Mei, remarquant que le sac à main était devenu mince, ne put s'empêcher d'inspirer discrètement. « Mademoiselle, notre capital est limité. Comment pouvons-nous dépenser comme ça ? »

Qin Nianyin esquissa un léger sourire. « Pour une petite entreprise, le raffinement est ce qui compte. Ça suffit à fabriquer des dizaines d'ornements capillaires. »

Ils travaillèrent jusqu'au crépuscule, les pieds endoloris et douloureux, mais parce que leur cœur avait désormais un but, ils ressentirent une légère légèreté inattendue. Lorsqu'ils revinrent à la résidence, la nuit était profonde, les lumières des lanternes et les ombres brumeuses s'entremêlant en une scène brumeuse.

De retour dans sa chambre, Qin Nianyin rangea correctement les tissus et, avec Mei, remonta ses manches pour essayer de fabriquer quelque chose.

Ses mains simples volaient habilement, aiguille et fil bougeant avec précision. Couche après couche de pétales prenaient forme, des fils d'argent marquant les étamines.

Bientôt, la forme rudimentaire d'une épingle à cheveux florale apparut — gracieuse dans sa posture, dotée d'une élégance unique et délicate.

Les yeux de Mei s'illuminèrent et elle s'exclama de surprise : « Mademoiselle, votre talent est excellent ! Si cela était vendu, il serait sûrement recherché. »

Qin Nianyin baissa les yeux avec un sourire, mais dans son cœur, un fil de résolution se forma :

Dans cette vie, je compterai sur moi-même, pas à pas, et je vivrai avec un but clair.

Une toux douce retentit soudain dans le couloir. Tous deux levèrent les yeux en même temps pour voir Su Zhang debout dans l'ombre, les mains jointes dans le dos, le regard calme.

« Nianyin. » Sa voix était froide, portant une note d'autorité incontestable.

Surpris par ce son, le cœur de Qin Nianyin se serra. Elle rassembla rapidement les objets sur la table. « Cousin ? »

Surprise, elle ne remarqua même pas que la façon dont il l'appelait n'était plus le « cousin » habituel, mais son prénom.

Son esprit s'emballa, devinant : Qu'est-ce qui l'a amené dans ma petite cour ?

Le regard de Su Zhang tomba sur le tissu qu'elle serrait fermement. Son front se plissa légèrement, mais il ne dit rien.

« Cousin ? » osa-t-elle s'aventurer doucement.

Il recomposa son expression et parla d'un ton égal : « Puisque vous parlez de loisirs, à partir de demain à l'heure de Mao [5-7 heures du matin], venez dans mon bureau. »

Elle fixa, stupéfaite. « Va au bureau... pour faire quoi ? »

« Broyer l'encre, organiser les parchemins, noter les affaires. » Son ton était posé, ne tolérant aucune discussion. « D'autres ne sont pas aptes à cette tâche. C'est toi que je veux. »

Dans ces mots brefs, lourds comme des pierres qui tombent, le cœur de Qin Nianyin trembla. Elle n'eut pas le temps de répondre.

Son regard brûlait d'intensité, bien qu'il força son expression à rester immobile.

« Je veux que tu sois là parce que je te fais confiance —et parce que je ne souhaite pas que tu sois mêlé à des personnes et à des sujets que tu ne devrais pas aborder. »

Qin Nianyin baissa les yeux et demanda d'une voix posée,

« Qu'est-ce que tu veux dire par là ? »

Il ne répondit pas.

Il la regarda simplement, silencieusement, sans cligner des yeux. Ce regard semblait être une séance, avançant pas à pas, ne lui laissant nulle part où se retirer.

Elle se ressaisit et força le calme,

« Le cousin a déjà des garçons d'étude et des assistants à ses côtés. Je ne peux pas assumer un tel rôle. »

Dans cette vie, elle ne souhaitait pas s'approcher de lui, pas même un demi-pas.

« Les garçons de l'étude sont maladroits. Leur copie ne vaut rien. »

Son ton était indifférent.

« Moi non plus, je ne suis pas doué pour les documents gouvernementaux ni pour les classiques. »

Ses beaux sourcils se froncèrent ; Elle poursuivit son refus froid.

Ses yeux devinrent vifs et glacés. Sa voix n'était pas forte, mais ne laissait aucun recul en arrière.

« Lire et copier, rien de plus que des tâches triviales. Qin Nianyin, dois-tu continuer à refuser encore et encore ? »

Son souffle se coupa ; Elle ne put que murmurer doucement,

« Puisque tu sais que c'est difficile pour moi, pourquoi me presser autant ? »

Mais au plus profond de son cœur, une voix froide résonna :

Cet homme avait été indifférent et sans émotion dans sa vie passée, pourquoi forcer les autres dans celle-ci ?

Dans sa vie précédente, il avait toujours été distant, mesuré, presque impitoyable dans sa retenue.
Il n'avait jamais cherché à contraindre quiconque, encore moins elle.

Alors pourquoi, dans cette vie-ci, devait-il soudain la presser ainsi, pas à pas, comme s'il refusait de lui laisser la moindre échappatoire ?

Il resta impassible, son ton léger mais glaçant :

« Si tu refuses d'aider, c'est aussi très bien. Mais vous vivez dans la résidence Su, mangez la nourriture de la résidence Su, recevez ses allocations mensuelles, et pourtant vous dites ne rien avoir à faire. Ce n'est pas ton abri ? »

Les mots lui transperçèrent les os.

Qin Nianyin resta sans voix, voulant argumenter, mais ne trouvant rien qu'elle puisse réfuter.

L'expression de Su Zhang resta calme, mais il avait l'impression qu'il s'était accroché à ses pensées mêmes.

« Si tu me considères comme ton cousin, alors je te croirai sur parole. »

« Prendre quoi au sérieux ? »

Les mots franchirent ses lèvres avant qu'elle ne puisse réfléchir.

Son regard se déplaça légèrement ; sa voix s'approfondit,

« Prends au sérieux que tu as l'intention de passer toute ta vie enfermée dans la résidence Su, vivre en sécurité, sans rien accomplir ? »

La phrase frappa comme une aiguille, transperçant les années perdues de sa vie précédente.

Le cœur de Qin Nianyin fit un bond ; ses yeux s'assombrirent d'un coup.

Après un long moment, son ton s'adoucit légèrement,

« Si tu veux vraiment te tenir seul, tu dois d'abord apprendre à maîtriser tes bords. Travailler à la lumière des lampes la nuit, si d'autres le voient, comment l'expliquerez-vous ? »

Sur ce, son regard balaya sa manche serrée et l'expression alarmée de Mei.

Puis il se retourna et s'éloigna.

Les oreilles de Qin Nianyin rougirent, colère et frustration montant à la fois.

Il se dirigea vers l'embrasure de la porte ; ses pas ne s'arrêtèrent pas, pourtant sa voix s'éloigna, légère et fraîche :

« Demain à l'heure de Mao. Ne sois pas en retard. »

Sa silhouette qui s'éloignait était solitaire et froide, mais en dessous, elle semblait porter une trace d'insistance non dissimulée.

Elle le regarda partir, hébétée.

Une étincelle de défi monta vivement dans sa poitrine.

Murmura-t-elle à voix basse,

« S'il insiste pour que je parte —alors je lui laisserai apprendre que je ne suis pas quelqu'un de si facilement gérable. »

Mei faillit sursauter, surprise.

« Mademoiselle... Qu'est-ce que tu veux dire par là ? »

« Voyons qui cède le premier. »

Sa voix était à peine plus qu'un murmure, douce, mais froide et résolue.

Puisqu'elle ne pouvait pas lui refuser, elle le ferait venir la voir de lui-même, lui demandant de ne pas l'aider.

 Et n'était-ce pas simple ?

Tout ce dont elle avait besoin, c'était de créer quelques petits désastres dans le bureau qu'il chérissait tant.

Dans sa vie précédente, elle avait accidentellement renversé un petit verre d'eau sur son bureau. Pour cela seulement, elle avait été interdite de l'étude pendant une année entière, empêchée de faire ne serait-ce qu'un pas près de ce lieu « sacré » qui lui était propre.

La lumière de la lampe vacilla.

Les yeux de Qin Nianyin prirent une lueur ferme et constante, comme si elle avait fait un vœu silencieux dans le silence de la nuit.

 et dans l'ombre non loin, les lèvres de Su Zhang se relevèrent à peine, presque imperceptibles.

Si elle voulait le défier, il avait de la patience à lui rester.

* * * * *

Ce même jour, le bureau était totalement immobile, son silence intact.

La fenêtre en treillis était entrouverte et la lumière du matin traversait la pièce en biaise.

Qin Nianyin pencha sur le bureau en train de transcrire des documents, son expression concentrée, mais ses pensées troublées ; La pointe de son pinceau tremblait de temps en temps.

Soudain, Su Zhang parla d'une voix basse.

« Il y a une erreur chez ce caractère. »

Il ne s'approcha pas. Il se contenta de pointer la marge de l'autre côté du bureau, son ton stable ne laissant aucune place à la discussion.

Une tension se referma sur la poitrine de Qin Nianyin. Elle se hâta de corriger, mais dans son embarras, le pinceau glissa de nouveau et une goutte d'encre éclaboussa la page. Elle leva les yeux et croisa directement le sien. Cette expression ne portait ni colère ni chaleur, pourtant elle la clouait à son siège comme si elle était fixée par un clou invisible.

« Concentre-toi. »

Sa voix était très légère, mais elle frappa comme une cloche de temple contre la pierre, déstabilisant davantage ses nerfs.

Elle se força à se calmer, rassembla ses pensées éparses et reprit son écriture.

Un instant plus tard, elle l'entendit de nouveau :

« L'ordre des traits est erroné. »

Sa voix n'était pas forte, mais chaque mot tombait comme un marteau à son oreille.

Les doigts de Qin Nianyin se resserrèrent légèrement. Elle ne leva toujours pas la tête, se contentant de murmurer : « Je vais corriger moi-même. »

Mais Su Zhang resta là où il se tenait, les mains jointes derrière lui, le regard baissé, la voix posée.

« Si tu veux vraiment te tenir debout seul, tu dois d'abord apprendre la retenue. Si ton cœur est troublé, comment tiens-tu bon ? »

Un léger tremblement parcourut sa poitrine ; ses lèvres se pincèrent. Sa froideur de la vie précédente et sa pression dans celle-ci ne lui semblaient pas différentes.

La lumière et l'ombre tachetées sur le bureau.

Sa silhouette tombait longuement sur ses mains, comme une chaîne invisible.

Enfin, elle leva les yeux, une lueur de froid brillant dedans.

« Pourquoi dois-tu appuyer si fort, cousin ? »

Il la regarda longuement, sa voix tombant presque à un silence.

« Est-ce que je te presse ? Est-ce que ça semble ? Très bien. »

La ligne unique la transperça comme une lame, ouvrant l'ombre profondément ancrée dans son cœur.

Les souvenirs de la vie antérieure semblaient affluer, heurtant de plein fouet la pression de cette vie, deux lignes parallèles qui se superposent soudainement, acier contre acier.

L'expression de Qin Nianyin vacilla. Elle détourna le regard, choisissant de ne pas discuter davantage. Le pinceau dans sa main s'inclina de nouveau, le coup suivant teinté d'entêtement et d'une défiance silencieuse.

Su Zhang resta silencieux un moment, le regard insondable, avant de finalement détourner le regard.

En se retournant, il lui laissa une seule remarque faiblement :

« Nianyin, ne fais plus d'erreur. »

Son esprit s'emballa ; L'encre dans son pinceau tremblait.

Cette voix, retenue et lourde comme des chaînes de fer, la liait fermement.

Pourtant, cachée sous cela, une autre vérité —ce chemin ne laissait désormais plus aucun recul.

Chapitre 25 : Le Dilemme de Nianyin

« Toi... » Qin Nianyin recula d'un pouce, son dos appuyé contre la chaise, plus aucune place pour se retirer. Sa gorge était sèche, sa voix fine comme un fil de cristal. « Cousin, s'il te plaît... Recule. »

Elle eut soudain l'impression que, quelle que soit la direction qu'elle choisissait, elle finirait par se heurter à ce regard.

Ce n'était ni une colère ouverte ni une menace explicite, mais une pression silencieuse, patiente, qui l'enveloppait sans lui laisser le moindre espace pour respirer.

Su Zhang baissa les yeux vers elle, ses yeux froids et détachés, mais sa voix était extrêmement basse. « Presque ? Je ne le perçois certainement pas comme tel. »

Chaque mot était indifférent comme du fer froid, assez lourd pour lui couper le souffle.

Ses pensées tourbillonnaient sauvagement, mais elles furent brusquement interrompues par sa question suivante,

« Tu veux me jumeler avec Shen Lingyan ? »

Un violent tremblement la traversa. Ses yeux se levèrent brusquement pour croiser les siens, pour ne trouver qu'un regard d'une profondeur insondable. En elle se trouvait une lumière amusée, presque moqueuse, mais aussi tranchante qu'une lame aiguisée cachée en dessous.

Elle resta muette, un frisson soudain lui envahissant le cœur. Elle n'avait même pas encore agi ; comment avait-il déjà discerné ses intentions ?

« La considération de mon cousin est... attentionné. » Il détourna le regard, sa voix légère alors qu'il se tournait et se tenait près de la fenêtre, les mains jointes dans le dos. Sa silhouette était solitaire et austère, comme si sa proximité précédente n'avait été qu'une illusion.

Mais comment pouvait-elle le traiter comme rien ? Ses jointures étaient blanches, sa poitrine serrée par des respirations désordonnées.

 Puis, comme si de rien n'était, il prit nonchalamment un parchemin. Le contraste frappant entre son intensité précédente et cette nonchalance actuelle la rendait encore plus déconcertée.

La tasse de thé sur la table était légèrement de travers, son contenu éclaboussant sa manche. Elle retira brusquement sa main, mais l'entendit parler sur ce même ton égal : « Ça t'a brûlé ? »

Les mots étaient plats, dépourvus de toute inquiétude. Pourtant, il s'était déjà penché, tirant un mouchoir pour essuyer l'humidité.

Ses mouvements étaient réguliers et délibérés, ni lointains ni intimes. Ses doigts effleurèrent le côté de son poignet, leur température impossible à ignorer, comme une chaîne qui se referme autour d'elle.

Le cœur de Qin Nianyin fit un sursaut soudain et violent. Tout son corps se raidit, son souffle manquant de perdre son rythme.

« Su Zhang ! » Elle finit par reprendre le mouchoir, sa voix montant légèrement dans son urgence, le visage brûlant comme en feu. « Toi... c'est trop loin ! »

Il se redressa lentement, son expression pâle, sa voix froide et imperturbable. « Trop loin ? Essuyer de l'eau pour toi n'est qu'un geste trivial. »

Le froid dans sa voix, paradoxalement, la troubla encore plus.

Sa poitrine se soulevait alors qu'elle luttait pour garder son calme, mais un fil de froide défiance se dessinait au coin de ses lèvres. « Cousin a toujours été connu pour son caractère droit. Pourtant aujourd'hui, tu me pousses à chaque tournant. Si nous parlons vraiment de service... Nianyin n'est pas une fleur délicate. Je pourrais bien pouvoir te rendre la pareille. »

Sur ce, elle reposa le mouchoir dans sa paume, son regard clair et lumineux, portant un défi subtil.

Su Zhang baissa les yeux, le fixant. Un long moment passa avant qu'un léger sourire ne n'effleure ses lèvres fines.

Son cœur se serra. Elle voulait se retirer, mais il saisit son poignet d'un geste rapide. La prise n'était pas brutale, mais elle n'offrait aucune chance de s'échapper.

« Si c'est le cas, » Sa voix était profonde et froide, presque oppressante, «, alors commencez par finir de transcrire ce volume. »

Ayant parlé, il la guida, ou plutôt, la força, à retourner au bureau. Sa présence se profilait tout près, son souffle était silencieux, mais cela la piégeait complètement.

La flamme de la bougie vacilla. Le parchemin était non ouvert. Mais entre eux, la tension s'étirait comme une corde d'arc complètement tendue, tendue au point de se briser.

* * * * *

Qin Nianyin baissa la tête pour remplir son thé, un léger changement dans son regard. « Tante et oncle ont toujours été préoccupés par tes perspectives de mariage, cousin », dit-elle, sa voix douce et mesurée.

« Votre réputation littéraire est bien établie. Si vous avez vraiment des intentions, pourquoi ne pas transmettre votre cœur à travers la poésie ? Des mots empreints de sentiment sincère peuvent naturellement émouvoir quelqu'un. »

Le pinceau de Su Zhang s'arrêta en plein mouvement. Après un moment, il répondit d'un ton égal : « S'il existait vraiment une femme remarquable, pourquoi aurais-je besoin de mots pour solliciter sa faveur ? »

Un léger sourire complice effleura les lèvres de Qin Nianyin. « Comme vous voulez. Bien que j'aie entendu dire que la jeune fille de la famille Shen apprécie particulièrement que le caractère de chacun se reflète dans sa calligraphie. Voyant ta main habile, elle serait probablement profondément impressionnée. »

Ses mots n'étaient pas lourds, mais ils transperçaient comme de fines aiguilles, glissant sans un bruit.

Su Zhang leva enfin les yeux, les yeux aussi profonds qu'un puits immobile. « Tu as raison. Cependant, » Il s'interrompit, sa voix s'abaissant, s'alourdissant sous le poids du poids, «, et toi, Nianyin ? »

Elle sursauta légèrement, puis reprit rapidement son calme. « Je déteste ce genre d'écriture ornée. »

« Ah bon ? » Il laissa échapper un petit rire, son ton posé mais porteur d'une pression indéniable. « Tu ne m'as pas répondu plus tôt. As-tu vraiment l'intention de me marier avec Shen Lingyan ? »

Un frisson traversa le cœur de Qin Nianyin, mais elle lissa calmement sa manche et prit une brosse. « La jeune dame Su vient d'une famille distinguée et droite, sa conduite est gracieuse et vertueuse. Elle est en effet une alliance rare et excellente. »

Su Zhang se pencha soudainement vers elle, son ombre tombant sur son bureau, sa voix presque chuchotée à son oreille. « Pourtant, je ressens — peut-être que tu es la supérieure. »

Les mots furent prononcés très doucement, mais ils tombèrent dans le lac de son cœur comme une lourde pierre, les ondulations persistant longtemps après.

Le bout de son doigt tressaillit, éclaboussant de l'encre. La chaleur lui monta instantanément aux joues. Elle savait très bien que ce n'était qu'une provocation, pourtant elle sentait ses émotions bouillonner de façon incontrôlable.

Soudain, le bruit de pas précipités se fit entendre dans le couloir. Avant même qu'elle ne puisse réfléchir, Su Zhang l'avait saisie par le poignet, sa voix un ordre bas : « Chut. »

L'instant d'après, d'un mouvement rapide, il la guida derrière l'écran de pied.

À l'ombre du bois sculpté, l'espace exigu destiné à l'un en contenait désormais deux. Leurs souffles se mêlaient, leurs manches se touchaient, sans possibilité de reculer.

« Toi... que fais-tu ? » murmura-t-elle, la voix tendue.

Un mince rayon de lumière filtra à travers une ouverture, tombant en diagonale sur son profil sévère. Si proche, elle avait l'illusion nette d'être complètement piégée par lui dans ce petit monde confiné.

« Reste tranquille », murmura-t-il, la voix rauque, son souffle effleurant son oreille comme une brise nocturne sur les feuilles de saule, mais portant une pression lourde et inflexible.

Qin Nianyin retenait son souffle, le cœur battant comme le tonnerre. Elle savait que c'était inconvenant, pourtant il n'y avait nulle part où se retirer. Ce sentiment d'être contrainte l'enveloppait comme des chaînes invisibles, la maintenant fermement.

* * * * *

Les pas s'arrêtèrent juste devant la porte. Une voix appela doucement : « Premier Jeune Maître, êtes-vous là ? »

C'était l'intendant de la résidence.

Su Zhang écouta attentivement un instant mais ne fit aucun bruit. Derrière l'écran, Qin Nianyin, déjà déstabilisé, trouvait l'atmosphère devenir encore plus étrange.

Un doute surgit dans son esprit, où était passé le parchemin posé sur le bureau ?

Elle déplaça légèrement son poids, mais avant de trouver une position stable, elle effleura accidentellement son genou. Les mots de protestation moururent dans sa gorge alors que ses bras lui barraient soudain le passage aux épaules, pressant fermement son dos contre l'écran sculpté.

Su Zhang appuya ses mains de chaque côté d'elle, la piégeant dans ce minuscule espace. Qin Nianyin trembla et leva les yeux, croisant directement une paire d'yeux qui brillaient d'une lueur moqueuse et complice.

« Pourquoi tu déménages ? » Sa voix était extrêmement basse, son souffle proche de son oreille, tendant ses nerfs. « Souhaitez-vous vraiment être découverte avec un tel bruit ? »

« Toi... Écartez-vous ! » murmura-t-elle avec urgence, frustrée par les quartiers exigus qui ne lui laissaient aucune place pour battre en retraite.

Son cœur devint encore plus affolé. Il n'y avait rien d'inconvenant entre eux, pourtant leur posture cachée semblait indiquer le contraire.

Il fit comme s'il n'avait pas entendu sa réprimande. Son regard sombre et tourbillonnant, il murmura, mot après mot délibéré, « Reste tranquille. »

Qin Nianyin se tut, le visage en feu. et à ce moment-là, l'intendant dehors demanda de nouveau : « Premier Jeune Maître ? Si ça dérange, dois-je revenir plus tard ? »

« Gênant. » Le coin de la bouche de Su Zhang se releva légèrement. Sa voix était douce, mais il se pressa encore plus près, son murmure effleurant presque son oreille. « N'est-ce pas, cousin ? »

Ses mots, doux comme un murmure, firent monter la chaleur de son cou jusqu'au bout des doigts, ses pensées en désordre.

Elle bouillonnait intérieurement : Si tu voulais répondre, pourquoi ne pas parler clairement au lieu de me chuchoter à l'oreille ?

Après un moment, les pas dehors s'éloignèrent peu à peu et le bureau retomba dans le silence.

Pourtant, derrière l'écran, aucun des deux ne bougea d'un instant.

Un souffle, deux souffles, le temps s'étira, semblant figé.

Finalement, Qin Nianyin serra les dents et murmura : « Su Zhang, si tu ne recules pas maintenant, j'appellerai à l'aide. »

« Vas-y. » Son ton resta doux, mais il cachait un défi caché. « Je crains cependant que, lorsque le moment viendra, il soit difficile de clarifier si vous vous êtes jetée dans mes bras ou si je ne vous ai laissé aucune place pour battre en retraite. »

Qin Nianyin tremblait de colère mais resta sans voix, ne pouvant que réprimander d'une voix basse : « Toi... sont vraiment détestables ! »

Il laissa échapper un petit rire. Ses traits déjà séduisants prenaient désormais une qualité encore plus captivante.

Dans la pièce silencieuse, c'était comme si le monde s'était réduit à eux deux, leurs souffles entremêlés.

Elle s'appuya contre l'écran, les joues en feu, le cœur battant à tout rompre. Sa proximité était si écrasante que, l'espace d'un instant, elle eut l'impression de tomber dans un rêve.

Su Zhang la regarda longuement, puis laissa enfin échapper un léger soupir. Une lueur de tendresse traversa ses yeux, comme le premier dégel de la neige printanière.

Il retira alors ses mains et fit un pas en arrière. Le mouvement était très léger, mais elle avait l'impression qu'une chaîne invisible autour d'elle avait été levée.

« Ça suffit », dit-il, son ton calme et calme comme toujours. « Ils sont partis. Vous pouvez sortir. »

Elle resta là, hébétée, un bon moment avant d'utiliser sa manche pour cacher la chaleur sur son visage et de sortir de côté. Elle n'avait fait que deux pas quand elle l'entendit ajouter, la voix toujours détachée : « Si l'écran n'avait pas été aussi contraignant, je n'aurais peut-être pas été aussi... impoli. »

Ses mots oscillaient entre une excuse et une excuse, teintés de taquinerie, son attitude d'un charme absolu et un écart total avec sa solennité habituelle.

Qin Nianyin tourna la tête et croisa son regard chaleureux, jade, une légère ondulation s'en déplaçant. Un instant, son cœur perdit tout rythme.

Se mordant la lèvre pour cacher son malaise, elle dit froidement : « Lord Su est vraiment un maître de la maîtrise de soi, digne de sa réputation de talent exceptionnel. »

« Maîtrise de soi ? » Il haussa un sourcil, un sourire aux oreilles. « Cela dépend si Nianyin est prête à m'en accorder l'opportunité. »

Son sens oscillait entre sincérité et plaisanterie, doux et fluide, mais chaque mot touchait une corde sensible en elle.

Incapable de le réfuter, sa frustration grandissait, ses émotions en plein tumulte.

Dans sa vie antérieure, leurs interactions étaient surtout froides et confrontantes. Dans cette vie, elle avait d'une manière ou d'une autre dû gérer un tel voyou !

Elle ne dit rien de plus, fit un claquement de manche et s'apprêta à partir. À deux pas seulement, elle l'entendit soudain appeler à nouveau, son ton doux : « Les livres ? »

Elle s'arrêta, fronçant légèrement les sourcils. « Quels livres ? »

« Les parchemins que tu diffusais tout à l'heure. » Sa voix restait douce mais portait une note de malice. « Il fait sombre. Tu ne vas pas les ranger ? Ou... Me voir parler avec Mlle Shen t'a-t-il fait oublier ta tâche ? »

Elle resta là où elle était, le dos tourné vers lui, la voix très basse. « Il n'y a pas lieu que Lord Su s'inquiète. Je m'en souviendrai. »

Sur ce, elle s'éloigna rapidement, l'ourlet de sa jupe effleurant le seuil comme une brise effleurant l'eau.

À l'intérieur du bureau, Su Zhang observait sa silhouette s'éloigner, le bout des doigts tapotant légèrement le bureau, un sourire dans les yeux, son regard profond et lointain.

Chapitre 26 : L'Éclat de l'Espoir

Qin Nianyin avait récemment passé des jours consécutifs « de garde »
dans le bureau de Su Zhang, sans une seule pause d'un jour.

En se remémorant les étranges événements de la veille dans le bureau,
une anxiété fébrile se mit à tourbillonner sans relâche dans sa poitrine.
Son souffle devint court, presque étouffé, tandis qu'une appréhension
instinctive l'envahissait à l'idée de franchir de nouveau le seuil de cette
pièce.

Ces méthodes ambiguës et provocantes...

Elle admit qu'elle n'était pas de taille face à lui. En termes d'audace et
d'acuité stratégique, il était un homme complètement différent de la
figure froide et détachée de sa vie passée, la laissant de plus en plus
déconcertée.

Alors que ses pensées vagabondaient de façon chaotique, ses doigts ne
cessaient de s'activer. Ses mains agiles volaient habilement, des fleurs de
velours et des fils d'argent s'entremêlant dans ses paumes. En un instant,
une épingle à cheveux en velours exquise prit forme.

Mei, accroupie à proximité, regarda les yeux écarquillés et ne put
s'empêcher de chuchoter : « Mademoiselle, cette épingle à cheveux est
vraiment magnifique, mais va-t-elle vraiment se vendre ? J'ai demandé
autour de moi... Il y a au moins une dizaine de boutiques dans la capitale
qui fabriquent des épingles à cheveux fleuries. »

Sans lever les yeux, Qin Nianyin esquissa un léger sourire. « Ce qu'ils
vendent, c'est de l'artisanat courant. Ce que je vends, c'est un concept
réfléchi. Le style est unique et novateur, la fabrication est méticuleuse et
le prix est juste. Quelqu'un en reconnaîtra la valeur. »

Bien que ses mots fussent doux, ils portaient une certitude inébranlable.
Dans sa vie précédente, élevée par la faveur de Su Zhang, quel genre de
bijoux ou de bibelots rares n'avait-elle pas vus ? Son œil perspicace ne se
tromperait pas.

À l'approche de midi, Qin Nianyin emballa soigneusement l'épingle à
cheveux terminée, la glissa dans un petit paquet et se leva pour sortir.

Su Zhang était absent aujourd'hui pour s'occuper d'affaires. Elle eut enfin
un moment de répit et n'eut pas à « monter la garde » près de son bureau.
Avec empressement, elle entraîna Mei vers le marché animé de l'Est.

Mei la suivit, envahie de doutes mais incapable de la contredire. Toutes deux arpentèrent presque chaque ruelle du Marché de l'Est, s'enquérant de l'état des devantures. Bien que leurs jambes devinssent douloureuses et engourdies, elles trouvaient cela à la fois nouveau et agréable.

« Mademoiselle, il semble que cette affaire soit difficile à gérer », murmura Mei doucement, une note de découragement dans la voix.

Tout dans la capitale était cher et les loyers des boutiques particulièrement exorbitants.

Pourtant, l'expression de Qin Nianyin resta posée. Sa voix, bien que pas forte, était assurée et calme. « N'aie pas peur. Ce que nous vendons, c'est du savoir-faire et de l'innovation. Visitons encore quelques boutiques. Nous rencontrerons sûrement quelqu'un qui reconnaît la véritable valeur. »

* * * * *

Enfin, elle s'arrêta devant une petite boutique. De sa manche, elle sortit plusieurs épingles à cheveux et les posa légèrement sur le comptoir.

Le commerçant était un homme habile et perçant, prompt à voir à travers toute apparence. Bien que les ornements dans la main de Qin Nianyin ne fussent pas luxueux, leurs motifs étaient frais et inhabituels.

Pourtant, il affectait une attitude hautaine.

« Ces motifs… on ne les voit pas souvent, je suppose. Mais la qualité de la fabrication est plutôt grossière. »

Bien sûr, Qin Nianyin savait que ses conditions actuelles étaient limitées. Ses pièces étaient loin d'être exquises ; le polissage, les outils, l'équipement, tout ce qui lui manquait se voyait clairement. Elle ne pouvait pas encore produire un travail véritablement raffiné.

Le commerçant ajouta :

« Des choses de cette facture... ne se vendront peut-être pas du tout. »

L'expression de Qin Nianyin resta calme. Sa voix demeura douce et posée.

« C'est un fil d'argent fin incrusté de fleur de velours. Aucune autre boutique dans la capitale ne propose de tels modèles. Ce n'est peut-être pas aussi précieux que l'or ou le jade, mais les couleurs sont polyvalentes, les formes sont originales et le coût est abordable. Vous pouvez essayer de les placer sur votre grand comptoir. Je crois que beaucoup de jeunes filles avec des budgets plus modestes les apprécieront beaucoup. »

Elle fit une pause, puis releva le menton avec un sourire agréable et assuré.

« Exposez-les simplement sur votre comptoir pendant trois jours. Je vous le garantis, d'ici le troisième jour, il n'en restera plus un seul. »

Le commerçant cligna des yeux, manifestement pas à s'attendre à ce niveau de confiance.

 Et pourquoi ne devrait-elle pas être confiante ?

Ces styles deviendraient extrêmement populaires dans la capitale en moins d'un an, elle s'en souvenait vivement de sa vie passée. Ce que tout le monde considérait comme étrange ou démodé, elle le savait tout simplement en avance sur son temps.

Cette certitude lui donna l'audace de parler ainsi.

Pourtant, un petit soupir lui serra la poitrine.

Pour gagner une seule pièce, elle devait sourire, baisser la tête, parler gentiment et même se recommander.

À travers deux vies, c'était la toute première fois qu'elle baissait sa fierté à ce point.

Voilà donc ce que cela signifie vraiment... pour construire sa propre vie.

Pas étonnant que tant de gens échouent à mi-chemin.

Le commerçant renifla, croisant les bras avec un regard à moitié moqueur.

« Tu parles plutôt bien. Très bien — vingt wens[1]. C'est le prix que je suis prêt à payer. »

La petite Mei se hérissa aussitôt.

« Vingt ? Tu les voles pratiquement ! À ce prix-là, autant te les donner gratuitement ! »

Mais Qin Nianyin garda son calme. Elle ramassa les épingles dans sa manche d'un mouvement doux et nonchalant, l'image même de la courtoisie.

« Très bien. Si nous ne pouvons pas nous mettre d'accord sur un prix juste, je tenterai ma chance dans d'autres boutiques. Quelqu'un là-dehors reconnaîtra certainement leur valeur. »

Elle se retourna comme pour partir.

L'expression du commerçant changea immédiatement —la panique traversa son visage. Il contourna rapidement le comptoir et lui bloqua le passage.

« D'accord, d'accord —trente wen ! C'est le plus haut que je peux atteindre ! »

Il essaya de paraître ferme, mais la pointe du désespoir s'échappa.

Après plusieurs tours de négociations, l'accord s'est conclu à cinquante wen chacun.

Finalement, le commerçant choisit trois pièces —réduites à un total de cent trente wen.

Ce n'était pas un grand bénéfice, mais c'était sa première vente réussie.

Les deux femmes ressentirent une douce vague de satisfaction.

Ils allaient revenir par un autre chemin quand, en sortant de la boutique, un tumulte soudain éclata derrière eux.

« Laissez passer ! »

Un cheval hennit sauvagement.

Les gens se sont dispersés, paniqués.

La petite Mei la saisit de toutes ses forces, mais elles furent tout de même écartées par la foule chaotique.

« Mademoiselle, attention ! »

Les yeux de Qin Nianyin tombèrent sur les quelques épingles à cheveux invendues tombées au sol, son travail durement gagné éparpiller dans la poussière.

Son cœur se serra douloureusement.

« Mes épingles à cheveux ! »

Elle se pencha instinctivement pour les ramasser, mais avant que ses doigts n'atteignent,

Une lourde botte en cuir de cerf tomba.

Un craquement sec.

Le fil d'argent s'aplatit instantanément sous le talon.

Son front se plissa. Une colère froide et tranchante monta en lui.

« Toi. »

Ses mots n'étaient pas encore terminés lorsqu'elle leva les yeux et vit un homme vêtu de vêtements raffinés, aux traits séduisants, portant la prestance d'un jeune maître de famille noble. Sa main s'immobilisa, mais sa voix resta ferme : « Compense-moi. »

Fixant l'épingle cassée dans sa main, elle sentit une douleur aiguë lui traverser la poitrine, et la colère monta. Elle se fichait de qui il était ; princes et nobles n'étaient plus une nouveauté pour elle, pas après sa vie précédente.

L'homme haussa un sourcil, surpris que cette jeune femme ne recule pas, et un léger sourire étira ses lèvres.

« Et pourquoi devrais-je ? »

« Tu as marché sur mon épingle à cheveux », dit-elle, sa voix pas forte mais chaque mot clair. « Ce genre de travail et de conception est difficile à trouver dans la capitale. »

L'homme rit doucement. « Ce n'est ni or ni jade —juste quelques petites fleurs. Et tu oses dis-le rare dans la capitale ? »

Le regard de Qin Nianyin se refroidit alors qu'elle disait : « À tes yeux, ce sont de petites fleurs ; entre mes mains, ce sont de l'argent vivant. » Ces épingles étaient confectionnées selon des styles qui allaient bientôt devenir populaires parmi les dames nobles de la capitale, et elle le savait bien, si bien que son ton était calme et confiant.

Sa maîtrise attira l'attention des personnes à proximité et beaucoup s'arrêtèrent pour observer.

Le regard de l'homme se posa sur les épingles à cheveux intactes en velours-fleurs-fil d'argent dans sa main, et l'intérêt traversa ses yeux. « Puis-je demander, jeune fille, combien de pièces de cet 'argent vivant' vous avez encore ? »

Qin Nianyin n'évita pas son regard et répondit calmement : « Si vous souhaitez vraiment acheter, je les offrirai naturellement. Mais acheter et vendre a son prix —qu'il soit noble ou commun, cela dépend uniquement de la capacité à en reconnaître la valeur. »

Il plissa légèrement les yeux. « Tu insinues que je ne reconnais pas la qualité ? »

« Non », répondit calmement Qin Nianyin. « Un gentleman vêtu comme vous semble être de bonne naissance et instruit. Mais les hommes ne comprennent pas toujours ce qui plaît aux yeux d'une femme. Une épingle à cheveux ne peut pas être jugée uniquement par le prix de ses matériaux. Un design simple porte souvent plus d'esprit. »

Il laissa échapper un petit rire. « Ta langue est plus acérée que l'épingle elle-même. »

Elle leva les yeux pour croiser les siens, son expression ferme et posée. « Pas besoin de plus de paroles. Je ne veux qu'une juste compensation. »

Si cela avait été sa vie précédente, elle ne se serait jamais souciée d'une telle insignifiance. Pourtant, maintenant, elle marchandait avec un inconnu au milieu de la rue pour quelques pièces. La prise de conscience la submergea avec un poids silencieux — ce chemin pour se tenir debout ne serait pas facile ; il serait rempli d'épines.

Le jeune homme haussa un sourcil, puis s'accroupit pour ramasser l'épingle à cheveux écrasée. Il la fit tourner entre ses doigts. Sous la lumière du soleil, les fils d'argent brillaient faiblement. D'un geste désinvolte, une aiguille cachée lui piqua la peau, faisant couler une petite goutte de sang.

Il fit une pause, la taquinerie s'effaçant de son visage et murmura : « C'est un travail plus raffiné que je ne le pensais. Ce n'est pas quelque chose qu'une main ordinaire pourrait faire. »

Qin Nianyin resta indifférente. « Si vous comprenez sa valeur, alors vous devriez aussi savoir combien elle mérite. »

Un murmure doux parcourut la foule environnante. Sa maîtrise de soi, son refus de s'incliner ou de céder, attiraient des regards respectueux.

Les lèvres de l'homme se courbèrent de nouveau, bien que cette fois son amusement fût teinté d'autre chose. « Une jeune fille très perspicace, en effet. »

Sur ce, il attrapa la bourse en argent à sa taille. Un simple coup de doigts envoya plusieurs petits morceaux d'argent dans sa paume —bien plus que le prix d'une simple épingle à cheveux.

« Cet argent, » dit-il en montant à cheval, « achète ton épingle... et des excuses. »

Il balaya sa manche et, d'un léger tirage sur les rênes, le cheval bondit en avant. La poussière s'agita derrière lui alors qu'il disparaissait dans la rue.

Mei fixa la silhouette qui s'éteignait, les yeux écarquillés. « G-fille... Celui-là doit être le fils d'un noble, non ? »

Qin Nianyin baissa les yeux. Dans sa paume, l'argent éparpillé brillait froidement dans la lumière déclinante. Sa voix était basse. « Qui qu'il soit, l'argent est réel. »

Elle rangea l'épingle cassée. Quand elle releva enfin la tête, son expression s'était stabilisée, calme, claire et résolue.

« Dans ce monde, » murmura-t-elle, « les dettes doivent être remboursées. Aujourd'hui, au moins, il a payé proprement. »

Sur ce, elle se retourna et continua dans la rue. Le crépuscule engloutissait peu à peu sa silhouette, mais ses pas portaient une fermeté qui n'existait pas auparavant.

* * * * *

« Votre humble serviteur, Su Zhang, salue Votre Altesse, le Troisième Prince. »

Un léger éclat traversa les yeux du jeune homme. Il s'apprêtait à parler de nouveau lorsqu'une voix calme mais indéniablement autoritaire retentit derrière lui.

Ce n'était pas bruyant, mais cela traversa le vacarme de la rue, révélant instantanément l'identité de l'homme.

Tout à l'heure, Su Zhang était au Pavillon Linfeng pour discuter des affaires avec plusieurs officiels. Il ne s'attendait pas, en rentrant chez lui, à tomber sur un tumulte dans la rue, avec Qin Nianyin en plein centre.

Qin Nianyin se raidit.

Elle se tourna de nouveau vers le jeune homme. Ses traits étaient beaux, son sourire ouvert et naturel, exactement comme dans ses souvenirs de sa vie précédente.

Le Troisième Prince, le sien.

Une vague de choc glacé la traversa. Comment avait-elle pu ne pas le reconnaître plus tôt ?

Sa propre impulsivité la fit se maudire silencieusement.

Cela dit, il ne portait pas aujourd'hui ses tenues princières habituelles. Habillé plutôt comme un fils noble riche en promenade insouciante, il paraissait bien plus jeune que l'homme dont elle se souvenait.

Li Suo jeta un regard en arrière. Su Zhang était déjà arrivé devant, manches soignées, posture droite, expression respectueuse, mais portant une stabilité inébranlable et glaciale comme la montagne.

« Alors c'est Lord Su. » Le Troisième Prince haussa un sourcil, un léger sourire aux lèvres.

Su Zhang pencha légèrement la tête. Sa voix était profonde, posée.

« Cette jeune fille est Qin Nianyin, une cousine éloignée à moi. Elle vient tout juste d'arriver dans la capitale et est naturellement franche. Si elle a offensé Votre Altesse, je vous demande pardon. »

Qin Nianyin baissa immédiatement les yeux. Elle ajusta son expression avec une aisance habituelle, faisant une révérence gracieuse.

« Cette humble fille, Qin Nianyin, a offensé Votre Altesse par son ignorance. Je vous demande pardon. »

Li Suo les observa tous les deux avec un léger amusement, puis tourna légèrement la tête.

« Toi là-bas, apporte-moi un lingot d'or. »

Un garde s'avança aussitôt, sortant un morceau d'or massif de sa robe intérieure. Li Suo le lança nonchalamment vers elle.

« Tiens. Une récompense pour toi. »

Le poids de tout cela lui fit presque trembler les doigts.

Pourtant, elle l'accepta calmement et s'inclina de nouveau.

« Merci beaucoup, Votre Altesse, d'avoir compensé ma perte. »

Elle était sincèrement ravie. C'était un lingot d'or, après tout.

Mais sous cette lueur de plaisir se cachait un mince fil d'amertume.

Dans sa vie précédente, elle avait vécu entourée de richesse et de privilèges, jamais agitée par quelques taëls d'argent. Et pourtant maintenant, parce que quelques épingles à cheveux furent écrasées, ce lingot fit bondir son cœur de joie. Ce genre de pauvreté… même elle trouvait cela risible.

Li Suo cligna des yeux, puis éclata de rire franchement, les coins de ses yeux devenant vifs de malice.

« Donc les épingles à cheveux ont été abîmées et c'est la faute de ce prince. Très bien. Un autre jour, je viendrai acheter plusieurs de tes petits "argentés vivants". Dis-moi, vas-tu quand même me les vendre ? »

« Si Votre Altesse ne se plaint pas de l'humble art d'une fille de la campagne, j'aurai volontiers cet honneur », répondit Qin Nianyin en baissant de nouveau les genoux. Son ton n'exprimait ni peur ni flatterie, seulement une confiance posée.

Ces épingles, même dans leur meilleur état, ne valent pas un seul lingot d'or.

Si le Troisième Prince insistait pour être exploité, elle refuserait difficilement.

Li Suo lança un regard en travers à Su Zhang, ses lèvres se relevant lentement en une courbe discrète.

« Lord Su a bien enseigné à son cousin. Directe, audacieuse, ta petite demoiselle m'a vraiment ouvert les yeux aujourd'hui. »

Son regard revint vers Qin Nianyin. Son sourire s'élargit d'intérêt.

Les traits de cette fille étaient raffinés, son tempérament doux mais loin d'être faible. Elle le rencontra à hauteur égale, sans reculer.

Rare. Bleu.

Il rejeta soudain la tête en arrière et éclata de rire, le son résonnant dans toute la rue et attirant l'attention de tous les passants.

Puis, d'un mouvement fluide, il monta sur son cheval.

Juste au moment où il rassembla les rênes pour partir, il se retourna à nouveau, cette fois regardant directement Su Zhang.

« Vraiment une coïncidence, » dit le jeune prince d'un ton léger. « Qui aurait cru que ce prince découvrirait aujourd'hui une scène aussi amusante au milieu du marché ? »

Son ton était enjoué, délibérément taquin.

L'expression de Su Zhang ne changea pas. Sa réponse fut stable et posée.

« Votre Altesse flatte. De telles coïncidences ne sont guère inédites dans ce monde. »

Le regard de Li Suo s'attarda un instant de plus sur Qin Nianyin. Son sourire s'élargit, portant une pointe d'intérêt difficile à méprendre.

« Fille, » dit-il nonchalamment, « je me souviendrai de toi après aujourd'hui. »

Ah… en toutes ses années, c'était la première fois que quelqu'un osait lui faire une compensation face à face de cette façon.

Sur ce, il leva son fouet, le cheval se leva sous lui et il s'éloigna dans un souffle de vent et de poussière.

Seul un adieu errant résonna derrière lui :

« Montagnes hautes, rivières longues — jusqu'à ce que nous nous retrouvions. »

* * * * *

Un instant plus tard, une voix froide et basse retentit derrière Qin Nianyin, teintée d'un rare fil de mécontentement.

« Tu sais qui c'était ? »

« Tout à l'heure, je ne l'ai pas fait », répondit-elle honnêtement. « Maintenant, oui. »

Su Zhang la fixa, son expression s'assombrit.

« Sais-tu ce qui arriverait si tu mettais vraiment en colère le Troisième Prince ? »

« Oui. » Elle hocha la tête.

Elle n'était plus l'épouse honorée et de haut rang d'un ministre qu'elle avait été dans sa vie précédente.

Désormais, elle n'était qu'une personne à charge, une invitée dans la maison du Marquis, de statut inférieur, sans influence.

Si jamais quelque chose tournait mal, une seule phrase de quelqu'un de puissant pouvait décider si elle avait raison ou tort, coupable ou innocente.

Su Zhang l'observa en silence un long moment.

Finalement, demanda-t-il d'une voix basse :

« Tu as peur maintenant ? »

L'expression de Qin Nianyin ne changea pas. Elle ne dit rien.

Il poursuivit :

« Cette entreprise que tu diriges, était-elle planifiée par toi seule ? »

« Pour l'instant, seules Petite Mei et moi sommes impliquées », répondit-elle calmement. « Personne d'autre n'est au courant. Mais si elle grandit à l'avenir, je louerai une boutique, l'enregistrerai correctement au yamen — le bureau administratif local où sont consignés commerces et affaires civiles —, paierai les taxes requises et respecterai toutes les réglementations. »

Les yeux de Su Zhang s'assombrirent encore.

« Puisque c'est ton plan, pourquoi ne m'as-tu pas dit plus tôt ? »

Qin Nianyin baissa les yeux, son sourire doux mais tranchant.

« Cousin, tu es occupé par des affaires d'État. De tels accessoires féminins ne devraient pas relever de tes préoccupations. »

Son ton était doux, mais chaque mot tranchait comme une lame.

Il resta silencieux quelques instants. Puis, quelque chose d'innommable s'éveilla dans sa poitrine, un sentiment étrange qu'il ne parvenait pas à identifier.

Quand il parla enfin de nouveau, sa voix était basse.

« Tu sais maintenant qu'il est le troisième fils de l'Empereur, Li Suo, titré prince de Qinping. Et pourtant, tu as osé bloquer le chemin d'un prince dans une rue publique et lui réclamer de l'argent ? Tu ne considères vraiment pas les conséquences ? »

Qin Nianyin se tourna vers lui. Son expression était calme et sa voix posée.

« Ne sachant pas, je n'ai commis aucune offense. Avant aujourd'hui, comment reconnaîtrais-je un prince déguisé en jeune noble en plein loisir ? D'ailleurs, » ses yeux baissèrent, calmes et imperturbables, « je n'ai demandé que l'argent dû pour l'épingle à cheveux qu'il a abîmée. Rien de plus. »

Dans cette vie, elle n'avait aucune raison de croiser ces princes et nobles.

Qin Nianyin avait déjà vu Li Suo — mais seulement dans sa vie précédente, quand il était déjà devenu l'empereur froid et perçant dont chaque geste portait le poids d'une autorité incontestée.

Le jeune homme devant elle n'avait rien à voir avec cette silhouette lointaine : son sourire était ouvert, son regard brillant d'arrogance juvénile, toute sa présence était celle d'un fils noble privilégié profitant de sa promenade dans les rues de la capitale.

L'or qu'il lui lança était son propre geste extravagant, offert aussi naturellement qu'on jette une feuille ; elle n'avait pas imploré pour cela, ni demandé plus que ce qui lui était dû.

Le regard de Su Zhang balaya son regard et sa voix portait une fraîcheur aiguë.

« Es-tu vraiment aussi naïve, ou agis-tu délibérément sans retenue ? »

« J'ai déjà dit que je ne l'avais pas reconnu tout à l'heure, » répondit Qin Nianyin, son ton toujours calme, bien que le chaos de quelques instants plus tôt eût laissé ses yeux légèrement rouges.

« Pour moi, il n'était rien d'autre qu'un passant qui marchait sur mon épingle à cheveux. Et si travailler pour gagner sa vie compte comme agir sans retenue, alors toute la capitale devrait être punie. »

Sa voix resta posée, mais le mécontentement derrière elle était indéniable.

Su Zhang laissa échapper un petit reniflement moqueur. « Langue acérée. » Le léger sourire trahit le moment où sa tension précédente s'était enfin relâchée.

En repensant à ce remue-ménage soudain, même lui, normalement inébranlable, pouvait admettre une lueur de malaise. Il semblait que chaque fois que quelque chose la concernait, la maîtrise dont il était fier devenait moins fiable.

Qin Nianyin, quant à elle, sentait sa colère brûler. Pourquoi devrait-il être celui qui la réprimande ? Avait-il l'intention de surveiller chaque respiration qu'elle prenait ?

La voix de Su Zhang s'alourdit, froide et rigide.

« Si je n'étais pas passé, comment aurais-tu géré l'affaire ? Tu vis sous le toit de la famille Su maintenant. Chaque mot et chaque action reflète ce foyer. Ces astuces de coin de rue, intentionnelles ou non, piétinent la réputation de la famille Su. »

C'était donc ça qui le dérangeait. À ses yeux, elle n'avait jamais placé la famille Su — ni lui — dans ses pensées.

Qin Nianyin laissa échapper un petit rire sans humour, se détourna et refusa de discuter davantage. Su Zhang la regarda s'éloigner, ses doigts se resserrant à ses côtés, une tempête silencieuse se formant derrière son expression posée.

Chapitre 27 : Je me souviendrai de toi

« Votre humble serviteur, Su Zhang, salue Son Altesse, le Troisième Prince. »

Un trouble fugace traversa les yeux du jeune homme. Il s'apprêtait à reprendre la parole lorsque, derrière lui, résonna une voix posée, mais dont l'autorité était incontestable. Bien que le ton fût mesuré, il tranchait le brouhaha de la rue, révélant sans appel l'identité de l'homme.

Juste auparavant, Su Zhang délibérait au Pavillon Linfeng avec plusieurs officiels. Il n'anticipait nullement, en rentrant à la résidence, de tomber sur cette agitation, avec Qin Nianyin au cœur de la querelle.

Qin Nianyin se raidit.

Elle se retourna pour observer le jeune homme. Ses traits étaient élégants, son sourire ouvert et dégagé ; s'il était bien l'homme dont elle se souvenait de sa vie antérieure : le Troisième Prince, Li Suo.

Un choc glacial la traversa. Comment avait-elle pu manquer de le reconnaître plus tôt ?

Son impulsivité la fit pester en silence contre elle-même.

Il est vrai qu'il ne portait pas aujourd'hui ses habits princiers. Vêtu comme un fils noble en promenade insouciante, il paraissait vingt ans plus jeune que l'homme figé dans ses souvenirs.

Li Suo se retourna. Su Zhang s'était déjà avancé, ses manches impeccables, sa posture droite ; son expression était déférente, mais elle portait l'inébranlable froideur d'une montagne.

« Ainsi, c'est l'éminent ministre Su,» dit le Troisième Prince, levant un sourcil, un sourire esquissé sur les lèvres.

Su Zhang inclina légèrement la tête. Sa voix était grave et ferme.

« Cette jeune femme est Qin Nianyin, une de mes cousines éloignées. Elle vient juste d'arriver dans la capitale et est d'une nature franche. Si elle a causé une offense à Votre Altesse, je vous prie de lui accorder votre indulgence. »

Qin Nianyin baissa immédiatement le regard. Elle composa une expression de circonstance et fit une courbette gracieuse.

« Cette humble femme, Qin Nianyin, a offensé Votre Altesse par ignorance. Je sollicite votre clémence. »

Li Suo les observa tous deux, amusé. Il tourna légèrement la tête.

« Quelqu'un, apportez-moi un lingot d'or. »

Un garde s'avança aussitôt, tirant un morceau d'or massif de sa robe intérieure. Li Suo le lui lança sans façon.

« Tiens. C'est pour toi. »

Le poids faillit faire trembler ses doigts.

Néanmoins, elle accepta l'or avec calme et s'inclina de nouveau.

« Mes sincères remerciements, Votre Altesse, pour cette compensation. »

Elle en était sincèrement ravie. C'était un lingot d'or, après tout.

Mais sous ce plaisir perçait un mince filet d'amertume. Dans sa vie précédente, entourée de richesses et de privilèges, elle n'aurait jamais été émue par quelques taels d'argent.

Et pourtant, aujourd'hui, parce que quelques épingles avaient été brisées, ce lingot fit bondir son cœur de joie. Cette condition misérable, elle-même la trouvait risible.

Li Suo cligna des yeux, puis éclata d'un rire sonore, les coins de ses yeux s'aiguisant d'espièglerie.

« Donc, les épingles ont été ruinées, et c'est la faute de ce prince. Fort bien. Un autre jour, je reviendrai t'acheter plusieurs de tes petits 'argentés vivants'. Dis-moi, me les vendras-tu encore ? »

« Si Votre Altesse n'y voit pas une humble production d'une fille de la campagne, je serai honorée, » répondit Qin Nianyin, s'agenouillant à nouveau. Son ton n'était ni craintif ni flatteur, mais reflétait une assurance sereine.

Ces épingles, même neuves, ne valaient absolument pas un tel lingot. Le Prince acceptait d'être un pigeon, et elle n'allait pas le corriger.

Li Suo lança un regard à Su Zhang, les lèvres retroussées dans une lente courbe.

« Lord Su a bien instruit sa cousine. Franche et audacieuse ; votre petite miss m'a certainement ouvert les yeux aujourd'hui. »

Son regard revint à Qin Nianyin. Son sourire s'accentua.

Le visage de cette jeune femme était délicat, son tempérament doux, mais elle ne se dérobait pas. Elle le regardait sans s'intimider.

Rare. Très rare.

Il rit soudain à gorge déployée, le son portant loin.

Puis, d'un mouvement fluide, il monta à cheval.

Juste au moment où il s'apprêtait à partir, il se retourna, fixant directement Su Zhang.

« Vraiment une coïncidence étonnante, » dit le jeune prince, le ton léger. « Qui aurait cru que ce prince assisterait à une scène aussi amusante au milieu de la place du marché aujourd'hui ? »

Son ton était badin, volontairement taquin.

L'expression de Su Zhang resta immuable. Sa réponse fut calme et posée.

« Votre Altesse est trop généreuse. De telles coïncidences sont courantes en ce monde. »

Le regard de Li Suo s'attarda sur Qin Nianyin une seconde de plus. Son sourire s'approfondit, empreint d'un intérêt difficile à dissimuler.

« Fille, » dit-il nonchalamment, « je me souviendrai de toi après aujourd'hui. »

Ah... en toutes ces années, c'était la première fois que quelqu'un osait lui demander une compensation aussi directement.

Sur ce, il leva sa cravache. Le cheval s'élança, et il partit dans un tourbillon de vent et de poussière.

Seul un adieu lointain résonna derrière lui :

« Montagnes hautes, rivières longues... jusqu'à ce que nous nous rencontrions à nouveau. »

* * * * *

Un instant plus tard, une voix froide et grave se fit entendre derrière Qin Nianyin, portant une rare nuance de mécontentement.

« Sais-tu qui était cet homme ? »

« Auparavant, non, » répondit-elle honnêtement. « Maintenant, oui. »

Su Zhang la fixa, son expression s'assombrissant.

« Sais-tu ce qui se serait produit si tu avais réellement irrité le Troisième Prince ? »

« Je le sais, » acquiesça-t-elle.

Elle n'était plus l'épouse honorée d'un ministre, mais une simple parente vivant aux crochets du Marquis. Son statut était des plus modestes, son influence nulle. Une seule parole d'un homme de pouvoir suffisait à décréter si elle avait tort ou raison, si elle était coupable ou innocente.

Su Zhang la regarda longuement.

Finalement, il demanda d'une voix sourde :

« As-tu eu peur à présent ? »

L'expression de Qin Nianyin ne changea pas. Elle ne répondit rien.

Il poursuivit :

« Cette affaire que tu gères, l'as-tu planifiée seule ? »

« À présent, seules Petite Mei et moi sommes impliquées, » répondit-elle avec calme. « Personne d'autre n'est au courant. Mais si l'entreprise se développe, je louerai un local, m'enregistrerai correctement au yamen, paierai les taxes requises et suivrai toutes les réglementations. »

Les yeux de Su Zhang s'assombrirent.

« Puisque tel est ton plan, pourquoi ne m'en as-tu pas parlé plus tôt ? »

Qin Nianyin baissa le regard, son sourire était doux, mais acéré.

« Cousin, tes préoccupations sont les affaires d'État. Ces futilités d'accessoires féminins ne devraient pas solliciter ton attention. »

Son ton était courtois, mais chaque mot était un reproche voilé.

Il resta silencieux quelques instants. Un sentiment étrange s'éveilla alors dans sa poitrine, une émotion subtile qu'il ne pouvait aisément définir.

Lorsqu'il reprit la parole, sa voix était basse.

« Tu sais maintenant qu'il est le troisième fils de l'Empereur, Li Suo, Prince de Qinping. Et toujours, tu as osé bloquer le passage d'un prince et exiger de l'argent ? Ne penses-tu vraiment pas aux conséquences ? »

Qin Nianyin se tourna pour lui faire face. Son expression était calme et sa voix mesurée.

« N'étant pas informée, je n'ai commis aucune faute. Avant aujourd'hui, comment aurais-je pu reconnaître un prince habillé en gentilhomme sorti pour son plaisir ? De plus, » elle baissa les yeux, son regard fixe et impassible, « je n'ai réclamé que la valeur de l'épingle brisée. Rien de plus. »

Dans cette nouvelle vie, elle n'aurait pas dû croiser le chemin de ces nobles. La Qin Nianyin avait vu Li Suo auparavant – mais seulement dans sa vie précédente, où il était déjà devenu l'Empereur aux yeux froids, dont chaque geste portait le poids d'une autorité incontestée.

Le jeune homme devant elle n'était rien de tel. Son sourire était ouvert, son regard brillant d'une arrogance juvénile, toute sa présence était celle d'un fils noble privilégié profitant des rues de la capitale.

L'or qu'il lui lança était son propre geste extravagant, donné aussi facilement que l'on rejette une feuille ; elle n'avait pas mendié pour cela, ni demandé plus que ce qui lui était dû.

Su Zhang la balaya du regard, son ton empreint de froideur. « Es-tu vraiment si naïve, ou est-ce une audace délibérée ? »

« J'ai déjà dit que je ne l'avais pas reconnu plus tôt, » répliqua Qin Nianyin, sa voix gardant son calme, bien que la contrariété des instants passés eût légèrement rougi ses yeux.

« Pour moi, il n'était rien de plus qu'un passant qui a marché sur mon épingle. Et si travailler pour sa subsistance compte comme agir sans retenue, alors toute la capitale devrait être punie. » Sa voix était ferme, l'agacement palpable.

Su Zhang laissa échapper un léger reniflement dédaigneux. « Quelle langue acérée. » Ce léger mouvement de ses lèvres trahit le moment où sa tension se relâcha enfin.

Réfléchissant au désordre qui venait de régner, même lui – normalement inébranlable – sentit un frisson d'inquiétude. Il semblait que dès qu'elle était impliquée, son célèbre calme et sa maîtrise de soi devenaient bien moins fiables.

En entendant cette dernière pique, Qin Nianyin se sentit secrètement en colère. Pourquoi se permettait-il de la juger ? Il s'immisçait dans ses moindres faits et gestes !

La voix de Su Zhang s'épaissit, rigide et froide. « Si je n'étais pas intervenu, comment aurais-tu géré la situation ? Tu vis désormais sous le toit de la famille Su. Chacune de tes paroles et de tes actions rejaillit sur cette maison. Ces petites ruses de marché – intentionnelles ou non – piétinent la réputation de la famille Su.» Alors, c'était ça qui le dérangeait. À ses yeux, elle n'avait jamais placé la famille Su, ni lui, dans ses pensées.

Qin Nianyin sourit doucement, sans humour, se détourna et refusa de poursuivre l'argumentation. Su Zhang regarda son dos s'éloigner, ses doigts se crispant sur le côté, un orage silencieux grondant derrière son expression composée.

Chapitre 28 : Le Réconfort d'un Cœur Tranquille

Quand elle se détourna sans expression et se prépara à partir, Su Zhang sentit une nouvelle vague de colère monter vivement dans sa poitrine, comme si la simple vue de son dos qui s'éloignait était une offense qu'il ne pouvait ignorer.

« Arrête. »

Sa voix trancha l'air, basse et froide.

Elle s'arrêta. Qin Nianyin se retourna lentement. Son regard était glacé, et elle releva le menton avec un calme délibéré avant de parler :

« Maître Su a-t-il encore des instructions pour moi ? »

Un instant, il croisa la froideur et la fermeté de son regard. Quelque chose de tremblant vacilla sous ses côtes, et la colère qu'il était prêt à déchaîner s'affaiblit un peu.

Il avait eu l'intention de lui demander si elle manquait d'argent et si elle avait besoin de soutien — une offre qu'il ne ferait jamais aux autres — mais elle ne lui donna pas la chance de commencer.

« La dignité de la maison Su est peut-être aussi précieuse que l'or, » dit-elle, son ton calme mais tranchant avec une pointe de retenue, « mais ces mains gagnent leur argent par un travail honnête. Je n'ai rien fait de honteux. Si jamais il y a un autre pas sur mon épingle, dois-je m'excuser au lieu de demander une compensation ? »

Sa voix ne monta pas, mais chaque mot tomba avec une clarté constante.

« Si la préfecture de Su craint qu'une personne aussi grossière que moi ne salisse sa réputation, alors je devrais peut-être partir plus tôt que tard, pour éviter de provoquer ton mécontentement. »

Ses cils s'abaissèrent légèrement à la fin, le calme de son expression si posé qu'il en devenait presque glacial.

« Même si je vis sous le toit des Su, je ne suis pas quelqu'un qui se laisse marcher dessus. »

Il n'avait pas anticipé que son ton sévère susciterait une réponse aussi directe et cinglante. La regardant détourner les yeux de lui, refusant même de le reconnaître davantage, il sentit la plupart de sa colère s'estomper avant même de s'en rendre compte.

Après un moment de silence pour se ressaisir, Su Zhang la regarda de nouveau. Sa voix, bien que douce, ne laissait aucune place à la discussion.

« D'abord, raconte-moi comment tu es arrivée ici aujourd'hui. Tu aurais dû être dans mon bureau. »

Il lui avait donné plusieurs tâches avant de partir, des instructions méticuleuses qu'il s'attendait à voir suivies. Elle n'était certainement pas censée errer dans les rues.

« Et comment se fait-il que tu sois ici ? » répondit-elle, d'un ton calme mais réticent à céder.

Elle fronça les sourcils. Dans sa vie antérieure, ils avaient vécu sous le même toit pendant vingt ans. Comment avait-elle pu ne jamais découvrir cette partie de lui ?

Ce côté qui remettait tout en question, exigeait des explications à chaque pas qu'elle faisait, et insistait pour connaître chacun de ses gestes ?

En seulement quelques jours, ils avaient parlé plus qu'ils ne l'avaient fait en vingt ans.

Les yeux de Su Zhang se plissèrent légèrement. Son ton resta froid, mais cette fois il offrit une explication, ce qu'il faisait rarement.

« J'étais dans la maison de thé d'en face, discutant de questions avec plusieurs fonctionnaires du Ministère des Rites. J'ai vu une silhouette familière passer devant la fenêtre. Cela semblait être Li Suo, alors je suis venu confirmer. »

Il n'ajouta pas qu'il avait d'abord remarqué sa silhouette plutôt que celle du prince.

L'explication la prit au dépourvu. Elle s'attendait à de l'indignation ou à des questions, pas à ce récit calme et précis. Un instant, elle se sentit incapable de répondre.

Elle n'avait demandé que par irritation, pourtant il avait répondu sérieusement.

Il n'avait rien à voir avec le Su Zhang dont elle se souvenait après vingt ans de mariage.

« Je faisais juste quelques épingles », finit par dire Qin Nianyin. « Je voulais voir s'ils pouvaient les vendre. »

Su Zhang fronça légèrement les sourcils. Une ombre compliquée traversa son expression avant qu'il ne laisse échapper un bref rire froid.

« Puisque tu as le temps libre pour de tels artisanats, dirige tes efforts vers mon étude. Les rouleaux nécessitent un catalogage ; occupe-toi d'eux volume par volume. Tout besoin d'argent, tu me le rapportes. Je ne veux pas que tu vagabondes au-delà des portes. »

« … »

Essayait-il de l'engager avec de l'argent ?

« Qu'y a-t-il ? Tu ne veux pas ? »

Elle était effectivement réticente, mais elle ne savait pas comment le dire.

Et elle ne savait pas non plus comment lui répondre.

Les souvenirs de sa vie précédente lui rappelaient trop clairement que Su Zhang n'était pas un homme qui changeait facilement d'avis. Une fois qu'il avait choisi une voie, aucun argument ne pouvait le faire revenir en arrière.

« Maître Su plaisante », répondit-elle, gardant un ton posé et égal. « Les parchemins ont presque été triés ces trois derniers jours. Le reste du travail peut être repris par Xiuyan. »

« Et comment saurais-tu qu'ils sont presque répartis ? » Sa voix se calma, portant une réprimande discrète. « Trois jours et tu te crois déjà mériter un sentiment d'accomplissement ? »

Qin Nianyin serra les lèvres. Elle voulait éviter d'autres complications, mais il insistait — une question après l'autre — ne lui laissant aucune place pour respirer, encore moins pour reculer.

Elle vivait sous le toit de quelqu'un d'autre. Sa nourriture, ses vêtements et son logement venaient tous de la maison Su. Que valaient trois jours d'aide à l'étude comparés au coût de son entretien quotidien ?

« Très bien, » dit-elle doucement. Son ton resta doux, mais ses mots étaient inflexibles. « Si c'est une tâche qui m'est confiée, je m'en occuperai. »

Au moins, ainsi, elle avait l'impression de ne pas simplement manger et vivre dans la résidence du marquis sans rien offrir en retour.

Su Zhang haussa un sourcil. Son expression portait une pointe d'amusement indéchiffrable, bien qu'il ne dise rien. La légère courbe de ses lèvres n'était ni moquerie ni chaleureuse, c'était quelque chose pris entre les deux.

Si elle était prête à rester à ses côtés, alors soit-il. Rien que cela apaisait quelque chose en lui qu'il refusait de nommer.

Elle ajouta doucement : « Une dette est une dette. Je les rembourserai un par un. »

Ses mots avaient deux significations — réglant des comptes à la fois de la vie passée et du présent — et elle les prononça sans hésitation.

Lorsqu'elle eut terminé, elle se retourna et s'éloigna avec Mei à ses côtés, ses pas fermes et posés. Sa silhouette qui s'éloignait était gracieuse, intacte par la peur ou le désordre, comme si elle avait depuis longtemps anticipé la confrontation d'aujourd'hui et s'y était préparée.

Su Zhang resta là où il se tenait.

Sa paume se resserra autour d'un petit fragment d'argent provenant de l'épingle cassée qui était tombée plus tôt.

Il restait froid contre sa peau, assez froid pour mordre, et il resta immobile longtemps, son expression impénétrable.

* * * * *

Su Zhang se tenait seul près de la fenêtre du bureau.

Le crépuscule s'épaississant filtrait à travers le treillis, projetant des ombres inégales sur sa robe pâle d'un blanc de lune. Dehors, dans la cour, les fleurs de poiriers étaient en pleine floraison, des grappes de blanc pur s'agglutinant lourdement le long de chaque branche, une éruption printanière qui s'entrechoquait brutalement avec le froid immobile qui l'entourait.

Il n'avait jamais aimé une telle vitalité bruyante.

Ses doigts glissèrent distraitement vers l'intérieur de sa manche, effleurant le fragment glacé caché là, le morceau cassé d'épingle à cheveux en argent qu'elle avait laissé tomber au coin de la rue.

Ses bords étaient tranchants, presque assez pour lui entailler le bout du doigt. Cette légère brûlure était, paradoxalement, son ancre au milieu du tumulte qu'il n'avait pas encore maîtrisé.

« La dignité de la famille Su... Je ne suis pas quelqu'un à écraser. »

Sa voix, froide, avec un tremblement à peine perceptible, semblait résonner à ses oreilles comme si elle se tenait encore devant lui. Il pouvait l'imaginer avec une clarté troublante : le léger mouvement de son menton, la ligne serrée de ses lèvres, et ces yeux — toujours en train d'essayer de calmer, mais bien trop transparents pour leur propre bien.

Pourquoi était-il en colère ?

Baissant les yeux, il examina la tempête en lui, une tempête qu'il n'avait ni anticipée ni accueillie.

Ce n'était pas parce qu'elle l'avait contredit. Il n'était pas si mesquin.

Ce n'était pas non plus uniquement parce qu'elle avait provoqué Li Suo ; bien que la peur persistât, il croyait pouvoir protéger ceux qui étaient sous son toit.

Alors, d'où venait cette montée inexplicable de colère ?

Oui.

Cela l'avait frappé lorsqu'elle s'était détournée de lui, le dos droit, son départ résolu, comme si lui, et toute la maison Su, n'avaient aucun droit sur elle.

Comme si elle pouvait se détacher de tout cela d'un seul mouvement sans effort.

Comment aurait-elle pu ?

Comment osait-elle… Tu sembles si prête à partir ?

« Même si j'appartiens à la famille Su, je ne suis pas quelqu'un à marcher dessus. »

Elle avait tracé une ligne — entre elle et la famille Su.

À ses yeux, le nom Su qu'il représentait était devenu quelque chose qui pourrait la piétiner.

Cette pensée s'enfonça dans sa poitrine comme une épine.

Et une douleur froide et inconnue s'y répandit, une émotion qu'il ne voulait ni nommer ni savoir comment bannir.

Cette prise de conscience glissa sous sa peau comme une aiguille froide, transperçant la maîtrise dont il se targuait si instinctivement.

Le Qin Nianyin dont il se souvenait n'était pas comme ça.

Lorsqu'elle était entrée dans la résidence il y a un mois, elle était une fille prudente et douce de Jiangnan, les yeux baissés, les épaules repliées vers l'intérieur, portant la timide déférence de quelqu'un qui vit sous les avant-toits d'un autre.

Mais quelque part en chemin, cette coquille obéissante s'était effondrée.

Ce qui restait, c'était une femme aux bords clairs, tranchants, impossible à ignorer. Son regard était devenu lumineux, presque coupant, comme s'il pouvait transpercer toute façade.

Le changement fut trop rapide, trop brutal.

Comme si elle était devenue une personne totalement différente.

Il se souvenait du moment où il l'avait piégée derrière l'écran.

Dans cet espace étroit, son souffle avait été étonnamment proche, chaud, irrégulier, effleurant le coquillage de son oreille.

Il avait ressenti la tension soudaine dans sa colonne vertébrale, la façon dont elle s'était raidie comme un moineau effrayé, prête à s'enfuir à la première ouverture. Et à cet instant, il n'y avait eu aucune spéculation romantique dans son esprit, aucun fantasme indulgent.

Au lieu de cela, c'était quelque chose de bien plus grossier, presque primitif, une envie de confirmer qu'elle était là, à portée de main, incapable de fuir.

Quand était-il devenu si… indigne ?

Depuis quand avait-il commencé à compter sur de telles tactiques presque sans honte pour empêcher une femme de lui échapper ?

« Les affaires argentées doivent m'être apportées. »

Les mots lui échappèrent avant qu'il ne puisse réfléchir. Même lui avait été momentanément stupéfait. Depuis quand Su Zhang offrait-il de l'argent, de façon proactive, rien de moins, pour maintenir un lien ?

Il avait toujours méprisé ceux qui tentaient d'attacher les autres avec de l'or ou de la soie, ces jeunes nobles oisifs qui utilisaient la richesse pour décorer leur vide.

Pourtant, à cet instant, il n'avait trouvé aucune meilleure méthode.

C'était comme si ce n'était qu'en faisant cela qu'il pouvait fissurer la carapace durcie qu'elle construisait autour d'elle.

Ce n'est qu'en faisant cela qu'il pourrait la faire demander quelque chose, dépendre de quelque chose, pour qu'elle ne s'éloigne pas.

S'éclipser de la maison Su…

Ou de lui échapper ?

Cette pensée montait comme un feu fantomatique, vacillante et brûlante, troublant chacun de ses souffles.

Il ouvrit la paume.

Le fragment de son épingle à cheveux reposait là, attrapant les dernières traces du crépuscule. Il était loin d'être parfait, un peu rugueux, irrégulier dans sa fabrication.

Mais il y avait une sincérité indéniable dans sa création. C'était son symbole d'« autonomie », les ailes qu'elle tentait de forger pour elle-même.

Il devrait tout écraser.

Il devrait enfoncer cette idée stupide sous son talon et mettre fin à cette impulsion absurde avant qu'elle ne s'enracine plus profondément.

Mais le contact froid de l'éclat d'argent pressait contre sa peau, se mêlant étrangement à la chaleur fiévreuse qui bouillonnait sous ses côtes.

Glace et braise, brûlant dans le même souffle.

Il ferma les yeux.

Deux forces opposées s'entrechoquèrent violemment dans sa poitrine.

La raison insistait pour qu'il garde ses distances, préserver son ordre, garder son calme inébranlable.

Mais quelque chose de plus profond, plus instinctif, plus possessif — rugissait en défi, exigeant qu'il saisisse cette force imprévisible et la tienne fermement dans sa main.

Pour la contrôler.

Pour garder ça près de lui.

Pour l'empêcher de tourner le dos et de s'éloigner à nouveau.

La faire copier des textes, broyer de l'encre, la confiner dans le bureau, ces gestes semblaient être de la discipline, semblaient défendre la dignité de la maison Su.

Mais sous ce vernissage, y avait-il quelque chose de bien moins juste à l'œuvre ?

Quelque chose qu'il refusait lui-même de nommer ?

Était-ce simplement parce qu'il voulait qu'elle soit près de lui ?

Rien de plus.

Rien de moins.

« Nianyin... »

Son nom lui échappa sans un bruit, un léger mouvement de lèvres et de souffle, mais chargé d'une tendresse et d'un conflit qu'il reconnaissait à peine en lui-même.

Dehors, la dernière trace de lumière du jour était engloutie par la nuit descendante.

Le bureau restait éteint, les rideaux tirés bas, laissant sa silhouette grande entièrement mêlée à l'obscurité. Seul le mince éclat d'argent dans sa paume scintillait faiblement, un éclat de lumière instable reflétant le scintillement de ses yeux, une lueur à moitié enfouie, à moitié sauvage, comme un animal piégé et faisant les cent pas dans sa cage.

Il comprenait, même à contrecœur, que quelque chose de fondamental avait changé.

Pas aujourd'hui, pas seulement pendant la querelle dans la rue, mais bien avant.

Peut-être dès le moment où elle avait mis les pieds dans la capitale.

Ou peut-être depuis le moment où elle avait abandonné cette fragile couche de timidité et s'était tenue devant lui avec une clarté et une stabilité qu'il n'avait jamais attendue d'elle.

À partir de cet instant, le monde avait commencé à basculer, et lui, fier de sa constance, certain de sa discipline, ne s'était pas préparé au chaos qui montait en lui.

Pour le désordre silencieux qui resserrait son emprise.

Pour ce lent et inexorable bouleversement qui ressemblait moins à un désagrément qu'à une guerre qui se déroulait sous ses côtes.

Il resta là où il était, englouti par l'obscurité, le fragment de son épingle à cheveux brillant faiblement contre sa paume,

Un unique point de lumière survivant, dans la pièce comme dans un cœur, suspendu au bord d'une tempête silencieuse et ingouvernable.

Chapitre 29 : Comme ma propre fille

Laissant la pression étouffante que Su Zhang avait exercée sur elle, Qin Nianyin marcha rapidement dans le couloir couvert, Mei juste derrière. Elle ne désirait rien de plus que de retourner dans sa petite cour, de refermer la porte et de rassembler les morceaux effilochés de sa contenance.

Le calme qu'elle s'était forcée à maintenir pendant leur confrontation commençait déjà à s'effacer.

Et ce qui se précipitait pour le remplacer, c'était une fatigue profonde, jusqu'aux os.

Dans sa vie précédente, vingt ans en tant qu'épouse, vingt ans de guerres froides, de repas silencieux, de salutations polies qui n'étaient rien d'autre que du givre, l'avaient engourdie depuis longtemps.

« Mais dans cette vie, en seulement quelques jours, sa pression, ses sondes et cet enchevêtrement vague et indéfinissable qui les tenait étaient, d'une certaine manière, plus épuisants que les deux décennies qu'elle avait endurées autrefois. »

Chaque pas ressemblait à marcher sur de la glace fine.

Elle devait se protéger de son regard, dissimuler toute anomalie et en même temps résister à cette force soudaine qu'il révélait parfois, une force qui la troublait bien plus que l'indifférence ne pourrait jamais le faire.

Ses pensées étaient embrouillées, son cœur en désordre, lorsqu'une voix douce l'arrêta.

« Nianyin. »

Elle releva la tête.

À l'entrée du pavillon fleuri se tenait sa tante, Madame Qin, chaleureuse et sereine, deux servantes à ses côtés tenant des rouleaux de satin brodé. Le sourire de Madame Qin ne portait que de l'affection.

« Tante », salua Qin Nianyin, repoussant son inquiétude en faisant une gracieuse révérence.

« Viens ici, enfant », l'appela Madame Qin, prenant sa main avec une véritable tendresse. « Je viens de recevoir de nouvelles soies de Hangzhou —des couleurs vives, douces au toucher. Je pensais faire des robes de printemps pour vous toutes. Viens voir. Dis-moi laquelle tu préfères. »

Avant qu'elle ne puisse refuser, Madame Qin l'avait déjà entraînée dans le pavillon.

À l'intérieur, l'air était chaud de parfum, doux et domestique, totalement différent du froid qu'elle venait d'échapper.

Madame Qin la guida jusqu'au canapé moelleux et commença à étaler du tissu sur ses genoux, lissant chaque boulon avec précaution. La soie effleurait la peau de Qin Nianyin, légère et chaude, presque apaisante.

« Regarde celle-ci, la teinte bleu-vert rend ton teint encore plus clair. Et ce jaune abricot, une couleur si vive. Notre Nianyin va bien dans n'importe quoi. »

Sa voix était tendre, son regard débordant d'affection sans défense.

« Tante... »

Qin Nianyin sentit son nez se serrer sous la menace des larmes.

Une telle chaleur —une gentillesse familiale simple et sans détour — avait été quelque chose qu'elle avait longtemps désiré, tout au long de sa vie passée chez les Su, mais qu'elle n'avait jamais reçue.

Pourtant, maintenant, dans cette vie, la chaleur était réelle, assez proche pour être touchée. Cela desserra une partie de son cœur que Su Zhang avait figée quelques instants plus tôt.

Elle eut, un instant, l'impression d'être un petit bateau dérivant trouvant enfin un port calme, un endroit assez sûr pour reposer son âme fatiguée.

Un endroit qui la tentait de baisser toute garde.

« Enfant idiot, pourquoi es-tu poli ? » Madame Qin rit doucement.

Voyant la légère lassitude entre ses sourcils, elle la retourna doucement et posa ses mains sur les épaules de Nianyin, pétrissant avec la pression prudente et constante qu'une aînée attentionnée possédait.

Qin Nianyin ferma les yeux, manquant de s'enfoncer dans la chaleur.

Mei, toujours aussi perspicace, s'avança avec une tasse de thé chaud et commença à lui taper doucement les jambes avec des mains expérimentées, détendant encore la tension qui s'était enroulée en elle.

Madame Qin laissa échapper un léger soupir, son ton chargé d'émotion.

« Si ta mère était encore en vie et pouvait voir comment tu as grandi... Elle serait tellement fière. Je te considère vraiment comme ma propre fille, ma fille. J'espère seulement que tu pourras rester à mes côtés. Nous, les femmes, pouvions au moins nous tenir compagnie. »

Ses mots coulèrent dans Qin Nianyin comme un courant chaud, lissant les zones déchirées de son cœur.

Nianyin inclina légèrement la tête. « Je considère aussi Tante comme ma propre mère. »

En entendant cela, le sourire de Madame Qin s'élargit et ses doigts reprirent leur pétrissage délicat, plus légers et plus tendres qu'avant.

La pièce tomba dans une chaleur tranquille, le seul bruit étant le léger froissement de la soie glissant contre la soie.

Mais le calme ne dura pas longtemps.

Dans ce qui semblait être une conversation décontractée, Madame Qin reprit la parole, sa voix devenant encore plus douce.

« À propos... Nianyin, que penses-tu de ton cousin Zhang ? »

Un bruit sec suivit.

Le pendentif en jade dans la main de Nianyin glissa de ses doigts et tomba sur les carreaux polis.

Elle se figea, chaque muscle tendu, comme si quelqu'un avait soudainement plongé dans de l'eau glacée.

Puis elle se redressa d'un coup comme frappée, pivotant si vite que ses cheveux se soulevèrent sous le mouvement. Son visage se vida.

Sa voix sortit tendue, teintée d'une panique qu'elle ne pouvait complètement réprimer.

« Tante ne doit jamais penser une chose pareille ! »

Sa réaction fut si intense, si soudaine, que Madame Qin et les domestiques restèrent tous deux stupéfaits.

Un instant plus tôt, elle avait été enveloppée de douceur.

À présent, elle ressemblait à une jeune bête acculée, la fourrure hérissée, les yeux grands ouverts de peur et de refus, comme si la gentille demande de sa tante avait été une coupe de poison posée dans ses mains.

Réalisant qu'elle avait perdu le contrôle, Qin Nianyin se força à inspirer lentement.

Elle baissa les yeux, réprimant les battements affolés de son cœur. Quand elle reprit la parole, sa voix semblait calme, une tranquillité pourtant façonnée de force, chaque mot pesé avec une précision presque douloureuse.

« Cousin Zhang a l'allure d'un dragon et d'un phénix. Son avenir est prometteur et il épousera un jour une princesse ou la fille d'une famille distinguée. Je suis née humble et être recueillie par Tante est déjà une grande bénédiction. Je n'oserais jamais nourrir la moindre pensée inappropriée. Dans cette vie, je ne cherche qu'à tenir debout et à rendre la gentillesse de Tante dans la mesure où je peux. Rien de plus. »

Elle parla vite, trop vite, comme si ralentir permettrait au destin de la saisir par la cheville et de la ramener dans l'abîme qu'elle avait autrefois traversé.

Chaque mot était tiré droit d'une chambre de glace, dur et absolu.

Elle ne répondait pas seulement à sa tante.

Elle se mettait en garde.

Un serment, froid et silencieux : elle ne doit jamais répéter le passé.

Ce n'était pas un mariage.

C'était un tombeau doré, un lieu où toutes ses émotions, sa chaleur et son espoir s'étaient lentement asséchés en poussière jusqu'à ne plus laisser que froid et vide.

Su Zhang.

Rien que l'idée que ce nom, Su Zhang, soit placé à côté du mot mariage suffisait à faire s'écraser une vague familière dans sa poitrine.

Nuits froides et désolées de sa vie précédente.

Un dos tourné vers elle, droit et inflexible.

Un mariage de courtoisie, creux comme un temple abandonné.

Un désert sans fin, sous le couvert du respect.

Les souvenirs affluèrent d'un coup, lourds et étouffants, et pendant un instant Qin Nianyin eut du mal à respirer.

Le sourire sur le visage de Madame Qin se figea.

Elle regarda l'armure soudaine qui s'était dressée sur toute la posture de Nianyin, la tension sur la défensive dans ses yeux. Un éclair d'étonnement traversa son visage, suivi d'une profonde et douloureuse tristesse.

Après un long silence, Madame Qin expira, le soupir s'étirant de regret.

« C'était irréfléchi de ma part... » murmura-t-elle.

Elle tendit la main et prit celle froide de Nianyin entre ses paumes, tapotant doucement, comme pour réchauffer la peur.

« Je pensais juste... Si un tel lien pouvait se former, alors nous deviendrions vraiment une seule famille. Tu pourrais rester dans cette maison ouvertement, pour le reste de ta vie. Mais il semble... Ta tante n'a pas cette bénédiction. »

Une seule famille.

La phrase la frappa comme une aiguille.

Elle aspirait à la famille.

Elle aspirait à appartenir.

Mais si le prix de cette chaleur était sa liberté, sa santé mentale, son sens même de soi —

Alors le prix était bien trop élevé.

Elle le voyait déjà clairement.

Si elle acceptait, elle emprunterait un autre chemin tracé pour elle, un chemin doré mais dépourvu de chaleur —presque identique à celui qu'elle avait emprunté dans sa vie précédente.

Elle baissa la tête, incapable de soutenir le regard doux et déçu de Madame Qin. Sa voix était douce, mais posée.

« C'est moi qui n'ai pas la chance de porter une telle bonté. La famille Su m'a traitée avec beaucoup de générosité et je m'en souviendrai toute ma vie. Mais... cette affaire ne doit jamais arriver. »

L'air devint immobile.

La chaleur qui avait empli la pièce plus tôt s'estompa, ne laissant qu'une lourdeur silencieuse, comme de la poussière qui s'installe sur une chambre scellée.

Le soupir de Madame Qin flottait entre eux, faible mais impossible à ignorer.

Qin Nianyin se leva, ses gestes respectueux mais résolus.

« Si tante n'a pas d'autres instructions, Nianyin prendra congé. »

Madame Qin l'observa longuement, les lèvres entrouvertes comme si elle voulait dire quelque chose de plus.

Mais finalement, elle leva simplement une main fatiguée, le geste doux et vaincu.

« Vas-y, enfant. Repose-toi bien. »

Qin Nianyin quitta la salle des fleurs presque en vol.

Elle ne ralentit pas avant d'avoir parcouru une longue distance dans le couloir couvert. Ce n'est que lorsque le vent froid du printemps caressa ses joues que les battements violents dans sa poitrine commencèrent à s'apaiser, chaque respiration revenant peu à peu à quelque chose qui ressemblait à une stabilité.

Pourtant, la peur enveloppée de chaleur, la terreur qui avait monté sous la douce affection de Madame Qin, ne la quitta pas. Au lieu de cela, elle s'enfonça au fond de son cœur, lourde comme une pierre.

Elle comprenait trop bien qu'une fois que certains mots étaient prononcés à voix haute, une fois qu'une possibilité était reconnue, rien ne pouvait jamais redevenir pleinement ce qu'il avait été.

À l'intérieur de sa manche, ses doigts tremblaient légèrement.

La tendresse de Madame Qin était une douceur teintée de poison.

L'approche de Su Zhang était une descente dont elle restait douloureusement consciente, et pourtant elle ne pouvait pas l'éviter complètement.

Pourrait-elle vraiment rester en sécurité dans cette maison Su ?

La question pesait sous ses côtes comme une lame cachée.

Si elle voulait la liberté, la vraie liberté, si elle ne voulait plus jamais être liée aux attentes de quelqu'un d'autre ou aux chaînes d'une autre vie, alors son chemin vers l'indépendance devait aller plus vite.

Bien plus vite qu'elle ne l'avait prévu au départ.

Elle expira lentement, essayant de dissiper la pression qui montait dans sa poitrine.

De retour dans la salle des fleurs, Madame Qin observa sa silhouette s'éloigner avec un soupir mêlant impuissance et inquiétude.

Murmura-t-elle à l'assistante âgée à ses côtés :

« Quelle bonne enfant elle est. Et elle et Zhang... Ils semblent assez bien assortis. Comment pouvait-elle réagir aussi fortement ? Se pourrait-il que Zhang l'ait offensée d'une manière ou d'une autre, dans notre dos ? »

L'assistante n'osa pas répondre.

Madame Qin secoua de nouveau la tête, troublée et incapable de comprendre la distance qu'elle venait de voir dans les yeux de la jeune fille.

Chapitre 30 : L'arbre de fer fleurit

La lumière de la lampe dans le bureau vacillait, le silence épais et lourd.

Après le retour de Su Zhang à la résidence, un serviteur rapporta que le jeune maître Gu attendait dans son bureau depuis un certain temps.

Dès qu'il entra dans la pièce, il vit Gu Xiao se prélasser tranquillement, s'étant versé son propre thé. Son ton était léger, mais il alla droit au but. « Devinez quoi ? Je suis allé voir l'Impératrice ce matin et j'ai ramassé quelques bribes de potins. »

« Hm. » Su Zhang hocha légèrement la tête, sans poser plus de questions.

Gu Xiao leva un doigt dans sa direction, d'un air exaspéré. « Tu ne vas pas demander de quoi il s'agit ? »

Su Zhang s'assit, prit un livre à côté de lui et commença à le feuilleter paresseusement, l'image même de la patience sans hâte, tout ouïe.

Son attitude était parfaitement claire : Parle si tu veux, sinon, sors.

Gu Xiao capitula immédiatement. En matière de sang-froid et de présence d'esprit, il reconnaissait ne pas faire le poids face à la profondeur de la ruse de ce tanhua.

Il exposa tout ce qu'il avait entendu. « On dit que la Seconde Princesse a souvent sollicité audience au palais récemment, demandant à Sa Majesté de vous accorder son mariage. »

Les doigts de Su Zhang s'immobilisèrent. Il posa doucement le livre, son regard ni alarmé ni satisfait. « Quelle a été la décision finale de Sa Majesté ? »

Gu Xiao secoua la tête. « Il n'a pas encore accepté. Mais à mon avis, il ne faudra probablement pas longtemps avant qu'il n'émette le décret te mariant à la Seconde Princesse. »

Su Zhang ne dit rien. Ses doigts tapotaient silencieusement le bureau, son front plissé dans une profonde réflexion.

Cette nouvelle n'était ni inattendue ni entièrement prévue.

Voyant son silence, les lèvres de Gu Xiao s'étirèrent en un sourire teinté d'un désir de plaire. « Cela vient d'une remarque privée que l'Impératrice a laissée échapper.

Elle a dit que l'Empereur avait toujours accordé une grande importance au mariage de la Seconde Princesse.

Si la position du Prince héritier devient instable, il est fort probable qu'il t'utilise comme monnaie d'échange. »

Ayant terminé, il arborait une expression qui semblait dire : Vite, félicitez-moi.

La voix de Su Zhang était douce, dépourvue d'inquiétude ou de peur. « J'apprécie la peine que tu as prise. »

« Heh, toujours si ingrat. Et me voilà qui me précipite droit vers vous avec cette nouvelle dès que j'ai quitté le palais. » Il détestait vraiment la manière de Su Zhang de rester totalement impassible, que ce soit par faveur ou par honte.

Quelques-uns d'entre eux avaient été les compagnons d'étude du prince héritier depuis l'enfance. Les garçons étant robustes et enclins aux bêtises, ils finissaient inévitablement par avoir des ennuis. Pourtant, ce Su Zhang s'était toujours, du début à la fin, tenu comme un vieil érudit coincé, ce qui était profondément décourageant.

Su Zhang le regarda en coin, un léger sourire aux lèvres. « Tu es tellement pressé de transmettre ce message aujourd'hui... tu crains que si je deviens Consort Royal, je vole ta vedette devant le Prince Héritier ? »

Gu Xiao fixa un instant, puis laissa échapper un rire moqueur. « Ne commence même pas. Si tu épouses vraiment la Seconde Princesse, je crains que ton "projecteur" ne soit terminé avant même de commencer, ton destin étant manipulé par la famille impériale. Je suis là pour te sauver la vie. »

Su Zhang laissa échapper un rare rire doux. Gracieux et posé, cela ajoutait encore plus à son élégance érudite.

Ce rire arracha un son d'étonnement chez Gu Xiao. « Qu'est-ce qui s'est passé de bon avant que j'arrive aujourd'hui que je ne connaissais pas, pour briser cette glace millénaire que tu as ? »

Su Zhang lança un regard à son ami. « Ne dis pas de bêtises. »

« Sérieusement, en voyant ton apparence séduisante et posée, sans parler de la Seconde Princesse, si j'étais née femme, je me battrais probablement pour toi moi-même. »

« Continue à dire des bêtises et je te ferai sortir. » Su Zhang réprima son sourire, son expression retrouvant sa solennité habituelle.

« Assez, plus de blagues. La raison pour laquelle je suis venu aujourd'hui, c'est... » Il fit une pause, son ton changeant. « Zijun, tu dois réfléchir clairement. Le mariage d'une princesse n'est pas une question d'affection personnelle ; c'est une pièce sur l'échiquier. Si tu fais un faux pas, tu ne poseras pas la pièce, tu deviendras la pièce. »

En entendant cela, Su Zhang ne put s'empêcher de lever les yeux pour jeter un coup d'œil à son ami, son expression dégoulinant de mépris.

Comme si j'avais besoin que tu me dises ça ?

Su Zhang baissa les yeux et ne dit rien. Un instant plus tard, il répondit enfin, sa voix calme : « Même si c'est comme tu dis, si je ne souhaite pas placer ma pièce ici, comment devrais-je alors me retirer du jeu ? »

Gu Xiao le regarda longuement, puis secoua la tête avec un léger sourire. « Si tu n'es vraiment pas disposé... J'ai bien peur qu'il faille quelqu'un d'autre. Quelqu'un pour qui tu préférerais défier l'autorité plutôt que d'obéir à l'ordre. »

C'était peut-être le résultat qu'ils voulaient vraiment.

Si Su Zhang suscitait le mécontentement de l'Empereur à ce sujet, la faction du prince héritier perdrait naturellement un pilier majeur de soutien.

Après ces mots, le silence s'installa brièvement dans le bureau. La lumière de la lampe reflétait une turbulence fugace dans les yeux de Su Zhang. Son regard s'assombrit et enfin il répondit d'une voix basse : « Si cela en vient vraiment... Je ne peux que... briser ce plateau d'échecs moi-même. »

Gu Xiao arborait un sourire espiègle. « Tu es encore relativement calme. C'est facile à dire. Tu as un plan maintenant ? »

Su Zhang le regarda, son son ton posé, mais sans en dire davantage. « Quand l'eau coule, un canal se forme. Un chemin émergera naturellement. »

Gu Xiao fronça les sourcils. Changeant de sujet, comme s'il le faisait de façon désinvolte, mais la nonchalance avait déjà effacé son sourire, il dit : « Hier, le général Zhenguo est parti pour la Frontière Nord. »

Ici, sa voix changea, une rare lumière fervente s'allumant dans ses yeux. « J'ai entendu dire que lors de la dernière crise dans le nord, il a balayé seul à cheval les rangs ennemis. C'était vraiment... exaltant ! »

Une légère courbe effleura les lèvres de Su Zhang. Il ne répondit pas, se contentant d'écouter en silence.

Gu Xiao serra soudain le poing, son regard devenant sombre. « Cette fois, je voulais à l'origine rejoindre la campagne, pour gagner des mérites de mes propres mains... Dommage que ma tante l'Impératrice m'ait arrêté. Elle a dit que j'étais le dernier de la lignée Gu, que je ne pouvais pas prendre ce risque. »

Cela dit, il laissa échapper un rire glacial, levant la main pour reculer violemment sa demi-manche, comme pour chasser une poitrine pleine de frustration étouffée.

« Toute cette protection... Je suis libre partout, sauf là où je veux vraiment aller. À force de m'interdire le front, ils finiront par faire de moi un homme inutile. »

Su Zhang l'observa calmement un long moment, d'un ton posé. « Tout le monde se souvient des exploits sans égal de ton père et de tes frères dans la famille Gu. Ta tante l'Impératrice souhaite seulement te garder en vie. »

Gu Xiao sourit froidement. « Mais à quoi sert une vie préservée si elle ne sert à rien ? En quoi est-ce différent d'une bête piégée ? Je te le dis, Zijun, ne tire pas d'enseignements de mon exemple, enfermé dans une prison dorée, ne pouvant que rester assis et regarder le destin se dérouler. »

Il était venu directement du palais aujourd'hui précisément pour cette raison. Il ne voulait pas voir Su Zhang piégé en épousant la princesse, constatant dès lors chaque étape à la cour entravée, incapable d'appliquer son apprentissage tout au long de sa vie, ses ambitions contrecarrées.

Son regard devint profond et froid, le sens de ses mots changeant, prenant une note d'avertissement. « La situation est instable. Si vous épousez vraiment la princesse, sans obtenir une véritable autorité pour vous-même, même votre famille Shen sera inévitablement entraînée dans le bourbier. »

Su Zhang resta silencieux un instant. Le coin de sa bouche se releva soudain en une pointe d'amusement glacial. « Merci de m'avoir dit ça aujourd'hui. »

Il fit une pause, puis sa voix tomba soudainement plus bas, une émotion à peine perceptible apparaissant au fond de ses yeux. « De plus... si j'ai déjà quelqu'un dans mon cœur, si je devais vraiment épouser la princesse, serais-je alors censé renoncer volontairement à celle que j'aime à un autre ? »

« Qu'est-ce que c'était ? Un bien-aimé du cœur ? »

Gu Xiao se figea un instant, puis tourna la tête avec un regard oscillant entre amusement et incrédulité.

« Je n'ai pas mal entendu, n'est-ce pas ? Même le célèbre Su Zhang, l'intouchable grand érudit, a quelqu'un dont il ne peut pas se détacher ? »

Le front de Su Zhang se plissa dans une rare démonstration d'inquiétude. Quand il parla enfin, sa voix était calme mais sans aucune tentative de dissimuler la vérité.

« Il existe effectivement une telle personne. »

Gu Xiao faillit s'étouffer avec son souffle.

« Et de quelle famille appartient cette jeune fille ? »

Sa curiosité s'alluma instantanément —comment aurait-elle pu ne pas l'être ? Un arbre de fer millénaire en pleine floraison ne serait guère plus choquant.

Su Zhang s'arrêta, son regard dérivant vers la fenêtre où la lumière de la lanterne vacillait dans l'obscurité.

« C'est quelqu'un que je poursuis », dit-il doucement. « Certaines choses ne doivent pas être révélées prématurément. Au moins... pas avant le dernier moment. »

Gu Xiao le regarda, stupéfait.

Dans toute la capitale, y avait-il vraiment une femme que Su Zhang ne pouvait pas gagner facilement ?

« Qui est-ce qu'elle est au juste ? »

Sa curiosité menaçait d'exploser à travers le plafond.

« Les murs ont des oreilles », murmura Su Zhang. « Quand le moment sera venu, je te le dirai. »

La compréhension s'imposa à Gu Xiao et il se tut sagement.

C'était la capitale, des espions fidèles au palais cachés derrière chaque écran. Révéler l'identité de Qin Nianyin maintenant pourrait attirer un danger jusqu'à sa porte, surtout si certaines factions choisissaient d'en faire un pion dans leurs luttes politiques.

Gu Xiao claqua la langue.

« Je n'aurais jamais cru que tu serais du genre sentimental. »

Son ton était taquin, mais en dessous se cachait une lueur de sincère inquiétude.

« Alors c'est comme ça, c'est ça ? Si elle existe, alors tu as raison de la protéger. Ne la laisse pas devenir une autre victime sous la meule de la politique de cour. »

Les doigts de Su Zhang se resserrèrent subtilement autour de la tasse de thé dans sa main. Il inclina la tête d'un signe de tête ferme et résolu.

« Sans aucun doute.»

Chapitre 31 : Incarner la volonté impériale

Le lendemain matin, dans le Pavillon de Réchauffement Est de la salle Taiji, des spirales de fumée ambrée s'échappaient d'un encensoir doré en forme de bête. L'odeur du musc de dragon flottait lourdement dans l'air, conférant à la pièce une immobilité solennelle, presque oppressante.

L'empereur Xuanwen s'adossa à un canapé brodé, les yeux à moitié fermés, écoutant la lecture du mémorial à voix haute.

Devant lui se tenait Wen Cong, ministre du Revenu, la posture déférente et la tête baissée. Un eunuque senior attendait à côté comme une statue muette sculptée dans un jade pâle.

«... Votre Majesté, » commença Wen Cong, la voix stable bien que la sueur commençât à perler à ses tempes, « le prince héritier et le deuxième prince ont examiné conjointement l'affaire concernant les fonds manquants des travaux de la digue du Jiangnan. Un tableau préliminaire prend forme. »

Un léger son s'échappa de l'empereur Xuanwen en signe d'acquiescement, mais son expression ne révéla rien.

« Continue. »

« Oui, Votre Majesté. »

Wen Cong avala sa salive.

« Selon le contre-interrogatoire du ministère des Travaux publics et nos propres registres, trente mille taëls ont été alloués l'année dernière. Sur cette somme, environ cinq mille taëls restent non comptabilisés. Les comptes sont méticuleusement organisés. Sans comparer plusieurs documents, la différence serait presque impossible à détecter. »

Les yeux de l'Empereur s'ouvrirent complètement. Un éclat de lumière froide vacilla là, assez aigu pour faire bondir le cœur de Wen Cong.

Une longue inspiration plus tard, cette lueur s'estompa.

« Quelle étrange coïncidence. », murmura l'Empereur, sa voix retrouvant son calme serein. « Parle encore. »

Wen Cong s'inclina encore plus profondément.

« Sur la somme manquante, trois mille taëls sont passés entre les mains de l'ancien inspecteur fluvial, Liu Mingyuan. Cet homme est mort subitement de maladie le mois dernier. Les deux mille restants, selon des preuves, pourraient conduire à un administrateur adjoint sous le bureau de l'administration provinciale du Zhejiang. La démonstration n'est pas encore complète. Son Altesse le Prince Héritier conseille de retarder toute action manifeste, afin de ne pas alerter les parties impliquées. »

« Mort d'une maladie soudaine ? »

Le ton de l'Empereur resta doux, mais le sous-texte glaça l'air.

Il n'a rien dit de plus à ce sujet. Au lieu de cela, sa voix devint presque conversationnelle.

« Les inondations printanières commencent bientôt au Jiangnan. Les anciens remblais restent fragiles, de nouveaux fonds n'ont pas encore été libérés. Le prince héritier exige de l'argent, le second prince exige une enquête. Tous deux se sont tenus devant nous hier, se disputant jusqu'à ce que leurs visages deviennent rouges et leurs voix rauques. »

Il tapota du doigt le canapé. « Wen, tu supervises la bourse de l'Empire. Que me conseillerais-tu ? »

La question était trompeusement simple, pourtant Wen Cong sentit une pression lui serrer la poitrine.

Il répondit lentement, avec la plus grande prudence.

« Votre Majesté, je crois que les digues doivent d'abord être stabilisées. La sécurité du peuple ordinaire ne peut être mise en danger. Pourtant, si les fonctionnaires corrompus restent impunis, même les fonds nouvellement alloués risquent de disparaître, comme de la boue qui s'enfonce dans le lit du fleuve. Les réparations et l'enquête doivent donc avancer de front. »

Il hésita.

« Il y a... une question à considérer. »

« Parle. »

« Un officiel digne de confiance doit être envoyé à Jiangnan. Quelqu'un capable de superviser les réparations tout en poursuivant l'enquête secrète. Cette personne doit comprendre les affaires administratives, ne doit pas craindre le pouvoir enraciné des fonctionnaires régionaux et doit rester politiquement neutre —alignée ni avec le Prince héritier ni avec le Second Prince. »

La chambre devint totalement immobile. Seule la fumée d'encens oscillait dans le silence.

L'Empereur tapota de nouveau le canapé, le rythme profond et posé comme un tambour étouffé. Wen Cong compta silencieusement les temps, sachant pertinemment que cela signifiait que Sa Majesté pesait la question.

Après une longue pause, l'Empereur demanda,

« Et qui Wen a-t-il en tête ? »

Wen Cong avait anticipé cette question. Il feignit tout de même un bref moment de réflexion avant de répondre.

« Il y a un candidat, bien que son expérience soit superficielle. »

« Parle. »

« Le nouveau Langzhong du Bureau de Sélection du Ministère du Personnel —Su Zhang. »

Les tapotements cessèrent immédiatement.

Wen Cong s'empressa d'expliquer.

« Bien que jeune, Langzhong Su Zhang a obtenu le rang de tan-hua à l'examen impérial. Son aptitude érudite est aiguisée, sa conduite droite. Il est largement reconnu comme un homme d'une intégrité irréprochable. La famille Su a longtemps maintenu une position de neutralité, peu impliquée dans les factions. L'envoyer susciterait moins de soupçons de n'importe quel camp. »

Il fit une pause, puis ajouta délibérément,

« De plus, le Ministère du Personnel entretient naturellement des liens de supervision avec les administrations provinciales. Pour un Langzhong, inspecter les ouvrages fluviaux correspond parfaitement à ses fonctions officielles. »

Une autre respiration prudente.

« Et, c'est crucial, Su Zhang entretient des connaissances personnelles avec le Prince héritier et le Second Prince. Pas du favoritisme, mais de la connaissance. Sa nomination manifesterait, plus que quiconque, la véritable intention de Votre Majesté. »

Au moment où ces mots tombèrent, l'atmosphère dans la salle changea légèrement.

Entre le prince héritier et le deuxième prince, le pouvoir était déjà en équilibre précaire ; ce que l'empereur Xuanwen exigeait maintenant, c'était un ministre solitaire, ni partisan ni redevable.

L'Empereur resta silencieux longtemps. Son regard traversa le rideau perlé, dérivant vers la distance lointaine des terrains du palais, comme s'il regardait au-delà des hauts murs ce jeune fonctionnaire calme et aux traits clairs.

Le jour de l'examen du palais, les coups de pinceau de Su Zhang avaient tonné avec le vent et la tempête, son talent indéniable. L'affectation au Bureau des Sélections avait été conçue comme un raffinement.

L'envoyer au Jiangnan maintenant le tremperait soit en acier, soit le briserait sur le champ de bataille.

« Su Zhang... » L'Empereur répéta le nom à voix basse, son ton indéchiffrable. « Il semble que cet homme ait rencontré pas mal de... 'événements fortuits' ces derniers temps ? »

Le cœur de Wen Cong fit un léger sursaut. Il ne pouvait dire si Sa Majesté faisait référence à la rencontre fortuite avec le Troisième Prince sur le marché, ou aux rumeurs selon lesquelles la Seconde Princesse comptait demander en mariage. Il ne put répondre qu'avec une ambiguïté prudente.

« Su Zhang est diligent et droit, Votre Majesté. Il n'a jamais dépassé les bornes. Quant aux commérages oisifs en ville... ces propos sont à peine fiables »

L'empereur Xuanwen ne répondit pas. Il ferma simplement les yeux, sa voix s'enfonçant en un murmure bas et mesuré.

« Nous veillerons encore quelques jours. »

La fumée enroulée de l'encens de musc de dragon s'élevait comme des marées invisibles, enveloppant peu à peu tout le pavillon chaud.

Deux quarts d'heure s'écoulèrent, mais Qin Nianyin resta immobile, le regard fixé sur la lourde brique d'or posée sur la table. Elle n'avait pas prononcé un seul mot.

Le lingot était carré et solide, sa lueur jaune éclatante captant la lumière de la lampe, brillant d'une clarté capable de refléter la plus profonde cupidité du cœur d'une personne.

Les bras croisés devant la poitrine, elle fronça légèrement les sourcils, les lèvres crispées. Elle avait l'air d'être au carrefour d'un choix difficile.

Mei posa ses joues dans ses deux mains et se pencha plus près, les yeux grands ouverts d'étonnement.

« Mademoiselle, mon Dieu, je n'ai jamais vu une pièce d'or aussi grande de toute ma vie ! »

Elle tendit la main avec un soin exagéré, pour la retirer brusquement dès que ses doigts effleurèrent le métal, comme s'il l'avait brûlée.

« Si, si on emmenait ça aux magasins pour l'échanger contre de l'argent, on pourrait probablement ouvrir trois magasins ! Trois ! »

Qin Nianyin ne répondit pas immédiatement. Elle laissa échapper un souffle discret, sa voix basse et teintée d'une lassitude calme.

« C'est de l'or, oui. Mais pas assez pour acheter trois boutiques. et aucun or dans ce monde ne vient sans prix. »

Son ton était doux, mais portait une lourdeur forgée par toute une vie passée, une vérité qu'elle avait trop bien apprise : rien ne venait de libre. Chaque don exigeait quelque chose en retour.

Mei cligna des yeux, puis murmura d'une petite voix : « Mais... c'est toujours de l'or... »

Voyant l'innocence écarquillée de Mei, Qin Nianyin ne put que soupirer intérieurement. Ce n'était pas la faute de la fille. Si elle n'avait jamais vécu toute une vie au sommet du pouvoir, elle aussi aurait pu croire que cet or signifiait une fortune soudaine et sans limites.

Elle resta silencieuse un long moment. Son regard se baissa de nouveau vers le lingot, ses yeux s'assombrissant peu à peu. Les pensées se tordaient et tournaient, tissant à travers les souvenirs et la prudence, jusqu'à ce qu'elle semble prendre une décision.

Enfin, elle tendit la main et effleura l'or. Le métal était légèrement chaud contre sa peau et une étrange chaleur monta dans sa poitrine, un mélange de résolution et de quelque chose de plus fragile, plus difficile à nommer.

Dans sa vie antérieure, une telle somme ne l'aurait pas touchée. Elle l'aurait ignoré sans y prêter attention.

Mais maintenant, maintenant, c'était différent.

Ce lingot était le premier capital qu'elle possédait depuis son entrée dans sa seconde vie. Quelque chose qui lui appartenait entièrement.

« Mei ! » se redressa-t-elle soudain, son expression se crispant avec clarté. « On devrait vraiment réfléchir à tout ça. On commence par chercher un logement à louer ? »

Mei hocha la tête si vite qu'elle en perdit presque haleine, impatiente et essoufflée d'excitation.

Pourtant, avant qu'elle ne puisse dire un mot de plus, la détermination de Qin Nianyin s'effondra de nouveau. Ses épaules s'affaissèrent et ses sourcils se froncèrent tandis qu'elle laissait échapper un léger soupir.

« Viens. Je... Je vais aller le supplier. »

Ils avaient à peine suivi le couloir couvert à travers plusieurs virages avant d'atteindre l'extérieur du bureau de Su Zhang. Une lumière chaude de lampe brillait à travers la fenêtre en treillis et, dès que Qin Nianyin la vit, la détermination qu'elle avait patiemment rassemblée se brisa à nouveau.

« Mademoiselle ? » Mei cligna des yeux, confuse, lorsque sa maîtresse s'arrêta soudainement.

À l'intérieur, la lampe brûlait encore.

Su Zhang était assis à son bureau, absorbé par son travail, la lumière s'accumulant autour de lui comme une rivière tranquille.

Cela traversait la ligne calme de ses sourcils, rendant son expression aussi posée et distante que jamais. Cette vision frappa Qin Nianyin avec une force inattendue.

Comme dans la vie précédente... Au moment où elle avait été au plus bas, il s'était assis sous la même lumière de lampe, sans lever les yeux pour la regarder. Pas une seule fois.

Ses pieds étaient ancrés au sol comme si elle y était clouée. Sa poitrine se serra, une pression aiguë et essoufflée s'épanouissant sous ses côtes.

Un mot de sa part pourrait ouvrir la voie à Xu Wencai —cela pourrait même sauver son avenir.

Mais elle comprenait trop bien les implications d'un tel engagement.

Ce n'était pas simplement une faveur due ; Elle allait placer sa fierté entre ses mains, le laisser la retourner, l'inspecter, la peser à sa guise.

Mei regarda timidement vers la porte entrouverte, sa voix à peine plus forte qu'un murmure.

« Mademoiselle... Tu veux quand même y aller ? »

Qin Nianyin ne répondit pas. Elle serra fermement la petite bourse d'or, ses doigts appuyant si fort que les bords mordaient sa paume. La lumière du feu vacillait dans le couloir.

Dans sa lueur tremblante, une douleur légère et piquante montait de quelque part au plus profond de sa poitrine. Elle inspira lentement et força son regard à détourner la porte.

«… Mei, retourne d'abord dans ta chambre. Laisse-moi réfléchir un moment. »

« Oui, Mademoiselle. »

Chapitre 32 : Devenir Emmêlé

Le vent nocturne apportait un léger froid, agitant les lampes le long du couloir jusqu'à ce que leurs flammes vacillent, les ombres se balançant comme des pensées dérivantes.

Qin Nianyin se tenait devant la porte du bureau, ses manches doucement relevées par la brise. L'heure du thé était passée depuis longtemps, mais elle n'avait pas fait un seul pas à l'intérieur.

Elle avait déjà répété ses mots d'innombrables fois dans sa tête, s'il la rencontrait avec un sarcasme froid ou une question tranchante, comment elle devait répondre ; s'il la saluait en silence, comment elle devait commencer.

Mais au final, aucune préparation ne pouvait surmonter l'hésitation et la peur silencieuse qui la retenaient désormais sur place.

La lumière de la lampe s'atténua légèrement. Su Zhang resta assis en dessous, le front légèrement froncé, son expression inchangée par rapport au passé.

Soudain, elle le ressentit — chaque supplication qu'elle lui avait adressée, chaque instant d'inquiétude, chaque offre d'aide, chaque fil ténu la tirant en arrière, la ramenant pas à pas vers ces années qu'elle ne pouvait plus supporter d'affronter.

Elle a refusé d'être ramenée à la main.

Xu Wencai n'était pas à elle de le porter. Si elle suppliait pour lui aujourd'hui, pour qui supplierait-elle demain ? Les gens pitoyables n'ont jamais été rares. Si elle ne pouvait pas libérer cette fragile impulsion de gentillesse, elle finirait par être liée par le sentiment, épuisée par l'obligation et incapable d'avancer.

Cette pensée la rassura. Elle expira doucement et se tourna pour partir.

L'or restait serré dans sa paume. Ses doigts étaient blancs aux articulations, mais elle ne ressentait aucune douleur.

Elle avança jusqu'à se tenir devant la porte vermillon sculptée.

Un mince rayon de la bougie se glissa par le battant, et le silence lourd de la pièce pesait sur elle comme un filet qui se resserrait, lui coupant presque le souffle.

Ses doigts se levèrent, à seulement un centimètre de la porte.

Dans ce moment suspendu, même son souffle s'arrêta. Elle faillit frapper.

Presque.

Mais juste avant que le bout de son doigt ne tombe, une hésitation inexplicable monta du fond de sa poitrine, comme si une main douce pressait la sienne par derrière. Son cœur se serra vivement ; ses doigts tremblaient et enfin elle retira sa main.

Elle baissa le bras et se détourna. Ses manches effleuraient les ombres devant la porte sans un bruit.

Elle partit légèrement, silencieusement, sans rien déranger. La lumière de la lampe dans le bureau restait stable. Tout semblait inchangé, comme si personne n'avait jamais été dehors.

Au bout du couloir, dans la faible ombre, une silhouette grande et mince se tenait debout, observant sa silhouette s'éloigner en silence, son regard profond et impénétrable.

Su Zhang retira les yeux et retourna à son bureau. Son pinceau ne s'était jamais arrêté de bouger, pourtant, au coup suivant, il vacilla.

Il avait su qu'elle était dehors depuis le début. Elle était restée si longtemps… et pourtant, il était tout de même parti sans dire un mot.

Baissant les yeux, il fit lentement glisser ses doigts le long de la tige du pinceau. Il ne se rendit compte que sa prise s'était resserrée jusqu'à ce qu'une fine fissure fende le bambou.

Le léger bruissement de ses manches effleurant le sol de pierre semblait persister à son oreille, chaque son doux prolongeant la nuit plus longtemps et plus sombre.

Ce n'était rien d'autre que son dos qui se détournait, mais cela coupait plus vivement qu'un refus verbal.

La flamme vacillante projetait une ombre inclinée sur les documents sur sa table, comme une lame froide tranchant le centre de sa poitrine, centimètre par centimètre.

La courbe de ses lèvres s'affina en quelque chose de faible et glacial.

« Finalement, tu es parti après tout. Peur d'être attaché à moi ? »

Cette nuit-là, le bureau brillait d'une lumière douce et pâle. Le papier de fenêtre avait légèrement jauni avec le temps. Su Zhang resta penché sur le bureau, les traits de son pinceau fluides et rapides, mais un poids lourd s'installait entre ses sourcils.

« Qu'est-ce que tu me caches exactement ? » murmura-t-il, la voix basse et rauque. Le sourire sur ses lèvres était léger et froid, une moquerie, peut-être, mais aussi... déception.

Il convoqua son assistant, Yefeng, d'un ton qui n'était pas fort, mais portait une fermeté et une stabilité indéniable.

« Demain, va faire des enquêtes discrètes avec la servante qui sert la jeune cousine. Découvrez si elle a eu des problèmes récemment. »

« … Oui. »

Yefeng cligna des yeux, momentanément surpris. Bien qu'il ne comprenne pas la raison de cet ordre, il répondit tout de même avec le respect approprié.

« Souviens-toi, ne suscite pas de soupçons. »

« Oui, jeune maître. »

Yefeng s'inclina et se retira. En revenant dans le couloir, il ne put s'empêcher de laisser échapper une pensée silencieuse : Depuis quand le jeune maître s'agit-il autant à ce cousin, qui a toujours été distant et poli à l'excès ?

Après tout, il ne s'était jamais donné la peine de s'occuper de sa propre sœur légitime au-delà de la simple courtoisie. Jamais un seul mot inutile, jamais la moindre trace de sentiment.

À l'heure de Wei (13h-15h) le lendemain, le ciel était dégagé, la lumière du soleil chaude et stable.

Dans la cour arrière de la maison Su, les fleurs d'abricot venaient tout juste de tomber. Des pétales étaient éparpillés en couches douces sur le chemin de pierre, pâles et délicats. Une brise passagère les agita légèrement, portant un parfum doux et subtil dans l'air.

Yefeng franchit la petite porte latérale, fredonnant un air insouciant, un paquet de gâteaux au sucre emballé dans du papier flottant de sa main. Comme prévu, il croisa Mei, qui tenait soigneusement un panier rempli d'eau de pétales de rose.

« Oh là là, Mademoiselle Mei, quelle parfaite coïncidence. »

Il s'écarta rapidement pour dégager le passage, les coins de ses yeux se dessinant en un sourire chaleureux et facile.

« Regarde-moi ça. Un pas de plus et j'aurais fait tomber tout ce gâteau au sucre. »

Mei stabilisa son panier. Voyant que c'était lui, elle sourit joyeusement et lui fit une révérence polie.

« Frère Ye. Travailler si dur, même sous cette chaleur ? »

Yefeng souleva légèrement le paquet en papier.

« La cuisine vient de préparer une nouvelle fournée de gâteaux au sucre d'Osmanthus. J'en apporte un peu aux intendants en guise de friandise, et j'ai apporté deux pièces pour moi pendant que j'y étais. »

En parlant, son regard balaya nonchalamment le panier qu'elle tenait. Les pétales rouge pâle attirèrent son regard. Il se pencha légèrement et inspira.

« Ah, pétales de rose séchés au soleil ? Qu'est-ce que tu prépares avec ça, Mademoiselle Mei ? »

« Pour le nettoyant des mains et du visage de ma dame », répondit Mei d'un ton enjoué. Elle semblait d'une humeur exceptionnellement positive. « Elle ne peut pas rester au soleil et les pétales adoucissent la peau. »

Yefeng cligna des yeux et parla d'un ton distrait et conversationnel.

« Si particuliers ? Pourquoi ne pas acheter directement Jade Skin Cream ? Toutes les jeunes filles de haute naissance de la capitale l'utilisent. »

Mei fit une pause. Un léger soupir s'échappa d'elle alors qu'elle baissait la voix.

« Cette Crème Peau de Jade coûte cher. Trop d'argent pour nous. En outre... cette méthode a été enseignée par l'ancienne Madame... »

Sa voix s'éteignit. Ses lèvres bougèrent, comme si elle voulait ajouter quelque chose, mais à mi-chemin elle sembla réaliser l'inconvenance de ses propres mots. Ses yeux se baissèrent aussitôt. Elle avala la suite.

Yefeng remarqua instantanément le changement. Son expression ne changea pas lorsqu'il demanda,

« L'ancienne Madame... Était-elle très attachée à votre dame ? »

Mei avait d'abord voulu balayer la question d'un revers de main. Mais dès que le sujet fut abordé, quelque chose de chaud et de douloureux s'éveilla dans sa poitrine, ravivant des souvenirs apaisés depuis longtemps. Elle ne put plus se retenir.

« Avec affection ? Bien sûr qu'elle l'était. » Sa voix s'adoucit en quelque chose de fragile. « Bien que ma dame ait été adoptée, Madame l'a élevée comme si elle était de sa propre chair et de son propre sang. Chaque jour, elle choisissait elle-même ses repas, ses tissus et, lorsqu'elle avait un moment libre, elle lui apprenait à lire et à écrire... Même cette méthode de l'eau fleur vient de Madame. À l'époque, qui dans la maison ne louait pas la délicatesse avec laquelle madame avait été élevée ? »

Sa voix s'assombrit alors qu'elle poursuivait.

« Mais après l'inondation... Tous ceux qui la chéraient étaient partis. Rien de tel que maintenant, cette résidence semble si froide, si vide... »

Yefeng laissa échapper un léger soupir compatissant.

« Ah... alors le jeune cousin est vraiment pitoyable. »

« Comparé aux autres, madame et moi étions déjà chanceux. Lors de l'inondation de l'année dernière... Les rues étaient remplies de cris, de cadavres empilés comme des collines... Beaucoup de familles entières n'ont pas survécu. »

« Oh ? C'est si tragique ? »

Yefeng écarquilla les yeux avec une exagération délibérée, jouant le rôle naturellement.

Avant que Mei ne puisse continuer, elle s'arrêta brusquement. Un éclair d'alarme traversa son visage ; Elle baissa la tête précipitamment, comme si elle essayait de repousser ses propres mots dans sa gorge.

« J'ai — j'ai dit des bêtises. Frère, ne le prends pas à cœur. »

Yefeng baissa légèrement les yeux, étudiant son expression. Sa voix restait douce, chaleureuse comme toujours.

« Quelles bêtises ? Votre dame a un grand cœur et se tient avec dignité. Quelqu'un devrait la chérir. »

Les joues de Mei prirent une douce rougeur. Elle marmonna une réponse vague et baissa la tête.

« Je devrais y retourner. Ma dame a encore besoin de moi. »

Yefeng sourit, la regardant s'éloigner dans le chemin du jardin. Une fois qu'elle disparut au tournant, son expression changea, la lumière s'estompa, l'ombre s'installa. Il repassa chaque mot qu'elle avait dit, gardant chaque détail soigneusement dans son esprit.

Le ciel s'assombrit par degrés. Les lampes du bureau s'allumaient les unes après les autres, leur lueur vacillant contre les fenêtres en papier.

Silencieux comme une ombre, Yefeng retourna dans le bureau de Su Zhang et s'inclina profondément.

« Rapport au jeune maître : tout est exactement comme nous l'avions supposé. Xu Wencai est un érudit raté. Le jeune cousin l'a rencontré par hasard au bord de la route, a vu qu'il était dans la misère et a eu pitié de lui. Mais… elle n'est jamais venue te demander ton aide. »

Le pinceau de Su Zhang s'arrêta à peine un souffle, la plus légère pause, mais même cette pause momentanée révéla quelque chose sous la surface.

Une lueur traversa ses yeux avant qu'il ne réponde d'un ton égal et indéchiffrable,

« Je vois. »

Après un long silence, il murmura,

« Autre chose ? »

Yefeng se frotta la nuque, hésitant avant de parler.

« Mei a dit que dans la maison Qin, la défunte Madame traitait extrêmement bien la jeune cousine. Bien qu'elle ne fût pas sa fille biologique, elle l'éleva comme une fille —peut-être même plus tendrement que la plupart des leurs. Pas comme ici, chez les Su, où elle est... ah... plutôt retenue. »

« Ah bon ? »

La voix de Su Zhang était basse et calme, impossible à déchiffrer.

Retenu?

Le seul mot traversa l'esprit de Yefeng, mais il n'osa pas demander. L'atmosphère dans la pièce semblait subtilement différente, calme, fraîche, mais légèrement lourde. Il baissa aussitôt la tête, restant immobile comme de la pierre.

La flamme de la lampe se balançait doucement.

L'encre continuait de couler sur les brouillons commémoratifs sous la main de Su Zhang, chaque trait lisse et discipliné.

Seul le léger pli entre ses sourcils trahissait que ses pensées s'étaient déjà éloignées —emportées par quelque chose qu'il ne pouvait ignorer, quelque chose qui continuait de le tirer malgré lui.

Chapitre 33 : Un petit service

Le soir venait à peine de tomber lorsque Qin Nianyin reçut la nouvelle que Su Zhang souhaitait la voir.

Le message fut transmis avec une formalité qu'elle n'avait pas anticipée et, alors qu'elle avançait dans le couloir couvert vers le bureau, un malaise silencieux lui serra la poitrine.

L'air portait une légère fraîcheur, et chaque pas semblait résonner plus fort que d'habitude contre les carreaux de pierre, comme pour l'inciter vers quelque chose d'inconnu.

À l'intérieur du bureau, les lampes avaient déjà été allumées. Leur lueur chaleureuse s'étendait sur des étagères remplies de parchemins et de documents, mais la lumière n'adoucissait guère l'atmosphère.

Su Zhang était assis derrière le long bureau, le dos droit, la tête légèrement inclinée tandis qu'il écrivait.

Son pinceau glissait avec une aisance régulière et assurée, chaque trait fluide, précis, un rythme trop calme pour laisser deviner quoi que ce soit.

La lumière de la lampe soulignait la ligne nette de sa joue, projetant une silhouette froide à travers la pièce.

Qin Nianyin resta un instant trop longtemps au seuil avant de parler.

« Cousin ? »

Sa voix brisa à peine le silence. Le soleil avait presque disparu sous l'horizon et il y a peu de temps Yefeng était venu personnellement la convoquer. Elle l'avait suivi sans poser de questions, même si son cœur se serrait à chaque instant qui passait.

Que compte-t-il cette fois ? Encore une réprimande ? Un autre rappel de la distance entre nous ?

Su Zhang ne répondit pas immédiatement. Au lieu de cela, le pinceau dans sa main s'arrêta en plein mouvement. Un léger tremblement de silence s'installa dans la pièce avant qu'il ne lève enfin les yeux.

« J'ai entendu dire », dit-il, son ton aussi froid que la lumière qui se reflète sur la pierre d'encre, « que tu as sauvé un érudit sur la route il y a quelques jours. »

Les mots la frappèrent vivement, trop fort.

« Ah ? »

Sa contenance vacilla un instant, une lueur d'inquiétude se révélant avant qu'elle ne force ses traits à reprendre le contrôle. « Comment... comment as-tu entendu parler d'une affaire aussi triviale, cousin ? »

Une courbe subtile se forma au coin de sa bouche, bien qu'elle ne trahissait aucune malice, plus une ombre de pensée qu'un sourire.

« Les actes de bonté ont leur façon d'être remarqués. »

« Ce n'était rien d'intéressant à mentionner », dit-elle rapidement. « J'ai simplement vu quelqu'un en détresse. Il était sans le sou, avait manqué l'examen, avait été expulsé de l'auberge et il était malade... j'ai donc demandé à un médecin de s'occuper de lui. C'est tout. »

Su Zhang posa le pinceau avec une précision délibérée.

« Oh ? On m'a dit que tu avais aussi envoyé Mei avec l'argent que tu portais, et que tu avais préparé des vêtements et des repas pour lui. Ce n'est pas ce que j'appellerais un petit geste. »

Ses doigts se recroquevillèrent dans ses manches, agrippant le tissu. Son souffle se heurta dans sa gorge, mais elle parvint malgré tout à esquisser un sourire.

« Cet homme... il était pitoyable. Ce n'était rien d'autre qu'une rencontre fortuite. Je me sentais simplement incapable de détourner le regard. »

Son regard s'aiguisa, calme mais incisif, avant qu'il ne répète ses mots, plus doux et plus dangereux qu'avant.

« Incapable de détourner le regard ? »

Ses cils tremblaient. Elle détourna les yeux, la voix s'amenuisant.

« C'était juste un petit service... »

« Un petit service ? »

Il se pencha légèrement en arrière, la plus légère ombre s'installant sur ses traits.

« Tu as failli vider tout ton sac à main pour un inconnu. Est-ce que ça compte toujours comme petit ? »

La réprimande n'était ni forte, ni dure, pourtant elle tomba comme de l'eau froide s'enfonçant dans ses os. Sa gorge se serra et les mots qui se formaient sur sa langue s'éparpillèrent sans défense.

« Comment s'appelle-t-il ? » demanda-t-il.

La question trancha la pièce avec une clarté troublante. Son cœur battait douloureusement, chaque battement résonnant contre ses côtes. Sa prise se resserra jusqu'à ce que ses jointures blanchissent.

«… Xu Wencai », murmura-t-elle enfin.

Le nom —autrefois prononcé si souvent dans sa vie antérieure avec indifférence —revenait maintenant avec un poids inconnu. Dans cette vie antérieure, même en tant que mari et femme, ils étaient restés distants. Il avait toujours été réservé, courtois, mesuré.

Certainement pas. Jamais comme l'homme devant elle maintenant, jamais pressant, jamais révélant la moindre ondulation sous la surface. Et elle se sentit, l'espace d'un instant, vaciller sous la force de cette douleur.

« Xu Wencai », répéta doucement Su Zhang, goûtant chaque syllabe, comme pour la mémoriser, ou la marquer.

Le silence retomba. La lumière de la lampe vacillait, étirant leurs ombres sur le sol. Le poids de ce qui n'était pas dit s'installait entre eux comme un mince voile invisible, un voile qu'il n'avait aucune intention de soulever et qu'elle craignait de toucher.

Qin Nianyin retint son souffle, sa poitrine se soulevant et s'abaissant en petits tremblements irréguliers, comme si elle se préparait à la réprimande qu'elle croyait prête à tomber à tout moment.

Pourtant, Su Zhang se contenta de la regarder, d'un calme proche de l'indifférence. Il dit : « Comprenez-vous vraiment la situation dans laquelle vous vous trouvez ? »

La sévérité silencieuse de ces mots la stupéfia. Avant qu'elle ne puisse se retenir, ses yeux se levèrent vers lui.

« L'argent que tu as, » continua-t-il, d'un ton doux mais chaque syllabe touchant le poids du fer, « Et l'avenir sur lequel tu comptes —ni l'un ni l'autre n'est sûr. Si tu veux vraiment vivre avec clarté, alors arrête de t'épuiser pour des gens qui n'ont rien à voir avec toi. »

Ses lèvres s'entrouvrirent dans un léger tremblement. Une protestation monta dans sa gorge, mais au moment où elle essaya de parler, quelque chose se serra douloureusement en elle, forçant le son à retomber. Sa poitrine se contracta avec une gêne sourde.

Su Zhang ne lui laissa pas l'occasion de discuter.

« Quant à Xu Wencai, je prendrai les dispositions nécessaires. Mais souviens-toi : ne prends plus jamais de telles choses en main. »

Elle le fixa en silence, les émotions embrouillées, surprise, frustration, confusion et quelque chose qu'elle n'osait nommer. Rien ne parvint à sa langue.

« J'ai dit que je m'en occuperais. »

Il baissa de nouveau les yeux, ramassant son pinceau, le trait vif et froid sur le papier.

« À l'avenir, quoi que tu rencontres, passe d'abord par moi. »

Le renvoi était clair. Qin Nianyin enfonça ses doigts tremblants dans ses manches, baissa la tête et se retira. Elle gardait un pas assuré, même si son cœur semblait tout sauf ça.

À l'intérieur du bureau, la lumière de la lampe ne vacillait pas. Il se tint droit, et une lueur vive traversa un instant le bureau de Su Zhang. Ses doigts tapotèrent le bois une fois, puis une deuxième, d'un geste mesuré et parfaitement maîtrisé, avant qu'il ne prenne enfin la parole.

« Yefeng. »

L'assistant entra aussitôt, la tête baissée. « Jeune maître. »

« Enquête sur Xu Wencai. Ses origines, son parcours, son maître, sa situation actuelle. Je veux des résultats rapidement. »

« Oui. »

Yefeng hésita, levant brièvement les yeux comme s'il voulait ajouter quelque chose. Mais lorsqu'il aperçut l'expression du jeune maître – calme, distante, entièrement dénuée d'émotion – les mots moururent sur ses lèvres.

« Compris. »

Ni le maître ni le serviteur ne remarquèrent la présence qui rôdait dans l'ombre du couloir éloigné.

Appuyé contre la rambarde peinte en rouge, Su Wan observait de loin Qin Nianyin sortir du bureau. Son regard était froid, impénétrable, suivant la silhouette gracieuse jusqu'à ce qu'elle rejoigne Mei.

Les deux marchèrent ensemble à travers l'ombre inclinée des branches en fleurs, échangeant quelques mots doux et des rires discrets.

Les lèvres de Su Wan s'étirèrent en une légère courbe glacée.

Voilà. De l'affection fraternelle ? De simples politesses ? Rien de plus qu'un masque. Et venir au bureau tous les quelques jours, n'était-ce pas, en vérité, qu'un prétexte ?

Tout cela sous couvert de « proximité familiale », mais clairement destiné à s'accrocher à un homme qui n'avait jamais aimé laisser personne s'approcher de lui depuis l'enfance.

* * * * *

La petite cour était entourée de bambous clairsemés, leurs ombres fines ondulant au-dessus d'une mare noire comme de l'encre. Un pavillon lumineux se dressait au centre, ses quatre côtés drapés de fines gazes.

Quand la brise passa, la lumière de la lampe derrière le voile vacilla et s'étira en une lueur dorée en forme d'abricot.

Li Jing était assise du côté est, une tasse de thé en porcelaine tenue délicatement entre ses doigts. Ses doigts traçaient le bord en cercles absents et la faible teinte de ses yeux semblait plus pâle que la nuit elle-même.

Des pas approchèrent, doux, lents.

La gaze se souleva légèrement, révélant Li Suo entrant, les mains jointes dans le dos. Le vent nocturne s'accrochait encore à ses robes, apportant avec lui une légère fraîcheur de bord. Un sourire paresseux et sans effort jouait sur ses sourcils.

« Tu es un peu lent ce soir, Troisième Frère. »

Li Jing leva les yeux vers lui, d'un ton à moitié joueur, à moitié réprobateur.

Li Suo prit place en face d'elle. Il pointa nonchalamment la tasse de thé devant lui.

« Vas-y alors. Pourquoi m'as-tu appelé ici ? »

Li Jing ne tourna pas autour de la question. Elle se pencha en avant, baissant la voix.

« Je veux un moyen de gagner Su Zhang. »

À l'extérieur du pavillon, des feuilles de bambou bruissaient les unes contre les autres, un murmure comme une pluie fine glissant sur la pierre. Li Suo la regarda une fois, et laissa échapper un rire inattendu.

« Abandonne. »

Li Jing gonfla légèrement les joues.

« C'est exactement ce que l'aînée des princesses a dit. Vous avez l'air d'avoir répété vos répliques ensemble. »

« Pas besoin de répéter. »

Li Suo souleva le couvercle de sa tasse et la tapota légèrement contre le bord.

« Cet homme est une lame que Père compte garder. Un coup tranchant, du moins pour l'instant. Une lame est faite pour abattre des ennemis, pas pour être enfoncée dans les chaussures brodées d'une princesse. Tu veux qu'il soit ton consort, ou qu'il soit installé dans un poste confortable et oisif ? Père n'acceptera jamais. »

« Consort ou pas, je m'en fiche. »

Li Jing pencha la tête, les yeux brillants d'une intention ferme.

« Ce que je veux savoir, c'est si je peux gagner son cœur. »

Li Suo laissa échapper un petit rire impuissant.

« Son cœur ? C'est bien plus difficile que d'obtenir son rang. »

Il leva complètement les yeux vers elle, sa voix s'installant en un ton calme, presque clinique.

« Su Zhang pèse tout sur une balance. Et le poids sur cette balance... ce n'est pas toi. »

Li Jing se tut. Après un moment, elle commença à taper un éventail plié contre les faibles traces d'eau sur la table, le mouvement petit mais agité.

« Il regarde tout le monde si froidement », murmura-t-elle. « Si j'avance, il recule d'un demi-centimètre. Si je me retire, il agit comme si rien ne s'était passé. »

« Ça, » dit Li Suo en posant le couvercle du gobelet, « c'est précisément pour ça que ton Troisième Frère a un conseil pratique à te donner. »

Il tapota deux fois la table en bois du bout des doigts, le son net, comme si elle lui faisait entrer la raison dans ses pensées.

« Mange ce qu'il y a à manger. Bois ce qu'il y a à boire. Tout ce qui est à portée de main, profitez-en. Ne jouez pas votre vie et ne mettez pas votre cœur en jeu. Gardez vos distances et vous garderez votre titre, et votre siège, sécurisés. »

« Qu'est-ce que ça veut dire, « profiter de ce que tu peux » ? »

Li Jing le fusilla du regard, sa voix montant d'indignation.

« Tu dis-le si facilement ! »

« Il y a plein de belles choses dans ce monde. »

Li Suo haussa un sourcil, son sourire oscillant entre l'amusement et l'indifférence.

« Soies, beaux chevaux, banquets de fleurs, érudits talentueux. Si vous pouvez le tenir dans votre main, alors tenez-le. Si tu ne peux pas, un seul regard suffit amplement. »

« Je refuse. »

Li Jing serra les lèvres, l'entêtement montant comme une étincelle accrochée sur du bois sec.

« Ce que je veux, c'est que lorsqu'il tourne la tête, ses yeux ne me trouvent que moi. Ce que je veux, c'est une vie, une seule personne et personne d'autre. »

Li Suo la regarda en silence. Un souffle de vent s'infiltra à travers le rideau de gaze, soulevant une mèche rebelle à sa tempe.

Son sourire s'effaça et, lorsqu'il parla de nouveau, son ton s'était encore assombri.

« Si tu as vraiment l'intention de donner ton cœur, » demanda-t-il doucement, « t'es-tu demandé si tu pourrais supporter la chute quand ta main glisse ? »

Les doigts de Li Jing se resserrèrent autour de l'éventail plié dans sa paume.

« Tu es une princesse. »

La voix de Li Suo était lente, posée, presque lourde.

« Votre appui ne dépend pas de la faveur de quiconque. L'admiration peut être un poème, mais elle ne peut pas devenir votre source vitale. Si tu veux tenter ta chance avec lui, très bien. Mais commencez à distance. Un vers de vers. Trois brèves rencontres. Ne violez pas la bienséance. N'offrez pas de cadeaux privés. S'il se retourne, alors tu fais un pas mesuré en avant. »

Son raisonnement méthodique et détaché fit cligner des yeux Li Jing.

« Et s'il ne se retourne pas ? »

Li Suo laissa échapper un petit rire, le coin de sa bouche se relevant dans une pointe de moquerie.

« S'il ne le fait pas, tu fermes ton éventail. Considérez-la comme une pièce bien jouée, rien de plus. »

Li Jing parla à peine plus qu'un murmure.

« Pourquoi cela doit-il être si compliqué ? »

Son sourire revint, plus doux, ondulant comme des anneaux concentriques sur un lac de printemps.

« Parce que ces deux mots —retenue et mesure —sont la dignité d'une princesse. »

Li Jing l'observa un instant, puis ses sourcils se froncèrent alors qu'elle souriait soudainement.

« Alors dis-moi ceci, va-t-il regarder en arrière ? »

Li Suo leva sa tasse de thé, la goûtant avec une nonchalance délibérée, comme si la réponse pouvait attendre.

« Tu ne le sauras que si tu essaies. »

« Comment suis-je censé essayer ? »

Il posa la tasse, le doux clic résonnant sous le toit du pavillon.

« Moins d'enthousiasme. Plus de sang-froid. Ne te précipite pas. Ne cours pas après. »

Li Jing le fusilla du regard, mais ce regard se transforma rapidement en un rire réticent, un rire porteur d'une douleur faible et impuissante.

« Alors tu n'as rien dit, n'est-ce pas ? »

Li Suo se leva et fit glisser une main légère sur la gaze suspendue.

La lumière de la lune s'infiltrait, pâle et fraîche, dessinant des bords argentés le long des ombres de bambou à l'extérieur.

« Je vais te donner deux lignes de plus », dit-il.

« Ne te mets pas trop facilement dans le cœur de quelqu'un d'autre, et ne laisse personne te pousser dans la terre. »

Li Jing hocha lentement la tête. Puis, comme si une pensée était remontée à la surface, elle demanda :

« Et s'il refuse toujours de me regarder ? »

Li Suo laissa échapper un petit rire.

« Alors regarde quelqu'un d'autre. »

Elle laissa échapper un petit son impuissant, moitié rire, moitié expiration, comme s'il avait enfin percé le dernier souffle obstiné qui lui serrait la poitrine.

Au-delà du rideau de gaze, des ombres de bambou s'inclinaient sur les pierres ; Des gouttes de rosée nocturne s'amassaient au bout des feuilles comme de petites lanternes, tremblant une fois avant de tomber dans la bassine sombre en contrebas.

Lorsqu'ils se séparèrent, Li Suo souleva un coin du rideau pour elle. Il se tourna légèrement, la lune dans son dos, et dit :

« Souviens-toi,

Mieux vaut trouver quelqu'un qui te porte entre ses mains

Plutôt que de passer ta vie à le porter. »

Li Jing murmura un acquiescement, un son aussi doux qu'un fil. Son regard baissa, devint ombragé, puis s'illumina, se stabilisant.

Elle plia son éventail avec un grand soin, si légèrement qu'on aurait dit qu'elle pressait cette chaleur agitée sur son cœur et le refermait.

« Très bien, » dit-elle. « Je garderai d'abord mon équilibre… et j'observerai lentement. »

Li Suo acquiesça et sortit du pavillon.

Une brise fit bouger la gaze derrière lui, le tissu flottant tirant un rideau silencieux sur une leçon donnée sans qu'aucune voix n'ait eu besoin de s'élever.

Chapitre 34 : Petits obstacles

Qin Nianyin et Mei portaient une petite bourse brodée en marchant le long du chemin de pierre vers la cour avant. Une légère trace de bambou flottait dans le vent, donnant au début de soirée une aisance inhabituelle, légère, posée, presque paisible.

Mais avant d'atteindre le coin, une ombre tomba brusquement sur leur chemin.

Une silhouette mince en sortit, bloquant le passage.

« Qu'est-ce que tu tiens dans ta main ? »

Su Wan se tenait les bras croisés, la posture raide, l'expression figée par le givre. Sa voix ne portait aucune chaleur —seulement un regard scrutateur et un mince filet de mépris en dessous.

Mei s'arrêta instinctivement, les épaules se raidissant. Elle se tortilla comme pour contourner, mais Qin Nianyin leva une main pour la rassurer, l'arrêtant.

Nianyin elle-même resta posée. Son regard resta neutre, son sourire courtois alors qu'elle lui adressait un salut calme.

« Cousin Su Wan. »

Su Wan poussa un souffle froid et brusque, à peine un son, mais son tranchant était indéniable.

« Je vous conseille », dit-elle d'un ton cassant, « d'arrêter de vous aventurer dans le bureau chaque fois que vous n'avez rien d'autre à faire. Mon frère a des affaires à régler. Il n'a pas le temps de s'occuper des visiteurs oisifs. »

Nianyin se raidit un instant. Elle n'avait pas eu l'intention de discuter.

Pourtant, à cet instant, une image longtemps enfouie traversa son esprit, un écho de sa vie d'avant, un souvenir de l'effondrement du mariage de Su Wan, de sa réputation traînée dans la boue.

Elle se souvenait, avec trop de clarté, que c'était à cette époque de sa vie antérieure que Su Wan était allée au Pavillon Gui Bao pour choisir des bijoux.

Elle avait dépensé d'énormes sommes sans hésiter, suscitant l'envie des jeunes filles nobles de la capitale.

Cette démonstration de richesse avait également attiré l'attention de Lu Chengqian.

Il excellait dans l'étude des faiblesses.

Un seul regard à son allure fière et à son attitude extravagante et il avait déjà commencé à manigancer.

Le Pavillon Gui Bao se dressait au bord d'une rivière, ses poutres sculptées et ses murs peints se reflétant dans l'eau. Des ponts arqués et des courants lents en faisaient un lieu de rassemblement pour les raffinés et les oisifs, élégants, sereins, trompeusement pittoresques.

Le vent changea. Des ombres de bambou tremblaient sur le sol, fines et vacillantes.

Quand Nianyin parla, son ton était léger, à peine plus lourd que la poussière qui tombe, mais quelque chose semblait s'installer en lui, comme une pièce de jeu jetée sur un plateau.

Et un autre souvenir s'était glissé.

Elle se rappelait être restée malade pendant des années, dans cette vie oubliée, le souffle faible, sa vie s'effilant fil après fil.

C'était Su Wan qui s'agenouillait près de son lit de malade, tenant un bol de médicaments à deux mains et lui en donnant, cuillère après cuillère.

Comme c'est étrange, réalisa-t-elle, que l'arrogance et la froideur qui m'étouffaient autrefois paraissent maintenant presque pitoyables... Même attachant.

Su Wan était né dans une famille de haute société. Comme son frère Su Zhang, elle possédait à la fois talent et beauté.

En tant que seule fille de la famille Su, chérie à la fois par la Vieille Madame et Su Madame, elle avait été élevée comme une perle —trop brillante pour être négligée.

Naturellement, elle méprisait les jeunes nobles et dames aristocratiques qui tournaient autour de Su Zhang sans fin.

Pourtant, elle avait donné son cœur, discrètement, sincèrement, à un jeune érudit de naissance modeste, Lu Chengqian, connu pour son tempérament raffiné et son discours habile.

Ce qu'elle ignorait, c'est que l'élégance de Lu Chengqian n'était rien d'autre qu'un voile.

Il était rusé, calculateur.

Peu après leur mariage, il perdit son masque. Il retrouva son nom de famille d'origine, révéla un tempérament plus sombre —rancunier, étroit, égoïste.

Avant le mariage, lors d'un rassemblement poétique, il avait échangé des vers avec Su Wan, leur harmonie suscitant l'admiration de toutes les jeunes filles présentes. Su Wan s'était convaincue qu'elle avait trouvé un confident rare.

Ignorant les différences de statut, elle avait supplié ses parents de lui accorder ce mariage.

Elle croyait, naïvement, que bien qu'il fût issu d'une lignée de concubines, son assiduité finirait par le porter à sa hauteur.

Mais Lu Chengqian, lui, l'avait déjà lue comme un livre ouvert.

Il connaissait sa fierté, savait qu'elle voyait la sincérité là où il n'y avait que de la façade.

Il avait porté le masque du gentleman réservé, assez pour gagner sa confiance — assez pour gagner son cœur.

Mais une fois le mariage scellé, la courtoisie s'effondra.
Il étouffait son génie, salissait sa réputation, et méprisait même le sang dont elle était née.

Pire encore, il murmurait du poison au monde, des rumeurs selon lesquelles elle harcelait son mari, qu'elle manquait de vertu.

Ce qui brisa vraiment le cœur de Su Wan, c'est ce qui s'était passé lors de la deuxième année de son mariage.

Lu Chengqian avait obtenu de brillants résultats aux examens impériaux, décrochant le rang de jinshi. Il fut bientôt nommé vice-ministre au ministère des Revenus. Et presque aussitôt après, il prit une concubine — la fille d'une famille marchande fortunée.

Au monde extérieur, il déclara froidement :
« Bien que Dame Su soit de noble lignée, elle manque de vertu. Elle n'est pas apte à diriger la maisonnée. »

À partir de ce moment, Lu Chengqian apprécia tout ce qu'il avait convoité : le rang, la richesse, une belle concubine avec de l'argent derrière elle.

La gloire et la fortune lui vinrent de pair.

Et Su Wan, qui avait autrefois été sa pierre d'avance, devint la pierre qu'il piétinait sans hésiter.

Elle continua à porter le titre nominal d'épouse principale. Elle s'habillait toujours élégamment, avait toujours l'air correcte en public. Mais la vérité était claire : l'autorité lui avait échappé. Toute la maison écouta la concubine.

La rumeur disait que la concubine avait été la petite amie d'enfance de Lu Chengqian, quelqu'un de proche de lui depuis leur enfance.

Dans la vie précédente de Nianyin, c'était précisément à cette période que Su Zhang — tout juste promu dans sa carrière et chargé de missions secrètes confiées par le Prince héritier — se trouvait presque constamment absent, envoyé enquêter sur des affaires d'importance majeure.

Il rentrait rarement au foyer, parfois sans même prendre le temps de se reposer.

La gestion quotidienne de la résidence Su reposait alors, pour l'essentiel, sur sa mère et sur Su Wan.

Su Zhang n'avait jamais aimé s'immiscer dans les affaires de la cour intérieure.

Il croyait que sa sœur était intelligente, digne, fière dans la bonne mesure —capable de choisir un mari convenable pour elle-même.

Il n'avait jamais pris la peine de regarder au-delà de la façade impeccable de Lu Chengqian, d'y voir la cupidité et l'ambition qui s'y tapissaient.

Et lorsqu'il revint enfin à la capitale, sa sœur avait déjà été mariée dans cette modeste demeure.

Ce n'est qu'alors qu'il sentit que quelque chose n'allait pas — mais il était trop tard.
Su Wan était déjà prise au piège, réduite à n'être qu'un instrument au service des ambitions d'un autre.

Extérieurement, Lu Chengqian la traitait avec indifférence et distance, mais au sein de la cour, il comptait fortement sur la réputation de la famille Su pour gravir rapidement les échelons. En secret, il s'allia même avec des ennemis politiques pour le pouvoir.

Et Su Zhang, cherchant à protéger sa sœur —apaisa sans le savoir le chemin de Lu Chengqian, permettant l'ambition même qui finirait par la détruire.

À cette époque, Nianyin elle-même était encore l'épouse d'un haut ministre. Elle possédait une certaine influence parmi les nobles et avait, de manière discrète, soutenu Su Wan, lui permettant au moins de conserver la dignité extérieure d'une épouse principale. Su Wan pouvait encore sortir en tenue élégante et en cérémonie convenable.

Mais dans la résidence intérieure, elle avait déjà tout perdu.

Su Zhang n'avait pas été aveugle à cela ; Il avait pensé à intervenir.

Mais une phrase discrète de sa mère l'arrêta :

« Elle l'a choisi de son propre gré. »

 Et ainsi il était tombé dans le silence.

Tout ce qu'il pouvait faire, c'était regarder, regarder sa sœur autrefois brillante et fière perdre la lumière dans ses yeux, petit à petit, jusqu'à ce qu'ils s'éteignent enfin.

Finalement, elle rompit tous les liens avec lui.

Arrêté d'écrire.

Arrêté de venir.

Elle avait arrêté d'espérer.

Et lorsqu'elle trouva enfin le courage de demander la séparation, Lu Chengqian la prit au piège dans un stratagème soigneusement préparé, l'accusant d'adultère avec un étranger.

Sa réputation s'effondra instantanément.

Elle était enfermée dans une cour isolée, vivante uniquement de nom.

Nianyin se souvenait clairement de ce jour, Su Wan venant à son lit de malade, lui donnant un bol de médicaments. Elle portait de la soie et du brocart, mais son teint était pâle, son esprit maintenu par le plus faible fil.

En y pensant, les yeux de Qin Nianyin se détournèrent. Sa douceur d'avant s'éloigna, remplacée par un sérieux posé.

Elle regarda directement Su Wan et parla d'un ton égal :

« Cousin Su Wan... Je vais être honnête avec vous. Bien que j'aie peu de compétences, j'ai appris une petite technique pour lire les visages quand j'étais jeune. »

Elle ralentit délibérément son discours, observant l'expression de Su Wan avec une précision soigneuse. Puis elle laissa apparaître un léger pli entre ses sourcils, suivi d'un soupir discret, un soupir teinté d'inquiétude et de regret, comme si elle était témoin de quelque chose qui la faisait profondément mal.

« À mon avis... Il vaudrait mieux que vous évitiez de sortir ces deux prochains jours. Certains esprits sont problématiques. L'endroit le plus sûr pour toi, c'est dans la résidence. »

Su Wan se figea, une lueur d'incertitude traversant ses yeux avant qu'une froide amusement ne la remplace.

« Tu me maudis ? »

« Comment aurais-je pu ? » Le ton de Qin Nianyin resta doux, sans hâte. Son regard ne vacilla pas.

« Je ne fais qu'offrir un gentil rappel. Surtout là où il y a de l'eau... il vaut mieux éviter que s'approcher. »

Quand ses mots tombèrent, Qin Nianyin n'ajouta pas une autre phrase.

Elle regarda simplement Su Wan, calmement, calmement.

C'était précisément ce manque d'insistance, ce refus d'expliquer ou de justifier, qui pesait sur l'air comme un poids invisible.

Le vent caressait la cime des arbres ; des pétales frémissent faiblement sur le chemin de pierre.

Un frisson —subtil mais indéniable —sembla s'élever de quelque part, bien que personne n'aurait pu dire de quel cœur il venait.

L'expression de Su Wan changea. Un éclair d'incertitude traversa ses yeux avant qu'elle ne force un sourire crispé sur ses lèvres.

« Alors tu crois vraiment pouvoir lire les visages ? En prétendant deviner de mauvais présages, n'as-tu pas peur que la capitale se moque de toi ? »

« Je n'oserais pas inviter la moquerie », répondit Qin Nianyin. Son ton resta doux, mais un voile de mystère silencieux s'y installa.

« C'est juste que, quand je t'ai regardé tout à l'heure, j'ai remarqué que ton sourcil s'assombrit, ton teint un peu décalé. Et tes yeux... Elles ont une légère teinte bleutée. On dirait bien... »

Elle fit une pause, laissant le silence grandir entre eux.

«... un malheur lié à l'eau. »

Sa voix n'était pas forte, calme, presque conversationnelle, mais chaque mot tombait avec une clarté distincte.

Il n'y avait rien de dramatique dans sa façon de dire, seulement une vérité prononcée comme si elle observait la météo.

Mais sous cette maîtrise se cachait une résolution tranquille.

C'est, pensa-t-elle, le minimum que je lui doive depuis la vie précédente.

Elle avait déjà rendu un fragment de ce que Su Wan lui avait autrefois donné — un avertissement, petit mais sincère.

Car ces jours à venir, elle ne devait vraiment pas quitter la résidence.

Chapitre 35 : Le malheur du vieil homme

L'expression de Su Wan changea ; la couleur s'est écoulée, puis est revenue en une rougeur tachetée.

Ses lèvres se pincèrent, mais sa voix resta obstinée à son bord.

« N'importe quoi. N'utilise pas de telles astuces pour me faire peur. »

À ses côtés, Zixin s'approcha inconsciemment, comme pour protéger sa maîtresse de quelque chose d'invisible. Sa voix baissa, fine d'inquiétude.

« Mademoiselle… ce serviteur se sent un peu mal à l'aise. »

Qin Nianyin leva les mains dans un petit geste impuissant, les sourcils adoucis d'une innocence feinte.

« Crois-le ou non, c'est à toi de voir. Je me suis contentée d'offrir un avertissement en passant. Et si un jour… par un malheureux hasard … »

Elle ne termina pas.

Mei tremblait déjà de rire contenu, les joues rouges, la tête baissée en mordant sa lèvre, les épaules fébriles.

Le visage de Su Wan alternait entre cendres et furieux. Enfin, elle claqua brusquement sa manche.

« Ridicule ! Comme si je croirais tes absurdités. »

Elle se retourna pour partir,

Mais l'ourlet de sa jupe accrocha le coin d'une dalle de pierre.

Son corps bascula brusquement en avant.

Un léger carillon retentit de la cloche cousue dans sa manche, net et surpris, comme un moineau effrayé prenant son envol.

Zixin réagit rapidement, attrapant Su Wan par le bras, bien que sa propre main tremblait légèrement.

Qin Nianyin observa le moment avec des yeux qui s'approfondirent d'une certaine teinte. Sa voix était douce, presque indistincte sous le vent :

« Comme je l'ai dit... sa fortune est incertaine. »

Mei se pencha près de Nianyin, chuchotant en essayant de contenir son sourire.

« Mademoiselle, tout à l'heure vous ressembliez exactement à une immortelle qui gronde les mortels. Je n'ai même pas osé respirer. »

Nianyin ne fit qu'esquisser un léger sourire. Ses yeux restaient calmes, réfléchis, comme de l'eau tranquille.

« Un avertissement, c'est tout. Qu'elle y croie ou non... est sa propre décision. »

Le vent poussait à travers les arbres au-dessus de sa tête, projetant des ombres mouvantes sur son regard.

Depuis que le passé était revenu, depuis que le temps avait bouclé et lui avait offert une autre chance,

Tout ce qu'elle pouvait changer, elle ne l'ignorerait pas.

Même si tout ce qu'elle pouvait offrir était une demi-phrase, un demi-regard, elle accomplirait quand même le peu de devoir qu'elle pouvait.

* * * * *

Cet après-midi-là, le soleil flottait chaud et lourd au-dessus de la cour.

Qin Nianyin tenait un petit parasol en bambou, attendant juste derrière la porte d'angle pour Mei.

Aujourd'hui, ils prévoyaient de ressortir à nouveau, discrètement, pour continuer à chercher une vraie vitrine.

Mais dès qu'ils franchirent le coin du bâtiment auxiliaire, ils s'arrêtèrent.

Une charrette en bois branlante s'appuyait de travers contre le chemin.

Deux des ouvriers de cuisine du manoir Su aidaient un vieux vendeur de légumes à décharger des paniers. Le dos du vieil homme était courbé comme un arc tendu, mais son visage était illuminé de joie.

Des bribes de conversations animées flottaient dans l'air chaud.

« Félicitations, vieux Zhou ! J'ai entendu dire que ton garçon allait bientôt se marier ? »

« Oui, aïe —après toutes ces années, nous avons enfin réussi. Enfin, mon garçon aura une épouse ! »

Son visage profondément ridé rayonnait d'un bonheur bien trop éclatant pour ses vêtements usés.

Qin Nianyin s'arrêta net.

Un souvenir, un fragment de sa vie précédente, remonta en force comme une marée brisante.

Il ne s'était écoulé que trois ou cinq jours avant ce mariage.

La future belle-fille du marchand de légumes... a été vendue par sa propre belle-mère avide à Chunhua House, le bordel, car elle affirmait que la famille manquait désespérément d'argent.

et la dot offerte par le vieux Zhou était « trop peu ».

L'histoire du vieux vendeur se déroulait dans son esprit —comment son fils, en apprenant la vérité, était entré dans une rage aveugle et avait fait irruption à la maison Chunhua en pleine nuit, pour être battu si violemment que les os de sa jambe se brisaient comme des branches sèches.

Un mariage rouge était devenu blanc du jour au lendemain ; Le choc avait aussi brisé l'esprit du vieil homme. Peu de temps après, la maladie l'emporta et il ne revint plus jamais livrer des légumes —laissant la résidence Su à court de produits frais pendant des semaines.

Le souvenir traversa le regard de Qin Nianyin, un éclat de glace qui passa aussi vite qu'il était venu.

Elle referma son parapluie en papier huilé et s'avança avec un sourire doux, se penchant pour soulever elle-même un des paniers en osier. Les légumes étaient encore humides de rosée du matin ; Elle écarta une feuille égarée avant d'aider le vieil homme à ranger le reste de sa cargaison.

« Félicitations, oncle Zhou, » dit-elle légèrement, son ton chaleureux mais mesuré. « Votre jeune maître doit être vraiment béni. Que le mariage se déroule sans encombre et que le couple vieillisse ensemble. »

Le vieux vendeur s'inclinait encore et encore, troublé par sa courtoisie, la gratitude clairement écrite sur son visage marqué par le temps.

Nianyin poussa une trace de terre du bout de ses doigts, son sourire s'étirant d'une grâce décontractée. « Seulement... Avec la journée heureuse qui approche, la famille de la mariée doit être terriblement occupée. Oncle Zhou, surveille bien les choses. Quand la joie est à portée de main, c'est là qu'il faut être prudent. Un seul écart peut gâcher une célébration. »

Le vieil homme cligna des yeux, perplexe. « Quoi... Qu'est-ce que tu veux dire par là ? »

« Oh, pas grand-chose. » Sa voix s'adoucit, devenant presque conspiratrice alors qu'elle se penchait plus près. « C'est la capitale, après tout. Naturellement, aucune des choses désagréables qui se produisent dans les petits villages ne se produirait ici. »

Ses cils s'abaissèrent, assombrissant la légère lueur de sens dans ses yeux.

« Mais là où je vivais avant, » continua-t-elle à voix basse, « j'ai entendu plus d'une histoire... de certains parents sans scrupules qui, mécontents du prix de la mariée, ont élaboré d'autres plans avant le jour du mariage. Assez honteux, tu ne trouves pas ? »

Les mots étaient voilés, mais assez tranchants pour percer toute illusion.

Le vieux vendeur se figea, la couleur quittant ses joues alors que la réalisation s'imposait. Il s'inclina profondément une fois de plus, promettant qu'il se souviendrait bien de son avertissement.

Ce n'est qu'après qu'il s'écarta hors de portée d'oreille que Mei —qui était arrivée à mi-chemin et écoutait avec une incrédulité croissante —laissa enfin échapper un rire à peine étouffé.

Elle porta une main à sa bouche, les épaules tremblantes. « Mademoiselle, votre clairvoyance est incroyable ! Vraiment incroyable ! Si tu demandes à ce serviteur, tu devrais installer toi-même un stand de voyance. Avec des compétences comme les tiennes, ce serait un crime de ne pas gagner un peu d'argent ! »

Qin Nianyin lui lança un regard noir. « Quelle absurdité. »

Mais Mei se pencha un peu plus près, les yeux brillants de malice. « Vraiment ! Tu ferais fortune. Et pense à tout le bon karma ! Imaginez — devant notre boutique, une grande enseigne en bois : Tous les souhaits exaucés, tous les malheurs dissipés —»

Nianyin ne put s'empêcher de laisser échapper un petit rire. Exaspérée mais affectueuse, elle tapota légèrement le front de la jeune fille. « Tu as changé d'avis, n'est-ce pas ? Tu n'as plus si peur que je paraisse mystique ? La divination n'est guère si simple. Parfois, en savoir trop est plus un fardeau qu'une bénédiction. »

Ses mots flottaient doucement dans l'air du matin, à moitié plaisanterie, à moitié vérité, et tout à fait le poids qu'elle portait seule.

* * * * *

Le bruit des rues s'estompait à mesure qu'ils s'éloignaient de la porte, la chaleur et l'agitation semblant rester enfermées au-delà des murs de la cour.

Qin Nianyin poussa la porte et entra. La lumière de la lampe vacilla ; Dans sa lueur dorée chaleureuse, elle ouvrit la paume. La pièce d'or qui reposait là brillait intensément, projetant un éclat plus éclatant sur ses yeux.

Mei se pencha, marmonnant à voix basse : « Mademoiselle, l'argent dans la capitale a-t-il des ailes ? Cette boutique tout à l'heure, une seule épingle à cheveux coûte trois taëls ! »

Les lèvres de Nianyin s'étirèrent légèrement, bien que son expression restât calme comme de l'eau calme. « Les prix du capitale suivent la logique de la capitale. »

Dans sa vie antérieure, elle avait été la maîtresse de la maison du Ministre, distribuant des récompenses de cent taëls sans même lever un œil. Maintenant, elle devait peser chaque tael avec une réflexion attentive.

Le contraste la suivait comme une ombre, mais cela ne faisait que la rendre d'autant plus lucide.

* * * * *

Le lendemain matin, à l'heure de Chen, le temps était légèrement frais.

Qin Nianyin se leva tôt, se lava, s'habilla soigneusement et partit avec Mei, portant un petit paquet. À l'intérieur se trouvaient plusieurs épingles à cheveux et ornements qu'elle avait hâté de finir la veille. Les matériaux n'étaient pas chers, mais les points étaient délicats et les motifs frais — des styles rarement vus sur le marché.

Ces dessins étaient moins des « astuces astucieuses » que le fruit d'années de goût cultivé en tant qu'épouse d'un fonctionnaire dans sa vie antérieure, lui permettant de suivre les tendances et de saisir avec précision les préférences des nobles.

Elle prévoyait de se promener aujourd'hui, d'abord pour connaître les prix du marché, ensuite pour tenter sa chance. S'il y avait une devanture appropriée, elle pourrait se préparer tôt.

Mais juste au moment où ils atteignirent l'avant de l'auberge Changchun, un bruit soudain retentit d'en haut,

« Tac. »

Quelque chose la frappa légèrement sur le côté de son front.

Elle baissa les yeux et trouva... Une cacahuète.

Mei sursauta presque de colère, scrutant autour d'elle. « Qui est si mal élevé ! »

Qin Nianyin leva les yeux. Au deuxième étage, près de la fenêtre donnant sur la rue, les volets étaient à moitié ouverts. Quelqu'un s'affaissait paresseusement contre le cadre, roulant des cacahuètes entre ses doigts, l'expression distraite, à moitié souriante.

C'était le Troisième Prince du Grand Zhou, Li Suo.

Son expression ne changea pas ; seuls ses sourcils se froncèrent légèrement. Elle continua d'avancer. Juste au moment où elle s'apprêtait à franchir le seuil, elle fut arrêtée par les gardes à l'escalier.

« Mademoiselle, l'étage supérieur est réservé aux invités d'honneur. »

Avant qu'il n'achève sa phrase, la voix de Li Suo descendit de l'étage, lente et sans la moindre précipitation : « Laisse-la monter. »

Le garde se figea un instant, puis s'écarta respectueusement.

Qin Nianyin hocha légèrement la tête et monta les escaliers, sans se presser. À chaque mouvement de son ourlet, son expression calme se calmait, le léger froncement de sourcils déjà disparu.

Lorsqu'elle atteignit la table, elle ne s'assit pas. Elle resta silencieuse à côté, les mains baissées, la voix posée et posée :

« Votre Altesse m'a invité à monter, Votre Altesse a-t-elle des instructions ? »

Li Suo se pencha dans l'ombre de la fenêtre, l'amusement flottant sur ses lèvres.

« Tes sourcils étaient si pitoyablement froncés. J'avais peur que tu te blesses à cause de la colère, alors j'ai pensé que tu pourrais t'asseoir, boire une tasse de thé et calmer tes nerfs. »

Il désigna le siège vide en face de lui.

Qin Nianyin ne réagit pas, mais après un moment, elle s'assit en face de lui, le dos droit.

Li Suo se servit deux tasses de thé, puis demanda d'un ton désinvolte,

« Tôt le matin, à te faufiler comme un voleur, à chercher partout, qu'est-ce que tu fais ? »

Qin Nianyin jeta instinctivement un coup d'œil au paquet posé sur ses genoux. Elle marqua une brève pause, son visage demeurant calme.

« Je me promène simplement, je regarde les échoppes », dit-elle doucement, ni humble ni hautaine.

Li Suo esquissa un demi-sourire, un intérêt clair dans le regard. « Toi ? Tu comptes vraiment ouvrir une boutique ? »

« Mm. »

« C'est simple. Pourquoi ne pas demander à votre chère cousine ? Il ne t'en donnerait pas un ? »

Nianyin fit comme si elle n'avait pas entendu, sans répondre.

Il les fit rire.

« À moins que tu ne me supplies, et je t'en offrirai un ? »

Ce n'est qu'alors que Nianyin réagit, comme si elle se souvenait de quelque chose.

« S'il n'y a pas d'autre affaire, Nianyin prendra congé. Votre Altesse, veuillez profiter de votre repas. »

« Ah, attends, ne pars pas tout de suite. »

Chapitre 36 : La première médaille d'argent gagnée

Qin Nianyin se ressaisit pour ne pas paraître troublée. Après tout, dans sa vie précédente, elle avait vécu dans le confort et un rang élevé ; la question d'ouvrir une boutique, une préoccupation aussi courante dans la rue, n'avait jamais appartenu à son monde, car tout avait toujours été géré par des intendants.

« Votre Altesse a-t-elle encore des instructions ? »

« Parle alors. Pourquoi cherches-tu une boutique ? »

À cela, Qin Nianyin esquissa un léger sourire, sans offrir d'explication détaillée.

« Je ne peux pas manger et vivre ici gratuitement. Je devrais faire ce que je peux. »

Li Suo haussa un sourcil, son regard changeant, la voix langoureuse :

« Se pourrait-il que Su Zhang ne puisse plus se permettre de te garder, alors il t'a envoyé pour gagner ta vie ? »

Il fit une pause délibérée, attendant de voir sa réaction.

Mais l'expression de Qin Nianyin ne changea pas. Elle reposa simplement sa tasse de thé sur la table, lentement et sûrement, son attitude sereine.

« Votre Altesse plaisante. Le manoir Su n'a jamais manqué de bien me traiter. »

Sa voix resta douce, mais chaque mot avait du poids.

Avec cette seule phrase, elle ne se défendit pas trop ni ne perdit son sang-froid, et le sujet fut clairement cloué.

L'intérêt s'accentua encore plus dans les yeux de Li Suo. Il s'apprêtait à reprendre la parole, voulant la taquiner davantage, quand une voix mélodieuse et vive s'éleva soudain de l'extérieur,

« Troisième frère, quelle coïncidence aujourd'hui ! »

Un groupe de dames nobles, parées de tenues extravagantes, avançait en file.

À leur tête se tenait Shen Lingyan —la fille du Grand Tuteur Shen.

Chaque jeune fille saluait Li Suo avec une courtoisie délicate.

Shen Lingyan avait grandi en jouant avec les princes et avait l'habitude de s'adresser à eux de façon décontractée en privé, comme on le ferait dans la vie privée.

L'apparition soudaine du Troisième Prince fit éclore la joie des dames nobles sur leurs visages et elles s'assirent de bonne humeur.

Contrairement à Su Wan, qui avait souvent des raisons d'entrer au palais, ces jeunes filles avaient rarement l'occasion de rencontrer un prince.

Surtout le Troisième Prince —raffiné dans ses manières, doux et érudit, beau comme du jade sculpté —le plus beau des trois.

Shen Lingyan aperçut bientôt Qin Nianyin assis dans un coin. Elle s'arrêta, légèrement surprise, puis couvrit ses lèvres d'un doux rire, la saluant chaleureusement :

« Oh ? N'est-ce pas la cousine Nianyin du manoir Su ? »

Qin Nianyin n'eut d'autre choix que de se lever et de faire une révérence, gémissant intérieurement.

Shen Lingyan et les autres dames nobles continuèrent à discuter et rire en restant assises. Quelqu'un remarqua par hasard le petit paquet dans les bras de Qin Nianyin et demanda,

« Cousin, quelles bonnes choses portes-tu ? »

Mei allait le cacher, mais Shen Lingyan, le regard perçant, fut plus rapide : elle l'attrapa et l'ouvrit.

À l'intérieur reposaient plusieurs épingles à cheveux et pièces florales, délicates dans leur artisanat, originales dans leur design, totalement différentes des styles répétitifs que l'on voyait dans les boutiques ordinaires.

Les yeux de Shen Lingyan s'illuminèrent aussitôt.

« Comme c'est malin ! Ces designs sont vraiment frais ! »

Les dames nobles autour d'elle se rassemblèrent, claquant la langue avec admiration.

« Oui, ce style de 'papillon voletant parmi les fleurs', jamais rien vu de tel sur le marché ! »

« Et cette épingle de 'fleur de prunier bourgeon à fleur', tellement réaliste ! »

« Celle-ci est la plus exquise, les vignes ont l'air presque réelles, »

Shen Lingyan fut la première à tendre la main et choisit une épingle fleur ornée de perles vertes. Ses yeux s'illuminèrent tandis qu'elle riait :

« Un travail si exquis ! Ces minuscules perles vertes ne bougent même pas — ta main est remarquable. C'est toi qui as fait ça ? »

Qin Nianyin fit une petite révérence en souriant.

« En réponse à Mademoiselle, il a été fabriqué de ma propre main. Les matériaux sont modestes, mais le style est frais. Si Mademoiselle n'y voit pas d'inconvénient, veuillez le prendre. »

Ces créations allaient bientôt devenir à la mode dans les années à venir — elle avait une confiance totale en ces quelques épingles.

Shen Lingyan joua avec l'épingle entre ses doigts, puis cligna des yeux malicieusement.

« Ça ne va pas. Si je le prends, je dois payer. Moi, Shen Lingyan, je ne suis pas du genre à profiter gratuitement. »

Une jeune femme vive à côté d'elle gloussa.

« Mademoiselle Yun, cela s'appelle soutenir — comment cela fait-il de l'exploitation ? »

En parlant, elle prit une autre épingle —une fleur rose entrelacée de branches fines, simple mais vivante. Elle l'aimait aussitôt, la glissant dans ses cheveux et se regardant dans un miroir en bronze, souriant plus doucement qu'avant.

« C'est joli ? »

« Jolie, jolie ! Avec une robe rose, tu serais la toute première fleur de printemps à attirer abeilles et papillons ! »

Une autre dame taquina, faisant éclater de rire le groupe.

Mei observait nerveusement depuis le côté, mais Qin Nianyin restait posée.

Souriante, elle sortit un carré de velours rouge du paquet et le posa sur la table, arrangeant soigneusement les épingles à cheveux restantes.

Shen Lingyan, intriguée, demanda,

« Comment as-tu pensé à fabriquer ces choses pour les vendre ? »

Qin Nianyin répondit doucement,

« Je n'ai pas grand-chose à mon nom. Il est juste que je gagne le peu d'argent que je peux. »

En entendant cela, les dames nobles ne purent s'empêcher de ressentir un peu plus de compassion envers elle, aucune ne remarqua que le Troisième Prince Li Suo réprima un rire à côté d'elles.

Bien sûr, il ne croyait pas que le prestigieux manoir Su ne pouvait pas se permettre de subvenir aux besoins d'un cousin.

« Une fille avec du talent et de l'ambition —pas mal. »

Shen Lingyan rit en sortant un morceau d'argent brisé de sa manche et en le posant sur la table.

« Je prendrai tout ça. N'oublie pas d'en faire plus et de m'en apporter la prochaine fois ! »

Les autres jeunes filles sortirent aussi avec empressement leur argenterie, insistant pour acheter une ou deux pièces chacune.

Qin Nianyin les remercia à plusieurs reprises, tandis que Mei s'occupait à ranger ses affaires, le cœur secrètement débordant de joie.

Lorsque le groupe eut fini de choisir et descendit les escaliers entourant Shen Lingyan,

Qin Nianyin baissa les yeux vers les lourds morceaux d'argent dans sa main et sentit une chaleur lui monter dans la poitrine.

C'était la première fois de sa vie qu'elle gagnait de l'argent —vraiment gagné de ses propres mains.

* * * * *

Li Suo observa toute la scène, le coin de ses lèvres se relevant dans un léger arc.

« Une petite fille plutôt intéressante. »

Sa voix était basse et posée, décontractée en surface, mais portant la saveur de quelqu'un qui goûte lentement à un amusement nouvellement découvert.

Ses doigts tapotaient légèrement le bord de sa tasse de thé, chaque son étant une évaluation mesurée de sa valeur.

L'intérêt dans ses yeux était profond, comme un courant caché, impossible de dire s'il s'agissait de la reconnaissance ou de tout autre chose.

En un clin d'œil, toutes les épingles à cheveux de Qin Nianyin s'étaient vendues, rapportant une somme respectable d'argent.

Mei était si ravie qu'elle faillit attraper sa maîtresse pour la faire tourner sur place.

Qin Nianyin garda son calme, arborant toujours un sourire poli et doux, mais au fond, son cœur s'épanouissait comme une fleur au printemps.

Elle n'aurait jamais imaginé pouvoir gagner sa vie avec l'argent gagné de ses propres mains. Elle referma ses doigts autour des morceaux d'argent et les glissa discrètement dans sa manche.

Ce coup de chance ne doit jamais rester une chance unique et fugace.

Chapitre 37 : Un soupçon d'intérêt

Lorsque le groupe de jeunes dames nobles s'éloigna enfin en riant, l'étage supérieur retrouva le silence.

Le bruit venant d'en bas s'estompait au loin ; Une légère brise caressait les rideaux des fenêtres et la lumière vacillante des bougies projetait des silhouettes changeantes sur le mur, enveloppant l'espace dans un calme mais lourd.

Avec une petite somme nouvellement gagnée, elle jeta instinctivement un regard vers le troisième prince assis à proximité, raffiné et à l'aise, sirotant son thé, posture gracieuse, traits élégants, portant chaque centimètre du jeune seigneur noble.

« Votre Altesse... »

Elle faillit ouvrir la bouche pour le remercier, mais ravala ses mots dans le battement de cœur qui suivit.

Cette petite somme n'était rien aux yeux d'un prince — moins qu'une mèche de cheveux, peut-être.

Elle n'était plus l'épouse du Ministre. Avec la position qui était désormais la sienne, à quoi bon dire quelque chose d'inutile ?

Et, plus encore, elle ne souhaitait plus entretenir le moindre lien avec quiconque du clan impérial.

Qin Nianyin effaça le dernier sourire qui lui échappa. Rassemblant la bourse en tissu désormais vide, elle fit une révérence convenable à Li Suo, sa voix posée et posée :

« Votre Altesse, s'il n'y a rien d'autre, cette humble femme doit prendre congé. »

Pourtant, Li Suo s'allongea paresseusement sur sa chaise, ses doigts tapotant la table dans un rythme lent et net, chaque tapotement délibérément prolongé, suspendant l'air entre eux.

Son ton était paresseux mais ne pouvait cacher l'autorité sous-jacente.

« Attends. »

Ses pas s'arrêtèrent. Elle se retourna, posture posée et respectueuse.

« Votre Altesse a-t-elle d'autres instructions ? »

Li Suo ne répondit pas tout de suite. Des yeux mi-clos la parcoururent comme un chat jouant avec quelque chose qui a attiré son attention, lent, taquin et légèrement prédateur.

L'éventail de jade dans sa main restait non ouvert, tapotant légèrement sa paume, comme par accident ; pourtant, il n'y avait aucun doute sur l'évaluation délibérée qui le sous-tendait.

Son regard, à moitié éclairé par la lumière des bougies, vacillait de fragments changeants de luminosité, comme la langue d'un serpent goûtant l'air en glissant autour d'elle.

Elle avait vu de tels yeux à la cour de la vie précédente : rois, détenteurs de pouvoir, nobles, tous habitués à observer les autres avec l'indulgence détachée des connaisseurs.

Sa poitrine se serra, bien qu'elle gardât une expression calme, inspirant subtilement pour se calmer.

Les lèvres de Li Suo se courbaient, cette légère satisfaction s'approfondissant, comme si sa retenue ne faisait que la rendre plus intéressante.

Il resta silencieux un instant ; Elle aussi gardait les lèvres serrées. Seuls de faibles bruits venant des rues en contrebas s'infiltraient dans le silence entre eux, jusqu'à ce qu'il parle enfin.

« Vous vous appelez Qin Nianyin ? »

Elle baissa légèrement les yeux.

« En réponse à Votre Altesse, oui. »

Son ton était mesuré, ni précipité ni lent, bien que sa paume se resserra imperceptiblement dans sa manche.

Elle se souvenait bien, ce troisième prince avait toujours été le plus imprévisible dans sa vie précédente, tristement célèbre pour ses actions qui suivaient rarement une logique commune.

Chaque fois que sa voix s'interrompait, son cœur se tendait involontairement, pour se calmer à nouveau lorsque ses mots suivants venaient avec cette pointe d'amusement indéchiffrable.

Quelle inquisition... Elle comprenait parfaitement.

Elle ne devait pas montrer de peur, ni dépasser sa position —seulement trouver une fine ligne entre les deux, aussi étroite et fragile que la glace.

« Nom de famille Qin... cousin de Su Zhang et Su Wan... »

Il goûta lentement chaque mot, le coin de ses lèvres se retroussant en un sourire subtil et indéchiffrable.

« Assez audacieuse pour une si jeune fille, et étonnamment douée pour les affaires. »

À cela, Qin Nianyin ne put s'empêcher de légèrement tressaillir ses lèvres vers l'intérieur.

Une jeune fille ?

Si seulement vous le saviez, Votre Altesse...

Ici, j'ai facilement vingt ans de plus que toi.

Son regard se déplaça légèrement, se posant sur la petite bourse légèrement bombée sous sa robe. Son ton portait une pointe taquine.

« Pourquoi ? Tu as gagné de l'argent et tu ne me donnes pas une part ? »

Qin Nianyin ne répondit pas. Elle se contenta de rapprocher la bourse, ses mouvements lents mais indéniablement clairs.

Li Suo laissa échapper un léger ricanement amusé.

« Ces nobles filles tout à l'heure, si elles n'avaient pas été conscientes de ma présence, se seraient-elles assises patiemment et auraient fouillé dans ces babioles ? »

Quand il eut fini, il resta immobile, attendant de voir comment elle répondrait.

Qin Nianyin resta silencieuse un instant avant de lever les yeux vers lui. Un léger sourire effleura ses lèvres, léger comme des ondulations effleurant la surface de l'eau claire, ni surprise ni soumise. Ses mots étaient courtois, mais assurés, sans laisser de terre.

« Votre Altesse me flatte. Cette petite femme sait que ses compétences sont modestes. Le fait que les jeunes dames les favorisaient était grâce à la présence de Votre Altesse.

Mais une somme aussi modeste ne mérite guère d'être mentionnée par Votre Altesse — pas plus qu'une goutte d'eau dans l'océan.

Si je devais l'offrir, cela ne ferait qu'affaiblir la dignité de Votre Altesse... et ce serait vraiment une grave offense. »

Dans cette vie, elle ne souhaitait plus s'accrocher au pouvoir.

Chaque point de suture, chaque pièce qu'elle réalisait, elle ne souhaitait qu'être digne de ses propres mains et de son cœur.

Les sourcils de Li Suo se haussèrent légèrement, l'intérêt dans ses yeux s'approfondissant.

« Oh ? Et qu'est-ce que vous alliez dire tout à l'heure ? »

«… Rien. »

Sa voix resta douce. Elle inclina de nouveau la tête.

« Si Votre Altesse n'a pas d'autres affaires, cette humble femme ne dérangera plus Votre Altesse. »

Elle se retourna et s'éloigna, sa silhouette posée, posée, digne.

Mei s'était glissée derrière elle depuis longtemps sans faire un bruit.

Li Suo ne les appela pas. Il attendit simplement que sa silhouette disparaisse, puis inclina la tête et ordonna au garde à ses côtés :

« Enquêtez sur ce cousin de la résidence Su.

Quelle est son histoire ? »

Le garde s'inclina et se retira.

Li Suo prit la dernière cacahuète entre ses doigts.

D'un léger coup de pied, elle fit un *plink* avant d'atterrir dans sa tasse de thé, où des cercles fins se déployèrent à la surface. Il laissa échapper un rire bas, à mi-chemin entre le murmure et une promesse à peine voilée.

« Une fille comme ça… comment pourrait-elle n'être qu'une petite personne ordinaire ? »

En bas, le bruissement léger du pavillon continuait, comme si personne n'avait entendu ses mots.

Qin Nianyin ne se pressait pas, mais ses pas ne faiblissaient pas ; chacun demeurait régulier, comme si ce rythme calme servait à apaiser le léger tumulte de son cœur.

Le petit paquet dans sa main était déjà légèrement humide, trop serré dans sa prise.

Mei ne put s'empêcher de baisser la voix.

« Mademoiselle… le Troisième Prince est terrifiant… Il n'arrêtait pas de te fixer à l'instant. J'arrivais à peine à respirer. »

Qin Nianyin dit calmement : « Ne paniquez pas. »

Son ton était léger, mais son expression restait impassible, froide comme de l'eau calme.

Elle savait bien, l'attention des puissants n'était jamais une bénédiction.

Dans sa vie antérieure, au sommet de l'influence, elle avait vu trop de sens —trop de dangers —cachés derrière des sourires polis et des regards persistants.

Dans cette vie, elle ne voulait que compter sur ses propres mains, marcher sur un chemin propre.

Pourtant, les fils du destin avaient été tissés depuis longtemps, la ramenant maintenant dans un tourbillon familier et inévitable.

Elle baissa les yeux, regarda les quelques pièces d'argent dans sa paume et les serra fermement avant de les ranger. Puis elle dit doucement :

« Allons-y. Nous venons juste de commencer cette route. »

Cette fois, elle ne se laisserait pas retomber dans la boue.

* * * * *

Une fois sorties de l'auberge, Qin Nianyin et Mei tournèrent dans une ruelle étroite et silencieuse.

Mei regarda autour d'elle, s'assurant que personne ne la suivait. Ce n'est qu'alors qu'elle sortit la petite bourse en tissu de sa manche et déposa soigneusement les pièces d'argent dans sa paume.

Sous le soleil incliné de l'après-midi, les éclats d'argent éparpillaient la lumière avec un léger éclat.

Une brise légère entrait par l'entrée de la ruelle, apportant une pointe de chaleur de l'après-midi et le parfum persistant du thé des boutiques voisines. Quelques mèches de poils de saule s'accrochaient à la manche de Mei, et elle les épousseta distraitement.

Des journées comme celles-ci étaient dures, oui, mais pourtant elles avaient une légèreté qu'elle n'avait pas ressentie depuis longtemps.

En écoutant le léger tintement des pièces d'argent, Qin Nianyin sentit enfin le nœud serré dans sa poitrine se desserrer, ne serait-ce qu'un peu. Elle avait l'impression qu'elle pouvait enfin entrevoir un avenir sur lequel elle pourrait s'appuyer.

Mei compta en parlant, la voix étouffée mais pleine d'excitation.

« Un tael... deux taëls... Mademoiselle, cette fois, on a vraiment gagné quelque chose ! »

Elle releva la tête, rayonnant à Qin Nianyin, les yeux courbés comme une paire de nouvelles lunes.

Qin Nianyin ne pouvait s'empêcher d'être touchée par sa joie.

Ses sourcils se froncèrent légèrement alors qu'elle baissait les yeux sur les quelques pièces d'argent dans sa paume.

« Pas grand-chose, » dit-elle, la voix légère, « encore loin d'être suffisant pour acheter une vitrine... mais assez pour quelques chaises supplémentaires. »

Son ton était doux, mais ses doigts se recourbaient légèrement, une expression de résolution calme et prudente.

À peine avait-elle parlé qu'un doux rire s'échappa d'en haut.

« Eh bien, on partage l'argent ici, c'est ça ? »

Elle et Mei levèrent toutes les deux la tête.

Une silhouette s'appuyait nonchalamment contre le mur, la lumière du soleil illuminant ses sourcils et ses yeux, donnant à ses traits séduisants un charme naturel et indiscipliné.

Vêtu de bleu, les bras croisés sur la poitrine, il arborait une expression qui laissait croire qu'il appréciait le spectacle.

C'était —Gu Xiao.

Gu Xiao portait une robe en brocart à l'encre foncée avec des motifs tissés subtils. Ses longs bras étaient croisés mollement sur sa poitrine et une pointe de malice flottait sur ses lèvres fines alors qu'il lançait un sourire langoureux à la maîtresse et à sa servante. Sa posture était insouciante, presque imprudemment élégante.

« Compter l'argent avec tant de joie ? Alors laissez-moi me joindre à la fête. Celui qui le voit reçoit une part, tu ne trouves pas ça juste ? »

En parlant, il tendit la main ouverte, souriant comme s'il attendait vraiment un paiement.

Qin Nianyin rassembla l'argent dans sa paume, lentement et sûrement, ses yeux ne trahissant rien.

« Maître Gu a un goût raffiné », répondit-elle calmement.

Son ton était posé, ni timide ni irrité, et cette stabilité inattendue fit s'arrêter Gu Xiao, surpris.

Qin Nianyin lui offrit un léger sourire poli et se retourna comme pour partir.

« Maître Gu, servez-vous. J'imagine que vous avez des affaires plus urgentes. »

Derrière elle, on entendait ses pas lents, et ses manches claquaient légèrement tandis qu'il la suivait, sa voix résonnant avec une aisance presque théâtrale : « Eh bien, puisque j'ai découvert ton petit secret de division de l'argent, ne devrais-tu pas au moins m'offrir une tasse de thé pour me faire taire ? »

Qin Nianyin s'arrêta un instant, lui lançant un regard en coin.

« Maître Gu n'a plus de thé à la maison ? »

Vraiment étrange, d'abord le Troisième Prince, puis ce Gu Xiao. Des hommes avec des coffres débordants, mais tous deux si distraits par le simple poids de quelques pièces d'argent dans sa bourse.

Gu Xiao se contenta de rire, sans aucune gêne.

« Oh, il y en a beaucoup. Mais le thé, c'est quelqu'un d'autre qui le paie, moi, je prends le parfumé. »

Il leva une épaule d'un air nonchalant.

« Tu ne comprendrais pas. Le thé gratuit est le plus cher et le meilleur. »

Qin Nianyin ne dit rien de plus. Elle n'avait aucune intention d'engager ses affaires. Elle fit une petite révérence et se prépara à partir.

Voyant cela, Gu Xiao ne s'agaça pas. Il les suivit simplement, parlant comme s'il se promenait dans un jardin printanier :

« Peu importe. J'allais de toute façon chercher ton noble cousin. Je vais vous accompagner —c'est pratique et agréable. »

« Pas besoin de vous donner cette peine, Maître Gu. »

« Fais-moi plaisir. Tant de virages dans ces rues, si tu lâches une pièce, tu ne la reverras jamais. »

« Maître Gu, si vous continuez à en dire autant, tout le monde saura bientôt que j'ai de l'argent sur moi. »

« J'ai seulement peur que tu t'ennuies. Je pensais discuter avec toi en chemin... »

« Merci beaucoup, Maître Gu, mais Nianyin n'a aucune envie de bavarder... »

« Hé, ne sois pas ingrate maintenant. Ce jeune maître…»

Le soleil descendait plus bas, étirant la ruelle en un long ruban d'or et d'ombre. Les trois marchaient ainsi — lui devant, les deux autres derrière — et leurs ombres s'allongeaient sur les pierres du chemin.

Une brise légère s'éleva, soulevant l'ourlet des robes de Qin Nianyin. L'argent dans sa bourse tinta faiblement, un petit son épars.

Elle baissa les yeux vers le petit sac en tissu et un sourire presque invisible effleura ses yeux.

Le son était doux, mais il résonnait plus vrai que n'importe quel joyau qu'elle avait possédé dans sa vie précédente.

Elle savait, dès ce jour même —

Sa vie ne reposerait plus sous les ailes de quelqu'un d'autre.

Lorsque Qin Nianyin fut convoquée dans le bureau, elle eut déjà une légère prémonition.

À l'intérieur, le parfum discret de l'encens qui coulait flottait en boucles lentes.

Su Zhang était assis au centre, ses longs doigts tapotant légèrement le bureau alors qu'il feuilletait un mémorial. L'atmosphère était si froide qu'elle semblait étouffer l'air lui-même.

Qin Nianyin gardait la tête baissée, le bout des doigts agrippant fermement le coin de sa manche.

Elle pouvait entendre le vent caresser les ombres de bambou dehors, doux, rythmé, comme si chaque coup frappait sa poitrine.

Le son était léger, presque imperceptible, mais il lui rappelait tous les souvenirs des instants avant qu'il ne devienne sévère dans sa vie précédente, ces silences, ce silence. Avant chaque tempête, il était exactement comme ça : muet, silencieux... un silence plus effrayant que la colère.

Su Zhang laissa échapper un discret « Mm. »

Une seule syllabe, légère mais chargée d'autorité.

La porte du bureau se referma dans un grincement sourd, coupant tout bruit venant de l'extérieur.

L'encens brûlait régulièrement, sa fine traînée de fumée se répandant comme une brume fraîche au-dessus d'une mare immobile. Au centre de la pièce, Su Zhang se tenait les mains jointes derrière lui, robes noires, ceinture d'obsidienne, silhouette grande et austère.

À cet instant, Qin Nianyin sentit ses pas s'alourdir, comme si elle entrait dans un tribunal solennel.

* * * * *

Elle retint son souffle en s'approchant, une fine couche de sueur perlant à ses tempes.

« Où étais-tu tout à l'heure ? »

Sa voix n'était pas forte, mais elle frappait droit au cœur avec son froid.

Elle serra les lèvres sans répondre, restant là, hébétée, voulant expliquer mais sentant que cela serait inutile.

Depuis quand... Chacun de ses mouvements devait-il lui être signalé ?

Su Zhang se retourna lentement. Son regard était profond et sévère, pesant sur elle centimètre par centimètre, comme s'il avait déjà vu à travers tous ses mouvements aujourd'hui.

Sa voix passa de basse à glaciale, chaque mot tombant lourd comme une pierre dans l'eau.

« Entrer dans une auberge sans se présenter. Parler et rire avec le Troisième Prince. Tu m'éloignes du bureau pendant une demi-journée. »

Chaque ligne tombait comme un marteau.

L'air se fit plus serré, lui coupant le souffle.

Le cœur de Qin Nianyin fit un bond. Elle baissa instinctivement la tête, les doigts serrant fermement le bord de sa manche.

Au fil de deux vies, elle n'avait été traitée qu'avec courtoisie, quand avait-elle jamais été réprimandée ainsi ?

Et pire encore, c'était la personne qui le faisait, c'était lui, l'homme qui, dans sa vie précédente, avait été froid comme le gel de l'hiver et ne lui avait presque jamais reproché plus de mots que nécessaires.

Son regard descendit, froid et inflexible, prenant son silence pour une défiance. Son ton s'enfonça davantage.

« En agissant ainsi, sais-tu ou non quelle est ta faute ? »

« Suppléant, connais-tu sa faute ? »

Face à ses accusations incessantes, la gorge de Qin Nianyin se serra. Elle refusa de répondre, mais ses doigts se recroquevillèrent si fort dans sa manche que des marques en demi-lune étaient prêtes à s'y former.

« Pourquoi ne parles-tu pas ? »

Sa voix s'abaissa encore, le froid si vif qu'il était difficile à supporter, pas agité, mais insupportablement tranchant.

« Tu crois que cet endroit est quoi ? Une farce de marché de rue ? Une cour d'école pour enfants ? »

À la lumière vacillante des bougies, son expression était sombre et sévère, la retenue dans son ton ne faisant qu'accentuer la tranchante.

Qin Nianyin garda les lèvres serrées, sa poitrine montant et descendant trop vite.

Elle n'était sortie que pour chercher une boutique, vendre quelques épingles à cheveux ; comment une chose aussi simple avait-elle pu se transformer en une affaire digne de la colère des Cieux ?

Elle baissa les yeux, silencieuse, tandis que quelque chose en elle se resserrait de plus en plus.

L'odeur du bois de santal devenait étouffante. La lumière sur son profil sculptait ses traits en quelque chose d'encore plus froid.

Cet homme, ce n'était pas le Su Zhang qu'elle avait connu, mais un véritable ministre régent : un qui ne laissait aucun défi, aucune négligence.

Dans sa vie précédente, il avait été un homme de glace, insensible même aux tempêtes de cour, pourtant maintenant, devant elle, ses émotions transparaissaient à travers chaque mot, chaque souffle, refusant de lâcher prise.

« Nianyin. »

Il prononça son nom d'une voix si basse qu'elle était plus froide, plus lourde.

La soudaineté de la scène fit bondir son cœur.

Cette voix était trop proche, si proche qu'elle avait l'impression de frôler la coquille de son oreille.

Elle recula instinctivement d'un pas, pour redevenir aussitôt immobile sous sa présence.

« La famille Su est désormais sous la bannière du prince héritier, et le Troisième Prince… quel genre d'homme est-il ?

Chaque sourire, chaque pas qu'il fait vers toi peut très bien être un calcul.

Croyez-vous vraiment que les cœurs du monde soient aussi simples que vous les imaginez ? »

Il s'approcha.

Son regard était une lame aiguisée, appuyant froidement.

Ses paumes étaient couvertes de sueur. Une vague de perplexité impuissante monta dans sa poitrine.

Ce Su Zhang — lui semblait presque étranger.

Voilà, c'était tout.

Ses accusations, ses questions incessantes, rien ne concernait vraiment elle.

Elle pouvait l'entendre maintenant, sous chaque mot froid qu'il lui lançait.

C'était la peur.

La peur qu'avec sa vie désormais liée à la famille Su, elle bougeait encore à l'aveugle, incapable de voir les courants qui changeaient sous la surface de la capitale.

La peur de faire une erreur, de se tenir du mauvais côté du pouvoir, d'être emportée par une marée qu'elle ne pourrait pas supporter.

Toute cette dureté dans son ton, toute cette ferveur dans sa réprimande, rien de tout cela n'était personnel.

C'était le poids qu'il portait, la prudence qu'il portait, la pressant de la seule manière qu'il connaissait.

Sa poitrine tremblait. Quelque chose se coinça dans sa gorge.

Un long moment passa avant qu'elle ne pousse un faible murmure :

«… Ce n'était qu'un malentendu.»

Sa voix faillit se briser.

« Nous nous sommes rencontrés par hasard. Il m'a simplement lancé quelques cacahuètes. »

Les sourcils de Su Zhang se froncèrent ; ses yeux devinrent encore plus froids.

« Justement parce que tu es aussi simple... tu es le plus facile à craindre. »

Son ton était bas et retenu, mais chaque mot frappait comme un ciseau sur la pierre.

« Si tu restes aussi négligent, comment la résidence Su est-elle censée te protéger ? »

Chapitre 39 : Vertu et Retenue, Encore une fois

La flamme de la bougie tremblait, sa faible lumière étant le seul mouvement dans une pièce si feutrée qu'on pouvait entendre le doux froissement du papier.

Su Zhang resta silencieux un long moment, son expression se refroidissant peu à peu comme s'il réprimait une montée d'irritation.

Enfin, il leva les yeux et commença à parler, sa voix basse mais sans aucune contradiction. Son visage était sévère, une main jointe dans le dos tandis que l'autre tapotait légèrement le bureau, chaque tapotement mesuré transmettant une pression sous-jacente.

« Nianyin, sais-tu que pour une femme, la vertu principale réside dans la retenue ? »

Qin Nianyin commença, levant instinctivement les yeux vers lui. Elle rencontra la force intense et pénétrante du regard de Su Zhang, qui la frappait, lui serrant la poitrine et attisant son mécontentement.

Vertu et retenue à nouveau...

N'avait-elle pas assez pratiqué la retenue, s'y accrochant depuis sa vie précédente jusqu'à celle-ci ?

Gardant son expression sévère, Su Zhang poursuivit : « Tu es encore jeune, mais tu n'es plus un enfant. Socialiser frivolement et discuter seul avec des hommes dehors... Si de tels ragots se répandent, comment les autres vont-ils vous juger ? Comment établiras-tu ta place dans le monde à partir de maintenant ? » Ses mots tombèrent, chacun distinct et glaçant, comme du fer froid frappant son cœur.

Qin Nianyin mordit légèrement sa lèvre inférieure.

La réprimande longue et directe épuisa sa patience et, malgré tous ses efforts pour tenir bon, elle ne put plus se contenir. Une légère douleur lui picota le nez alors que sa propre colère remontait. «... Votre Seigneurie exagère la question au-delà de toute raison. Aujourd'hui, je me suis contentée de sortir avec ma servante, sans commettre le moindre acte d'inconvenance... »

« Qu'un acte soit inapproprié, il ne vous appartient pas d'en décider. », intervint froidement Su Zhang, le front profondément plissé, son visage affichant une sévérité sans précédent. « Elle dépend de la façon dont le monde te perçoit. »

«...» Qin Nianyin ne put que ravaler ses mots et se taire.

Son agitation semblait loin d'être faiblie, alors qu'il poursuivait : « Nianyin, souviens-toi de ceci. L'observance de la vertu par une femme implique non seulement de protéger sa personne, mais aussi de protéger son cœur, sa conduite et sa réputation. »

Au moment où il eut fini de parler, Qin Nianyin s'était déjà rendue, inclinant la tête en silence, ne ressentant qu'une tristesse étouffante et une dépression pesant sur son cœur.

La voix de Su Zhang s'adoucit enfin d'un peu. Il inspira profondément, mais visiblement lourd. « L'innocence est facilement ternie ; La réputation est difficile à préserver. Si tu agis volontairement dans un moment d'impulsion et que tu le regrettes à l'avenir, ce remords viendra trop tard. »

Observer l'expression abattue de Qin Nianyin n'adoucissait pas son ton ; au contraire, sa voix devint plusieurs degrés plus froids. « Même avec Gu Xiao, tu ne dois pas l'aborder avec une familiarité excessive, en ignorant les limites appropriées entre hommes et femmes. »

Son ton devint encore plus grave, ses yeux perçants comme une lame, la transperçant en plein fouet. « Hein... ? » Qin Nianyin fut momentanément stupéfaite à nouveau, se sentant de plus en plus déconcertée.

Pourquoi Gu Xiao était-elle impliquée là-dedans maintenant ?

Le regard de Su Zhang resta fixé sur elle, sa voix grave et solennelle. « Qui est Gu Xiao ? Cet homme est mon ami le plus proche et aussi un héritier d'une famille noble servant à la cour. Si d'autres vous observent ensemble, ils finiront inévitablement par spéculer à la folie. En tant que jeune femme affiliée à la maison Su, le monde s'interrogera naturellement sur tes motivations pour vous associer à Gu Xiao. Crois-tu pouvoir supporter les commérages incessants de la foule ? »

Qin Nianyin releva brusquement la tête, le regardant avec incrédulité.

Qu'est-ce que Su Zhang insinuait ?

Il possédait assurément l'éloquence d'un érudit, la réprimandant avec une infinité de phrases sans défaut !

C'était donc le cœur du problème. Au final, tout se résumait à son statut modeste indigne de Gu Xiao !

Elle pressa les lèvres, voulant se défendre, mais sous la force oppressante de la présence de Su Zhang, elle choisit finalement le silence. Que pouvait-elle expliquer ? Qu'elle n'avait aucun intérêt particulier pour Gu Xiao ?

Ou qu'elle, ayant vécu deux vies, s'était contentée de lui adresser quelques mots supplémentaires dans l'espoir de l'aider à éviter la calamité de sa vie précédente ? Aucune explication ne semblait suffisante, alors elle décida qu'il valait mieux ne rien dire du tout.

« Puisque vous faites partie de la maison Su, vos paroles et vos actions doivent être exceptionnellement prudentes. Que d'autres vous censurent est une affaire mineure, mais si cela affecte la réputation de la résidence, ou même donne un prétexte à ceux qui ont de mauvaises intentions pour exploiter, pourriez-vous assumer une telle responsabilité ? »

Sa voix portait une urgence inconsciente. Son regard s'attarda un instant sur ses cils légèrement tremblants et une colère indescriptible et étouffante monta de nouveau dans sa poitrine.

« En résumé, Nianyin, souviens-toi de ceci. » Il modéra légèrement son ton, bien que la sévérité ne s'en soit jamais allée. « Dans vos interactions avec les hommes, quels qu'ils soient, vous devez garder une distance convenable et observer les limites qui s'imposent. Ne me fais pas encore m'inquiéter pour toi. »

Qin Nianyin baissa la tête, le cœur rempli de chagrin et de ressentiment étouffé, mais aussi une émotion faible et ineffable qui bouillonnait silencieusement en elle.

Très bien, elle l'a admis. Son statut actuel était en effet humble. Elle devrait garder ses distances avec ces personnes estimées, de peur que les gens ne pensent qu'elle nourrissait des ambitions de gravir les échelons sociaux !

C'était elle qui avait été en tort aujourd'hui. Ayant occupé une position élevée dans sa vie précédente pendant si longtemps, elle avait oublié la circonspection qu'il faut quand on a une position basse.

Une cousine vivant sous le toit d'un autre, constamment en contact avec des nobles comme eux, comment pouvait-elle empêcher les autres de bavarder et de critiquer ?

* * * * *

Après avoir prononcé ces mots, Su Zhang ressentit soudain une vague d'impuissance.

Il baissa les yeux, dissimulant ses émotions, et esquissa intérieurement un sourire amer —il avait voulu la réprimander de son rôle de frère aîné, mais il ne put réprimer la colère inexplicable et sombre qui bouillonnait dans son cœur.

Plus il parlait, plus ses pensées devenaient désordonnées. Il savait très bien qu'elle ne devait pas s'impliquer avec des figures puissantes, savait qu'il devait garder une vision détachée.

Mais quand la vue de la tête baissée et la lèvre mordue s'imprima dans ses yeux, sa poitrine se serra comme saisie par une main invisible, douloureuse intensément.

La flamme de la bougie vacilla légèrement, sa lumière changeante dansant au bord de sa joue. Inconsciemment, ce fil de tendresse dans son cœur s'amplifia.

Qin Nianyin gardait la tête baissée, les épaules légèrement tremblantes, le bout des doigts s'enfonçant dans le tissu de ses vêtements. La douleur et la frustration accumulée s'accumulaient dans sa poitrine, mais elle n'avait nulle part où les exprimer.

Su Zhang l'observa en silence, le regard froid et distant, tandis qu'une légère oppression lui pesait inexplicablement sur la poitrine. Une impulsion soudaine le traversa, l'envie de tendre la main pour remettre en place une mèche échappée de ses cheveux, ou simplement pour soutenir son épaule.

Ses doigts tressaillirent légèrement, mais le mouvement s'arrêta en plein milieu.

Il baissa les cils, réprimant cette impulsion, les jointures de sa main jointe derrière son dos blanchissant.

Un instant plus tard, il se contenta de dire froidement : « Souviens-toi, Nianyin, tu ne dois pas me donner plus de raison de m'inquiéter. »

Sur ces mots, il tourna le dos à la lumière des bougies, laissant les ombres envelopper ses traits.

Qin Nianyin se sentit encore plus lésée. Une chaleur monta au coin de ses yeux, mais elle se retint obstinément, refusant de laisser couler les larmes.

Pendant ce temps, Su Zhang, regardant les documents éparpillés sur son bureau, sentit la tendresse dans sa poitrine se transformer en une colère plus profonde, plus oppressante, si lourde qu'elle lui coupait le souffle.

Ce n'était que Gu Xiao, ou même le Troisième Prince — Il savait que ni l'un ni l'autre n'était un homme frivole—alors pourquoi, précisément, ne pouvait-il pas supporter de la voir trop familière avec les autres ?

Il ne comprenait pas ce qui lui arrivait. Pourquoi elle, de tous, avait-elle fait perdre son équilibre à lui, toujours si posé et sûr de lui-même, ?

Ce sentiment étrange était comme une flamme naissante, s'allumant doucement au plus profond de son être.

Il baissa les yeux, observant ses épaules légèrement tremblantes et son cœur se serra à nouveau, mais il se durcit à nouveau.

Pourquoi, exactement ?

Sa transgression ne consistait qu'à échanger quelques mots de plus avec le Troisième Prince. Il savait que sa colère était injustifiée, pourtant l'image de leur conversation et de leurs rires lui causait une douleur aiguë au cœur, comme piquée par des épines invisibles. Il ne pouvait s'empêcher de la réprimander, de la retenir, d'insister pour qu'elle ne suive que la voie qu'il jugeait acceptable.

Même lui trouvait cette mentalité déstabilisante.

Il fronça légèrement les sourcils, détourna le regard et ne voulut pas qu'elle voie la lueur de malaise dans ses yeux. La pièce était totalement silencieuse, si silencieuse qu'on pouvait même entendre le bruit du vent à travers le bosquet de bambous à l'extérieur.

Qin Nianyin resta la tête baissée, silencieuse longtemps. Voyant son air abattu, une pointe de fatigue traversa le front de Su Zhang.

Il baissa la voix et dit : « Ça suffit. Ces mots n'étaient pas destinés à te faire encore craindre en toi. Je voulais simplement que tu comprennes que derrière toi, il n'y a pas seulement toi, mais aussi toute la famille Shen. »

Il fit une pause, resta silencieux un instant, puis reprit lentement la parole. «… Concernant l'affaire de Xu Wencai, j'ai pris les dispositions nécessaires pour vous. Il pourrait entrer à l'Académie Songhe demain. »

Qin Nianyin était stupéfaite, ses yeux s'illuminant instantanément. Le grief accumulé et les larmes retenues dans ses yeux scintillaient désormais ensemble. « Ça... est vraiment merveilleux. » Sa voix tremblait légèrement, mais portait une note de profond soulagement. Sa renaissance avait enfin changé le destin d'une personne.

Su Zhang la regarda, une courbe lente et légère effleurant enfin les coins de ses lèvres. « Puisque tu t'inquiètes pour son avenir, j'ai agi pour exaucer ton souhait. »

Qin Nianyin hocha vigoureusement la tête, les larmes montant et tourbillonnant dans ses yeux, qu'elle peinait à contenir.

« Vous pouvez vous retirer maintenant. » Son ton redevint lourd. « Reviens et réfléchis attentivement à tes actes. »

Réfléchir ?

Les yeux cernés de rouge, Qin Nianyin fit une révérence, se retourna et se retira précipitamment, ses pas précipités comme si rester un instant de plus allait faire s'effondrer complètement son sang-froid.

La brise nocturne caressait ses joues. Ses épaules et son dos tremblaient légèrement, ses lèvres serrées en une ligne tendue et obstinée, son cœur se tordant d'une amertume amère.

Dans sa vie précédente, il avait été aussi froid et distant que la glace.

Dans cette vie, il l'a contrainte à chaque tournant.

Elle murmura un rire bas et amer pour elle-même. « C'est vraiment insupportable. »

Pas à pas, elle s'éloigna, l'humidité dans ses yeux devenant plus prononcée. Dans sa vie antérieure, il lui avait accordé gloire et richesse. Dans cette vie, il lui a accordé des chaînes.

Elle baissa les yeux, enfonçant ses émotions profondément dans son cœur, mais sa poitrine était lourde et étouffante.

Après la disparition de sa silhouette, le bureau s'installa enfin dans un silence complet.

Su Zhang se tenait debout, les mains jointes dans le dos. Longtemps plus tard, il laissa enfin échapper un profond soupir.

La lumière de la lune entrait, les ombres du bambou se balançant. Il releva la tête pour regarder, son front marqué par une irritation croissante.

Les documents officiels sur son bureau restaient non fouillés. Ses doigts tapotaient légèrement le bureau et il laissa échapper un rire bas et doux, un rire sombre et chargé de dérision de lui-même.

Il refusait d'y réfléchir profondément, mais il se surprenait à ne pas pouvoir s'arrêter.

De la fumée d'encens s'éleva. Son regard s'assombrit peu à peu, sa voix tombant en un murmure presque inaudible.

«… Est-ce possible que je sois ensorcelé ? »

Lui, toujours si stable et maître de lui-même, se retrouva cette nuit-là saisi d'un rare tremblement d'incertitude et d'inquiétude.

Chapitre 40 : Reconnaître sa condition

Qin Nianyin retourna dans ses appartements. Mei se hâta pour l'aider à retirer sa cape, le visage assombri par l'inquiétude en voyant le teint pâle de sa maîtresse.

« Mademoiselle, tout à l'heure... La réprimande était-elle sévère ? » murmura-t-elle, incapable de dissimuler pleinement son indignation. « Il est trop insensible. En quelques mots seulement, il fait qu'on se sent profondément honteux. »

Qin Nianyin resta silencieuse, jetant simplement un regard lointain dans sa direction.

Mei se mordit la lèvre, marmonnant entre ses dents : « Mademoiselle... les règles dans cette résidence sont si strictes, pas du tout comme notre temps au Jiangnan... »

« Ça suffit », la voix de Qin Nianyin était très douce, teintée de fatigue. « C'est du passé. Rien de tout cela ne peut être rendu. »

Mei, toujours réticente à céder, insista : « Mais Mademoiselle n'a rien fait de mal... »

Les doigts de Qin Nianyin s'immobilisèrent un instant. « Ce n'est pas à moi de décider ce qui est bien ou mal », répondit-elle, d'un ton encore plus léger.

Dans sa position humble actuelle de personne à charge, quel droit avait-elle de parler ? Toute explication supplémentaire ne serait qu'une excuse.

Cela dit, elle s'apprêta à retirer ses épingles, ses mouvements extrêmement lents, comme si elle essayait d'utiliser ces sons banals pour réprimer la colère étouffante dans sa poitrine.

Qin Nianyin ne répondit pas verbalement, mais son expression changea subtilement à ces mots.

Elle savait, bien sûr, que les paroles de Su Zhang n'étaient pas totalement dénuées de raison. Pourtant, précisément à cause de cela, son cœur se sentait encore plus troublé.

Qu'avait-il dit ? Rien de plus que de lui faire reconnaître son rang et son statut, observer les vertus féminines, préserver la bienséance et cesser ses illusions de gravir l'échelle sociale, chaque phrase une lame, chaque phrase frappant juste.

Après ses plaintes murmurées, voyant l'expression abattue de sa maîtresse, le cœur de Mei s'adoucit. Elle ajouta doucement : « Peut-être que le Jeune Maître s'inquiète aussi pour vous... et parla précipitamment, inquiète. »

Une boule se coinça dans la gorge de Qin Nianyin. Après un long moment, elle laissa échapper un léger soupir. Baissant la tête, elle tordait un coin de son vêtement, son expression retrouvant un calme mais teintée d'une pointe d'amertume.

Elle était en colère contre lui, mais encore plus contre elle-même.

Comment avait-elle pu être aussi stupide ? Pour quelques mots agréables, osait-elle montrer un visage froid à un prince ? Pour une poignée de cacahuètes, elle est allée se disputer avec quelqu'un ?

Qui était-elle ? Qui était-elle dans cette vie ?

Peu importe ses souvenirs d'une vie antérieure, peu importe sa capacité à gagner de l'argent ou à comprendre les temps, elle n'était désormais qu'une « cousine » vivant sous le toit de quelqu'un d'autre dans la résidence Su.

Ils pourraient l'écraser d'un seul doigt.

Elle mordit doucement sa lèvre inférieure. Après un long silence, elle finit par dire d'une voix basse : « Ça suffit. J'ai agi de manière impulsive aujourd'hui. Je méritais la réprimande. Je ne peux pas parler de grief. »

Avant que ses paroles ne se soient éteintes complètement, un jeune serviteur entra, lui présentant une carte.

Mei le prit, son visage s'illuminant d'un sourire en le tendant à Qin Nianyin. « Dame Lingyan organise une veillée sur les chrysanthèmes demain. Elle a invité Lady Wan et a spécifiquement mentionné votre nom, vous invitant à y assister également. »

Les doigts de Qin Nianyin s'arrêtèrent légèrement. Elle accepta la carte et l'examina un instant.

« Puisque l'invitation est si généreuse, je dois naturellement y assister », dit-elle, sa voix claire et mélodieuse adoucissant l'expression de Nianyin d'une légère chaleur.

En prononçant la dernière phrase, elle sembla sourire d'un air décontracté, ses doigts tordant légèrement le coin de la carte, mais la pression se resserra subtilement.

Elle baissa les yeux vers la carte, ses yeux paraissaient doux, mais dissimulant une indifférence et une distance imperceptibles.

* * * * *

Le lendemain, la pluie légère venait tout juste de cesser.

Shen Lingyan attendait déjà sous le couloir couvert de fleurs. Voyant Qin Nianyin arriver, elle s'approcha avec un sourire radieux. « Petite sœur Nianyin, viens vite ! Nous étions sur le point de commencer à comparer notre appréciation des fleurs. Si tu avais été un pas en retard, tu aurais perdu. »

Su Wan hocha aussi la tête avec un sourire, mais sa courtoisie restait distante, son attitude ne trahissant aucune proximité particulière.

Qin Nianyin répondit par un léger sourire, répondant doucement : « Sœur Lingyan, Sœur Wan, votre intérêt raffiné est élevé. Nianyin t'accompagnera naturellement. Toutefois... Je ne suis pas très calé en matière d'appréciation des chrysanthèmes. Je crains d'attirer les rires. »

Une fine brume persistait. Les chrysanthèmes dans le jardin arrière du domaine Su étaient en pleine fleur glorieuse, comme un brocart radieux. Les jeunes filles se déplaçaient parmi les fleurs, leurs rires légers flottant comme de la fumée.

Shen Lingyan la tira vers un endroit sous les fleurs. Alors qu'ils s'apprêtaient à s'asseoir, une exclamation soudaine se fit entendre : « Ah, Dame Chen ! La fleur dans tes cheveux est vraiment magnifique ! Où l'as-tu eu ? »

Tous les regards se tournèrent vers une jolie jeune femme qui portait une épingle à cheveux glissée en diagonale dans son chignon. Elle n'était pas faite d'or, de jade ou de pierres précieuses, mais fabriquée à partir de rubans de soie et de ficelles perlées, unique, élégante et tout à fait charmante.

La femme sourit timidement. « Il a été fabriqué par Dame Qin. »

Elle raconta ensuite l'incident amusant de leur rencontre fortuite à la maison de thé quelques jours plus tôt, où Qin Nianyin leur avait offert à chacune une fleur en épingle à cheveux artisanale.

Avant que les bavardages légers ne s'estompent, une autre jeune femme pinça les lèvres en un sourire, son ton chargé de sens. « D'ailleurs, il n'y avait pas que Lady Chen présente ce jour-là... Son Altesse, le Troisième Prince, était également présent. »

Alors que ces mots tombaient, les jeunes filles assemblées tournèrent uniformément leurs regards vers Qin Nianyin, leurs yeux brillant d'un mélange d'étonnement, de spéculation et d'envie. L'atmosphère devint instantanément immobile.

« Le Troisième Prince ? La Sœur cadette Nianyin a vraiment pris le thé avec Son Altesse le Troisième Prince ? »

Le cœur de Qin Nianyin fit un bond violent, se rappelant soudain l'avertissement dans le bureau de Su Zhang —elle ne devait absolument pas être associée au Troisième Prince !

« Rien de tout ça ! » Sa voix monta brusquement. « Son Altesse est une personne d'une telle stature ! Ce jour-là, ce ne furent que quelques mots de plaisanterie. Comment Nianyin oserait-elle se permettre de lui parler ! »

« Aiya, la petite sœur Nianyin est si modeste. Avec Lady Wan et Lord Su comme liés, et maintenant la faveur de Son Altesse le Troisième Prince, qui ne vous regarderait pas différemment ? »

«…» Refusant de se laisser entraîner davantage dans le fond, Qin Nianyin n'eut d'autre choix que de se forcer au silence.

Une jeune femme de la famille Liu, les yeux mouvants, feignit de soupirer.

« Le Troisième Prince s'est toujours tenu à l'écart. Obtenir un regard de sa part est quelque chose dont beaucoup rêveraient sans jamais y parvenir. »

Une autre ajouta d'un ton à moitié plaisant, à moitié sincère : « Qui peut dire... Cette petite fleur en épingle à cheveux pourrait un jour devenir un symbole d'amour d'une consort royale ! »

Une vague de rires étouffés traversa le groupe, les regards scrutateurs et scrutateurs s'intensifiant.

Le cœur de Qin Nianyin se serra, mais elle força son calme, baissant légèrement les yeux, la voix douce et maîtrisée.

« Quelle absurdité. Ce n'était qu'une coïncidence. »

Elle s'efforçait de réprimer le tumulte de ses émotions, se réprimandant intérieurement pour sa perte de contrôle de tout à l'heure.

Non loin de là, une jeune femme de la famille Zhao laissa échapper un léger bruit, ses doigts écrasant une fleur de chrysanthème en morceaux.

Cette subtilité n'échappa pas à Qin Nianyin. Elle ne put s'empêcher de rire intérieurement, bien que son visage restât posé et doux.

« Nianyin sait très bien que ses compétences sont insignifiantes. Ces petits bibelots que je fais sont simplement pour mon propre amusement. S'ils ne plaisent pas, vous êtes tous libres de simplement les ignorer. »

Son ton était léger, mais ses mots naviguaient habilement entre attaque et défense, ne laissant aucune place à la critique.

Les expressions de plusieurs jeunes filles changèrent légèrement, mais elles ne trouvèrent aucune raison de réplique.

Soudain, la jeune femme Zhao parla froidement : « Ceux qui ont un minimum de discernement comprennent naturellement l'ingéniosité de cette épingle à cheveux. Ceux qui ne savent qu'empiler de l'or et du jade n'ont probablement pas appris à écrire les mots 'élégance' et 'raffinement'. »

Elle était habituellement lucide avec les mots, mais cette fois sa protection était indéniable, son ton ne laissant aucune place à la courtoisie.

L'expression de la jeune Wang se raidit. Forçant un sourire, elle changea de sujet, refroidissant momentanément l'atmosphère.

Le ton de Su Wan devint encore plus froid alors qu'elle disait avec un rire moqueur : « Tout le monde qui porte le même or et le même jade est, à l'inverse, plutôt vulgaire. Il est bien inférieur à celui de ma cousine, qui sait créer son propre style distinctif. Contrairement à certains, qui ne comptent que sur leur origine familiale, totalement dépourvus de goût raffiné. »

Elle ne donnait pas de noms, mais tout le monde comprenait qui elle protégeait et qui elle se moquait.

Le visage de la jeune femme Zhao pâlit de colère. Elle laissa échapper un hump froid et détourna la tête.

Shen Lingyan se hâta d'apaiser les choses. « Aujourd'hui est un rassemblement pour apprécier les fleurs. Ne laissons pas les bavardages inutiles gâcher notre humeur. J'admire depuis longtemps l'intelligence de la jeune sœur Nianyin et j'espérais même demander une autre épingle à offrir à une aînée. »

La jeune fille Liu, pleine de vie rit aussi, « Bien dit ! J'en voudrais une aussi, pour aller avec ma nouvelle robe en gaze. Ce serait absolument magnifique. »

Shen Lingyan ajouta avec un sourire : « Petite Sœur Nianyin, si ce n'est pas trop dérangeant, j'aimerais aussi en acheter quelques-uns à offrir en cadeau. Ils seraient tout à fait appropriés. »

Qin Nianyin répondit avec un sourire chaleureux : « Si Sœur Lingyan ne les juge pas méprisés, Nianyin les offrira naturellement. Comment oserais-je parler de paiement ? »

Son ton était doux et gracieux, son attitude posée et généreuse, la faisant paraître exceptionnellement digne en contraste.

L'odeur des chrysanthèmes flottait dans l'air rafraîchi par la pluie. Un pétale, détaché par la fine pluie, se posa tranquillement à côté de la chaussure brodée de Qin Nianyin.

Les courants sous-jacents de ce moment semblaient doucement s'atténuer avec lui.

Chapitre 41 : Un don particulier

Après le banquet de chrysanthème, la calèche se balança et se balança sur son chemin de retour vers la résidence Su. À l'intérieur, la lumière de la lampe vacillait faiblement, l'atmosphère était calme et quelque peu oppressante.

Qin Nianyin était assise à l'intérieur, son regard périphérique captant le visage distant de Su Wan, ses yeux dégageant un froid qui tenait les autres à distance.

Qin Nianyin soupira intérieurement, frère et sœur étaient bel et bien faits du même tissu ; Même cette froideur était identique.

Sans aucun changement visible d'expression, elle sortit une petite boîte de nourriture laquée de façon sombre.

Sa voix était douce mais posée. « Sœur Wan, le voyage est épuisant. Peut-être voudriez-vous humidifier votre gorge ? »

Le regard de Su Wan resta fixé sur les scènes de rue qui défilaient par la fenêtre, comme si elle n'avait rien entendu.

L'expression de Qin Nianyin ne changea pas, comme si elle se contentait d'engager une conversation banale. « Ce sont des shortcakes à la pêche restants du banquet. Ils sont encore croquants. Tu veux en essayer un ? »

Toujours pas de réponse.

« Il y a aussi un gâteau à l'hibiscus. Doux mais pas écœurant, et la couleur est très agréable. » Son ton resta léger et posé, comme pour énoncer calmement une chose sans importance.

Finalement, Su Wan laissa échapper un léger « hm ».

Elle tourna la tête, son ton plat mais cachant une trace de sentiment refoulé. « Toi... Quand tu as fait ces ornements pour cheveux, pourquoi ne m'en as-tu pas donné un d'abord ? Laisser les autres prendre la priorité donne l'impression que je suis moins important. »

Qin Nianyin fut momentanément pris au dépourvu, puis comprit en un instant. Les mots sonnaient décontractés, mais en réalité, ils révélaient un sentiment de blessure —non pas à propos de l'ornement en lui-même, mais d'avoir été quelque peu négligé pendant le banquet de chrysanthème alors que tout le monde entourait et louait Qin Nianyin.

Un doux sourire effleura ses lèvres. « Ces ornements capillaires étaient destinés à la vente au marché. S'ils ne les avaient pas vraiment aimés, ils n'auraient pas été prêts à payer de l'argent pour les acheter cher. »

Le bruit des roues de la calèche était un rythme doux et régulier. Qin Nianyin s'arrêta, son ton s'adoucissant davantage, comme si elle craignait de blesser la fierté de l'autre. « Mes mains sont maladroites ; J'ai encore besoin de quelques jours de perfectionnement avant de pouvoir produire quelque chose de vraiment satisfaisant. Ce serait un honneur pour moi que vous, Sœur, acceptiez de porter quelque chose que j'ai fabriqué. »

Elle fit une nouvelle pause, sa voix était douce, mais il y avait une note de sincérité dans le ton de Nianyin. « Si cela vous plaît, Sœur Wan, j'en préparerai naturellement un pour vous. Mais cette pièce particulière doit être réalisée plus lentement —je travaillerai lentement sur une pièce spéciale, digne de votre présence et de votre grâce. »

Elle courbant légèrement les yeux, ajoutant avec un mélange de sérieux et de plaisanterie : « Naturellement, ce serait un signe de mon attention. »

Le coin de la bouche de Su Wan se releva presque imperceptiblement. Bien qu'elle ne veuille pas l'admettre, une légère chaleur scintillait profondément dans ses yeux.

Voyant cela, Qin Nianyin n'en dit plus. Elle savait que quelqu'un comme Su Wan n'aimait pas la flatterie et la soumission, ne faisant confiance qu'à une intention sincère. Plutôt que d'utiliser des langues saisissantes, il valait mieux laisser les eaux profondes s'apaiser, permettant à l'autre de percevoir personnellement sa sincérité.

De retour à la résidence, Qin Nianyin ordonna à Mei de ranger les ornements de cheveux faits main dans une boîte en bois. Le travail des perles était exquis, l'artisanat complexe. Une courte note était incluse :

Étant tout juste arrivée, j'ai reçu votre gentillesse et vos soins, Sœur Wan. Ce petit témoignage de mon estime est offert avec respect, bien que ce modeste présent ne suffise guère à exprimer mes sentiments.

Bien que Su Wan ait peu dit en le recevant, elle passa longtemps dans sa chambre à l'essayer devant son miroir en bronze. À la lumière vacillante de la lampe, le coin de ses lèvres se courba imperceptiblement vers le haut.

Et dans un coin de la cour, un serviteur de la maison Su observait cette scène de loin, son expression neutre, avant de se retourner et de partir, comme s'il s'apprêtait à transmettre ce qu'il avait vu et entendu à quelqu'un qui ne devrait peut-être pas savoir.

* * * * *

Ce matin-là, une fine brume ne s'était pas encore dissipée. Bien que le temps se réchauffe progressivement, les premières heures portaient encore une trace de fraîcheur.

Qin Nianyin est venue comme d'habitude avant l'heure de Mao (5-7h du matin). Juste au moment où elle atteignit la porte du bureau, elle entendit le bruit d'une toux sourde venant de l'intérieur, étouffé, lourd, comme un tonnerre étouffé pressant contre la poitrine.

Ses pas hésitèrent. En regardant à travers la porte entrouverte, elle vit Su Zhang vêtu de ses habituels robes blanches comme la lune, appuyé derrière son bureau.

Son teint était pâle, ses lèvres presque translucides. Un livre était ouvert dans sa main, à moitié lu, son front fortement plissé, ses épaules tremblant légèrement à chaque toux.

Son premier réflexe fut d'entrer immédiatement pour demander, mais en faisant un pas en avant, elle s'arrêta soudainement. Baissant les cils, elle avala difficilement ses mots.

La voix de Xiuyan vint de l'intérieur de la pièce, teintée d'anxiété. « Jeune maître, le médecin impérial a été très clair. Peu importe à quel point le médicament est amer, il faut le prendre à temps. Ta toux est intense ces derniers temps. Si vous tardez davantage, je crains que cela ne vous endommage les poumons. »

La voix de Su Zhang resta ferme. « Ce n'est qu'une ou deux toux. Pas besoin de s'inquiéter. Le médicament est trop dur, je n'en peux pas le supporter. »

« Mais ces dernières nuits, tu dormais très mal. Et lorsque les quintes de toux te prenaient, tu avais du mal à reprendre ton souffle. »

« Je connais mes propres limites. » Sa voix restait ferme, mais portait une couche sous-jacente de lassitude, ne tolérant aucune objection.

Alors que Xiuyan s'apprêtait à supplier davantage, tournant le coin du couloir, il aperçut Qin Nianyin debout près de la porte, tenant une tasse de thé, son expression dissimulée par ses cils baissés, difficile à déchiffrer.

Ses yeux s'illuminèrent. Baissant la voix, il dit : « Jeune Cousine, vous êtes arrivée au bon moment... Le jeune maître a été de plus en plus méprisant envers les conseils ces derniers jours, refusant ses médicaments. Si tu parlais, il serait peut-être prêt à t'écouter. »

Qin Nianyin resta silencieuse un instant avant de hocher légèrement la tête. « Je vais essayer. »

Lorsqu'elle entra dans le bureau, ses pas étaient exceptionnellement doux. L'odeur des médicaments se mêlait à celle de l'encre et des livres, suspendue dans l'air immobile et lourd.

Su Zhang leva les yeux, ses yeux se posant d'abord sur la tasse de thé dans sa main, puis sur son visage. Son expression ne laissait transparaître aucune fluctuation.

Qin Nianyin posa la tasse sur le plateau en bois de santal rouge à côté du bureau. Son ton était doux. « Le thé est à la bonne température. Et le médicament est là. Si tu n'as pas d'autres affaires, tu devrais la boire ensemble. » Sa voix était posée, ni pressée ni lente, dépourvue de politesses excessives ou d'une distance délibérée, comme si elle remplissait simplement un devoir.

Le coin de la bouche de Su Zhang tressaillit légèrement. Finalement, il ne dit rien, se contentant de baisser les yeux, comme s'il regardait le bol de médicaments sur le bureau, ou peut-être les ombres entre ses propres doigts.

Alors qu'elle se tournait pour partir, il prit soudain la parole, sa voix toujours profonde et posée. « Si c'est à la demande d'un autre, il n'y a pas besoin de te forcer. »

Les pas de Qin Nianyin ne s'arrêtèrent pas. Son ton resta tout aussi posé. « Je ne fais que livrer du thé. Cela ne constitue pas une force. »

Le silence dans la pièce retomba, froid et fragile, comme une mince couche de givre qui se fissure sans un son.

Après un long moment, il avança la main, prit la gamelle de remèdes et la but d'un trait.
Sa silhouette s'éloigna peu à peu. L'émotion qu'elle avait, un instant, laissé transparaître dans ses yeux se replia aussitôt, engloutie dans le calme.

Seule la chaleur résiduelle sur le bol de porcelaine dans sa paume rappelait encore la tiédeur de sa main, quelques instants plus tôt.

* * * * *

Alors que Qin Nianyin se retirait de l'embrasure du bureau, son cœur s'agita comme une marée turbulente.

Se rappelant l'avoir vu quelques instants plus tôt, pâle et sans sang, mais tenant toujours sa colonne droite, elle se rendit compte qu'elle n'avait pas pu prononcer un seul mot d'inquiétude.

Elle ne pouvait pas le dire. Lui non plus n'osait le dire.

Son cœur battait si vite qu'il semblait prêt à bondir hors de sa poitrine. Elle ne pouvait que faire semblant d'être indifférente, comme une parente éloignée sans aucun lien avec lui.

Dans sa vie précédente, il avait toujours eu tendance à avoir des troubles de la toux lors des transitions saisonnières, mais il détestait prendre des médicaments.

Elle s'était agenouillée près de son lit de malade, le suppliant de le boire, veillant toute la nuit à veiller près de la lampe, allant même jusqu'à lui tenir la main, la voix tremblante alors qu'elle lui demandait s'il avait mal.

Il ne répondit que par quelques mots, conservant cette distance qui lui était habituelle.

Elle ne put s'empêcher de rire intérieurement. Maintenant, renaissante dans cette vie, avec lui malade et elle en position de prendre l'initiative, elle ne pouvait même pas prononcer un simple « Tu te sens mieux ? »

Arrivée dans la cour, le ciel couvert lui semblait oppressant. Un vent frais s'insinuait à travers les ouvertures de ses vêtements. La pluie semblait imminente.

Soudain, ses pas s'arrêtèrent. Debout là, regardant les ombres de bambou qui se balançaient dans la cour, son esprit devint soudain un embrouillement confus.

Ses pensées repassaient sans cesse l'image de ses épaules tremblant légèrement à chaque toux, la brève lueur d'espoir dans ses yeux lorsqu'il avait levé les yeux vers elle. Elle n'avait pas manqué de voir l'attente dans son regard.

Mais elle ne voulait pas répondre. Il n'a pas osé répondre.

Même s'il s'efforçait de le cacher, elle avait tout de même capturé cette attente, cette lassitude, avec une clarté parfaite.

« Qu'est-ce que je fais... » murmura-t-elle pour elle-même, se réprimandant intérieurement sans relâche.

Ses doigts tordaient et plissaient inconsciemment le tissu de ses manches. Finalement, elle fit volte-face, ses pas rapides comme si elle fuyait sa propre hésitation, se dirigeant droit vers la cuisine.

Chapitre 42 : Soupe aux poires douces

Alors que le feu de la cuisinière s'allumait, elle sentit soudain la chaleur dans ses paumes, réalisant elle avait réellement accompli ce geste.

Le bout de ses doigts tremblait légèrement alors qu'elle tranchait les poires ; Pendant qu'elle épluchait la poire, le couteau a dévié plusieurs fois de sa trajectoire ; En ajoutant les dattes rouges, elle en a mis deux de trop. Elle n'était pas douée pour le travail de cuisine.

Dans sa vie précédente, les servantes et les domestiques géraient toujours les repas ; elle avait rarement l'occasion de préparer elle-même une soupe ou un de la bouillie de riz. Mais la décoction de poire au sucre cristallin faisait partie des rares attentions, de sa main, qu'il avait acceptées dans cette existence passée.

Il n'aimait pas prendre de médicaments ; cela avait été le cas dans sa vie précédente. Il rejetait systématiquement ses avances de soin, seulement ce ragoût de sucre cristallin et de poire qu'il avait rarement refusé.

Elle fit mijoter les poires lentement jusqu'à ce qu'elles deviennent tendres, puis ajouta quelques baies de loup pour le goût, tout cela juste pour apaiser la toux qu'il refusait de traiter correctement.

Chaque goutte de cette soupe semblait lui brûler le cœur jusqu'à en laisser une trace. Qin Nianyin baissa lentement les yeux vers la surface scintillante du liquide dans la marmite en terre cuite, où se reflétait une lueur qu'elle ne voulait pas nommer ; un rire froid, lourd d'auto-dérision et d'un mépris retourné contre elle-même, glissa finalement hors de sa gorge.

« Qin Nianyin, » murmura-t-elle pour elle-même, « tu es vraiment désespérée. Il ne t'aurait jamais accordé un regard dans ta vie précédente et même dans celle-ci, tu ne peux toujours pas lâcher prise ? »

Pourtant, au final, elle ne pouvait pas lâcher prise.

Elle versa soigneusement la soupe dans une petite soupière, referma le couvercle et l'enveloppa méticuleusement de plusieurs couches de tissu avant de faire venir Mei.

« Prends l'invitation à la résidence Shen. Dis que j'ai invité Sœur Lingyan demain pour voir les nouvelles épingles en velours fleurs... Aussi... » Sa voix hésita légèrement. Elle se mordit la lèvre et ajouta : « Mention en passant... que mon cousin... ne se sent pas bien... »

Mei sursauta, regardant les yeux légèrement rouges de sa Mademoiselle. Elle allait poser une question mais fut arrêtée.

« Ne dis pas que je t'ai expressément dit de dire ça. Ne dis absolument pas ça. » Elle se détourna, sa voix aussi légère que le vent, peu à peu engloutie par la nuit. Seule elle savait que dans cette vie, elle ne voulait pas lui imposer ses sentiments aussi agressivement qu'avant.

Elle voulait simplement faire quelque chose pour lui discrètement. Elle espérait qu'il ne le saurait pas.

Même si la personne venue n'était pas elle et qu'il pourrait être déçu.

Mais elle préférait être prise pour froide plutôt que d'oser s'approcher à nouveau sans réfléchir.

Cette vie, elle doit agir avec plus de prudence. Pourtant, même avec le plus grand soin, ces sentiments débordaient, débordant de façon incontrôlable.

* * * * *

Qin Nianyin posa doucement le couvercle sur la soupière de sucre cristallin et de soupe de poires. La vapeur s'échappait paresseusement des coutures, et le léger parfum sucré de dattes rouges et de baies de loup.

Elle tendit le plateau à Mei, la voix basse. « Apporte ça à Xiuyan. Dis-le que c'est une soupe apaisante fraîchement préparée dans la cuisine, qu'il doit passer au Jeune Maître. Souviens-toi, tu ne dois absolument pas dire que c'est moi qui l'ai fait. »

Mei fut surprise, la bouche légèrement ouverte comme pour parler, mais finalement, elle baissa la tête et acquiesça. « Oui. »

Peu de temps après, Xiuyan entra dans le bureau comme d'habitude.

Voyant le front plissé de Su Zhang, la rougeur au coin de ses yeux et sa voix très rauque, il présenta aussitôt la soupe de poire qu'il portait. « Jeune maître, voici une soupe de poire fraîchement préparée de la cuisine. Ils disent que cela humidifie les poumons et calme la toux et arrête la toux. Ils m'ont demandé de l'apporter pour que tu l'essaies. »

Le mal de tête de Su Zhang était intense. Sans trop réfléchir, il se contenta d'agiter la main. « Pose-le. »

Après un instant, il tendit la main et souleva le couvercle de la soupière.

Une bouffée de vapeur s'en échappa, portant jusqu'à lui un arôme chaud et délicat.

Il porta une bouchée à ses lèvres à l'aide de la cuillère.

C'était chaud mais pas brûlant, doux et d'une douceur tendre. La poire fondit sur sa langue, l'essence de dattes rouges et de baies de loup persistant dans sa gorge, réprimant même un peu sa toux.

Il s'arrêta, légèrement abasourdi, le bout de sa langue semblant captivé par un souvenir —ce goût lui était bien familier.

Pourtant, pendant un instant, il ne se souvenait plus précisément quand, ni où, il avait goûté cette saveur auparavant.

« Xiuyan. »

« Oui, Jeune Maître. Votre instruction ? » Xiuyan mit rapidement de côté les objets divers qu'il tenait et s'inclina respectueusement.

« Cette soupe sucrée... C'est la première fois que la cuisine l'envoie ? » Ou l'avaient-ils déjà envoyé et il ne l'avait tout simplement pas remarqué ?

« Euh... » Xiuyan commença nerveusement, bégayant, son esprit cherchant une issue, car la Jeune Dame Cousine lui avait interdit de le dire. « Oui... Hum, ça devrait être la première fois. J'ai entendu dire que c'est un remède populaire contre la toux venant de la ville natale du vieux Lee le cuisinier. »

« Je vois. » Su Zhang resta perplexe face à ce goût familier.

Une image fugace traversa son esprit : le bruit d'une tasse de thé posée délicatement sur une table, l'expression sur le visage d'une femme quand ses yeux étaient baissés, ses doigts fins et ses ongles peints tenant une tasse.

Mais il ne laissa paraître aucune émotion et but en silence tout le contenu de la soupière.

Ce doute, ce frémissement sombre, effleura son cœur tel un remous imperceptible à la surface de l'eau avant de s'apaiser, retombant dans un calme parfait, comme si rien n'avait existé.

* * * * *

La nuit s'approfondit. Le bruit du vent effleurait les bords du rideau, apportant une touche de fraîcheur. Mei revint précipitamment. Dès qu'elle franchit le seuil de la chambre, elle baissa la tête et rapporta : « Jeune Dame, la résidence Shen a dit... Lady Lingyan est partie tôt avec sa mère à leur villa de banlieue et n'est pas encore revenue. J'ai attendu longtemps mais je n'ai finalement pas réussi à la voir. »

En entendant cela, les mains de Qin Nianyin s'arrêtèrent légèrement. Une lueur passa dans ses yeux, mais elle ne fit qu'esquisser un léger sourire sur les lèvres. « Laisse tomber. Il y aura d'autres jours. »

Sa voix était extrêmement douce, si légère qu'elle semblait se disperser dans un souffle de vent. Tombant sous la lumière des lampes, il était difficile de discerner si c'était de la consolation ou de l'auto-dérision.

Elle s'approcha de la fenêtre et poussa la moitié de la vitre en treillis du bout des doigts. Le vent nocturne, chargé d'humidité, s'engouffra, dispersant brusquement la chaleur restante de la tasse de thé.

Qin Nianyin resta immobile longtemps, regardant silencieusement vers le bureau peu éclairé, ses yeux profonds et sans éclat. Pendant longtemps, elle resta silencieuse.

Chapitre 43 : Refuser un mariage royal

Le soleil devenait de plus en plus intense, sa lumière dorée s'inclinant depuis les marches en jade blanc à l'extérieur de la salle.

Dans l'étude impériale, l'empereur Xuanwen s'inclina légèrement dans son fauteuil de grand maître, faisant tourner une perle de jade lisse et chaude entre ses doigts. Au fond de son regard se cachait un amusement qui ressemblait à un sourire, mais qui n'était pas discret.

Les trois princes et Su Zhang se tenaient en rangées à sa gauche et à sa droite, chaque visage impénétrable, attendant silencieusement l'ordre impérial.

« Zijun », le ton de l'empereur Xuanwen était doux, mais teinté d'une note de sondage, « tu n'es plus jeune en âge. Y a-t-il quelqu'un qui a conquis ton cœur ? »

Su Zhang fit un petit pas en avant avec une révérence, son expression pleine de révérence. « Les affaires de mariage et d'enfants suivent naturellement les ordres de ses parents. En réponse à Votre Majesté, Cet humble fonctionnaire n'a aucun désir particulier. »

L'empereur Xuanwen laissa échapper un bref rire. « Ne tente pas de nous abuser avec de telles fanfaronnades. Sans ton acquiescement, crois-tu vraiment que tes parents pourraient venir à bout de ton entêtement ? »

« Cette affaire est toujours en discussion entre mes estimés anciens à la maison. »

« Dans ce cas — » Les lèvres de l'empereur Xuanwen se courbèrent légèrement, sa voix douce mais portant une autorité qui ne laissait aucun refus.

« Aujourd'hui, nous allons décider pour vous. Le palais abrite de nombreuses femmes talentueuses et des beautés remarquables.

Si tu n'as vraiment aucune envie de choisir pour toi-même... alors Nous pourrions bien t'en accorder un —dis, Dame Jing. Et elle alors ? »

« Votre Majesté ! »

Su Zhang tomba aussitôt à genoux, ses robes balayant le sol alors qu'il s'inclinait profondément. Sa voix était ferme mais respectueuse.

« Ce ministre indigne est terne d'esprit et maigre en capacité. Je n'ose pas présumer d'accéder à un poste qui se tient à la hauteur de la Maison Impériale. »

Alors que ces mots tombaient, l'atmosphère dans la salle se solidifia instantanément.

Le prince héritier Li Duan baissa les cils, son expression inchangée, comme s'il l'avait anticipé depuis longtemps.

Le sourcil du Second Prince Li Xuan se haussa légèrement. Il se couvrit les lèvres avec un léger rire ; son sens teinté de mépris.

Le Troisième Prince Li Suo s'appuyait contre un pilier, ses sourcils en forme d'épée légèrement levés, un mélange de moquerie et d'amusement s'approfondissant dans ses yeux.

Le front de l'empereur Xuanwen se plissa légèrement, sa voix s'enfonça. « Ministre Su, refuseriez-vous un mariage personnellement choisi par nous ? »

Su Zhang s'inclina de nouveau, son ton ni hautain ni servile. « Cet humble fonctionnaire sait que ses propres fondations sont humbles et faibles. Je crains de déshonorer la grâce de Votre Majesté. La Seconde Princesse est céleste par sa grâce et sa beauté, noble descendante de la branche dorée. Si elle était mariée à quelqu'un comme moi, la moindre difficulté m'empêcherait de dormir ou de manger en paix. Je n'ose vraiment pas accepter un tel honneur avec arrogance. »

En levant les yeux, ses yeux étaient clairs et brillants. Chaque mot était sincère et complet, à la fois autodérisoire et preuve de loyauté, ne laissant aucune place à la critique.

Li Duan esquissa un léger sourire sur les lèvres, son attitude posée laissant entrevoir une pointe d'approbation.

Une lumière froide éclaira les yeux de Li Xuan, bien qu'un léger sourire jouât encore sur ses lèvres. Son ton portait une note d'amusement sarcastique. « La loyauté du Ministre Su est si profonde qu'il rejetterait un mariage royal comme s'il ne valait rien. Véritablement, un pilier de l'État. »

Li Suo, s'éventant légèrement, ricana doucement. « Zijun, j'ai entendu dire que Jing a beaucoup d'affection pour toi. Maintenant que tu as publiquement refusé le mariage, j'ai peur qu'elle ne soit brisée le cœur. »

Su Zhang baissa légèrement ses cils ; sa voix était comme une lame qui fend l'eau.

« La princesse Ninghua — Li Jing — est, bien sûr, aussi brillante que la lune, bien au-delà de la portée des hommes ordinaires. Mais l'ambition de cet humble fonctionnaire réside dans les salles de la cour. Je souhaite consacrer toute ma force de vie à soutenir le royaume. Prendre une princesse pour épouse signifierait... »

Il fit une pause, le souffle se serrant, avant de continuer doucement : « ... démissionner de mon poste pour éviter les soupçons, et cela gâcherait la retraite minutieuse de mes capacités par Votre Majesté.

Le bien-être du peuple est primordial ; Les affaires personnelles sont légères.

« Je souhaite seulement rester digne de la grâce de Votre Majesté, et je n'aurai aucun regret, même face à la mort. »

« Il semble que les yeux du Ministre Su soient aussi élevés que les cieux, regardant même Notre fille d'en haut. »

« Cet humble fonctionnaire n'ose pas. La Princesse est une enfant d'or et de jade, un phénix naturel. C'est Cet humble fonctionnaire qui est indigne. »

L'empereur Xuanwen réfléchit un instant, pensif. « Très bien. Les consorts de cette dynastie ne peuvent pas occuper des postes clés dans la capitale. Si le Ministre Su épousait la Princesse, il serait difficile de briser ce règne ancestral et Nous ne souhaitons pas établir un tel précédent. »

« Ces remerciements officiels, Votre Majesté. » Su Zhang s'inclina profondément une fois de plus en signe de révérence.

L'Empereur tapota légèrement l'accoudoir du bout des doigts, après un moment de réflexion, avant de parler lentement.

« Puisque c'est le cas, nous ne vous laisserons pas mêler aux affaires du cœur... Les taxes annuelles du Jiangnan sont restées floues ces derniers temps, les fonds pour le transport par canal sont en déficit et le ministère des Finances a à plusieurs reprises commémoré sans résolution. Nous avons l'intention de vous envoyer au sud pour enquêter, vous accordant l'autorité d'un Censeur Impérial Spécial en plus de votre poste de Directeur du Bureau des Nominations au Ministère du Personnel. Êtes-vous prêt à entreprendre cette épreuve ? »

La salle devint instantanément aussi silencieuse qu'une cigale par temps froid ; même le bruit du vent semblait geler.

Le Jiangnan affichait une façade de prospérité et de commerce florissant, mais sous la surface, des clans influents étaient profondément enracinés et leurs intérêts étroitement liés. Enquêter sur la corruption revenait à cueillir la nourriture directement des mâchoires d'un tigre.

Le bout des doigts de Li Duan tressaillit légèrement dans ses manches, comme pour donner un assentiment silencieux. Li Xuan tourna légèrement la tête, une lueur froide brillant dans ses yeux alors qu'il riait doucement.

Li Suo s'appuya à moitié contre un pilier de la salle, le coin de sa bouche croché en un arc d'intérêt ambigu.

N'importe qui pouvait voir qu'en refusant le mariage avec la Seconde Princesse, Su Zhang avait déjà provoqué le mécontentement de l'Empereur.

Or, l'envoi de l'Empereur à Su Zhang en mission pour enquêter sur les taxes du Jiangnan était ostensiblement un signe de confiance et de délégation d'autorité, mais en réalité, c'était une manœuvre pour le contraindre à gérer une situation périlleuse, servant de réprimande tacite pour sa défiance.

S'il gérait bien cette affaire, il gagnerait naturellement directement la faveur de l'Empereur. S'il gérait mal la situation, finir en prison avec des chaînes qui s'entrechoquaient était une possibilité réelle.

Su Zhang s'avança et s'inclina, sa voix aussi grave qu'une cloche. « Ce fonctionnaire est prêt à accepter l'ordre d'aller vers le sud, jurant d'enquêter en profondeur sur les fautes pratiques, de rétablir la clarté sur Jiangnan et de ne pas déshonorer la mission. »

L'empereur Xuanwen lança un sceptre de ruyi en jade. Il atterrit sur le bureau du dragon avec un son clair et net. Ses mots étaient sonores : « Bien ! Nous attendrons votre retour après avoir atteint le mérite, puis nous reparlerons du mariage ! »

Li Suo haussa un sourcil. Son ton était doux mais dissimulait une tranchante. « Enquêter sur les fautes pratiques n'est pas une affaire mince, Ministre Su. Il faut être prudent. S'il y a la moindre erreur... ce qui est perdu n'est peut-être pas seulement un fonctionnaire. »

Ses mots étaient comme une pierre jetée dans l'eau, envoyant des ondulations de courants sous-jacents.

L'expression de Su Zhang resta impassible. Il inclina lentement la tête, sa voix posée. « Ce fonctionnaire, porteur de la profonde grâce de Votre Majesté, accomplira naturellement ses devoirs avec prudence et ne trahira pas la confiance qu'on lui accorde. »

L'empereur Xuanwen acquiesça enfin, son ton s'enfonçant. « Puisque c'est le cas, tu as six mois. Rends-nous un Jiangnan clair et honnête. »

Un instant, la salle fut totalement silencieuse, à l'exception de la fumée d'encens s'enroulant depuis l'encensoir en bronze doré, verrouillant discrètement ce choc de tensions vives dans le chemin menant au sud.

« Ce fonctionnaire reçoit le décret. »

Su Zhang, sa grande taille, s'inclina profondément à nouveau. Ses robes s'étendirent comme de l'encre sur les marches devant le trône. Bien qu'il ne prononça pas un mot, sa présence était aussi lourde qu'une montagne qui s'abattait.

* * * * *

La séance du tribunal s'est terminée. À l'extérieur des portes du couloir, les tuiles dorées du toit reflétaient la lumière du soleil ; Les longues marches s'étiraient comme de l'eau qui coule.

À peine Su Zhang sortit de la salle, il aperçut le prince héritier Li Duan approcher. La lumière du soleil se reflétait dans ses yeux, condensée en une profondeur profonde. Il dit d'une voix basse : « Le refus du mariage a été traité sans faute. Même cette mission de patate chaude de l'inspection du sud est tombée entre tes mains, Zijun, une sacrée capacité. »

Su Zhang s'inclina en signe de salut, son ton ni chaleureux ni froid. « Votre Altesse me loue. Zhang n'ose pas se distraire. »

Le regard de Li Duan se détourna, semblant involontairement jeter un coup d'œil vers Li Xuan, pas si lointain. Le sourire sur ses lèvres ne s'effaçait pas, mais ses yeux dégageaient une profondeur pénétrante et un sens non exprimé.

Li Xuan s'approcha à un rythme tranquille, un sourire toujours aux lèvres, bien que sa voix révélât une légère froideur. « Les eaux du Jiangnan sont profondes. Tu dois être prudent. »

Alors que ses mots tombaient, il fit un claquement de manche et passa calmement près de l'épaule de Su Zhang. Sous les marches, le vent se souleva brusquement, comme tirant des ficelles invisibles, quelques instants plus tard, un suiveur de confiance reçut un ordre venant de l'ombre d'un coin et s'éloigna rapidement.

Et près des piliers de la colonnade, le troisième prince Li Suo s'appuyait contre la rambarde, s'éventant légèrement.

Son regard était calme mais chargé d'un vif intérêt, comme s'il observait une proie sur le point de tomber dans le piège.

Sur la route impériale lointaine, les fonctionnaires sortaient en file régulière. Des robes de brocart flottaient, le bruit des bottes noires sur les marches était comme une marée, mais personne n'osait se retourner. Tout le monde comprenait —ce voyage vers le Jiangnan ne consistait pas seulement à enquêter sur les fautes pratiques ; C'était aussi un test de la lame.

Les yeux de la faction du Prince Héritier, de la faction du Deuxième Prince et de celle du Troisième Prince se posèrent tous sur ce seul rapport commémoratif.

L'esprit de Su Zhang était totalement calme, pourtant il sentait ces courants sous-jacents converger de toutes parts. Il se rappela les derniers mots de l'empereur Xuanwen dans la salle : « Six mois, c'est la limite. » La voix était froide comme le fer, comme si on posait une montagne sur ses épaules.

Su Zhang marchait, les mains jointes dans le dos, ses pas aussi assurés qu'une règle de fer, l'ourlet de ses robes flottant.

Le paysage du Jiangnan lui revenait déjà à l'esprit, les malversations du transport par le canal, les déficits fiscaux récurrents, les clans puissants solidement enracinés, et les lames soigneusement dissimulées sous la surface.

Il savait que ce voyage était une marche sur des lames de couteau, mais aussi une occasion d'établir son autorité.

Soudain, une ombre onirique traversa les profondeurs de son esprit : une femme tournant la tête avec un doux sourire, son regard comme de l'eau tendre.

Son expression se contracta légèrement, chassant immédiatement ce fil d'agitation. Ses pas, au contraire, devinrent encore plus résolus.

Les cieux de la dynastie du Grand Zhou semblaient calmes et paisibles, mais les courants sous-jacents bouillonnaient depuis longtemps.

Sur ce cheminement, il doit — calculer chaque étape.

Chapitre 44 : Pas de raison de s'inquiéter

La nuit s'approfondissait, la rosée lourde comme le givre.

Su Zhang s'allongea sur son lit, incapable de dormir longtemps. Dehors, les bruits d'insectes étaient sporadiques ; La flamme de la bougie vacillait comme un simple haricot. Il ferma enfin les yeux, ne voulant qu'un bref repos, mais s'enfonça sans s'en rendre compte dans un profond sommeil.

Dans le rêve, une fine brume brouillait tout, le ciel et la terre formant une vaste étendue indistincte.

Il semblait se retrouver dans une petite cour isolée. Sous les avant-toits pendait une guirlande de carillons verts en jade, dont le tintement était clair et net, mais teinté de froid et de solitude.

Sous les avant-toits, une silhouette élancée était assise seule sur une chaise en bambou.

Elle portait des robes simples avec des écharpes simples, ses cheveux attachés en un chignon bas. Sa posture était calme, mais si solitaire qu'elle semblait coupée du monde.

Ses épaules étaient légèrement voûtées ; une main soutenait son front, tandis que le bout des doigts de l'autre tapotait légèrement le coin d'une petite table dans un rythme lent et régulier, comme si elle comptait le passage de quelques années silencieuses.

Le cœur de Su Zhang se serra brusquement. Cette silhouette... Ressemblait énormément à son cousin dans la résidence, mais en y regardant de plus près, c'était tout différent.

Sa tenue était luxueuse, ses sourcils et ses yeux dignes, les ornements d'une femme déjà mariée. Pourtant, son expression était empreinte de lassitude et de détachement.

Son regard s'étendit au-delà de la cour, si indifférent qu'on aurait dit qu'elle ne l'avait pas vu du tout.

Il voulait appeler mais ne put émettre aucun son ; Il voulait avancer, mais se sentait lié par des chaînes invisibles, incapable de bouger.

Soudain, la scène changea brusquement.

Au bord du lac, le brouillard enveloppait l'air. La femme était assise silencieusement près d'une table en pierre, ses doigts s'enroulant toujours autour de la tasse de thé, le mouvement lent et mécanique. La vapeur du thé s'élevait ; dans la brume floue, ses traits étaient flous et lointains.

Enfin, elle leva les yeux, ses yeux se posant sur lui.

Ces yeux ne portaient ni haine, ni joie, seulement un silence longtemps tenu et... une lassitude qui lui semblait familière.

« Mon Seigneur Su, il n'y a pas lieu de s'inquiéter. »

Sa voix était légère et faible, comme un grain de poussière tombant lorsqu'un vieux parchemin est tourné.

Le cœur de Su Zhang se serra violemment. Il s'efforçait farouchement d'avancer mais était toujours séparé par des couches de barrières brumeuses ; sa main tendue restait incapable de la toucher.

* * * * *

Su Zhang se réveilla en sursaut.

La sueur froide lui coulait le front, sa poitrine se soulevait de façon irrégulière. La faible lumière traversant une ouverture dans les rideaux du lit lui tombait dans les yeux, illuminant son expression vide, perdue et vide.

Qui était cette personne ?

Bien que ses traits restassent flous, il était certain qu'il s'agissait de Qin Nianyin.

Une fois cette pensée venue, sa poitrine se sentit lourde, comme pressée contre une pierre. Il serra fermement les couvertures, les paumes froides.

La solitude de la femme dans le rêve, la froideur sans vague dans ce seul regard, avaient en réalité fait briser son cœur, l'étouffant presque.

Ce qui le troublait encore plus, c'était que ce sentiment d'impuissance ressemblait étrangement à son intuition sur la situation à Jiangnan : les brumes étaient profondes, les eaux froides, chaque pas était dangereux.

Il resta assis en silence jusqu'à ce que le ciel commence à s'éclaircir faiblement, ses yeux sombres et profonds comme un vieux puits. L'ombre du rêve ne se dissipa pas ; au contraire, elle s'emmêla dans le jeu d'échecs de puissance et de stratégie en un nœud, pesant lourdement sur son souffle.

Alors que la lumière de l'aube s'éveillait, Su Zhang se leva, drapant son vêtement extérieur sur ses épaules et poussa la fenêtre. Le vent frais du matin, la fine brume de Nianyin, l'accueillit de front, portant un froid qui ne s'était pas encore dissipé.

Au loin, la capitale était floue comme de l'encre, des tours et des pavillons à peine visibles, à la fois illusoires et réels, tout comme l'état actuel du monde.

Il se pencha, s'aspergeant le visage d'eau froide. Bien que son corps soit alerte, ce fil de morosité persistant dans son cœur s'accrochait encore fermement. Les images du rêve étaient d'une vivacité éclatante.

Cette personne du rêve, à part son âge et sa tenue, portait des traits presque identiques à ceux de la cousine Qin. Quel lien existait entre eux ? Ou, était-ce simplement une obsession déraisonnable née du fond de son propre cœur ?

Qin Nianyin assise en solitaire, en vêtements civils, la silhouette au bord du lac de sa sirotée tranquillement du thé, chaque scène s'ancre profondément dans son cœur comme des clous de fer enfoncés dans la maison.

Il serra les doigts, les jointures blanchissantes.

Son éducation depuis l'enfance lui avait appris qu'un gentleman ne parle pas de forces étranges ni d'esprits chaotiques. Pourtant, ces rêves répétés suffisaient à ébranler son calme.

Il avait toujours été réservé dans ses émotions et maître de lui, difficile à ébranler et encore moins enclin à parler d'amour.

Pourtant, le rêve de cette nuit le força à admettre — que ses sentiments pour elle avaient largement dépassé ceux appropriés pour un cousin. Ce sentiment s'était peut-être enraciné sans être remarqué, germant discrètement dès son entrée dans la résidence.

Il laissa échapper un rire bas et doux, teinté d'auto-dérision. Lui, toujours si réservé et calme, avait en fait perdu son sang-froid face à l'indifférence d'une femme —troublée dans le rêve et longtemps troublée après son réveil.

Il baissa les yeux, ses cils projetant une ombre profonde.

La capitale enveloppée de brume s'éveillait peu à peu, mais ses pensées se tournèrent vers le sud, la route vers Jiangnan était longue, l'entreprise périlleuse, des courants sous-jacents s'élevaient dans les salles de cour et la lutte pour l'influence entre les princes et les familles puissantes était prête à s'enflammer au moindre contact.

Peut-être est-ce précisément pour cela que son subconscient avait superposé l'image de Qin Nianyin à celle de la femme du rêve. Cette solitude, cette sorte d'indifférence distante envers le monde, lui donnait inexplicablement envie de la garder devant ses yeux, de la prendre à ses côtés.

Une fois cette pensée prise en main, elle se répandit comme une traînée de poudre, difficile à éteindre.

Su Zhang se redressa lentement à toute sa hauteur, ajusta ses robes et son expression, retrouva sa stabilité et sa réserve habituelles,

Seuls ses yeux portaient désormais une couche supplémentaire de détermination inébranlable.

* * * * *

La nuit fut profonde. Dans la grande salle de la résidence Su, la lumière des lampes était faible.

Le père de Su Zhang, vêtu d'une robe zhi-duo bleu foncé , tenait une tasse de thé, le regard fixé sur Su Zhang devant lui. Une trace d'inquiétude, difficile à détecter, apparut entre ses sourcils.

« Ce voyage vers le Jiangnan n'est pas une mince affaire », dit Su Ze d'une voix basse, son ton stable mais incapable de réprimer complètement son inquiétude. « Le Jiangnan a toujours été connu pour sa richesse, mais ses eaux sont profondes et boueuses. Beaucoup à la cour ont les yeux rivés sur ce riche prix. La corruption est omniprésente, les connexions sont étendues. Puisque vous avez accepté cette mission, vous devez rester vigilant dans toutes les affaires. »

Su Zhang se redressa sur le côté, baissant les yeux en répondant : « Votre fils se souvient des instructions de Père. »

Su Ze s'arrêta, puis demanda : « Quand pars-tu ? »

Su Zhang leva les yeux, les yeux clairs. Il répondit d'une voix grave : « Il reste plusieurs tâches mineures à accomplir, qui doivent être clairement confiées. Votre fils a décidé de partir dans dix jours. »

Su Ze hocha légèrement la tête. « C'est bien. Pouvoir faire plus de préparatifs est toujours préférable à un départ précipité. »

Cela dit, il regarda vers l'ombre à l'extérieur de la salle et dit : « Ta mère est profondément bouleversée. Elle vient de dire qu'elle a du mal à dormir la nuit. »

La mention de sa mère fit légèrement changer les yeux de Su Zhang, son front se froncant légèrement.

Alors qu'ils parlaient, des pas légers et précipités se firent entendre à l'extérieur de la porte. Mei entra, tenant une boîte de nourriture et dit

301

doucement : « La Jeune Dame a envoyé quelqu'un pour livrer ceci. Elle a dit que ce sont des gâteaux aux châtaignes fraîchement faits, encore chauds. Elle en envoya dans chaque cour et m'envoya aussi en apporter pour que le Marquis goûte. »

Su Ze fut momentanément surpris, puis sourit et dit à Su Zhang : « Cette enfant, Nianyin, est très attentionnée. »

Su Zhang baissa les yeux et accepta la boîte de nourriture.

La chaleur s'infiltra dans sa paume, se mêlant doucement au parfum sucré et collant des gâteaux aux châtaignes.

Il n'était pas d'humeur particulière, mais alors que la boîte de nourriture bougeait légèrement dans sa main, une image surgit soudain dans son esprit : Qin Nianyin fronçant les sourcils en réfléchissant, fumant personnellement les gâteaux.

Une pensée fugace lui vint, provoquant en fait un léger malaise dans son cœur,

Il ne savait pas pourquoi cette scène lui traversait l'esprit, comme s'il l'avait vraiment témoin.

Et s'il l'emmenait avec lui au Jiangnan ?

Le bout des doigts de Su Zhang se resserra, réprimant cette idée absurde, un rire amer dans son cœur.

Le voyage vers le Jiangnan fut semé de périls ; Comment pouvait-il l'impliquer là-dedans ?

Su Ze, observant les expressions changeantes sur son visage, toussa légèrement et dit : « Même si ton cœur a des liens attachés, tu dois quand même distinguer l'important de l'urgent, le lourd et le léger. En tant que descendant de la famille Su, tu dois prioriser la famille et l'État. »

Su Zhang leva les yeux, son regard calme. Il acquiesça. « Ton fils comprend. »

Dehors, le vent nocturne se levait légèrement ; La lumière de la lampe oscillait comme de l'eau.

Su Zhang baissa les yeux vers la boîte de gâteaux aux châtaignes encore chauds posée sur la table. Une trace de tendresse et de réticence invisibles s'éveilla en lui. Pour une raison quelconque, sa poitrine s'était soudainement serrée quelques instants plus tôt.

Il savait qu'une fois parti, il ne savait pas combien de temps il lui faudrait avant de pouvoir la revoir, assise en sécurité sous le couloir, ses sourcils et ses yeux pétillants de vie.

Chapitre 45 : Pas d'affection pour les sucreries

Su Zhang retourna à son bureau d'un pas lourd, l'ourlet de sa robe effleurant nonchalamment le coin de son bureau, soulevant un léger nuage de poussière.

Son expression était posée, pourtant ses doigts frottaient inconsciemment le tissu de sa manche, trahissant un léger tremblement.

Plus tôt, quand la servante de Qin Nianyin, Mei, avait livré les gâteaux aux châtaignes dans les quartiers de son père, il n'y avait pas prêté beaucoup d'attention. Mais maintenant, à cet instant, son cœur devenait de plus en plus préoccupé par cette pensée.

« Xiuyan. » Sa voix était froide lorsqu'il appela.

Xiuyan entra précipitamment depuis la pièce voisine, s'inclinant respectueusement. « Quels sont vos ordres, Jeune Maître ? »

« Les gâteaux aux châtaignes ? » demanda Su Zhang sans aucun changement visible d'expression, bien que son ton trahisse une pointe de doute de soi à peine perceptible.

Xiuyan resta un instant absent, répondant confus : « En réponse au jeune maître, quels gâteaux aux châtaignes ? »

Su Zhang se tut un instant, se rappelant que Mei avait clairement dit que certains étaient livrés dans chaque cours.

« Juste... » Il laissa échapper un rire autodérisoire. « Laisse tomber. » Il ne savait vraiment pas ce qui lui avait pris.

Xiuyan se gratta la tête. « Si le Jeune Maître souhaite manger des gâteaux aux châtaignes, ce serviteur doit-il aller à la cuisine en commander maintenant ? » Comme c'est étrange. Depuis quand le Jeune Maître avait-il un tel appétit pour la nourriture ?

Un léger changement traversa le visage de Su Zhang.

« Laisse tomber. » Il leva les yeux, profonds et lourds, comme couverts d'une fine couche de givre.

Il semblait que, dans toute la résidence Su, il n'avait été qu'omis.

Une légère irritation et une colère morose commencèrent à grandir dans son cœur, montant comme une marée.

Xiuyan se gratta la tête, ne comprenant pas pourquoi le Jeune Maître était soudainement agacé. « Ce serviteur ira quand même à la cuisine... »

Su Zhang leva la main pour se presser la tempe, sa voix toujours calme. « Ce n'est pas nécessaire. »

Xiuyan hésita, voulut parler puis se ravisa. Il sentait seulement que l'aura de son maître était aujourd'hui d'une oppression inhabituelle, semblable à une glace contenue sous la surface d'une rivière en plein hiver, prête à se fendre en un fracas à tout moment.

Su Zhang marcha seul jusqu'à la fenêtre, contemplant les fleurs de poirier tombées complètement dans la cour, les yeux tourbillonnant d'émotions refoulées à leur limite.

* * * * *

La lumière du matin était faible. Une fine couche de fleurs de poirier était tombée devant la cour.

Qin Nianyin marchait le long du chemin de gravier, tenant un paquet de gâteaux aux châtaignes qu'elle avait elle-même préparés. Mei chuchota à côté d'elle, « Après avoir livré dans toutes les cours, ce petit morceau est tout ce qu'il nous reste à manger. J'ai bien peur que ce ne soit pas suffisant. »

« Toi ! Toujours en train de penser à manger ! » Qin Nianyin le réprimanda en riant.

« Jeune fille, ne me taquine pas. » Mei pinça les lèvres, souriant, puis ajouta : « Jeune Dame, avez-vous entendu ? Le jeune maître Cousin a été nommé à un poste élevé par l'Empereur et se rend au sud pour enquêter sur une affaire. Notre jeune maître cousin est vraiment remarquable. »

Qin Nianyin secoua légèrement la tête. Son expression se refroidit brusquement après sa taquinerie précédente, prenant une note d'inquiétude.

Elle se souvenait que dans sa vie précédente, Su Zhang avait également entrepris ce voyage vers Jiangnan.

Et elle se souvenait clairement, cette année-là, les routes des courriers étaient glissantes, le bateau officiel amarré la nuit et quelqu'un en profita pour le manipuler, tentant d'assassiner sous le couvert de l'obscurité. Il avait failli tomber dans la rivière au cœur de la nuit, son corps perdu sans laisser de trace.

S'il n'avait pas été vigilant et extraordinairement chanceux, il aurait probablement été enterré dans les marais aquatiques depuis longtemps.

En y pensant, son cœur se serra, mais elle le réprima immédiatement.

Cette vie était différente. Elle connaissait la direction que le destin avait prise. Elle n'avait qu'à offrir quelques mots d'avertissement, rien de plus. Elle ne devait absolument pas dépasser les limites, elle ne voulait pas se retrouver à nouveau mêlée à son monde comme dans sa vie précédente, ce qui lui valait l'agacement.

Mei leva les yeux vers le ciel lointain, un doux désir brillant dans ses yeux. « Jeune fille, vous souvenez-vous quand nous y vivions enfants ? Les vendeurs ambulants vendant de la racine de lotus confite, les gens qui faisaient voler des cerfs-volants près du pavillon au bord du lac... Comme ce serait merveilleux d'y retourner et de le revoir. »

Alors qu'elle parlait, un sourire éclatant et juvénile s'étira sur son visage, ses mots empreints de nostalgie et de nostalgie. « Si nous pouvions aller à Jiangnan ensemble, ce serait comme retourner dans le passé... Comme ce serait merveilleux. »

En écoutant, Qin Nianyin ne put s'empêcher de ressentir une pointe de tristesse dans son cœur. Ses doigts se crispèrent subtilement sur sa manche.

Oui, Jiangnan, c'était l'endroit où elle et Mei avaient grandi. Mais l'inondation cette année-là avait emporté sa maison. Ses sentiments envers Jiangnan étaient vraiment un mélange d'amour et de haine.

* * * * *

Perdue dans ces pensées, elle vit Su Zhang s'approcher de loin dans le couloir, sa silhouette grande et droite, ses robes sombres flottant, son attitude semblable à celle d'un pin.

Qin Nianyin, plongée dans ses pensées, fut prise au dépourvu et faillit le percuter, ce qui lui arracha une douce exclamation. « Ah... »

« Fais attention à ton chemin en marchant. » Le ton de Su Zhang n'était ni froid ni chaleureux. Son regard tomba, apercevant par hasard le paquet de gâteaux aux châtaignes dans sa main.

Son front et ses yeux ne bougeaient pas, pourtant son cœur semblait légèrement pincé par quelque chose. La morose de son bureau plus tôt disparut sans laisser de trace à cet instant. Lui-même ne s'en rendant compte, le coin de sa bouche se releva légèrement.

Donc, elle avait l'intention de le livrer en personne.

Qin Nianyin se ressaisit, reconnaissant le nouvel arrivant et fit rapidement une révérence en guise de salut. « C'est toi, cousin. J'ai failli te bousculer tout à l'heure. Je m'excuse. »

Su Zhang ne répondit pas à son salut, se contentant de dire doucement : « Donne-le-moi. » Il tendit la main et prit les pâtisseries.

Qin Nianyin fut déconcertée. Ses doigts se crispèrent instinctivement et elle recula d'un pas sans même s'en rendre compte.

Cette retraite, ni légère ni lourde, tomba clairement aux yeux de Su Zhang.

L'atmosphère devint légèrement tendue.

Ses doigts s'arrêtèrent en plein air. Son expression resta inchangée, mais son cœur semblait légèrement piqué par une fine aiguille, se resserrant brusquement.

Donc, ces gâteaux n'avaient finalement pas été réservés pour lui.

Il s'avéra qu'il présumait de faveurs non intentionnelles.

Qin Nianyin prit également conscience que sa retraite avait été brutale. Ses yeux vacillèrent légèrement. Elle dit à voix basse : « Ces... Ces gâteaux sont un peu écrasés, pas présentables. Je vais en préparer des frais demain et te les envoyer, cousin. »

Sa voix était aussi légère que le vent, mais elle ne pouvait dissimuler aucune trace de gêne et de maladresse.

Su Zhang baissa les yeux vers elle, ses yeux profonds et impénétrables. Il ne parla pas. Après un long moment, il leva le pied, se retourna et dit froidement : « Ce n'est pas nécessaire. »

Alors que ses pas commençaient, il sembla se rappeler quelque chose, ajoutant doucement : « Je n'ai jamais eu beaucoup d'affection pour les sucrés. »

Le ton était aussi léger que le vent sur des feuilles fanées, totalement dépourvu d'émotion, mais il frappait l'oreille avec une acuité particulière.

Xiuyan suivit rapidement. L'expression de son maître était froide et détachée, ses pas assurés, mais il semblait dissimuler des courants sous-jacents de mille couches profondes. Il ne put s'empêcher de se gratter la tête, son visage étant une image de confusion,

N'avait-il pas… demandé spécifiquement des gâteaux aux châtaignes ce matin ?

Comment pouvait-il maintenant dire qu'il ne les aimait pas ?

Le changement fut bien trop rapide.

Il jeta un coup d'œil à son maître. Le dos de Su Zhang était droit comme un bâton, ses yeux fixés droit devant lui, sans jeter un regard de côté, ses robes sombres balayant le sol comme du givre. Il ne restait aucune trace de la légère douceur d'il y a quelques instants.

Xiuyan murmura pour lui-même : « En effet, la chose la plus difficile au monde à comprendre, c'était l'esprit du Jeune Maître. »

* * * * *

Le bureau était silencieux comme de l'eau immobile. Seuls les carillons à vent aux avant-toits tremblaient faiblement. La lumière de l'après-midi s'infiltrait, traversant la grille sculptée de la fenêtre pour projeter un motif de lumière et d'ombre sur le bureau.

Des fleurs de poirier recouvraient le sol ; Les branches commençaient déjà à paraître nues. Quand le vent passa, les pétales descendirent avec lui, se posant tranquillement près de la pierre d'encre.

Su Zhang se tenait devant son bureau, l'expression dure comme la pierre. Ses doigts effleurèrent un mémorial non lu, mais les mots et les phrases restaient informes et flous. Son esprit était depuis longtemps piégé ailleurs.

Ce qui repassait dans ses pensées n'était pas des affaires d'État, mais la brève et sincère sensation de ses doigts offrant les pâtisseries quelques instants plus tôt.

Le pinceau de jade fut soudain balayé par sa main, tombant contre le coin du bureau avec un bruit net. L'encre éclaboussa, se répandant en une tache irréparable.

Dehors, les ombres des branches se balançaient. Il regarda en silence mais sentit une étreinte serrée dans sa poitrine. Chacun de ses gestes et gestes, apparemment désinvoltes, suffisaient à provoquer des fluctuations dans son humeur. Cette hésitation et cette retraite étaient comme une fine aiguille, profondément ancrée dans son cœur.

Il ferma brièvement les yeux, ses jointures se resserrant dans ses manches, son souffle retenu très bas, à l'idée que quelques morceaux de pâtisserie pouvaient provoquer une telle perte de contenance.

Après un long silence, il tourna le dos, se tenant droit et droit. La lumière des bougies vacillait au milieu des taches d'encre et des pétales de fleurs, tachetée et changeante. Il ne parla plus, laissant seulement cette émotion refoulée tourbillonner lourdement dans sa poitrine, sans issue.

Chapitre 46 : Une affaire de cœur

À l'extérieur des portes du domaine, une fine pluie tombait comme de la soie. Des gouttes d'eau tombaient des avant-toits sur le pavé de pierre bleue, éclaboussant de petits cercles ondulants.

Alors que Su Zhang atteignait l'entrée de la résidence, il aperçut une calèche dorée ornée avec un auvent royal arrêtée à l'entrée de la ruelle. Ses rideaux de gaze légère étaient partiellement tirés, entourés d'une suite d'eunuques du palais, sa présence imposante et grandiose.

L'eunuque de chef se précipita pour le rejoindre, sa voix tranchante annonça, « Lord Su, la Seconde Princesse, Li Jing, demande votre présence pour vous parler. »

L'empereur actuel n'avait pas de filles nées impératrices, seulement trois princes et deux princesses. Le monde savait que la Seconde Princesse, Li Jing, portait le titre de Ninghua, tandis que la Princesse aînée, Li Rong, portait le titre de Ningyuan.

Le front de Su Zhang se plissa légèrement. Son regard resta calme et impassible. Il se contenta d'acquiescer et suivit l'eunuque jusqu'à l'avant de la calèche impériale.

Le rideau de la calèche était à moitié roulé. À l'intérieur, la deuxième princesse Li Jing était allongée, vêtue d'une cape en fourrure de renard blanche par-dessus une longue jupe tissée d'or cramoisi. Ses traits étaient froidement beaux, son allure intrinsèquement noble et inaccessible, mais la légère rougeur et le gonflement dans ses yeux trahissaient une vulnérabilité indescriptible.

« Su Zhang. » Elle l'appela doucement, la voix rauque.

Su Zhang s'arrêta à trois pas, joignant ses mains et s'inclinant profondément. « Votre sujet rend hommage à la Seconde Princesse, Li Jing. »

La Seconde Princesse Li Jing le fixa droit dans les yeux, mordillant le coin de sa lèvre. Sa voix était très basse. « Cette princesse vous demande, étiez-vous au courant de l'intention de Sa Majesté Impériale d'accorder ce mariage ? »

Su Zhang baissa les yeux, sa voix posée. « Votre sujet était au courant. »

« Alors pourquoi as-tu défié le décret ? » Sa voix portait enfin un tremblement.

À l'intérieur de la calèche, l'odeur de l'encens était douce, mais l'atmosphère était étouffante, presque étouffante.

L'expression de Su Zhang ne montra aucune fluctuation. Il a simplement dit : « Votre sujet est ennuyeux et incompétent. Je n'ose pas ruiner toute la vie de Votre Altesse. De plus, j'assume la responsabilité du contrôle des inondations au Jiangnan et je n'ose pas entretenir des pensées distrayantes. »

Ses paroles étaient un argument habile, parfaitement courtois, mais son refus était transmis sans faute, sans la moindre bêtise.

Les doigts de la Seconde Princesse Li Jing serrèrent fermement un coin de sa cape en fourrure de renard, ses jointures blanchissantes. Sa voix portait une panique frôlant la supplique. « Savez-vous que, si ce mariage n'a pas lieu, Sa Majesté Impériale va très probablement —»

Elle s'interrompit brusquement, mordant le bout de sa langue, retenant ses larmes.

Su Zhang baissa les yeux, restant silencieux.

La Seconde Princesse Li Jing prit une profonde inspiration et força un sourire. « Cette princesse a entendu dire que la famille royale de la Frontière Barbare a un nouveau Khan qui cherche d'urgence une alliance matrimoniale avec la grande maison impériale Zhou pour stabiliser la fortune de son royaume. Si je ne t'épouse pas, je serai envoyé loin, à la Frontière Barbare, pour fréquenter des sauvages. »

Alors qu'elle parlait, sa voix trembla enfin de façon incontrôlable.

À l'intérieur de la calèche, la lumière des lampes vacillait. Son visage était aussi pâle que du papier, ses yeux remplis de chagrin, de fierté et de chagrin impuissant.

Su Zhang ferma les yeux un instant. Il s'inclina tout de même en signe de salut. « Votre sujet est incapable. Mais je crois que si un tel événement se produisait, les ministres compétents et les généraux tigres de la cour ne permettraient pas à Votre Altesse de subir la disgrâce en vain. »

Mais il ne montrait toujours aucune intention de céder.

La Seconde Princesse Li Jing le regarda, les yeux embués de larmes.

Enfin, elle écarta d'une main le rideau de la calèche et en descendit, presque incapable de garder son calme.

Le désignant du doigt, elle demanda d'une voix tremblante :

« Su Zhang… suis-je si indigne à tes yeux ? »

Dans le vent et la pluie, ses magnifiques robes battaient bruyamment, comme si elle se tenait seule contre toute la volonté du Ciel.

Su Zhang baissa la tête, sa posture droite comme un bâton, mais immobile comme de la glace solide.

La Seconde Princesse Li Jing le fixait fixement, colère et chagrin mêlant dans ses yeux. Sa voix tremblait légèrement. « Cette princesse vous demande, où est-ce que je manque ? De quel droit me refuses-tu ! »

Une fois les mots prononcés, elle sembla elle-même surprise, mais les larmes coulaient déjà, impossibles à retenir.

Su Zhang inclina légèrement la tête, son attitude respectueuse mais distante, sa voix basse. « Votre Altesse est un enfant de l'or et du jade, un noble descendant. Votre sujet est de statut modeste. Je n'ose vraiment pas aspirer aussi haut. »

« Hypocrite ! » siffla la Seconde Princesse Li Jing entre ses dents serrées, secouée de fureur.

« Si cette princesse souhaite t'épouser, c'est son choix ! Penses-tu que cette princesse se soucie des paroles des autres ? »

La main de Su Zhang se resserra légèrement dans sa manche, mais son visage resta un masque de calme. Il a simplement dit : « L'esprit de votre sujet est décidé. Je supplie Votre Altesse de ne pas forcer quelqu'un qui refuse. »

La Seconde Princesse Li Jing était furieuse au-delà de toute mesure. Enfin mettant de côté tout souci de son statut, elle fit un pas en avant, tendant la main pour attraper sa manche, comme pour le retenir physiquement.

« Su Zhang, »

Pourtant, anticipant cela, il changea légèrement de position. D'un léger mouvement de manche, il esquiva son contact.

Ce geste subtil, mais résolu, transperça le cœur de la Seconde Princesse Li Jing comme un couteau.

Elle se figea sur place, les yeux grands ouverts d'incrédulité.

Voyant les serviteurs et eunuques autour d'eux baisser les yeux et feindre l'aveuglement, sa poitrine se souleva violemment. Serrant les dents, elle dit avec une haine amère : « Tu te fiches vraiment du moins du monde pour cette princesse... face ? »

Su Zhang leva les yeux vers elle, ses yeux profonds et froids comme l'eau, sa voix aussi tranchante et glaciale qu'une lame caressant la neige. « Le devoir de votre sujet est uniquement de maintenir la convenance entre souverain et sujet. Je n'ose pas dépasser les limites de façon imprudente. »

La seconde princesse Li Jing le fixa fixement, sa voix basse, rauque et urgente. « Si tu as dit que cette princesse n'était pas digne, soit. Mais la Princesse te pose une question, »

Elle avança d'un pas hésitant, les coins des yeux rougis par des larmes qu'elle retenait de toutes ses forces. Sa voix, quand elle s'éleva, portait une douceur désespérée, presque une prière que même elle n'osait pas formuler clairement.

« Su Zhang… dis-moi la vérité. Y a-t-il déjà quelqu'un que tu admires dans ton cœur ? »

Li Jing pensa en elle-même que les familles Su et Shen étaient proches depuis de nombreuses années. Shen Lingyan avait grandi avec les frères et sœurs Su depuis l'enfance, comme des prunes vertes et un cheval de bambou. Il était tout à fait possible que l'aimée de Su Zhang soit Shen Lingyan.

Su Zhang fut déconcerté. Il avait d'abord voulu le nier immédiatement, mais en cet instant éclair, une silhouette têtue, claire et belle traversa soudain son esprit —Qin Nianyin.

Son pas inconscient en arrière lorsqu'elle tenait les gâteaux aux châtaignes, son front légèrement froncé alors qu'elle fabriquait secrètement des ornements capillaires à l'écart des autres, son apparence somnolente et confuse quand elle s'endormait dans son bureau...

Des images fragmentées affluèrent dans son cœur sans qu'elles le veuillent.

Les jointures de Su Zhang se crispèrent légèrement. Même lui ressentait une étrange stagnation dans son cœur, quelque peu inexplicable.

La seconde princesse Li Jing le dévisagea, les yeux sombres d'un trouble réprimé, sa voix basse, rauque, vibrante d'urgence.

« Si, à vos yeux, cette princesse n'est pas digne, je l'accepte. Mais répondez-moi — qui donc possède déjà votre cœur ? »

Le bruit de la pluie autour d'eux se fit plus lourd. Des gouttes d'eau tombaient des avant-toits, comme pour l'inciter à donner une réponse.

Alors que ces mots tombaient, les assistants autour retenaient automatiquement leur souffle et se retiraient à distance, ne laissant que les deux debout face à face sous la pluie fine.

Su Zhang resta silencieux un long moment. Finalement, il hocha lentement la tête.

« Oui. » Un seul mot, sec et succinct s'échappa de ses lèvres fines.

Une fois prononcé, même Su Zhang lui-même fut momentanément stupéfait. Avait-il... En fait, l'a vraiment admis ?

La Seconde Princesse Li Jing fixa le regard vide, son visage devenant soudain pâle. Presque inconsciemment, elle demanda : « Est-ce Shen Lingyan ? »

Son cœur tremblait légèrement, son ton incapable de dissimuler son anxiété, si c'était Shen Lingyan, elle pouvait encore comprendre. Après tout, elle était une dame noble issue d'une famille éminente, leurs statuts étaient comparables et elle était proche de la famille Su.

Pourtant, Su Zhang secoua la tête, sa voix basse mais ferme. « Ce n'est pas le cas. »

« Alors... la fille de quelle famille est-ce ? » demanda la Seconde Princesse Li Jing entre ses dents serrées, la voix légèrement tremblante.

Su Zhang leva les yeux vers elle, son regard aussi profond et immobile que l'encre. Chaque mot était clair et distinct. « Ce n'est qu'une simple jeune fille issue d'une famille modeste. Ni de noble naissance, ni d'un clan puissant. »

La deuxième princesse Li Jing avait l'air d'avoir reçu un coup à la tête. Elle le regarda, stupéfaite, murmurant d'une voix perdue : « Pas Shen Lingyan... Et pas une dame noble ? Vous... tu refuserais cette princesse pour une telle femme ? »

Su Zhang ne parla pas. Son regard resta calme, sans la moindre trace d'évasion.

La Seconde Princesse Li Jing avait du mal à y croire. Le choc et la fureur se disputaient sur son visage, sa voix tremblante. « Qu'est-ce qu'elle a bien pu avoir pour que toi... te fait mépriser ton avenir, défier un décret impérial et la protéger quand même ? »

Su Zhang parla lentement, sa voix basse mais assurée, comme s'il prononçait un vœu et aussi une dernière indemnité. « Là où l'affection naît, il n'y a pas de raison. Si tu demandes pourquoi... c'est simplement que, en l'espace d'une pensée, c'est déjà entièrement elle. »

Alors que ces mots étaient prononcés, le bruit de la pluie autour d'eux sembla s'arrêter. Même la lumière des lampes à l'intérieur du wagon sembla vaciller un instant.

La Seconde Princesse Li Jing resta figée sur place, le corps rigide, comme si toute force lui avait été drainée.

Elle regarda cet homme devant elle, froid comme neige. L'émotion dans ses yeux n'était plus seulement de la réticence, mais une vague déchaînée de haine et d'impuissance.

Chapitre 47 : Recherche d'entrée dans la Garde impériale

La Seconde Princesse Li Jing plongea son regard dans le sien un long moment, puis laissa enfin tomber son regard avec déception, laissant échapper un rire doux et amer.

Elle le croyait. Elle n'osa pas le nier.

Su Zhang resta immobile, le regard profond, les paumes froides. À son insu, ce nom non prononcé s'était discrètement enraciné dans son cœur.

Ses mots brèves et mesurés brisèrent le dernier vestige de fantaisie dans son cœur.

La Seconde Princesse Li Jing releva la tête, s'efforçant de retenir ses larmes. Serrant obstinément la mâchoire, elle esquissa un sourire crispé. « Très bien, Su Zhang. Souviens-toi, c'est le chemin que tu as toi-même choisi ! »

Après avoir parlé, elle se retourna brusquement, monta dans la voiture impériale et laissa tomber les rideaux, dissimulant un visage qui ne pouvait plus maîtriser ses émotions.

Su Zhang, quant à lui, restait debout tranquillement sous la pluie fine, son expression dénuée de joie ou de tristesse. Il se contenta de joindre les mains en un salut formel, d'exécuter une révérence, puis de se tourner sur le côté comme pour partir.

Alors que l'impasse persistait, le bruit de sabots se fit entendre au bout de la ruelle.

Gu Xiao s'approcha à cheval, vêtu d'une cape gris argenté, son aura vive et froide.

Il avait observé la scène de loin. Un léger sourire effleura ses lèvres alors qu'il pressait son cheval d'avancer, descendait de cheval à proximité et lui adressait un salut feint de surprise. « Ah, quelle coïncidence ? Xiao adresse ses salutations à la Seconde Princesse Li Jing. »

La deuxième princesse Li Jing, voyant que la nouvelle venue était une connaissance, sentit sa honte et son indignation s'intensifier. Souhaitant désespérément disparaître sur-le-champ, elle ordonna un retour immédiat au palais.

Gu Xiao regarda sa calèche s'éloigner au loin et laissa échapper un petit reniflement moqueur. « Le tempérament de la Seconde Princesse Li Jing est vraiment... »

Su Zhang hocha légèrement la tête et leva un pied pour continuer.

Gu Xiao le rattrapa aussitôt, baissant la voix. « Attendez. Le coin de la voie de gauche. Quelqu'un nous observe. »

Les pas de Su Zhang ne faiblirent pas. Il inclina simplement légèrement son corps, évitant une ligne de vue directe.

Les deux hommes avancèrent, l'un légèrement devant l'autre, leurs pas se synchronisant alors qu'ils traversaient la ruelle, leurs semelles de bottes éclatant l'eau de pluie en fines gouttelettes éparpillées.

Gu Xiao remarqua avec un léger sourire moqueur : « Lord Su se trouve assez distingué aujourd'hui. Non seulement favorisée par la Seconde Princesse Li Jing, mais même les mouches dans l'ombre l'ont remarquée. »

Arrivé à un coin, Gu Xiao s'arrêta brusquement, son regard se fixant. « Dois-je te servir d'appât, accrocher cette queue et la tirer dehors ? »

Su Zhang tourna légèrement son corps, les yeux d'une froideur totale. « Aucune urgence. Laisse-le rester. Cela pourrait encore servir un but plus grand. »

Les deux hommes échangèrent un regard, une compréhension tacite passant entre eux. Chacun réprima son sourire respectif.

La fine pluie tombait comme un voile serré, le vent gagnant en insistance.
Sur le trottoir de pierre bleue, seules subsistaient les silhouettes de deux hommes avançant côte à côte, qui s'effaçaient peu à peu dans la pluie et la brume.

* * * * *

L'après-midi suivant, dans le « Pearl Studio » du bijoutier, des pierres précieuses et des pièces de jade étaient disposées dans un élégant désordre, l'air saturé de parfum.

Qin Nianyin venait de remettre une épingle à cheveux nouvellement fabriquée au commerçant pour qu'il la valorise lorsqu'un rire clair et bruyant retentit à l'entrée de la boutique. « Aiya, si ce n'est pas le jeune cousin de la famille Su ! »

En se retournant, elle aperçut Gu Xiao, vêtu de brocart, entrer dans la boutique avec ostentation.

Il posa une main sur un présentoir de jade, ses yeux allant et venant entre elle et le commerçant.

« Tu choisis quelque chose ? Quelle pièce vous plaît ? Je vais l'acheter », déclara-t-il, son ton prenant un naturel sentiment de droit. D'un large geste de la main, il annonça haut et fort : « Ce jeune maître est de bonne humeur aujourd'hui. Si la jeune fille a envie d'un article, demandez à l'établissement de l'emballer et de le livrer à la résidence Su. »

Qin Nianyin lui lança simplement un regard en coin, puis se retourna calmement. Elle compta méticuleusement les lingots d'argent qu'elle venait de recevoir, les rangea dans son sac à main et dit à Mei : « Partons. »

Avant que ses mots ne s'éteignent complètement, Gu Xiao se plaça devant eux, souriant avec une insouciance espiègle. « Quoi ? Méprisez-vous les cadeaux de ce jeune maître ? »

Mei commença à parler, mais Qin Nianyin l'arrêta d'un regard.

Qin Nianyin leva les yeux pour croiser son regard sans hâte, sa voix pas forte, mais chaque mot distinct. « L'argent est-il destiné à ces cadeaux grâce au travail du jeune maître Gu ? »

Gu Xiao se raidit, le sourire sur son visage vacillant un instant.

« Ça... » Il pinça les lèvres, répliquant obstinément : « La richesse de la famille Gu appartient à ce jeune maître quoi qu'il arrive. Tôt ou tard, tout sera dépensé par moi. Quelle différence ça fait ? »

En entendant cela, l'expression de Qin Nianyin se refroidit. Bien que sa voix restât posée, elle lui transperçait le cœur comme une lame aiguisée, centimètre par centimètre, délibérément. « La prospérité et le statut actuels de la famille Gu n'ont-ils pas été forgés par le fait que ton père et tes frères ont risqué leur vie ? Toi, qui n'as pas passé un seul jour sur un champ de bataille, qui n'as atteint aucun mérite militaire, tu restes ici à dilapider des ressources, utilisant la gloire qu'ils ont achetée avec leur sang pour gagner la faveur et susciter du plaisir ? »

Gu Xiao resta figé, son calme s'effritant. Son visage rougit, puis pâlit rapidement.

« Si vous souhaitez vraiment m'offrir quelque chose, » poursuivit-elle, son ton demeurant égal mais chargé d'une logique irréfutable, « alors peut-être qu'un autre jour — lorsque ce sera avec de l'argent gagné par vos propres efforts — vous pourrez revenir me trouver. »

Ayant conclu, elle fit un claquement de manche et se tourna pour partir avec Mei.

Gu Xiao fixa sa silhouette s'éloigner, bouillonnant de colère si intense qu'il tapa du pied à plusieurs reprises sur le sol poli. Pointant dans sa direction, il cria : « Très bien ! D'après vos paroles, ce jeune maître refuse de croire qu'il ne peut pas gagner de l'argent ! »

Tout le monde dans le studio Pearl resta silencieux, stupéfait. Le commerçant murmura précipitamment, « Jeune maître Gu... possède vraiment de l'ambition. »

Gu Xiao émit un bruit froid, se retourna brusquement et s'éloigna, ses pas aussi puissants que le vent, sa cape flottant derrière lui.

* * * * *

Dans le Jardin Impérial, les teintes de l'automne s'approfondirent. Les feuilles tombées des ombrelles près de l'étang étaient disposées en motifs tachetés ; Le vent passant à la surface de l'eau soulevait successivement des couches d'ondulations.

L'impératrice, adossée à une balustrade de jade tout en nourrissant les poissons, entendit un eunuque annoncer : « Le jeune marquis de Zhongwu cherche audience. »

« À cette heure-ci ? » Elle ressentit une grande surprise, mais dit tout de même avec un sourire : « Admets-le. »

Bientôt, Gu Xiao entra énergiquement dans le jardin. Sans retirer sa cape, il déclara joyeusement : « Tante, votre neveu souhaite entrer dans la Garde impériale. Puis-je vous demander de l'aide pour organiser cela ? »

L'Impératrice sursauta, manquant de renverser la nourriture des poissons dans l'eau. Elle lui lança un regard sceptique. « Qu'as-tu dit ? »

« Je souhaite rejoindre la Garde Impériale. » Son ton était résolu. Il releva le menton, les yeux flamboyants comme s'ils étaient enflammés.

L'Impératrice posa sa tasse de thé, incapable de retenir un rire. « Tu as de la fièvre ? Combien de fois ai-je proposé par le passé de vous obtenir un poste dans la Garde impériale ? Toi-même tu as toujours refusé, disant que tu rejoindrais soit la Garde des Tigres, soit que tu resterais un riche oisif, accompagnant ta mère dans une vie de loisirs. »

Gu Xiao toussa sèchement, un peu embarrassé, et détourna la tête. Il murmura, « ... C'était avant. »

Elle plissa les yeux, le regardant avec une expression oscillant entre amusement et scepticisme. « Oh ? Seuls quelques mois se sont écoulés. Comment votre disposition a-t-elle changé de façon aussi radicale ? Parle franchement. Qui t'a provoqué ? »

Gu Xiao se réchauffa sous son regard scrutateur. Pressant les lèvres un long moment, il marmonna enfin à voix basse : « ... Une jeune fille le méprisait. »

L'Impératrice éclata aussitôt de rire en éclats, mais s'abstint de continuer à taquiner. Son regard devint plus pensif, se posant sur le sabre attaché dans son dos.

Après un long silence, il redressa soudain sa posture. Sa voix devint calme et ferme. « Votre neveu sait que mon père et mon frère aîné sont tous deux tombés au combat, leurs âmes loyales n'ayant pas longtemps disparu. Si je continue à m'apitoyer dans une telle paresse, je crains qu'un siècle plus tard, je manque de visage pour rencontrer mon père et mon frère. »

Ces mots provoquèrent un silence instantané dans la pièce.

Gu Xiao baissa la tête, comme pour réprimer quelque chose.

Il avait envisagé de partir à la frontière. Il avait, à plusieurs reprises, vu en rêve les bannières brisées et les os blanchis du jour où son frère aîné était mort. Pourtant, chaque fois qu'il abordait le sujet, l'Impératrice se contentait de dire froidement : « La famille Gu ne peut supporter que personne ne revienne. »

Elle avait peur. Il le savait.

Par conséquent, il ne dit rien. Il feignait la folie, jouait l'imbécile, se livrait à des pitreries frivoles, se transformait en un brin d'herbe qui ne fleurirait pas, laissait les autres se moquer de lui comme un prodigue dissolu —tout cela pour l'empêcher de s'inquiéter.

Mais cette fois, il fut vraiment provoqué.

Pour aucune autre raison que la déclaration glaciale de cette fille.

Tu utilises les mérites militaires de ton père et de ton frère pour dépenser à tort. Cela ne vous fait-il pas honte ?

Il resta sans mots. Pourtant, il sentait qu'il devait entreprendre une action.

L'Impératrice laissa échapper un léger soupir. Après un long silence, elle finit par acquiescer. « Un poste dans la Garde Impériale implique de garder la capitale, de défendre l'intérieur. Pas de campagnes extérieures, pas de postes lointains, si votre seul désir est d'établir votre indépendance plutôt que de vous débarrasser de la vie, je vais naturellement en parler à Sa Majesté. »

Une faible lueur s'alluma dans les yeux de Gu Xiao. Il répondit d'une voix basse : « Compris. Merci, tante. »

Elle observa son visage, montrant enfin un certain sérieux, le cœur chargé d'émotions complexes. Finalement, elle demanda : « Qui est-elle ? Cette jeune fille. »

Il fit immédiatement un geste de la main, son beau visage rougissant discrètement aux oreilles. « Ce n'est qu'une jeune fille. »

L'Impératrice observa son attitude têtue aux oreilles rouges et finit par rire de nouveau, hochant la tête. « Alors tu dois fournir plus d'efforts. Notre Xiao ne peut permettre aux jeunes dames de le mépriser. »

Elle rit doucement, observant sa silhouette s'éloigner, secouant la tête et murmurant : « Pour une jeune fille, un jeune homme trouve son ambition... pas entièrement défavorable. »

Après le départ de Gu Xiao, la salle intérieure devint momentanément silencieuse.

Au-delà de la fenêtre, le vent se levait, agitant les rideaux de gaze. La lumière de la lampe vacillait. L'Impératrice s'allongea sur son canapé, faisant tourner distraitement la tasse de thé dans sa main plusieurs fois. Un sourire effleura ses lèvres, mais son regard resta fixé sur les portes du couloir qui venaient de se refermer, s'attardant longuement.

« Méprisée par une jeune fille ? » murmura-t-elle entre ses dents. Ses yeux ne trahissaient pas la moquerie, mais plutôt une lueur d'amusement et de curiosité.

Au fil des années, elle connaissait mieux cet enfant —sa langue dure mais son cœur tendre, son extérieur apparemment frivole masquant une profonde inquiétude pour l'opinion des autres.

Il n'admettait jamais volontiers sa défaite, mais il était prêt à changer son attitude pour une jeune fille, à chercher activement un emploi... C'était vraiment sans précédent.

L'Impératrice rit doucement, posa sa tasse de thé et ordonna à une servante de se tenir à proximité : « Envoyez une personne de confiance pour enquêter. Voyez s'il y a eu des interactions récemment entre Xiao et une jeune femme d'un foyer.

Elle ne devrait pas avoir plus de dix-sept ou dix-huit ans, pas d'une famille particulièrement aisée, ses traits probablement très séduisants et son tempérament... probablement un qui ne lui tient pas beaucoup d'estime. »

La servante fut surprise et ne put s'empêcher de demander : « Votre Majesté, c'est... ? »

L'Impératrice esquissa un léger sourire. « Ce n'est qu'une curiosité soudaine. Je veux savoir quel genre de jeune femme remarquable pourrait faire changer ce garçon têtu de façon aussi complète. »

Elle inclina légèrement la tête et ajouta : « Il n'y a pas d'urgence. Enquêtez lentement. Il n'est pas nécessaire d'alerter les étrangers. Voyons quelle famille a produit une jeune fille aussi intéressante. »

Après avoir parlé, ses yeux arboraient toujours un sourire alors qu'elle reprenait sa tasse de thé. Un léger sourire illumina ses lèvres.

* * * * *

Dans le bureau de la résidence Su, le silence régnait comme d'habitude. Une légère brise venant de l'extérieur faisait bruisser la gaze de la fenêtre ; des documents étaient empilés comme des montagnes sur le bureau.

Qin Nianyin entra de l'extérieur, les manches de sa robe encore Nianyin étant quelques fils de parfum du marché aux fleurs. Voyant Su Zhang penché sur son bureau, écrivant rapidement, elle s'inclina légèrement en guise de salut.

« Cousin, ce sont des documents qui doivent être organisés aujourd'hui ? »

Su Zhang ne parla pas, se contentant de lever la main pour indiquer les piles de notes et de correspondance officielle à côté du bureau. « Ces volumes à droite contiennent des entrées récemment copiées concernant les affaires administratives du Sud. Ils sont quelque peu désordonnés et nécessitent tout de même vos ordres. »

Son ton était doux et tempéré, comme s'il lui demandait de l'aider pour une affaire triviale et insignifiante.

Qin Nianyin acquiesça doucement, retroussant ses manches et s'asseyant à côté du bureau. Ses mains simples tournaient les pages, classées et arrangées avec une familiarité maîtrisée. Le regard entre ses sourcils et ses yeux ressemblait vaguement à la femme du rêve de Su Zhang.

Un document sur le bureau glissa accidentellement de sa pile. Elle tendit la main pour le récupérer. Le message officiel soigneusement plié fut glissé entre ses doigts et elle le lui tendit.

« Nianyin. » Sa voix était basse et légèrement rauque, comme si les mots avaient été pesés avant d'être prononcés. Son regard, cependant, resta fixé sur ses cils baissés. Son ton semblait détaché, mais chaque mot paraissait mesuré pendant longtemps. « Sa Majesté m'a ordonné de descendre pour enquêter sur une affaire... La route vers le Jiangnan est longue, le trajet en bateau et en calèche est ardu. Si tu es d'accord, peut-être... accompagne-moi. »

Qin Nianyin, d'abord concentrée sur les documents dans sa main, s'arrêta un instant à ses mots, le bout des doigts tremblant imperceptiblement.

Elle leva les yeux vers lui, abasourdie.

L'accompagner ?

Ces deux mots étaient comme une petite pierre jetée au centre d'un lac, suscitant des ondulations inquiétantes cercle après cercle. Son cœur bondit. Des émotions qui étaient restées endormies longtemps semblaient soudainement réveillées.

Mais elle réprima rapidement cette étincelle de tourmente intérieure. Baissant les yeux avec un léger rire, elle parla doucement et gracieusement : « Cousin, ce voyage est une affaire officielle. Nianyin, étant une femme, ne ferait qu'ajouter des désagréments si je t'accompagnais. »

Son ton était aussi docile que la brise printanière caressant les branches de saule, mais portait une frontière nette et un sens clair de distance.

Elle se souvenait de ce voyage de sa vie précédente. Elle avait déployé beaucoup d'efforts et de soin pour finalement l'accompagner à Jiangnan. C'est lors de ce même voyage que le groupe fut pris en embuscade.

Elle avait pris une flèche destinée à lui, manquant de perdre la vie. Ce n'est que plus tard qu'elle utilisa cette grâce salvatrice pour le pousser à l'épouser. Mais dans cette vie, elle refusait de s'emmêler à nouveau avec lui.

Dans cette vie, elle refusa d'utiliser son propre sang pour acheter une chaîne sans amour.

Concernant la tentative d'assassinat lors du voyage à Jiangnan, un rappel subtil de sa part suffirait. Avec son intelligence, il pourrait certainement se protéger lui-même.

Su Zhang fut légèrement surpris.

Il s'était imaginé qu'elle tergiverserait d'abord, qu'elle baisserait lentement les yeux avec une douceur timide, peut-être même qu'elle lui demanderait dans un murmure hésitant : « Cela… est-ce vraiment permis ? » Et qu'ensuite, seulement après qu'il eut insisté, elle finirait par céder et lui accorder ce qu'il désirait.

Il n'avait jamais fait une telle demande à qui que ce soit auparavant ; Cette fois, il avait brisé le précédent en le prononçant à voix haute.

Le résultat fut qu'elle n'hésita pas un instant, repoussant légèrement et avec désinvolture.

Une irritation soudaine et indescriptible monta dans son cœur. Sa poitrine semblait écrasée par un morceau de plomb.

« Gêne ? » répéta-t-il d'un rire bas et froid. Une tempête se forma dans ses yeux alors qu'il posait lourdement le document dans sa main sur le bureau. Sa voix était basse, mais assez froide pour transpercer l'os. « Sais-tu combien de dangers se cachent sur la route du Jiangnan ? Tu imagines que je te demande de m'accompagner pour ma propre commodité ? »

Qin Nianyin fut surpris par son soudain accès d'émotion. Elle leva les yeux vers lui et vit une légère colère apparaître entre ses beaux sourcils. Même lui, habituellement si posé, semblait désormais un peu hors de contrôle.

Elle se mordit la lèvre, gardant toujours un ton doux mais résolu. « Je suis profondément reconnaissante pour le plus grand soin et l'attention de Cousin. Cependant, ce parcours est semé de difficultés. Il est préférable de prioriser les fonctions officielles. Je ne suis qu'une femme ; Mon accompagnement ne ferait qu'ajouter des désagréments inutiles. Par conséquent, rester dans la capitale est la voie la plus prudente. »

Ses mots étaient appropriés, impeccables, comme un mur doux mais solide.

La lumière dans les yeux de Su Zhang s'atténua légèrement.

Ce n'était pas qu'elle ne lui faisait pas confiance, ni qu'elle rejetait sa protection.

C'était simplement qu'elle avait choisi de se tenir du côté de la « bienséance », choisissant de céder, choisissant de rester distante et intacte.

Ses paumes se resserrèrent légèrement dans ses manches, ses jointures blanchissant.

Clairement, ses mots étaient doux, un sourire flottait encore sur ses lèvres, mais c'était plus sobre que de recevoir de l'eau glacée sur son visage.

Il voulait dire : « Ce n'est pas seulement pour te protéger. Je veux que tu sois à mes côtés. » Mais les mots, parvenant à ses lèvres, furent finalement ravalés.

Lui, habituellement taciturne et prudent dans ses paroles, se retrouvait maintenant sans voix ni embarrassé devant elle, ses émotions en plein tumulte.

« Très bien. Puisque c'est le cas, comme vous le souhaitez. »

Sa voix était basse et rauque. Il finit par céder un pas, se retourna et partit. Sa silhouette s'éloignant était grande et élancée, solitaire et froide comme le tranchant d'une lame sous la lumière d'une lampe.

Qin Nianyin regarda son dos s'éloigner disparaître. Ses doigts agrippèrent fermement le bord de la table. Ses lèvres tremblèrent légèrement, mais elle ne le suivit pas.

Sa paume conservait encore la chaleur persistante de son bref contact quelques instants plus tôt. Bien que ce ne fût qu'un contact fugace, elle avait l'impression d'avoir brûlé son cœur.

Murmura-t-elle doucement, « Su Zhang... tu dois rentrer sain et sauf. »

* * * * *

Su Zhang s'approcha de son bureau et posa doucement une main sur la pile de documents non lus, restant silencieux un moment. Les dossiers et dossiers devant lui étaient encore empilés comme des montagnes, mais ils n'avaient pas éveillé le moindre intérêt chez lui maintenant.

Son regard était profond, mais son expression commença à se raidir.

Ses doigts suivaient inconsciemment les lignes de texte page après page, tandis que son esprit revenait à la scène quelques instants plus tôt, l'expression sur le visage de Qin Nianyin lorsqu'elle refusait de l'accompagner, froide et résolue, comme si cette scène était devenue une épine fichée dans son cœur, qu'il refusait d'en extraire.

Soudain, il balaya la main, écartant le pinceau en jade. Il frappa le bureau avec un bruit net et net. Le pinceau gisait de travers sur la table, un mince film d'humidité déjà brillant sur l'encre noire.

« Vraiment risible », murmura Su Zhang à voix basse, son ton portant une note de dérision que même un étranger aurait pu entendre.

Il regarda par la fenêtre les fleurs de poirier qui tombaient encore, mais son cœur ne trouvait plus un instant de paix.

Les gestes désinvoltes de Qin Nianyin avaient déjà éveillé les émotions refoulées en lui. Il comprenait que la racine de tout cela n'était pas ces gâteaux aux châtaignes, mais son alternance de froid et de chaleur, le laissant toujours dans le doute, incertain.

Il ne s'était jamais senti aussi perturbé auparavant.

Il sentait, inévitablement, qu'elle s'emparait de lui : son regard, ses mouvements, chaque geste infime, en apparence involontaire, devenait un talisman capable de le perdre et de s'imprimer au plus profond de son cœur.

Su Zhang laissa échapper un rire amer, comme s'il avait enfin reconnu une chose : ce qu'il vivait, ce qu'il endurait, les émotions qu'il réprimait, n'étaient rien d'autre que sa propre réticence à affronter le fait, l'attirance ineffable qu'elle apportait avec elle, l'entraînant plus profondément dans un tourbillon dont il ne pouvait se dégager.

Il se leva, tourna le dos au bureau, ferma les yeux un instant et prit une profonde inspiration, tentant de refouler cette montée de colère.

À cet instant, il sentit soudain qu'il devait agir. Ni pour elle, ni pour lui-même. Simplement pour cette émotion familière mais totalement étrangère dans son cœur, pour se donner une échappatoire.

La nuit s'était approfondie. La mèche de la lampe vacilla faiblement. Au-delà des rideaux, aucun vent ne bougeait ; Un silence profond enveloppait tout.

Qin Nianyin était assise devant la table basse près de son lit, une robe légère drapée sur ses épaules.

Elle serrait entre ses doigts une feuille de papier d'un blanc immaculé, incapable de porter le pinceau pendant longtemps.

Elle avait cru qu'après avoir dit calmement qu'elle ne ferait qu'« ajouter à l'embarras », elle pourrait refouler ce trouble et laisser cette émotion fugitive se dissoudre dans le lac silencieux de son cœur.

Pourtant, lorsque la nuit tomba et que le silence s'installa, ces mots qu'elle n'avait pas dits devinrent de plus en plus retentissants — comme des tambours, comme le tonnerre.

Elle ferma les yeux. L'image qui lui vint à l'esprit était sa silhouette s'éloignant quelques instants plus tôt, ses épaules et son dos bien droits, mais portée par une solitude indescriptible.

Le Su Zhang d'aujourd'hui était à son apogée, son comportement cultivé, raffiné et droit, ses mots modestes et courtois. La cour comme les roturiers louaient le jeune maître Su comme possédant à la fois vertu et talent.

Ses traits étaient beaux et clairs, ses yeux comme de l'eau d'automne sous la lumière de la lune. Dans la parole, il possédait à la fois la retenue discrète d'un érudit et la noble aisance d'un descendant issu d'une famille prestigieuse.

Se tenir simplement dans une robe bleue sur les marches d'entrée suffisait à attirer l'admiration de jeunes filles de différentes maisons, ce qui correspondait parfaitement au dicton —un joyau d'homme sur la route, un jeune maître sans égal au monde.

Dommage qu'elle ne soit plus cette jeune fille ignorante qui perdrait son sang-froid à cause d'un beau visage et de l'attrait du statut et de la gloire.

Ses erreurs dans sa vie précédente avaient été trop graves ; Elle avait depuis longtemps appris à ne pas se perdre sous son apparence distinguée.

Ce voyage vers le sud pour enquêter sur l'affaire du sel avait également existé dans sa vie précédente : une route hérissée de périls, où les factions ténébreuses guettaient comme des fauves prêts à bondir. Dans la capitale, bien des partis s'agitaient depuis longtemps déjà, impatients d'exploiter la moindre faille.

Au fond d'elle, elle comprenait parfaitement que ces gens n'attendraient jamais son arrivée à Jiangnan : le coup réellement fatal tomberait bien avant.

* * * * *

La lumière de la lune se répandait doucement à l'extérieur de la fenêtre, filtrant à travers le store en bambou pour dessiner des motifs tachetés sur le sol, laissant la pièce à moitié lumineuse, à moitié ombrée, un peu comme ses propres pensées désordonnées.

Qin Nianyin était assise seule sous la lumière de la lampe, une lettre vierge tenue entre ses doigts. La légère humidité de sa paume persistait, et le coin du papier était légèrement froissé sous sa prise.

D'après ses expériences dans sa vie précédente, elle savait déjà que ce voyage vers le Jiangnan impliquerait une embuscade —ces forces cachées dans la capitale ne pourraient finalement se retenir, tentant de s'assurer que Su Zhang « n'atteigne jamais le Jiangnan et ne revienne jamais. »

Si elle restait passive sans rien faire, peut-être pourrait-elle briser complètement cette relation prédestinée et complexe.

Mais le regard dans ses yeux ce jour-là, quand il a dit « accompagne-moi », restait gravé dans son cœur, refusant de s'effacer.

Cette année-là, lors de son premier voyage à Jiangnan, il fut pris en embuscade sur la route, et une flèche lui transperça le genou, une blessure non mortelle, mais jamais complètement guérie.

De retour à la capitale, il continua à assister à la cour du matin comme d'habitude, marchant normalement. D'autres ne remarquèrent rien d'anormal. Ce n'est qu'après leur mariage qu'elle apprit que, par temps couvert ou pluvieux, sa démarche ralentissait légèrement et qu'il s'appuyait parfois brièvement sur un accoudoir.

On raconte qu'après avoir été blessé lors de cette rencontre, il a marché seul des dizaines de li jusqu'à la station de messagerie sans déclencher la moindre alerte. Lorsque le médecin impérial l'examina, il se contenta de dire doucement : « Une vieille blessure. Ne vous donnez pas cette peine. »

Ce fut des années plus tard, alors qu'elle gérait les affaires domestiques qu'elle aperçut une référence dans un vieux dossier et réalisa que la tentative d'assassinat cette année-là n'était pas un incident mineur.

Maintenant, confrontée à la même situation, elle ne pouvait plus rester les bras croisés. Pourtant, si ses paroles étaient trop révélatrices, elles pouvaient facilement attirer l'attention, voire lui causer le désastre.

Su Zhang était intrinsèquement d'esprit profond et d'une perspicacité aiguë. S'il détectait la moindre trace, il suivrait sûrement les indices, menant finalement à elle.

Elle baissa la tête. Initialement prévue pour écrire, elle interrompit ses pensées en un instant. Après une longue réflexion, elle déplaça le pinceau dans sa main gauche, le souleva et écrivit six caractères :

Thorn sur le voyage du Jiangnan.

Pas de signature. Pas de salut.

L'écriture semblait quelque peu inconnue et inclinée, mais restait claire et contrôlée.

Elle fixa cette ligne de caractères longtemps, ses doigts pressant lentement l'encre encore humide, son expression calme.

Après un bon moment, elle plia correctement la lettre et la scella dans une enveloppe simple.

La lumière de la lampe vacilla. Elle se pencha sur le bureau, sa tempe touchant légèrement la lettre, ses yeux sereins, emplis de tendreté.

S'il acceptait d'y croire, elle n'aurait aucun regret, ayant fait sa petite part.

Mais maintenant, comment cette lettre pouvait-elle lui être remise sans laisser de trace ?

Elle frotta doucement l'enveloppe dans sa paume. Le bruit des pas de Mei à l'extérieur de la cour sembla parvenir à ses oreilles. Qin Nianyin leva les yeux, ses yeux brillant faiblement là où la lumière de la lampe et la lumière de la lune se rencontraient. Cette affaire ne pouvait être confiée à un autre.

Elle calcula secrètement dans son cœur : devait-elle la confier discrètement à Xiuyan ? Ou devrait-elle personnellement le placer parmi les documents sur son bureau la nuit ?

Quelle que soit la méthode, elle ne doit laisser aucune trace. Sinon, s'il posait des questions, elle ne pourrait certainement pas le cacher.

Elle pressa doucement la lettre contre sa poitrine, ferma les yeux, sa respiration régulière, comme si elle avait enfin atteint une certaine résolution.

* * * * *

Dans le calme du bureau de l'après-midi, le seul bruit était la brise occasionnelle derrière les rideaux, faisant légèrement bruisser quelques pages de documents.

Su Zhang était penché sur son bureau en train de relire des papiers, une trace de fatigue entre les sourcils, lorsqu'il entendit des pas approcher de la porte.

Yefeng entra, tenant une simple lettre blanche simple dans ses mains. Joignant les mains en signe de salut, il dit : « Jeune maître, ceci vient d'être livré. »

Su Zhang leva les yeux, parcourut la lettre —papier simple sans motif, scellé très simplement. Il le prit, le retourna, haussa légèrement un sourcil et dit d'un ton ni froid ni chaleureux : « Il n'y a pas de nom écrit dessus. À qui est-elle destinée ? »

Yefeng se gratta la tête, légèrement perplexe. « Le garçon domestique a dit qu'un enfant de sept ou huit ans l'a accouché. Habillé proprement, tenant cette lettre, il était indiqué qu'elle était destinée à « l'aîné du jeune maître Su. » Il n'a pas donné de nom, n'a pas laissé de message. »

Voyant le silence sombre de son maître, signe de mécontentement latent qu'il le rendait très mal à l'aise. Après une pause, il ajouta : « L'enfant s'est enfui après avoir remis la lettre. Le serviteur le poursuivit mais ne put le rattraper. Si vous êtes inquiet, Jeune Maître, je ferai enquêter immédiatement quelqu'un. »

Su Zhang ne parla pas. Son doigt frotta la lettre. Le papier était plutôt fin, légèrement rugueux au toucher. Il se pencha légèrement en avant et ouvrit l'enveloppe.

L'écriture devant ses yeux apparut —seulement six caractères.

Thorn sur le voyage du Jiangnan.

En un instant, ses pupilles s'assombrirent légèrement, ses jointures se contractant imperceptiblement.

Le bout du doigt de Su Zhang effleura légèrement le papier blanc simple, fin et rugueux, la couleur jaunâtre, avec de légères arêtes rugueuses visibles dans les fibres. C'était la variété la moins chère vendue dans les librairies courantes, souvent utilisée par les écoliers pour s'entraîner ou pour des tracts et avis vendus dans les rues.

Cela ne semblait pas être un acte négligent, mais plutôt délibéré.

Son front se plissa légèrement. Il examina le recto et le verso de la lettre, confirmant seulement ces six caractères, 江南行中有刺 (Épine sur le voyage du Jiangnan)

Aucune ouverture. Pas de signature.

L'écriture était inégale et inclinée, comme écrite de la main gauche, mais pas délibérément dissimulée. Cela ressemblait plutôt à une dissimulation naturelle de quelqu'un qui refusait de laisser des traces.

Il la regarda en silence un moment, puis plia la lettre et la glissa dans sa manche, ses yeux devenant de plus en plus sombres.

Il ne put s'empêcher de devenir méfiant. Qui le prévenait gentiment ? Ou bien était-ce intentionnellement pour créer du mystère ?

« Thorn sur le voyage du Jiangnan ? » Son ton n'était ni froid ni chaleureux. Il ne fit aucun bruit, referma la lettre et ordonna d'une voix basse : « Il n'est pas nécessaire d'enquêter. »

Yefeng fut surpris. « Jeune maître ? »

Su Zhang avait déjà posé la lettre de côté, son expression normale, son ton calme. « Le voyage vers Jiangnan approche. Les rumeurs causent facilement du désordre. Il n'est pas nécessaire de mobiliser des forces. »

Yefeng semblait encore un peu hésitant, mais finalement, il se retira avec tact.

Lorsque la pièce reprit le silence, Su Zhang reprit la lettre, fixant ces six caractères longtemps.

L'écriture semblait extrêmement inclinée, comme si elle dissimulait délibérément l'écriture originale.

Il ne trahit aucune émotion, mais baissa presque imperceptiblement ses cils.

Dangers sur la route vers Jiangnan ?

Il referma la lettre. L'expression dans ses yeux avait silencieusement changé, n'étant plus aussi calme et claire qu'avant.

Chapitre 50 : L'uniforme de la Garde Impériale

La lumière du printemps était claire et inébranlable ; le ciel brillait dans tout son éclat. La lumière filtrait à travers les saules tombants du manoir Su, se mêlant aux fleurs qui projetaient des ombres mouvantes sur le chemin de dalles, et formaient sur la pierre des auréoles superposées, dans un scintillement lumineux et discret.

Soudain, au-delà de la porte du manoir, éclata une volée rapide de sabots — des frappes nettes et tranchantes résonnant dans un rythme urgent.

Yefeng venait à peine de lever les mains pour fermer la porte quand il leva les yeux et vit une silhouette sauter d'un seul mouvement fluide, atterrissant avec une précision nette, sa robe s'étirant derrière lui comme des ailes de grue dépliées emportées par le vent.

Le jeune homme se tenait droit, la posture droite comme une flèche de lance. Il portait un uniforme fraîchement fourni des Gardes Impériaux, une armure cramoisie profonde bordée de laque sombre, ajustée à sa carrure, soulignant la vitalité brute de quelqu'un encore à moitié garçon, à moitié lame.

Les fermoirs argentés de l'armure brillaient sous le soleil ; À sa hanche pendait une épée longue réglementaire dont l'arc étroit d'acier exposé brillait d'un éclat froid et retenu. Son esprit était lumineux, son expression féroce et sans entraves.

C'était Gu Xiao —fraîchement admis dans le bataillon d'élite Shen Ce de la Garde impériale royale.

Il avança d'un pas long et assuré, chaque mouvement rapide mais laissant une trace de vent, ses bottes frappant nettement le chemin de pierre, rythmées et décisives.

Yefeng venait à peine de lever la main pour saluer que la paume de Gu Xiao se posa fermement sur son épaule. L'arrogance juvénile sur son visage était évidente, un large sourire s'étirant de malice et de fierté.

« Eh bien, frère Ye, reconnais-tu toujours ce jeune maître ? »

Il releva le menton et fit volontairement jouer sa nouvelle armure, comme pour en souligner l'éclat neuf, les fermoirs argentés se répondirent en un tintement clair.

« Comment ça va ? Cette tenue te va bien à l'œil ? »

La bouche de Yefeng tressaillit. Il détailla Gu Xiao de la tête aux pieds avant de forcer une révérence polie.

« Maître Gu a toujours été frappant. Ceci... est-ce l'uniforme de la Garde Impériale, n'est-ce pas ? Le Maître Gu a-t-il intégré le bataillon Shen Ce ? »

« Bien sûr ! » Gu Xiao claqua sa manche avec un geste théâtral, les raccords métalliques cliquetant doucement.

« Mon tir à l'arc est inégalé, mon courage sans égal — ils m'ont naturellement recruté. Alors ? Impressionné ? »

Son ton était enjoué, mais un éclat d'ambition vive scintillait en dessous.

Avant que Yefeng ne puisse répondre, Gu Xiao haussa les sourcils.

« Où est ton jeune maître ? »

« Mes excuses, mon seigneur... Il n'est pas chez lui en ce moment. »

« Pas chez moi ? Encore mieux. Je vais entrer et attendre. »

Avant la fin de la phrase, Gu Xiao avait déjà poussé Yefeng d'un seul mouvement sans effort du bras, léger d'apparence, mais impossible à résister. Son pas changea et, l'instant d'après, il entra directement dans le manoir Su.

Yefeng réagit trop lentement ; il tendit la main tardivement pour le bloquer, mais Gu Xiao était déjà plusieurs pas devant.

« Maître Gu ! Le jeune maître ne nous a pas demandé de recevoir des invités aujourd'hui, si vous entrez comme ça, je... Je ne sais pas combien de temps vous devrez attendre! »

« Peu importe ! » appela Gu Xiao par-dessus son épaule, un demi-rire dans la voix. Les mains croisées dans le dos, il traversa hardiment la porte lunaire comme le propriétaire légitime du domaine revenant inspecter ses terrains.

Le jardin était en pleine floraison : les fleurs de pommier venaient d'éclore, tandis que les fleurs de poirier luisaient sous la rosée. Il s'arrêta devant une chambre latérale pour observer les fleurs ; l'instant d'après, il dériva vers un coin de la passerelle couverte pour donner des coups de pied dans des pierres instables ; Puis il souleva un rideau pour jeter un coup d'œil dans une chambre d'amis sans aucune retenue.

« Cette pièce, n'est-ce pas... ni celui-là... »

Il semblait chercher quelque chose, ou quelqu'un, ou peut-être était-il simplement en train de naviguer sans raison. Mais plus Yefeng observait, plus il s'alarmait.

Les invités n'entraient pas dans les manoirs de cette façon. et cet invité en particulier ne craignait ni le ciel ni la terre. Porter un uniforme de la Garde Impériale ne faisait qu'amplifier son aura déjà autoritaire.

Impuissant, Yefeng le suivait prudemment, n'osant presque pas respirer trop fort. L'anxiété lui serrait la poitrine,

Que cherche exactement à faire ce jeune maître de la famille Gu ?

Le regard de Gu Xiao balaya la cour d'un seul arc rapide. Ses pas changèrent comme s'il cherchait une trace ou confirmait si quelqu'un était présent.

Incapable de supporter la tension, Yefeng demanda enfin à voix basse : « Maître Gu… qui cherchez-vous ? »

Gu Xiao se retourna, et l'amusement dans son regard s'aiguisait face à cette franchise.

« Où est votre jeune demoiselle, la cousine ? »

« Ah… » Yefeng se raidit, incapable d'avancer ou de reculer, la gorge soudain sèche. Il ne trouva ni réponse convenable ni silence acceptable.

Gu Xiao, lui, n'attendit rien de plus. Il traversa le jardin central, entra dans le petit pavillon de pierre et s'assit comme s'il s'agissait de sa propre résidence. Ses gestes étaient déliés mais empreints d'une autorité naturelle. La lumière du soleil glissa le long de ses cils, froide comme un éclat sur l'acier. Il laissa échapper un rire bref. « Pas une mauvaise vue. »

Puis il avança une jambe, redressa la colonne, les mains croisées derrière le dos. « Très bien. Je vais m'asseoir ici. Faites venir votre jeune demoiselle ; ce jeune maître souhaite lui parler » À ces mots, une sueur froide perla immédiatement aux tempes de Yefeng.

Sa pensée unique résonna — pensait-il vraiment être chez lui ? Il s'inclina hâtivement : « Je… j'informerai le jeune maître. » Mais tous deux savaient qu'il n'oserait jamais vraiment appeler la jeune demoiselle ; il ne lui restait qu'à courir avertir son maître avant que les choses ne tournent mal.

* * * * *

La lumière de l'après-midi flottait sur la cour, les branches s'agitant dans la brise, dispersant des ombres sur le sol silencieux.

Lorsque Su Zhang revint de la cour extérieure et franchit la porte de la lune, Yefeng s'approcha précipitamment, registre en main, mais manifestement mal à l'aise.

Su Zhang lui lança un regard calme. « Qu'y a-t-il ? »

Yefeng avala sa salive. «… Maître Gu arriva vêtu d'un uniforme entièrement neuf de la Garde Impériale. Il est... actuellement assis dans le pavillon du jardin arrière, disant qu'il souhaite t'attendre. »

Su Zhang s'arrêta. Son expression ne changea pas ; Il répondit simplement par un hum neutre.

« Qu'a-t-il dit ? »

Le regard de Yefeng vacilla. Après un moment d'hésitation, il murmura,

« Il a d'abord affirmé qu'il était venu te voir. Plus tard... Il semblait... Il voulait voir la jeune demoiselle. »

Le couloir s'immobilisa.

« Tu l'as fait venir ? »

Yefeng secoua immédiatement la tête.

« Non, jeune maître. Je suis venu te faire un rapport en premier. Personne au manoir n'a osé l'arrêter, alors il reste assis dans le pavillon. »

Su Zhang resta silencieux un instant. Puis, avec la plus légère pause, il dit, son ton inchangé, posé et mesuré.

« Je comprends. »

Les mots étaient légers, mais suffisants pour faire taire Yefeng complètement. Il baissa la tête et se retira sur le côté.

Su Zhang leva les yeux vers l'aile est. Les branches projettent des ombres mouvantes ; les fleurs se balançaient au vent. Bien que son expression ne changeât pas, l'éventail pliant dans sa main se referma lentement, son cadre pressé fermement contre sa paume et restant immobile.

* * * * *

Lorsque Su Zhang arriva dans le jardin arrière, son expression gardait le même calme inébranlable.

Gu Xiao s'appuyait contre la rambarde du pavillon dans son armure rouge foncé, des fermoirs argentés captant la lumière du soleil si vivement qu'ils en brûlaient presque les yeux. Voyant Su Zhang s'approcher, Gu Xiao leva la main en un signe de la main facilement. Son sourire était sans retenue, audacieux, négligent, impossible à repousser.

Une brise légère agitait les ombres de fleurs dans le pavillon. Gu Xiao se tourna légèrement, parlant comme s'il engageait une conversation anodine.

« Tu arrives juste à temps. Voici le nouvel uniforme du bataillon Shen Ce. Qu'en penses-tu ? »

Le fermoir argenté émit un faible éclat —une fierté juvénile rayonnant de chaque trait de lui.

Su Zhang y jeta un bref regard, son ton clair et froid.

Gu Xiao laissa échapper un rire et se laissa tomber sur le siège de pierre, ses longues jambes s'étendant nonchalamment devant lui.

« Très bien. Ne me flatte pas. J'attends ici depuis une heure, alors considère que je t'aide à garder ta cour. »

Su Zhang répondit d'un ton calme :

« Je n'ai rien à faire garder. La prochaine fois que tu t'ennuieras, sors plutôt de la ville avec un bon cheval. Ce sera plus exaltant. »

« Bien sûr, exaltant », fit Gu Xiao d'un geste désinvolte. « Mais ennuyeux. »

Il s'arrêta.

« Puisque votre jeune demoiselle n'est pas là, je l'attendais. J'ai quelque chose à lui demander. »

Su Zhang tourna légèrement la tête.

« Tu la cherchais, pour quelle raison ? »

Gu Xiao repoussa une mèche de cheveux par-dessus son épaule, parlant d'un ton paresseux,

« Pour lui montrer cet uniforme, bien sûr. Un homme devrait avoir quelqu'un pour donner son avis quand il passe son armure. »

S'il y avait un sens caché dans ces paroles, Su Zhang ne le remarqua pas. Il répondit simplement :

« Très bien. Dans quelques jours, j'ai l'intention de l'emmener avec moi à Jiangnan. »

La décontraction sur le visage de Gu Xiao s'évanouit aussitôt.

Comme frappé à l'improviste, il se redressa d'un mouvement sec avant de se lever d'un bond.

Les mots qu'il brûlait de lancer, elle ne peut pas partir, lui montèrent à la gorge dans une bouffée de chaleur.

Mais, au dernier moment, il les ravala.

Réalisant à quel point sa réaction avait été brutale, il avala difficilement. Son expression se tendit, puis se détendit à nouveau. Il s'affaissa dans son siège, tambourinant deux fois ses doigts contre son genou comme si de rien n'était.

Su Zhang observa toute la séquence, la fusée éclairante, la retenue, la répression.

Ses lèvres s'étirèrent légèrement.

« Qu'y a-t-il ? »

Gu Xiao leva les paupières, l'expression à moitié taquine, à moitié voilée.

« Rien. »

« Xiao », dit soudain Su Zhang, son ton si direct que même les fleurs au-delà du pavillon semblèrent se taire,

« Pour être franc, es-tu venu aujourd'hui parce que tu as développé des sentiments pour elle ? »

Gu Xiao se figea.

Un battement de cœur plus tard, il éclata de rire, clair, lumineux et étonnamment impassible.

« Des sentiments ? À peine. Je voulais juste... »

Su Zhang baissa légèrement les yeux.

« Oui ou non ? »

Gu Xiao soutint son regard plusieurs instants avant de laisser apparaître un sourire lent et facile.

« Parler de sentiments est bien trop sentimental... rien de tel. »

« Non ? » Su Zhang hocha la tête, son expression inchangée.

« Très bien. Je te crois sur parole. »

Chapitre 51 : Véritable plaisir

Au moment où Qin Nianyin entra dans le jardin arrière sous la direction de Su Wan, la lumière du jour était à son apogée.

La lumière chaude du printemps filtrait à travers les feuilles d'Osmanthus superposées à l'extérieur du pavillon, se brisant en éclats d'or épars qui flottaient sur le sol de pierre comme des fragments d'un rêve lent.

Sur la table en pierre du pavillon, deux tasses de thé en porcelaine reposaient côte à côte.

Les deux étaient encore légèrement chaudes ; une vapeur pâle s'élevait en fils doux, portant avec elle le parfum pur et vert des feuilles fraîchement infusées.

Les pas de Qin Nianyin s'arrêtèrent légèrement.

Quelqu'un était venu ici il y a peu.

La chaleur silencieuse qui flottait dans l'air ne s'était pas encore dissipée.

« Assieds-toi. »

La voix de Su Zhang n'avait aucun poids d'émotion. Cela semblait être une instruction banale, mais ne laissait aucun refus, s'installant sous ses côtes avec une fermeté indéniable.

En s'approchant de la table, son regard se tourna instinctivement vers les deux tasses, l'une à gauche, l'autre à droite, toujours alignées d'une manière qui suggérait une conversation interrompue.

S'il y avait un invité ici il y a quelques instants... Pourquoi m'avoir convoqué maintenant ?

Su Zhang ne se pressa pas.

Il attrapa la théière en argile avec la lente précision d'un homme totalement maître du moment, la penchant pour remplir les deux tasses.

Le flot de thé pâle tomba propre et ininterrompu, libérant un autre souffle de parfum qui flottait entre eux comme un voile invisible.

Ce n'est qu'une fois l'odeur calmée qu'il parla, la voix calme et posée.

« Gu Xiao était là tout à l'heure. Il t'a attendu une heure. »

Qin Nianyin se figea sur place.

Son regard balaya instinctivement les piliers du pavillon, puis glissa vers le sentier du jardin au-delà des fleurs, cherchant, bien qu'elle sût déjà qu'il n'y aurait personne.

« Alors… où est-il maintenant ? »

« Il vient de partir. »

La réponse vint légèrement, sans ondulation, comme si la question n'avait aucune importance particulière.

Qin Nianyin répondit doucement par un « oh », ni surpris ni soulagé.

Mais le doute s'accentua.

Si l'invitée était déjà partie, à quoi servait l'appeler ici ?

Elle s'inclina légèrement.

« Dans ce cas, je vais —»

« Attends. »

Seul le mot —doux, posé, presque paresseusement.

Pourtant, il la rattrapa comme un crochet, l'arrêtant en plein pas.

« Assieds-toi. »

N'ayant pas de place pour refuser, elle retourna sur le banc de pierre, un léger pli se formant entre ses sourcils.

Su Zhang fit glisser une des tasses de thé vers elle.

« La première récolte de printemps de cette année », murmura-t-il. « Goûte-le. »

La demande semblait simple.

Pourtant, le poids discret dans sa voix la fit lever la tasse malgré sa confusion.

Le thé brillait d'un éclat vert clair, délicat comme la première feuille de la saison.

Elle prit une gorgée, légère, astringente, laissant sur la langue une pointe de fraîcheur.

Un silence s'installa entre eux.

Seul le parfum du thé persistait, flottant entre le souffle et la lumière du soleil, s'installant dans les petites pauses de l'après-midi.

Su Zhang la regarda poser la tasse.

Il semblait attendre, laissant le silence mûrir en une forme qui lui convenait.

« Aujourd'hui, » finit-il par dire, « Gu Xiao est venu surtout pour te montrer son nouvel uniforme. »

Qin Nianyin cligna des yeux une fois, sincèrement déconcertée.

Une faible lueur brilla dans ses yeux, douce et brillante.

« Il est vraiment entré dans la Garde impériale ? »

« Mm. »

Su Zhang acquiesça silencieusement, mais son regard resta fixé sur son visage, déterminé à capter chaque éclat sur ses traits.

« Tu es content ? »

« Bien sûr. »

Les mots lui échappèrent sans réfléchir.

Ses lèvres s'étirèrent même en un léger sourire sans défense.

 Puis le sourire s'estompa —subtilement, comme une bougie touchée par une brise de passage.

Il a survécu cette fois.

Au cours de sa vie, Gu Xiao avait chevauché jusqu'à la frontière nord, sans jamais revenir.

Ses os avaient disparu sous les sables frontaliers balayés par le vent ; il ne restait rien à enterrer, aucun lieu pour les vivants où se recueillir.

Si rejoindre la Garde Impériale signifiait rester dans la capitale, si cela signifiait qu'il ne serait plus envoyé à la frontière, alors peut-être —juste peut-être — pourrait-il enfin échapper à ce sombre sort qui s'offrait à lui.

Sa joie ne venait pas de son statut.

C'était pour sa vie.

Elle baissa les yeux vers le thé, laissant la vapeur masquer la légère douleur qui montait dans sa poitrine.

Su Zhang observa les changements dans son expression.

Ses doigts effleurèrent lentement et sûrement le bord de sa propre tasse.

Après un moment, il demanda doucement :

« Tu es heureux… pour lui ? »

Qin Nianyin leva les yeux, surprise.

Son regard n'était pas perçant, mais il semblait traverser ses cils, cherchant sous le calme qu'elle affichait.

Elle hésita, puis répondit honnêtement, la voix basse.

« Oui. Il... enfin a un endroit où appartenir. »

Une lumière subtile vacilla puis se plissa dans les yeux de Su Zhang.

« C'est tout ? Simplement parce qu'il a une place ? »

Elle ne répondit pas.

Ses doigts faisaient doucement le tour de la tasse, suivant la courbe lisse en évitant délibérément.

Su Zhang détourna le regard.

Sa voix retrouva son calme tranquille, presque lointain.

« Tant que ton cœur est apaisé. »

Le parfum du thé flottait légèrement dans le pavillon.

Les ombres des branches d'Osmanthus se balançaient en silence dehors.

La longueur du silence entre eux s'étira, jusqu'à ce que Qin Nianyin sente le léger malaise s'installer le long de sa colonne.

Elle s'apprêtait à se lever et à s'excuser quand Su Zhang parla enfin de nouveau, calmement, presque distraitement, mais chaque syllabe tranchait avec une précision calme.

« Gu Xiao n'est pas un homme doué aux sentiments.

S'il choisissait d'attendre ici une heure entière juste pour te voir...

Il a probablement des intentions envers toi.

Tu as des idées à ce sujet ? »

«... Des avis ? »

« S'il devait te poursuivre, »

« Impossible ! »

Les mots jaillirent d'elle avant que la raison n'intervienne, assez nets et immédiats pour trembler dans l'air printanier.

Su Zhang ne broncha pas.

Il tourna simplement son regard vers elle, sans se presser, observant la tension surprise dans ses épaules, le choc écarquillant ses yeux.

Sa propre voix resta parfaitement posée.

« Et pourquoi, » demanda-t-il doucement, « est-ce impossible ? »

La réponse de Qin Nianyin vint sans la moindre hésitation.

« Parce que moi, Qin Nianyin, je n'ai aucune intention envers le jeune maître Gu. Aucune du tout. »

Sa voix était posée ; son expression claire et sincère.

Pas de papillons cachés, pas de pause incertaine.

Aucune tentative de dissimuler ou d'adoucir la vérité.

Su Zhang l'observa longuement, mesurément.

La lourdeur serrée et atténuée qui s'était logée sous ses côtes, née de la brève peur que l'esprit de Gu Xiao ne percute le sien, commença à se détendre, fil par fil.

La pression s'allégea.

Sa posture se détendit d'un degré imperceptible.

Il reposa sa tasse sur la table en pierre.

L'ombre dans ses yeux s'éclaircit, son froid s'éloignant.

« Dans ce cas, » dit-il doucement, « finis ton thé avant de partir. »

Qin Nianyin cligna des yeux, prise au dépourvu par ce changement soudain, mais elle murmura un doux assentiment.

Elle souleva de nouveau la tasse, laissant le thé toucher sa langue.

La température était exactement la bonne —chaude, douce —mais une légère amertume se répandit lentement sur les bords de son goût.

Le pavillon retomba dans le silence.

Su Zhang baissa les yeux, son ton nettement plus léger lorsqu'il demanda enfin : « Alors... que penses-tu de Gu Xiao ? »

Qin Nianyin hésita un instant.

Pourquoi ce n'est pas encore fini ?

Elle posa la tasse de thé avec un calme délibéré, la posture droite.

« Le jeune maître Gu est... mais il est », répondit-elle d'un ton posé.

« Mon cousin le connaît bien mieux que moi. »

Su Zhang tourna légèrement la tête, son ton froid et posé.

« Du point de vue d'un homme, il ne manque de rien. Son apparence est saisissante, son origine honorable. Parmi les jeunes dames de la capitale, nombreuses sont celles qui le regarderaient avec faveur. »

Il marqua une pause. « Et toi ? »

L'expression de Qin Nianyin resta inchangée.
« Comme je l'ai dit, je n'entretiens aucune pensée de ce genre. Aucune. Cousin n'a pas à s'en préoccuper. »

Su Zhang semblait vouloir poursuivre, une intention prête à franchir ses lèvres, mais il n'en sortit qu'un léger murmure, à peine un acquiescement, avant qu'il ne détourne les yeux. Voyant que la tension s'était enfin relâchée, Qin Nianyin se leva et s'inclina avec courtoisie.

« Si Cousin n'a pas d'autres instructions, je reviendrai en premier. »

Il ne l'a pas arrêtée.

Elle sortit du pavillon, sa silhouette bientôt engloutie par les motifs dérivants des ombres d'Osmanthus.

Son départ fut silencieux, presque léger, mais quelque chose dans le silence qu'elle laissa derrière elle s'accrochait densement à l'air.

Quelques instants après sa disparition, des pas vifs se firent entendre de l'extérieur de la cour.

Gu Xiao.

Il entra avec la vigueur désinvolte qui lui était propre.

L'uniforme rouge foncé de la Garde Impériale brillait vivement sous le soleil, chaque fermoir métallique captant la lumière comme des fragments éparpillés d'une lame.

Il avait l'air totalement sûr de lui, rayonnant d'énergie, comme s'il venait de revenir triomphant d'une rapide chevauchée à travers les champs ouverts.

« Zhang ! »

Gu Xiao leva la main et le salua avec un sourire qui parcourut le pavillon.

« J'étais à mi-chemin de la maison et j'ai pensé — mieux valait dire un mot à la dame de ton cousin d'abord.

La prochaine fois que je viendrai, j'ai l'intention de donner un préavis approprié.

Je ne peux pas la laisser me manquer à nouveau. »

L'expression de Su Zhang resta inchangée.

« Elle est partie. »

Gu Xiao s'arrêta en plein pas.

Une pointe de déception traversa, puis disparut sous un haussement d'épaules facile.

« Ah, c'est dommage. »

Il s'installa contre la rambarde de pierre comme si le pavillon lui appartenait.

La brise changea ; Le thé sur la table était déjà refroidi en une couleur pâle et pâle.

Su Zhang baissa les yeux vers sa tasse intacte.

Un instant, ses doigts se resserrèrent autour de la porcelaine.

Puis la coupe toucha la table en pierre avec un déclic doux et décisif,

un son assez faible pour ne pas résonner, mais assez aigu pour briser le mince voile de paix qui flottait dans l'air.

« Gu Xiao. »

L'appel était bas, posé, mais chargé de quelque chose de plus lourd sous la surface.

Gu Xiao se retourna, les sourcils levés.

«… Quoi? Pourquoi ce regard ? Tu regardes comme si quelqu'un allait être traîné devant un tribunal. »

« Qin Nianyin est venue plus tôt », dit Su Zhang.

« Je lui ai demandé directement.

Elle ne s'intéresse pas à toi. »

Gu Xiao cligna des yeux.

Puis il rit, d'une manière lumineuse, négligente, totalement indifférente.

« Quoi ? Je n'ai jamais dit qu'elle devait le faire.

Je trouvais simplement la dame de votre cousine intéressante, rien de plus. »

Un bref silence tomba.

Le regard de Su Zhang resta fixé sur lui sans vaciller.

Ses lèvres se pincèrent en une ligne fine et maîtrisée.

Après un souffle, il reprit, la voix plus basse :

« Gu Xiao. »

N'oublie pas ce que tu viens de dire. »

Les mots tombèrent lourds, silencieux, mais portés par le poids du fer.

La brise dehors agitait les feuilles d'Osmanthus, bruissant en vagues inquiètes comme pour refléter la tension dans sa voix.

Gu Xiao se figea un bref instant.

Puis il renversa la tête en arrière et rit de nouveau, plus fort, plus libre, comme pour dissiper la tension dans un éclat de rire.

Mais Su Zhang ne s'engageait plus.

Il leva sa tasse et vida le thé froid d'une seule gorgée.

L'amertume glissa dans sa poitrine, vive et perçante, et le froid s'installa profondément, s'enfermant dans les chambres silencieuses de son cœur.

Chapitre 52 : Un fils de son sang

La nuit pesait lourdement sur les terrains du palais, épaisse et intacte, toute la ville impériale plongée dans une obscurité aussi profonde que l'encre.

Seules les lanternes vermillon du palais tremblaient faiblement dans le vent, leur lueur chaude glissant sur les marches en cinabre et s'étirant en une longue ombre étroite qui vacillait comme un présage silencieux.

Une légère odeur de bois de santal flottait dans l'air, montant et se dispersant en filaments lents et enroulés.

Au loin, le coup étouffé d'un gong de bronze annonça l'heure, le son suspendu un bref instant avant d'être englouti par le vent qui traversait les longs couloirs du palais.

Le Second Prince Li Xuan se tenait sous les larges avant-toits de la salle, les mains jointes dans le dos.

La lumière argentée des lanternes tombait en biais sur ses épaules, s'accrochant aux plis de sa robe tandis que le vent nocturne agitait l'ourlet d'un mouvement subtil et délibéré.

Son expression était d'un calme langoureux, du genre de quelqu'un qui avait déjà prédit la forme et l'issue de la conversation bien avant qu'elle n'arrive.

Depuis les marches de pierre en contrebas, un homme vêtu d'une robe de cour bleue s'approcha à toute vitesse.

Le bruit de ses bottes frappant la pierre résonna vivement dans la nuit silencieuse, chaque pas assez fort pour trahir son malaise.

« Ministre adjoint Du, » remarqua Li Xuan sans se retourner complètement, ne jetant qu'un bref regard à l'homme.

Du Mao se pencha en un profond réflexe, son dos presque plié en deux. « Votre Altesse. »

Li Xuan lui lança un regard mécontent, son ton teinté d'impatience. « Quelle affaire urgente t'oblige à venir me chercher à une heure pareille ? »

« Il y a —il y a quelque chose... vraiment urgent... »

Du Mao s'inclina encore plus bas, la voix tremblante malgré ses tentatives de retenue.

Li Xuan inclina légèrement la tête, l'examinant avec un léger mépris.

« Tu trembles comme une feuille dans le givre. Parle. Qu'cs-tu venu m'annoncer ? »

L'homme avala sa salive, la gorge se soulevant.

« Votre Altesse… l'affaire à Jiangnan… je crains qu'elle ne fasse l'objet d'une enquête. »

Li Xuan ne montra aucune surprise. Il se contenta de lever légèrement le menton, lui faisant signe de continuer.

Du Mao il se mouilla les lèvres, puis força les mots à sortir.

« L'inondation de l'année dernière… la section du talus sous la responsabilité de Jiangning… elle a été construite à la hâte.

Si quelqu'un examinait les registres en détail… les chiffres ne correspondraient pas.

Si la vérité était révélée, je crains qu'elle n'implique… implique Cet humble serviteur. »

Sa voix tremblait plus fort maintenant. La sueur s'infiltrait dans les cheveux à ses tempes, captant la faible lueur de la lanterne.

« Votre Altesse sait aussi… les documents de l'époque… ils ont en effet… été ajustés. »

Le regard de Li Xuan glissa de côté, le coin de sa bouche se retroussant légèrement dans un sourire sans chaleur. « Qu'est-ce que c'est ? La peur ? »

Entendant ce mot à voix haute, Du Mao trembla encore plus, s'inclinant à plusieurs reprises. « Votre —Votre Altesse, je le crains naturellement ! »

Li Xuan émit un petit bruit moqueur. « Avec un courage comme le tien, quelle grande affaire pourrais-tu jamais espérer gérer ? »

« Votre serviteur craint simplement... si l'enquête va trop loin... »

Le souffle de Du Mao se coupa alors qu'il se forçait à continuer, « ... La catastrophe de l'année dernière a fait plus d'une centaine de morts. Des milliers d'autres ont été déplacés. Si Sa Majesté apprend que nous avons été impliqués... »

Avant qu'il n'achève, les lèvres de Li Xuan se courbèrent de nouveau, cette fois d'un amusement glacé.

« Et s'il venait à l'apprendre ? Je suis né de son sang. Pour cela seulement… croirais-tu qu'il me ferait périr ? »

D'un geste paresseux de la main, il chassa la peur tremblante de Du Mao comme si cela l'ennuyait.

Le vent changea sous les avant-toits, soulevant les bords de sa robe.

Li Xuan se tourna légèrement, son regard attiré vers l'horizon sombre au-delà des murs du palais. Sa voix sortit lentement, posée, presque décontractée, mais chargée de quelque chose de tranchant sous sa douceur.

« Si tu as peur, alors utilise cette peur. Laisse-la te porter. »

Du Mao cligna des yeux, stupéfait.

« M–m'appuyer… là-dessus ? »

« Le prince héritier aime prêcher 'gouvernance et secours', n'est-ce pas ? »

Le ton de Li Xuan resta doux, mais les bords s'étaient affinés.

« Envoyez cette affaire à son bureau. Une fois que Sa Majesté demandera, le Prince héritier devra répondre. S'il le savait et ne l'a pas signalé, il est non vertueux. S'il connaissait et protégeait les coupables, il serait négligé. »

Il fit une pause, laissant chaque mot s'installer comme des lames.

« Deux chemins. Les deux mènent à la ruine. »

Les yeux de Du Mao s'écarquillèrent, le choc envahissant son visage.

« Votre Altesse veut dire… ? »

Li Xuan le regarda avec un mépris ouvert. « Regarde-toi. effrayé comme une bête acculée. Je me demande comment tu fais pour manger ton riz quotidien sans t'étouffer. »

Ses yeux reflétaient la lumière des lanternes, brillant d'une lueur sauvage, comme un rasoir.

« C'est une occasion parfaite de le déranger. Si mon estimé frère prince héritier ne peut supporter même cette affaire triviale, comment pourrait-il espérer s'asseoir sur ce trône ? »

« Votre Altesse... vous... vous voulez impliquer le prince héritier ? »

La voix de Du Mao se brisa en un couinement de terreur. Ses genoux faillirent fléchir.

Pour piéger le prince héritier ?

Comment un humble fonctionnaire du Jiangnan pouvait-il oser une telle chose ?

Mais Li Xuan semblait totalement impassible, même ravi à cette perspective. La lumière de la lanterne vacillait dans ses yeux, froide, aiguë, triomphante. « Une fois que l'affaire sera éclatée et que Sa Majesté exigera des réponses, le prince héritier sera piégé, que ce soit par omission ou indulgence. Quoi qu'il en soit, il saigne. »

« Mais... mais... »

Avant que Du Mao ne puisse finir son objection, les sourcils de Li Xuan se haussèrent brusquement.

« Quoi ? Tu as pris l'argent et maintenant tu comptes fuir quand le vent changera ? »

« Votre serviteur… votre serviteur ne… jamais ! Jamais ! »

Le sourire de Li Xuan disparut.

Sa voix se fit froide. « N'oublie pas : nous sommes maintenant sur le même vaisseau. Si je coule, tu ne survivras pas. »

Les mots tombèrent comme du tonnerre.

Le visage de Du Mao perdit sa couleur, puis se remplit d'une clarté soudaine et désespérée. Sa peur se transforma en une forme grotesque de révérence.

« Le plan de Votre Altesse est... C'est brillant, vraiment brillant ! »

Li Xuan ne prit pas la peine de répondre.

Il leva simplement la main en signe de congé.

Du Mao s'inclina et se retira dans l'ombre du couloir, ses pas s'éloignant jusqu'à être engloutis par la nuit.

Sous les avant-toits, le vent nocturne glissa de nouveau, effleurant la lanterne du palais et faisant vaciller sa lueur dorée-rouge. La lumière changeante enveloppa le profil de Li Xuan, mêlant le chaud et le froid en une seule teinte indistincte.

Il se retourna et entra dans la salle, sa silhouette bientôt engloutie par la lumière flottante, ne laissant derrière lui que ce « brillant » chuchoté résonnant plus froid qu'avant.

* * * * *

À ce même moment, le Palais de l'Est restait vivement éclairé malgré la nuit qui s'approfondissait. Le prince héritier Li Duan se tenait devant son haut bureau, où des parchemins, des lames de bambou et des mémoriaux s'empilaient les uns sur les autres comme une petite montagne.

La lumière vacillante des bougies projetait de longues ombres sur son front, creusant la ride sévère entre ses yeux jusqu'à la laisser sembler gravée dans la pierre.

« Votre Altesse, » murmura son conseiller en présentant un rapport scellé, « ceci est une dépêche confidentielle du bureau d'inspection du Jiangnan. Cela confirme des écarts dans les comptes de remblai de l'année dernière. »

Li Duan prit le parchemin.

Ses doigts s'arrêtèrent au-dessus du sceau avant qu'il ne le brise enfin.

Son regard balaya le contenu, puis s'arrêta brusquement.

La différence ne venait pas seulement de l'argent manquant.

C'étaient les vies enfouies sous ces figures.

« Pas seulement des comptes », dit-il doucement.

Sa voix était basse mais portait un poids comme de l'eau profonde. « Il y a eu des morts. »

Il referma le parchemin avec un calme mesuré, puis se tourna vers la fenêtre. Son regard dépassa les murs du palais, s'étirant sur l'obscurité comme s'il tendait la main vers les rivières et berges lointaines de Jiangnan.

Si les eaux montaient à nouveau cette année, non seulement les habitants du fleuve en souffriraient, mais la cour serait contrainte de détourner des troupes vers le sud, ce qui laisserait la frontière nord dangereusement exposée.

Et la frontière nord, c'était le seul endroit où il ne pouvait se permettre absolument aucune faiblesse.

Un faux pas et le Jiangnan ainsi que la frontière nord s'effondreraient tous les deux.

Le conseiller resta immobile, attendant son ordre.

Li Duan prit une lente inspiration, détournant le regard. Sa voix retrouva sa clarté posée et contrôlée.

« Réexaminez les anciens dossiers. Tranquillement. Pas besoin d'alarmer qui que ce soit.

Chaque personne dont le nom figurait sur les comptes —qu'elle approuve, supervise ou modifie quoi que ce soit— était notée en silence.

« Ne laisse aucune trace. »

« Oui, Votre Altesse. » Le conseiller s'inclina et se retira.

Le bureau retomba dans le silence. Seul le doux bruissement du papier bougeait sous la lumière des bougies.

Li Duan baissa les yeux sur la carte de défense de la rivière déroulée sur le bureau.

La lumière de la lampe se reflétait sur les lignes représentant des vagues et des courants, projetant l'illusion d'eau qui déferle dans l'encre.

Il tapota doucement du doigt la marque représentant Jiangnan, s'attardant dans ses pensées.

Après une longue pause, il parla doucement :

« Stabiliser les eaux d'abord... puis la frontière. »

C'était son principe inébranlable.

Dehors, la nuit s'accumulait comme une marée montante, enveloppant le palais d'un silence lourd et essoufflé.

Une rafale de vent s'infiltra par les avant-toits et dispersa le mémorial le plus haut.

Li Duan tendit la main et la pressa à nouveau à plat, son doigt effleurant l'encre encore humide.

Il disait : « Les digues de Jiangnan nécessitaient une main-d'œuvre de plusieurs dizaines de milliers.

Le ressentiment public couve. »

Il fixa la ligne un moment.

Une voix de sa jeunesse s'éleva dans sa mémoire,

La prudence d'un souverain ne réside pas dans ses ennemis, mais dans ceux en qui il a confiance.

Dans ce palais profond, avec ses couloirs ombragés et ses dagues cachées, qui pouvait vraiment distinguer allier et ennemi ?

La flamme de la bougie vacillait violemment, projetant des ombres emmêlées sur le mur, comme d'innombrables yeux observateurs.

Li Duan ferma enfin son expression, trempa son pinceau dans l'encre et écrivit trois caractères dans un coin discret de la page :

Su Zhang. C'était l'homme en qui il avait confiance. Il laissa sécher l'encre, puis referma silencieusement le document.

Chapitre 53 : Une promenade dans le marché de nuit

Le prince héritier Li Duan referma le dossier avec un soin délibéré, faisant glisser la carte roulée de la défense fluviale sur le côté du bureau avant de lever la main dans un geste discret vers l'assistant. « Préparez le palanquin. Nous allons au palais Xining. »

L'itinéraire menant au palais Xining traversait les cours administratives intérieures de la ville impériale. Même à cette heure, les couloirs brillaient d'une lumière constante de lanterne.

Les Gardes Impériaux de service se tenaient en deux rangées ordonnées, les plaques d'armure captant et reflétant la lueur rouge des lampes du palais, chaque faible éclat trahissant le tranchant dur du métal froid sous leur discipline cérémonielle.

Alors que le prince héritier approchait d'un virage dans la passerelle couverte, il aperçut une silhouette debout, le dos droit contre le mur d'ombre —un jeune homme en armure nouvellement écarlate foncée, la main posée légèrement sur la garde de sa lame.

Même de loin, le brunissement vif des fermoirs dorés de son uniforme le désignait comme un nouveau membre du bataillon Shen Ce.

C'était Gu Xiao.

Il se retourna au bruit de pas approchant et le mouvement net de son salut résonna faiblement sous les feux de route. « Votre Altesse. »

Li Duan s'arrêta, l'observant un instant. Son expression ne s'adoucit pas, mais quelque chose de faible, quelque chose de presque chaleureux — traversa son regard. « Gu Xiao. Donc ça s'est vraiment terminé ainsi. Tu as tenu plus longtemps que la plupart, mais au final, même toi tu n'as pas pu échapper à la main de Sa Majesté. »

Gu Xiao laissa échapper un bref sourire, bien que la lueur vive d'ambition dans ses yeux restât intacte. « Votre Altesse exagère. Puisque je n'ai pu ni entrer dans l'armée du Huben ni servir à la frontière, rester dans la capitale et accomplir un vrai travail vaut bien mieux qu'un titre inactif où l'on ne fait que prendre la poussière. »

Li Duan inclina légèrement la tête, ses yeux s'attardant un instant sur le nouvel insigne posé sur l'épaule du jeune homme. « Il est bien que tu le penses. Un homme déterminé trouvera un endroit pour bâtir le mérite, peu importe où il se tient. »

« Votre Altesse dit vrai », répondit Gu Xiao, la légère courbure de sa bouche teintée d'une auto-dérision, bien que la soif juvénile de réussite fût indéniablement présente.

« Bien sûr, la splendeur de la capitale est loin d'égaler les difficultés de la frontière. »

Un sourire fugace, presque imperceptible, effleura les lèvres de Li Duan.

Il avait entendu le sens caché, mais avait choisi de ne pas le révéler. « Tes ambitions vont vers le sud et le nord, mais pour l'instant, observe plus, apprends plus. Il n'est pas nécessaire de forcer ton pas. »

« Oui, Votre Altesse. » Gu Xiao s'inclina, les poings serrés.

Li Duan hocha de nouveau la tête. Sa voix baissa légèrement, plus basse que la lumière vacillante des lanternes autour d'eux, avec un poids qui effleurait l'air entre eux. « Ne rumine pas là-dessus. Entrer au service du palais n'est pas une mince chose —surtout maintenant que Su Zhang va bientôt partir pour Jiangnan. Il y a... il ne reste que peu de gens autour de moi en qui je peux avoir confiance. »

Les quatre derniers mots étaient doux, mais assez froids pour s'installer comme du givre.

Les pas de Gu Xiao s'arrêtèrent et un sourcil se haussa, à moitié amusé, à moitié surpris. « Alors, son Altesse me place parmi les 'dignes de confiance' ? »

Li Duan lui rendit son regard avec des yeux calmes et assurés. « Tu es direct. Tu travailles pour la chose elle-même, pas pour la célébrité ou la flatterie. C'est précisément ce qui manque à ce palais. »

Il laissa son attention dériver brièvement vers l'extrémité du couloir, où les flammes d'un brasero projetaient de longues ombres mouvantes sur les rangs d'armure. « Ne pense pas que servir au palais soit plus facile que d'aller au combat à cheval. Les lames ne tombent peut-être pas sur les murs de la ville, mais elles brillent tout aussi vivement dans leurs manches et leurs sourires. »

L'expression de Gu Xiao se stabilisa, perdant sa légèreté d'avant. « Compris. »

Le prince héritier poursuivit : « Avec le voyage de Su Zhang au Jiangnan, certains saisiront les inondations de l'année dernière pour semer à nouveau le trouble. La reconstruction des digues exige de l'argent. Les coffres du Nord sont vides, et l'argent s'y fait rare.

Quand les fonds se tarissent, les intrigues, elles, fleurissent.

« Oui, Votre Altesse. Tes inquiétudes sont fondées. » La voix de Gu Xiao s'abaissa, la vigueur de la jeunesse se repliant sur elle-même en une ligne de concentration tendue. « Si Votre Altesse a besoin de quoi que ce soit, un ordre suffit. »

Li Duan le regarda et un sourire doux, à peine visible, vacilla à nouveau, disparut avant même de se former complètement. « Mon cousin a grandi. »

Les lèvres de Gu Xiao tressaillirent mais il ne répondit pas. Au lieu de cela, il s'inclina plus solidement, les épaules fermes sous la nouvelle armure.

« Sois tranquille. Servez bien votre poste. Les affaires de cour, laissez-les à moi. »

« Oui, Votre Altesse. »

« Vas-y, » dit Li Duan en lui faisant signe de revenir vers la ligne de gardes. « Observe davantage. Réfléchissez davantage. Parle moins. Le mérite ne dépend pas de la position d'un homme, et encore moins de la force de ses cris. »

Gu Xiao recula et s'inclina profondément, son « Merci pour l'instruction, cousin. Je m'en souviendrai. » prononcé avec un respect familial délibéré.

Le prince héritier leva la main en guise de brève reconnaissance avant de continuer dans le passage éclairé par des lanternes.

Derrière lui, le scintillement entrelacé des lames et des armures résonnait dans l'air calme avec un soupir métallique distinct —un soupir qui le suivait comme un avertissement.

* * * * *

Le crépuscule s'était épaissi en début de nuit lorsque Qin Nianyin et Mei sortirent de la maison de couture. Des fils égarés s'accrochaient encore à l'ourlet de la manche de Qin Nianyin et la lueur chaude des lanternes fraîchement allumées projetait de douces auréoles sur la rue de pierre.

Ils venaient à peine de tourner le coin que Qin Nianyin aperçut une silhouette debout sous les piliers du couloir devant eux.

L'homme portait une armure écarlate sombre de garde du palais —assez nouvelle pour que les plaques d'épaulc polics captent et dispersent la lumière des lanternes comme une fine couche d'eau.

Les motifs atténués le long de ses brassards scintillaient subtilement et l'épée à sa taille reposait avec l'autorité naturelle de quelqu'un qui n'a pas l'habitude de rester inactif. Même ses sourcils portaient la fierté discrète d'un jeune soldat.

Elle s'arrêta, comprenant aussitôt pourquoi il était si précisément placé là où la rue s'ouvrait sur la lumière.

Il l'attendait.

Mei tira légèrement sur sa manche. « Mademoiselle... regarde, c'est le jeune maître Gu. »

« Qin Nianyin. »

Gu Xiao s'avança avec un large sourire sans complexe. Il y avait une étincelle indéniable dans ses yeux, comme si l'armure elle-même lui avait donné trois centimètres de hauteur supplémentaire. « Alors ? Qu'en penses-tu ? »

Son regard le balaya brièvement. « Ça va bien. Ça a l'air bien. »

« Pas seulement bon —impressionnant, n'est-ce pas ? » ajouta-t-il en levant la main pour tapoter légèrement le métal de son épaulette.

Le choc du métal résonna d'un tintement clair. « Tout le monde ne porte pas l'armure des Gardes Impériaux. »

Ses lèvres se courbèrent légèrement. « Félicitations, Général Gu. Tu as accompli ce que tu espérais. »

Son ton ne portait aucune moquerie —seulement un bonheur calme et sincère pour lui.

La simple honnêteté de ce regard fit bondir quelque chose dans la poitrine de Gu Xiao. Toutes les phrases qu'il avait prévues, les demi-blagues, les remarques fières, se bloquèrent dans sa gorge d'un coup. Il se frotta la nuque, les oreilles légèrement chaudes alors qu'il forçait sa voix à rester décontractée. « Eh bien... Dans quelques jours, la capitale organisera son marché de nuit mensuel. Alors, je me suis dit... peut-être... Tu veux y aller ? »

Elle hésita, son souffle s'arrêtant alors qu'elle se préparait à refuser.

Mais il continua rapidement, trébuchant légèrement sur sa propre urgence. « C'est juste —eh bien, je voulais te remercier. Si tu n'avais pas dit ce que tu as dit ce jour-là, je perdrais probablement encore mon temps au domaine. Je n'aurais jamais eu la chance de rejoindre les Gardes. »

Qin Nianyin cligna des yeux. « J'ai dit quelque chose ? »

« Tu ne te souviens pas ? » Il rit timidement. « À Pearl House, tu m'as demandé si l'argent que j'ai dépensé était 'gagné par moi-même', et tu as dit que je vivais de la richesse familiale. »

Elle ne put s'empêcher de laisser échapper un petit rire. « Ce n'était qu'une remarque à l'improviste. »

« Mais je l'ai pris au sérieux. » Sa voix baissa, plus basse, teintée d'une sincérité retenue qui semblait étrangement vulnérable venant de lui. « Un homme devrait avoir quelque chose à lui sur quoi se tenir... sinon, comment pourrait-il être digne de... »

Il s'arrêta soudain, réalisant qu'il était allé trop loin.

Qin Nianyin se tourna légèrement, et la lumière des lanternes adoucissait le contour de son profil. Elle avait voulu le taquiner, mais le sérieux de son expression la poussa à demander doucement : « Digne de quoi ? »

Gu Xiao se figea. La question frappa trop droit ; Les mots s'emmêlaient. Après un long moment, il murmura : « Rien. »

Elle rit doucement. « Regarde-toi, déjà garde du palais, et pourtant tu parles encore comme ça. »

Ses oreilles devinrent rouges à nouveau. Il changea rapidement de sujet. « Alors... Le marché de nuit. Tu y vas ? »

Qin Nianyin le regarda, regarda cette attente sincère qu'il s'efforçait tant de dissimuler et, après un bref silence, elle hocha la tête. « Très bien. »

Elle n'avait pas marché sur le marché animé de nuit de milieu de mois depuis des années, pas depuis qu'elle avait épousé Su Zhang dans sa vie précédente.

Pendant un instant fugace, elle se surprit à vouloir le revoir, sentir le pouls d'un monde qu'elle avait depuis longtemps abandonné.

« Vraiment ? » Ses yeux s'illuminèrent instantanément.

« Vraiment. »

Gu Xiao afficha un sourire si large que même les lanternes semblaient briller davantage sous la brillance polie de son armure. « Alors c'est réglé. Je viendrai te chercher au début de l'heure Shen. »

« Hm. » Elle hocha doucement la tête, acceptant la promesse.

Elle se tourna vers la maison, ses pas posés et gracieux sous la lueur des lanternes. Gu Xiao resta là où il était, la regardant se retirer dans la brume chaude de lumière. Ce n'est qu'après qu'elle eut disparu de sa vue qu'il réalisa que son sourire était là.

Ce n'était pas le sourire triomphant de quelqu'un qui avait exhibé sa nouvelle armure.

C'était le sourire surpris, qui s'épanouit doucement, de quelqu'un qui commençait à tomber.

La nuit s'était profondément installée sur le manoir Su, enveloppant ses cours d'un silence qui semblait rendre les lampes vacillantes encore plus brillantes dans l'obscurité.

Un vent fin soufflait le long des avant-toits, emportant avec lui quelques feuilles sèches qui glissaient sur le sol de pierre.

Sous l'ombre du toit, la lanterne en cuivre oscillait presque imperceptiblement, sa lueur chaude étirant et rétrécissant les silhouettes projetées sur le sol, longue puis courte, stable puis vacillante.

Mei avança d'un pas prudent, jetant un regard en arrière à Qin Nianyin en murmurant : « Mademoiselle, le jeune maître a dit qu'il avait quelque chose à discuter avec vous. Il te demande d'aller au bureau. »

Les pas de Qin Nianyin ralentirent. Il était déjà tard et le fait qu'il la convoque à une heure pareille éveilla inévitablement un malaise dans son cœur. Pourtant, son hésitation ne dura qu'un souffle ; Elle ne détourna pas le regard.

La porte du bureau était entrouverte, une mince lueur tamisée se répandant sur la véranda. À l'intérieur, la lumière des bougies était chaude et constante.

Su Zhang se tenait dos à elle ; Un rouleau de vieux dossiers se déploya dans ses mains. Ce n'est que lorsqu'il entendit ses pas qu'il posa le parchemin et se tourna vers elle.

« Assieds-toi. »

Sa voix était calme d'une manière qui ne laissait pas le refus.

Qin Nianyin s'installa devant la table basse. Son regard parcourut le parchemin qu'il venait de lire et elle aperçut quelques caractères parmi le texte dense.

« Ancien préfet du Jiangnan, Qin Shouyi. » Son souffle se coupa. Le nom de son père. Ses doigts se recroquevillèrent contre sa manche sans qu'elle s'en rende compte.

Su Zhang ne parla pas immédiatement. Il leva simplement une tasse, goûtant le thé d'un mouvement lent et mesuré, comme si le temps que mettait la vapeur à monter faisait partie de la conversation elle-même.

Ce n'est qu'en reposant la tasse qu'il dit : « Te souviens-tu encore beaucoup du travail de ton oncle pendant l'inondation du Jiangnan cette année-là ? »

Qin Nianyin sursauta faiblement. Ses yeux se baissèrent. « Bien sûr que je m'en souviens. Pendant cette inondation... mon père a donné sa vie pour protéger le peuple et donc, »

Sa voix s'interrompit d'elle-même. Le tremblement qui se cachait sous son souffle était trop vif pour être laissé échapper.

« Oui », répondit doucement Su Zhang. « Pour cette inondation, il a échangé sa vie contre la sécurité de milliers de foyers. »

Son ton était sans ornement, mais les mots tombèrent lourdement, comme si un poids silencieux s'était effondré dans le silence entre eux.

« Pourtant, » poursuivit-il, « à cause des courants politiques dominants, pas une statue de pierre ne fut laissée derrière. »

Qin Nianyin serra sa main sur sa manche, les ongles cachés dans le tissu pressant profondément sa paume. Après un long moment, elle demanda doucement : « Quoi... Tu veux dire par là ? »

Su Zhang baissa les yeux et lui tendit un mémorial scellé. « La cour a décidé de reconstruire la digue de Jialing. Parallèlement, ils prévoient d'ériger des statues pour ceux qui ont contribué à l'aide aux inondations au cours des années passées. Votre père, bien qu'il n'ait pas supervisé personnellement les travaux, a joué un rôle clé dans l'allocation des ressources et dans la soumission des mémoriaux qui ont guidé l'opération. Pour cela, il reçut une mention élogieuse impériale. »

Son ton s'approfondit d'une certaine nuance. « Ce voyage d'inspection n'est pas seulement pour observer la reconstruction, il vise à honorer le mérite passé et à renforcer la bienveillance du trône. »

Ce qu'il ne dit pas, mais qui se trouvait clairement entre les lignes, c'est que tout cet arrangement avait été dirigé par lui —manœuvrant entre les ministres, adoucissant la résistance, tissant les fils de la politique de cour jusqu'à ce que le résultat semble naturel.

Elle honorait le passé, apaisait le peuple, plaisait à l'empereur... et ne lui laissait aucune place pour refuser.

La lumière des bougies vacillait dans ses yeux, révélant incrédulité, puis une urgence croissante —rapidement retenue derrière des cils baissés. « Est-ce que c'est... vraiment installé ? »

Ses doigts tremblaient légèrement lorsqu'elle toucha la surface du mémorial. Les traits d'encre semblaient pulser sous le poids de l'histoire, l'histoire de son père, la fierté de la famille Qin, l'histoire trop longtemps enfouie sous la poussière.

Voyant son expression changer, la voix de Su Zhang resta stable, mais il y avait une note distincte de direction —de persuasion qui semblait délibérée. « Lorsque la statue est érigée, ta présence n'est pas seulement un réconfort pour le défunt. Cela permettra au monde de se souvenir des anciens mérites de la famille Qin. C'est bon pour toi... Bon pour ton père adoptif et pour mon oncle. »

Qin Nianyin baissa les yeux. Un instant, elle lutta pour respirer comme si quelque chose d'invisible s'était installé sur sa poitrine. « Mais je... »

Elle voulait dire qu'elle ne voulait pas partir, ne voulait pas suivre un quelconque arrangement qui la maintenait liée à lui, à sa maisonnée, à la longue ombre qu'il projetait sur sa vie.

Mais le mérite de père, ces mots la clouaient fermement en place.

Su Zhang vit le conflit et donna la dernière poussée avec une précision discrète. « Ce voyage réexaminera aussi les failles de la réponse aux inondations cette année-là. Ton père n'en avait aucune faute, mais je ne voulais pas que d'autres spéculent ou calomnient son nom. Avec toi là, personne n'osera. »

La flamme vacilla une fois, illuminant ses yeux, calme, résolu, inflexible.

Qin Nianyin baissa de nouveau les yeux et comprit à cet instant qu'il ne lui avait laissé d'autre chemin que celui-ci.

Pour son père, pour la famille Qin, elle n'avait aucun motif de refus.

Un souffle s'échappa. Une seconde. Enfin, elle parla, bien que sa voix fût à peine plus qu'un murmure. « Je... comprendre. »

Su Zhang expira silencieusement, une libération si subtile qu'elle était presque imperceptible. La courbe de ses lèvres s'éclaircit d'un peu, assez faible pour disparaître si l'on clignait des yeux.

Il reprit son calme habituel, retourna au bureau et prit un pinceau comme si l'affaire était réglée. « Dans ce cas, commencez vos préparatifs demain. Le voyage vers le sud est long ; tu n'as pas besoin d'apporter grand-chose, seulement ce qui est nécessaire. »

Puis il leva les yeux vers elle, le regard fixe. « Au bureau du gouvernement du Jiangnan, la statue de Qin Da-ren sera debout. Son nom ne disparaîtra pas dans l'oubli. »

La lumière de l'autre côté de la table tremblait, les ombres changeants. Son cœur se serra à chaque mot, comme si une main se refermait lentement sur lui.

Puis, sans qu'elle le veuille, une autre pensée traversa son esprit, le souvenir du danger, la connaissance de l'assassinat qu'il allait bientôt affronter. Une soudaine vague de détermination monta en elle, la surprenant elle-même.

Les doigts de Su Zhang traçaient le bord de sa tasse de thé dans un geste distrait qui démentait l'intention derrière ses mots. « Si vous restez dans la capitale, vous manquerez cette opportunité. »

Ses doigts se recroquevillèrent, dissimulés au creux de sa manche. Elle déglutit avec peine, la gorge nouée, incapable d'articuler la moindre objection.

Elle ne voulait pas plus d'enchevêtrements avec lui. Mais pour le nom de son père, elle ne pouvait pas refuser.

La pièce devint silencieuse. Le léger bruit du thé qui s'installe dans la théière traversa le silence, chaque goutte douce mais douloureusement claire.

Quand elle leva enfin les yeux, son regard croisa le sien. Pendant un battement de cœur, sa poitrine se serra si brusquement qu'elle faillit se retirer.

Elle avait pensé à de nombreuses excuses —à de nombreuses façons de s'éloigner de lui. Pourtant, aucun d'eux ne pouvait être prononcé maintenant.

Après un long silence, elle inspira lentement et dit avec une nouvelle stabilité : « Alors... Je t'accompagnerai au Jiangnan. »

Les lèvres de Su Zhang se courbèrent aux coins, non pas en triomphe, mais dans la faible satisfaction inévitable de voir quelqu'un recevoir un résultat longtemps attendu. « Bien. Prépare-toi bien. Tes affaires, je m'en occuperai. »

Un instant plus tard, il ajouta, presque à la légère : « Quant à Xu Wencai, j'ai déjà trouvé une place pour lui dans une académie locale. Il aura de la nourriture et un logement, et il pourra reprendre ses études en attendant les prochains examens provinciaux. »

Les mots étaient légers, presque décontractés. Pourtant, chaque syllabe frappait comme une épingle martelée fermement, fixant un autre fil qu'elle ne s'attendait pas à ce qu'il touche.

Dehors, une rafale de vent balaya la cour, secouant la flamme de la lanterne et faisant vibrer le papier de la fenêtre.

C'était comme si la nuit elle-même avait murmuré un avertissement —la route vers le Jiangnan ne serait pas paisible.

Alors que Qin Nianyin se levait pour partir, la voix de Su Zhang l'interrompit. « Attends. »

Elle s'arrêta et se retourna.

Son expression resta calme, mais son ton s'adoucit en quelque chose de plus calme, plus profond qu'avant. « Jiangnan est loin... et pas un endroit exempt de danger. Que tu accompagnes ce voyage en tant que fille de la famille Qin... ça me plaît. »

Elle cligna des yeux, incapable de déchiffrer le scintillement derrière ses mots.

Ça lui plaît ? Pourquoi ?

Pourtant, avant qu'elle ne puisse demander, il leva les yeux, des yeux sombres croisant les siens avec une chaleur qui la sursauta. « Ce n'est rien. Va te préparer. »

Les mots tombèrent comme un poids doux, à moitié réconfort, à moitié commandement, tous deux impossibles à ignorer.

Qin Nianyin baissa la tête. Ses doigts tremblaient légèrement dans sa manche. Après un long moment, elle répondit doucement : « Je... comprendre. »

Su Zhang retourna à son bureau, souleva la carte de la rivière et en lissa les bords d'une main experte. « En chemin, si nous passons devant l'un des chantiers de reconstruction, vous pourrez les voir par vous-mêmes. »

Son ton semblait léger, mais l'implication sous-jacente était indéniable : maintenant qu'elle avait participé à son plan, elle ne partirait pas facilement.

Qin Nianyin sentit son cœur se serrer, petit à petit. Ce voyage, enveloppé au nom de la commémoration, n'était pas un simple voyage —c'était un mouvement dans un jeu plus profond.

Une rafale soudaine frappa de nouveau la fenêtre, réveillant la flamme de la lanterne en des arcs de lumière tremblants. Elle calma sa respiration, s'inclina et dit : « S'il n'y a rien d'autre, je commencerai mes préparatifs. »

« Vas-y. »

Le geste de Su Zhang était calme, mais son regard s'attarda sur elle alors qu'elle se détournait.

Ce n'est qu'après qu'elle eut disparu derrière la porte qu'il referma la carte de la rivière avec un bruit sourd.

Ses doigts tapotaient deux fois sur la table, une pointe de satisfaction traversant son murmure bas. « Avec elle à ses côtés... Tant mieux. »

Dehors, Qin Nianyin s'avança dans la brise froide de la nuit et resserra instinctivement sa cape.

La moitié de la lune était engloutie par des nuages flottants, sa lueur fracturée se dispersant sur le sol comme de l'argent brisé.

Mei se précipita vers elle. « Mademoiselle, le jeune maître vous a-t-il demandé de ? »

Qin Nianyin répondit faiblement : « Il veut que j'aille au Jiangnan. »

Mei cligna des yeux, puis rayonna. « Mais c'est merveilleux ! Ériger une statue pour le vieux maître, c'est un grand honneur ! »

Qin Nianyin sourit, doucement, faiblement, mais aucune chaleur n'atteignit ses yeux.

Le vent balayait de nouveau le long couloir, portant une légère odeur de remède et de pierre froide.

Et quelque part au plus profond de son cœur, une prémonition silencieuse et inquiétante commença à se former :

Ce voyage… ne serait pas seulement pour son père.

Cela apporterait avec lui une tempête dont elle ne pourrait s'échapper.

Chapitre 55 : Achat d'un petit chat

Les dernières traînées de coucher de soleil n'avaient pas encore disparu à l'horizon, pourtant le marché de nuit débordait déjà de monde, la foule bougeant comme une marée lente sous le ciel qui s'assombrissait.

La lueur persistante du crépuscule s'accrochait aux toits comme des braises refusant de refroidir, tandis que l'agitation grandissante en dessous emplissait la rue d'une chaleur agitée.

Les boutiques de chaque côté étaient grandes ouvertes, leurs lampes flambaient d'or tandis que des bannières colorées claquaient vivement dans le vent nocturne montant.

L'air pulsait de voix qui se chevauchaient, des peintres à sucre criant leurs créations, des vendeurs de lanternes secouant leurs marchandises et des vendeurs ambulants élevant leurs cris en vagues lumineuses et rythmées.

Gu Xiao attendait à la porte de la résidence Su bien avant l'heure et dès qu'il la vit sortir par l'entrée de côté, il s'avança vers elle avec un empressement manifeste.

Son sourire reflétait l'enjouement de la foule animée derrière lui lorsqu'il dit :

« Parfait moment — le marché de nuit vient tout juste de s'animer. »

« Tu attends depuis longtemps ? » demanda-t-elle, incapable d'ignorer l'impatience nerveuse dans la façon dont il s'était redressé dès son apparition.

Sa voix portait un fil de curiosité silencieuse, car quelque chose dans son expression brillait trop fort pour être ignoré.

« Pas longtemps du tout, juste un quart d'heure », répondit-il avec un sourire léger et facile.

En réalité, il attendait depuis près d'une heure entière, faisant les cent pas et jetant des regards vers la porte à intervalles réguliers, comme s'il craignait de manquer son arrivée.

Qin Nianyin le vit vêtu non pas d'une armure mais d'une robe de brocart sombre, sa dureté martiale adoucie par des vêtements civils. Sans les lignes rigides de métal et de cuir, il paraissait étonnamment beau, sans effort, avec un air plus libre, qui lui conférait un charme juvénile.

« On regarde d'abord les lanternes là-bas ? » demanda-t-il, levant la main pour désigner la lueur au bout de la rue.

Les lumières semblaient s'allumer dans ses yeux, les faisant briller comme des guirlandes de lanternes qui se balançaient dans le vent du soir.

Les étals de lanternes s'étendaient en un ruban lumineux le long de la rivière, chaque création en papier brillant de l'intérieur.

Des lanternes en forme de poisson nageaient dans les airs sur de fines branches, des lanternes de chevaux tournantes projetaient des cercles de lumière sur le sol et des lanternes du palais cramoisies et dorées ondulaient comme des fleurs dans une brise chaude.

Des enfants s'affairaient parmi eux en riant sans retenue, leurs ombres sautant sur le trottoir de pierre.

Gu Xiao acheta une lanterne en forme de lotus à un des vendeurs et la posa doucement dans ses mains. « Il y a une coutume ici », dit-il, d'un ton presque conspirateur. « Posez la lanterne à flot sur la rivière et elle apporte chance et porte-providence. »

Elle baissa les yeux vers les délicats pétales de papier coloré et murmura avec un léger sourire amusé : « Ce n'est pas quelque chose qu'on fait sur Qixi ? »

Il rit ouvertement. « Les marchands saisissent chaque occasion pour faire un peu plus d'argent. Peignez-le comme une bénédiction et chaque mois devient un festival. »

Le marché de nuit s'animait autour d'eux, rempli de la chaleur des innombrables lampes à huile suspendues tout autour.

Leur lumière se répandait de l'autre côté de la rue, transformant la foule en une tapisserie changeante d'ombres et de couleurs.

En passant devant un stand de vendeur de sucre, Gu Xiao tendit la main et cassa un fil de bonbon brillant. Tenue à la lumière de la lanterne, le sucre capta une lueur semblable à de l'or filé.

« Essaie ça, » dit-il en le portant à ses lèvres.

Qin Nianyin détourna la tête, les sourcils froncés, le laissant échapper un petit rire autodérisoire avant d'en croquer lui-même. Les bonbons se brisèrent net. « Douce, » dit-il légèrement, « Et parfaite pour chasser la fatigue. »

« Les gardes du palais sont-ils toujours aussi occupés ? » demanda-t-elle, laissant le bruit de la foule s'installer entre eux comme un tampon.

« Assez occupé », répondit-il. Il montra une paire de soldats blindés patrouillant au loin. « Écoute, ces deux-là viennent de mon unité. Nous nous entraînons du lever au coucher du soleil et même la nuit, nous alternons entre patrouille et service de garnison. Je ne savais pas avant de rejoindre que garder une ville demande plus de force que de mener une bataille. Sur le champ de bataille, vous utilisez une seule poussée d'énergie. Au palais, tu restes alerte à chaque heure de chaque jour, un bruit égaré dans le vent et tu es déjà en train de chercher ta lame. »

Elle écouta en silence, une faible lueur tirant ses yeux. « C'est bien », dit-elle doucement. « Avoir quelque chose à faire, c'est toujours mieux que de ne rien faire. »

« Bien sûr », répondit-il en relevant légèrement le menton. « Servir avec une lame sous le toit de l'empereur, protéger les habitants de la capitale, gagner un salaire décent — certainement mieux que de paresser à la maison. »

Il fit une pause, puis ajouta pensivement : « Il y a quelques jours, pendant mon service, une caravane de Jiangnan est passée. Ils transportaient des rouleaux de soie de Suzhou. L'éclat n'avait rien à voir avec ce que nous voyons ici dans la capitale. »

Ses cils s'abaissèrent. « Jiangnan a toujours été plus raffiné. »

Gu Xiao pencha la tête pour la regarder. « Tu viens du Jiangnan, n'est-ce pas ? »

« Oui », répondit-elle, son ton serein mais distant. Après un moment d'hésitation, elle ajouta : « Dans quelques jours, je retournerai à Jiangnan avec mon cousin. »

À ce moment-là, l'eau qu'il avait prise de la rivière glissa entre ses doigts en une cascade soudaine. Il se redressa aussitôt, les sourcils froncés, tendant la main et saisissant son épaule avec une urgence inattendue.

« Qu'est-ce qui ne va pas ? » demanda-t-elle, perplexe face à la soudaine solennité dans ses yeux.

Il laissa tomber la facilité habituelle de son expression et dit, avec une gravité qu'il utilisait rarement : « Peux-tu... pas partir ? »

Elle cligna des yeux, surprise. « Pourquoi pas ? »

Pendant un battement de cœur, il n'eut pas de réponse. En effet, quel droit avait-il de poser une telle question ? À quel niveau pouvait-il lui demander de rester ?

Reprenant son calme, elle répondit doucement : « Ma cousine a dit que la cour a l'intention d'honorer les fonctionnaires qui ont autrefois géré l'aide aux inondations. Ils souhaitent ériger une statue de pierre en mémoire de mon père adoptif. En tant que sa fille, je dois revenir. »

Gu Xiao se frotta la nuque, son froncement de sourcils s'accentuant. L'inquiétude assombrit sa voix, bien qu'il parle raide, presque sur la défensive. « Mais... Su Zhang est rusé. Tu ne devrais pas le laisser te tromper. »

« Me tromper ? » Elle le regarda, déconcertée. « Que veux-tu dire ? »

Il hésita, les mots s'emmêlant inutilement sur sa langue, jusqu'à ce qu'il murmure enfin, « Je veux juste dire — tu ne dois pas... tomber amoureuse de lui. »

Elle le fixa, stupéfaite, avant que ses sourcils ne se froncent brusquement. « Quelle absurdité. Je n'ai aucun intérêt pour mon cousin Su Zhang. Et puis, cela n'a rien à voir avec toi. »

Ses oreilles devinrent rouges, mais il continua quand même. « Mais je t'aime bien. J'espère que tu me prendras en considération. »

Elle se figea, le souffle coupé.

Avait-elle bien entendu ?

Il se hâta, comme s'il craignait que l'hésitation ne lui vole son courage. « Ma famille est peut-être militaire, mais je suis la seule qui reste. Pas de belle-mère, pas de concubines, pas de querelles mesquines à la maison. Si tu m'épousais, tu n'aurais jamais à endurer tout ça. et je suis doué avec les chevaux et l'arc, je peux te protéger. »

Un rire discret et incrédule s'échappa d'elle, non moqueur, mais teinté d'une sincérité déconcertée. « N'oublie pas, tu as toujours ta tante impériale. L'Impératrice choisira ton mariage pour toi. »

« Et toi ? » répliqua-t-il instantanément, les yeux fixés sur elle. « Qui choisira ton mariage ? »

Elle pinça les lèvres. Dans son cœur, la réponse était depuis longtemps claire —elle avait l'intention de ne plus jamais se remarier de cette vie. Mais à voix haute, elle se contenta de dire : « Si le destin amène quelqu'un de convenable, alors il le fera. Il n'y a pas besoin de se presser. »

Une brise s'agita sur la rivière, envoyant des ondulations de lumière de lanterne trembler sur l'eau. Gu Xiao observait la ligne douce de son profil et quelque chose en lui se tendait d'un désir silencieux et indéniable.

« Très bien », dit-elle soudain, la voix sèche, le regard détourné comme pour dissiper la tension qui montait entre elles. « On continue à marcher ? Sinon, autant y retourner. »

« Bien sûr qu'on continuera à marcher », dit-il rapidement. Il ravala sa protestation, car il prendrait tout le temps qu'elle lui accorderait.

Le marché de nuit devint plus bruyant à mesure qu'ils avançaient. Ils passèrent devant des étals d'aubépine confite, de petits pains vapeur, de sacs brodés et Gu Xiao cherchait sans cesse de nouveaux sujets pour combler le silence. Puis un son délicat traversa le vacarme, un gémissement doux et vacillant.

Il jeta un coup d'œil vers le bruit.

Le vendeur s'approcha d'eux, portant un panier en bambou.

À l'intérieur, recroquevillés comme des touffes de neige, se trouvaient trois minuscules chatons blancs, chacun aux yeux bleu clair.

Le sourire de l'homme débordait d'un enthousiasme maîtrisé.

« Et je suis doué… tu sais. Je peux te protéger. »

« Monsieur, mademoiselle, vous voulez en acheter un ? Vraie race perse, blanche comme du jade frais ! Un vrai plaisir à garder dans n'importe quel foyer. et vous êtes si bien assortis en tenant une si petite créature rendrait le tableau encore plus harmonieux. »

Gu Xiao cligna des yeux, puis laissa échapper un rire involontaire. Ses yeux brillaient d'une pointe de malice alors qu'il se penchait pour chatouiller un des chatons sous son menton. « Ils sont plutôt mignons. »

Le vendeur devint encore plus audacieux. « Un beau jeune homme et une charmante dame —pourquoi ne pas ramener ensemble un chaton fortune ? »

La couleur monta légèrement aux joues de Qin Nianyin. Elle ouvrit la bouche pour refuser, mais Gu Xiao avait déjà sorti un argenté et le plaça fermement dans la main du vendeur.

« Celui-ci », dit-il en attrapant le chaton.

« Pourquoi as-tu soudainement acheté un chat ? » demanda-t-elle.

« Parce qu'ils sont adorables », dit-il simplement. « Je te le donne. »

« Je n'en veux pas », rejeta-t-elle aussitôt, reculant comme pour éviter le paquet blanc comme neige.

« C'est de mon propre argent, » dit-il rapidement, avec une obstination presque enfantine. « Pas du sac à main de ma famille. N'avez-vous pas dit qu'un homme devait gagner sa vie ? C'est quelque chose que j'ai acheté avec mes propres efforts. »

Elle secoua la tête. « Je ne garderai pas un animal aussi délicat. Ce serait inutile pour moi. Si tu aimes vraiment ça, garde-le pour toi. »

Il la fixa, le chaton ronronnant avec confiance dans ses bras, puis, avec une réticence visible, le remit dans le panier. « Très bien. Oublie ce que j'ai dit. »

Sentant la tension, le vendeur s'inclina dans la mer de lanternes et de voix. Les doux cris des chatons s'estompèrent dans la foule.

Gu Xiao joignit les mains derrière lui, marchant de quelques pas dans un silence pensif. Elle se tourna simplement vers la rivière à nouveau, sereine et impassible, comme si rien ne s'était passé.

Aucun des deux ne remarqua la grande silhouette debout à une certaine distance, observant, sans un mot, leurs silhouettes s'éloigner plus loin dans la rue éclairée par des lanternes.

Le lendemain matin portait avec lui la fraîcheur persistante qui suit une nuit de pluie constante ; L'air dans la cour semblait fraîchement lavé, les dalles de pierre conservant encore des traces d'humidité.

Qin Nianyin venait de terminer son toilettage matinal, ses cheveux soigneusement attachés et ses manches sentant encore légèrement l'eau tiède. Elle s'apprêtait à s'asseoir pour commencer son petit-déjeuner quand Mei entra en courant de dehors, les deux bras enroulés autour d'un panier en bambou parfaitement carré.

Ses pas étaient vifs et son visage illuminé d'une excitation qu'elle ne faisait absolument aucun effort pour cacher.

« Mademoiselle », annonça-t-elle, incapable de cacher un sourire dans sa voix, « le jeune maître Gu a envoyé ceci. »

Une légère contraction se forma entre les sourcils de Nianyin. Un faible et indéniable pressentiment monta du fond de sa poitrine, calme, certain et pas du tout agréable.

Elle posa sa cuillère en argent et tourna son regard vers le panier en bambou.

Le couvercle était soigneusement noué avec de fins cordons et un tissu posé solidement dessus. De l'intérieur vint un léger bruissement, le doux murmure de quelque chose de vivant bougeant contre l'osier.

« On l'ouvre ? » demanda aussitôt Mei, tendant déjà la main avec empressement vers le tissu.

Nianyin pinça les lèvres en une fine ligne résignée.

 Et comme elle s'y attendait, lorsque le tissu fut soulevé, une explosion de fourrure blanche comme neige scintilla à la lumière du matin, éblouissante comme le givre sous le soleil. C'était le même chaton persan du marché de nuit, avec son pelage pâle et ses yeux bleu cristal.

Mei poussa un cri de surprise, ses yeux s'illuminant comme si elle avait trouvé un trésor caché. « Oh mon Dieu, quelle belle petite créature ! »

Elle s'accroupit près du panier, se penchant près de lui. À l'intérieur, le chaton la regarda avec une expression innocente et sans défense. Sa queue s'agita légèrement et il laissa échapper un doux miaulement velouté qui semblait destiné à inviter l'affection.

Nianyin s'approcha et s'accroupi à moitié près du panier. Elle passa un doigt à travers les lattes de bambou et caressa doucement le menton du chaton.

Aussitôt, la petite créature pencha la tête, sa langue rose jaillissant pour lécher le bout de son doigt avant de pousser sa tête avec insistance contre la porte du panier. Sa fourrure duveteuse effleurait sa peau, assez douce pour picoter contre sa paume.

Un léger sourire effleura le coin de ses lèvres, si faible qu'il en était presque invisible, mais ses yeux restaient frais et clairs. C'était donc exactement ce à quoi elle s'attendait.

Son refus la veille n'avait clairement rien signifié pour lui. Au lieu de reculer, il avait simplement choisi une méthode plus astucieuse, plus irrésistible, pour lui imposer le cadeau.

Elle retira sa main et dit doucement : « Mei, rends le chat. »

« Le rendre ? » Les yeux de Mei s'écarquillèrent, une expression claire de réticence les emplissant.

« Oui. Rends-le. »

Mei resta accroupie dans le couloir, taquinant toujours la boule de fourrure blanche comme neige avec un brin d'herbe. La touffe d'herbe flottait en l'air alors qu'elle hésitait. « Mademoiselle... mais si le jeune maître Gu ne le reprend pas ? »

Nianyin jeta un coup d'œil aux yeux bleu vif du chaton et esquissa un petit sourire courbé, un sourire qui portait une toute autre signification. Un souvenir traversa son esprit de sa vie passée : Su Wan craignait les chats.

Non seulement elle les détestait, elle les évitait comme s'ils étaient du poison. Même le son d'un miaulement suffisait à vider son visage de ses couleurs.

« Tu n'as pas besoin de le renvoyer toi-même », dit doucement Nianyin. « Amène le chat avec toi. Nous allons à la Cour Ningfang. »

* * * * *

Dans l'après-midi, la lumière du soleil filtrait à travers les fenêtres en treillis sculptées de la Cour Ningfang, dispersant des motifs dorés pâles sur le sol poli et le siège rembourré devant le divan.

Su Wan s'adossa au canapé de beauté, sa posture posée et élégante, ses manches fines traînant à ses côtés alors qu'elle examinait les échantillons de brocart Song fraîchement arrivés. La scène paisible semblait intacte par tout ce qui sortait de son ordre délicat.

Qin Nianyin entra avec Mei à ses côtés, un panier en bambou suspendu à la main. À l'intérieur du panier, le chaton était recroquevillé en une boule blanche silencieuse, à peine mobile.

Qin Nianyin s'approcha délibérément, assez près pour que le panier tombe naturellement dans le champ de vision de Su Wan, mais son expression resta parfaitement sereine, comme si elle ne remarquait rien du tout.

« Wan-jie », salua-t-elle doucement.

Su Wan leva les yeux, répondant par un léger fredonnement lointain. Elle baissait les yeux vers les échantillons de brocart quand un doux « mrr, » s'échappa des lattes de bambou.

La boule de fourrure neigeuse bougea, captant un rayon de soleil ; son pelage brillait comme du givre tamisé et ses yeux bleus brillaient d'une clarté cristalline.

L'expression de Su Wan changea aussitôt. Instinctivement, presque violemment, elle recula, se reculant contre les coussins. L'échantillon de brocart dans sa main glissa et tomba au sol dans un claquement sec et cassant. Ses sourcils se froncèrent comme si la douleur la tenait. « Q-quoi... c'est quoi cette chose ? »

Qin Nianyin fit un petit spectacle en baissant les yeux seulement à ce moment-là, comme s'il le remarquait pour la première fois. « Ça ? C'est le chat persan que le jeune maître Gu a envoyé hier soir. Pourquoi? Wan-jie n'aime pas ça ? »

Un éclair de panique indéniable traversa les yeux de Su Wan. Elle agita les deux mains en signe de refus précipité. « Emmenez-le, vite. Je n'ai jamais aimé ce genre de créatures. Ils griffent et déchirent les vêtements et je ne peux pas les supporter près de moi. Enlevez-le tout de suite ! » Elle se tourna brusquement vers Mei, son ton habituellement mesuré tremblant d'urgence. « Dépêche-toi de renvoyer la petite bête. Le manoir Su n'autorise pas les chats, tu ne savais pas ? »

Donc, elle les craint toujours.

Qin Nianyin ravala son rire qui montait, adoucissant son expression en une innocence aux yeux écarquillés. La terreur de Su Wan envers les chats était quelque chose qu'elle connaissait trop bien dans sa vie antérieure. « Ah bon ? En tant que ta cousine, je n'avais jamais entendu parler d'une telle règle. »

Elle laissa échapper un petit soupir impuissant, puis s'adressa à Mei avec une douceur délibérée. « Très bien. Ramène le chat au jeune maître Gu. Dis-lui que le manoir Su interdit d'avoir des animaux comme ça. »

« Oui, Mademoiselle », répondit aussitôt Mei, le visage sévère et chargé d'une gravité dévouée.

Lorsqu'ils sortirent de la Cour Ningfang, le chaton dans le panier s'était de nouveau blotti dans une somnolence, sa queue se balançant en petits mouvements rythmiques. Qin Nianyin portait le panier par la poignée et un léger sourire, presque invisible, effleura la profondeur de ses yeux.

Su Wan.

* * * * *

Au soir, le crépuscule commença à tomber sur la résidence Gu. Les ombres s'allongeaient dans la cour et la lumière déclinante s'accumulait comme de l'encre sur les dalles. Gu Xiao s'entraînait au tir à l'arc dans la cour ouverte, la posture stable, la corde de l'arc tirée à fond.

La flèche jaillit dans un craquement net, fendant l'air et touchant le centre de la cible. Il ne restait qu'une flèche dans sa main lorsque des pas précipités surgirent du couloir.

Son jeune serviteur entra à un rythme soutenu, un peu essoufflé, un panier en bambou pendant à sa main. À l'intérieur, le chat persan blanc comme neige reposait enroulé dans un nuage doux de fourrure, son long pelage flottant comme de la brume, le bout de ses oreilles tremblant légèrement à chaque mouvement.

« Maître Gu », rapporta l'assistant, reprenant son souffle, « ceci a été envoyé par le manoir Su. Ils ont aussi spécifiquement dit, Le manoir Su ne peut pas garder de chats, car la Seconde Mademoiselle Su en a peur. »

Gu Xiao haussa un sourcil, baissa lentement son arc avant de se tourner complètement vers le panier.

« Dit spécifiquement ? » répéta-t-il, la voix basse, les coins de ses lèvres se relevant en une courbe indéchiffrable qui n'était pas tout à fait un sourire.

Le message était adressé à ses oreilles uniquement ; cela était évident. Ils voulaient qu'il comprenne que ce refus ne venait pas de sa propre volonté. Encore... Peur des chats ?

L'image de son sourire sous la douce lueur de la lanterne de la veille traversa ses pensées et un poids inattendu lui serra la poitrine. Ainsi, cette charmante créature, dans toute sa douceur, ne pouvait pas rester à ses côtés.

Il tendit la main, laissant ses doigts glisser sur les lattes de bambou tout en brossant la fourrure du chaton à travers les interstices.

Le chat persan releva la tête, le regardant de ses yeux bleu éclatant comme des gemmes, clairs et innocents comme la lumière de la lune reposant sur un lac. Le sourire de Gu Xiao s'élargit, bien qu'un fil de regret subsistât en dessous.

« Dommage… » murmura-t-il doucement.

Puis une autre pensée se déploya au fond de son esprit :

Si ce n'était pas un chat, alors autre chose. Elle devait bien accepter au moins un symbole de sa part.

Il rendit le panier à l'assistant. « Garde-le bien », ordonna-t-il, son ton ne laissant aucune objection. « Et ne le renvoie plus. »

Lorsqu'il se tourna vers la maison, la dernière traînée dorée dans le ciel s'était adoucie en une douce lueur après.

Ses pas étaient lents, assurés, mais le léger élan à ses lèvres ne s'estompait jamais, il réfléchissait déjà à ce qu'il devrait envoyer ensuite, quelque chose qu'elle n'aurait aucun moyen de refuser, peu importe à quel point elle essayait doucement de le repousser.

* * * * *

La nuit s'était approfondie ; Les insectes d'automne chantaient doucement dans l'ombre et les silhouettes des Osmanthus se balançaient en motifs épars dans la cour.

Qin Nianyin venait de poser sa tasse de thé et s'apprêtait à éteindre la bougie pour la nuit lorsqu'un coup sec frappa le treillis en bois de sa fenêtre, léger et net, comme un caillou frappé par une main habile.

Ses sourcils se froncèrent. Deux autres tapotements identiques suivirent, nets et délibérés. La suspicion monta en elle. Elle se leva et marcha vers la fenêtre.

Quand elle poussa la moitié du volet, une rafale de vent frais de la nuit caressa son visage. La lumière de la lune pâle enveloppait la cour, et sous le mur de la cour se tenait une silhouette familière.

Un bas « chut — » s'échappa de ses lèvres. Gu Xiao posa un doigt dessus, ses traits épurés sous la lumière de la lune, ses sourcils sombres et ses yeux formant une silhouette distinctement séduisante.

Dans ses bras reposait un panier en bambou et, à l'intérieur, le chat perse enneigé était recroquevillé en boule parfaite, ses yeux saphir fixant son regard vers elle.

Qin Nianyin s'arrêta, son regard tombant brièvement sur le chat avant que son ton ne se durcit. « Gu Xiao, que signifie cela ? »

« Xiaobai t'a manqué, » répondit-il, bien trop juste pour quelqu'un qui s'introduisait dans une autre maison en pleine nuit.

« Xiaobai ? » Elle haussa un sourcil, dubitative.

« Oui. C'est son nom. »

Elle se tut. La simplicité pure du nom, si brutale qu'elle ne nécessitait aucune réflexion —la laissa momentanément sans voix. Toute cette affaire lui sembla absurde.

« Il est tard. Tu as fait irruption dans la résidence Su, et dans ma petite cour à côté. Qu'avez-vous l'intention de faire exactement ? » Sa voix devint froide.

Gu Xiao porta une main à l'arrière de son cou, se grattant légèrement avec une légère gêne. Enfin, il baissa la voix. « Ce jour-là... Le marché de nuit. Je t'ai posé une question, mais tu n'as pas répondu. Alors j'ai pensé, je demanderais encore. »

« Quelle question ? »

« Je... Comme toi. Pourriez-vous... me donner une chance ? »

La lumière de la lune caressait la ligne de sa joue d'une fine couche d'argent. Sa voix était sincère, bien trop sincère, mais elle ne méritait que son refus glacial.

« Impossible. Prends ton chat et pars. »

« Pourquoi ? » exigea-t-il, anxieux.

« Il n'y a pas de pourquoi. Retourne en arrière. » Au moment où les mots quittèrent ses lèvres, elle referma la fenêtre avec un bruit sourd.

Un silence s'installa un instant dehors avant que sa voix basse ne reprenne le dessus. « Je ne partirai pas. Je sais que tu écoutes encore, alors je vais parler... Peut-être pensez-vous que je ne suis pas fiable, mais je suis sérieux à votre sujet. Tu es le cousin de Zijun, je ne te prendrais jamais à la légère. »

Pendant qu'il parlait, elle entendait faiblement le bruissement de son remet en place du chaton dans le panier, son ton oscillant entre des murmures discrets et des notes plus légères.

Son monologue dérivait sans fin sous le ciel nocturne, jusqu'à ce que sa voix s'éloigne davantage et que la cour retombe dans le silence.

Derrière la fenêtre à volets, Qin Nianyin pressa son dos contre le cadre en bois, ses doigts s'enfonçant dans sa paume si vivement qu'ils formaient des croissants dans sa peau.

Elle ne comprenait pas comment les choses en étaient arrivées là. Dans sa vie précédente, elle et Gu Xiao avaient à peine échangé quelques mots.

Le silence dehors prolongea encore quelques souffles avant que sa voix ne revienne, plus douce, mais résolue. « Mademoiselle Qin, je jure devant le ciel, tout ce que j'ai dit est vrai. Je ne te décevrai jamais. »

Il fit une pause, puis continua précipitamment, comme s'il craignait qu'elle ne le rejette complètement. « Depuis que je suis jeune, j'ai voulu suivre mon père et mon frère au combat, pour défendre les frontières de notre pays. Ma mère est morte jeune. J'étais la seule à rester dans la maison. Ainsi... Je chéris les gens autour de moi. »

« Peut-être penses-tu que je suis négligent, voire frivole, mais mes compétences martiales sont excellentes. Si tu étais prêt à m'épouser, je me donnerais de l'atout dans ma carrière. Je te donnerais un foyer stable et sûr. »

Sa voix, portée par l'air frais de la nuit, était empreinte d'une sincérité brute, propre à la jeunesse.
« Tu es la première fille à m'avoir parlé ainsi — pas comme les autres, qui ne regardent que mon milieu familial et rien d'autre. Je ne te forcerai pas. Juste… réfléchis-y quelques jours avant de me donner ta réponse. D'accord ? »

Il parlait comme s'il confiait son cœur à la nuit elle-même, sans réserve, avec une persistance presque maladroite. Ce ne fut que lorsque les pas de la patrouille nocturne s'approchèrent qu'il se tut enfin, sa silhouette se retirant le long de la passerelle jusqu'à ce que la cour retrouve le silence.

Derrière la fenêtre, Qin Nianyin demeurait immobile, les ongles profondément enfoncés dans sa paume. Elle ne parvenait pas à comprendre comment les choses avaient pu tourner ainsi. Dans leur vie précédente, elle et Gu Xiao n'étaient guère plus que de lointaines connaissances.

Elle voulait lui dire d'arrêter de gaspiller son attention, mais elle savait qu'il n'écouterait pas. Peut-être que la seule solution était qu'elle et Su Zhang quittent la capitale plus tôt.

Avec le temps et la distance, ses sentiments s'estomperaient. Après tout, à en juger par son tempérament, il n'était pas quelqu'un de très patient.

* * * * *

La nuit était lourde et silencieuse, pourtant la bougie dans le bureau ne s'était pas éteinte.

Un léger bruissement retentit de l'extérieur, presque imperceptible, avant qu'une ombre ne disparaisse de l'obscurité. Le garde caché apparut sans un murmure, tomba à genoux et rapporta d'une voix feutrée : « Quelqu'un est entré dans la résidence Su. »

Su Zhang leva les yeux. Son expression ne changea pas le moins du monde, sa voix calme et froide. « Qui est-ce ? »

Le garde baissa encore plus la tête. « Notre enquête montre que c'est le jeune maître Gu. »

Pendant un battement de cœur, la pièce se tut complètement. La flamme de la bougie vacilla, projetant de fines ondulations de lumière sur le bureau du chercheur. Le bout des doigts de Su Zhang s'arrêta un instant sur le papier devant lui. Après un court silence, il parla d'un ton faible, calme : « Dans quel but ? »

Le garde caché répondit :

« Maître Gu tenait un chat persan blanc dans ses bras. Il est allé directement dans la cour de la jeune femme. Ils parlaient à travers la grille de la fenêtre. Au début, la jeune fille a ouvert la fenêtre, mais elle a semblé ensuite mécontente et l'a refermée.

Le jeune maître Gu a continué à parler seul dehors pendant un long moment avant de partir.

Craignant d'être repérés, nos hommes n'ont pas osé s'approcher davantage, de sorte que leurs paroles exactes n'ont pas pu être confirmées. »

Su Zhang écouta en silence jusqu'à la fin. Ses yeux ne laissaient pas transparaître la moindre perturbation, pas de colère, pas de surprise, aucune émotion.

Pourtant, la brosse dans sa main était si serrée que la fine tige de bambou se pliait sous la pression, se courbant comme si elle allait se casser à tout moment.

Chapitre 57 : Premier aperçu des plumes de martin-pêcheur

Le crépuscule tomba rapidement ce soir-là ; Le ciel sombra dans l'ombre alors qu'un mince voile crépusculaire s'amassait sur la cour. La première bougie venait à peine d'être allumée dans la pièce lorsque la porte de la cour fut tapotée deux fois dans un rythme doux et mesuré.

Mei s'apprêta à répondre et passa bientôt la tête, baissant la voix comme pour partager un secret. « Mademoiselle, le jeune maître Su est là. » Qin Nianyin était penchée sur la table, ramassant les vêtements qu'elle avait laissés plus tôt, quand la porte grinça en s'ouvrant de l'extérieur.

Elle se figea, n'ayant guère le temps de se retourner avant que la grande silhouette posée de Su Zhang n'entre dans la petite cour. Dans la lumière déclinante, sa silhouette portait une faible auréole provenant de la lueur des lanternes derrière lui ; son expression était aussi calme que toujours, ses pas mesurés, assurés, totalement tranquilles.

Derrière lui, Xiuyan suivait de près, soulevant une cage en bois sculpté à deux mains, avec le plus grand soin dans ses gestes.

Enroulé dans la cage se trouvait quelque chose de petit et d'un blanc neigeux. La petite créature reposait paisiblement, son pelage doux comme le givre nouveau-né ; sous la lumière de la lanterne, sa paire d'yeux ronds et sombres brillait encore plus, pleins d'une clarté cristalline, fixés curieusement sur elle.

« Qu'est-ce que c'est — » Qin Nianyin ne put s'empêcher de parler, son ton chargé de confusion, un léger pressentiment montant dans sa poitrine.

Su Zhang s'approcha, posa légèrement la cage en bois sur sa table et parla d'un ton si doux qu'il en paraissait presque décontracté, comme s'il ne faisait qu'un commentaire en passant.

« Je suis passé par le marché aujourd'hui. Cette petite créature avait l'air plutôt agréable, alors j'ai pensé que ça pourrait te plaire et je l'ai ramenée pour toi. »

Pour elle ?

À cela, Qin Nianyin resta momentanément sans voix. D'abord Gu Xiao et maintenant Su Zhang, étaient-ils tous les deux en compétition pour lui envoyer de petits animaux ? À quoi pensaient-ils exactement ?

D'ailleurs, le respecté et perpétuellement occupé Su Zhang « se promenait » sur le marché aujourd'hui ? Et, en plus, avait-il vraiment le loisir d'acheter un petit animal blanc ?

Elle baissa les yeux pour l'inspecter. Le petit animal blanc comme neige frémit légèrement des oreilles dans la cage, sa petite queue reposante paresseusement contre son flanc, son attitude d'une douceur impeccable.

Quand elle tendit la main pour effleurer les lattes de bois et tester sa réaction, la petite créature se contenta de cligner des yeux brillants, restant totalement immobile —comme si elle lui faisait confiance par pur instinct.

Xiuyan, qui était resté en retrait, se raidit un instant en entendant l'explication de Su Zhang. Le jeune maître lui avait donné l'ordre de se procurer un petit animal blanc pur et d'apparence raffinée en trois jours, quel qu'en soit le prix.

Et maintenant, d'un seul souffle, c'était devenu quelque chose qu'il « avait » rencontré au bord de la route ? Le jeune maître, parlant si légèrement, n'avait aucune idée que lui et Yefeng avaient failli traverser la moitié de la ville pour trouver cette créature à la fourrure blanche comme neige et à la bonne éducation.

Qin Nianyin leva les yeux vers Su Zhang, les coins de ses lèvres se courbant en un petit sourire impuissant. « C'est vraiment adorable. Mais ce genre de choses... peut-être l'envoyer à Sœur Wan à la place. Elle aimerait sûrement ça. »

« Non. » Su Zhang secoua la tête, son expression paisible mais teintée d'une pointe indéniable de finalité.

« Elle craint ce genre d'animaux depuis l'enfance. »

« Alors donne-le à Mademoiselle Shen Lingyan », proposa Qin Nianyin sans réfléchir.

Au moment où les mots sortirent de sa bouche, son front se plissa légèrement. « Pourquoi devrait-on lui être donné ? »

Qin Nianyin hésita. Naturellement, parce qu'elle est ta chérie et que c'est toi qui devrais lui faire plaisir... Pourtant, lorsque cette pensée lui parvint aux lèvres, elle la transforma en quelque chose de plus neutre.

« Sœur Wan m'a beaucoup aidée ces derniers jours. Je devrais lui rendre sa gentillesse. Cette petite créature est rare et charmante. Alors je me suis dit que je pourrais... l'offrir en son nom. »

« Si tel est le cas, je lui préparerai moi-même un cadeau approprié. »

Su Zhang la coupa, son ton posé, sans hâte.

« Qu'y a-t-il ? Tu n'aimes pas ce cadeau ? »

Qin Nianyin ne put répondre. Après un moment de silence, elle finit par dire : « Ce n'est pas une question d'aimer ou non. C'est simplement que, »

Apparemment craignant son refus, Su Zhang parla aussitôt, ne lui laissant pas le temps de finir. « Même si ça ne te plaît pas, garde-le pour moi quelques jours. »

Elle avait d'abord envisagé de rendre le petit animal blanc, mais lorsqu'elle vit son expression — impassible, indéchiffrable — elle comprit trop bien ce qui arriverait si elle refusait catégoriquement.

Ses doigts effleurèrent le rebord de bois tiède, et la petite créature à l'intérieur bougea, se recroquevillant plus profondément dans un coin comme pour y chercher un refuge.

Elle dit doucement : « Alors… je vais le garder pour l'instant. »

Il prétendait qu'elle vivait sous le toit d'un autre mais refusait de lui prêter la moindre aide. Après un moment de silence, elle tendit la main et accepta la cage.

Su Zhang répondit par un seul petit bruit sourd. Son regard s'attarda brièvement sur la cage dans ses bras avant de passer sur son visage d'une manière calme et impénétrable.

Ce n'est qu'alors qu'il se retourna pour partir. Alors que la lumière des bougies vacillait, sa silhouette s'effaçait dans la nuit, se fondant si doucement dans l'obscurité qu'il avait l'impression de ne jamais avoir mis les pieds dans la cour.

La pièce était laissée à elle et Mei seules.

Mei se pencha pour regarder le petit animal blanc, les yeux brillants.

« Mademoiselle, cette petite chose est vraiment pleine d'énergie ! »

Qin Nianyin pinça les lèvres, sans rien dire.

Pourtant, elle ne pouvait s'empêcher de penser que cette petite cage, aussi douce qu'elle paraisse, avait soudainement ajouté une couche d'enchevêtrement qu'elle ne pouvait ni nommer ni démêler.

* * * * *

Le lendemain matin, alors que le premier éclair de l'aube pâlissait le bord du ciel, les rues de la capitale s'éveillaient déjà. Les vendeurs poussaient leurs petites charrettes sur les routes, appelant leurs marchandises ; de la vapeur s'élevait des paniers en bambou, portant avec elle le parfum chaud et réconfortant du petit-déjeuner fraîchement préparé.

Qin Nianyin sortit avec une boîte carrée en brocart de teinte lotus pâle serrée dans ses bras.

Dans la boîte se trouvaient les épingles à cheveux en velours fleur qu'elle avait hâtée de finir la veille au soir, l'une d'un rouge pommier crabapple vif, vive comme le premier éclat du printemps ; l'un d'un rose pâle, doux comme la brume, délicat comme de la fumée flottante ; et un autre fait de fleurs de prunier filées d'argent, ses étamines serties de perles brillant d'une pureté froide.

La petite boutique qu'elle fréquentait pour livrer ces pièces se trouvait juste au coin de la rue, sur la rue principale, son enseigne ombragée d'un auvent cramoisi nouvellement brodé. La commerçante était penchée sur un livre de comptes avec une assistante quand elle entra.

La reconnaissant, il s'avança rapidement, un sourire chaleureux aux lèvres.

« Mademoiselle Qin, votre timing est parfait. En fait, tout le lot que vous avez livré il y a quelques jours est déjà en rupture de stock. Il reste encore plusieurs clients distingués qui attendent de nouvelles pièces. »

En parlant, il accepta la boîte en brocart et l'ouvrit ; La joie traversa immédiatement ses yeux. « Travail exquis comme toujours. »

Qin Nianyin murmura quelques instructions douces, prête à partir quand quelque chose au bord de sa vision capta la lumière, une touche inattendue de vert vif, comme de l'eau claire reflétant les plumes d'un oiseau de passage. Elle tourna la tête.

Sous un dôme en verre au coin du comptoir reposait une épingle à cheveux de martin-pêcheur.

La tête de l'oiseau s'inclina en un arc gracieux, sa longue queue relevée juste comme il faut ; ses plumes étaient superposées de nuances turquoise et bleu profond et, à ses extrémités, des fils dorés scintillaient faiblement, comme si la créature pouvait s'élever de son pied et s'envoler l'instant d'après.

Elle se pencha vers lui sans réfléchir, sa voix s'adoucissant inconsciemment. « Cette épingle à cheveux... est magnifique. »

Les lèvres du propriétaire s'étirèrent en un mélange d'amusement et d'admiration. « Vous avez l'œil vif, Mademoiselle. C'est une pièce en dian cui—des plumes de martin-pêcheur incrustées dans un filigrane d'or. Un ensemble complet de coiffes façonnées dans cet artisanat ne coûterait pas moins de cent taëls. »

(Dian cui — plumes de martin-pêcheur incrustées dans un filigrane doré.)

« Dian cui… » Qin Nianyin répéta doucement. À travers la fine vitre, son doigt semblait presque sentir l'éclat frais des plumes, une netteté qui paraissait s'enfoncer droit dans son cœur.

Voyant l'intérêt dans ses yeux, le commerçant se pencha légèrement et baissa la voix. « Celle-ci a été réalisée par un maître artisan plutôt excentrique—peu connue, difficile à approcher. »

Il ne fabrique qu'un seul ensemble complet d'ornements par an, ne prend jamais d'apprentis et aucune quantité d'argent ne le dissuadera du contraire. Ce set n'est arrivé dans ma boutique qu'après avoir demandé plusieurs niveaux de faveurs. »

Une lueur traversa brièvement les yeux de Qin Nianyin.

Un ensemble par an... Si je pouvais apprendre un tel métier, le niveau de mon atelier dépasserait largement l'ordinaire. Et plus important encore, personne ne pourrait le copier aussi facilement.

Feignant une curiosité désinvolte, elle demanda : « Où habite ce maître ? »

« Oh ? Mademoiselle Qin souhaite-t-elle acheter une pièce ? »

« Non. Je souhaite apprendre. »

Le commerçant secoua immédiatement la tête. « Ça ne va pas. Le maître a été explicite, il ne prend aucun apprenti. Un ensemble par an lui suffit pour boire du vin et bien manger. J'ai entendu dire que quelqu'un avait essayé de le supplier pour qu'il lui donne des instructions, s'est agenouillé devant sa porte pendant trois jours et trois nuits et a quand même échoué. »

« Pourtant... Je devrais au moins essayer. »

Le commerçant hésita, puis céda. « Eh bien, puisque tu es déterminé, je suppose que ça ne fait pas de mal de tenter ta chance. Qui sait, peut-être que le destin te sera en favorable. Le maître habite à l'ouest de la ville, près de Willow Lane. Va vers le sud en passant devant deux petites rues, près des anciens quais. » À ce moment-là, un client régulier entra dans la boutique et il s'éloigna en se hâtant avec un salut chaleureux, en laissant la question là.

Qin Nianyin baissa les yeux comme si la conversation était terminée ; pourtant, dans son cœur, l'adresse était déjà gravée avec une clarté absolue. Ses doigts effleurèrent légèrement les fleurs de velours à sa manche, et une pensée calme et résolue s'installa dans sa poitrine, comme une pierre tombant dans une eau paisible.

Cet objet… elle le verrait de ses propres yeux. Et si le destin le permettait, elle l'apprendrait de ses propres mains.

Chapitre 58 : La Cacahuète et le Prince

Après avoir quitté la bijouterie, Qin Nianyin avait déjà commencé à planifier de retrouver l'artisan de plumes de martin-pêcheur selon les indications du commerçant, tant que le ciel était encore matinal.

West Willow Lane n'était pas vraiment proche, elle comptait donc prendre son temps pour serpenter le long de la rue principale, saisissant l'occasion d'observer les boutiques le long du parcours et de noter les opportunités commerciales potentielles.

Le soleil montait plus haut. Des boutiques bordaient les deux côtés de la rue, un flot continu de personnes remplissait l'artère principale. Les bannières flottaient ; Les cris des vendeurs ambulants et des porteurs, le grincement des roues de carrosse et le bruit des histoires venues des maisons de thé s'entremêlaient, convergeant dans la vie quotidienne animée de la capitale.

En marchant, Qin Nianyin observait les méthodes commerciales des boutiques le long du parcours.

De l'exposition de tissus dans les magasins de soie et de satin aux tactiques utilisées par les boutiques de fards et de poudre pour attirer des clientes, elle observait tout attentivement, gravant silencieusement la mémoire, espérant que sa propre petite entreprise trouverait un jour une voie viable.

Juste au moment où elle tournait dans une rue animée, un rire bas s'échappa de la rambarde sculptée du deuxième étage d'une taverne plus loin. Au milieu de la cacophonie des voix, quelque chose coupa soudain l'air —« Ding » —la frappant en plein temple.

Elle vacilla légèrement, levant instinctivement une main pour toucher l'endroit. Le bout de son doigt ne rencontra pas du sang, mais une demi-cacahuète.

Qin Nianyin leva les yeux. Un homme appuyé contre la rambarde du deuxième étage de la taverne lui souriait, un sourire teinté de paresse et d'insolence espiègle, ses yeux brillant clairement d'une lumière taquine.

Le Troisième Prince, Li Suo, vêtu d'une tenue martiale blanche comme la lune, ses longs cheveux attachés avec une couronne de jade. Il tenait une autre cacahuète entre ses doigts, la faisant lentement tourner.

La voyant lever les yeux, il releva légèrement le menton, pointa un long doigt vers elle, puis le fit de travers, lui faisant signe de monter à l'étage.

Cette série d'actions était aussi posée que d'invoquer un chaton taquiné.

Qin Nianyin resta silencieuse un instant, soupirant intérieurement, elle avait eu l'intention de trouver le maître des plumes de martin-pêcheur, mais eut la malchance de croiser cette Troisième Altesse oisive.

Elle leva les yeux et croisa son regard, dégageant un mélange d'amusement et d'une attitude de non-refus dans ces yeux souriants, mais pas tout à fait souriants.

En effet, qui lui a permis d'être prince ?

Elle n'eut d'autre choix que de mettre temporairement son plan initial. Remontant ses jupes, elle s'approcha, poussa la porte de la taverne et monta les marches en bois.

Alors que les marches en bois grinçaient faiblement, l'odeur du vin et le son de la musique à cordes venant de l'étage se rapprochaient. La silhouette du Troisième Prince Li Suo près de la rambarde sculptée devint aussi plus nette, comme un visage souriant cachant une carte inconnue, attendant silencieusement son arrivée.

Dès que Qin Nianyin monta au deuxième étage, elle vit le Troisième Prince allongé près de la fenêtre, sa tasse légèrement inclinée, un sourire espiègle aux lèvres.

« La dernière fois que je t'ai vu, tu regardais autour de toi comme un petit moineau méfiant », lança-t-il d'un ton traînant. « Aujourd'hui, tu marches la tête baissée tout le long. À quoi penses-tu ? Une jeune fille comme toi, avec des pensées aussi lourdes ? »

Avant que ses mots ne s'éteignent, elle ne répondit pas. À la place, elle passa devant lui jusqu'à la table, prit la théière et versa une tasse de thé, ses gestes habiles et naturels. Le parfum du thé s'élevait de la tasse de porcelaine. Elle releva la tête et but une gorgée, soupirant doucement, « J'ai tellement soif. »

Son attitude était aussi posée que si elle était dans sa petite cour, sans se retenir le moins du monde.

Li Suo fut momentanément pris au dépourvu, puis rit d'un air méprisant, les filles nobles qu'il avait rencontrées, malgré leurs pensées intérieures, gardaient toujours une bonne bienséance, craignant d'être trop décontractées ou manquées de bienséance. Celui-ci devant lui, cependant, semblait totalement indifférent à l'opinion des autres.

Recevant son regard scrutateur, Qin Nianyin ne put s'empêcher de rire intérieurement. Il pensait sans doute qu'elle était simplement dénuée de retenue. Il ignorait seulement qu'elle venait d'un autre monde ; comment aurait-elle pu se laisser intimider par son aura noble ?

Li Suo fit lentement tournoyer sa tasse de thé, son ton changeant. « J'ai entendu dire que votre cousin partira bientôt pour Jiangnan ? »

«…» Qin Nianyin fronça légèrement les sourcils, n'aimant pas la façon trop familière dont Li Suo parlait de Su Zhang.

Li Suo la regarda avec amusement, les yeux pleins d'intérêt. « Quoi ? Ton cousin Su Zhang est un dragon parmi les hommes. Tu n'as aucune idée à son sujet ? »

Qin Nianyin devint soudain sérieux et se leva pour partir. « Si Votre Altesse continue avec de telles plaisanteries, Nianyin prendra congé. »

« Aiya, aiya, assieds-toi, assieds-toi. Je plaisantais juste avec toi. »

Qin Nianyin se rassit comme on lui avait demandé, l'air mécontent. « Votre Altesse, cette jeune fille ordinaire sait que son statut est modeste. Non seulement envers le cousin Su Zhang, mais envers tout jeune maître issu d'une famille influente, cette jeune fille ordinaire n'a absolument aucune autre pensée. Votre Altesse peut être rassurée. »

En entendant cela, Li Suo fut quelque peu surpris, son estime pour elle montant d'un cran. Il sourit. « Alors bois ton thé. Ne parlons pas de ces choses. »

« Oui, merci, Votre Altesse. » Elle répondit doucement, ne voulant pas répondre trop profondément.

Il leva les yeux vers elle, une pointe de suffisance dans l'expression. « Il y a un autre point que vous devriez garder à l'esprit, la mention de la cour cette fois pour ceux qui ont servi dans le contrôle des inondations, l'érection rapide de la statue de votre père adoptif... ce n'était pas entièrement l'œuvre de Su Zhang. Ce Prince a également contribué de manière significative. »

Voyant son expression qui semblait dire « félicite-moi maintenant », Qin Nianyin fut légèrement surpris.

Li Suo tapota légèrement le couvercle de la tasse de thé du bout du doigt. Son ton semblait décontracté mais portait une note de rire et de recherche délibérée de crédit. « Ce père adoptif est à toi, pas à Su Zhang. Les efforts de ce Prince signifient naturellement que c'est une faveur que vous lui devez. Ce Prince ne veut pas que ce Su Zhang prenne tout le mérite. »

En voyant son attitude apparemment nonchalante mais en réalité assez calculatrice, elle ne put s'empêcher de laisser échapper un petit rire. « Dans ce cas, alors Nianyin, au nom de son père adoptif... Merci, Votre Altesse. Une fois la statue terminée, Nianyin informera certainement son père adoptif avant cela. Je lui dirai que Votre Altesse a contribué de manière significative à cette entreprise et que je dois lui demander de vous accorder sa bénédiction. »

« Langue acérée. » Le regard de Li Suo s'arrêta, puis il haussa lentement un sourcil. « Donc tu veux dire que tu accompagnes aussi Su Zhang dans son voyage au Jiangnan ? »

« Oui. »

« Intéressant. » Li Suo jeta une cacahuète dans sa bouche, son charme voyou et dissolu n'atténuant pas son air noble.

Elle pinça les lèvres et ne répondit pas, se contentant d'incliner la tête pour siroter lentement son thé, laissant son regard scruter son visage en détail.

Voyant son expression indifférente, Li Suo, à son tour, sentit un intérêt naître. La tasse de thé tourna à moitié entre ses doigts. Il sourit et dit : « Jiangnan est une région renommée. Le paysage y est doux et gracieux ; les gens y possèdent un esprit fin. Su Zhang part pour une affaire officielle. Et toi ? Pour admirer les paysages et se délecter de leurs agréments? »

Qin Nianyin leva les yeux, un sourcil légèrement arqué. « Votre Altesse se trompe. Ce voyage n'est pas pour le plaisir, mais uniquement pour honorer mon ancêtre. »

Li Suo murmura un « Oh », la moquerie dans sa voix s'estompant brusquement, semblant sincèrement quelque peu surpris.

« Tu es différente de ces jeunes filles qui ne s'intéressent qu'à la romance et à la lumière de la lune. Donc valoriser le sentiment et le devoir, pas étonnant que Su Zhang accepte de t'emmener avec lui. »

« Votre Altesse me loue trop. » Elle prit sa tasse de thé, la voix posée. « Le sentiment et le devoir ne sont que des principes humains communs. Rien de particulièrement rare chez eux. »

Li Suo fixa son profil. La lumière de la lampe tremblait dans l'ombre de ses cils, une faible lueur se posant au coin de ses lèvres, comme un fil de froid masqué par le parfum du thé.

Il se pencha soudainement vers elle, sa voix basse et lente.

« Si ce Prince voulait aussi que tu me doives une faveur, alors ? »

Qin Nianyin recula d'un pas sous sa soudaine approche, sans toutefois détourner le regard.

« Votre Altesse est de noble lignée. Nianyin ne saurait en supporter l'honneur. »

Le sourire de Li Suo s'élargit. « Tes mots sont malins. Ce Prince n'a jamais vu quelqu'un refuser une faveur aussi ouvertement. »

« Si Votre Altesse souhaite vraiment accumuler la vertu, accordez cette faveur au peuple du monde, pas à moi. » Son ton était calme, mais portait un froid indéniable.

Pendant un instant, l'atmosphère devint légèrement tendue.

Li Suo la fixa, puis éclata soudain de rire d'un air désinvolte, secouant la tête en soupirant.

« Regarde-toi : si jeune, et pourtant tu parles déjà comme une respectable vieille dame pleine de principes. Vraiment amusant. »

Une *vieille matrone sévère* ?

À ces mots, le cœur de Qin Nianyin fit un léger sursaut. Heh… s'il savait que son âge mental était bel et bien celui d'une vieille femme, il ne dirait pas cela avec autant de désinvolture.

« Votre Altesse me flatte. » Elle se leva et s'inclina, l'ourlet de sa robe oscillant légèrement au mouvement. « L'heure est tardive. Cette jeune fille ordinaire a des affaires importantes à régler et ne perturbera pas davantage le plaisir du thé de Votre Altesse. »

« Vas-y. » Li Suo fit un geste paresseux de la main, toujours appuyé près de la fenêtre, la regardant descendre les escaliers.

La silhouette de Qin Nianyin s'éloignant peu à peu s'estompait dans la lumière des lampes. Le son de la musique à cordes continuait dans la taverne. Li Suo tapota légèrement la table du bout du doigt.

Après un long moment, il murmura pour lui-même : « Cette personne est vraiment intéressante. Dommage, son statut est un peu trop bas. »

Il leva les yeux vers le crépuscule au coin de la rue, le coin de sa bouche se relevant vers le haut. Ce sourire suscitait à la fois de l'intérêt et un certain degré de calcul.

Le vent se levait dans la rue. Lorsque Qin Nianyin sortit de la taverne, la dernière lueur du coucher de soleil s'était déjà dissipée. Elle soupira intérieurement, levant les yeux pour regarder au loin,

Willow Lane se trouvait à l'ouest. Le ciel s'assombrissait peu à peu, mais elle restait déterminée à retrouver cet artisan. Parce qu'elle savait que ce n'est qu'en maîtrisant son propre art qu'elle pourrait vraiment tenir bon dans cette ville remplie de pouvoir et de rires futiles.

Chapitre 59 : Une embuscade rencontrée

Avant que l'aube ne soit pleinement levée, au-delà des routes de messager de la capitale, des carrosses et des chevaux étaient prêts.

Qin Nianyin, vêtue de vêtements simples et sans ornement, avec seulement une épingle à cheveux en velours fleur dans les cheveux, son expression froide et détachée, finalisait ses bagages avec l'aide de Mei.

Soudain, le bruit de sabots rapides se fit entendre au coin de la rue. Gu Xiao descendit d'un mouvement fluide, tenant une cage de bambou dans ses bras. Enroulée à l'intérieur se trouvait une boule de fourrure blanche comme neige.

« Nianyin ! » Il s'avança d'un pas décidé, les yeux brillants comme le soleil du matin. « Petite Blanche, je m'occuperai d'elle pour toi. Le voyage vers Jiangnan sera ardu en bateau et en calèche ; c'est gênant de l'emmener avec moi. »

Qin Nianyin commença, son regard tombant sur la cage de bambou. Un léger froncement de sourcils effleura son front. « Ce ne sera pas nécessaire. Je n'en veux pas. »

Gu Xiao fut surpris, son expression s'assombrissant légèrement. « Tu n'en veux pas ? »

Le coin de sa bouche se releva dans un arc mécontent, mais son ton portait l'entêtement réprimé de la jeunesse. « Puisque tu as accepté le petit furet blanc de Su Zhang, pourquoi ne peux-tu pas accepter mon petit chat blanc ? Montrer un tel favoritisme n'est guère juste. »

Ces mots frappèrent le cœur de Qin Nianyin comme un coup physique. Elle leva les yeux vers lui, stupéfaite, comment pouvait-il savoir ?

Pourtant, elle refroidit rapidement son expression, ses yeux comme de l'eau recouverte d'une couche de glace. « Ce furet des neiges n'était que sous ma garde temporaire. Il n'y a pas d'autre implication. Il n'y a pas besoin que le jeune maître Gu se fasse trop de soucis. »

La pomme d'Adam de Gu Xiao bougea comme s'il voulait continuer à argumenter, mais son attitude indifférente étouffa ses mots.

Un instant plus tard, il sembla réprimer de force la frustration dans son cœur. Serrant la cage en bambou plus fort, son ton portait une irritation manifeste.

« Toi… tu parles toujours avec tant de détermination, si bien que… »

Qin Nianyin baissa ses cils et ne le regarda plus. Pourtant, intérieurement, elle soupira, il semblait que ses projets d'apprendre l'art de la joaillerie devraient attendre après son retour de Jiangnan.

Au cours de ce voyage, les vagues et les tempêtes étaient probablement plus dangereuses qu'on ne l'imaginait.

Le bruit des sabots s'intensifiait alors que le convoi se préparait à partir.

Gu Xiao tint bon, observant sa silhouette s'éloigner peu à peu. La boule de poils blancs dans la cage de bambou qu'il tenait bougea légèrement, mais ne put rappeler ses pas.

* * * * *

Le ciel était faiblement éclairé. Une brume matinale tourbillonnait subtilement dans les rues alors que le train de voitures avançait en ordre ordonné. Le bruit des sabots et des roues de la calèche s'entremêlait, résonnant comme une ouverture tendue et sombre.

À l'intérieur de la calèche, Qin Nianyin était assise côte à côte avec Mei.

De l'extérieur du rideau venaient parfois les ordres bas de Su Zhang, portés par une détermination militaire, mais trahissant aussi une urgence subtilement contenue.

Depuis leur départ, il avait levé le rideau plusieurs fois pour vérifier comment ils allaient, son regard semblant vouloir parler, mais se retenant.

Cependant, l'expression de Qin Nianyin resta constamment douce et détachée. Elle s'appuya simplement silencieusement contre le mur de la calèche, un mouchoir serré dans sa main, mais son esprit était tendu comme une corde d'arc complètement tendue. Elle ne lui laissa aucune place pour la conversation.

Mei, sentant son malaise, murmura : « Jeune Dame, que se passe-t-il ? Tu as l'air troublée. »

Le regard de Qin Nianyin balaya au-delà de la fenêtre. Elle ne répondit pas, se contentant de calculer intérieurement, quand les assassins allaient-ils frapper ?

Elle avait déjà livré cette note anonyme ; Il aurait dû le recevoir. S'il était prêt, peut-être pourrait-il encore l'éviter... Mais s'il ne l'était pas, elle devrait le protéger personnellement pendant ce voyage.

À l'extérieur de la calèche, Su Zhang ne put plus se retenir. Il appela d'une voix basse : « Nianyin. »

Le rideau de la calèche trembla légèrement, sa voix plus grave à cause du vent matinal. Qin Nianyin, cependant, ne leva même pas les paupières. Elle se contenta de pincer les lèvres et répondit : « Mei, baisse le rideau. »

La voix de Su Zhang fut ainsi coupée. Seule cette aura condensée, mais non dispersée, suivait encore de près, comme une ombre.

Qin Nianyin détourna le regard et posa discrètement une main sur sa poitrine.

Cette note, elle l'avait écrite clairement : une épine sur le voyage vers Jiangnan.

Elle ne pouvait qu'espérer qu'il l'avait vraiment prise au sérieux et avait pris des précautions.

Le bruit des roues de la calèche roulant sur la route de pierre bleue était comme une cloche d'alarme, faisant battre son cœur sans cesse.

* * * * *

Il poursuivit sa route, mais ses pensées ne suivaient pas le rythme régulier des sabots. Son esprit refit sans cesse l'image de cette note soudaine et anonyme.

L'écriture était nette et claire, les mots froids et tranchants, semblant offrir des conseils, mais aussi un piège. Homme d'une prudence innée, il avait du mal à en juger la véracité sans d'abord en discerner l'origine et le moteur.

Lui faire confiance peut signifier entrer dans un piège ; douter qu'il risquait de manquer un avertissement crucial.

Su Zhang se tut un instant, son esprit revenant à la note sans nom qu'il avait reçue quelques jours plus tôt. L'encre venait à peine de sec, mais son message avait été juste, s'alignant presque parfaitement avec la situation actuelle.

Un léger froncement de sourcils se dessina sur son front, un fil d'inquiétude s'éveillant en lui, qui était cette personne ? Comment connaissaient-ils ses mouvements ? Était-ce un avertissement bienveillant, ou cela avait-il des arrière-pensées ?

Ses yeux s'assombrirent. Finalement, il réprima ses spéculations, ne laissant qu'une seule pensée froide : Quiconque oserait lancer cet avertissement secret finirait par se révéler.

* * * * *

Le ciel était couvert. La route officielle du Jiangnan était large et calme. Lorsque le convoi atteignit une zone densément boisée, le bruit des sabots fut soudain étouffé, s'abaissant.

Le cœur de Qin Nianyin se serra. Presque au même instant, les yeux de Su Zhang s'assombrirent légèrement, comme s'il avait déjà une prémonition.

Effectivement, des silhouettes sombres surgirent des bois. Des dizaines d'assassins vêtus de noir ont explosé en attaque.

« Embuscade ! » cria un garde.

Les gardes accompagnants étaient préparés. Dans un craquement sec, des panneaux de bois et des mécanismes autour de la voiture surgirent, formant une barricade temporaire. Un combat rapproché s'ensuivit ; Les bruits d'armes qui s'entrechoquent, de cris et de meurtres secouèrent instantanément les cieux.

À l'intérieur de la calèche, Mei était terrifiée, le visage pâle alors qu'elle serrait fermement la main de Qin Nianyin. Qin Nianyin, cependant, sentit ses nerfs à leur limite absolue. Ses oreilles étaient remplies du cliquetis métallique des lames qui s'entrechoquaient.

Soudain, une voix familière retentit de l'extérieur, c'était Su Zhang. Son ton était froid et profond :

« Qui êtes-vous ? Qui vous a envoyé ? »

Un rire froid répondit de l'autre côté :

« Le Roi des Enfers veut ta mort avant la troisième veille. Qui ose te retenir jusqu'à la cinquième veille ? Cette flèche va te tuer ! »

Avant que les mots ne s'éteignent, le bruit des flèches tranchant l'air siffla — whoosh, whoosh — une volée rapide et tonitruante.

Qin Nianyin ne pouvait plus rester assise. Une pensée lui traversa l'esprit. Elle repoussa le panneau de protection qui la couvrait et bondit — elle ne réfléchit pas, elle agissait simplement par instinct, se jetant vers Su Zhang.

L'instant d'après, une flèche volante, tranchante et infaillible, transperça l'air et s'enfonça profondément dans l'arrière de son épaule droite !

« Nianyin ! » Su Zhang sentit son cœur bondir violemment, le sang semblant s'écouler de son visage.

Le sang traversa rapidement sa robe. Ignorant tout le reste, il souffla brusquement dans le sifflet à sa taille.

Un son perçant et prolongé perça la cacophonie de la bataille. En un instant, une autre force d'hommes émergea des bois, engageant les assassins et renversant immédiatement la situation.

Su Zhang agit avec détermination. Se penchant, il la prit dans ses bras et se retira rapidement vers la calèche. Mei, en pleurs, essaya de les suivre. Son regard glacial la balaie comme une lame : « Reste dehors ! »

Mei se figea complètement, n'osant pas faire un pas de plus.

Le rideau de la calèche tomba, coupant le sang versé et les bruits des combats. Su Zhang posa délicatement Qin Nianyin, mais ses mains tremblaient. Il déchira avec urgence le tissu de sa robe à l'arrière.

« Non ! » Elle lutta de toutes ses forces pour maintenir le tissu en place, les yeux remplis de conflit et de fureur humiliée. « Tu ne peux pas —»

« Ce qui ne peut être fait ! » rugit-il d'une voix basse, presque incontrôlable, les yeux flamboyants. « Tu perds tellement de sang ! Je dois juste rester là à te regarder mourir ?! »

Le tissu fut arraché de force. La flèche était profondément enfoncée dans la blessure, le sang s'écoulant. Les doigts de Su Zhang tremblaient, mais il arracha rapidement une bande de sa propre manche pour arrêter le saignement.

« Pourquoi ! » Sa voix était rauque, presque un rugissement. « Pourquoi as-tu pris la flèche pour moi ?! »

Le visage de Qin Nianyin était aussi pâle que du papier, son souffle faible. Ses lèvres tremblèrent alors qu'elle prononçait les mots : « Je... Sais pas... Je... agi par instinct... »

En vérité, à cet instant, elle le regrettait énormément, souhaitant pouvoir remonter le temps d'un quart d'heure ; Elle serait sûrement restée cachée en sécurité.

Avant qu'elle ne puisse finir, l'obscurité nagea devant ses yeux. La douleur devint insupportable et elle perdit complètement connaissance, son corps devenant mou.

Su Zhang la fixa, stupéfait, ses doigts pressants toujours fermement sa blessure, le sang coulant entre eux. Son cœur semblait tranché par une lame tranchante, la douleur si intense qu'il avait du mal à respirer.

Les bruits des sabots et des batailles faisaient encore rage dehors, mais ils semblaient séparés par mille couches d'eau. Seul son visage d'une pâleur mortelle restait, devenant le seul monde à ses yeux.

* * * * *

La calèche sursauta violemment, l'odeur métallique du sang saturant l'espace confiné. La flèche resta profondément enfoncée dans la chair de l'épaule droite de Qin Nianyin, du sang frais perlant et s'infiltrant rapidement à travers ses vêtements.

Son visage était d'une pâleur mortelle, ses lèvres presque translucides, sa respiration rapide et superficielle.

Le médecin appelé de l'extérieur se tenait près de la voiture, mais comme l'occupante était une dame, il ne pouvait pas entrer directement.

Il ne pouvait donner des instructions à voix basse que à travers le mur de la voiture : « La pointe de flèche est enfouie profondément. Il faut d'abord arrêter le saignement, puis casser la tige. Le médicament est là. Suis mes instructions. »

Mei, les yeux rouges, dit d'une voix tremblante : « Ce serviteur va le faire ! J'ai servi la Jeune Dame depuis le plus longtemps... Je peux certainement le faire ! »

Avant que ses mots ne s'éteignent, elle avait poussé la porte et était entrée. Mais dès qu'elle vit la blessure horrible en forme de flèche dans le dos de Qin Nianyin, elle se plaqua la bouche et le nez d'une main. Les larmes débordèrent instantanément, ses sanglots faisant trembler sa voix. « Jeune fille ! Comment la Jeune Dame pourrait-elle être... »

L'expression de Su Zhang était sombre. Son regard glacial fit trembler le cœur de Mei de peur. Sans un mot, il tendit la main, la poussa dehors et dit d'un ton bas, sans objection, « Dehors ! »

Mei frissonna de peur, ses sanglots s'étouffant.

Su Zhang baissa les yeux vers Qin Nianyin presque inconscient devant lui, le bout des doigts tremblant. Le sang était brûlant, pourtant il avait froid de tout son corps.

« Avant d'extraire la flèche, arrêtez d'abord le saignement », pressa gravement le médecin à l'extérieur.

Il serra les lèvres, arracha une bande de sa propre manche et, bien que sa technique fût non professionnelle, il appuya fermement et précisément sur son épaule, forçant la poudre médicinale dans la plaie. Le sang se mêlait à la poudre, coulant sur sa paume.

Qin Nianyin sursauta violemment, laissant échapper un gémissement sourd de douleur.

Le cœur de Su Zhang se serra. Une sueur froide coulait sur ses tempes, trempant ses cheveux. Il ressentait rarement une telle panique en dehors du champ de bataille, mais maintenant, tout devant lui semblait hors de contrôle.

Elle est à moi… Une voix rugissait sans cesse dans son cœur. Elle ne peut être que la mienne.

Si elle devait subir le moindre mal, alors il ne lui resterait plus aucun chemin de retraite.

« Jeune maître, il est temps de briser la flèche ! » appela le médecin depuis l'extérieur, sa voix pressante à travers la porte.

Su Zhang revint à lui. Il appuya sur la tige de la flèche à deux mains, une lueur de sang apparaissant dans ses yeux. Au moment où il cassa la verge, Qin Nianyin poussa un cri de douleur et perdit immédiatement connaissance.

Son cœur se sentit soudain vide, sa prise sur la tige cassée de la flèche faillit faiblir.

L'instant d'après, il se pencha, pressant son front contre sa joue froide, sa voix rauque et basse. « Qin Nianyin... tu n'as pas le droit de mourir. »

L'odeur du sang et des médicaments se mêlait, l'atmosphère à l'intérieur du carrosse lourde et oppressante.

Su Zhang comprit enfin. Cette flèche n'avait pas seulement déchiré sa chair, mais avait aussi complètement ouvert les émotions qu'il avait longtemps enfouies au plus profond de son cœur —Il l'aimait. Il la voulait. Dans cette vie, il ne lâcherait jamais prise.

* * * * *

La nuit était lourde, la lumière des lampes tamisée et vacillante. Le deuxième prince, Li Xuan, était assis tranquillement dans sa tente.

Le rabat de la tente fut soulevé alors qu'un subordonné de confiance entrait précipitamment et rapportait à voix basse : « Votre Altesse, l'affaire à Jiangnan... a échoué. »

Les yeux à moitié fermés de Li Xuan s'ouvrirent brusquement. La tasse de thé dans sa main tomba sur la table avec un craquement sec, le thé éclaboussant partout. Il se leva d'un bond, la voix dangereusement basse. « Comment ? »

Des gouttes de sueur parsemaient le front du subordonné. Il baissa la tête. « D'après les renseignements recueillis, Su Zhang semblait préparé. La calèche contenait des mécanismes cachés, que ses gardes activèrent. Il y avait aussi un autre groupe d'hommes assurant une protection secrète. Les assaillants vêtus de noir subirent de lourdes pertes ; aucun n'a réussi à s'échapper. »

« Préparé... » murmura Li Xuan, la lueur sinistre dans ses yeux s'accentuant. Il serra les nervures de l'éventail dans sa main, produisant un craquement sec lorsqu'elles se brisèrent.

« À qui appartenaient-ils ces hommes ? » Sa voix était glaciale, son regard se contractant centimètre par centimètre. « Celle du Prince Héritier ? Celle de Gu Xiao ? Ou... des guerriers de la mort qu'il a lui-même cultivés en secret ? »

Le subordonné répondit doucement : « Ce subordonné n'a pas encore pu le confirmer. Quiconque pourrait le protéger aussi discrètement doit avoir un soutien considérable. »

Li Xuan laissa échapper un rire froid, les veines sur le dos de sa main saillantes. « Quel Su Zhang ! Je pensais qu'il était juste un pédant obsédé par sa réputation impeccable. Je ne m'attendais pas à ce qu'il ait une main aussi cachée. »

Il marchait dans la tente d'un pas lourd et répété, tandis que sa voix se faisait de plus en plus sombre.

« Si le Prince héritier a envoyé des hommes pour le protéger, cela signifie qu'il est secrètement allié au prince héritier. Si c'était Gu Xiao... Hmph, ce gamin a toujours agi de manière imprudente. S'il est vraiment intervenu, il doit avoir ses propres motivations. »

Il plissa les yeux, sa voix devenant grave et rauque. « Quoi qu'il arrive, il ne doit plus y avoir d'erreurs dans cette affaire. Ce voyage dans le Jiangnan, je dois le contrôler, Su Zhang ne peut absolument pas être autorisé à vivre et à voler ma vedette. »

La flamme de la bougie tremblait, projetant ses traits d'une lumière sinistre. L'intention meurtrière dans ses yeux menaçait de déborder.

Chapitre 60 : Alors c'est comme ça

La capitale, Palais de l'Est.

La flamme de la bougie projetait des ombres vacillantes sur le bureau. Le prince héritier Li Duan maniait son pinceau pour examiner les mémoriaux lorsqu'il entendit soudain un eunuque entrer rapidement, s'incliner et rapporter à voix basse : « Votre Altesse, un message est arrivé de Jiangnan. »

Le coup de pinceau de Li Duan s'arrêta. Il leva les yeux. « Parle. »

«... La tentative d'assassinat a échoué. » La voix de l'eunuque était extrêmement basse. « Lord Su semblait avoir été préparé à l'avance. Il n'a subi que des blessures mineures. Toutefois... la jeune fille qui l'accompagnait... a pris une flèche destinée à Lord Su. Elle est actuellement en traitement. »

« Quoi ? » Li Duan se redressa brusquement, ses yeux s'assombrissant.

L'eunuque n'osa pas lever la tête, poursuivant d'une voix tremblante : « Les assaillants vêtus de noir furent complètement mis en déroute, apparemment interceptés par des forces secrètes. Ce serviteur n'ose pas spéculer sur leur provenance. »

La pièce tomba un silence total. Alors que la flamme de la bougie vacillait, Li Duan posa lentement la brosse en poil de loup dans sa main. Ses doigts pressèrent le bureau alors qu'il parlait d'une voix basse, « ... Quelles ont été les autres victimes ? »

« Le rapport indique que seuls deux parmi la suite ont subi des blessures mortelles. Ministre Su n'a subi que de légères blessures, mais cette jeune fille est gravement blessée. La flèche a pénétré son épaule, manquant de la transpercer. »

Li Duan resta longtemps plongé dans ses pensées, son expression froide et sévère comme le fer. Ce n'est qu'après un certain temps qu'il dit : « Puisqu'il y a ceux qui cherchent sa vie, le voyage du Jiangnan ne doit pas échouer. »

Il leva légèrement les yeux. Ses yeux étaient comme des torches, ses mots lents mais lourds. « Les cours d'eau de Jiangnan forment un réseau dense ; Les moyens de subsistance des habitants dépendent de la sériciculture et des taxes sur la soie. Ces dernières années, le temps a été inhabituel. Si la corruption trouble davantage la paix, alors des dizaines de milliers de foyers ordinaires en souffriront. Le parcours du ministre Su n'est pas seulement d'enquêter sur la corruption, mais, plus important encore, d'apporter la stabilité au peuple. S'il subit un mal en chemin, cela ne signifierait pas seulement que je perdrai un assistant compétent, mais que le peuple perdrait un fil d'espoir de survie. »

Sa voix était très basse, mais portait une finalité indiscutable.

« Envoyez un autre groupe de gardes de l'ombre. Faites-les suivre et assurer la protection secrète. Veillez à ce que Su Zhang arrive sain et sauf à Jiangnan. Quels que soient les imprévus sur le trajet, aucune erreur n'est permise. »

« Oui, Votre Altesse ! » L'eunuque reçut l'ordre et se retira.

Li Duan était assis seul sous la lumière des bougies, le regard profond. Ses doigts tapotèrent légèrement le bureau. Un frisson indescriptible monta dans son cœur,

S'il y a vraiment quelqu'un qui agit dans l'ombre tout au long de ce voyage, alors… quelqu'un s'oppose délibérément au Palais de l'Est.

* * * * *

Dans la salle du palais, la lumière des bougies brillait intensément. Le mémorial sur le bureau impérial n'avait été déroulé qu'à mi-chemin lorsqu'un eunuque entra précipitamment, s'agenouilla et présenta un rapport secret.

L'empereur Xuanwen parcourut le document d'un regard et son expression changea brusquement ; il abattit la main sur le bureau avec une telle force que les encensoirs en bronze du hall vibrèrent d'un faible bourdonnement. « Quelle audace ! Oser s'en prendre au Ministre Su sous nos yeux ! »

Les officiels réunis tombèrent dans un silence feutré, l'atmosphère devenant si oppressante qu'elle sembla se solidifier. La poitrine de l'empereur Xuanwen se souleva à la légère.

Il rugit de nouveau, « Enquêtez pour nous ! Effectuez une enquête approfondie pour déterminer précisément qui est derrière tout cela ! Si quelqu'un ose vraiment semer le trouble à Jiangnan, qu'il ne nous blâme pas de ne pas avoir montré de pitié ! »

Les ministres acquiescèrent à l'unisson.

L'Empereur, le visage comme le tonnerre, balaya la salle du regard. Il se fixa finalement sur une silhouette debout sous l'estrade. Sa voix s'interrompit, son ton se modérant légèrement. « Li Suo. »

« Votre fils est là. » Li Suo s'avança avec un sourire décontracté, son attitude semblant quelque peu nonchalante.

« Cette affaire, nous vous la confions. Tu as le plus de temps libre. Ne traîne pas toute la journée à remplir la capitale de ragots sur ta frivolité ! » réprimanda sévèrement l'Empereur, mais un fil d'attente brillait dans ses yeux.

Impassible, Li Suo répondit, les coins de ses lèvres se retroussant : « Père Impérial, rassurez votre cœur. Votre fils s'acquittera naturellement de cette tâche. D'ailleurs, un prince aussi calme que moi doit bien trouver un peu de distraction. Enquêter sur les coupables… autant en profiter pour envisager le choix d'une véritable épouse en chemin. Quand votre fils prendra femme, il faut naturellement qu'elle soit à son goût, agréable à contempler jour après jour. »

« Toi ! » L'Empereur, à la fois irrité et amusé, leva la main pour le réprimander : « Toujours si peu fiable ! Nous n'avons vraiment pas de quoi compter sur toi ! »

Li Suo se contenta d'adresser un sourire espiègle et une révérence respectueuse, sans changer le moins du monde son attitude.

L'empereur Xuanwen se leva, agitant sa manche en signe de congé, mais son dos s'éloignait semblait lourd. La fureur dans son cœur s'était quelque peu dissipée, remplacée par un fil de fatigue.

Il comprenait les courants cachés à la cour. La rivalité entre le Prince héritier et le Second Prince s'intensifiait de jour en jour.

S'il laissait le Troisième Prince s'impliquer dans la lutte pour le pouvoir et la position, le conflit entre ses trois fils serait inévitable et l'un d'eux serait sûrement blessé.

La manière frivole et peu sérieuse de Li Suo, bien qu'elle lui causât des maux de tête, lui procurait aussi un certain soulagement secret, au moins ce fils pouvait-il encore préserver un certain confort et une certaine liberté, évitant les conflits fraternels et les effusions de sang au sein de la Cour du Dragon.

* * * * *

La pièce était profondément silencieuse. La flamme de la bougie vacillait, projetant des ombres tachetées sur les murs.

Su Zhang était assis seul devant son bureau, ses robes tachées de sang, des traces séchées collant à ses jointures. Scène après scène se rejouait dans son esprit, elle se jetant sans hésiter devant lui, prenant cette flèche qui lui était destinée.

À cet instant, son cœur avait eu l'impression d'être brutalement tranché par une lame tranchante.

Xiuyan s'approcha prudemment et conseilla d'une voix basse : « Maître, vous devriez d'abord laver et changer de vêtements. Sinon, le froid de la blessure pourrait pénétrer dans ton corps et tu risques d'attraper un rhume... »

Su Zhang baissa la tête, fixant le sang qui tachait sa paume. Sa voix, pourtant, était si basse et brisée qu'elle en devenait méconnaissable. « Pourquoi… »

Xiuyan fut surpris, ne l'ayant pas bien entendu.

Il leva les yeux, leur profondeur aussi froide et insondable qu'une eau sombre. Il répondit d'une voix posée : « Vous pouvez vous retirer. Votre présence n'est plus nécessaire ici. Je me chargerai de ce qu'il reste à faire. »

Xiuyan ouvrit la bouche mais n'osa finalement pas en dire plus. Il se retira silencieusement.

Seul lui restait dans la salle, la flamme de la bougie restant solitaire. Il baissa les yeux, regardant le rouge foncé coincé entre ses doigts, mais sa poitrine se tordait d'une agitation et d'une peur sans précédent.

Et si elle était vraiment morte ?

Il n'osa pas suivre cette pensée plus loin...

* * * * *

Un temps indéterminé s'était écoulé. La silhouette sur le lit bougea légèrement.

Les cils de Qin Nianyin papillonnèrent alors qu'elle ouvrait lentement les yeux. L'air était chargé de l'odeur des médicaments et d'une légère odeur métallique du sang. Instinctivement, elle tendit la main en arrière, touchant le bandage épais sur son épaule. Surprise, elle serra brusquement les couvertures autour d'elle.

« Réveillé ? »

La voix grave vint d'à côté d'elle.

Elle tourna la tête pour voir Su Zhang assis à son chevet. Il était tourné dos à la lumière vacillante des bougies, ses traits marqués plongés dans l'ombre, paraissant à la fois froids et intensément contenus.

« La blessure a été soignée par moi. Le traitement, c'est moi qui te l'ai appliqué. » Sa voix était rauque, mais portait une insistance obstinée qu'on ne pouvait réprimer. « Apaise ton cœur. Après les événements d'aujourd'hui, j'assumerai la responsabilité. »

Qin Nianyin fut déconcertée. Les souvenirs de sa vie antérieure remontèrent violemment — elle l'avait forcé à l'épouser sur la base d'une grâce qui lui avait sauvé la vie. Dans cette vie, c'était encore une grâce qui sauvait la vie, mais c'était désormais lui qui déclarait verbalement qu'il prendrait ses responsabilités.

Son cœur battait la chamade, mais elle retrouva aussitôt son calme. Sa voix, douce mais retenue, répondit : « Ce n'est pas nécessaire. À un moment où la vie et la mort se jouaient, ce n'était qu'un réflexe naturel. Il n'y a nul besoin d'en faire une telle affaire. »

« Non. »

Son regard, profond et lourd, se posa sur son visage, chargé d'une résolution qu'elle ne lui avait jamais vue. « Cette affaire touche votre nom. Je dois… assumer ce qui m'incombe. »

Elle esquissa un léger sourire, fragile mais entêté. « Si… si nous ne nous marions pas, alors naturellement cela n'aura aucun effet. Cette affaire n'a vraiment aucune importance. » L'atmosphère dans la pièce se solidifia instantanément.

Il baissa les yeux, ses jointures blanchissant sous une pression excessive. Pourtant, dans son cœur, sa compréhension était absolument claire,

Peu importe comment elle refuse, cette fois, je ne la lâcherai absolument pas.

* * * * *

Su Wan marcha le long du chemin de pierre bleue, ses doigts serrant le mouchoir glissé dans sa manche.

Son intention initiale était d'aller au bord de la rivière pour admirer les fleurs de lotus, mais son esprit invoqua involontairement les paroles de Qin Nianyin d'il n'y a pas si longtemps —

« Sœur, si tu peux éviter le bord de l'eau, il vaudrait mieux le faire. »

Bien que le ton fût doux, il portait une certaine conviction qui provoqua une oppression inexplicable dans son cœur.

Les pas de Su Wan vacillèrent. Son regard tomba sur le pavillon au bord de l'eau non loin devant. L'eau scintillait, le léger parfum des fleurs de lotus flottait dans l'air, mais la scène éveilla en elle un profond malaise.

Elle hésita un instant, puis ordonna enfin à sa servante d'une voix basse : « Laisse tomber. On n'ira pas. Faisons demi-tour. »

La servante fut surprise, pensant avoir mal entendu. « Jeune fille, tu n'avais pas dit que tu voulais voir les nouveaux lotus... »

« Ce n'est pas nécessaire. » Le ton de Su Wan était ferme. Elle se retourna, se préparant à revenir.

À ce moment-là, une silhouette grande et élancée s'approcha par hasard de l'autre côté.

L'homme portait une robe bleue d'érudit, ses pas non pressés, ses traits clairs et lumineux, tels un arbre gracieux se balançant dans le vent. Il semblait ne pas les avoir remarqués. Alors qu'il passait rapidement, un son de ding se fit entendre à sa taille —un pendentif de jade était tombé au sol.

Su Wan se pencha instinctivement pour le ramasser, mais alors que ses doigts allaient le toucher, elle hésita légèrement.

Se rappelant l'avertissement de Qin Nianyin, un fil de prudence traversa son esprit. Finalement, elle retira sa main et dit doucement à sa servante : « Va, rappelle-lui. »

La servante appela alors d'une voix claire : « Jeune maître, attendez ! Tu as fait tomber quelque chose ! »

Les pas de l'homme s'arrêtèrent, comme s'il venait à peine de s'en rendre compte. Il se tourna pour regarder. Voyant le pendentif de jade posé tranquillement au sol, une lueur d'excuse traversa ses yeux. Il revint rapidement, se pencha pour le récupérer et s'inclina vers Su Wan en signe de remerciement.

« Merci pour le rappel de la jeune fille. Je m'excuse pour cette manque de courtoisie. Je suis Lu Chengqian. »

Sa voix était chaleureuse, claire et résonnante, son attitude mesurée, évoquant l'air cultivé d'un érudit.

Su Wan inclina légèrement la tête mais ne répondit pas davantage. Elle avait toujours compris la bienséance, mais une autre pensée lui venait au cœur, Qin Nianyin l'avait mise en garde de « éviter le bord de l'eau ». L'homme devant elle... Avez-vous aussi un lien avec ce destin entremêlé ?

Son cœur se serra légèrement. Ne voulant pas s'impliquer davantage, elle se prépara à faire demi-tour et à partir avec sa servante.

De façon inattendue, Lu Chengqian fit soudain un pas en avant, son ton sincère. « Puis-je demander le nom estimé de la jeune fille... ? »

Un léger froncement de sourcils effleura le front de Su Wan. Son expression habituellement douce trahissait désormais une pointe d'impatience. Elle montrait rarement de la froideur devant les autres, mais être si insistée pour son nom engendrait finalement de l'indifférence.

« Mes excuses. » Sa voix était froide. Elle se retourna pour partir.

L'atmosphère devint tendue.

Soudain, une voix riante intervint du côté, frivole mais cachant une pointe tranchante,

« Aiya, qui est ce savant estimé ? Un homme vraiment lettré, et pourtant il poursuit une jeune fille pour lui demander son nom ? Quelle sorte de bienséance est-ce là ? »

Su Wan fut déconcerté. Elle leva instinctivement les yeux et vit Gu Xiao s'approcher, les mains jointes dans le dos.

La lumière du soir illuminait son front et ses yeux. Un sourire paresseux jouait encore sur ses lèvres, mais ses yeux étaient aussi froids et acérés que des lames, comme un tranchant aiguisé brillant derrière l'amusement.

Le visage de Lu Chengqian s'assombrit instantanément. Il força une révérence de salut. « Alors, c'est le jeune maître Gu. »

Le nouveau haut fonctionnaire de la Garde impériale, le neveu de l'Impératrice — sa réputation résonnait dans toute la capitale ; qui ne le connaissait pas ? En le rencontrant maintenant, qu'il l'ait reconnu ou non, il devait le reconnaître.

« Puisque c'est le cas, » Le sourire de Gu Xiao resta inchangé, mais son ton était chargé de sens, « Ne devrais-tu pas partir ? »

Sa voix était calme, mais portait une fermeté inébranlable. Il tourna son corps, se plaçant naturellement entre Su Wan et l'érudit. Sa posture semblait décontractée, mais elle bloquait subtilement toutes les voies potentielles de Lu Chengqian.

Un éclair de réticence traversa les yeux de Lu Chengqian. Au final, il ne put plus s'attarder. Il ne pouvait que s'incliner et se retirer.

Su Wan baissa ses cils, ses doigts se resserrant légèrement, mais intérieurement elle poussa un soupir silencieux de soulagement.

En effet, comme l'avait dit Qin Nianyin, elle n'aurait pas dû s'approcher de l'eau.

* * * * *

Gu Xiao observa la silhouette de Lu Chengqian s'éloigner jusqu'à ce qu'elle s'estompe au loin, la froideur de son front et de ses yeux s'estompant peu à peu. Lorsqu'il tourna la tête, son expression était revenue à sa joie habituelle et franche.

« Jeune Dame Su, » son ton était teinté d'un léger sérieux, « à l'avenir, quand vous sortirez, il serait prudent d'amener plus d'assistants. La capitale peut sembler paisible en surface, mais dans l'ombre, beaucoup ont de mauvaises intentions. »

Su Wan hocha légèrement la tête, une trace de malaise persistante encore visible dans son attitude. dit-elle doucement, « Tout à l'heure... merci, Général Gu, d'avoir résolu la situation. »

« Ce n'était rien. » Gu Xiao haussa un sourcil, d'un ton sec. Puis, ses mots changèrent, son ton prit une note de factuel. « D'ailleurs, tu es la sœur de Su Zhang. Naturellement, je devrais veiller un peu plus sur toi. »

Le cœur de Su Wan s'agita légèrement. Baissant les yeux, elle demanda : « Dans ce cas... et Dame Qin ? Est-ce qu'elle compte aussi comme une 'petite sœur' selon vous ? »

Gu Xiao fut surpris, puis ne put s'empêcher de rire. Sous la lumière de la lune, ses traits séduisants, illuminés par son sourire s'épanouissant, étaient si éclatants qu'ils en étaient presque éblouissants.

« Ce n'est pas pareil. » Sa voix était basse, mais extrêmement ferme. « Mon cœur penche en sa faveur. »

Cela dit, un éclair de vexation persistante traversa ses yeux. Son ton se calma brusquement. « C'est juste... de toutes les personnes, Su Zhang a dû l'emmener à Jiangnan. »

Il articula les trois caractères « Su Zhang » avec une emphase particulière, les mots presque dégoulinants d'une jalousie à peine contenue.

Donc c'est comme ça.

La station de messagerie se trouvait nichée au bord d'un ruisseau murmurant. Un froid humide, né des pluies récentes, s'infiltrait à travers les jointures des fenêtres, emportant avec lui le parfum frais et terreux du feuillage mouillé.

Dans la chambre intérieure, la lumière de la lampe brûlait d'une lueur tamisée, sa faible clarté luttant contre l'air oppressant. L'arôme persistant des herbes médicinales était lourd, masquant à peine l'odeur métallique sous-jacente du sang.

Chaque souffle qu'elle prenait était saturé de l'astringence amère et inévitable de la décoction.

La conscience revint à Qin Nianyin avec une lenteur atroce. Sa conscience dérivait, portée et submergée dans une obscurité trouble et aquatique. Quand ses yeux papillonnèrent enfin, la lumière à l'extérieur de la fenêtre était passée d'un gris pâle à l'indigo profond du crépuscule approchant.

Le moindre mouvement provoquait une douleur brûlante, comme une flamme, traversant son épaule et son dos. Elle inspira brusquement, involontairement, et ce n'est qu'à ce moment-là qu'elle entendit la question extrêmement douce derrière le paravent peint : « Tu es réveillée ? »

Su Zhang écarta le rideau et sortit. Il portait toujours la même robe bleue, inchangée qu'avant, son devant marqué par des taches de sang fanées et délavées.

Des ombres sombres de fatigue persistaient sous ses yeux, mais son sang-froid restait intact. Ce n'est qu'au moment précis où il vit le tremblement dans ses cils que sa redoutable maîtrise de soi sembla se resserrer imperceptiblement.

Reconnaissant la silhouette devant elle, Qin Nianyin ne put réprimer un froncement de sourcils. « Pourquoi c'est toi ? » demanda-t-elle, la voix sèche et rauque. « Où est Mei ? »

« Ne bouge pas tout de suite », ordonna-t-il, contournant sa question. Il se pencha en avant, récupérant le bol de médicament qui se réchauffait sur le brasero en bronze. Il la porta à ses lèvres, la vapeur s'enroulant légèrement entre eux. Sa voix était basse, presque un murmure. « C'est amer. Tu dois le supporter. »

Elle détourna légèrement le visage. « Je vais me débrouiller toute seule », insista-t-elle, la voix rauque et faible.

Il ne protesta pas. Il se contenta de placer le bol à portée de ses doigts sans retirer complètement sa présence, la pulpe de son doigt reposait légèrement sur son poignet, comme pour jauger la force qu'elle pouvait rassembler.

Qin Nianyin baissa les yeux et, après un instant d'hésitation, accepta le bol.

Pressant ses lèvres l'une contre l'autre, elle avala la concoction bouchée après bouchée douloureuse. L'amertume était une lame acérée sur sa langue, mais son intensité même servait à repousser la vague de vertige qui menaçait de la submerger.

« Le médicament est terminé », annonça-t-elle en posant le bol vide, la voix encore tremblante. Le message non-dit flottait clairement entre eux : Vous pouvez partir maintenant.
Il prit le bol de ses mains, son attitude suggérant qu'il n'avait pas remarqué son refus implicite.

Elle se tut, ne faisant aucun autre commentaire. Un instant plus tard, comme si une pensée lui venait soudainement, elle demanda de nouveau, doucement : « Où est Mei ? »
« Elle veille dans la chambre extérieure », répondit-il, son regard fixé sur elle. « Je vais m'occuper de changer ton pansement maintenant. »

Ses doigts resserrèrent leur prise sur la literie. « Ce n'est pas nécessaire. Appelle Mei pour s'en occuper. »

Il resta silencieux un instant, un effort visible de retenue. Après une brève pause, il déclara : « C'est moi qui ai changé vos pansements ces derniers jours. »

Un silence plus long s'installa chez elle. « Il est vraiment inconvenant de vous déranger ainsi, cousin. »

« Nianyin, les mots que j'ai prononcés ce jour-là tiennent valablement. Je dois naturellement assumer la responsabilité, »

« Ne dis pas plus, » Une toux la coupa. Le mouvement soudain tira violemment sur sa blessure, arrachant un sifflement aigu de douleur entre ses crocs serrés. « Que cette affaire soit réglée. N'en parle plus. »

Le regard de Su Zhang resta fixé sur elle, profond et impénétrable. La lumière vacillante des bougies projetait des motifs changeants de lumière et d'ombre sur les plans tranchants de son visage. Finalement, il posa la question d'une voix basse : « Toi… tu ne le veux pas ? »

« Oui ! » La réponse franchit ses lèvres sans la moindre hésitation.

La rapidité et la finalité de sa réponse le frappèrent avec une force inattendue, faisant battre son cœur un battement dans sa poitrine. Poussé par l'instinct, il insista : « Pourquoi ? »

« Cousin est, par nature, un dragon parmi les hommes, un gentleman d'une qualité jade inégalée. Nianyin n'a aucune intention d'aspirer à de tels sommets... » Une autre toux secoua son corps, lui coupant le souffle.

Voyant son agitation s'intensifier, Su Zhang s'avança rapidement, sa main montant pour lui tapoter le dos et calmer sa respiration. Mais elle s'éloigna de son toucher avec une délibération indéniable, laissant sa main levée suspendue dans les airs, à seulement trois centimètres d'elle.

« Ne t'agite pas », l'encouragea-t-il, une pointe d'inquiétude traversant son ton posé. « Tu risques de rouvrir la blessure. Tu dois comprendre que, bien que tu sois cousin de la famille Su, nous n'avons aucun lien de sang. De plus, ma famille n'a aucun respect particulier pour, »

Qin Nianyin détourna complètement la tête, lui présentant son dos dans un geste clair et définitif de refus. « Plus jamais. Je suis las. Cousin, tu devrais aussi te reposer. Laisse Mei s'occuper de moi. »

Face à sa détermination inébranlable, Su Zhang n'eut d'autre choix que d'avaler temporairement les mots qui lui prononçaient. Sous les manches volumineuses de sa robe, ses longs doigts se serraient en poings, les jointures dépassant de blanc sous la tension.

* * * * *

Le lendemain matin, une fine brume s'accrochait encore au monde, réticente à se dissiper. Mei fit entrer Nianyin dans une bassine d'eau chaude, les yeux cernés de rouge, ses pas si légers qu'ils semblaient marcher sur du coton.

Alors qu'elle desserrait soigneusement les bandages, la tache sombre et meurtrie de sang qui s'infiltrait à travers la gaze sur l'épaule de Qin Nianyin fut révélée. Les mains de Mei commencèrent à trembler. « Jeune Fille... »

« Mei. »

Des larmes montèrent aux yeux de Mei, son nez reniflant. « Jeune fille a perdu tant de sang... ce serviteur était terrifié. »

« N'aie pas peur. » C'était la voix de Su Zhang. Il était venu se placer derrière eux, disposant méthodiquement les poudres médicinales et la gaze fraîche. « Procédez comme le médecin vous a ordonné. »

Qin Nianyin fronça les sourcils. Pourquoi était-il encore là ?

Il ne dépassait pas les limites de la bienséance, se contentant de lui soutenir l'avant-bras lorsqu'elle devait se tourner. Sa paume était chaude et stable.

L'application de la poudre envoya une brûlure aiguë profondément dans la blessure, faisant couler des gouttes de sueur froide sur sa peau. Qin Nianyin mordit sa lèvre inférieure jusqu'à ce qu'une fine trace de sang y apparaisse.

Mei, embarrassée, s'affaira à tâtonner autour du bandage, le nouant en un nœud obstiné qu'elle ne pouvait défaire.

Su Zhang tendit la main, ses jointures desserrant habilement le nœud et fixant le pansement avec une efficacité maîtrisée. Son ton resta parfaitement posé. « La prochaine fois, avance plus lentement. »

Mei acquiesça à plusieurs reprises. Une fois la servante retirée, la pièce retomba dans le silence. Qin Nianyin s'appuya contre les oreillers, régulant consciemment sa respiration, un cycle lent après l'autre. De l'extérieur de la fenêtre se faisait entendre le chant des oiseaux, fragmenté et lointain.

« Hier... » commença-t-il soudain, sa voix aussi légère et sèche qu'une feuille tombée, « J'ai été clair. À notre retour à la capitale, j'informerai mes parents et enverrai un entremetteur pour demander officiellement en mariage. »

Qin Nianyin le regarda sans un mot. Un long moment s'écoula avant qu'elle n'esquisse un très léger sourire.

Elle baissa les paupières. « Cousin, quand j'ai pris cette flèche, ce n'était pas pour eux ni rien en retour. Ce n'était que, » Elle s'arrêta, comme si elle cherchait les mots justes, «, un simple acte instinctif. »

Il la regarda un moment, une expression incertaine, entre un sourire contenu et quelque chose de plus sombre. Sa voix tomba. « Je sais. »

Instinctivement, elle l'avait protégé au péril de sa vie.

Il refusait de croire qu'elle n'avait aucune affection pour lui !

Elle leva les yeux et croisa son regard droit dans les yeux. Son cœur se serra inexplicablement.

Son regard portait quelque chose qu'elle ne pouvait nommer, ce n'était ni la distance familière du passé, ni la froideur. C'était une détermination qui avançait vers elle avec la force implacable d'une marée montante.

« Repose-toi maintenant », dit-il en lissant soigneusement la couverture sur elle. « Nous changerons encore le pansement cet après-midi. »

Les mots « Laisse Mei faire ça » se formèrent sur sa langue, mais finalement, elle les avala sans être dits.

Elle comprenait parfaitement au fond d'elle qu'une fois qu'il avait pris une décision, elle n'avait aucun pouvoir pour la modifier.

« Dors encore un peu, » déclara-t-il doucement. « Une fois que tu auras retrouvé tes forces, nous poursuivrons notre voyage. »

Ses mots, tels une aiguille cachée, lui piquaient délicatement le cœur. Elle détourna les yeux, fixant silencieusement les motifs de lumière et d'ombre qui jouaient sur la fenêtre papiernée.

* * * * *

Le deuxième jour, sa fièvre diminua un peu, pour revenir avec la tombée de la nuit.

Flottant dans l'espace liminal entre l'éveil et le sommeil, rêves et réalité se chevauchaient comme des marées changeantes : la pluie incessante de sa vie passée, la flèche perçante de celle-ci, le léger tremblement des carillons sous les avant-toits et le souffle de quelqu'un, étrangement proche de son oreille.

Ses cils s'humidifièrent, une fine couche de sueur froide couvrant son front. Soudain, une chaleur se posa contre sa peau, une paume, avec un parfum mêlé d'herbes médicinales et de thé léger. Avec une patience exceptionnelle, il essuya plusieurs fois l'humidité de son visage.

« Bois un peu d'eau. » Il l'aidait à s'asseoir, la soutenant pour qu'elle s'appuie contre son épaule. Elle resta là un instant avant de se rendre compte que son poids était presque entièrement soutenu par lui et tenta, un peu gênée, de se redresser. Une douleur aiguë traversa son épaule et son dos, coupant son souffle en halètements saccadés. La voix de Su Zhang était basse. « Ne bouge pas. »

Son ton n'était jamais élevé, mais il portait une force indéniable et irrésistible. Qin Nianyin cessa ses luttes, se permettant de rester dans ce refuge éphémère de stabilité pour quelques précieuses respirations.

Elle pouvait entendre le rythme profond et régulier de son cœur venant de sa poitrine, comme un tambour, la ramenant du bord de la confusion, un battement mesuré à la fois.

« Su Zhang. » Elle l'appela soudain par son nom complet.

L'entendre s'adresser à lui aussi directement, sa poitrine se serra violemment. Une étrange agitation sans nom jaillit du cœur de son être jusqu'à ses membres, la dernière syllabe avalée s'échappant en un doux souffle de sa gorge.

« Mm. »

« Ne parle plus jamais de 'assumer la responsabilité'. » Ses yeux restaient fermés, son ton léger comme une plume, mais chaque mot était prononcé avec une clarté parfaite. « Je ne te dois rien. Et je ne souhaite pas utiliser cela comme prétexte pour devenir un pion dans le jeu de qui que ce soit. »

Il resta silencieux longtemps, si longtemps qu'elle crut qu'il ne répondrait pas. Finalement, sa réponse vint, prononcée si doucement qu'elle en était presque inaudible. « Très bien. Je ne prononcerai plus ces deux mots. » Il fit une pause, le silence lui-même chargé de sens. « Mais j'agirai en conséquence. »

Ses cils s'abaissèrent doucement. Elle ne parla plus.

Chapitre 62 : Je marcherai seul

L'après-midi du troisième jour, la pluie cessa et les nuages se dissipèrent. Un serviteur du palais remit un message scellé du prince héritier et Xiuyan attendit des instructions dans le couloir extérieur.

Su Zhang termina de lire le communiqué, glissa le papier de commandement dans sa manche et ordonna : « Divisez à nouveau notre personnel en deux groupes, en préparant les deux forces secrètes ouvertes. Doublez les patrouilles à l'intérieur et à l'extérieur de la station relais. Gardez deux médecins en service. »

Xiuyan acquiesça les ordres et se retira. Su Zhang se retourna et rentra dans la chambre pour trouver Qin Nianyin à moitié debout, tentant de lui attacher elle-même les cheveux.

Ses mouvements étaient extrêmement lents, ses doigts s'enroulant dans des mèches et des épingles à cheveux comme si elle luttait contre la douleur. Il s'est approché : « Permettez-moi. »

Elle sursauta, portée à refuser, mais gênée par la tension causée par le lever des bras, elle murmura doucement : « Ajuste légèrement l'épingle vers la gauche. »

Il obéit, modifiant son geste. L'épingle fleurie de velours s'installa de travers dans ses mèches sombres, une tache vive de couleur rappelant une touche de teintes printanières sur le givre du matin. Il retira ses mains et se recula légèrement, soudain conscient du trouble qui battait dans sa propre poitrine.

« Merci », murmura-t-elle.

Il répondit d'un « Hm » non engageant, même sur un ton : « Encore deux li d'ici avant le soir nous mèneront à la prochaine station relais. Si tu peux le supporter, nous partirons demain. »

« Je peux », déclara-t-elle sans hésiter.

À l'aube, la procession des carrosses quitta lentement la station de relais, les vents des quais fluviaux portant l'odeur des herbes humides. Les marches de pierre sous la porte de la montagne étaient glissantes et Su Zhang fit signe à Xiuyan d'avancer, tandis que lui-même marchait aux côtés de Qin Nianyin.

Ils avancèrent en silence, mais leurs pas se résonnaient en parfaite synchronisation. En entrant dans une cour isolée, les cloches du temple du matin sonnèrent de loin, chaque sonnerie résonnante s'attardant au loin.

Un long canapé vide se dressait sous le couloir, les vents balayant la passerelle couverte, faisant vaciller les flammes de la lampe de façon frénétique. Qin Nianyin resta un instant, puis dit soudain : « Mei, va chercher mon manteau. »

« Tu as froid ? » Il l'observait.

Elle secoua la tête, « Pour couvrir mes épaules. »

« Inutile pour l'instant, utilise le mien. » Sans un mot, il détacha sa propre cape et la disposa sur ses épaules. Le vêtement portait des odeurs de vent et d'herbes médicinales, évoquant soudainement le souvenir d'une nuit il y a des années où son père lui avait posé une robe sur les pieds.

Une douleur indéfinissable fleurit dans sa poitrine, comme une petite chose tapie sous ses côtes.

« Si ce voyage se déroule sans encombre, » remarqua-t-elle, « il y aura beaucoup de monde présent le jour de l'érection de la statue. »

« En effet », répondit-il. « Tu dois être en première ligne. »

Elle baissa les yeux avec un léger sourire, ni affirmatif ni nié.

* * * * *

Le quatrième jour, juste avant l'aube, Qin Nianyin fut réveillée par le léger bruissement du tissu. La lampe brûlait encore, révélant Su Zhang broyant de l'encre sur le bureau, son dos formant une silhouette silencieuse. Au son de son mouvement, il se retourna. « Est-ce que je t'ai dérangé ? »

« Non. » Son regard se posa sur lui.

Il posa la brosse, s'approcha et s'assit sur un petit tabouret à côté de son lit. « La blessure. Est-ce que ça te fait encore mal ? »

« Ça s'est amélioré. » Elle bougea légèrement. « Il ne reste qu'une légère démangeaison. »

« Ne gratte pas. » Il attrapa sa main alors qu'elle se dirigeait vers le bandage. « Ça va s'enflammer. »

Elle retira rapidement sa main de sa prise, son regard détournant pour éviter l'intensité de la sienne.

Il n'a donné aucune explication supplémentaire. Elle ne pressa pas. Entre eux existait une compréhension subtile, un accord mutuel pour ne pas disséquer chaque nuance, mais aussi une capacité à marcher à l'unisson quand le chemin l'exigeait.

Il se leva, lui apporta de l'eau tiède pour qu'elle puisse se rincer la bouche. Elle parla brusquement : « Il y a quelque temps, le Troisième Prince m'a interceptée dans une taverne. Il revendiqua une partie du mérite pour l'affaire de la statue de pierre et m'a pressé de 'me souvenir de sa bonté'. »

Les yeux de Su Zhang se plissèrent imperceptiblement, mais il répondit avec un léger sourire. « En effet, il a apporté un certain effort. »

Elle l'observa, une courbe subtile effleurant ses propres lèvres. « Alors je lui dois vraiment je lui dois vraiment une fière dette. »

« À ce sujet, ne vous donnez pas cette peine à vous. Je vais m'en occuper. » Il ajusta la lampe, atténuant sa flamme. « Retourne te reposer. »

Elle ferma les yeux. La nuit pendait comme un lourd drapé aux poutres, pressant fermement chaque recoin. Dans l'obscurité, sa voix était douce. « Su Zhang. »

Il répondit : « Hm ? »

« Sur ce voyage, je marcherai seule. » dit-elle. « Peu importe où cela mène. »

Il resta silencieux un instant avant de répondre, « Compris. »

Après une pause, il ajouta, la voix basse : « Et je serai à tes côtés. »

Il n'a pas dit « protéger », ni « être responsable ». Seulement « à tes côtés ». Comme une frontière tacite tracée entre son autonomie et sa détermination.

La lampe finit par s'éteindre. Au-delà de la fenêtre, la rivière murmurait, une conversation feutrée au loin. Bercée par ce murmure, elle s'endormit profondément, dans un rêve dépourvu de flèches et de pluie, rempli seulement de lumière oblique et de fleurs de velours.

* * * * *

Pendant les deux jours suivants, la procession de carrosses changea de route. Sa blessure montrait une amélioration quotidienne : d'abord, elle pouvait s'asseoir sans aide, puis faire quelques pas en s'appuyant contre le rebord de la fenêtre, et enfin, elle parvint à rester debout près du canapé de pierre pendant la durée de la brûlure d'un bâton d'encens.

La voyant se remettre, l'expression de Mei s'illumina peu à peu.

Su Zhang ne relâcha jamais sa vigilance. Le jour, il s'occupait des documents et de la logistique des voyages ; la nuit, il inspectait encore personnellement sa blessure. Ses mains étaient impeccablement stables alors qu'il appliquait la quantité précise de médicament, ses mots étant extrêmement rares.

Parfois, il restait silencieux sous la fenêtre, la lumière de la lampe vacillante, la pointe de son pinceau glissant doucement sur le parchemin.

Elle, parfois à moitié réveillée, apercevait son profil dessiné par la lumière du feu, sentant sa présence à la fois assez proche pour être touchée et pourtant immensément distante.

Dans ces moments-là, elle ne pouvait soudain plus discerner si la douleur qui pulsait dans sa poitrine venait de sa vieille blessure ou d'un cœur se rappelant une vie antérieure.

La troisième nuit, il vint comme d'habitude changer son pansement.

Mei apporta de l'eau et se retira avec tact dans le couloir extérieur. Il ne restait que tous les deux dans la pièce. Dès que la poudre médicinale descendit, elle ne put réprimer un léger tremblement.

Les coussinets de ses doigts se resserraient, comme si son souffle s'était coupé. Après un long moment, elle dit brusquement : « Si tu n'étais pas venu, ils se seraient bien débrouillés. »

« Je sais, » répondit-il d'un ton égal. « Mais j'avais besoin de voir par moi-même. »

« Voir quoi ? » demanda-t-elle.

Il ne répondit pas. Le silence se répandit comme des ondulations invisibles sur le plancher en bois. Un long moment passa avant qu'il ne murmure enfin, à voix basse, « Pour te voir en sécurité. »

Elle détourna le visage, ne lui permettant pas de voir la chaleur fugace qui s'alluma dans ses yeux. Soudain, la douleur à son épaule et à son dos devint moins aiguë.

* * * * *

Un autre jour se leva, clair et lumineux. L'humidité propre au Jiangnan se faisait enfin sentir : le vent portait l'odeur des rizières et la douceur légèrement astringente des feuilles de mûrier.

Un rapport arriva de la station relais avancée : à trente lis devant se trouvait la frontière de Jiangning.

Su Zhang se tenait sur le quai du fleuve, les manches légèrement relevées, observant une rangée de voiles blanches gonflées par le vent.

Xiuyan vint recevoir des instructions concernant leur itinéraire ; après quelques mots discrets, Su Zhang se retourna et rentra dans le bâtiment.

Qin Nianyin pouvait désormais attacher ses cheveux elle-même. Devant le miroir en bronze, elle fixa l'épingle à cheveux en velours, puis la retira, la remplaçant par une fleur plus discrète. Le voyant, elle se leva et fit une légère révérence. « Je suis prête à continuer. »

« Doucement. Fais attention à ta blessure. » Sa main se déplaça instinctivement pour soutenir son coude, puis le relâcha tout aussi vite. Elle ne montra aucun signe de remarquer, offrant seulement un léger sourire.

« Jiangning est proche, » dit-elle. « Je souhaite d'abord voir la digue. »

« D'abord le talus », affirma-t-il d'un léger hochement de tête. « Puis la pierre. »

Leurs regards se croisèrent et aucun ne détourna les yeux. C'était comme si les mots que chacun portait dans son cœur, sa détermination, son obsession, s'étaient condensés en ces deux simples déclarations.

Le vent soufflait sur le seuil, soulevant l'ourlet de sa robe. Elle serra son mouchoir et se retourna. Su Zhang la suivit, marchant juste derrière elle. Lorsque la porte se referma, l'odeur médicinale à l'intérieur ne s'était pas encore dissipée, mais déjà la brise de la rivière prenait sa place.

Ce vent semblait parler, affirmant que, dès cet instant, il deviendrait impossible de distinguer où l'un se termine et où commence l'autre.

La route à venir restait encore incertaine. Mais leurs cœurs étaient apaisés. Elle franchit l'embrasure, pas à pas. Il la suivit, pas à pas, sans dépasser ni prendre de retard.

Chapitre 63 : Taxes exorbitantes et charges diverses

Au début de l'automne du Jiangnan, la berge de la rivière fut carrée avec de la terre fraîche. L'herbe n'avait pas encore trouvé le temps de germer. Les deux berges étaient ornées de soies rouges. L'air vibrait du vacarme des gongs et des tambours. Sous les auvents, des vendeurs proposaient de la racine de lotus confite à l'Osmanthus fumante, des petits pains farcis et du pudding de tofu de soja.

La foule se précipita comme une marée vers la zone couverte à la tête de la levée. Ils s'efforçaient tous d'apercevoir le visage de l'honorable et vertueux fonctionnaire.

Qin Nianyin se tenait à l'arrière de la foule. Mei se tenait un pas derrière elle.

Le vent soufflait à la surface de l'eau, portant une odeur humide et brute.

Elle rapprocha sa cape, inspirant profondément. Cette odeur familière de son enfance lui piqua les yeux, menaçant de lui faire couler des larmes.

« Mademoiselle », murmura Mei, sa propre voix chargée d'émotion, « être de retour... c'est vraiment bon. »

Un enfant à proximité tenait un petit tigre en tissu dans ses deux mains. Il tendit le cou pour demander à sa mère : « Mère, devons-nous nous incliner devant Lord Qin aujourd'hui ? »

Le visage de la femme brillait de sueur, mais ses yeux brillaient de joie. « Nous devons. Le Seigneur Qin a sauvé nos maisons et nos champs il y a toutes ces années. » Elle jeta un coup d'œil à Qin Nianyin et ajouta en souriant : « Vous êtes aussi venue remercier, Mademoiselle ? »

Qin Nianyin esquissa un léger sourire. « Je suis venue simplement voir. »

Lorsque le rideau tomba, une inspiration collective balaya le peuple. La statue de pierre dépassait trois mètres de haut. Il portait des robes officielles, une ceinture de jade serrée à la taille. Ses traits étaient dignes, ressemblant à quatre-vingts ou quatre-vingt-dix pour cent à Qin Shouyi.

Des inscriptions dorées ornaient la base en lignes ordonnées : « Le nouveau remblai est achevé, assurant la paix et la sécurité des innombrables familles. Avocats et surveillants, ' suivis des noms : Cao Ji, Gardien des Sceaux de la préfecture du Jiangnan ; Tongpan Liu Xiao ; plusieurs chefs de village.

À l'endroit de la signature, un nom était gravé de façon excessivement grande et profonde. Il semblait presque tendre, voulant sauter de la pierre elle-même.

Une vague d'acclamations éclata aussitôt. « Honorable Fonctionnaire Vertueux ! » « Nous nous inclinons devant le Seigneur Qin ! » Certains pleuraient. Certains riaient. D'autres insistaient sur des gâteaux de riz gluants faits maison.

Quelqu'un cria : « Le Seigneur Qin était incorruptible ! Il ne voudrait pas de nos offrandes rituelles ! »

Une autre voix résonna : « Le Seigneur Qin était un véritable Fonctionnaire Vertueux ! »

Qin Nianyin ne s'avança pas. Son regard se baissa, se posant intensément sur les jointures des fondations. Son expression s'assombrit immédiatement.

La pierre était grossière, avec des éclats et des interstices. Les marques de ciseau semblaient fraîches. Même la poudre d'or incrustée n'était pas encore complètement sèche. Elle se retourna. Elle avançait lentement avec la foule, contournant l'arrière de la statue. Là, elle s'accroupit. Du bout du doigt, elle effleura légèrement un coin. Son doigt ressortit saupoudré de poudre d'or et de saleté.

« Que signifie cela ? »

Mei, après un regard, observa aussi : « Mademoiselle, la qualité de cette statue semble plutôt rudimentaire. »

« Une entreprise précipitée », murmura-t-elle à voix basse.

Su Zhang fut bousculé par la foule jusqu'à l'avant de la statue. Ses revers étaient tirés par une paire de mains rugueuses après l'autre. Il leva les mains, stabilisant les gens, les exhortant à ne pas s'agenouiller. À côté de lui, Cao Ji rayonnait, ses yeux presque disparus sur son visage.

Il joignit ses mains et annonça haut et fort : « C'était le souhait spontané des anciens ! Ce fonctionnaire ne faisait que présider, ne prétendant aucun mérite. La vertu du contrôle des inondations du Seigneur Qin à son époque mérite l'encens et la révérence de tous les peuples ! »

« Qui a parlé de vouloir de l'encens ? » La voix de Qin Nianyin n'était pas forte, mais elle tranchait clairement à travers les gongs et les tambours. Elle se plaça devant les inscriptions. Elle leva la main, suivant la signature profondément gravée. Elle tourna légèrement le visage, un très léger sourire effleurant ses lèvres. « Elle est, néanmoins, sculptée avec une force considérable. »

Cao Ji, surpris par son regard, se raidit légèrement. « Cette jeune dame... ? »

« L'argent offert par le peuple a gravé vos noms avec une telle netteté. »

Elle recula légèrement. Son regard glissa sur les nombreuses boîtes à dons autour d'elle. Les poutres et les brûle-encens tout proches luisaient d'une fine couche de graisse, témoignant du passage incessant des mains et des offrandes.

Les contrepoids étaient assombris à cause de la manipulation. Un homme mince devant une boîte à dons exhortait doucement : « Même une seule pièce s'additionne, s'accumulant en petite en grande, pour ériger une statue vertueuse pour le Seigneur Qin, »

Qin Nianyin s'approcha. Elle tendit la main, souleva un contrepoids et le saisit. Soudain, elle sourit. « Assez lourd. »

L'homme mince se hâta de dire : « La jeune fille a un œil vif ! Ce poids est à pleine mesure, »

Qin Nianyin remit le contrepoids en place. Ses doigts effleurèrent les encoches de la poutre d'écailles. « Ces marques paraissent quelque peu avancées. » Elle leva les yeux vers Su Zhang, son regard calme et glacé. « Mesures raccourcies et poids allégés, accumulant du moindre au plus grand… Voilà qui s'accorde fort bien avec votre célèbre devise, n'est-ce pas ? »

Une vague de murmures traversa la foule. Le visage de Cao Ji changea. Il fit un pas en avant, joignit ses mains en éclat de rire forcé. « La jeune fille doit mal comprendre. Ce sont toutes des actions volontaires des anciens. Comment oserions-nous un quelconque bénéfice privé ? »

Qin Nianyin se désengagea de toute nouvelle dispute avec lui. Elle releva légèrement sa jupe et fit lentement le tour de la base de la statue.

Elle s'arrêta devant une autre section de l'inscription où, en écriture fine, une liste de « marchands contributeurs » était densément gravée. On y trouvait même les frais de traversée de rivière, les taxes d'échelle et les taxes des bateaux. Elle tapota du doigt. « Ceux-ci… seraient-ils les objets nouvellement ajoutés en plus du travail de remblai lui-même ? »

Cao Ji laissa échapper un rire sec. « De simples nécessités temporaires, »

« Des nécessités temporaires ? » Qin Nianyin regarda de nouveau la foule. « Cette femme là-bas, puis-je vous demander combien de fois votre maison a payé la taxe de traversée cette année ? »

La femme qui tenait son enfant plus tôt répondit timidement : « Trois fois... À chaque fois, ils ont dit qu'il était nécessaire pour les réparations du remblai. »

« Votre digue est réparée maintenant. » Qin Nianyin la regarda, son sourire d'une douceur extrême. « Vont-ils quand même le récupérer ? »

La femme la regarda sans expression. Ses lèvres tremblèrent légèrement. « Ils... Ils ont dit que les comptes n'étaient pas encore réglés. »

À ce moment-là, Su Zhang, qui était resté silencieux à l'écart, prit enfin la parole. Sa voix ne s'élevait pas, mais elle atténuait la scène. « Vous osez vous enrichir sous couvert du décret de la cour ? Quelle audace. »

« Su, Su, Votre Excellence... Tout ça... L'intention venue d'« en haut ». Ce simple fonctionnaire simplement... » Cao Ji tremblait de la tête aux pieds, presque incapable de se tenir debout.

Su Zhang lui lança un regard glacial. Sa voix était comme du fer. « Ne dis pas de bêtises. Dorénavant, aucune pièce non liée aux travaux du remblai ne doit être collectée. Gardien du Sceau Cao Ji, soumettez tous les registres de comptes au bureau préfectoral dans leur intégralité. Dans les trois jours, j'ai besoin de voir chaque entrée, chaque trait. »

Les manches de Cao Ji tremblaient. Son expression changea rapidement. Finalement, il acquiesça avec un sourire crispé. « Oui. »

Le bruit de la foule se dissipa lentement. Le soleil couchant projetait sa lumière oblique sur l'eau. Ses rayons étiraient la silhouette de la statue en une longue ombre. Qin Nianyin se tenait à l'ombre. Pendant longtemps, elle ne parla pas.

Su Zhang s'approcha d'elle. Sa voix était basse. «... Concernant la statue aujourd'hui, vous avez été victime d'inconvenances. »

« Tu n'es pas en faute. » Son ton était doux. Ses doigts jouaient avec la perle en bois à sa manche. Son regard se posa sur sa poitrine, puis s'éloigna. « La faute revient à ces fonctionnaires corrompus. Ne corrige-t-il pas précisément la raison pour laquelle Votre Excellence Su est ici ? »

« Oui. » Il suivit ses paroles. Un léger sourire et une pointe de gravité se lisaient dans ses yeux.

« Nous ne pouvons pas permettre à ces individus méprisables de salir la réputation immaculée que Lord Qin a maintenue toute sa vie. »

Qin Nianyin leva la tête pour le regarder. Elle resta silencieuse un instant. « Mes parents adoptifs m'ont montré une gentillesse aussi lourde qu'une montagne. Ce que je ne peux pas accomplir moi-même, Votre

Excellence Su l'accomplit pour moi maintenant. Je vous remercie ici, en leur nom. »

Il la regarda, son expression subtilement bouleversée. Le vent soulevait les mèches de cheveux à ses tempes, les pressant contre son oreille. Su Zhang détourna les yeux. « Dois-tu t'adresser à moi avec insistance en 'Votre Excellence Su' ? N'oubliez pas, Lord Qin était aussi mon oncle maternel. »

Elle le regarda. Un fil de méfiance s'étendait dans son regard.

Su Zhang laissa échapper un léger soupir. « Quand tu es entré pour la première fois dans la résidence Su, tu m'as appelé 'cousin' plusieurs fois. Pourquoi s'est-elle éloignée depuis ? »

Elle pinça les lèvres. Frappée par la faible note presque insaisissable de regret dans ses mots, une douleur fine et aiguë fleurit dans sa poitrine. Mal à l'aise, elle détourna le visage. Son regard revint vers la statue haute, mais indéniablement grossière.

Le visage bienveillant de son père adoptif superposé à l'image froide de pierre devant elle. Les griefs d'une vie passée et la gratitude dans celle-ci s'entremêlaient de façon complexe, comme du chanvre noué dans son cœur.

Incertaine de la façon de répondre à ce sentiment compliqué et inexprimable, elle ne put que réprimer le tumulte, le transformant en une apparence d'indifférence placide. « Compte tenu du contexte de nos fonctions officielles maintenant, nous nous adressant à vous en tant que 'Votre Excellence Su'... c'est plus confortable. »

Il se tenait à ses côtés. Il ne répondit pas davantage. Il se contenta de la regarder en silence avec elle. L'ombre de la statue, dessinée longtemps par le soleil couchant, tombait entre leurs propres ombres. Cela ressemblait à une frontière, à la fois séparant et reliant.

Chapitre 64 : Sceller les comptes et le grenier

Le bureau préfectoral sous le ciel nocturne ressemblait à une caisse sombre. Deux lanternes flanquant la grande salle vacillaient au vent, leurs flammes vacillantes, projetant des ombres dansantes sur les murs. La cour était si silencieuse qu'on n'entendait que le chant des insectes d'automne.

Alors que Su Zhang traversait le couloir couvert, Xiuyan le suivait, les bras chargés de parchemins et de parchemins de registres. Qin Nianyin marchait à ses côtés, tenant une lanterne.

Après que Xiuyan eut déposé les registres sur le bureau, Su Zhang ouvrit le premier. L'odeur de l'encre portait une pointe d'humidité, mêlée à un grain fin, clairement copié à la hâte et caché à la hâte.

Le Gardien du Sceau Cao Ji, convoqué pour se tenir sous l'estrade, portait des robes et un chapeau ébouriffé, mais la sueur perlait sur ses tempes. Il regarda la lourde pile de livres de comptes sur le bureau, un sourire crispé collé au visage. « Votre Excellence Su, ce ne sont que des archives circulantes informelles, à peine fiables, »

« Laissez cet officiel les examiner attentivement avant de décider », dit Su Zhang, sans le regarder. Il leva simplement la main, ouvrit le registre et ses doigts effleurèrent rapidement les chiffres.

Ils s'arrêtèrent devant une entrée : « Frais de traversée de rivière », perçus trois fois en dix jours, chaque montant plus élevé que le précédent. Plus loin, les encoches de la « taxe sur l'échelle » avaient été avancées d'un point —un point valant dix taëls d'argent. Qin Nianyin leva les yeux. « Prenez-vous la vie des roturiers qui traversent la rivière pour régler vos comptes envers la cour ? »

« Votre Excellence Su ! » La voix de Cao Ji monta vivement.

Su Zhang l'ignora. Il déroula un autre parchemin. « Voici le registre des dons. Les premières pages listent les noms des roturiers. Les dernières pages sont... La liste des marchands. Comme c'est étrange.

« Pourquoi les noms des commerçants sont-ils les mêmes que ceux inscrits à la page Approvisionnement en matériaux de digue d'un autre registre ?

L'"approvisionnement" vient en premier, les "dons" ensuite, cela signifie-t-il que vous avez d'abord reçu des dons de ces marchands, puis utilisé ces mêmes dons pour acheter des matériaux auprès d'eux ? »

On aurait pu entendre une épingle tomber dans le couloir.

« Un plan vraiment astucieux.

L'achat des matériaux pour le remblai ne nécessite plus aucun argent de votre part.

Ainsi, tous les fonds alloués par la cour aboutissent directement dans vos poches. »

Su Zhang tapota légèrement du poing sur le bord du bureau, sa voix basse et posée. « Gardien du Sceau Cao Ji, comment expliquez-vous ces comptes ? »

Cao Ji avala sa salive, et le sourire sur son visage s'élargit encore.

« Les affaires du peuple ont toujours été gérées de cette manière. Votre Excellence Su supervise les ouvrages hydrauliques ; pourquoi s'attarder si âprement sur de menus comptes d'argent et de grain ?

D'ailleurs, l'érection de cette statue fut un décret impérial. Elle rassemble sincèrement le cœur du peuple et partage le souci de la cour. »

« Le cœur des gens n'est pas vos jouets. Tu exploites le nom impeccablement du Seigneur Qin pour collecter des dons... » Su Zhang l'interrompit d'un ton calme.

« L'édification de la statue de pierre était en effet un décret de la cour, pour laquelle des fonds publics avaient déjà été alloués au mémorial du seigneur Qin —et non pour que vous perceviez des sommes privées auprès du peuple. »

Le sourire de Cao Ji se fissura enfin. Une lueur froide traversa ses yeux. « Votre Excellence Su, vous venez de la capitale. Pouvez-vous vraiment ignorer à qui cette pièce d'argent finit par remplir ?! »

Le regard de Su Zhang se posa un instant sur lui. « Alors dis-moi. À qui est-ce que ça remplit les poches ? »

« Ça... » Les yeux de Cao Ji parcoururent les environs, son visage alternant entre pâleur et rougeur, incertain s'il devait révéler la vérité.

Su Zhang laissa échapper un rire glacial. « Magistrat Cao, en ce moment, vous devriez considérer trois choses.

Premièrement, qui a autorisé ces nouveaux objets de collection ?

Deuxièmement, à qui a eu l'idée de faire recouper le registre des dons et celui des fournitures ?

Troisièmement, de quel point budgétaire les fonds pour la statue ont-ils été détournés ? »

Cao Ji ouvrit la bouche, mais les mots restèrent coincés dans sa gorge. La lumière de la lanterne s'abaissa soudain dans le vent. Qin Nianyin tourna légèrement la tête, son regard effleurant l'entrée de la salle ; on entendait des pas épars, comme si quelqu'un rôdait dans la cour.

« Et une chose de plus. »

Su Zhang prit le dernier registre, le parcourut et sourit soudain.

« Cette page est intéressante. Cette colonne mentionne trois dans de chaux et deux dan d'argile blanche. Pourtant, ce que j'ai vu aujourd'hui sur le talus, c'était de la terre fraîche, déballée, et des veines de pierre en ruine. Où sont passées la chaux et l'argile blanche ? »

La tête de Cao Ji se redressa brusquement. Des gouttes de sueur glissèrent sur son front, tombant dans son col. Il trembla, forçant un rire. « Votre Excellence a un œil perçant... Ceci... C'est simplement de la négligence de ce simple fonctionnaire, »

Su Zhang referma le registre. Il posa sa paume à plat sur la surface du papier, la perle en bois à son doigt laissant une impression superficielle. « Magistrat Cao, si vous vous souvenez encore de ces personnes âgées agenouillées et prosternées sur le talus aujourd'hui, cessez d'utiliser ce jargon officiel comme bouclier. »

« Votre Excellence, Cet humble ne faisait que suivre des ordres ! » Le visage de Cao Ji était rouge, son ton était véhément.

La voix de Su Zhang se fit glaciale.

« La jeune femme que vous avez aperçue ce jour-là sur la berge n'est autre que la fille de Qin Shouyi, Qin Nianyin.

Magistrat Cao, vous osez tirer profit d'un décret impérial et de la réputation posthume du Seigneur Qin pour servir vos intérêts.

Le Seigneur Qin était, de surcroît, l'oncle maternel de ce fonctionnaire.

Dites-moi... cela ne m'accorde-t-il pas le droit de poser ici quelques questions ? »

Su Zhang se leva soudain, ses robes effleurant le coin du bureau. « Gardes ! »

Deux coureurs de Yamen sont entrés. Sa voix était posée. « Scellez les comptes. Scellez le grenier. Le gardien du sceau Cao Ji doit être temporairement détenu, en attendant une enquête supplémentaire lorsque l'envoyé impérial arrivera de la capitale. »

La lumière des lanternes dans la salle vacillait, l'atmosphère s'abattait jusqu'à l'étouffement.

Cao Ji, trempé de sueur, était maintenant plaqué sous l'estrade par deux coureurs du yamen, les genoux presque écrasés contre le sol, les genoux presque écrasés contre le sol. Ses lèvres étaient pâles et sa voix tremblait de façon incontrôlable.

« Ce… Cet humble serviteur n'a fait qu'obéir aux ordres ! »

La voix de Su Zhang était glaciale. « À qui les ordres ? »

Son articulation frappa brusquement sur le bureau, le son tombant comme un coup de marteau. « Parle ! »

« Ça... ça... » La gorge de Cao Ji semblait nouée, ses yeux fuyants sauvagement, les veines bombées aux tempes comme s'il luttait contre une guerre intérieure.

« Si vous n'avouez pas en détail, ce fonctionnaire ordonnera immédiatement l'arrestation de toute votre famille, »

En entendant cela, son visage devint d'une pâleur mortelle. Son corps devint mou, comme si le dernier os de soutien avait été cassé. Sa voix monta soudainement brusquement, teintée d'un sanglot presque hystérique. « C'était —c'était le prince héritier ! »

Les mots résonnèrent brusquement dans la salle, frappant droit contre les poutres du toit.

Les coureurs du yamen se mirent en mouvement d'un même élan.

Xiuyan inspira brusquement.

La lanterne dans la main de Qin Nianyin vacilla, sa flamme tremblant comme au bord de l'extinction.

Après l'avoir crié, Cao Ji lui-même sembla stupéfait. Ses lèvres tremblaient de façon incontrôlable, comme s'il venait de réaliser qu'il venait de prononcer l'indicible. Son corps devint complètement mou, son front heurtant violemment les planches du plancher alors qu'il tremblait à plusieurs reprises. « Celui-ci... Cet humble mérite la mort, Cet humble mérite la mort... »

Les yeux de Su Zhang s'assombrirent brusquement. Il laissa échapper un rire glacial. « Calomnie absurde ! Gardes, traînez-le ! »

Alors que les deux coureurs s'avançaient, les pas furtifs à l'extérieur de la salle devinrent soudain plus forts. Une petite foule s'était rassemblée à la porte de la cour, tenant des lanternes, hésitant à entrer.

Quelqu'un chuchota : « J'ai entendu dire qu'ils enquêtent sur les comptes maintenant. » Une autre voix ajouta : « Enfin, un Officiel Vertueux est arrivé ! »

Qin Nianyin tourna la tête et vit la femme qui tenait son enfant debout devant, son abat-jour en forme de lanterne fait de papier fait maison, quelques taches de terre dans les coins.

Elle se rappela les paroles de la femme de la journée —« Nous devons nous incliner » —et une pointe de tristesse lui traversa le cœur, qu'elle réprima de force, dirigeant plutôt son regard vers le profil de Su Zhang.

Il la regardait aussi.

Cela ne dura qu'un instant, comme le moment où une rafale de vent calme soudainement une flamme vacillante.

Dans ses yeux, elle vit une lumière dissimulée —un reproche, un instinct protecteur et une tendresse douloureuse et silencieuse.

Elle leva les yeux pour croiser les siens et offrit un léger sourire. « Je ne me tiens pas devant toi non plus. »

Sa main se leva instinctivement, touchant doucement son épaule droite là où la flèche avait frappé. Sa voix était rauque. « Tiens... Est-ce que ça te fait encore mal ? »

Elle évita immédiatement son contact. Sa main ne pouvait que retomber le long de son corps, impuissante.

« Juste une légère douleur, c'est tout. Votre Excellence Su n'a pas à vous inquiéter. »

Su Zhang se raidit légèrement, puis hocha la tête. « Concernant les affaires à venir, j'enverrai des dépêches officielles. » Il fit une pause, baissant la voix. « Tu n'as pas toujours à te placer devant moi... »

« Je n'ai pas... »

Alors que ces mots tombaient, un vaste vide sembla s'ouvrir entre eux, ne laissant aucun mot pour le combler. Depuis l'extérieur de la salle, quelqu'un cria : « Votre Excellence Su est un Fonctionnaire Vertueux ! »

Une autre voix s'écria : « Votre Excellence Su est un bon fonctionnaire ! »

Les coureurs du yamen ont reconnu l'ordre et sont partis. La lumière de la lanterne vacilla de nouveau, illuminant les lignes de son profil, fines mais dures, comme une lame fraîchement affûtée.

Su Zhang resta immobile, observant sa silhouette jusqu'à ce qu'elle disparaisse dans l'ombre du couloir. Ce n'est qu'après un long moment qu'il retira enfin son regard.

Un frisson soudain le saisit, comme si le vent de la rivière s'était glissé sous ses robes, soufflant droit contre son cœur.

Chapitre 65 : Crise à la frontière

Dans la capitale

Au sein de la cour, les vents politiques soufflaient violemment. Des dépêches urgentes des frontières nord arrivaient les unes après les autres dans la grande salle. Des feux de balises s'élevèrent à nouveau des villes frontalières, chaque personnage des rapports étant aussi tranchant qu'une lame.

Gu Xiao se tenait parmi les rangs des fonctionnaires, observant les mémoriaux être transmis au bureau impérial. Une douleur sourde pulsait dans sa poitrine.

Son père et ses frères aînés étaient tous tombés au combat, achetant des décennies de paix pour la frontière avec leur sang et leurs os.

Et lui ? Retenu dans la capitale, paré de robes brodées, portant le grade d'officier militaire, mais piégé jour après jour dans des murs vermillon. Il regardait les fonctionnaires débattre des provisions militaires, incapable de poser lui-même le pied sur cette terre sablonneuse balayée par le vent.

Alors que le débat faisait rage sans fin autour de lui, sa main se serra en un poing serré dans sa manche. Son sang afflua, chaud et agité, presque à travers sa peau.

Une compréhension soudaine et brutale lui vint : s'il restait confiné à la capitale pour le reste de sa vie, laissant sa tante tout organiser pour lui, que ce soit sa carrière ou son mariage— il finirait par devenir une bête en cage, une existence pire que la mort.

, Ce n'est pas ce que la vie devrait être.

Une voix rugissait sans cesse dans sa poitrine : « Si je ne peux pas aller au front et combattre l'ennemi, je n'ai pas de visage pour affronter les esprits de mon père et de mes frères dans l'au-delà. »

À cet instant, la balance dans son cœur pencha enfin.

Il prit sa décision : peu importe comment sa tante, l'Impératrice, tenterait de l'entraver, cette fois, il reprendrait le contrôle de sa propre voie.

* * * * *

Le temps dans le palais était devenu frais. Les feuilles des ombrelles tombaient une à une sur les sentiers en briques bleues, craquant net sous ses pieds.

Gu Xiao traversait les longs couloirs couverts. La grande salle était très éclairée.

L'Impératrice passait en revue des rapports avec ses servantes du palais. Le voyant entrer, son regard s'adoucit. « Xiao, tu es là. Bon. Ta tante allait justement te parler. »

« Oui, en effet. Xiao a aussi des mots pour Tante. »

« Ta tante a envoyé des gens pour s'informer de celui qui a ton affection... » Elle s'arrêta, les yeux mêlant pitié et détermination. « Son passé est trop humble. Ce serait un affront envers toi, indigne de la famille Gu. »

Une tension serra la poitrine de Gu Xiao, mais une lueur obstinée s'alluma dans ses yeux. « Que ce soit digne ou non, c'est à moi de décider. C'est elle que je désire. »

« Ah-Xiao, » L'Impératrice fronça les sourcils. « Ce n'est pas à ton détriment, mais pour ton bien. Si tu l'épouses, tes perspectives d'avenir, »

« Perspectives d'avenir ? »

Il laissa échapper un rire froid et soudain, la voix tremblante d'émotion contenue.

« Tante, dans cette vie, j'ai déjà suivi tes souhaits : rester dans la capitale, me détourner du champ de bataille. Et maintenant, ne puis-je même pas épouser la femme que j'aime ? C'est ça, ce que tu appelles "perspectives d'avenir" ? »

Il s'inclina en signe de salut formel, mais lorsqu'il se redressa, la légèreté habituelle avait disparu de son visage. Il regarda simplement directement l'Impératrice.

Remarquant son expression inhabituelle, son sourire s'effaça. « Qu'y a-t-il ? Tu sembles lourd de pensées ces derniers temps. »

« Tante, la raison de ma visite aujourd'hui est en effet de faire rapport à une affaire de grande importance. » Gu Xiao perdit son habituel air joueur, son expression inhabituellement solennelle.

Le cœur de l'Impératrice fit un bond-dessus soudain. « Xiao, qu'est-ce qu'il y a ? Pourquoi cette expression ? »

« Tante, en tant qu'Impératrice, tu dois déjà savoir que la crise frontalière est cruciale. » La voix de Gu Xiao était basse, mais elle ne pouvait réprimer le tumulte qui se cachait en dessous. « J'ai demandé à être envoyé au front. »

Le mémorial dans la main de l'Impératrice trembla.

Une lueur vive traversa ses yeux, puis elle adoucit légèrement le ton.

« Ne dis pas de bêtises ! La famille Gu n'a que toi, son unique héritier mâle. Comment peux-tu prendre un tel risque ? »

Un poids lourd s'installa dans la poitrine de l'Impératrice. Elle chercha à expliquer davantage : « Ah-Xiao, tu dois comprendre, tout cela est pour toi, pour la continuité de la lignée Gu, »

« Ce n'est pas pour mon bien ! » Gu Xiao l'interrompit soudain, sa voix montant en haut, ses yeux brillant de cramoisi un instant. « Tante, sais-tu, il y a des moments où Xiao sent vraiment que la vie n'a pas beaucoup de sens. Si je pouvais atteindre la gloire sur le champ de bataille comme mon père et mes frères, même la mort au combat serait préférable à être piégée ici dans la capitale, soumise à ces calculs sans fin jour et nuit ! »

Le visage de l'Impératrice pâlit drastiquement. Elle se leva brusquement, sa manche tremblant à la lumière de la lampe. « Tu ne parleras plus jamais de ça ! La famille Gu n'a que toi ! Tu ne peux absolument pas aller sur le champ de bataille ! »

Un silence emplit la salle, si profond qu'on pouvait entendre une épingle tomber.

Gu Xiao respira lourdement, puis baissa soudain les yeux, sa voix devenant plus calme, mais plus froide. « Si tu insistes vraiment pour que je reste ici, alors ne m'empêche pas de la poursuivre. Elle ne m'a jamais rien promis. Elle ne m'a même jamais regardé directement. Mais c'est la seule pensée qui me fait sentir que la vie vaut la peine d'être vécue. »

Une douleur aiguë transperça le cœur de l'Impératrice. Sa respiration s'accéléra ; Pendant un long moment, elle ne put parler. La flamme de la lanterne vacilla, étirant les ombres de son choc et de sa colère longuement et profondément sur son visage.

Gu Xiao leva enfin la tête. Ses yeux étaient comme de l'acier trempé dans le feu, chaque mot prononcé avec une clarté parfaite. « Tante, tu peux protéger ma personne, mais tu ne peux pas protéger mon cœur. Ma résolution est ferme. »

* * * * *

Au palais

L'ambiance automnale s'approfondissait dans les jardins du palais. Les vents murmuraient à travers les bosquets d'érables rouges, leurs ombres bruissant alors que les feuilles tombaient.

Le couloir était très éclairé. L'Impératrice était assise au siège d'honneur, mais son expression était plus froide que la lumière de la lampe.

Gu Xiao s'inclina en signe de salut. Quand il releva la tête, ses yeux et ses sourcils étaient acérés comme des lames. « Tante, l'armée de la Garde du Tigre à la frontière a été vaincue. Les forces ennemies se rapprochent désormais au-delà des passages. Bien que je sois le dernier de la lignée Gu, se replier dans la capitale maintenant serait la véritable honte pour le nom de notre famille ! »

Le visage de l'Impératrice changea. Elle se leva brusquement. « Xiao ! Ne comprenez-vous pas que ce parcours met la vie et la mort en jeu ? Ton père et tes frères sont tous morts sur le champ de bataille. Ta tante a déployé ses efforts pour te protéger jusqu'à aujourd'hui, espérant précisément la continuité de la lignée Gu ! »

Les poings de Gu Xiao se serrèrent fermement, mais sa voix resta basse, stable et inébranlable : « Précisément à cause de cela, je ne peux pas jouer le lâche. Si les descendants de la famille Gu savent seulement s'accrocher à la sécurité, qui se souviendra du sang et des os de mon père et de mes frères ? Tante, tu veux protéger la réputation de la famille Gu. Ici et maintenant, la bonne chose à faire est de me laisser sur le champ de bataille ! »

L'Impératrice sentit un violent tremblement dans sa poitrine. Ses doigts serraient fermement ses manches.

Il fit un pas de plus, la voix ferme comme le fer. « Je demande à Tante de rassurer son cœur. Je ne jetterai pas ma vie de façon imprudente. Si je reviens, la frontière stabilisée, Sa Majesté comptera sans doute encore plus sur vous. Ta position au sein du palais sera inébranlable. »

Le silence emplit la salle. La flamme de la lanterne vacilla, étirant les ombres de la lutte intérieure de l'Impératrice sur son visage.

Elle le regarda, expirant enfin un souffle bas et tremblant. « Ta résolution est figée ? »

Gu Xiao hocha fermement la tête. « Oui. »

L'Impératrice resta muette un long moment, les coins de ses yeux rougissant. Elle tendit lentement la main, comme pour l'arrêter, mais la laissa finalement retomber. « Qu'il en soit ainsi... Aller. Mais promets à ta tante, que tu reviendras sain et sauf. »

Une lueur d'émotion traversa les yeux de Gu Xiao. Il se pencha légèrement à la taille, son ton résolu. « Je reviendrai sain et sauf. »

À cet instant, la lumière de la lampe fit apparaître sa silhouette droite et droite. L'Impératrice fixa le regard vide, sentant soudain qu'elle ne pouvait plus contrôler ce jeune homme, il n'était plus seulement le fils orphelin de la famille Gu, mais quelqu'un véritablement sur le point de poser le pied sur les sables de la guerre, de lutter pour cette gloire forgée dans le sang et le feu.

* * * * *

Le Palais de l'Est

Tard soir au Palais de l'Est. Les lampes brûlaient doucement.

Le prince héritier ferma la dernière missive secrète, un léger sourire effleurant ses lèvres.

La lettre indiquait clairement : Le Second Prince avait ordonné à Cao Ji, le Gardien des Sceaux du Jiangnan, d'ajouter les mots « Prince héritier » aux archives officielles, souhaitant s'en servir pour l'impliquer dans une injustice devant la cour.

« Comme je le pensais », dit-il doucement. « Le Second Frère s'est trompé cette fois. »

Son conseiller, Du Mao, ne put s'empêcher de murmurer : « Votre Altesse, puisque nous savons que c'est le plan du Second Prince, pourquoi ne pas le rapporter d'abord pour éviter de perdre l'avantage à la cour ? »

Le prince héritier secoua la tête, son expression douce et posée. « Ces dernières années, mes frères et moi avons épuisé les méthodes pour placer des espions dans les rangs des uns et des autres. Notre Père Empereur abhorre avant tout les conflits fraternels. Si je le dévoilais en premier, on me verrait inévitablement comme trop direct et, au contraire, Père commencerait à me soupçonner d'avoir un esprit mesquin ou étroit. »

Il s'arrêta, baissant les yeux vers la flamme de la bougie, sa voix devenant encore plus basse. « Demain, il ne nous reste plus qu'à attendre tranquillement que la vérité se révèle. Les manigances étape par étape du Second Frère me conviennent parfaitement. Lorsque cette entrée falsifiée paraîtra à la cour et que le Ministre Su l'examinera de près, le Père Empereur verra clair dans toute l'affaire avec une rigueur implacable. »

Du Mao resta mal à l'aise. « Votre Altesse ne craint pas que les longues nuits n'invitent pas à faire de nombreux rêves ? » (C'est-à-dire que des complications peuvent survenir)

Le prince héritier sourit légèrement, son attitude posée. « Nos espions rapportent que le Second Frère n'a plus d'autres mouvements à faire. Demain, il se livrera aux griffes du Père Empereur de ses propres mains. »

La flamme de la bougie sauta, illuminant son expression douce, la rendant d'autant plus posée.

Tout cela semblait n'être qu'un processus d'attente silencieuse que la fleur s'épanouisse.

Chapitre 66 : Un sincère merci

La nuit de Jiangnan était profonde, la rivière gonflée, sa surface reflétant la lumière de la lune comme un écran argenté paisiblement déployé.

Su Zhang et Qin Nianyin marchaient côte à côte le long de la berge. Le vent portait le léger parfum doux des épis de riz. Les gens du peuple de chaque côté s'étaient peu à peu dispersés, ne laissant que le veilleur de nuit taper sur son battoir de bois au loin.

Su Zhang parla brusquement, rompant le silence. « Les louanges du peuple pour le Seigneur Qin aujourd'hui étaient sincères. Je crois qu'une fois cette statue érigée, elle proclamera davantage les exploits de mon oncle, garantissant que son parfum perdure pendant cent générations. »

Le bout des doigts de Qin Nianyin effleura légèrement les briques bleues de la levée. Sa voix était très douce. « La sincérité du peuple est réelle. C'est juste que je… » Elle fit une pause, semblant peser ses mots.

D'une certaine façon, c'était peut-être la beauté écrasante du clair de lune, ou peut-être la justification du nom de sa famille, soudain, un sentiment d'épuisement total l'envahit.

Su Zhang tourna la tête vers elle. Sous la lumière de la lune, ses traits étaient pâles et sereins mais portaient une profonde lassitude.

« Juste que quoi ? » demanda-t-il.

Elle baissa les yeux avec un léger sourire, teinté d'amertume. « Cousin, tu ne sais peut-être pas… Dans mon enfance, après le premier grand déluge, je suis devenue une réfugiée. Je n'ai jamais connu mes parents biologiques. J'ai eu la chance d'être adoptée par mes parents d'accueil et de trouver un refuge. Bien que notre famille ne fût pas illustre, j'étais chérie. Ils me chérissaient comme on le ferait pour une perle ou du jade ; mon frère aîné me protégeait. À ce moment-là, je croyais vraiment que toute ma vie serait comme ça. »

Sa voix s'adoucit peu à peu. « Mais ensuite un autre grand déluge est arrivé et, une fois de plus, ma famille a été détruite, et j'ai perdu mes proches. Ce n'est qu'après que j'ai compris… sincérité, protection… ils peuvent se réduire en cendres en une seule nuit. Votre Excellence n'a probablement jamais connu le goût de la vraie faim. »

Une tension serra la poitrine de Su Zhang. Chacun de ses mots lui semblait être une pierre tombant dans la cavité de ses côtes.

Il avait étudié les codes juridiques depuis sa jeunesse, était ensuite entré dans l'administration officielle, avait réussi dans sa jeunesse — son chemin avait été fluide, protégé. Comment pouvait-il comprendre le côté de « se faire anéantir son monde entier du jour au lendemain » ?

Il avait toujours cru que lire d'innombrables dossiers, juger de nombreuses injustices, équivalait à « comprendre les difficultés du peuple ». Mais en regardant son profil maintenant, il comprit soudain — le sang et les larmes dans les mots écrits, le sang et les larmes vécus de première main, existaient dans deux royaumes totalement séparés.

À cet instant, il ressentit même une certaine honte. Si elle ne s'était pas déchargée aujourd'hui, s'il n'avait pas été témoin de ce qu'il avait vécu ces derniers jours, lui, Su Zhang, n'aurait peut-être jamais vraiment compris la souffrance du monde.

Son regard resta fixé sur son visage.

La brise légère s'agita, soulevant quelques mèches de ses cheveux contre sa joue, mais elle ne pouvait cacher la trace de douleur dans ses yeux.

Il dit, la voix basse : « La souffrance du peuple est la responsabilité du tribunal. »

Qin Nianyin ne le nia pas, se contentant d'offrir un léger sourire. « C'est pourquoi, quand j'ai vu la statue aujourd'hui, mon cœur était aussi bouleversé. Ce n'était pas à cause des noms sur la statue, mais à cause des gens… Leur volonté de puiser dans leurs propres poches pour la construire… ce sentiment, je ne peux m'empêcher d'être touchée. »

Elle s'arrêta, regardant la grande statue à la tête de la levée. Dans le vent nocturne, ses contours ressortaient d'une clarté saisissante, presque glaciale, la lumière de la lune traînant son ombre longuement sur le sol.

« Ils se souviennent vraiment. » Sa voix tremblait pour la première fois. « Alors, ce que mes parents ont fait… ce n'était pas en vain. »

Su Zhang tendit la main, mais s'arrêta en plein vol. Il voulut remettre cette mèche rebelle derrière son oreille, mais se retint finalement, se contentant de dire : « Les contributions du Seigneur Qin et de son épouse… Il y aura toujours des gens dans ce monde qui s'en souviendront. »

Qin Nianyin se tourna vers lui. Le froid dans ses yeux était un peu moins intense que d'habitude, comme de la glace qui commence à fondre, révélant une pointe d'eau douce en dessous.

« Votre Excellence Su, » dit-elle doucement, un sourire aux coins de ses lèvres. « Pour les affaires d'aujourd'hui… merci. »

Ce « merci » était différent de la politesse froide d'autrefois. Il y avait une gratitude sincère en lui.

Le cœur de Su Zhang trembla violemment. À cet instant, il sentit même que toutes les acclamations du peuple, tous les éloges et les distinctions pour ses réalisations ne pouvaient rivaliser avec cette seule phrase d'elle.

« C'est le devoir de cet officiel. Vous… n'avez pas besoin de me remercier. »

Mais Qin Nianyin secoua la tête en riant doucement, murmurant : « Toi… tu ne comprends pas. »

Elle ne le remerciait pas seulement pour aujourd'hui, mais aussi pour le caprice de sa vie passée, qui avait veillé à ce qu'elle ne manque ni nourriture ni vêtements dans les deux vies, qui l'avait libérée de la peur que sa famille soit détruite et que ses proches soient perdus.

Même si lui de cette vie antérieure ne l'avait pas aimée, les soins et l'honneur qu'il lui avait accordés alors, ainsi que la renommée durable acquise pour son père adoptif dans cette vie, étaient des dettes tangibles de bonté.

* * * * *

La nuit au-dessus du bureau préfectoral de Jiangnan fut profonde et lourde. Le vent hurlait dans les couloirs, faisant vaciller violemment les deux lanternes encadrant la salle principale, leurs ombres dansant de façon erratique sur les murs.

L'atmosphère dans la salle était austère, lourde et presque étouffante. Seuls les petits bruits et crépitements occasionnels des flammes des bougies s'entremêlaient au doux bruissement des pages tournées.

Su Zhang s'assit droit derrière le bureau officiel, ses robes s'alourdissant lourdement autour de lui, son expression sévère et froide. Xiuyan resta là, la tête baissée attentivement, les bras tenant d'épais registres. Qin Nianyin était assise tranquillement à l'écart ; la lumière de la lampe qui tombait sur ses traits les rendait pâles et détachés.

Cao Ji s'agenouilla devant le bureau, sa tenue en désordre, son chignon de travers. Une sueur froide perlait sur son front, coulant sur ses tempes, pourtant il n'osa pas lever la tête.

Il entendait le tournage méthodique des pages, chaque bruissement comme un coup de marteau frappant son cœur.

Soudain, le doigt de Su Zhang s'arrêta sur une page. Ses sourcils se froncèrent lentement.

Il leva les yeux, sa voix basse et froide, mais elle tranchait l'air nocturne comme le tranchant d'une lame. « … Ici. C'est incorrect. »

Xiuyan se pencha rapidement vers lui. La page spécifiait — « Cinquante mille taëls d'argent, désignés exclusivement pour les secours de Son Altesse le Prince Héritier. » Pourtant, les récits qui l'ont précédée et suivie n'ont pas réussi à se connecter parfaitement. La localisation de l'argent n'a pas été retrouvée.

« Jeune maître, pour l'aide au prince héritier en cas de catastrophe… Le tribunal n'a-t-il pas alloué des fonds séparés ? » s'aventura prudemment Xiuyan.

Su Zhang répondit par un rire glacial. Il claqua le registre sur le bureau.

Son regard, aussi perçant qu'un couteau, se posa sur Cao Ji agenouillé en dessous. « Les fonds de secours nécessitent une directive du Ministère des Finances et une distribution du Trésor intérieur. Cette page ne porte pas le sceau du Ministère. L'écriture diffère de la page précédente. La teinte d'encre n'est même pas uniforme — elle est encore fraîche. Magistrat Cao, présentez-vous un dossier aussi grossièrement fabriqué pour piéger le prince héritier ? »

« Ça… » Le visage de Cao Ji devint pâle. Ses lèvres et ses dents claquèrent. Une sueur froide coulait sur son front.

Su Zhang se leva soudainement, ses robes tourbillonnant autour de lui. Sa voix était aussi froide et tranchante que le claquement du fer gelé. « Le prince héritier, détourner des fonds ? Absurde ! C'est clairement une addition de dernière minute. Cao Ji, si tu oses réellement accuser faussement le Palais de l'Est, c'est un crime de tromperie envers l'Empereur ! Passible de l'extermination de tout ton clan ! »

Il articula lentement les quatre derniers mots, chacun résonnant comme un tonnerre. Cao Ji frissonna violemment. Ses jambes faillirent flancher ; son corps tremblait de façon incontrôlable.

Qin Nianyin, observant de côté, sentit son propre cœur se serrer. Dans la lumière vacillante, elle vit l'éclat glacé dans les yeux de Su Zhang, un regard capable de déchirer une personne.

« Je… je… » La gorge de Cao Ji bougea, sa voix sèche et rauque. « Celui-ci… ne faisait que suivre des ordres… »

Su Zhang fit un pas en avant, sa paume frappant lourdamment le registre. Sa voix était basse mais tranchante comme un rasoir. « À qui les ordres ?! »

Un silence mortel emplissait la salle, seulement brisé par le craquement des mèches des lampes.

Su Zhang tapota légèrement le bureau d'une jointure. Sa voix était glaciale. « Cao Ji, ce fonctionnaire te demande : tout à l'heure, devant tout le monde, tu as impliqué le prince héritier. Maintenant, tu te retournes et accuses le Second Prince. Tes mots sont pleins de contradictions. Y a-t-il un seul fragment de vérité dans tes paroles ? »

Le visage de Cao Ji changea radicalement. Ses lèvres tremblaient ; ses yeux se mouvaient d'un air vague, comme si une faiblesse fatale avait été révélée. Pourtant, il persistait obstinément. « Celui-ci… est lésé ! Je ne faisais que suivre des ordres… »

« À qui les ordres ? » Le regard de Su Zhang était perçant. Sa voix baissa encore plus bas. « Le prince héritier ? Ou le Second Prince ? Ou… est-ce quelqu'un d'autre complètement ? »

Il frappa soudain violemment le registre, ses pages papillonnantes. « Ici, cinquante mille taëls, marqué "Secours en cas de catastrophe du prince héritier", mais les comptes sont rompus avant et après, l'argent introuvable. Tu penses qu'un faux aussi maladroit peut échapper à ce fonctionnaire ? »

La voix froide de Qin Nianyin ajouta sur le côté : « Vous pensez que griffonner simplement les mots "Prince héritier" vous permet d'échapper à vos responsabilités ? Les bouches du peuple ne vous permettront pas de déformer la vérité ! »

Les yeux de Su Zhang s'assombrirent encore davantage. Sa voix tomba comme un marteau de fer. « Cet officiel vous donne une dernière chance. Si vous continuez à tergiverser et à cacher, demain toute votre famille sera jetée dans les cachots. Votre clan sera exterminé, ne vous laissant aucune chance de salut ! »

« Je… je… » Cao Ji tremblait de la tête aux pieds. Ses yeux roulèrent de façon folle. Ses lèvres tremblaient sans cesse, mais aucun son ne sortait.

Le regard de Su Zhang resta fixé sur lui, tranchant comme une lame aiguisée, le glaçant jusqu'au plus profond de lui-même.

Enfin, comme si le dernier os de soutien de son corps s'était brisé, Cao Ji s'effondra complètement. Son front heurta le sol en brique bleue avec un bruit sourd. Sa voix était rauque, brisée :

« C'était… c'était le Second Prince ! »

Le cri fut presque déchirant, choquant visiblement la consternation des coureurs de Yamen dans le couloir.

Xiuyan inspira brusquement. La lanterne dans la main de Qin Nianyin vacilla légèrement, sa flamme tremblant comme au bord de l'extinction.

Su Zhang, cependant, resta impassible, son expression inchangée. Il se contenta de donner un ordre froid : « Gardes, arrêtez-le. Scellez les comptes. Scellez le grenier. Tous les documents doivent être méticuleusement catalogués dans les trois jours et soumis à la capitale. »

« Bien reçu ! » Les coureurs répondirent, entraînant Cao Ji loin.

La lumière des lanternes dans la salle illuminait le profil de Su Zhang, ferme et inflexible comme du fer.

Il baissa les yeux, fixant les registres sur le bureau, mais une ombre s'agita dans son cœur.

Le Second Prince… Bien qu'il nourrisse des ambitions pour le trône, une telle planification complexe et une telle ruse pourraient-elles vraiment lui appartenir ?

Ses yeux s'assombrirent. Il murmura entre ses dents : « Ce plan… ne peut pas appartenir uniquement au Second Prince. »

Qin Nianyin leva les yeux vers lui, le cœur soudain serré. Cet homme, debout droit devant l'œil de la tempête, restait si calme et décidé, protégeant sans relâche l'intégrité du prince héritier.

Elle murmura doucement : « Si l'esprit de mon père, là-haut, venait à le savoir, il serait sûrement en paix. »

Su Zhang sursauta à ses mots, se tournant vers elle. Une lumière brumeuse scintillait dans ses yeux, bien qu'elle peinât à la réprimer, ne laissant qu'un léger sourire effleurer les coins de ses lèvres.

« Votre Excellence Su… merci. »

La poitrine de Su Zhang se serra violemment. À cet instant, il estima que même les acclamations du public, les distinctions de célébrité et de réussite, ne pouvaient rivaliser avec ce seul « merci » sincère de sa part.

Lourd comme une montagne, mais il alluma une flamme dans son cœur qui refusait de s'éteindre.

Chapitre 67 : Encadré

La grande salle de la capitale était sombre, le battement des tambours lourd. Les officiels se tenaient en rangs de chaque côté, l'air gelé comme un coup. Seules les flammes de la bougie vacillaient dans le courant d'air.

À l'entrée du hall, Su Zhang entra d'un pas décidé, tenant dans ses bras une épaisse pile de dossiers d'affaires.

« Votre sujet, Su Zhang, rend hommage à Sa Majesté. »

L'Empereur leva les yeux, son expression impénétrable. « L'affaire du Jiangnan. Y a-t-il un résultat ? »

« Rapport à Votre Majesté. » Su Zhang s'inclina, puis posa lourdement les dossiers sur le bureau impérial. Sa voix était claire et résonnante.

« Pendant plus de trois ans de gestion de l'eau au Jiangnan, les fonds alloués ont totalisé trois cent mille taëls.

Moins d'un tiers a effectivement été utilisé.

Les deux cent mille restants et plus sont passés entièrement entre les mains de plus d'une douzaine de fonctionnaires et de puissantes familles locales. Votre sujet a examiné minutieusement les témoignages un par un. Cette affaire implique un large cercle. Ce n'est pas la corruption privée d'un seul homme, mais la pourriture d'une région entière ! »

Une vague d'étonnement balaya la salle.

Le Second Prince esquissa un léger sourire, ses yeux balayant le Prince héritier.

Il pensait intérieurement : qu'on révèle juste le nom du prince héritier, et voyons comment il se défendra alors.

Le visage de l'Empereur était couvert, mais il resta silencieux, le regard fixé sur les dossiers.

Su Zhang ouvrit le deuxième volume, sa voix montant de nouveau.

« De plus, dans les comptes, il y a une entrée indiquant : "Cinquante mille taëls d'argent, désignés exclusivement pour l'aide au prince héritier en cas de catastrophe." Cette entrée est fabriquée. Ces fonds n'ont jamais atteint le Jiangnan. »

À ces mots, un tumulte emplit la salle.

Le Second Prince ne put réprimer la courbe de ses lèvres, ses yeux presque souriants.

Le visage du Prince héritier pâlit. Il semblait sur le point de parler, mais se retint.

Alors que l'atmosphère dans la salle se calmait, Su Zhang s'arrêta soudainement. Sa voix s'assombrit.

« Cependant… »

Toute l'assemblée retint son souffle.

« Après un examen détaillé des dossiers, votre sujet a découvert que l'écriture des mots "Prince héritier" diffère du texte précédent. L'encre est aussi plus fraîche, clairement ajoutée plus tard. En croisant avec les témoignages, on découvre que Cao Ji, le Gardien des Sceaux du Jiangnan, agissant sur un décret secret du Second Prince, avait l'intention de piéger le Prince héritier ! »

« Quoi ! »

Des exclamations de choc éclatèrent dans la salle.

Le visage du Second Prince changea radicalement. Il cria aussitôt :

« Absurde ! Vous, simple Directeur des Nominations du Ministère du Personnel, osez porter des accusations aussi vicieuses et infondées ! »

Su Zhang répondit par un rire glacial. Il lança un autre parchemin lourdement sur le sol de la salle. Plusieurs livres de comptes s'ouvrirent, l'écriture distincte.

« Voici la confession écrite de la main de Cao Ji, corroborée par le témoignage de plus d'une douzaine de fonctionnaires. Second Prince, les preuves sont irréfutables. Vous le niez encore ? »

Le visage du Second Prince alternait entre la furie et la pâleur. Il se retourna vivement.

« Père Empereur, votre fils a été piégé ! »

L'Empereur frappa le bureau de la main. Le bruit secoua la salle, faisant baisser la tête de tous les officiels à l'unisson.

« Silence ! »

La salle tomba dans un silence total, à l'exception du crépitement des bougies.

Le regard de l'Empereur, perçant comme un couteau, se posa froidement sur le Second Prince.

« Toi, Prince du Sang, tu ne songes pas à aider ton frère. Au lieu de cela, tu te livres à des inventions et à de fausses accusations, cherchant à placer le Prince héritier dans une position injuste ! Gardes ! »

« Tenez ! » répondirent les gardes à l'unisson.

« Emmenez le Second Prince à la Cour du Clan Impérial ! Attendez leur enquête et clarification avant de décider de sa punition ! »

Le Second Prince, Li Xuan, le visage d'une pâleur mortelle, fut saisi de force par les gardes.

Il continuait de hurler d'une voix éraillée :

« Père Empereur ! Ton fils est innocent ! Innocent !

Cette affaire… ce n'était pas votre fils… »

Sa voix se perdit peu à peu au loin, finalement étouffée derrière les portes du palais.

La salle retomba dans le silence.

Cette hésitation momentanée fut rapidement engloutie par la lumière vacillante des lampes.

Les responsables dans la salle retinrent collectivement leur souffle.

Personne n'osa lever la tête.

L'Empereur prit une profonde inspiration et tourna son regard vers le Prince héritier, son ton un peu plus doux qu'avant.

« Prince héritier, dans cette affaire du Jiangnan, vous avez d'abord été lésé. Heureusement, le Ministre Su a clarifié la vérité. Comprenez-vous les enjeux ici ? »

Le Prince héritier, Li Duan, se prosterna en une inclinaison, la voix tremblante.

« Ton fils comprend ! Je remercie le Père Empereur pour son jugement perspicace ! Je remercie le Ministre Su pour son sauvetage ! »

L'Empereur regarda de nouveau Su Zhang. Une lueur d'approbation traversa enfin ses yeux.

« Le Ministre Su, un érudit, sait distinguer la loyauté de la trahison, protégeant la stabilité de l'État. Vous êtes vraiment un pilier de la cour. Votre mérite dans cette affaire sera consigné dans les Véritables Archives. »

Su Zhang baissa la tête en une profonde inclinaison, ses manches balayant les marches froides de l'impérial. Pourtant, au fond de lui, il comprenait parfaitement que le tumulte qui emplissait la salle à cet instant n'était que le début du prologue.

* * * * *

Automne.

Une brise d'automne fraîche balayait la cour de la résidence Su alors que les lanternes s'allumaient bientôt.

Le bruit des sabots venait de l'autre côté de la porte.

Alors que Qin Nianyin s'apprêtait à entrer dans le domaine, elle leva les yeux et vit Gu Xiao approcher, tenant une petite cage en bois.

À l'intérieur, un chaton blanc comme neige sortit la tête, miaulant plaintivement avec des yeux innocents.

« Xiao Bai ? »

Qin Nianyin fut déconcertée.

Gu Xiao posa la cage, ses yeux incapables de cacher sa réticence.

« Je pars pour la frontière. Xiao Bai a une nature espiègle et, n'ayant personne pour s'occuper de lui… je ne peux que vous demander de vous occuper de lui temporairement. »

Qin Nianyin le regarda silencieusement un instant, puis se pencha pour prendre la cage. Xiao Bai s'étira, bondit à travers la porte de la cage et, avec une aisance habituelle, sauta dans ses bras, ronronnant et frottant sa paume.

Personne pour s'occuper de lui ?

Est-ce que tout le domaine du Marquis ne trouvait vraiment personne pour s'occuper d'un seul chat ?

La cour tomba dans le silence un instant. La gorge de Gu Xiao se serra.

Il dit d'une voix basse :

« Quand je reviendrai, tu pourras me le rendre… ça va ? »

Qin Nianyin baissa la tête pour jouer avec Xiao Bai. Elle avait eu l'intention de refuser à nouveau, mais la pensée de son départ imminent pour les terres frontalières la fit retenir ses mots de refus.

« Alors, je vais m'occuper de lui pour l'instant. Vous… devez revenir sain et sauf. »

Elle baissa la tête, ses pensées tourbillonnantes. Elle avait l'impression d'avoir oublié quelque chose, mais peu importe ses efforts, elle ne pouvait pas s'en souvenir.

Gu Xiao la fixa, ses lèvres bougeant plusieurs fois avant de finalement demander :

« Alors… tu m'attendras ? »

Qin Nianyin commença à parler, puis secoua la tête, sa voix ne laissant aucun doute.

« Je ne le ferai pas. Même si tu me le demandais cent fois, ma réponse resterait la même. Chacun a son propre chemin. Le Général Gu a choisi d'aller à la frontière. Au nom du peuple, je vous remercie, vous et l'Armée de la Garde du Tigre, pour votre sacrifice. Mais en matière de cœur, je n'attendrai pas. »

Cela ressentit un coup dur sur la poitrine de Gu Xiao, mais il ne fit qu'offrir un rire bas, teinté d'amertume.

« Je n'écouterai pas. Tu n'es pas obligée d'accepter, mais je promets que je reviendrai aussi vite que possible. »

Il s'arrêta, ses yeux devenant soudain perçants.

« Pendant ce temps, pourrais-tu… ne considérer personne d'autre ? Surtout Su Zhang. »

Qin Nianyin était stupéfaite. Elle leva les yeux pour le regarder, une pointe de perplexité apparaissant dans son regard.

« Pourquoi… est-ce que tout le monde suppose que j'ai des sentiments pour lui ? »

« Tu me le promets ? »

Qin Nianyin acquiesça.

« Je te le promets. »

Elle ne considérerait pas Gu Xiao, ni Su Zhang.

Vraiment… elle ne considérerait personne !

Le vent bruissait à travers la cime des arbres. Nianyin chassa sa question sans réponse.

Gu Xiao ne répondit pas. Il se retourna simplement, la colonne vertébrale droite comme un bâton, et s'éloigna.

Qin Nianyin baissa les yeux. Xiao Bai ronronna dans ses bras, frottant doucement sa paume contre elle. Pourtant, elle ressentait un lourd poids profond dans son cœur, incertain si c'était pour Gu Xiao ou pour ces mots précis — « surtout Su Zhang. »

* * * * *

Dans la capitale, dans une pièce privée au deuxième étage de la taverne Spring Bright surplombant la rue.

Dehors, par la fenêtre, les lanternes s'étiraient comme une rivière d'étoiles, l'agitation des rues du marché ne s'arrêtant jamais.

À l'intérieur, cependant, seuls deux hommes étaient présents. Le récipient à vin était clair et frais, une bougie à moitié brûlée posée sur la table.

Gu Xiao vida sa tasse d'un trait et la posa lourdement.

« La mission du Jiangnan, que vous avez dirigée, s'est finalement conclue avec succès. Ce mémorial atteignit la capitale, ce qui plut grandement à l'Empereur Sacré. Tu devrais en être fier. »

Su Zhang sourit légèrement, levant sa tasse en retour.

« C'est toi qui es vraiment prêt à accomplir de grandes réussites. Ce voyage vers la frontière, si tu reviens victorieux, assurera la gloire militaire pour les générations à venir. Moi, Su, je t'offre un toast à l'avance. »

Leurs tasses se rencontrèrent dans un cliquetis clair et résonnant.

Après un moment de silence, Gu Xiao tourna soudain la tête, son regard intense.

« Zijun, avant de partir, j'ai une chose à dire. »

« Parle. »

« Nous sommes frères, après tout. Je ne te demande qu'une chose : avant que je ne revienne, ne fais pas ton premier pas. »

Le ton de Gu Xiao était grave, comme s'il réprimait un feu dans son cœur.

« J'ai l'intention de gagner son cœur moi-même. »

« Elle ? »

Su Zhang laissa échapper un rire glacial.

« À qui parles-tu ? »

Gu Xiao renifla doucement.

« Tu es un homme intelligent. Tu as dû le voir depuis longtemps. Ne fais pas l'idiot. Moi, Gu, j'admire ton petit cousin. »

Le sourcil de Su Zhang se haussa. Il posa lentement sa coupe de vin, sa voix froide et directe.

« Je te demande pardon, mais c'est une demande que je ne peux accorder. En ce qui la concerne, je suis aussi déterminé à réussir. »

L'atmosphère se resserra instantanément. La flamme de la bougie sauta dans le courant d'air.

La colère monta dans les yeux de Gu Xiao, les veines du dos de ses mains se détachant, comme s'il allait donner un coup de poing l'instant d'après. Mais son poing, serré à moitié, se desserra soudainement.

Il rit froidement.

« Laisse tomber. Même si tu as de telles intentions, quand est-ce que ton petit cousin t'a jamais regardé directement ? »

L'expression de Su Zhang s'assombrit et il répliqua aussitôt :

« Oh ? T'a-t-elle dit qu'elle partageait tes sentiments ? »

À ces mots, Gu Xiao resta sans voix.

Les deux hommes se regardèrent longuement, puis laissèrent échapper simultanément un reniflement moqueur.

Gu Xiao secoua la tête.

« Heh. Il semble qu'aucun de nous n'ait l'avantage. Eh bien, ça me rassure. »

Su Zhang haussa un sourcil, vidant sa tasse d'un trait.

« Tu n'as pas l'avantage. Il est impossible qu'elle soit émue par toi. »

« Hah, pareil », ricana Gu Xiao.

Ils burent à nouveau ensemble. L'arôme du vin montait entre eux, l'atmosphère passant du gouffre du conflit à une compréhension acidulée et tacite.

Enfin, Gu Xiao leva sa tasse, sa voix basse mais ferme.

« Une dernière tasse, un dernier mot — prends soin de toi. »

Su Zhang croisa son regard et leva enfin sa propre tasse, la vidant complètement.

La flamme de la bougie vacilla.

Entre les deux hommes se trouvaient à la fois une rivalité et une profonde camaraderie.

Le vent nocturne hurlait dehors par la fenêtre, comme si ce seul « prends soin de toi » résonnait dans les rues sans fin,

De retour à la capitale, Qin Nianyin ne parvint pas à trouver la moindre tranquillité dans son cœur. La campagne du Jiangnan était terminée, la lutte contre la corruption touchait à sa fin et les troubles s'étaient temporairement apaisés, mais elle comprenait clairement que, pour se tenir fermement dans une cour aussi chaotique, une vivacité momentanée d'esprit ne suffisait pas.

Elle devait établir sa propre fondation.

Ainsi, elle se mit en route pour chercher la fameuse artisane réputée pour sa maîtrise exceptionnelle de la fabrication des épingles à cheveux. Cette artisane n'apparaissait plus depuis des années dans les registres officiels, et sa trace était difficile à retrouver.

Qin Nianyin demanda des renseignements du quartier sud jusqu'au marché de l'ouest, puis arriva finalement dans un atelier isolé et vétuste. Là, un voisin dit en passant : « Vous la cherchez ? Pourquoi vous donner cette peine ? Cette vieille femme ne prend plus d'apprentis depuis longtemps. Elle passe ses journées ivre, un vrai soûlon. »

Qin Nianyin, toutefois, ne renonça pas. Elle attendit devant la porte toute une journée.

Ce ne fut qu'au crépuscule, lorsque la lumière mourante du soleil teinta l'entrée de la ruelle d'un rouge profond, qu'une silhouette chancela en s'approchant. La personne portait des vêtements usés, tenait une demi-jatte de vin à la main, avançait en titubant, et fredonnait un air court et saccadé.

Qin Nianyin resta figée — était-ce là le maître légendaire dont parlaient les rumeurs ?

Ce n'est que lorsque la silhouette s'approcha qu'elle vit qu'il s'agissait d'une vieille femme au visage marqué par le vent et les ans. Elle avait imaginé un vieil homme artisan, et non une femme.

La voix de la vieille femme était rauque, empreinte de lassitude. « Petite, pourquoi restes-tu plantée ici ? »

Qin Nianyin s'avança et s'inclina respectueusement, exposant avec sérieux son intention.

La vieille femme plissa les yeux, la détailla de haut en bas à plusieurs reprises, puis éclata soudain de rire — un rire plein de dérision. « Toi ? Ce métier n'a rien d'élégant. Tu travailles chaque jour avec le feu et la pierre, enfumée, brûlée, les yeux et le nez irrités sans cesse. C'est une vie amère. Avec ton apparence fragile et bien élevée, tu ne tiendrais pas quelques jours. »

L'expression de Qin Nianyin ne bougea pas, mais sa voix était déterminée. « Je n'ai pas peur. »

La vieille femme leva un sourcil, renversa la tête pour avaler une autre gorgée de vin, puis s'assit en chancelant sur le seuil. « Ce n'est pas que je refuse de t'enseigner. Mais sais-tu que je ne peux fabriquer qu'un seul ensemble de coiffes par an ? Tu penses que je suis paresseuse ? Non — c'est parce que les plumes de martin-pêcheur sont extrêmement rares. Pour en rassembler assez afin de produire un ensemble complet, il faut souvent une année entière. Sans matériaux adéquats, même la meilleure technique ne sert à rien. »

Qin Nianyin resta immobile un instant, le cœur légèrement serré. Ainsi, c'était pour cette raison. Pas étonnant que cette technique ne se transmette jamais aux étrangers. Pas étonnant que les pièces finies soient si rares.

Elle murmura doucement : « Je vois… »

Mais très vite, elle releva la tête, son regard redevenu ferme. « Même ainsi, je vous demande de bien vouloir m'accepter comme apprentie. Je comprends la rareté des plumes de martin-pêcheur, et je n'oserais pas en demander à la légère. Mais si je peux acquérir un véritable savoir-faire, je pourrai plus tard compenser le manque de matériaux par la créativité. Des modèles ingénieux peuvent toujours être appréciés. Mais sans une base solide dans un artisanat authentique, toute ingéniosité reste creuse. »

La vieille femme la fixa longuement. La moquerie dans son regard s'éteignit peu à peu, remplacée par une lueur d'intérêt.

« Petite… » murmura-t-elle, un sourire lentement accroché au coin de ses lèvres. « Hah… quelle grande ambition. Très bien. Cette vieille femme verra combien de temps tu peux tenir. »

Les yeux de la vieille femme étaient à moitié clos, comme si l'ivresse ne s'était pas encore dissipée. Soudain, elle émit un rire grave et rauque. « Petite, comment t'appelles-tu déjà ? »

En entendant cela, Qin Nianyin esquissa un sourire impuissant. Si l'on comptait sa vie précédente, elle devait avoir presque le même âge que la femme devant elle, et pourtant être appelée « petite » lui paraissait presque absurde.

« Je me nomme Qin, prénom Nianyin. »

« Mademoiselle Qin, cette vieille femme se nomme Lin. Tu peux m'appeler Mamie Lin. Puisque tu as cette volonté, tu peux rester. Il se trouve justement qu'il me manque quelqu'un pour faire le ménage. »

Qin Nianyin fut légèrement surprise, puis comprit aussitôt. Son expression resta inchangée ; elle s'inclina simplement avec sérieux. « Disciple est disposée. »

Mamie Lin lui lança un regard de côté et renifla. « Ne sois pas si pressée de m'appeler 'Maître'. Cette vieille femme n'a pas encore accepté de te prendre comme apprentie. Si tu veux vraiment apprendre, tu commenceras par balayer, aller chercher de l'eau, fendre du bois et entretenir le fourneau. Si un jour je suis de bonne humeur, peut-être t'enseignerai-je deux ou trois techniques. Si tu ne peux pas supporter cela, retourne chez toi. »

Après ces mots, elle serra sa jarre de vin contre elle et entra en titubant dans la maison.

La cour retomba dans le silence, ne laissant derrière elle qu'un désordre total : des morceaux de bois éparpillés, des tissus tachés d'huile, et la cendre enfumée du fourneau.

Qin Nianyin baissa la tête. Sans la moindre hésitation, elle remonta ses manches, attacha sa coiffure et commença par ramasser un balai.

Le jour avait déjà décliné. Un voisin passa la tête par la porte, observa la scène, puis murmura à un autre : « Cette fille doit être un peu simple d'esprit. Elle veut vraiment devenir l'aide de ce vieux soûlographe ? »

Qin Nianyin fit comme si elle n'entendait rien, mais son balayage devint plus appliqué encore. Au milieu de la poussière tourbillonnante, son regard était résolu et immobile.

Elle n'était pas venue pour quelques ornements ou pour le plaisir de fabriquer de jolies décorations. Elle était venue pour acquérir une véritable compétence, une capacité qui lui permettrait de se tenir sur ses propres jambes. Même si elle devait commencer par les tâches les plus humbles, elle était prête à le faire.

Dans la maison, Mamie Lin était affalée contre la table, la jarre de vin toujours en main. Sous la lumière jaune et vacillante de la lampe, elle regardait par la porte entrouverte la petite silhouette occupée à balayer dans la cour. Un sourire froid et moqueur se dessina au coin de ses lèvres.

« Petite folle… elle est vraiment restée. »

* * * * *

Qin Nianyin revint du quartier artisanal à l'approche du crépuscule, alors que le ciel s'assombrissait. Les lanternes de la cour diffusaient une lumière chaleureuse, mais son cœur s'alourdissait. Elle savait que les mots qu'elle s'apprêtait à prononcer allaient certainement attrister sa tante.

Elle s'agenouilla correctement dans la grande salle et déclara avec sérieux : « Tante, je souhaite apprendre l'art de la joaillerie. J'ai déjà trouvé un maître et j'aimerais rester près d'elle quelque temps, y résider temporairement. »

La tante Su, surprise, secoua immédiatement la tête. « Comment est-ce possible ? Dehors, tout est sale et difficile. Comment cela pourrait-il être comparé à la résidence Su ? Ici, tout est disponible et complet. Qu'est-ce qui pourrait te manquer ? Pourquoi supporter de telles souffrances ? »

Qin Nianyin répondit doucement : « Ne vous inquiétez pas, tante. Ce n'est pas un départ définitif, seulement une période d'apprentissage. Une fois que j'aurai acquis la technique, je reviendrai naturellement. »

Tante Su s'apprêtait à la dissuader encore lorsqu'un grincement se fit entendre : la porte du couloir s'ouvrit, et l'oncle Su entra à pas lents.

Il jeta un coup d'œil à sa nièce, son regard calme mais montré d'une légère approbation. « Laisse-la partir. Elle est jeune. Sortir et se forger un peu ne peut que lui faire du bien. »

« Maître ! » protesta aussitôt tante Su avec reproche. « Comment pouvez-vous dire cela ? Notre grande maisonnée ne suffit-elle pas à la soutenir ? Pourquoi doit-elle aller souffrir à l'extérieur ? »

Su Ze secoua la tête, sa voix toujours posée. « Ne t'emporte pas. Ne vois-tu pas ? Elle n'est pas vraiment apaisée dans cette maison. Si nous ne la laissons pas sortir, son malaise intérieur ne fera que croître. Ce n'est pas une enfant qui cherche à s'amuser. Elle veut réellement accomplir quelque chose. »

Tante Su resta sans voix un instant, partagée entre affection et inquiétude, incapable de trouver une réponse.

Qin Nianyin s'inclina profondément. « Merci, oncle, de me laisser partir. »

Sur ces mots, elle se releva et sortit de la salle.

Dans la salle, il ne restait plus que tante Su et oncle Su.

Les yeux de tante Su s'humidifièrent. « Vraiment... comment pouvons-nous être aussi indulgents ? Même si elle a été adoptée, mon frère et ma belle-sœur l'ont chérie depuis l'enfance. Et maintenant, la voilà partie pour accomplir des tâches subalternes, balayer pour d'autres… Avec quel visage pourrai-je affronter mon frère et ma belle-sœur ? Ah… cela me brise le cœur. »

Oncle Su tapota doucement sa main, l'apaisant d'une voix calme. « Ne t'inquiète pas. Ton frère et sa femme ont certes été extrêmement bons avec elle depuis qu'elle est petite. Mais n'oublie pas : elle a traversé cette grande inondation. Elle est peut-être plus forte que tu ne le penses. Peut-être qu'après avoir goûté quelques jours d'amertume dehors, elle reviendra d'elle-même. »

Tante Su baissa la tête, silencieuse. Ce n'est qu'après un long moment qu'elle laissa échapper un soupir. « J'imagine que c'est tout ce que nous pouvons faire. »

La lumière des lanternes vacilla doucement, illuminant les plis d'inquiétude entre ses sourcils — une inquiétude profonde qu'elle ne parvenait pas à chasser.

Chapitre 69 : Déménagement de la résidence Su

La nuit était profonde, le vent battait contre les treillis des fenêtres. La lumière de la lampe vacillait, et la pièce était étrangement silencieuse.

Qin Nianyin s'assit devant la coiffeuse, pliant ses vêtements un par un et les rangeant soigneusement dans un coffre en bois. Chaque bruit de bois frottant semblait peser sur son cœur, un poids si lourd qu'il lui coupait presque le souffle.

Mei se tenait à ses côtés, lui tendant les vêtements, les yeux remplis d'une anxiété aiguë.

« Jeune Mademoiselle… Vous y allez vraiment ? » ne put-elle s'empêcher de chuchoter, la voix basse.

« Il fait si mauvais dehors, avec ce vent et cette pluie. Si le maître est aussi démuni que les voisins le disent, je crains que même votre logement n'y soit guère confortable. Laissez-moi venir avec vous, afin que je puisse au moins veiller sur vous. »

Les mains de Qin Nianyin s'immobilisèrent un instant, mais elle ne leva pas les yeux. Sa voix était calme mais résolue.

« Non. Vous devez rester ici, à la résidence Su. Prendre soin de ma tante est une responsabilité importante qui vous revient. Ce chemin… je dois le parcourir moi-même. »

Les yeux de Mei rougirent, prête à supplier davantage. À ce moment-là, la porte de la cour grinça brusquement, s'ouvrant de l'extérieur.

Un souffle d'air froid s'engouffra, faisant frissonner la lumière de la lampe.

Su Zhang entra rapidement, ses robes tourbillonnantes, le regard fixé fermement sur les bagages à moitié prêts, son expression dure comme du fer.

« Tu comptes partir ? »

« Oui. » Sa réponse fut simple et définitive.

« Pourquoi ? » insista-t-il, la voix rauque.

Son ton était bas, réprimant la colère, mais il ressemblait plus à un homme blessé.

Les doigts de Qin Nianyin se raidirent. Elle leva les yeux pour croiser son regard, clair et froid. Elle resta silencieuse, se retournant simplement pour continuer à plier les vêtements.

Su Zhang s'approcha, tendant la main pour bloquer ses mouvements. Sa voix était basse et urgente.

« Nianyin, je t'ai dit il y a longtemps : après cette blessure par flèche, je t'épouserai naturellement ! J'ai aussi promis de m'assurer que tu ne manquerais ni nourriture ni vêtements dans cette vie, que tu serais vêtue de soie et nourrie de délices ! Toi… pourquoi dois-tu te pousser à un tel point ? »

Il parlait rapidement, le souffle irrégulier, ses mots portés par une force indéniable.

Qin Nianyin secoua brusquement sa main et se tourna vers lui. La lumière de la lampe illuminait la froideur et la sévérité dans ses yeux. Sa voix, cependant, fit naître un silence coupant dans la pièce.

« Votre Excellence Su ! Mon cousin ! Je ne le dirai qu'une seule fois. Veuillez écouter attentivement. Je ne suis pas digne d'une telle fortune et je n'ai aucune ambition de gravir les échelons par le mariage. Par conséquent, je n'accepterai absolument pas votre demande en mariage — ni maintenant, ni jamais de toute cette vie ! Je préfère encore devenir religieuse plutôt que de vous épouser ! »

Sa voix était décidée, comme une lame tranchante qui coupe d'un seul coup, supprimant toute possibilité proprement et complètement.

Su Zhang resta figé, les yeux choqués, la gorge serrée.

« Pourquoi ? » demanda-t-il, la voix rauque.

Cette question avait été refoulée en lui trop longtemps. Il se considérait accompli tant en talent qu'en savoir, sa carrière officielle prospérant, ses traits beaux, son passé irréprochable : sous tous les angles, il ne devait pas être refusé.

Pourtant elle, pourquoi était-elle si réticente ?

La poitrine de Qin Nianyin se soulevait et s'abaissait, mais son ton était glacial.

« Il n'y a pas de "pourquoi". Je ne suis tout simplement pas faite pour toi, cousin. Tu devrais être avec une jeune noble dame d'une famille éminente, comme Shen Lingyan. Une érudite talentueuse et une belle femme — une union bien assortie de statut social. Si tu es vraiment sincère, alors arrête de perdre ton temps. Arrête de gaspiller tes sentiments pour moi. »

Son regard était perçant. Après avoir dit cela, elle se retourna vers le bureau et reprit ses valises.

La gorge de Su Zhang se contracta. Ses poings se serrèrent, sa voix trembla.

« Indigne ? Tu penses si peu de toi ! »

Il s'avança, manquant presque de lui saisir les épaules.

« Nianyin, je n'ai jamais méprisé ton passé. Au fond de moi, tu as toujours été la plus… »

« Assez ! » Qin Nianyin se retourna brusquement, le coupant froidement. Une lumière dure brillait dans ses yeux.

« Plus tu dis de telles choses, plus je me sens humiliée. Votre Excellence Su, savez-vous ce que signifie vraiment un décalage de statut social ? Ce que vous m'offres, c'est de la pitié, c'est de la charité, pas le respect que je désire ! »

Sa voix était glaciale, chargée d'une colère longtemps refoulée.

Elle se débarrassa même de l'adresse formelle ; chaque mot frappait son cœur avec une force brutale.

La pièce devint terriblement silencieuse, et le crépitement de la flamme de la lampe en déchirait le calme.

Su Zhang ouvrit la bouche, les lèvres tremblantes, mais aucun mot n'en sortit.

La femme devant lui, autrefois douce et agréable, qui plaisantait parfois avec lui, était désormais aussi froide et distante qu'une étrangère.

Sa poitrine semblait obstruée par quelque chose. Il fit brusquement un pas en arrière, le bout des doigts légèrement tremblant.

« Tu dis… indigne… » murmura-t-il à voix basse, la lumière dans ses yeux s'éteignant centimètre par centimètre.

Mei les regarda, pétrifiée, l'atmosphère si lourde qu'elle en était presque étouffante.

Qin Nianyin ne le regarda plus. Elle baissa simplement la tête, plia le dernier vêtement et referma le couvercle du coffre.

Ses gestes étaient calmes, mais il semblait qu'elle refermait définitivement le couvercle de cette affection encore non développée.

La gorge de Su Zhang se serra. Soudain, il insista d'une voix basse : « Alors… est-ce celui que ton cœur désire, Gu Xiao ? »

La lumière de la lampe vacilla. Les yeux de Qin Nianyin se levèrent brusquement ; un éclat de rire méprisant traversa son regard. Le coin de ses lèvres se retroussa froidement.

« Quoi ? Si ce n'est pas toi, alors cela doit être un autre homme ? Même le jeune maître Gu ? »

Su Zhang était stupéfait, comme frappé soudainement.

Le sourire de Qin Nianyin disparut, son expression devint solennelle. Chaque mot était distinct.

« Ce n'est pas toi, ni Gu Xiao. À cet instant, il n'y a personne dans mon cœur. À l'avenir, il n'y en aura plus ni l'un ni l'autre. »

Un instant, le silence ne fut brisé que par sa respiration.

La poitrine de Su Zhang se soulevait violemment, ses émotions intensément complexes : soulagé que ce ne soit pas Gu Xiao, mais amèrement frustré de ne jamais pouvoir lui-même entrer dans son cœur.

Après un long moment, il laissa échapper un rire bas et sans humour.

« Nianyin, puisque tu n'as personne dans ton cœur en ce moment, cela signifie que j'ai encore une chance. »

Il s'approcha, le regard brûlant, la voix obstinée.

« Souviens-toi : je ne suis pas un homme qui abandonne facilement. »

Sur ces mots, il fit brusquement volte-face et sortit, sa manche fouettant derrière lui.

La porte claqua. La lumière de la lampe frissonna.

La pièce ne contenait que Qin Nianyin, debout silencieusement devant le coffre. Ses doigts se crispèrent. Une lueur de douleur traversa ses yeux, mais elle la réprima rapidement.

Le froid dans son cœur lui était profondément familier.

* * * * *

Ces derniers jours, la vie que menait Qin Nianyin ressemblait à un monde entièrement différent comparé à son temps passé chez les Su.

Le jour, elle coupait du bois, portait de l'eau, lavait des vêtements et passait même une bonne partie d'une heure accroupie dans la cuisine, tout cela pour préparer une seule marmite de bouillie de riz. Le bois de chauffage, mal séché, emplissait l'air d'une fumée âcre qui lui piquait les yeux et lui arrachait des larmes.

Ses mains étaient déjà rouges, gonflées et calleuses.

La vieille femme s'appuyait contre l'encadrement de la porte, tenant son pot de vin, les yeux mi-clos, la regardant froidement sans un mot.

Pourtant, au deuxième matin, un tas de bois de chauffage déjà fendu apparut inexplicablement près de la porte de la cour. Les vêtements dans la baignoire avaient été lavés, et une casserole de bouillie de riz mijotait sur le fourneau.

La vieille femme prit une gorgée de vin, jetant un regard de côté avec un léger sourire complice.

« Fille, tu as de la chance. Que quelqu'un te tienne si précieusement dans la paume de sa main. »

Qin Nianyin fut momentanément stupéfaite. Elle baissa les paupières et resta silencieuse.

Dans la paume de leur main…

Cette tendresse même était ce dont elle souhaitait le plus s'échapper.

La nuit était profonde et lourde. Elle déplaça un petit tabouret pour surveiller la cuisine. La lumière de la lampe était tamisée, ne laissant entendre que le crépitement du bois de chauffage.

Pendant la troisième garde, un bruit très faible se fit entendre dans le coin du mur. Les doigts de Qin Nianyin se resserrèrent. Elle alluma une flamme, et la lanterne s'éclaira brusquement.

Deux silhouettes sombres, prêtes à battre en retraite, furent arrêtées par son ordre glacial.

« Halte. »

À la lumière vacillante des lanternes, les deux se révélèrent être des femmes, vêtues simplement, des artistes martiaux entraînées, leurs yeux méfiants. Elles se regardèrent, leurs expressions un peu raides.

« Qui êtes-vous ? »

Les deux ombres échangèrent un regard, mais aucune ne parla la première.

« Qui vous a envoyées ? »

Qin Nianyin insista, son regard aussi perçant qu'une lame, braqué droit sur elles.

Après un moment de silence, la femme à gauche répondit d'une voix basse :

« Le… le jeune maître Su. »

Celle de droite intervint aussitôt avec urgence, comme si elle craignait d'être devancée.

« C'était le jeune maître Gu ! Le jeune maître Gu est profondément inquiet pour vous, Mademoiselle ! »

L'air se figea.

Les yeux de Qin Nianyin devinrent plus froids. Sa voix était mesurée, mot par mot.

« Su Zhang ? Gu Xiao ? »

Les deux gardes acquiescèrent, mal à l'aise.

« Qu'ont-ils demandé d'autre ? »

Les deux hésitèrent, puis n'osèrent finalement dire que :

« R-rien. Les Jeunes Maîtres ont ordonné… seulement de protéger Mademoiselle Qin, pour assurer votre bien-être complet. »

Assurer votre bien-être complet ?

C'était plutôt de la surveillance, non ?

Un sourire glacial effleura les lèvres de Qin Nianyin.

D'une voix claire et tranchante, elle ordonna :

« Je n'en ai pas besoin. Vous deux, partez. »

Les femmes se regardèrent.

N'ayant pas d'autre choix, elles se retirèrent rigidement.

Dehors, le vent nocturne hurlait.

Au moment où les deux silhouettes sombres quittèrent la cour, leur contenance se brisa.

« Comme c'est méprisable ! » lança la femme à gauche, furieuse.

« C'est ton manque de compétence, un échec à la dissimulation de base ! La jeune fille nous a découvertes ; pourquoi m'entraîner avec toi ? »

« Tu as le culot de dire ça ? » ricana celle de droite. « C'est ta technique lamentable qui nous a fait repérer, et tu m'accuses ? Tu pues l'incompétence ! »

« Bah ! Arrête de salir tout le monde ici ! »

« Hmph ! Tu as appris à rejeter la faute assez vite ! »

Elles se lancèrent des regards noirs ; l'hostilité s'enflamma et elles commencèrent réellement à se battre sur-le-champ.

Leurs silhouettes se faufilaient sous la lumière de la lune, leurs coups de poing féroces et tranchants, dérangeant l'herbe et les arbustes autour d'elles.

« Encore un mot, et je t'handicape la main ! »

« Viens donc ! Voyons qui tombe en premier ! »

Sur ce, elles échangèrent encore plusieurs coups encore plus impitoyables. Les manches flottaient, et le bruit sec des impacts résonnait étrangement dans l'air nocturne.

À l'intérieur de la maison, Qin Nianyin entendit tout clairement à travers la porte à moitié fermée.

Elle baissa les yeux, ses doigts se recroquevillant légèrement sous la lumière de la lampe.

Une pointe d'amertume douloureuse lui traversa le cœur.

Le regard de Su Zhang et Gu Xiao — une autre personne aurait pu être profondément touchée par un tel dévouement.

Pourtant, elle ne ressentit qu'un frisson soudain.

Ce n'était pas ce qu'elle voulait.

Elle ne voulait pas être « tenue dans la paume de la main » de qui que ce soit.

Elle ne voulait pas vivre sa vie en comptant sur la protection de quelqu'un.

Après un long moment, elle tendit la main et couvrit la flamme de la lanterne.

Le feu s'éteignit dans un léger souffle.

Dans l'obscurité, seuls ses souffles faibles et résolus subsistaient.

Seule dans la pièce, ses pensées vagabondèrent de façon chaotique.

Un sentiment d'absurdité monta en elle.

Ces gens se battaient avec tant d'hostilité et de tension… et pourtant, aucun d'eux ne lui avait jamais demandé ce qu'elle désirait vraiment.

Le chemin qu'elle voulait…

Elle ne pouvait le parcourir qu'elle-même.

Chapitre 70 : Le Foyer qui se rallume

Le garde de l'ombre posa un genou à terre, sa voix basse empreinte d'une certaine gêne. « Jeune maître… Mademoiselle Qin nous a découverts. »

Su Zhang était en train de consulter les mémoriaux sur son bureau. À ces mots, le bout de ses doigts s'immobilisa un instant. Il leva les yeux et adressa au garde un regard mesuré. « Elle vous a découverts ? »

De fines gouttes de sueur perlèrent sur le front du garde. « Oui. Et de plus… les gardes de l'ombre de la famille Gu sont apparus au même moment. Mademoiselle Qin semblait avoir attendu dans la petite cuisine. Dès que la lanterne s'est allumée, elle nous a interceptés tous les deux. Finalement… elle nous a ordonné de nous retirer. »

Le silence pesa dans la pièce un long moment.

Su Zhang laissa soudain échapper un léger rire, mais un éclat acéré passa dans la profondeur de son regard. « Comme on pouvait s'y attendre d'un frère de longue date. Ce que je peux imaginer, Gu Xiao peut l'imaginer aussi. »

Son rire portait une nuance d'autodérision, ainsi qu'une froideur discrète.

« Une seule personne, et pourtant elle nous oblige tous deux à placer des gardes à ses côtés en même temps », murmura-t-il doucement, comme se parlant à lui-même. « Une femme comme elle… qui pourrait vraiment la tenir dans sa main ? »

Le garde n'osa pas répondre, gardant la tête baissée.

Su Zhang leva la main et fit un léger mouvement de manche. Son expression retrouva son calme habituel. « Laisse tomber. Dorénavant, observez seulement depuis l'ombre. À moins que sa vie ne soit en danger, il n'est plus nécessaire d'intervenir. »

Son ton était posé, sans la moindre agitation, mais il ne put tout à fait dissimuler l'obscurité fugace qui traversa son regard.

* * * * *

L'après-midi, dans la cour, seuls résonnaient les cris stridents des cigales.

Qin Nianyin était accroupie parmi les herbes folles, ses mains encore humides de terre, son regard fixé sur le four en pierre circulaire dissimulé sous les broussailles.

Des fissures parcouraient sa surface ; çà et là subsistaient encore des traces de suie noire.
Elle en suivit doucement les contours du bout des doigts, et murmura à voix basse :
« À quoi cela servait-il… ? »

Elle resta accroupie longtemps, comme tentant de discerner un indice. Dans les fissures, il semblait subsister les vestiges d'un feu intense, depuis longtemps ensevelis par les années.

Alors qu'elle réfléchissait, des pas hésitants résonnèrent à l'entrée de la cour. Une odeur d'alcool arriva portée par le vent. La vieille femme entra, une cruche de vin à moitié vide dans une main, s'appuyant sur un balai de l'autre, marmonnant des jurons.

En apercevant Qin Nianyin accroupie près du four délabré, elle s'arrêta net, puis éclata d'un rire sonore, un rire plein d'amertume. « Hein, tu as de bons yeux, pour trouver même cette vieille chose ! »

Elle s'avança et donna une lourde tape contre la paroi du four, sa voix rauque. « C'est un four ! Un four de cuisson ! Toute la fleur de ma jeunesse, je l'ai perdue ici. Et le résultat ? Bijoux en verre, travaux d'art —— rien, pas une seule réussite ! »

Qin Nianyin la regarda fixement, une lueur de confusion dans les yeux.

Mais la vieille femme renversa la tête et avala une nouvelle gorgée de vin. Son rire devint un peu plus désolé. « Tu es encore jeune. Tu as toute une vie devant toi. Là où tu peux trouver un peu de confort, va le chercher ! Ne deviens pas comme moi, à enterrer toute ton existence dans ce gouffre de feu ! »

Avant qu'elle ait fini de parler, elle brandit soudain le balai et le balaya violemment près des pieds de Qin Nianyin, sa voix rauque. « Va-t'en ! Ne perds pas ton temps ici ! File ! »

Qin Nianyin dut reculer de quelques pas, mais son visage n'exprimait ni panique ni agitation, seulement une contemplation plus profonde.

Le mur de pierre délabré du four et le visage marqué, véhément, de la vieille femme se superposaient sous la lumière du couchant, formant une image saisissante et poignante.

* * * * *

La brume du matin ne s'était pas encore dissipée lorsque Qin Nianyin entra seule dans la cour arrière.

La dispute de la veille n'avait laissé aucune trace dans son esprit. Au contraire, le four abandonné continuait de hanter sa pensée.

Elle retroussa ses manches, dégagea une à une les pierres qui obstruaient l'ouverture du four et commença à retirer la poussière et les débris accumulés au fil des années. Là où les racines s'étaient entremêlées, elle les arracha à mains nues. Ses paumes devinrent rouges et irritées, mais elle ne s'arrêta pas.

Lorsque le soleil fut à son zénith, les parois du four avaient été entièrement nettoyées par ses soins.

Les fissures demeuraient, irrégulières, mais la forme d'origine commençait à réapparaître.

Elle fouilla ensuite les coins du cabanon et, à sa surprise, dénicha plusieurs vieilles tools : des pinces de feu, une louche en fer, et la moitié d'un moule couvert de rouille.

Elle les arrangea soigneusement, comme si elle construisait un nouveau monde.

L'après-midi, la vieille femme se réveilla. Tenant sa cruche de vin, elle entra en titubant dans la cour. L'odeur d'alcool l'entourait encore, ses paupières à moitié closes. Elle s'apprêtait à lancer quelques insultes, mais s'arrêta brusquement en voyant la silhouette active devant le four.

Sous la lumière du soleil, les tempes de Qin Nianyin étaient humides de sueur, quelques mèches collées à ses joues, mais son regard demeurait concentré et résolu.

À cet instant, la vieille femme crut voir son propre reflet d'autrefois —
— lorsqu'elle aussi, sans penser aux conséquences, n'avait en tête qu'une seule idée : « allumer le four ».

Elle resta pétrifiée un long moment. Finalement, elle leva la main et but une gorgée de vin, réprimant la légère émotion qui la traversait.

« Fais comme tu veux. »

Sa voix était paresseuse, teinte d'un mépris apparent, mais elle ne pouvait dissimuler l'émotion complexe qui venait de traverser ses yeux.

Qin Nianyin ne se retourna pas. Elle se contenta d'esquisser un discret sourire et continua de polir les pinces de feu dans sa main.

—— Elle savait qu'elle avait fait le premier pas.

Les jours suivants, Qin Nianyin s'affaira sans relâche dans la cour arrière.

Les mauvaises herbes étaient entièrement arrachées, le four en pierre dégagé et les outils nettoyés un par un, parfaitement rangés.

La vieille femme observait tout cela, extérieurement indifférente, mais intérieurement émue malgré elle.

Ce soir-là, à moitié ivre, elle revint avec sa cruche de vin, mais s'arrêta sur le pas de la porte.

Le feu n'avait pas encore été rallumé, mais la silhouette de Nianyin se découpait vivement sous le soleil couchant. Elle était penchée, frottant minutieusement les taches de rouille sur la louche en fer, comme s'il s'agissait d'un trésor précieux.

La vieille femme resta silencieuse un long moment, puis laissa échapper un « Hmph », posa la cruche sur la table d'un geste lourd et déclara d'un ton volontairement nonchalant :

« Puisque tu es si têtue… Si tu veux apprendre, commence par trier ce quartz et ce sable. Aucune impureté ne doit rester. »

Qin Nianyin se retourna, les yeux brillants, et fit un profond salut sans ajouter un mot.

La vieille femme haussa un sourcil, ricana volontairement. « Ne te réjouis pas trop vite. Ce sont les tâches les plus bêtes et les plus pénibles. Te retrouver avec les doigts en sang, c'est normal. Je parie que tu ne tiendras pas trois jours ! »

Qin Nianyin répondit pourtant avec un sérieux absolu : « La disciple n'a pas peur. »

Sous le soleil couchant, sa voix était claire et résolue.

La vieille femme la fixa. Pour une raison qu'elle ne comprenait pas, une légère douleur s'insinua dans son cœur. Elle leva la tête et prit une longue gorgée de vin, refoulant cette émotion.

* * * * *

La nuit était profonde, les chants d'insectes montant et descendant en vagues dans la cour.

Qin Nianyin termina de trier le dernier panier de sable et de gravier, ses bras si endoloris qu'elle pouvait à peine les lever.

Elle traîna les pieds jusqu'à la petite hutte et s'effondra sur le simple lit de bambou.

Le toit, taché et usé, laissait filtrer quelques pointes de clair de lune qui tombaient sur son visage.

À chaque respiration, elle sentait encore sur ses mains l'odeur du sable, de la pierre et de la poussière.

Tout son corps souffrait, mais une satisfaction nouvelle, profonde, semblait se diffuser de ses os.

En fixant le plafond, les coins de ses lèvres se relevèrent involontairement.

C'était, pensa-t-elle, la vie qu'elle désirait vraiment.

Apprendre de ses propres mains, travailler de ses propres mains.

Aussi amer que cela puisse être, c'était au moins un chemin qu'elle empruntait elle-même.

Sa pensée bifurqua soudain.

Inconsciemment, elle se souvint du visage froid et distant de sa vie passée.

Un visage beau, mais éternellement séparé d'elle par des montagnes et des rivières.

Cette indifférence l'avait écrasée comme du givre, jusqu'à l'étouffement.

Son cœur se serra. Elle secoua immédiatement la tête, chassant avec force cette silhouette.

« Ce sont des pensées inutiles. »

Elle murmura ces mots, se tourna, tira sur la couverture mince et força ses yeux à se fermer.

Aussi difficile que fût le chemin, dans cette vie, elle avançait par elle-même.

Dehors, la brise nocturne fit légèrement grincer le lit de bambou.

Bientôt, l'épuisement submergea toutes ses pensées.

Elle s'endormit profondément, un sourire subtil flottant encore entre ses sourcils.

Chapitre 71 : Soyez attentif à l'ennemi

L'aube venait à peine de se lever et la brume dans la cour ne s'était pas encore dissipée. Qin Nianyin avait déjà retroussé ses manches, soulevant panier après panier de sable et de gravier retirés du jardin arrière, puis les vidant soigneusement à l'extérieur. Son dos la lançait si violemment qu'elle pouvait à peine se redresser, et de fines gouttes de sueur perlaient sur son front.

Une toux sèche résonna soudain du haut du mur. En levant les yeux, elle aperçut les deux gardes de l'ombre qu'elle avait débusquées la veille au soir, désormais assises ouvertement — et avec une audace certaine — le long de la crête.

« Qin Nianyin, que fais-tu ? » demanda la garde de la maison Gu, les sourcils levés, un amusement clair dans la voix. « On dirait un ouvrier à gages. Si tu as besoin de quelque chose, tu n'as qu'à le dire, nous te l'apporterons. »

« Exactement, » renchérit le garde de la résidence Su, incapable de se retenir. « Le ciel est à peine lumineux et te voilà déjà à transporter des pierres et à nettoyer le poêle. Qu'essaies-tu donc de prouver ? »

Qin Nianyin remonta sa manche pour essuyer la sueur de son front. Sa voix resta calme, mais une détermination inébranlable transparaissait dans chaque mot. « C'est mon propre chemin. Je n'ai pas besoin de votre aide. »

Les deux échangèrent un regard ; un souffle plus tard, ils reprirent leurs chamailleries habituelles, comme mus par une rivalité instinctive.

Le garde Gu laissa échapper un reniflement dédaigneux. « L'esprit de ton maître Su se tord dans trop de directions. Je parierais qu'il la fait travailler ainsi pour mieux en récolter les bénéfices ensuite. »

Le garde Su répliqua aussitôt : « Et ta maison Gu ferait mieux ? Toujours à prétendre la protéger, mais chaque jour vous vous battez pour savoir qui doit couper du bois ou aller chercher de l'eau. Et vous osez nous accuser ? »

Un rire impuissant échappa à Qin Nianyin, bien qu'elle ne prenne pas la peine d'intervenir. Elle se contenta de reprendre son nettoyage du poêle, balayant méthodiquement les derniers grains de sable.

Alors qu'elle renversait le dernier panier, la garde de l'ombre Gu baissa soudain la voix :

« Demain, l'armée partira. »

Le panier en bambou glissa aussitôt des doigts de Qin Nianyin et tomba lourdement au sol. Le sable se répandit dans toutes les directions, et le son sec traversa l'air du matin comme une déchirure.

Elle se figea. Ses doigts tremblaient. Son regard s'assombrit ; la brume devant ses yeux sembla s'épaissir. Une pression invisible se resserra autour de sa poitrine, suffocante, comme si son souffle avait été arraché.

Elle se souvint.

Cette pièce essentielle — celle qu'elle avait tenté en vain de saisir pendant si longtemps — venait soudain de remonter à la surface.

Elle inspira brusquement. L'instant d'après, elle se redressa d'un mouvement vif et se retourna, avançant avec une urgence presque irrépressible, ses pas vacillants mais guidés par un but unique et désespéré. Sans la moindre hésitation, elle se précipita vers la porte de la cour.

* * * * *

Les deux gardes restèrent un moment figés, totalement pris de court, avant de se relever précipitamment.

« Qin Nianyin ! » l'appelèrent-ils en chœur.

Mais elle était déjà hors de portée, et aucun des deux n'eut la moindre chance de l'arrêter.

Les chevaux de guerre poussaient de longs hennissements résonnants, tandis que les bannières au-dessus de lui claquaient vivement sous le vent qui montait. Tout le camp grouillait d'activité, une marée agitée courant d'un bout à l'autre du campement.

Gu Xiao donnait encore des ordres détaillés à ses gardes personnels, sa voix demeurant stable malgré le vacarme, lorsque des pas précipités percèrent soudain le tumulte derrière lui, tranchant le bruit, net, comme une lame fendant une étoffe.

Il se retourna — et la silhouette qui surgit dans son champ de vision, il la reconnut avant même que son visage ne devienne distinct.

Qin Nianyin courait vers lui depuis le chemin poussiéreux menant au camp, ses pas irréguliers contrastant avec la rapidité de son arrivée. Derrière elle suivait Dix-Sept, la garde de l'Ombre qu'il avait personnellement chargée de veiller sur elle.

À la manière dont les soldats s'écartaient aussitôt sur leur passage, il était évident que Dix-Sept avait brandi le jeton que Gu Xiao lui avait confié — un jeton qui lui permettait de franchir tous les postes de contrôle sans obstacle et d'atteindre le cœur du camp à une vitesse impressionnante.

« Gu Xiao », appela Qin Nianyin en l'atteignant.

Son souffle se brisait en hoquets désordonnés qui faisaient trembler sa voix. Elle ne s'arrêta que par réflexe, tout son corps secoué par les protestations de ses poumons, et une traînée brillante de sueur glissa de sa tempe pour tomber au sol.

Gu Xiao fut complètement pris au dépourvu. Par réflexe, il fit un pas en avant et leva les mains pour la soutenir par les épaules. Même si elle ne l'avait pas percuté avec force, le léger tremblement qui vibra sous ses paumes remonta jusqu'à sa poitrine, y laissant une onde sourde et persistante.

« Que s'est-il passé ? » demanda-t-il, la voix basse mais tendue, comme s'il se préparait à entendre quelque chose dont il ne voulait pas vraiment.

Qin Nianyin tenta de reprendre son souffle plusieurs fois avant de pouvoir émettre un mot. Quand elle y parvint enfin, chaque syllabe semblait extraite avec effort, tendue comme une corde prête à rompre.

« Souviens-toi de ceci », dit-elle, la voix tremblante. « Méfiez-vous d'un ennemi qui feint dans une direction pour frapper dans une autre. Et surveille aussi les personnes les plus proches de toi — le danger peut venir de l'endroit où tu t'y attends le moins. »

Gu Xiao eut l'instinct de sourire pour la rassurer. Il voulut lui dire qu'elle s'inquiétait trop, qu'elle se tourmentait sans raison.

« Tous les hommes de mon unité sont des frères qui ont survécu à la vie et à la mort à mes côtés, comment pourraient-ils— »

Mais sa phrase s'interrompit net.

Non pas parce qu'elle l'avait coupé, mais parce que son regard s'était planté dans le sien — un regard d'une intensité tranchante, inébranlable.

Ses yeux tremblaient, oui, mais derrière ce tremblement brillait une lucidité froide, une netteté d'acier trempé. Une telle netteté qu'elle fit refluer ses mots dans sa gorge avant même qu'ils ne prennent forme.

Il resta silencieux un court instant, laissant le poids de cet avertissement s'imprimer en lui. Lorsqu'il parla enfin, son ton était calme, mais ferme.

« Très bien. Je resterai sur mes gardes. Merci de me l'avoir rappelé. »

Qin Nianyin ne se détendit pas pour autant. Au contraire, elle s'approcha encore, son expression crispée par une peur qu'elle refusait d'admettre. Ses mots tombèrent alors avec une clarté délibérée, comme si elle voulait les graver dans sa mémoire.

« Reviens vivant. »

* * * * *

Cet après-midi-là, le bureau de la résidence Su était si silencieux qu'il semblait absorber jusqu'au moindre souffle, comme si même l'air retenait sa respiration. Dehors, les cigales chantaient en longues vagues continues, montant et descendant avec une régularité presque étouffante.

Sur le bureau devant Su Zhang reposaient des piles de lames de bambou soigneusement alignées, chaque pièce exactement à sa place, témoignant d'un ordre presque trop méticuleux. Il se penchait légèrement, le bout de son doigt encore taché de vermillon, mais le trait qu'il s'apprêtait à apposer ne descendit jamais. Sa main demeura suspendue, immobile, prise d'une hésitation imperceptible.

Une garde de l'ombre glissa alors dans la pièce sans même troubler l'air, ses pas totalement silencieux. Elle tomba à genoux, la tête inclinée, sa voix d'une neutralité disciplinée lorsqu'elle fit son rapport.

« Je fais mon rapport, mon seigneur. Tôt ce matin, dès que Mademoiselle Qin Nianyin a appris que les troupes du général Gu partiraient à l'aube, elle s'est rendue directement du marché au camp militaire. Elle a affronté le général devant les soldats déjà rassemblés et l'a exhorté à se prémunir contre un ennemi qui pourrait feindre dans une direction pour frapper dans une autre. Elle… elle lui a également dit qu'il devait revenir vivant. »

Les derniers mots se dissipèrent, et toute la pièce retomba dans un silence si dense qu'il semblait sculpté dans la pierre elle-même.

Su Zhang baissa légèrement les yeux, comme s'il écoutait encore l'écho du rapport, patient et immobile. Pourtant, il ne répondit pas immédiatement.

Le pinceau vermillon tourna lentement entre ses doigts, mais il ne toucha plus le papier. Une ombre fugace passa sous ses cils — une émotion trop vive, trop brute pour être pleinement perçue — et il la repoussa aussitôt, l'enfouissant derrière le calme retrouvé de sa voix lorsqu'il répondit : « Je comprends. »

La garde de l'ombre inclina un peu plus la tête. Une tension subtile raidit ses épaules, signe qu'elle percevait quelque chose dans l'air, mais elle n'osa ni relever les yeux ni poser de question. Elle se retira en silence, chaque pas mesuré, jusqu'à ce que la porte se referme doucement derrière elle.

Lorsque la pièce fut de nouveau vide, seul Su Zhang demeura dans l'immense espace plongé dans une tranquillité impénétrable.

Il resta immobile derrière son bureau. Une courbe à peine perceptible étira ses lèvres — un sourire si ténu qu'on aurait pu le confondre avec la flamme vacillante d'une bougie. Pourtant, ce sourire portait une amertume âpre, semblable au sable râpeux et au vent sec des longues routes militaires.

Ses yeux restèrent d'un calme absolu, mais ses doigts, eux, trahirent ce que son expression refusait de révéler. Le pinceau vermillon craqua soudain dans sa main. D'un geste involontaire, il l'avait serré trop fort — au point qu'il éclata dans un bruit sec et étouffé, brisant le silence comme un souffle retenu trop longtemps.

* * * * *

La nuit s'épaississait autour du bureau impérial, et le silence à l'intérieur devint si absolu qu'on aurait cru qu'une simple aiguille tombant sur le sol ferait résonner toute la pièce. Les lampes brûlaient faiblement, leurs flammes se tordant en minces filaments de lumière qui vacillaient à chaque souffle d'air.

L'empereur Xuanwen, assis droit sous cette lueur fragile, tournait page après page du registre des mariages princiers. Ses mains, pourtant si fermes lorsqu'il affrontait les querelles de la cour et les batailles politiques, tremblaient légèrement en effleurant le parchemin.

« Trois fils… » murmura-t-il, sa voix à peine audible, comme si le nom silencieux de Nianyin pesait trop lourdement pour être prononcé.

Le prince héritier, Li Duan, était posé, réservé, méthodique dans ses pensées et dans ses actions ; sans question possible, il était le candidat le plus approprié pour la succession.

Pourtant, si l'empereur choisissait une épouse issue d'un clan puissant, cela équivaudrait à poser une aile supplémentaire sur le dos du prince héritier — une aile qui pourrait le porter encore plus haut, certes, mais qui risquait aussi de devenir un poids impossible à contrôler.

Les familles aristocratiques étaient déjà difficiles à contenir dans leurs ambitions. Une fois liées par le mariage au prochain souverain, leurs forces cumulées pourraient échapper à la main impériale.

Et si Li Duan, devenu empereur, devait gouverner une cour dont les fondations s'appuyaient trop fortement sur un clan extérieur… pourrait-il encore tenir fermement les rênes du pouvoir ?

Cependant, s'il choisissait une épouse issue d'une famille modeste ou d'une maison nouvellement ascendante, la cour ne manquerait pas de se gausser de la « faiblesse » des fondations du prince héritier, ridiculisant un choix perçu comme indigne et forçant Li Duan à subir un affront public qu'il ne méritait pas.

Quelle que soit la direction dans laquelle il pesait la question, aucun choix ne conduisait à une solution parfaite.

Le troisième fils, Li Suo, avait toujours semblé être « utile précisément parce qu'il était inutile ».

Il se complaisait en apparence dans la poésie, le vin, les jeux littéraires et un charme oisif. Mais l'empereur le savait : peu importe la manière dont il dissimulait son détachement, il restait un fils né du sang impérial.

Et un prince — qu'il le veuille ou non — était une pièce d'échiquier du royaume. On ne pouvait simplement le mettre de côté sans raison valable.

S'il demeurait célibataire, cela deviendrait une question de bienséance pour la cour comme pour les annales impériales. Lorsque le Temple Ancestral demanderait des comptes, comment l'empereur pourrait-il expliquer qu'un fils impérial en âge d'être marié n'ait toujours pas d'épouse ?

Quant au deuxième fils…

L'expression de l'empereur Xuanwen s'assombrit soudain, et une douleur ténue, mais réelle, serra sa poitrine.

« Cette défaite… » souffla-t-il, sa voix se brisant légèrement, ce qui le surprit lui-même. « S'il n'avait pas été aussi impatient, aussi avide de victoire, comment aurait-il pu tomber dans un tel état ? »

« Celui qui aurait dû être capable de tenir tête au prince héritier, » poursuivit-il en refermant les yeux, les veines sur le dos de sa main se contractant sous l'effort, « siège maintenant, déchu, au sein de la Cour du Clan Impérial. »

Il inspira lentement, comme si chaque souffle devait être lissé avant de pouvoir traverser sa gorge.

« M'en veut-il ? Naturellement qu'il m'en veut. Mais dans la maison impériale… Quand les frères ont-ils jamais été réellement autorisés à se dévorer les uns les autres ? »

Ses mots moururent dans l'air. Une longue pause suivit, puis un soupir, lourd d'une fatigue que même un empereur ne pouvait masquer.

« Assez. Le cœur d'un père et le devoir d'un souverain suivent deux routes qui ne se rencontrent jamais. Puisqu'il a déjà été envoyé à la Cour du Clan, il ne devrait plus provoquer d'autres vagues. Si je peux au moins lui arranger un mariage d'une certaine importance, lui assurant une vie stable pour les années à venir… alors peut-être que c'est la seule réparation que je peux encore offrir. »

Il referma finalement la liste d'inscription, son geste lent et délibéré.

La lumière des bougies se refléta dans ses yeux ; et dans cette lueur, il n'y avait aucune chaleur — seulement un froid profond, plus profond encore que les ombres qui enveloppaient la pièce.

Le mariage, bien qu'il semblât n'être qu'un arrangement domestique, était en vérité un champ de bataille de la politique de cour.

Trois fils signifiaient trois parties d'échecs distinctes.

Aucun d'eux ne pouvait être autorisé à quitter la main de l'empereur.

Et personne ne pouvait s'échapper du tableau qu'il avait déjà tracé.

Qin Nianyin était penchée dans la cour, dégageant patiemment les feuilles mortes et les mauvaises herbes emmêlées qui s'étaient accumulées au pied du mur. Une fine couche de sueur perlait à ses tempes tandis qu'elle travaillait, sa respiration régulière, mais marquée d'une tension discrète.

Soudain, un petit craquement retentit juste au-dessus d'elle ; quelque chose de léger frappa le sommet de sa tête, avec le poids nonchalant d'un tapotement volontaire et impertinent. Elle fronça aussitôt les sourcils, porta la main à l'endroit touché, et ses doigts se refermèrent sur… une cacahuète grillée, unique et encore tiède.

« Qui… »

Elle releva la tête d'un mouvement brusque et, comme elle s'y attendait presque, un visage indolent et bien trop familier s'étalait sur le mur de la cour, son propriétaire à moitié affalé dessus.

Li Suo, troisième fils de l'empereur Xuanwen, portait aujourd'hui une robe bleu lac brodée de nuages dorés, dont la soie captait la lumière du soleil en un éclat presque arrogant.

Il tenait un éventail pliant entre deux doigts, l'ouvrant et le refermant à moitié d'un geste paresseux — un geste qui, combiné à son sourire, révélait sans ambiguïté qu'il ne se souciait que très rarement des conséquences de ses actes.

La lumière du soleil glissait sur ses sourcils et ses yeux, lui donnant une élégance espiègle ; à ses yeux à elle, cela n'était qu'éblouissant au point d'en être irritant.

« C'est encore toi ? Pourquoi tu me lances toujours des cacahuètes ? » répliqua Qin Nianyin, l'agacement montant trop rapidement pour qu'elle puisse le contenir. Puis, comme si elle avait décidé que perdre son calme ne valait pas la peine, sa voix retomba d'un coup, plus froide. « Parler correctement te dépasse ? »

Li Suo ouvrit son éventail d'un claquement net, précis, presque théâtral, comme un acteur accomplissant une entrée calculée. Ses lèvres s'étirèrent en un sourire paresseux, et il releva légèrement le menton, comme s'il donnait un ordre plutôt qu'une invitation.

« Viens. Marche avec moi. »

Qin Nianyin sentit un bloc solide se former dans sa poitrine. Sa prise sur le balai se resserra, au point que le bambou émit un léger grincement.

Mais elle sentait déjà les regards curieux des voisins : le troisième prince, vêtu de brocart, debout dans une cour pleine de mauvaises herbes sèches comme une lanterne précieuse tombée dans la boue — une scène impossible à ignorer.

Elle ravala le soupir qui lui montait à la gorge, posa le balai de côté, et dit simplement : « Très bien. »

Ils marchèrent côte à côte vers la rive proche de la rivière. Le vent doux agitait les branches de saule, et la surface de l'eau scintillait de petites ondulations argentées.

Li Suo se tenait d'une posture décontractée au bord de la berge, tapotant doucement son éventail contre sa paume, tandis qu'il inclinait légèrement la tête vers elle.

« Tu pourrais mener une vie de confort et de richesse, » dit-il d'un ton léger, teinté d'une véritable curiosité, « Et pourtant tu choisis d'endurer les épreuves dans un endroit comme celui-ci. Que cherches-tu exactement ? »

Qin Nianyin baissa les yeux et effleura du bout des doigts une feuille de saule pendante. Sa voix, quand elle répondit, était calme mais sèche.

« Votre Altesse possède des palais de jade et d'or, et pourtant vous marchez sur un chemin de campagne comme celui-ci. Qu'est-ce que vous faites exactement ici ? »

Li Suo éclata d'un rire clair, lumineux, d'une aisance déconcertante, un rire qui contrastait fortement avec la réputation qu'on lui connaissait.

Mais le son s'arrêta brusquement à mi-chemin. Il referma son éventail d'un claquement sec, presque délicat, puis laissa tomber, comme s'il dévoilait une évidence :

« Je suis venu faire ma demande. »

« Demander en mariage ? »

Elle se demanda un instant si elle avait mal entendu une absurdité pareille.

« Oui. »

« Ici ? » Ses yeux s'arrondirent, incapable d'intégrer cette information.

« Oui. »

Le sourire de Li Suo s'élargit, déployant un charme malicieux qui avait troublé plus d'une jeune noble.

Elle jeta instinctivement un regard autour d'eux, cherchant un témoin, un indice, quelque chose qui expliquerait cet absurde retournement de situation.

Mais la rive était déserte. Rien que lui et elle.

Un frisson léger lui parcourut l'échine.

« Avec moi ? » demanda-t-elle, un malaise croissant dans la poitrine.

« Oui. »

Troisième fois. Même ton calme, même pose irritante.

Qin Nianyin s'immobilisa. Elle le fixa sans détour, puis leva les yeux au ciel, incrédule.

« Arrête de répéter oui, oui, oui. Votre Altesse ne devrait pas plaisanter avec ce genre de choses. »

Le troisième prince, apparaissant dans un chemin de campagne, pour proposer un mariage ?

Cela ne pouvait être qu'une plaisanterie.

Pourtant, l'expression de Li Suo changea.

La frivolité disparut de ses sourcils, remplacée par une sincérité rare. Sa voix tomba d'un ton, plus basse, plus lourde.

« Je ne plaisante pas. Je suis vraiment venu te demander en mariage. »

Qin Nianyin se figea de nouveau, cette fois comme si son esprit refusait d'assimiler les mots.

« Toi… de quelles bêtises parles-tu ? »

« Aucune du tout. »

Sa voix était légère, comme s'il ne faisait qu'énoncer une logique simple.

« J'avais prévu de te chercher à la résidence Su. Mais j'ai appris que tu avais quitté leur domaine confortable pour t'installer ici, dans un endroit aussi modeste… Je n'avais donc pas d'autre choix que de venir en personne. »

« … »

Elle resta muette, déstabilisée, incapable de décider si ce qu'il disait relevait de la vérité ou d'un caprice princier.

« Mon père veut choisir des consorts convenables pour nous trois. »

La voix de Li Suo demeurait détachée, mais chaque mot était pesé avec la précision de quelqu'un habitué aux rapports de pouvoir.

« Si je choisissais la fille d'un haut fonctionnaire, Père pourrait soupçonner l'ambition.

Si je choisissais la fille d'un fonctionnaire mineur, on dirait qu'elle cherche un rang supérieur.

Après mûre réflexion… »

Son regard glissa vers elle, rigoureux mais calme.

« Tu es appropriée. Tu es la cousine de Su Zhang, ta réputation est propre, et tu n'es pas comme celles qui s'avancent avec des yeux avides. »

Un frisson lui parcourut la poitrine. Elle força un rire bref, dur.

« Et comment Votre Altesse sait-elle que je n'ai pas ces ambitions-là ? Si ce n'était pas pour… »

Elle s'arrêta, une ombre traversant ses yeux.

« Peut-être ai-je aussi souhaité m'élever. »

Sans sa vie précédente, pensa-t-elle, elle aussi aurait saisi n'importe quelle branche.

Les yeux de Li Suo vacillèrent, mais il tapota simplement son éventail et laissa échapper un rire léger.

« Dans ce cas, tant mieux. Cette haute branche que je suis, considère-la mise de côté pour toi. »

Qin Nianyin le fusilla du regard. Sa voix était glaciale.

« Je n'ai aucune intention de ce genre. Merci pour votre considération. »

Il la regarda avec une acuité plus profonde, comme s'il voyait au-delà de chaque couche d'indifférence.

« Si tu voulais vraiment grimper plus haut, tu ne travaillerais pas ici. Ce genre de journées… quelle fille ambitieuse les supporterait ? »

Elle répliqua froidement :

« Peut-être que c'est une retraite pour avancer. Votre Altesse pense trop simplement. »

Ses lèvres s'étirèrent en un sourire ambigu, ni moqueur ni bienveillant. Il tapota doucement son front avec son éventail.

« Ne joue pas. Même en tant que prince oisif, j'ai au moins la capacité de discerner les gens. »

Son regard se plissa, une lueur taquine superposée à quelque chose de plus aigu.

« Ne crois pas que j'ignore que Gu Xiao et Su Zhang sont déjà sur le point de se dresser l'un contre l'autre à cause de toi. »

Un courant froid traversa la poitrine de Qin Nianyin, mais elle garda un visage impassible.

« Des rumeurs. Sans fondement. »

Il rit doucement, sans répondre davantage. Referma son éventail d'un clic léger, et posa sur elle un regard indéchiffrable.

« Réfléchis-y. »

Au-dessus d'eux, une brise fit frissonner les branches de saule.

La rivière murmurait doucement.

Et pendant un instant, l'air autour d'eux sembla se figer complètement.

Chapitre 72 : Nommer les Gardes de l'Ombre

Le brûleur d'encens en bronze envoyait de fines volutes de fumée qui s'élevaient, pâles et vacillantes comme des fils de brume.

Dans le Bureau Impérial, le silence était si complet que même le doux bruissement des pages semblait amplifié, résonnant contre les poutres sculptées au-dessus.

L'empereur Xuanwen referma lentement le parchemin de bambou dans sa main.

Son regard passa au-delà du bureau sculpté de dragons, se perdant quelque part dans le silence de la pièce tandis qu'il parlait d'une voix basse et posée :

« Gu Xiao et la Garde du Tigre marchent déjà depuis quinze jours.

Une fois le col de Yongri franchi, ils entreront directement dans la frontière nord.

Si cette campagne se déroule sans heurts, la frontière restera sécurisée pendant cinq ans.

Mais si la moindre chose tourne mal… »

Il s'arrêta.

Son doigt tapota deux fois la surface du bureau, des tapotements lents et lourds qui portaient le poids de possibilités inavouées.

« … alors les provisions militaires deviendront notre plus grande menace.

Le ministère des Finances a demandé la libération des céréales, mais la distance est grande et les charrettes sont lourdes.

Il se peut que cela n'arrive pas à temps.

Si nécessaire, nous devrons détourner des fournitures de la commanderie de l'Ouest et envoyer leur stock en avant, afin de nous préparer à des circonstances imprévues. »

Le prince héritier, Li Duan, inclina la tête en répondant.

Son ton était posé, empreint de la discipline de quelqu'un habitué à la responsabilité.

« Ton fils comprend. J'affecterai des hommes pour superviser attentivement l'affaire et veiller à éviter tout retard. »

L'empereur Xuanwen acquiesça faiblement, bien qu'il ne conclût pas le sujet.

Au lieu de cela, il expira lentement avant de reprendre la parole, sa voix plus basse, plus lourde :

« Cependant… il y a déjà des murmures à la cour.

Avec des provisions insuffisantes et le trésor épuisé, certains ont de nouveau proposé l'idée d'une alliance matrimoniale. »

Les mots tombèrent comme du fer dans la chambre silencieuse.

L'air sembla se durcir aussitôt.

Le prince héritier leva les yeux.

Une lueur de dureté passa dans son regard ; sa réponse, froide et sans appel, fendit le silence net comme une lame :

« Père, une telle mesure saperait la dignité de notre État. Cela ne doit pas être permis. »

L'empereur ne sembla pas surpris par sa résistance.

Il le regarda simplement, silencieux, mesuré, attendant ce qui allait suivre.

Le prince héritier poursuivit, le teint posé mais la voix résonnant de clarté :

« Une telle décision disperserait d'abord la confiance du peuple, et les conséquences se propageraient dans les années à venir.

Depuis la fondation de notre Grand Zhou, nous n'avons jamais cherché la survie par la soumission.

Si nous établissons un tel précédent aujourd'hui, alors à chaque conflit qui surviendra, devrons-nous sacrifier une autre princesse du clan impérial en échange d'une paix temporaire ? »

Ses mots frappèrent la pièce silencieuse avec une netteté froide, résonnant sous les voûtes immobiles.

Les sourcils de l'empereur Xuanwen se froncèrent.

Son expression devint grave, comme s'il pesait les pensées qui s'accumulaient lourdement dans son esprit.

Le prince héritier, percevant l'hésitation de son père, adoucit légèrement son ton — mais à peine.

« De plus, parmi la famille impériale… seule la Seconde Princesse reste célibataire. »

Un temps calme suivit.

« Jing est une fille de la maison impériale, » dit enfin l'empereur. « Elle a été élevée par le royaume. Il est naturel qu'elle porte les devoirs d'une princesse.

À moins qu'une autre noble dame du clan ne soit élevée au rang de princesse, elle est la seule candidate.

Mais… la Seconde Princesse éprouve depuis longtemps de l'affection pour Su Zhang.

Il est peu probable qu'elle consente à un tel mariage. »

Une ombre de réflexion traversa son expression.

Ses yeux s'assombrirent et, après un long silence, il reprit la parole, chaque mot délibéré et lourd :

« Su Zhang est jeune, mais capable.

S'il devait épouser une princesse, il ne pourrait plus occuper son poste central.

Ce serait, pour toi en tant que prince héritier, comme perdre un bras.

Une telle affaire ne doit pas arriver. »

Après avoir dit cela, il s'appuya brusquement contre le trône du dragon.

Son regard devint lointain, plongé dans un calcul profond.

Ses doigts se refermèrent une fois sur l'accoudoir avant qu'il ne le frappe d'un coup ferme.

« Pourtant… les appels à la négociation u sein de la cour ne datent pas d'hier ou d'avant-hier seulement.

Puisque vous venez de déclarer cette mesure impossible, vous devez alors fournir un moyen de la rendre véritablement impossible.

Les mots seuls ne servent à rien.

Si les provisions s'épuisent, si les soldats ont faim, alors dites-moi — qui assumera cette responsabilité ? »

Les sourcils du prince héritier se froncèrent.

Il baissa de nouveau la tête et répondit, la voix profonde et résolue :

« Père peut être rassuré.

Votre fils travaillera avec le ministère des Recettes et la Commission des Transports pour garantir que les rations de l'armée soient livrées sans faute.

Si une corruption ou une obstruction apparaît, votre fils veillera à ce qu'elle soit enquêtée et punie immédiatement. »

L'empereur Xuanwen soutint son regard.

Peu à peu, son regard devint plus froid, comme s'il retirait une à une les couches pour examiner l'acier sous l'apparence calme du prince.

Ce n'est qu'après un certain temps qu'il laissa enfin échapper un léger rire glacial.

« Très bien.

Souviens-toi de tes paroles aujourd'hui.

Si la frontière nord tient bon, la cour s'alignera naturellement derrière toi.

Mais si le nord tombe… prince héritier, tu sais déjà ce que tu perdras. »

L'expression du prince héritier ne changea pas.

Il s'inclina profondément, sa voix ferme comme le fer :

« Ton fils s'en souvient. »

La lumière des bougies tremblait.

Aucun autre son ne s'éleva dans le vaste Bureau Impérial, seules les fines traînées sinueuses de fumée d'encens montaient vers les hauteurs, s'enroulant comme des chaînes invisibles liant père et fils dans leurs fardeaux partagés et tacites.

* * * * *

Le brûle-encens en bronze libérait de lentes volutes de fumée parfumée qui s'élevaient comme une pâle brume, voilant les poutres de la Salle d'Or d'une lueur tamisée.

Les tambours cérémoniels s'étaient déjà tus, mais la cour restait rassemblée en plein rang.

Les fonctionnaires civils se tenaient à gauche, les généraux militaires à droite, leurs robes disposées dans un ordre précis.

Sur le trône impérial, l'empereur Xuanwen demeurait immobile, son regard stable et légèrement austère, n'offrant ni approbation ni réprimande.

Parmi les ministres civils, l'Assistant Ministre des Finances s'avança et s'inclina profondément.

Sa voix était respectueuse, mais portait un léger tremblement sous sa formalité.

« Votre Majesté, les lignes d'approvisionnement pour le front nord deviennent dangereusement tendues.

Ce qui reste dans le trésor impérial est à peine suffisant.

Cet humble serviteur croit que nous devrions suivre le précédent des anciennes dynasties et envoyer une princesse dans les tribus du Nord en mariage, assurant ainsi quinze ans de paix. »

Ses mots tombèrent dans la salle comme une pierre dans une eau calme.

Un murmure parcourut les officiels.

Depuis la colonne de gauche, un autre ministre intervint rapidement en soutien.

« L'ancienne dynastie conclut un traité matrimonial avec les Bei Di — les Di du Nord, une confédération tribale — ce qui assura plusieurs années de paix. Les archives en témoignent clairement.

Une telle mesure n'est ni sans précédent ni sans mérite. »

Quelques voix supplémentaires s'élevèrent successivement.

« Quand les rations manquent, les soldats ne peuvent pas se battre. La loyauté vide ne sert à rien. La diplomatie matrimoniale est une voie réaliste. »

Avant que la vague d'accord ne s'intensifie davantage, le prince héritier Li Duan fit un seul pas.

Son expression était calme mais résolue, et lorsqu'il parla, sa voix traversa la salle comme une lame dégainée.

« Père, ce fils croit qu'une telle mesure ne doit pas être prise. »

Les murmures s'apaisèrent aussitôt.

Tous les regards se tournèrent vers lui.

Li Duan posa ses mains, son ton ferme.

« Une alliance matrimoniale peut offrir un répit temporaire, mais elle dégraderait la dignité de notre Grand Zhou.

Si nous cherchons la sécurité en cédant, notre prestige chutera avant même qu'un traité ne soit promulgué.

La frontière ne restera peut-être pas vraiment calme, mais le cœur des gens scra déjà devenu froid.

Une fois ce précédent établi, chaque conflit futur invitera la même proposition.

Un tel apaisement serait une grave erreur. »

Ses paroles frappèrent lourdement, mais la salle n'avait jamais manqué de dissidence.

Le ministre des Revenus caressa sa barbe et laissa apparaître un mince sourire pointu.

« Son Altesse parle avec droiture, mais si ce n'est pas par de tels moyens, d'où viendront les provisions ?

La rhétorique vide ne remplit pas les greniers.

Les soldats ont besoin de nourriture.

Si la cour refuse une alliance matrimoniale, la seule mesure restante est d'augmenter les impôts. »

Plusieurs ministres répondirent avec enthousiasme :

« Oui. Une taxation temporaire peut atténuer l'urgence. »

« Même si le peuple souffre, c'est préférable à laisser tomber la frontière. »

La vague de voix monta, assez puissante pour menacer de submerger la posture du prince.

L'expression de Li Duan resta posée.

Il parla de nouveau, sa voix froide et inébranlable.

« Cela non plus n'est possible.

Le peuple a subi deux inondations ces dernières années. Leur force est épuisée.

Si nous imposons d'autres impôts, le ressentiment montera et une calamité plus grande suivra. »

Un ministre aboya sèchement :

« Alors, que propose Son Altesse ?

Si le mariage est interdit et la taxation interdite, devons-nous faire apparaître du grain du ciel ? »

Des dizaines de regards se posèrent sur lui.

L'empereur Xuanwen, assis sur le trône du dragon, n'interrompit pas.

Ses mains étaient croisées dans le dos.

Ses yeux reflétaient à la fois patience et scrutation, comme s'il pesait non seulement les paroles du prince, mais aussi le cœur qui les prononçait.

Li Duan prit une profonde inspiration.

Puis il s'inclina et déclara clairement :

« Ce fils croit que le tribunal peut ouvrir une contribution volontaire. »

La salle vacilla dans une confusion momentanée.

Il poursuivit :

« Lorsque la nation fait face au danger, ceux qui la servent doivent agir en premier.

Ce fils est prêt à contribuer mille taëls d'or pour soutenir l'armée. »

Un souffle sourd parcourut les officiels.

Puis silence.

Silence absolu, soudain, inquiétant.

La somme qu'il venait de nommer n'était pas négligeable.

Elle équivalait à la moitié de la richesse annuelle d'une famille noble de rang moyen.

Plus important encore, il avait prononcé ces mots en audience publique, sous le regard de l'ensemble du corps dirigeant de la nation.

Le geste se dressait comme un pilier, projetant sa longue ombre sur chaque officiel présent.

Dans le silence essoufflé, un doux carillon retentit : du jade frappant du jade.

Su Zhang sortit des rangs.

Sa robe flottait légèrement alors qu'il s'inclinait, sa voix claire et posée.

« La famille Su est prête à contribuer mille taëls d'argent. »

La déclaration tomba comme une pierre jetée dans un lac calme.

Ses ondulations s'étendirent en cercles s'élargissant.

Avec Li Duan et Su Zhang si ouvertement alignés, qui, à la cour, pouvait encore se permettre de rester impassible ?

La salle explosa.

« Ma maison est modeste, mais nous sommes prêts à contribuer trois cents taëls d'argent. »

« J'offre les bijoux de la dot de ma fille, d'une valeur de cinq cents taëls d'argent. »

« Cet officiel… contribuera aussi. »

Des voix s'élevèrent les unes après les autres, se répandant comme une marée jusqu'à ce que toute la Salle d'Or résonne de serments et de déclarations.

Les fonctionnaires échangèrent des regards précipités, chacun poussé à parler de peur d'être jugé manquant de loyauté ou de courage.

Sur le trône impérial, l'empereur Xuanwen observa la scène.

La sévérité dans ses yeux ne s'adoucit que légèrement, mais cette nuance suffisait à révéler une trace de satisfaction.

Un autre ministre se manifesta.

« Bien que ma maison ait peu de choses, nous sommes prêts à contribuer trois cents taëls. »

« Deux cents taëls du mien. »

« Cent taëls en platine. »

La vague changeante de contributions effaça la discorde précédente.

Un nouvel élan emplit la salle, plus ferme et plus unifié que le débat qui l'avait précédé.

Enfin, l'empereur Xuanwen se redressa légèrement.

Sa voix était basse, mais portait le poids d'un jugement final.

« Bien. Puisque tous les fonctionnaires sont prêts à s'unir d'un seul accord, c'est une fortune pour notre royaume. »

Il s'arrêta, son regard balayant les ministres assemblés avec une solennelle acuité.

« Transmettez mon décret.

À partir d'aujourd'hui, tous les fonctionnaires contribueront selon leur grade.

Les riches marchands de l'empire suivront par la suite.

Les provisions militaires doivent être rassemblées en intégralité.

Quant au peuple, leur subsistance ne doit être perturbée — même pas d'un seul grain. »

Une réponse retentissante s'éleva à l'unisson.

« Nous obéissons. »

Les voix résonnaient contre les piliers dorés de la Salle d'Or, vibrant comme un tonnerre lointain.

Au-dessus d'eux, la fumée du brûleur d'encens en bronze s'élevait, prenant des formes presque palpables.

Dans la pénombre, les volutes flottantes ressemblaient à des chaînes, liant chaque cœur de la salle au sort du front nord et aux décisions prises ce jour-là.

Chapitre 73 : Une nation donne ce qu'elle peut

Le brûleur d'encens en bronze envoyait de fines volutes de fumée qui s'élevaient, pâles et vacillantes comme des fils de brume.

Dans le Bureau Impérial, le silence était si complet que même le doux bruissement des pages semblait amplifié, résonnant contre les poutres sculptées au-dessus.

L'empereur Xuanwen referma lentement le parchemin de bambou dans sa main.

Son regard passa au-delà du bureau sculpté de dragons, se perdant quelque part dans le silence de la pièce tandis qu'il parlait d'une voix basse et posée :

« Gu Xiao et la Garde du Tigre marchent déjà depuis quinze jours.

Une fois le col de Yongri franchi, ils entreront directement dans la frontière nord.

Si cette campagne se déroule sans heurts, la frontière restera sécurisée pendant cinq ans.

Mais si la moindre chose tourne mal… »

Il s'arrêta.

Son doigt tapota deux fois la surface du bureau, des tapotements lents et lourds qui portaient le poids de possibilités inavouées.

« … alors les provisions militaires deviendront notre plus grande menace.

Le ministère des Finances a demandé la libération des céréales, mais la distance est grande et les charrettes sont lourdes.

Il se peut que cela n'arrive pas à temps.

Si nécessaire, nous devrons détourner des fournitures de la commanderie de l'Ouest et envoyer leur stock en avant, afin de nous préparer à des circonstances imprévues. »

Le prince héritier, Li Duan, inclina la tête en répondant.

Son ton était posé, empreint de la discipline de quelqu'un habitué à la responsabilité.

« Ton fils comprend. J'affecterai des hommes pour superviser attentivement l'affaire et veiller à éviter tout retard. »

L'empereur Xuanwen acquiesça faiblement, bien qu'il ne conclût pas le sujet.

Au lieu de cela, il expira lentement avant de reprendre la parole, sa voix plus basse, plus lourde :

« Cependant… il y a déjà des murmures à la cour.

Avec des provisions insuffisantes et le trésor épuisé, certains ont de nouveau proposé l'idée d'une alliance matrimoniale. »

Les mots tombèrent comme du fer dans la chambre silencieuse.

L'air sembla se durcir aussitôt.

Le prince héritier leva les yeux.

Une lueur de dureté passa dans son regard ; sa réponse, froide et sans appel, fendit le silence net comme une lame :

« Père, une telle mesure saperait la dignité de notre État. Cela ne doit pas être permis. »

L'empereur ne sembla pas surpris par sa résistance.

Il le regarda simplement, silencieux, mesuré, attendant ce qui allait suivre.

Le prince héritier poursuivit, le teint posé mais la voix résonnant de clarté :

« Une telle décision disperserait d'abord la confiance du peuple, et les conséquences se propageraient dans les années à venir.

Depuis la fondation de notre Grand Zhou, nous n'avons jamais cherché la survie par la soumission.

Si nous établissons un tel précédent aujourd'hui, alors à chaque conflit qui surviendra, devrons-nous sacrifier une autre princesse du clan impérial en échange d'une paix temporaire ? »

Ses mots frappèrent la pièce silencieuse avec une netteté froide, résonnant sous les voûtes immobiles.

Les sourcils de l'empereur Xuanwen se froncèrent.

Son expression devint grave, comme s'il pesait les pensées qui s'accumulaient lourdement dans son esprit.

Le prince héritier, percevant l'hésitation de son père, adoucit légèrement son ton — mais à peine.

« De plus, parmi la famille impériale… seule la Seconde Princesse reste célibataire. »

Un temps calme suivit.

« Jing est une fille de la maison impériale, » dit enfin l'empereur. « Elle a été élevée par le royaume. Il est naturel qu'elle porte les devoirs d'une princesse.

À moins qu'une autre noble dame du clan ne soit élevée au rang de princesse, elle est la seule candidate.

Mais… la Seconde Princesse éprouve depuis longtemps de l'affection pour Su Zhang.

Il est peu probable qu'elle consente à un tel mariage. »

Une ombre de réflexion traversa son expression.

Ses yeux s'assombrirent et, après un long silence, il reprit la parole, chaque mot délibéré et lourd :

« Su Zhang est jeune, mais capable.

S'il devait épouser une princesse, il ne pourrait plus occuper son poste central.

Ce serait, pour toi en tant que prince héritier, comme perdre un bras.

Une telle affaire ne doit pas arriver. »

Après avoir dit cela, il s'appuya brusquement contre le trône du dragon.

Son regard devint lointain, plongé dans un calcul profond.

Ses doigts se refermèrent une fois sur l'accoudoir avant qu'il ne le frappe d'un coup ferme.

« Pourtant… les appels à la négociation devant les tribunaux ne datent pas d'hier ou d'avant-hier seulement.

Puisque vous venez de déclarer cette mesure impossible, vous devez alors fournir un moyen de la rendre véritablement impossible.

Les mots seuls ne servent à rien.

Si les provisions s'épuisent, si les soldats ont faim, alors dites-moi — qui assumera cette responsabilité ? »

Les sourcils du prince héritier se froncèrent.

Il baissa de nouveau la tête et répondit, la voix profonde et résolue :

« Père peut être rassuré.

Votre fils travaillera avec le ministère des Recettes et la Commission des Transports pour garantir que les rations de l'armée soient livrées sans faute.

Si une corruption ou une obstruction apparaît, votre fils veillera à ce qu'elle soit enquêtée et punie immédiatement. »

L'empereur Xuanwen soutint son regard.

Peu à peu, son regard devint plus froid, comme s'il retirait une à une les couches pour examiner l'acier sous l'apparence calme du prince.

Ce n'est qu'après un certain temps qu'il laissa enfin échapper un léger rire glacial.

« Très bien.

Souviens-toi de tes paroles aujourd'hui.

Si la frontière nord tient bon, la cour s'alignera naturellement derrière toi.

Mais si le nord tombe… prince héritier, tu sais déjà ce que tu perdras. »

L'expression du prince héritier ne changea pas.

Il s'inclina profondément, sa voix ferme comme le fer :

« Ton fils s'en souvient. »

La lumière des bougies tremblait.

Aucun autre son ne s'éleva dans le vaste Bureau Impérial, seules les fines traînées sinueuses de fumée d'encens montaient vers les hauteurs, s'enroulant comme des chaînes invisibles liant père et fils dans leurs fardeaux partagés et tacites.

* * * * *

Le brûle-encens en bronze libérait de lentes volutes de fumée parfumée qui s'élevaient comme une pâle brume, voilant les poutres de la Salle d'Or d'une lueur tamisée.

Les tambours cérémoniels s'étaient déjà tus, mais la cour restait rassemblée en plein rang.

Les fonctionnaires civils se tenaient à gauche, les généraux militaires à droite, leurs robes disposées dans un ordre précis.

Sur le trône impérial, l'empereur Xuanwen demeurait immobile, son regard stable et légèrement austère, n'offrant ni approbation ni réprimande.

Parmi les ministres civils, l'Assistant Ministre des Finances s'avança et s'inclina profondément.

Sa voix était respectueuse, mais portait un léger tremblement sous sa formalité.

« Votre Majesté, les lignes d'approvisionnement pour le front nord deviennent dangereusement tendues.

Ce qui reste dans le trésor impérial est à peine suffisant.

Cet humble serviteur croit que nous devrions suivre le précédent des anciennes dynasties et envoyer une princesse dans les tribus du Nord en mariage, assurant ainsi quinze ans de paix. »

Ses mots tombèrent dans la salle comme une pierre dans une eau calme.

Un murmure parcourut les officiels.

Depuis la colonne de gauche, un autre ministre intervint rapidement en soutien.

« L'ancienne dynastie conclut un traité matrimonial avec les Bei Di — les Di du Nord, une confédération tribale — ce qui assura plusieurs années de paix. Les archives en témoignent clairement.

Une telle mesure n'est ni sans précédent ni sans mérite. »

Quelques voix supplémentaires s'élevèrent successivement.

« Quand les rations manquent, les soldats ne peuvent pas se battre. La loyauté vide ne sert à rien. La diplomatie matrimoniale est une voie réaliste. »

Avant que la vague d'accord ne s'intensifie davantage, le prince héritier Li Duan fit un seul pas.

Son expression était calme mais résolue, et lorsqu'il parla, sa voix traversa la salle comme une lame dégainée.

« Père, ce fils croit qu'une telle mesure ne doit pas être prise. »

Les murmures s'apaisèrent aussitôt.

Tous les regards se tournèrent vers lui.

Li Duan joignit les mains, son ton ferme.

« Une alliance matrimoniale peut offrir un répit temporaire, mais elle dégraderait la dignité de notre Grand Zhou.

Si nous cherchons la sécurité en cédant, notre prestige chutera avant même qu'un traité ne soit promulgué.

La frontière ne restera peut-être pas vraiment calme, mais le cœur des gens sera déjà devenu froid.

Une fois ce précédent établi, chaque conflit futur invitera la même proposition.

Un tel apaisement serait une grave erreur. »

Ses paroles frappèrent lourdement, mais la salle n'avait jamais manqué de dissidence.

Le ministre des Revenus caressa sa barbe et laissa apparaître un mince sourire pointu.

« Son Altesse parle avec droiture, mais si ce n'est pas par de tels moyens, d'où viendront les provisions ?

La rhétorique vide ne remplit pas les greniers.

Les soldats ont besoin de nourriture.

Si la cour refuse une alliance matrimoniale, la seule mesure restante est d'augmenter les impôts. »

Plusieurs ministres répondirent avec enthousiasme :

« Oui. Une taxation temporaire peut atténuer l'urgence. »

« Même si le peuple souffre, c'est préférable à laisser tomber la frontière. »

La vague de voix monta, assez puissante pour menacer de submerger la posture du prince.

L'expression de Li Duan resta posée.

Il parla de nouveau, sa voix froide et inébranlable.

« Cela non plus n'est possible.

Le peuple a subi deux inondations ces dernières années. Leur force est épuisée.

Si nous imposons d'autres impôts, le ressentiment montera et une calamité plus grande suivra. »

Un ministre aboya sèchement :

« Alors, que propose Son Altesse ?

Si le mariage est interdit et la taxation interdite, devons-nous faire apparaître du grain du ciel ? »

Des dizaines de regards se posèrent sur lui.

L'empereur Xuanwen, assis sur le trône du dragon, n'interrompit pas.

Ses mains étaient croisées dans le dos.

Ses yeux reflétaient à la fois patience et scrutation, comme s'il pesait non seulement les paroles du prince, mais aussi le cœur qui les prononçait.

Li Duan prit une profonde inspiration.

Puis il s'inclina et déclara clairement :

« Ce fils croit que le tribunal peut ouvrir une contribution volontaire. »

La salle vacilla dans une confusion momentanée.

Il poursuivit :

« Lorsque la nation fait face au danger, ceux qui la servent doivent agir en premier.

Ce fils est prêt à contribuer mille taëls d'or pour soutenir l'armée. »

Un souffle sourd parcourut les officiels.

Puis silence.

Silence absolu, soudain, inquiétant.

La somme qu'il venait de nommer n'était pas négligeable.

Elle équivalait à la moitié de la richesse annuelle d'une famille noble de rang moyen.

Plus important encore, il avait prononcé ces mots en audience publique, sous le regard de l'ensemble du corps dirigeant de la nation.

Le geste se dressait comme un pilier, projetant sa longue ombre sur chaque officiel présent.

Dans le silence essoufflé, un doux carillon retentit : du jade frappant du jade.

Su Zhang sortit des rangs.

Sa robe flottait légèrement alors qu'il s'inclinait, sa voix claire et posée.

« La famille Su est prête à contribuer mille taëls d'argent. »

La déclaration tomba comme une pierre jetée dans un lac calme.

Ses ondulations s'étendirent en cercles s'élargissant.

Avec Li Duan et Su Zhang si ouvertement alignés, qui, à la cour, pouvait encore se permettre de rester impassible ?

La salle explosa.

« Ma maison est modeste, mais nous sommes prêts à contribuer trois cents taëls d'argent. »

« J'offre les bijoux de la dot de ma fille, d'une valeur de cinq cents taëls d'argent. »

« Cet officiel… contribuera aussi. »

Des voix s'élevèrent les unes après les autres, se répandant comme une marée jusqu'à ce que toute la Salle d'Or résonne de serments et de déclarations.

Les fonctionnaires échangèrent des regards précipités, chacun poussé à parler de peur d'être jugé manquant de loyauté ou de courage.

Sur le trône impérial, l'empereur Xuanwen observa la scène.

La sévérité dans ses yeux ne s'adoucit que légèrement, mais cette nuance suffisait à révéler une trace de satisfaction.

Un autre ministre se manifesta.

« Bien que ma maison ait peu de choses, nous sommes prêts à contribuer trois cents taëls. »

« Deux cents taëls du mien. »

« Cent taëls en platine. »

La vague changeante de contributions effaça la discorde précédente.

Un nouvel élan emplit la salle, plus ferme et plus unifié que le débat qui l'avait précédé.

Enfin, l'empereur Xuanwen se redressa légèrement.

Sa voix était basse, mais portait le poids d'un jugement final.

« Bien. Puisque tous les fonctionnaires sont prêts à s'unir d'un seul accord, c'est une fortune pour notre royaume. »

Il s'arrêta, son regard balayant les ministres assemblés avec une solennelle acuité.

« Transmettez mon décret.

À partir d'aujourd'hui, tous les fonctionnaires contribueront selon leur grade.

Les riches marchands de l'empire suivront par la suite.

Les provisions militaires doivent être rassemblées en intégralité.

Quant au peuple, leur subsistance ne doit être perturbée — même pas d'un seul grain. »

Une réponse retentissante s'éleva à l'unisson.

« Nous obéissons. »

Les voix résonnaient contre les piliers dorés de la Salle d'Or, vibrant comme un tonnerre lointain.

Au-dessus d'eux, la fumée du brûleur d'encens en bronze s'élevait, prenant des formes presque palpables.

Dans la pénombre, les volutes flottantes ressemblaient à des chaînes, liant chaque cœur de la salle au sort du front nord et aux décisions prises ce jour-là.

Chapitre 74 : Rediriger l'argent donné contre une compensation

Quelques jours plus tard, dans l'étude impériale.

Un encensoir en bronze doré soufflait sa fine fumée pâle, le panache fin s'élevant en un fil régulier vers les poutres sculptées au-dessus.

Le prince héritier Li Duan se tenait en tenue de cour complète, sa posture posée et respectueuse, avant d'incliner la tête pour présenter son rapport.

« Je me soumets au Père Empereur le décompte de ce jour. Le décret de contributions volontaires a été émis dans tout le royaume et des fonctionnaires de chaque préfecture et bureau ont pris l'initiative de répondre à l'appel. »

Il poursuivit, posé et sans hâte : « La résidence Su offrit d'abord mille taëls d'argent, puis augmenta leur gage de mille autres, portant leur total à deux mille taëls.

Après vérification par le ministère des Recettes, les contributions combinées s'élèvent désormais à six mille huit cents taëls d'or et plus de dix mille taëls d'argent.

D'autres offrandes des guildes de marchands continuent d'arriver et n'ont pas encore été entièrement enregistrées. Bien qu'une telle somme ne puisse soutenir des campagnes prolongées, elle suffit, pour l'instant, à atténuer la crise immédiate à la frontière nord. »

Le regard de l'empereur Xuanwen s'assombrit, ses doigts tapotant légèrement le bureau sculpté par un dragon. Après un long moment, il hocha lentement la tête. « Bien. Cet empereur craignait d'abord que cette mesure ne suscite du ressentiment, mais de manière inattendue, son effet dépasse celui d'une simple taxe. »

Ses yeux se posèrent sur le prince héritier, et une rare et faible trace d'appréciation y passa.

« Cependant — » la voix de l'empereur Xuanwen s'abaissa soudain et se durcit, « la livraison de ces fonds salvateurs à la Frontière Nord est d'une importance capitale. Si ne serait-ce qu'une seule pièce se perd en route, non seulement le moral des troupes vacillera, mais la cour entière en sera ébranlée. Qui oserait assumer la responsabilité d'une telle livraison ? »

L'étude impériale tomba un instant dans le silence. Les ministres réunis retinrent leur souffle, n'osant pas parler de manière imprudente.

Le regard de l'empereur Xuanwen se tourna soudain vers Li Suo, qui se tenait à proximité. Vêtu de robes somptueuses, le Troisième Prince jouait distraitement avec un éventail nervuré de jade, ses yeux bougeant d'une lueur indéchiffrable.

« Suo. » La voix de l'empereur Xuanwen était grave. « Quel est ton avis ? »

Li Suo sursauta violemment. L'éventail se referma brusquement dans un « clac ». Il esquissa un sourire, bien qu'il trahît une note de panique. « Père Empereur, votre fils n'a aucune expérience en logistique militaire et est souvent considéré comme... tranquille et indiscipliné. Je crains d'être mal adapté à une responsabilité aussi lourde. »

L'atmosphère dans le bureau devint étouffante. Les sourcils de l'empereur Xuanwen se froncèrent vivement, une lueur de frustration face à l'insuffisance de son fils traversant ses yeux.

D'une voix sévère, il dit : « N'importe quoi ! Tu es de la lignée impériale, fils de cet Empereur ! Comment peux-tu utiliser "l'incompétence" comme excuse éternelle ! »

Li Suo se contenta d'offrir un léger rire désinvolte, gardant une nonchalance détachée, puis se tut de nouveau.

Après une longue pause, le prince héritier s'inclina profondément et prit la parole, sa voix posée. « Père Empereur, le transport de ces salaires et de ces fonds d'argent nécessite quelqu'un de méticuleux, décisif et totalement digne de confiance. Votre fils croit que Su Zhang, directeur du Bureau des Nominations au ministère du Personnel, est le candidat le plus approprié.

Bien qu'il soit un fonctionnaire du ministère du Personnel, il est intègre et fiable, et possède un grand sens de la logistique et de la coordination militaires, ce qui lui permet de s'adapter à toutes les situations. »

À ces mots, toute la pièce fut ébranlée.

Les sourcils de l'empereur Xuanwen se haussèrent légèrement, l'expression de ses yeux impénétrable.

« Su Zhang... » répéta-t-il d'une voix basse, ses doigts tapotant légèrement le bureau du dragon, comme pour peser sa décision. Après un long moment, il donna enfin l'ordre : « Su Zhang est nommé ministre pour cette mission de transport d'approvisionnement. Il doit partir aussi vite que possible pour aider les armées à la Frontière Nord. »

Le lendemain après-midi, Su Zhang sortit des portes du palais et retourna à sa résidence. Le ciel était couvert, une fine couche de poussière s'était déposée sur les lions de pierre flanquant l'entrée principale, et même le vent était immobile, pesant comme un étouffement.

Alors qu'il entrait dans la cour intérieure, la scène de l'audience matinale lui revenait encore en mémoire, quelque peu inattendue, mais aussi étrangement anticipée. Le regard froid et la voix grave de l'Empereur l'avaient désigné, lui—Su Zhang—pour escorter personnellement ces « fonds salvateurs ». Le poids de cette responsabilité écrasait ses épaules, au point de rendre sa respiration légèrement difficile.

En passant par un couloir isolé, il remarqua soudain une silhouette élancée debout devant. Vêtue de simples robes bleues, sans luxe, elle paraissait pourtant exceptionnellement résolue grâce à son expression concentrée.

C'était Qin Nianyin.

Les pas de Su Zhang vacillèrent légèrement ; son cœur se serra violemment. Elle l'avait évité ces derniers temps, mais cette fois, elle l'attendait volontairement ici. Extérieurement, son expression resta calme, mais une vague de joie dissimulée naquit au fond de ses yeux.

« Nianyin. »

Il s'arrêta après ce seul mot, puis ajouta, d'un ton qu'il cherchait à rendre posé : « Tu m'attendais ici exprès. As-tu besoin de quelque chose ? »

Qin Nianyin s'avança et tendit un lourd lingot d'or à deux mains, le déposant doucement dans sa paume.

L'esprit de Su Zhang vacilla. Il baissa les yeux vers l'éclat doré, sa voix devenant rauque. « C'est… ? »

« C'est l'argent de compensation du Troisième Prince », répondit Qin Nianyin, sa voix froide mais ferme. « En tant que femme, je ne peux pas aller au front et combattre l'ennemi, mais je souhaite tout de même contribuer à ma manière. S'il te plaît, cousin, prends ce lingot d'or et livre-le avec le reste. »

Su Zhang fronça les sourcils, sa voix se faisant plus basse. « Puisque le Troisième Prince te l'a donné en compensation, c'est à toi. Pourquoi me le confier ? »

Le regard de Qin Nianyin vacilla légèrement ; elle abaissa ensuite les paupières et dit doucement : « Je sais que toute la capitale est en tumulte pour lever des fonds militaires. Ce n'est pas grand-chose, mais c'est le seul… sentiment que je peux offrir. »

Une douleur sourde se répandit dans la poitrine de Su Zhang. Il voulut d'abord dire « inutile », mais en voyant la détermination dans ses yeux, il ravala ses mots avec difficulté. Finalement, il accepta le lingot lentement, bien que sa paume tremblât légèrement.

Qin Nianyin se tourna pour partir. Pris d'une anxiété soudaine, il dit sans réfléchir : « Aujourd'hui, Sa Majesté a promulgué un décret me nommant pour escorter personnellement ces fonds vers la Frontière Nord. »

Les pas de Qin Nianyin s'arrêtèrent.

« Alors… y a-t-il une autre façon dont je puisse t'aider ? »

Su Zhang la regarda ; une chaleur inexplicable se répandit dans son cœur, et les coins de ses lèvres se courbèrent en un sourire qu'il ne parvint pas à réprimer.

« Le tribunal a appelé à des dons volontaires. Non seulement les fonctionnaires et les marchands y ont répondu, mais même de nombreuses femmes de la capitale ont rassemblé des étoffes et des rations. Cependant… »

Son ton changea ; son expression s'assombrit légèrement.

« Ce qui manque le plus à l'armée, ce ne sont pas les fonds, mais les médicaments et les médecins. La Frontière Nord est glaciale et impitoyable. Une fois les batailles engagées, le nombre de blessés ne fera qu'augmenter. Et les médecins que nous pouvons recruter à la dernière minute sont loin d'être suffisants. »

Qin Nianyin demeura silencieuse un instant, ses doigts se resserrant légèrement dans ses manches. Après avoir réfléchi, elle leva enfin les yeux, son regard aussi résolu que tranchant.

« Si tel est le cas, et si Votre Excellence Su ne me juge pas insuffisante… je suis prête à accompagner la mission. »

Su Zhang fut stupéfait ; sa respiration se coupa légèrement.

« Je ne suis pas médecin, mais je connais les techniques de base pour arrêter un saignement et appliquer des bandages. Je peux aussi préparer des repas et m'occuper des blessés. Si vous ne me trouvez pas totalement inutile, j'aimerais accompagner les troupes jusqu'à la Frontière Nord et offrir la modeste force dont je dispose. »

La voix de Qin Nianyin n'était pas forte, mais chaque mot était ferme et sans la moindre hésitation.

Su Zhang la fixa longuement. Cette résolution inébranlable toucha une corde enfouie au plus profond de sa poitrine. Au bout d'un moment, il laissa échapper un rire bas et doux, sa voix rauque mais tendue de chaleur.

« Très bien. »

Le sourire qui étira finalement ses lèvres était franc, sans retenue.

Mais à l'instant où Qin Nianyin prononça ces mots résolus, une oppression légère mais nette lui serra la poitrine.

Des souvenirs de sa vie passée surgirent soudain dans son esprit.

Dans cette vie précédente, lors de cette même expédition vers la Frontière Nord, Gu Xiao avait disparu en chemin. Sa disparition frappa l'armée comme un gel soudain ; le moral des troupes s'effondra presque instantanément.

Bien qu'ils aient remporté la victoire de justesse, grâce à la défense désespérée de la Garde du Tigre et à l'arrivée opportune des renforts, leur force vitale avait été complètement épuisée.

La cour, tant à l'intérieur qu'à l'extérieur, sombra dans une agitation désespérée.

Les fonctionnaires étaient envahis par la panique et les entrepôts du ministère des Finances étaient presque vides.

Et Su Zhang…

À cette époque, il était accablé de responsabilités. Jour et nuit, il gérait les fonds militaires, répartissait les tâches et stabilisait la situation judiciaire. Son visage restait perpétuellement sévère, glacé.

Il n'avait pas échangé un seul mot avec elle.

De loin, son dos lui paraissait aussi lourd qu'une montagne. En le regardant, elle avait senti le monde entier devenir froid, sa propre poitrine oppressée au point de rendre la respiration difficile.

Qin Nianyin secoua violemment l'ombre de ces souvenirs, ses doigts se crispant.

Dans cette vie, elle refusait d'être de nouveau cette spectatrice impuissante.

Elle se répéta cela en silence, les lèvres serrées.

Su Zhang, lui, la regardait simplement sans parler.

Finalement, il laissa échapper ce rire bas et tendre, sa voix rauque mais étrangement douce.

« Si tu n'as pas peur des difficultés de ce voyage… alors viens avec moi. »

Elle tourna les talons et s'éloigna, sa silhouette progressivement avalée par le crépuscule.

Su Zhang resta debout sous le couloir.

Le lingot d'or, lourd dans sa main, semblait diffuser une chaleur brûlante, remuant dans son cœur une centaine d'émotions mêlées — une fierté silencieuse, et une amertume difficile à nommer.

501

Chapitre 75 : Le Nord avec l'armée

Le crépuscule était épais comme de l'encre, pesant lourdement sur la cour. Le bois de chauffage avait brûlé jusqu'à sa fin, ne laissant qu'une faible lueur rouge terne de braises dans le four, vacillant incertaine dans la nuit qui s'approfondissait.

Qin Nianyin déposa délicatement les pinces à feu, désormais lissées par l'usage, à côté du four. Elle ouvrit les paumes, essuyant la suie sale qui y collait.

Elle resta immobile un instant, puis se retourna enfin et marcha d'un pas assuré vers l'intérieur de la maison.

La vieille femme était toujours affaissée contre la table, serrant la tasse à vin à moitié vide contre sa poitrine, les paupières à moitié closes, semblant complètement perdue dans la stupeur de l'ivresse.

Qin Nianyin, cependant, s'agenouilla formellement devant elle, sa voix solennelle et sincère. « Maître, dans les jours à venir, je dois accompagner Son Excellence Su pour escorter des fonds militaires vers le nord. Ce voyage n'est pas un jeu d'enfant.

C'est pour les soldats à la frontière et pour une conscience tranquille dans mon propre cœur. Ce n'est pas un abandon de mon chemin ici. Si je reviens sain et sauf, je reviendrai naturellement ici et poursuivrai mes études avec toi correctement. »

Qiqi sursauta violemment, lâchant : « Quoi ? Vers la frontière nord ? »

Les yeux de Yiyi s'écarquillèrent de surprise, puis elle posa immédiatement une question, la voix tremblante : « Tu parles vraiment ? La guerre fait rage là-bas. Comment une femme comme toi peut-elle y aller ? »

Qin Nianyin leva les yeux, son ton calme mais empreint de détermination. « Le corps médical de l'armée a besoin de renforts. Si je peux ajouter ne serait-ce qu'une paire de mains de plus, c'est mon devoir de servir l'État. Je connais bien les limites de ce que je peux faire, mais je ne peux pas rester là à regarder. »

Les deux femmes écoutaient, échangeant des regards. Qiqi fut la première à parler d'une voix râpeuse. « Si tel est le cas, alors Qiqi souhaite vous accompagner, Mademoiselle ! »

Yiyi intervint aussitôt, sa voix tremblante mais inébranlable. « Oui, j'irai aussi ! Puisque vous partez, Mademoiselle, je ne resterai absolument pas en arrière. »

Qin Nianyin fut déconcertée. En voyant la détermination obstinée dans leurs yeux, une pointe de tristesse lui traversa le cœur, mais elle ne tenta pas de les dissuader davantage.

À ce moment-là, la vieille femme leva lentement les paupières. Habituellement paresseuse et souvent souriante en coin, aujourd'hui son expression était inhabituellement sérieuse, son regard semblant transpercer jusqu'au plus profond de chacun.

« La frontière nord est glaciale et rude. Vous... n'avez-vous vraiment pas peur ? »

Elle baissa légèrement les yeux.

Ce corps n'avait peut-être que dix-sept ans, mais son esprit avait déjà traversé bien plus de saisons que cela.

Si elle comptait cette vie et la précédente, elle avait déjà vécu presque un demi-siècle.

Elle n'était plus une enfant qui ignorait la peur.

Si elle avançait malgré tout, ce n'était pas par naïveté, mais parce qu'elle savait exactement ce que signifiait reculer.

Qin Nianyin secoua la tête.

Au fond d'elle, elle n'avait pas seulement dix-sept ans. En faisant le compte de sa vie passée à aujourd'hui, son esprit était celui d'une personne approchant d'un demi-siècle. Elle n'était pas une jeune fille et, naturellement, elle ne ressentait aucune peur.

« Fille... » la vieille femme râla, la voix légèrement tremblante à cause du vin mais étonnamment claire, « Tu possèdes vraiment un tel courage... Alors tu devrais y aller. »

Elle fixa intensément Qin Nianyin, laissant soudain échapper un rire bas et doux, une émotion complexe dans les yeux. « Si tu reviens et que cette vieille femme n'est pas encore morte... sur la base de ce cœur loyal qui est le tien, je t'enseignerai correctement. »

Ces quelques mots courts portaient le poids d'un serment.

Une chaleur soudaine monta dans la poitrine de Qin Nianyin, ses yeux menaçant de s'embuer de larmes. Elle s'inclina profondément, la voix légèrement tremblante. « Merci, Maître. »

Dehors, la brise nocturne s'agitait doucement, portant avec elle un froid qui fit légèrement frissonner la flamme de la lanterne.

* * * * *

Le ciel était sombre et couvert, le battement des tambours profond et résonnant. Su Zhang guida son cheval aux côtés de celui de Qin Nianyin. Son regard la balaya, notant sa silhouette élancée, mais sa colonne vertébrale était droite comme un bâton, son expression résolue et inébranlable.

Il resta silencieux un long moment avant de finalement parler, la voix basse. « Ce voyage signifiera dormir dans le vent et la rosée, endurer le froid mordant et les épreuves. Vous devrez soigner les blessés avec les médecins de l'armée, porter de l'eau, préparer des médicaments... C'est une épreuve imméritée pour toi. »

En entendant cela, Qin Nianyin secoua la tête. Ses yeux étaient clairs et portaient une détermination inébranlable. « Ce n'est pas du tout une difficulté. Pouvoir contribuer ne serait-ce qu'un peu pour le peuple, apporter mes humbles efforts aux soldats... Je me sens... profondément honorée. »

Su Zhang fut légèrement surpris. Alors qu'il se préparait à parler à nouveau, elle pinça brièvement les lèvres. Sa voix était basse, mais exceptionnellement distincte.

« Si je ne cherchais que le confort et la tranquillité, je serais restée dans la résidence Su. Mais je me souviens de mes parents adoptifs.

Pendant les grandes inondations, ils ont choisi de se sacrifier pour sauver les autres plutôt que de compromettre leur intégrité et leur esprit. Si seulement je savais comment profiter d'une vie de luxe, je déshonorerais l'intention profonde dans leurs cœurs. »

Le vent sifflait bruyamment autour d'eux, la brume matinale épaisse et tourbillonnante. Après avoir parlé, le regard de Qin Nianyin resta calme et stable, comme si aucun danger ne pouvait la secouer ne serait-ce qu'un peu.

Su Zhang tourna la tête pour la regarder intensément. Son cœur se serra soudainement. Il voulait dire quelque chose, mais au final, il refoula ces mots profondément emmêlés de son cœur dans sa gorge, répondant simplement d'une voix basse : « ... D'accord. »

L'aube n'était pas encore levée ; seule une mince parcelle de blanc grisâtre touchait l'horizon est. Pourtant, sur la route officielle menant à la périphérie de la capitale, les bannières claquaient déjà violemment au vent et les chevaux de guerre hennaient longuement et bruyamment.

Des rangées de grandes charrettes étaient alignées en rangs ordonnés. Chacune était chargée de coffres en bois scellés contenant des dizaines de milliers de lingots d'argent, ainsi que des fournitures médicinales, du tissu et de la soie.

Bien que les provisions fussent lourdes, pour la rapidité, tout était simplement emballé pour un voyage efficace. Les rideaux de charrette furent retirés, recouverts uniquement d'un tissu de chanvre grossier. Les essieux étaient renforcés de bandes de fer, leur donnant un aspect robuste et inflexible.

En tête de la procession se trouvait un contingent de cavaliers entièrement vêtus d'armures noires. Leur armure de plaques était lourde, leurs protège-visages fermés fermement. Des lances et des épées portant des bannières étaient attachées à leur dos.

À chaque bruit de sabots de leurs chevaux, le sol tremblait faiblement. Il s'agissait de la Garde de l'Armure Noire, personnellement assignée par l'Empereur, connue sous le nom de « Mur de Fer », chargée spécifiquement d'escorter les cargaisons vitales et de prévenir les raids.

Un battement de tambour retentit, boum, bas et lourd, semblant frapper au plus profond de l'être.

Su Zhang, vêtu d'une armure de combat bleue gravée, se tenait tout en avant. Son expression était sévère et froide, ses yeux brûlant comme des torches tandis qu'ils parcouraient les troupes rassemblées.

Sa voix était claire, résonnante et décidée. « Cette mission concerne la sécurité de toute la Frontière Nord ! Aucun pas ne peut se permettre le désordre ! Transmets mon ordre, »

« En avant ! »

Le cri résonna simultanément et la procession entama sa marche. Les essieux des charrettes grinçaient et gémissaient, les sabots des chevaux tombaient à l'unisson. La Garde de l'Armure Noire encadrait l'avant et l'arrière, formant deux murs de fer acérés et redoutables encerclant et protégeant fermement les charrettes argentées.

Qin Nianyin, accompagnée de Qiqi et Yiyi, se trouvait au milieu de la procession. Elle montait un cheval à la crinière sombre, la posture droite. Enveloppée dans la brume matinale, elle serrait fermement les rênes, mais le bout de ses doigts était légèrement froid.

Elle comprenait parfaitement au fond d'elle : ce n'était pas un voyage ordinaire, mais un pari à haut risque où l'échec n'était pas une option.

Regardant au loin, la procession avançait peu à peu dans la brume matinale, ressemblant à un lourd dragon de fer serpentant vers les tempêtes incertaines qui se rassemblaient à la frontière.

* * * * *

Au cœur des jardins du palais impérial, des saules verts effleuraient le sol et les ombres des fleurs se superposaient délicatement au milieu du feuillage.

Shen Lingyan venait d'accompagner sa mère pour rendre hommage à l'Impératrice dans le palais central.

Pendant que les anciens discutaient dans la salle, elle s'était promenée seule dans les jardins, ses doigts traçant doucement un bouquet de pivoines perlées de rosée matinale.

* * * * *

Soudain, un léger rire retentit derrière elle. « Mademoiselle Shen, voudriez-vous vous asseoir un moment avec ce Prince ? »

Elle se retourna pour voir le Troisième Prince, Li Suo, appuyé nonchalamment contre un pin. Il portait des robes couleur bleu d'un lac, un éventail plié se balançant doucement dans sa main, son expression noyée dans son habituel air indolent et coquin.

Shen Lingyan fit une légère révérence, gardant la bonne décence, et le suivit dans un petit pavillon niché dans le jardin.

À l'extérieur du pavillon, les fleurs étaient en pleine floraison, leur parfum chargé flottant dans l'air. Li Suo était à demi appuyé contre la table de pierre, le regard posé sur les fleurs vives et colorées du jardin.

Il soupira doucement. « Une telle paix et tranquillité ici, les motifs changeants de lumière et d'ombre parmi les fleurs... Cela doit être une scène totalement différente du froid désolé et mordant de la Frontière Nord. »

Shen Lingyan suivit son regard et esquissa un léger sourire. « En effet. Tout ce que nous, les femmes, pouvons faire, c'est nous associer à quelques sœurs d'autres familles pour donner des bijoux et des babioles dans un effort commun, simplement pour exprimer notre sentiment. Cela ne peut pas rivaliser avec la jeune fille de la famille Su... Elle est même partie avec l'armée de secours pour soutenir l'effort à la frontière nord. »

À ces mots, un silence s'installa dans le pavillon.

« Qin Nianyin ? »

Shen Lingyan hocha doucement la tête. « Oui, Mademoiselle Qin. Nous ne sommes pas tous ses égaux. »

Li Suo, qui était allongé, s'immobilisa soudainement. L'éventail plié entre ses doigts trembla légèrement. Il fixa le regard vide un long moment avant de murmurer lentement d'une voix basse : « ... Elle est partie avec eux ? »

Shen Lingyan, sans y prêter attention, poursuivit : « J'ai entendu dire qu'elle accompagnait personnellement Son Excellence Su. Bien qu'elle soit une femme, elle a insisté pour aller aider aux soins médicaux de l'armée et gérer les médicaments. Je... je l'admire vraiment pour cela. »

Une brise légère balaya, faisant osciller les ombres de fleurs dans le pavillon. Un sourire complexe, teinté à la fois de moquerie et d'une pointe de véritable éveil, courba les lèvres de Li Suo. « Alors c'est comme ça... Elle est en fait partie à la Frontière Nord avec Su Zhang. »

Shen Lingyan pencha la tête pour le regarder.

Elle vit la profondeur dans son regard, comme s'il était perdu dans ses pensées, mais la véritable saveur de ses reflets restait insaisissable.

À l'extérieur du pavillon, le vent faisait bruisser les branches de saule, dispersant des pétales comme de la neige tombante. La scène reflétait les pensées subtiles et non dites qui coloraient leurs expressions à tous les deux.

Chapitre 76 : La ruée vers la falaise

Après des jours et des nuits durant près de quinze jours, battus par le vent sous un ciel ouvert, le convoi de ravitaillement escorté par l'armée cuirassée atteignit enfin le camp militaire de la frontière nord du Grand Zhou.

Les cieux au-dessus des terres frontalières étaient enveloppés d'une obscurité sombre et oppressante. Le vent fouettait sur eux, un sable assez tranchant pour piquer la peau et, au-delà des portes du camp, les bannières claquèrent et se fissurèrent dans l'air glacial.

Au moment où un seul cor retentit à travers le vaste campement, toute la garnison sembla s'enflammer d'un coup. Des soldats qui s'entraînaient ou montaient la garde avancèrent d'un seul souffle, leurs bottes résonnant sur le sol comme une inondation libérée.

« Ils sont de retour. »

« Le grain de la capitale est arrivé. »

Ces cris rauques et résonnants montaient et descendaient sans relâche, chaque clameur surpassant la précédente en force et en ferveur, comme si leurs voix seules étaient capables d'apaiser les vents qui fouettaient la frontière.

Certains hommes levèrent leurs longues lames, d'autres les yeux rougirent et quelques-uns arrachèrent leur casque et les lancèrent en l'air, leur permettant de tracer des arcs lumineux à travers le ciel morne.

Dès que les charrettes franchirent le camp, les soldats se précipitèrent en avant. Ils se rassemblèrent autour, les mains tendues pour soutenir et décharger, mais leurs mouvements étaient si prudents qu'on aurait dit une révérence.

Caisses, médicaments et rouleaux de tissu étaient descendus des chariots et il y avait des hommes dont les yeux rougissaient dès qu'ils touchaient ces précieuses provisions.

Leurs voix, habituellement rauques et imperturbables, tremblaient d'émotion contenue. « Nos remerciements. Nos plus sincères remerciements à la capitale. »

Une voix commença le cri et dix autres s'élevèrent dans un écho féroce. Bientôt, le cri résonna dans tout le campement comme une vague déferlant sur des falaises.

« Nos remerciements. Nous vous remercions ! »

Le son monta vers le ciel, comme s'il voulait déchirer les nuages et balayer toute trace de morosité.

Un général adjoint, le visage marqué par le vent et par le voyage, s'avança vers eux d'un pas rapide.

Son expression était brûlante de soulagement, et il laissa échapper un rire si audacieux qu'il faillit se briser d'émotion. « Lord Su, pour que vous escortiez vous-même les provisions ici, les soldats du Nord vous doivent une dette qu'ils ne pourront jamais rembourser. »

Su Zhang descendit de cheval, le métal de son armure claquant contre lui-même.

Son expression était posée, mais il s'inclina solennellement. « Ce voyage n'est rien d'autre qu'un accomplissement du devoir. S'il peut vous apporter ne serait-ce qu'un minimum d'aide, c'est un honneur pour moi. »

Les acclamations continuaient de résonner autour d'eux. Les soldats serrèrent les poings, leurs regards flamboyants ; certains dégainèrent leurs lames et les levèrent haut, l'acier captant la lumière pâle, brûlant comme une flamme montante.

Pourtant, au milieu de cette ferveur, Qin Nianyin jeta rapidement son regard sur les troupes rassemblées. Ses yeux cherchaient avec une urgence qu'elle ne pouvait réprimer.

Au battement de cœur suivant, ses pupilles se contractèrent. Elle ne vit pas la silhouette grande et familière qu'elle cherchait.

Son cœur se serra si fort qu'elle en souffrait et, sans considérer les regards autour d'elle, elle fit un pas en avant brusquement. « Où est le général Gu ? »

Ce n'est qu'à ce moment-là que Su Zhang réalisa que Gu Xiao était introuvable. Il demanda immédiatement, la voix basse : « Où est le général Gu ? »

Le général adjoint hésita. Sa ferveur précédente s'estompa, et une légère hésitation passa entre ses sourcils. Après un moment, il serra les poings et répondit d'une voix feutrée : « Pour faire son rapport au seigneur Su, le général Gu et son adjudant ont pris une petite patrouille et sont partis explorer les routes devant eux. »

« Son adjudant. Comment s'appelle-t-il ? »

Qin Nianyin sentit son cœur bondir violemment, comme si quelque chose de froid et de toxique avait surgi sans prévenir.

Le général adjoint, bien que confus, répondit comme l'exigeait le protocole : « Le nom de famille de l'adjudant est Liang. Son nom personnel est Dong. »

« Liang Dong. »

Qin Nianyin répéta le nom, sa voix tombant dans une tranchante glaciale. Sa posture changea alors qu'elle s'approchait, son regard tranchant comme de l'acier tiré.

Le général adjoint se raidit sous ce regard perçant. Son pied glissa d'un demi-pas en arrière avant qu'il ne se rattrape et ne force un hochement de tête raide.

À cet instant, la couleur disparut complètement du visage de Qin Nianyin. La fatigue d'un demi-mois s'était dissipée aussi vite que la marée qui recule. Ce qui restait dans ses yeux était une clarté froide et dure et une montée de résolution sans hésitation. Sa voix était tendue lorsqu'elle exigea : « Depuis combien de temps sont-ils partis ? Et dans quelle direction ? »

« Ils sont partis il y a environ une heure. » Le général adjoint pointa précipitamment vers le nord-ouest. Il venait à peine de lever la main qu'elle se retourna et se précipita en avant, sa silhouette déjà engloutie par le vent soufflant, ses yeux remplis d'une détermination résolue.

Su Zhang resta figé sur place.

Pendant un bref instant, son esprit se vida complètement, comme frappé de plein fouet. Tout s'était déroulé trop vite — l'arrivée au camp, les acclamations encore résonnantes, et soudain cette fuite sans un mot.

Pourquoi une telle urgence ? Ils venaient à peine d'atteindre le camp, sans même avoir eu le temps de se reposer. Pourquoi ce nom, Liang Dong, avait-il suffi à la faire perdre toute retenue ?

Qin Nianyin.

Les soldats n'avaient pas encore réagi lorsqu'elle avait déjà saisi les rênes d'un grand cheval de guerre. Ses doigts fins se resserrèrent autour du cuir, sa prise clairement instable et tout son corps tremblait sous l'effort.

Bien qu'elle ait appris à monter à cheval dans son enfance sous la direction de son père adoptif, ces compétences étaient tombées en désuétude au fil des ans. Le cheval gratta violemment le sol, reniflant des nuages de brume blanche, sa force immense la déséquilibrant presque.

Elle serra les dents, ses jointures blanchissant sous la force et murmura à voix basse : « N'aie pas peur. Tu ne dois pas avoir peur. »

D'un dernier souffle par des lèvres tremblantes, elle se ressaisit et bondit vers le haut. Son mouvement était imparfait, presque vacillant, mais elle parvint à se poser sur le dos du cheval. L'étalon se cabra dans un hennissement perçant, puis bondit en avant, se mettant au galop à travers les portes du camp.

« Nianyin ! » Les yeux de Su Zhang devinrent froids, sa voix tranchant l'air dans un ordre profond.

Qiqi et Yiyi restèrent stupéfaites un instant avant d'échanger un regard rapide. L'instant d'après, elles montèrent à cheval et se lancèrent à leur poursuite.

Mais Qin Nianyin semblait totalement sourde à toutes les voix derrière elle. Ses cheveux noirs étaient soulevés par le vent soufflant, sa silhouette fine tendue par la résolution, et sa forme disparaissait dans la brume de sable volant comme une ombre se fondant dans la tempête.

Les yeux de Su Zhang se plissèrent, mais sous cette froideur glaciale, une fine fissure de douleur se répandit dans sa poitrine.

Le doute se pressa lourdement dans sa poitrine, mêlé à une inquiétude sourde qu'il n'arrivait pas à nommer. Ce n'était ni de la jalousie, ni de la colère — seulement cette sensation oppressante que quelque chose n'allait pas, que cette course n'aurait jamais dû commencer ainsi.

Mais il n'eut pas le loisir d'y réfléchir davantage.

Sans un mot de plus, il tira les rênes et se lança dans la poursuite, l'armure noire sur son corps captant le soleil d'une lueur froide et dure.

Le vent hurlait autour d'eux et les sabots frappant rugissaient comme du tonnerre roulant sur des plaines arides.

Sa silhouette s'éloignait de plus en plus, reculant pas à pas comme poussée par une obsession que personne ne pouvait retenir.

Une soudaine prise de conscience frappa Su Zhang avec une lourde force. Pourquoi était-elle si paniquée ? Ils venaient tout juste d'arriver. Ils ne s'étaient même pas reposés. Comment la simple mention du nom Liang Dong pouvait-elle la plonger dans un tel état d'alarme, comme si elle était confrontée à un danger imminent ?

La confusion et le malaise montèrent dans sa poitrine, mais il n'y avait pas le temps de les démêler. Sa silhouette fonçait avec une détermination indéniable, comme si elle voulait disparaître dans le danger lui-même.

Son cœur se serra. Ses sourcils se froncèrent avec une froideur sévère. Il tira brusquement les rênes et poussa son cheval en avant.

Le vent fouettait autour d'eux. La terre battait sous leurs sabots comme des tambours de guerre. Dans les yeux de Su Zhang, il ne restait qu'une pensée : peu importe ce qui la poussait à fuir dans l'inconnu, il ne pouvait pas la laisser affronter cette obscurité seule.

Lorsque Qin Nianyin s'était d'abord jetée sur le cheval, son pied avait glissé. Elle faillit basculer sur le côté, son corps basculant dangereusement vers le sol.

Sa paume serrait les rênes dans une poigne désespérée, ses doigts tremblant de manière incontrôlable.

Sous elle, le cheval émit un grognement lourd et impatient.

Sa poitrine se soulevait et retombait à un rythme affolé, chaque respiration brûlant ses poumons.

Cela faisait bien trop longtemps qu'elle n'avait pas monté à cheval. Après avoir quitté la petite cour de ses parents d'accueil, elle n'avait plus jamais touché à une selle.

Dans sa mémoire, son père adoptif se tenait à ses côtés, tenant calmement la bride du cheval, la guidant petit à petit et stabilisant ses épaules de ses mains chaudes et larges. Mais maintenant, il n'y avait plus personne pour la maintenir debout.

Au moment où les sabots touchèrent la terre, tout son corps secoua violemment. Chaque choc lui serrait les os, la secouant si fort que ses jambes faillirent flancher, à peine capable de saisir les flancs du cheval.

Le vent lui fouettait le visage avec une âpreté implacable, et ses yeux s'embuaient malgré lui jusqu'à ce que des larmes roulent, se mêlant à la sueur sur ses joues.

Elle avait peur. Elle avait vraiment peur —peur de tomber, peur de ne pas rester debout, peur que sa force ne dure pas.

Pourtant, la pression qui écrasait sa poitrine était plus forte que la peur elle-même.

Liang Dong.

Gu Xiao.

Les deux noms s'entremêlaient, pesant sur elle comme l'ombre d'une vie passée qu'elle ne pourrait jamais dissiper.

Elle ne savait pas vraiment ce qui s'était passé à l'époque ; tout ce qu'elle savait, c'est qu'après cette même campagne, Gu Xiao n'était jamais revenu. Cette perte était une blessure gravée au plus profond de son cœur, une blessure que le temps n'avait jamais pu effacer.

Cela ne pouvait pas se reproduire. Ce ne doit pas être le cas.

Elle serra la mâchoire, ses doigts blanchissants alors qu'elle resserrait son étreinte. Ses jambes tremblaient de façon incontrôlable, mais elle les força à appuyer fort contre les flancs du cheval. L'étalon poussa un hennissement aigu et douloureux, puis se précipita en avant avec une vitesse renouvelée.

La brume et le sable fouettaient son visage alors que le vent rugissait autour de ses oreilles. Elle avait l'impression qu'elle allait être projetée hors de la selle à tout moment.

Son cœur tremblait à chaque sursaut, la peur lui serrant la poitrine. Mais elle n'osa pas s'arrêter. Elle ne pouvait pas s'arrêter.

Même si elle tombait et se brisait sur les rochers en contrebas, elle les poursuivrait quand même.

Devant le bord de la falaise, les vents de la montagne hurlaient, froids et tranchants comme des lames.

Le cheval de Qin Nianyin tonnait sur le sol, sa vision piquant sous l'assaut du vent, mais son regard s'accrochait obstinément au chemin devant elle.

Le monde défilait devant elle dans un mouvement flou : plaques d'herbe fanée, pierres dentelées, parois de falaises imposantes, tout balayé derrière elle en un instant. L'air glacial trancha son souffle centimètre par centimètre, brûlant sa poitrine, mais elle ne s'accorda pas un seul instant d'hésitation.

Au loin, elle aperçut enfin une silhouette solitaire et droite.

Gu Xiao se tenait devant la falaise, les mains jointes dans le dos, sa cape sombre flottant violemment dans le vent. Sa silhouette était grande, austère et solitaire, comme une lame forgée dans l'ombre.

À ce moment-là, quelque chose à la limite de sa vision sursauta violemment.

Non loin derrière lui, un homme était agenouillé, un genou appuyé contre le sol, arc en main, la corde de l'arc tirée à son maximum. L'éclat froid de la flèche pointait droit vers le dos sans protection de Gu Xiao.

« Gu Xiao ! »

Sa voix déchira le vent soufflant, Nianyin, tremblant désespérément.

Les doigts de l'archer tressaillirent et la flèche vola.

Un sifflement aigu fendit l'air. Qin Nianyin sentit son cœur se serrer, son sang se glaça instantanément.

Pourtant, le battement de cœur suivant provoqua un retournement soudain — la flèche avait été déviée de sa trajectoire initiale par son cri.

Un sifflement perçant suivit.

La flèche effleura l'épaule de Gu Xiao, tranchant l'air près de son oreille. Au moment où il se retourna brusquement, la pointe de flèche effleura le côté de son visage sculpté, traçant une fine ligne rouge vif sur sa peau.

Ses cheveux noirs se soulevèrent violemment dans le vent de la montagne, des mèches s'élevant comme une cascade sombre, l'éclat du sang frais tranchant net ce mouvement.

Un mince rayon de soleil perça les nuages à cet instant précis, tombant sur ses traits — propre, froid, impitoyable. Ses sourcils étaient acérés comme des lames, son regard perçant et inébranlable, mais touché d'une étrange tristesse fugace sous cette unique touche de cramoisi.

Qin Nianyin sentit un violent tremblement traverser son cœur. Les rênes faillirent lui échapper des doigts et tout son être sembla figé devant la scène devant elle.

Au moment où il se retourna, il eut l'impression que le monde s'effondrait.

Il n'y avait que lui et elle.

Le vent, les sabots martelant, l'éclair de sang, tout devint un battement de cœur éternel suspendu entre eux.

Son cheval ne s'était même pas complètement arrêté qu'elle se jeta vers le bas, atterrissant à pas chancelants. Ses pieds touchèrent à peine le sol avant qu'elle ne trébuche en avant, courant droit vers Gu Xiao avec une urgence désespérée et instable.

Derrière elle se fit entendre le cri de Su Zhang et les pas précipités de Qiqi et Yiyi qui se rapprochaient, mais tout cela se dissipa dans le néant.

Leur hésitation ne dura qu'un battement de cœur. La fuite soudaine de Qin Nianyin avait rompu l'ordre établi, laissant derrière elle un vide bref mais saisissant.

Puis, sans un mot de plus, elles se mirent en mouvement.

Dans ses oreilles, il n'y avait que les battements de son cœur et le cri incessant du vent.

Elle n'entendait rien d'autre.

Gu Xiao venait à peine de se remettre du choc de la flèche soudaine ; en se retournant brusquement, il vit une silhouette familière courir vers lui contre le vent et le sable, jupes qui claquaient sauvagement, cheveux en bataille, son regard entièrement fixé uniquement sur lui avec un mélange de panique et de détermination farouche.

Il se figea, son cœur se vidant en un instant avant de s'écraser violemment contre ses côtes, chaque battement résonnant comme un tambour de guerre qui couvrait le vent déchaîné.

Était-elle…

Venait-elle ici pour lui ?

L'instant d'après, elle était déjà sur lui. Sa poitrine se serra et il réagit presque sans réfléchir, ouvrant les bras et la serrant fermement contre lui.

« Gu Xiao ! »

Sa respiration était aussi chaotique qu'une marée d'orage, sa voix tremblante de larmes même si elle luttait contre lui. « Lâche-moi ! »

Mais il la serra encore plus fort, la poitrine brûlante, la voix basse et instable. « Juste… laisse-moi te tenir un instant. »

Ses larmes ne cessaient pas. Ses paumes poussaient inutilement contre son armure, mais il ne relâcha pas son étreinte avant qu'elle ne se dégage d'un mouvement désespéré.

« Je ne suis pas venue pour ça ! » s'écria-t-elle, s'étouffant sur chaque mot, la voix tremblante au-delà de tout contrôle. « Je suis venue te sauver ! »

Elle recula, plaçant la longueur d'un bras entre eux, ses yeux balayant avec urgence son regard — de l'épaule à la poitrine, des bras à la taille — cherchant des blessures cachées sous l'armure.

Ce n'est qu'après avoir confirmé que, à part la fine traînée de sang sur sa joue, il était indemne, ses doigts se desserrèrent. La force quitta son corps et ses genoux fléchirent alors qu'elle s'effondrait au sol.

« Dieu merci… Dieu merci… »

La peur et le remords qu'elle avait refoulés finirent par se libérer. Ses sanglots s'échappaient de façon incontrôlable, comme si Nianyin portait le poids de deux vies entières de peur et de chagrin, comme si chaque chagrin logé dans son cœur avait trouvé une échappatoire d'un coup.

Tout au long de cette poursuite effrénée, une certitude froide s'était lentement imposée à lui.

Celle pour qui elle avait risqué sa vie, celle vers qui elle courait sans hésiter, n'était pas lui.

Cette pensée, lourde et silencieuse, s'enfonça profondément dans sa poitrine, laissant derrière elle une sensation de vide et une amertume difficile à nommer.

Gu Xiao baissa les yeux vers elle, un tremblement incessant lui traversant la poitrine. La flèche l'avait effleuré quelques instants plus tôt, assez tranchante pour faire couler du sang, mais le choc de cette douleur n'était rien comparé au bouleversement qui montait à cause d'elle.

Elle avait tout jeté de côté, peur, danger, raison — simplement pour l'atteindre.

À cet instant, il comprit clairement que le désir féroce qu'il avait enfoui dans son cœur ne pouvait plus être contenu, peu importe ses efforts.

* * * * *

Le vent hurlait, le sable fouettant le visage de Nianyin.

Su Zhang poussa son cheval à avancer à toute vitesse, ne s'arrêtant qu'au bord de la falaise. Alors qu'il tirait fort sur les rênes, les sabots chaussés de fer glissaient sur le gravier meuble, frappant des étincelles qui se dispersaient dans l'air.

Tout au long du chemin, il avait poursuivi son ombre. Elle avait chevauché sans hésitation, sans le moindre souci du danger, comme si elle voulait franchir la frontière entre la vie et la mort elle-même.

Cette détermination téméraire lui envoya un choc violent dans la poitrine, choc, fureur et une morosité qu'il ne pouvait même pas nommer.

Il n'avait jamais su qu'elle possédait autant d'habileté à cheval.

Elle était,

Elle était comme un livre qu'il n'avait jamais ouvert, chaque page révélant quelque chose de plus surprenant, plus insondable que la précédente.

Mais la personne pour qui elle avait tout risqué, fonçant vers la falaise comme si le monde s'effondrait, ce n'était pas lui.

La scène devant lui frappa comme un coup.

Qin Nianyin pleurait si fort qu'elle pouvait à peine respirer, effondrée dans le sable tourbillonnant, tandis que Gu Xiao s'agenouillait à ses côtés, un bras serré autour de ses épaules tremblantes.

La scène semblait calmer les cieux eux-mêmes ; même les vents de la montagne gelèrent, suspendus dans l'air.

Les doigts de Su Zhang se crispèrent autour des rênes jusqu'à ce que les jointures pâlissent.

Ses lèvres s'étirèrent, pas doucement, mais avec un tranchant froid et dur, une légère forme de sourire plus tranchante que n'importe quelle lame plantée dans le vent du désert.

Le vent déchirait ses manches, engloutissant chaque son autour de lui, ne laissant que les mots qui jaillissaient, lourds et non prononcés, au fond de son regard,

Absurde.

Qiqi et Yiyi avaient déjà bougé avec une précision rapide, forçant Liang Dong au sol et le clouant au sol. La corde de l'arc brisée tremblait encore faiblement dans l'air dur, sa vibration persistant sous la poussière qui montait.

Au milieu de la poussière flottante, Qin Nianyin s'était effondrée à genoux, les larmes coulant comme si un barrage en elle venait de céder.

La poitrine de Gu Xiao se soulevait et s'abaissait avec des souffles violents. L'instinct le poussa en avant. Il tendit la main, voulant l'aider à se lever, voulant stabiliser la ligne tremblante de ses épaules.

Avant que sa main ne puisse descendre, une autre paume frappa son côté avec une force sans hésitation.

« Ne la touche pas. »

La voix vint de sa gauche, froide et posée, Su Zhang sans aucun doute.

Gu Xiao se retourna brusquement. Il croisa le regard sombre et assuré de Su Zhang.

« Qu'est-ce que tu veux dire par là ? »

La voix de Gu Xiao était rauque, mêlée d'une colère qui n'avait pas encore trouvé son exutoire.

Su Zhang soutint son regard sans broncher. Ses yeux étaient clairs, inflexibles et assez perçants pour être tranchants.

« Pendant tant d'années, nous sommes restés comme des frères. Ne comprends-tu toujours pas ce qui se trouve dans mon cœur ? »

Gu Xiao s'arrêta un instant, le sens le frappant comme un coup sourd. Sa voix baissa.

« Toi... tu as des sentiments pour elle. »

« Oui. »

La réponse de Su Zhang ne portait aucune hésitation. Chaque syllabe était ferme, délibérée et exempte de honte ou de déni.

Le souffle de Gu Xiao se coupa. Son regard s'assombrit.

« C'est moi qui ai pris soin d'elle en premier. »

Un léger sourire froid effleura les lèvres de Su Zhang.

« Elle me connaît depuis l'enfance. La première personne qu'elle a rencontrée entre toi et moi, c'était moi. »

Gu Xiao serra les dents si fort que le bruit ressemblait à un tremblement porté par le vent.

« Ce n'est pas ainsi que l'affection se mesure. Ça ne veut rien dire. »

Su Zhang continua de l'observer. Sa voix resta calme, mais l'acier silencieux qui s'y trouvait était indéniable.

« Tu as raison. Cela ne détermine pas le résultat. Mais je t'ai un jour demandé franchement si tu avais de l'affection pour elle. Dis-moi, Gu Xiao, quelle a été ta réponse ? Tu as dit qu'il n'y avait rien de tel, qu'elle ne faisait que t'amuser. »

Gu Xiao se figea. Une tempête muette remua dans ses yeux, profonde et conflictuelle.

« Tu m'as piégé pour dire ça. Tu as déformé la conversation pour que je réponde comme tu le souhaitais. »

Le dernier mot n'était pas encore sorti de ses lèvres que son poing frappa en avant.

Un impact violent frappa la joue de Su Zhang. Sa tête se détourna brusquement et le sang se rassembla au coin de sa bouche.

Le deuxième coup s'abattit plus violemment. Su Zhang glissa d'un pas en arrière, mais demeura droit. D'un revers de doigts, il effaça le sang, l'expression inchangée. Il ne rendit pas le coup.

Le poing de Gu Xiao tremblait dans l'espace entre eux.

« Riposte, Su Zhang. Riposte. »

Le regard de Su Zhang était ferme, immobile. Sa voix était profonde et résolue.

« Tu peux frapper comme tu veux. »

Le vent hurlait à travers les falaises, portant l'écho du cri de Gu Xiao. La fureur et la douleur s'emmêlèrent dans sa gorge alors que son troisième coup tombait, mais il ne toucha pas le visage de Su Zhang.

Il heurta le tronc d'un arbre voisin.

Le son était dense et lourd. Les feuilles tremblaient et descendaient comme des fragments étouffés de ciel. Le sang s'infiltra à travers les fissures entre les doigts de Gu Xiao, tombant sur la terre en dessous.

La brûlure dans ses jointures était aiguë, mais elle ne pouvait rivaliser avec le tumulte dans sa poitrine, qui semblait avoir été déchirée par quelque chose de vital.

Entre les deux hommes, le vent sifflait comme des lames dégainées. Colère, douleur et vérités non dites s'affrontaient dans l'étroit espace où aucun des deux ne cédait.

Derrière eux, les sanglots de Qin Nianyin s'affaiblissaient lentement. Ses épaules tremblèrent une fois et la force quitta ses membres. Sans un mot, elle s'effondra, inconsciente, sur la terre balayée par le vent.

Qiqi et Yiyi poussèrent tous deux un cri de surprise, leurs voix se chevauchant dans la panique.

« Mademoiselle ! »

Ils se précipitèrent aussitôt, leurs mains se levant instinctivement comme pour attraper Qin Nianyin avant que son corps ne s'effondre complètement. Ce mouvement portait une urgence née non pas du devoir seul, mais d'une véritable peur —ses genoux avaient cédé si soudainement que même le vent sembla tressaillir.

Pourtant, Su Zhang leva la main. Sa voix trancha le vent avec un froid qui ne laissait aucun doute.

« Reculez. »

Les deux se figèrent en plein pas. Ils n'osaient pas désobéir et ne pouvaient que se retirer discrètement.

Su Zhang s'accroupit à côté d'elle. Ses mouvements furent étonnamment doux alors qu'il la ramassait de la terre. Ses sourcils étaient toujours froncés. Des traces de larmes tachaient son visage, pourtant elle était déjà tombée dans l'inconscience, inconsciente du monde qui l'entourait.

Il baissa les yeux vers ses traits immobiles. Son expression resta impénétrable, mais le bout de ses doigts se crispa légèrement contre les mèches de cheveux qui effleuraient sa paume.

Donc, finalement, celui qui la tient est toujours moi.

Peu importe à qui elle résiste, peu importe qui d'autre la convoite, tant qu'elle sera dans mes bras en ce moment, je ne la lâcherai pas.

Une ombre de satisfaction froide se dessina au coin de ses lèvres. Elle disparut dans la respiration suivante, laissant ses yeux aussi perçants que de l'acier trempé.

Sans un mot de plus, Su Zhang la souleva fermement et monta sur son cheval. Il la serra doucement dans ses bras, un bras la protégeant, l'autre serrant les rênes.

« Retourne au camp. »

Sa voix était dure, mais sous cette fermeté se cachait un tremblement profondément enfoui dans sa poitrine.

Gu Xiao observait la scène avec une sensation de feu se répandant sous ses côtes. La fureur et le regret s'agitaient ensemble, consumant son souffle. Son regard se fixa sur les deux silhouettes qui s'éloignaient, incapable de les détacher.

« Amène Liang Dong. »

Il se retourna vers ses gardes, aboya l'ordre d'une voix qui frappa comme une lame.

Qiqi et Yiyi avaient déjà attaché Liang Dong fermement, le forçant à s'agenouiller. Plusieurs soldats de la Garde du Tigre avancèrent, saisirent le prisonnier et le traînèrent vers le haut.

« Ramenez-le au camp principal. »

La voix de Gu Xiao résonna sur les falaises, profonde et inflexible. Les soldats répondirent à l'unisson, leur réponse nette résonnant entre les rochers.

Un vent violent balayait le précipice, laissant les restes de sang et de poudre à canon. Les jointures de Gu Xiao étaient fendues et saignaient, pourtant il n'y prêtait aucune attention. Son regard resta fixé devant lui, suivant la silhouette rétrécissante de l'homme et de la femme qui s'éloignaient à cheval.

Sa respiration était lourde. Colère, douleur et quelque chose de bien plus brûlant bouillonnaient en lui.

* * * * *

La nuit tomba sur le campement militaire. La lumière du feu vacillait de façon inégale, projetant des ombres mouvantes sur les parois de la tente. La fumée s'élevait, s'accrochant à l'air avec une amertume froide et métallique.

Liang Dong était suspendu, attaché à un poteau en bois. De nombreuses marques de fouet traversaient son dos et ses bras. Le sang avait séché en traînées dures, mais de nouveaux filets s'échappaient de blessures fraîchement rouvertes. Sa respiration était haletante. Sa poitrine se soulevait et s'abaissait rapidement, mais il serrait toujours la mâchoire et refusait de prononcer un mot.

Gu Xiao se tenait devant lui.

Son armure restait sur lui, le métal captant la faible lumière du feu. Son regard se fixa sur le prisonnier avec un poids capable d'écraser la pierre. Sa voix était rauque, mais une fureur contenue pulsait dans chaque syllabe.

« Liang Dong, je vais te demander une dernière fois. Qui t'a donné l'ordre ? »

Liang Dong garda les yeux fermés. Son souffle lui racla la gorge, fin et brisé.

« … Général… ton subordonné… n'ose pas le dire. »

« Tu n'oses pas le dire. »

Les yeux de Gu Xiao devinrent plus froids. D'un geste brusque du bras, il donna l'ordre.

Un claquement sec déchira l'air.

Le fouet s'abattit.

Le sang éclaboussa le poteau en bois. Le corps de Liang Dong sursauta. Un gémissement étouffé s'échappa de lui alors qu'il pressait désespérément son front contre le bois. Ses doigts se recroquevillèrent si fort que les ongles faillirent transpercer sa peau.

Gu Xiao s'approcha, la froideur dans son regard s'intensifiant. Il saisit la mâchoire de Liang Dong d'une main dure et força sa tête à se relever. Son regard transperça droit dans les yeux de l'homme, ne laissant aucune place à la retraite.

Le souffle de Gu Xiao était rauque et irrégulier. Sa voix baissa en un grondement bas et dangereux qui trembla au bord d'un cri.

« Parle. Qui t'a envoyé ? »

La gorge de Liang Dong se contracta de façon convulsive. Sa poitrine se soulevait de souffles violents. Un éclair de folie traversa ses yeux, si vif qu'il semblait vouloir se mordre la langue.

« Tenez-le. »

L'ordre de Gu Xiao fouetta la tente.

Deux soldats de la Garde du Tigre s'avancèrent aussitôt. Ils forcèrent Liang Dong à baisser la tête, écrasant sa tentative d'autodestruction.

Ses yeux devinrent injectés de sang, les blancs veinés par la rage et le désespoir. Ses lèvres tremblaient de façon incontrôlable. Enfin, d'un râle guttural, il prononça plusieurs syllabes tremblantes :

« … C'était… le mari de la Consort Impériale. »

Au moment où les mots tombèrent, la tente s'effondra dans le silence.

Gu Xiao se figea sur place. Tout son corps se raidit comme s'il avait été saisi par du fer froid.

Ses pupilles se contractèrent brusquement. Il en avait soupçonné beaucoup : le prince héritier Li Duan, le troisième prince Li Suo, même Li Xuan.

Mais jamais, pas une seule fois, il n'avait imaginé que ce serait cette figure presque oubliée : le prince consort, le gendre discret du trône, un homme qui vivait loin de la politique et semblait se contenter de dériver comme une ombre.

Un homme totalement sans présence.

Un homme si silencieux qu'il était presque ignoré.

Un homme qui s'était révélé être le venin caché derrière le rideau.

La prise de conscience frappa avec la force d'une montagne qui tombe. Son souffle s'épaissit, pressant fort contre ses côtes.

« Le prince consort. »

Gu Xiao répéta le titre à voix basse. Ses dents manquèrent de lui entailler la lèvre.

« Tu m'as suivi pendant des années. Je t'ai traité comme un frère. Et pourtant, tu as tiré dans mon dos. Si cette flèche avait touché mon cœur, comment serais-tu revenu pour en répondre ? »

Liang Dong tremblait de façon incontrôlable. La lutte se tordit dans son regard. Ses lèvres tremblaient comme s'il combattait une chaîne invisible, mais il les gardait fermement fermées. La sueur et le sang coulaient sur son menton, goutte après goutte, s'infiltrant dans la terre.

Tout son corps frissonna de nouveau. Sa gorge se serra brutalement. Enfin, il força un rire brisé, partagé entre l'amertume et le désespoir.

« Frère ? Général… Tu es l'héritier d'un grand clan militaire. Dès que vous avez mis les pieds dans l'armée du Nord, vous étiez commandant. Et moi, qui suis-je ? Dix ans à saigner à la frontière, sorti de tas de cadavres… pour finir simple adjoint sous toi. »

Sa voix tremblait, mais sous ce ressentiment s'aiguisait une lame formée par des années de silence.

« Ce monde ne récompense pas celui qui se bat le plus fort. Il récompense le nom qui porte la lignée. Tu montes au sommet sans effort. Moi, Liang Dong, peu importe à quel point je me bats avec acharnement, je suis destiné à rester sous ton talon. »

Le corps de Gu Xiao tressaillit. Ses sourcils se froncèrent en une ligne sombre et sévère. « Alors tu trahis ton frère et ta nation ? »

Les yeux de Liang Dong devinrent rouges. Sa voix rauque s'arracha de sa gorge.

« Je ne voulais trahir personne. Mais le prince consort avait promis… que si je réussissais, il me recommanderait comme grand général de la Frontière Nord. Ce ne serait plus ton adjoint. Ce ne serait plus l'homme à jamais dans ton ombre. »

Le silence s'installa dans la tente comme le gel hivernal.

La lumière du feu vacillait, projetant des ombres dentelées sur le visage de Gu Xiao. Ses yeux s'assombrirent jusqu'à ressembler à du fer trempé.

Le souffle de Liang Dong se coupa. Sa voix tomba en un murmure tremblant.

« Je voulais seulement une vie digne. J'en avais assez d'être traité comme une ombre. »

Du sang coulait au coin de sa bouche. Ses mots s'affaiblirent, s'amincirent comme une flamme mourante. Enfin, sa tête pencha sur le côté et il sombra dans l'inconscience.

Le seul bruit restant dans la tente était le crépitement du bois brûlant.

Une veine pulsa violemment à sa tempe. Il posa son poing sur la table en bois à côté de lui. L'impact fut si violent que le coin de la table se fendit.

Sa voix était basse et froide, portant la morsure d'une lame dégainée dans l'obscurité.

« Alors… voici le prince consort. »

Chapitre 78 : Une feinte à l'Est

Les lampes dans la tente de commandement brillaient d'un ambre tamisé, leur lumière vacillant contre les spirales de parfum médicinal qui montaient.

Qin Nianyin était allongée sur la palette, le front perlé de sueur froide. Son visage se crispa comme si elle luttait contre des ombres invisibles.

Parfois, ses lèvres tremblaient d'un sanglot brisé ; à d'autres moments, un léger sourire creux les tirait. Des murmures décousus s'échappèrent de sa gorge, des supplications à moitié formées et des noms fragmentés, flottant comme le délire de quelqu'un pris entre passé et présent.

Yiyi montait la garde près du lit, ses nerfs à vif. La panique traversa son visage avant qu'elle ne pousse précipitamment le rideau et ne sorte. Sa voix était basse et troublée lorsqu'elle s'adressa à Su Zhang.

« Maître Su... Mademoiselle Qin semble avoir une légère fièvre. Elle parle dans son sommeil, pleure et rit, comme si elle était prisonnière d'un cauchemar. »

Le visage de Su Zhang s'assombrit aussitôt.

« Va chercher le médecin militaire tout de suite. »

Avant même que Yiyi ne puisse bouger, de lourds pas résonnèrent dehors. Gu Xiao entra, son aura aussi froide qu'une tempête venant des steppes. Dès qu'il franchit le seuil, son regard se fixa sur la silhouette pâle allongée sur la literie.

« Comment va-t-elle ? » Sa voix était basse, si tendue qu'elle portait une intensité presque violente.

Su Zhang leva les yeux, son expression froide.

« Juste un cauchemar. Baisser la voix. Ne la dérange pas. »

« Un cauchemar ? » Gu Xiao laissa échapper un petit rire sans humour. Il s'avança, la fureur bouillonnant sous la retenue de sa voix. « Su Zhang, tu ferais mieux de ne pas profiter de sa faiblesse. »

« Gu Xiao. » La réprimande de Su Zhang traversa la tente comme un fouet. Il se plaça devant le lit, bloquant l'avance de Gu Xiao. « Elle n'est pas réveillée. Si tu tiens vraiment à elle, tu ne l'agiteras pas davantage. »

Les deux hommes restèrent plongés dans un silence tendu, l'odeur lourde des herbes épaississant l'air entre eux. Finalement, ils quittèrent la tente, leurs bottes raclant la terre froide. Sous les bannières qui claquaient au vent, ils se firent face, l'hostilité à peine dissimulée.

Gu Xiao prit la parole en premier, sa voix basse et métallique.

« Liang Dong a avoué. Celui derrière lui est grand prince-consort. Je ne m'y attendais pas... pas lui. »

Une brève ombre traversa le regard de Su Zhang, une rare lueur de solennité.

« Cela ne doit pas se répandre. Le grand prince-consort peut rester silencieux parmi les parents impériaux, mais une fois que les armées frontalières seront mêlées à lui, les conséquences dégénéreront hors de contrôle. »

Gu Xiao renifla froidement.

« Tu calcules toujours trois pas d'avance. Mais toi, Su Zhang... Ton cœur est plus profond que n'importe quelle tranchée sur cette frontière. Tu complotes avec un visage calme à chaque fois. Mais cette fois, tu ne l'entraîneras pas dans tes manigances. »

Su Zhang soutint son regard, sa voix ferme et tranchante comme l'acier.

« Elle ne fait partie d'aucun complot. Mes intentions sont aussi claires que le soleil et la lune. Je ne reculerai pas simplement parce que tu l'ordonnes, alors qu'aucune fiançailles n'ont encore été conclues. Et si tu présumes déjà la posséder sans son consentement, cela, je ne l'accepterai pas. »

La poitrine de Gu Xiao se souleva vivement, la colère et la retenue s'affrontant en lui. Il se pencha en avant, un rire froid s'échappant.

« Tu parles assez noblement. Mais tu crains de ne pas pouvoir me battre. Sinon, dis-moi... Pourquoi est-ce moi qu'elle a couru vers la falaise, sans hésiter, prête à jeter sa vie par la fenêtre ? »

Les doigts de Su Zhang se recourbèrent légèrement, bien que le léger sourire glacial sur ses lèvres ne vacilla pas.

« Une bataille est à l'horizon. Si nous nous disputons maintenant, nous mettons en danger des dizaines de milliers de vies. Si vous ne voulez pas laisser tomber, attendez la fin de la guerre. Alors nous réglerons cela. »

Le regard de Gu Xiao se fit plus perçant, glacial de mort, mais retenu. Après une respiration tendue, il se détourna avec un son amer dans la gorge.

Le vent nocturne soufflait, frappant les bannières jusqu'à ce qu'elles se fissurent violemment contre leurs mâts. Pourtant, les courants violents de tension entre les deux hommes restaient bien plus féroces que le vent déchaîné dehors.

* * * * *

Le médecin militaire posa légèrement ses doigts sur son pouls. Il écouta en silence, le regard fixe, jusqu'à ce qu'il retire enfin sa main.

« Mademoiselle Qin est simplement épuisée par le voyage. Son énergie vitale est affaiblie et la soudaine frayeur a bouleversé son esprit, provoquant une légère fièvre. Deux doses de médicaments et plusieurs jours de repos devraient suffire. Il n'y a pas de grave inquiétude. »

Su Zhang se leva et fit une révérence retenue.

« Merci. »

Le médecin ferma sa trousse de médicaments et prit congé. Les lanternes s'atténuèrent à nouveau, ne laissant que l'odeur flottante des herbes suspendue dans la tente.

Sur le lit, les sourcils de Qin Nianyin étaient froncés avec force. Des gouttes de sueur glissèrent sur ses tempes, ses lèvres se pincèrent faiblement, sa respiration irrégulière et précipitée.

Su Zhang l'observa longuement avant de finalement se pencher plus près. Il souleva un linge humide et essuya soigneusement la sueur froide de son front.

Ses mouvements étaient posés et précis, le bout des doigts maintenu avec une retenue délibérée. Pourtant, la certitude silencieuse de chaque geste ne laissait aucune place à quiconque d'autre. Son visage pâle et sans ornement reposait dans la lumière tremblante des bougies, et il ne détourna pas le regard, comme s'il mémorisait chaque contour fragile.

De ses lèvres s'échappaient des sons brisés, oscillant entre de doux gémissements et de supplications rauques.

« … pas de flèches… courir… vite… »

Les mots étaient pâteux, mais chaque syllabe portait une piqûre.

Le silence tomba comme une lame. Gu Xiao se raidit sur place, tout son corps tressaillant. Ses yeux se plissèrent vivement et, pendant un battement de cœur, il sentit quelque chose de lourd et de brûlant lui couper la poitrine.

Les sourcils de Su Zhang se froncèrent soudainement dans une ombre et, bien que son visage restât impassible, ses doigts se recourbèrent légèrement à côté de son genou.

À l'extérieur de la tente, Qiqi ne pouvait plus se tenir immobile. La fureur se dessina sur son visage.

« Pourquoi devrait-il être le seul autorisé à rester avec Mademoiselle ? »

Avant d'avoir fini, elle se dirigea pour lever le rideau.

Yiyi attrapa son bras, son expression ferme.

« Non. »

« Pourquoi pas ? » La voix de Qiqi baissa, mais sa colère tremblait juste sous la surface.

Yiyi secoua simplement la tête. Son ton était calme, mais teinté d'une rare certitude posée.

« Mon maître s'occupera d'elle. Si nous fonçons maintenant, nous ne ferons que la déranger. » La poitrine de Qiqi se soulevait et s'abaissait d'agitation. Elle mordit fort sa lèvre inférieure, ses jointures blanchirent alors que ses ongles s'enfonçaient dans sa paume.

« Non. Je veux la voir. Je veux m'occuper d'elle. »

Yiyi la retint. Qiqi s'avança. Les deux échangèrent plusieurs mouvements rapides, jusqu'à ce que Yiyi élève enfin la voix de frustration.

« Ne pouvez-vous vraiment pas voir qui Mademoiselle porte dans son cœur ? »

« Bien sûr que je peux. C'est le général Gu. Mademoiselle n'a été que froide envers Lord Su tout ce voyage, et pourtant elle s'est épuisée à bout de souffle pour le Général Gu quand le danger frappait... »

« Faux. » La réponse de Yiyi coupa net l'atmosphère. « Elle l'a repoussé. »

Qiqi se figea.

Baissant la voix, Yiyi força la vérité à sortir avec une gravité silencieuse.

« Si elle ne ressentait vraiment rien pour Lord Su, elle ne serait pas allée jusqu'à paraître indifférente. C'est précisément ce genre de distance née de la dissimulation. »

Qiqi se tut.

À l'intérieur et à l'extérieur de la tente, deux courants —l'un immobile et l'autre agité — montaient et tourbillonnaient dans des directions opposées. Pourtant, les deux étaient réprimés, s'enfonçant lourdement et tacitement dans le silence de la nuit.

* * * * *

La tente de commandement flamboyait de lumière. Sur la table, les contours des montagnes et des plaines se dressaient nettement sous la lueur, chaque crête et vallée marquée par des rangées de drapeaux noirs et blancs densément enfoncés dans le gravier.

Gu Xiao se tenait devant la table, les mains croisées dans le dos, les sourcils froncés, le regard affûté comme une lame.

« Les éclaireurs sont de retour », rapporta le général adjoint en pointant un groupe de marqueurs cramoisis. Sa voix portait le poids d'une tempête imminente. « L'ennemi rassemble sa force principale dans les plaines orientales.

Le terrain là-bas est vaste et ouvert — s'ils avancent pleinement, nous serons contraints à une confrontation directe. Quant à la frontière ouest, » il indiqua un coin reculé de la carte, « il ne reste qu'un ravin abrupt. Infranchissable. Aucune armée ne pourrait lancer une attaque depuis là. »

Les officiers rassemblés acquiescèrent. Un silence lourd suivit.

Gu Xiao, cependant, ne parla pas. Son regard resta fixé sur le bord ouest de la table. Il repensa à l'image de Qin Nianyin courant vers le camp plus tôt dans la journée, ses yeux perçants, sa voix tranchante :

« Souviens-toi. Méfiez-vous d'une feinte. »

Sa poitrine se serra. Puis son expression changea, une tempête se forma sous la surface immobile.

« … Non. »

Le mot unique trancha la tente comme une épée dégainée. Les officiers se raidirent.

Gu Xiao tendit la main. D'un geste rapide et décisif, il arracha le drapeau cramoisi à l'est et le planta dans un passage étroit à l'ouest. Sa voix résonnait froide et inflexible, aussi implacable que le fer : « La véritable force de l'ennemi n'est pas à l'est. Elle se trouve ici, à l'ouest. »

« Général ? » hésita le général adjoint. « Mais le ravin de l'ouest est une barrière naturelle. Même les éclaireurs la traversent avec difficulté, comment une armée entière pourrait-elle la franchir ? »

« Précisément parce que cela semble impossible, » répondit Gu Xiao, « cela devient le point le plus périlleux. S'ils prévoient une frappe surprise, ils choisiront la voie que personne ne croit possible. Leur démonstration à l'est n'est rien d'autre qu'une diversion. La véritable lame repose dans l'ombre. »

Ses jointures tapotaient la table, chaque coup net, comme la mesure d'un tambour de bourreau. Son regard balaya la carte avec une clarté glaciale, chaque mot tranchant le doute :

« Si l'ouest tombe, toute la frontière nord s'effondre. Mais s'ils osent vraiment s'approcher par le ravin, alors ils entrent volontairement dans notre filet. Qu'ils croient que nous protégeons l'est et négligeons l'ouest. Une fois qu'ils entreront dans le point d'étranglement, on les écrase d'un seul coup. »

Les officiers échangèrent des regards inquiets. L'un d'eux osa une objection prudente.

« Général… Cela ne serait-il pas un risque trop grand ? Si nous nous trompons, alors— »

« 'Si' ? » Le rire de Gu Xiao était froid, tranchant comme de l'acier frappant la pierre. Il balaya la pièce du regard, sa voix baissant en un timbre dur et impitoyable.

« Le champ de bataille ne favorise aucun homme qui s'accroche à une sécurité imaginaire. Un ennemi capable ne marche jamais sur la route que nous attendons. Ce n'est pas de l'imprudence. C'est utiliser leur ambition pour les enterrer. »

« Général… Si nous nous trompons, cela pourrait signifier l'anéantissement. »

« Alors dis-moi, » sa voix tonna avec une férocité contenue, « quel commandant craint la défaite ? Aucun général sous le Ciel ne gagne chaque bataille. Envoyez mes ordres ! Fortifiez immédiatement l'ouest. À l'est, ne conservez que l'apparence de force, rien de plus. Dissimulez notre véritable intention. Si l'ennemi ose descendre ce ravin, qu'il y entre et ne revienne jamais. »

Les officiers se redressèrent d'un même mouvement, les poings serrés.

« À vos ordres, Général ! »

L'air à l'intérieur de la tente changea — s'épaissit, se fit plus dur. Une aura meurtrière monta comme une marée. Dehors, des tambours lointains grondaient, comme pour annoncer le sang versé à venir.

Les yeux de Gu Xiao revinrent au seul drapeau cramoisi planté dans le passage ouest. Sa poitrine se serra à nouveau.

Il ne savait pas pourquoi il croyait cela si entièrement. Il savait seulement que la voix de la femme venue le prévenir, sa certitude haletante, semblait maintenant résonner dans sa propre détermination.

Il la croyait.

Chapitre 79 : Rêves chuchotés

La lumière de la lampe vacillait contre les murs de toile, projetant des formes mouvantes qui se mêlaient à la légère odeur de la médecine et au froid plus tranchant de la sueur.

Sur la couchette étroite, Qin Nianyin se tordait nerveusement, les sourcils froncés, les lèvres tremblantes de murmures fragmentés, comme si elle luttait contre un cauchemar invisible.

Su Zhang veillait silencieusement à ses côtés. Ses doigts se resserrèrent autour du mouchoir brodé qu'il tenait, une fine sueur perlant à ses tempes. Quand les tremblements de la jeune femme s'aggravèrent, il se pencha enfin, soulevant le tissu pour essuyer doucement la sueur sur son front.

Juste avant que le tissu ne touche sa peau, ses yeux s'ouvrirent brusquement.

Sombres, profonds et totalement lucides, ils le fixèrent avec une froideur qui n'appartenait pas à ce moment. Pendant un battement de cœur, Su Zhang se figea, la main suspendue dans l'air.

« … Nianyin ? » murmura-t-il, la note hésitante de sa voix trahissant son malaise.

La femme sur le lit se redressa lentement. Puis, au coin des lèvres, elle sourit — un sourire fin et glacial comme du givre. Sa voix était rauque mais claire, chaque mot tombant avec la netteté de l'acier.

« Seigneur Ministre… Qu'est-ce qui te ramène si tôt aujourd'hui ? »

Su Zhang se raidit. Son souffle se coupa.

Seigneur Ministre ?

Il n'était qu'un haut fonctionnaire du bureau de sélection du ministère du Personnel. Comment aurait-il pu accéder au rang de ministre ?

« Quoi… Qu'as-tu dit ? » demanda-t-il d'une voix basse, la tension s'enroulant étroitement dans sa poitrine.

Le regard de Qin Nianyin se voila d'un mépris douloureux, mêlé à des larmes brillantes. Son sourire portait une amertume discrète, du genre qui blesse profondément sans élever la voix.

« Il n'y a personne d'autre ici. Tu n'as pas besoin de faire semblant de t'inquiéter. Nous sommes mariés depuis vingt ans. Je peux prendre soin de moi-même. Retourne à tes tâches. »

« Mariés… vingt ans ? »

Su Zhang faillit s'étouffer. Un tremblement parcourut sa voix. Ses doigts se crispèrent sur le mouchoir jusqu'à en blanchir.

Il se pencha davantage, la gorge serrée, et demanda avec urgence : « Alors… qui suis-je ? »

L'expression de Qin Nianyin se teinta d'un amusement las, comme s'il venait de raconter une plaisanterie indigne d'attention. Elle laissa échapper un petit ricanement sans joie.

« Je ne suis pas encore assez vieille pour oublier des noms. Le Seigneur Ministre Su, classé troisième aux examens impériaux de l'année Gengzi, est connu sous le nom de Su Zhang, Ministre du Personnel. Tu t'es oublié toi-même ? »

Toute couleur quitta son visage. Une sueur froide glissa le long de sa colonne vertébrale. Son cœur battait violemment, désordonné, presque douloureux.

Non… ce n'est pas possible…

Cette pensée le frappa brutalement alors qu'il peinait à respirer.

Il tenta de se calmer, forçant sa voix tremblante à rester sous contrôle.

« Dis-moi… En quelle année sommes-nous maintenant ? »

Les yeux de Qin Nianyin devinrent lointains. Des larmes roulèrent sur ses joues, l'une après l'autre, mais elle rit doucement — un son fragile et douloureux, comme s'il vidait l'air lui-même.

« Comme tu es devenu oublieux. C'est la quinzième année de Taiwu. Le dix-huitième jour du sixième mois. »

Sa voix vacilla. Une ombre passa dans son regard, et ses mots suivants se brisèrent sous une douleur nue.

« Tu ne sais pas, n'est-ce pas ? Si notre enfant avait vécu… il aurait vingt ans cette année. »

Un tonnerre creux sembla éclater dans le crâne de Su Zhang.

Son esprit devint vide.

Sa poitrine se serra, écrasée par un poids invisible.

Le souffle le quitta.

Il resta figé, stupéfait, brisé par une vie qu'il n'avait jamais vécue.

« Enfant… ? »

Sa voix tremblait si faiblement qu'elle se perdit presque dans l'air.

Les larmes de Qin Nianyin coulèrent plus vite, chaque goutte comme la rupture d'une corde de cithare, tirant sans pitié jusqu'au plus profond de sa poitrine.

« Je ne t'ai jamais dit… Nous avons eu un enfant autrefois. Mais tu es entré au palais pour dix jours, tu n'as pas eu la patience de m'écouter avant de partir… et quand tu es revenu, l'enfant était déjà parti. »

Sa voix tremblait d'angoisse. Elle serrait la couverture fine à deux mains, ses sanglots étouffés mais perçants, comme si des années de douleur tue remontaient enfin, impossibles à contenir.

Tout le corps de Su Zhang trembla. Ses mains se levèrent instinctivement avant de retomber, impuissantes. Il la fixa, stupéfait, la gorge si serrée qu'aucun mot ne pouvait passer.

« Impossible… » murmura-t-il.

Ses genoux fléchirent et il se **releva** brusquement, dans un mouvement instable. Sa manche heurta la petite table à côté du lit, qui s'effondra dans un bruit sec ; le bol en porcelaine tomba au sol et se brisa net, le fracas assez aigu pour piquer les oreilles.

Qin Nianyin continua de pleurer sans s'arrêter. Ses larmes imbibaient l'oreiller sous sa tête, s'étalant en une tache sombre de chagrin. Peu à peu, la force de ses sanglots s'affaiblit.

Sa voix s'éteignit en un murmure faible et, finalement, épuisée au-delà de toute résistance, elle laissa retomber ses paupières et sombra de nouveau dans un profond sommeil.

Le silence retomba dans la tente, seulement troublé par le rythme fragile de sa respiration.

Su Zhang ne bougeait plus. Son visage avait perdu toute couleur, devenu aussi pâle que les parois de toile. Ses mains pendaient lourdement à ses côtés, ses doigts glacés au toucher.

Sa poitrine semblait écrasée par un poids énorme, rendant chaque respiration douloureusement difficile. Une sueur froide perlait sur son front, coulant lentement, goutte après goutte.

Il recula sans s'en rendre compte, son pied vacillant, manquant de trébucher. Son regard perdit toute focalisation, dérivant dans le vide devant lui, comme s'il demeurait prisonnier de l'écho de ces mots — vingt ans de mariage, et un enfant qui n'avait jamais vécu assez longtemps pour respirer.

« Non… »

Le murmure lui échappa, rauque au point de se briser.

Il ne pouvait plus rester dans la tente. D'un mouvement soudain, il tituba vers l'extérieur, manquant de peu de déchirer le rabat. Le vent nocturne le frappa en plein visage, mais il se sentit encore plus froid, si pâle qu'il rivalisait avec la lumière affaiblie de la lune.

Il n'avait jamais connu une peur pareille.

* * * * *

Au même moment, Su Zhang faillit fuir la tente militaire. Le vent nocturne le frappait, vif et mordant, mais cela n'apaisait en rien le tumulte dans sa poitrine.

Sa respiration montait et descendait de façon irrégulière, comme si quelque chose de lourd s'était logé sous ses côtes, refusant d'être délogé. Ses pas vacillèrent et il appuya une main tremblante contre un poteau de bois proche pour ne pas s'effondrer.

Le campement était anormalement silencieux. Au loin, seuls les pas étouffés des soldats de garde rythmaient la nuit. La lumière de la lune projetait un éclat glacé sur le sol, mais son visage était encore plus froid, vidé de la moindre trace de chaleur.

À côté de lui, un grand bocal d'eau reflétait sa silhouette déformée. Il se pencha et prit une poignée d'eau, dont le froid mordit ses paumes avant de se répandre sur ses joues, lui permettant à peine de réprimer la vague de souffle qu'il ne parvenait plus à maîtriser.

Des gouttes coulaient sur son visage et le long de sa mâchoire, mais il semblait inconscient de l'humidité. À la surface tremblante de l'eau, son reflet oscillait, s'allongeant et se déformant jusqu'à ressembler à un visage qui lui appartenait et pourtant pas le sien : un visage marqué par vingt années de fatigue, vieilli par une existence qu'il n'avait jamais vécue.

Les mots du rêve qu'elle prononçait — fragments d'une autre vie — le transperçaient avec une précision implacable.

« Seigneur Ministre… »
« Vingt ans de mariage… »

Chaque phrase résonnait dans son esprit, traînant derrière elle des sillons glacés d'angoisse.

« Taiwu, quinzième année… »
« L'enfant que nous avons perdu… »

Il inspira lentement, tentant de se calmer, mais le poids dans sa poitrine refusait de se relâcher. Peu importe combien il s'efforçait d'imposer le calme à ses pensées, la pression étouffante ne faisait que croître, se répandant en lui comme une marée montante.

Il n'avait jamais cru aux esprits ni au destin, ni à aucune histoire d'âmes errantes ou de présages divins ; pourtant, à cet instant, il faisait bien plus confiance à ce rêve qu'à un oracle gravé sur la pierre.

Taiwu.

L'ère régnante était Xuanwen, et jamais un tel titre n'avait été proclamé. Si ses paroles étaient vraies, elles appartenaient alors à un futur encore inexistant, nommé par un empereur qui n'était pas encore monté sur le trône.

Ce dont elle parlait venait d'une époque au-delà du présent, un fragment d'années qu'il n'avait jamais vécues.

Seigneur Ministre.

Il n'était rien d'autre qu'un fonctionnaire de rang moyen à la Direction du personnel, encore loin du poste de ministre. Atteindre un tel rang signifierait que sa route le mènerait au cœur même de la cour, où seuls les hommes les plus puissants pouvaient se tenir.

Vingt ans de mariage.

Son cœur fit un sursaut violent. Elle l'aurait épousé dans cette autre vie ; ils auraient partagé vingt années — matin et soir, la même maison, le même foyer — et pourtant elle lui parlait avec une froideur si distante.

Quel genre de mariage était-ce donc, où deux personnes vivaient côte à côte sans jamais parvenir à se rejoindre, même après deux décennies ?

Un enfant.

Le mot le transperça comme une lame.

« Nous avons eu un enfant… mais tu es parti au palais, et quand tu es revenu, l'enfant était déjà parti… »

Sa voix tremblante dans le rêve s'était imprimée en lui, brûlante d'une douleur qu'il ne pouvait apaiser.

Sa vision vacilla, et pendant un bref instant il crut voir entre ses bras un lange vide, aussi léger que l'air, tandis qu'elle pleurait un chagrin si profond qu'il semblait fendre le ciel — mais il n'y avait rien à tenir. Rien.

Su Zhang serra brusquement le poing, les veines saillant sur le dos de sa main. Ses pensées s'emmêlaient, chaque fil tirant contre l'autre, le remplissant d'un mélange dévastateur de tristesse, de peur et de désorientation.

Il leva les yeux vers la lune, suspendue comme de l'argent poli dans le ciel nocturne, qui baissait sur lui un éclat indifférent, comme si elle contemplait une fin écrite depuis longtemps.

Si ce qu'elle avait vu appartenait vraiment aux années à venir…

Sa voix trembla, réduite à un souffle fragile, prêt à se dissoudre.

« Alors… est-ce vraiment la fin qui nous attend ? »

Le vent nocturne se fit plus aiguisé, tranchant sa peau comme une lame de givre. La douleur dans sa poitrine se resserra de nouveau, pressant si fort qu'il avait du mal à respirer.

Sous la lumière de la lune, son ombre se courbait sur le sol, instable et tremblante, se fondant peu à peu avec le reflet vieilli et fatigué qu'il avait aperçu plus tôt dans l'eau frémissante.

Si leur vie passée s'était close dans une telle desolation, et si tous ces souvenirs lui revenaient d'un seul coup, quelle chance lui restait-il alors ?

La confiance qu'il avait autrefois, la fierté silencieuse qui l'avait accompagné toutes ces années, s'effondra en lui, ne laissant qu'une incertitude nue et tremblante.

C'était comme si le destin lui-même avait tendu une main froide.

Chapitre 80 : Les armées commencent leur marche

Le cor résonna à travers le ciel et la terre. Son long cri grave roula sur les crêtes montagneuses, se répercutant en échos continus, et sous la crête de Wulan, le sol lui-même vibra tandis qu'un nuage de poussière s'élevait en spirales opaques. Deux armées se faisaient face, immobiles dans une tension prête à éclater.

Les bannières des tribus du Nord claquaient violemment au vent ; les écailles de fer de leurs armures renvoyaient une lueur froide et sinistre, et les dix mille chevaux qui formaient leur cavalerie poussaient des hurlements mêlés, un chœur féroce qui semblait secouer l'air.

Leurs tambours de guerre martelaient un rythme profond et tonitruant, chaque battement résonnant à travers la vallée comme deux montagnes lointaines qui se répondent.

La terre vibrait et l'air se chargeait d'une force étouffante, saturée de violence prête à jaillir.

En contrebas, sous les crêtes, l'armée du Grand Zhou formait ses lignes avec une précision implacable. Les étendards s'élevaient en rangées compactes, les armures scintillaient sous une lumière dure et les visages des soldats se tendaient, fermes et rigides comme le fer.

Les lances se levèrent à l'unisson, formant une forêt d'acier, tandis que les boucliers se verrouillaient solidement.

Chaque respiration dans leurs rangs semblait alourdir encore la pression dans l'air — un souffle collectif avant l'inévitable explosion de la bataille.

Gu Xiao se tenait en tête de la formation. Son expression était aussi sévère que taillée dans la pierre, et les Gardes Tigres derrière lui tenaient leurs positions avec la constance d'un mur de granite, prêts à absorber le premier choc.

Le vent, les tambours et les sabots s'entrechoquèrent soudain dans un fracas écrasant, un grondement qui fit vibrer les cieux jusqu'à leurs limites.

Puis, la corne du Nord retentit de nouveau — plus aiguë, plus insistante. Sur le flanc est, la poussière se leva en un panache brutal.

Une vague de cavalerie de fer jaillit comme un torrent déchaîné, chargeant avec la fureur d'une tempête vers les lignes du Grand Zhou.

La vallée trembla au rugissement d'un seul mot, porté par mille voix.

« Tuez. »

L'avant-garde du Grand Zhou encaissa le choc immédiatement. Les lames s'entrechoquèrent, les lances éclatèrent contre les armures ennemies et le sang jaillit sur les cuirasses blanches.

Les tambours battaient avec une frénésie urgente, mais malgré leurs efforts, la ligne du Grand Zhou reculait, pas à pas, se battant même en reculant.

Les jeunes soldats serraient la mâchoire si fort que leurs dents menaçaient de se briser. Leurs gorges vibraient de grognements rauques, mais pas un seul ne relâcha la prise sur sa lance.

Les tribus du Nord, sentant l'élan tourner en leur faveur, poussèrent des cris victorieux qui s'élevèrent vers le ciel, se ruant tout droit vers le cœur du campement.

Alors que la ligne principale s'enlisait dans une impasse féroce, un mouvement étrange se propagea sur le flanc ouest.

Des ombres se détachèrent de la forêt emmêlée et des pierres brisées — des silhouettes sombres, innombrables, jaillissant toutes à la fois. C'était la seconde force des tribus du Nord, des troupes qui avaient infiltré ce terrain traître bien avant l'aube.

Elles émergèrent soudain dans une attaque éclair, visant à briser l'arrière de la formation du Grand Zhou.

Le général principal des tribus du Nord rejeta la tête en arrière et éclata d'un rire triomphant.

« Ils ont mordu à l'hameçon. Il n'y a aucun moyen qu'ils sauraient qu'un chemin existe ici. »

Le sentier étroit, envahi d'herbes sauvages et de rochers épars, n'était guère assez large pour laisser passer un seul cheval.

C'était un passage abandonné par le temps, oublié de presque tous.

Seuls ceux nés dans ces rudes terres frontalières savaient qu'une telle route existait encore, tapie sous les mauvaises herbes comme un serpent dormant.

Les tribus du Nord l'avaient choisi comme passage secret et l'empruntaient avec une assurance totale, persuadées que personne d'autre n'en connaissait l'existence.

Mais alors qu'elles se déversaient en force par ce goulet, les crêtes elles-mêmes semblèrent répondre.

Des cornes éclatèrent soudain, montant de toutes parts au sommet des falaises.

Leur appel grave et prolongé roula dans la vallée comme une injonction du ciel, brisant l'illusion de surprise dont les envahisseurs se croyaient encore maîtres.

L'instant d'après, l'embuscade du Grand Zhou se révéla dans toute son ampleur.

Les boucliers se soulevèrent en couches serrées, formant un rempart compact qui ressemblait à une véritable forteresse de fer.

Les archers tirèrent leurs cordes d'arc à l'unisson ; leurs doigts tremblaient sous l'effort, mais leur détermination restait inébranlable.

Gu Xiao se tenait sur la crête, silhouette sombre contre le ciel, les yeux aussi perçants qu'un feu qui dévore.

D'un seul geste décisif de son bras, il donna l'ordre.

« Lâchez ! »

Dix mille flèches furent libérées en une seule respiration.

Le ciel s'assombrit sous cette nuée d'acier ; les pointes, grondant comme un vent furieux mêlé au tonnerre, fendirent l'air avant de s'abattre sans hésitation sur les rangs serrés de la cavalerie ennemie.

Des cris éclatèrent dans toute la vallée alors que des corps basculaient hors de leurs chevaux.

Le sang éclaboussait la pierre ; les montures, affolées, se dressaient et se cabraient, battant l'air de leurs sabots.

Les forces du Nord s'effondrèrent dans un chaos incontrôlable, écrasées entre leur propre élan et la pluie soudaine de flèches.

Des chevaux piétinaient les fantassins, les armures s'entrechoquaient dans la confusion, et la formation se tordait dans une lutte désespérée pour trouver un espace où respirer.

« C'est impossible… »

La voix du général du Nord se brisa, ses yeux s'écarquillant d'incrédulité et d'effroi.

« Impossible ! Comment le Grand Zhou aurait-il pu savoir que ce chemin existait ?! »

Mais aucune explication, aucune logique, aucune protestation ne pouvait changer le résultat.

Les flèches continuaient de descendre en vagues implacables.

Le mur de boucliers tenait ferme, inébranlable comme une montagne.

Le rugissement de la bataille roulait dans la vallée comme un tonnerre sans fin.

L'armée du Nord avait espéré une brillante attaque surprise.

À la place, elle s'était précipitée tout droit dans un piège soigneusement tendu.

Une falaise abrupte bloquait leur fuite d'un côté ; de l'autre, le mur de boucliers les empêchait d'avancer.

À gauche, une tempête de flèches les déchirait ;

À droite, les Gardes du Tigre, déjà lancés, balayaient leur flanc dans une charge dévastatrice.

Les cris du combat grondaient comme un tonnerre roulant.

Le sang et le feu s'entremêlaient sur les crêtes étroites.

Les chevaux hurlaient, les bannières tombées claquaient sous les sabots affolés, et la silhouette du général du Nord disparut sous la marée de soldats paniqués.

En un seul battement de cœur, le champ de bataille avait basculé entièrement.

L'issue était décidée.

* * * * *

Le champ de bataille bouillonnait d'une fumée lourde, teintée de sang, tandis que les cris du massacre montaient en un vacarme si vaste qu'ils semblaient vouloir recouvrir le ciel lui-même.

Gu Xiao gravit lentement le front de la formation, son cheval écrasant la terre détrempée de sang sous ses sabots, projetant des éclaboussures sombres à chaque pas.

Depuis ce point de vue surélevé, il vit l'embuscade de l'ouest jaillir comme une étincelle dévastatrice : la tempête de flèches se déversant en vagues continues, et les rangs de l'armée ennemie s'effondrer d'un seul souffle — comme balayés par une force invisible, irrésistible.

Sa poitrine se serra. Sous ses côtes, un tremblement féroce mais silencieux se propagea, secouant chaque fibre de son être.

Se souvenir.

Protège-toi d'une feinte à l'est et d'une vraie attaque à l'ouest.

Et méfie-toi de ceux qui t'entourent… toujours.

Ce jour-là, à l'extérieur du campement, elle lui avait parlé alors qu'elle pouvait à peine reprendre son souffle.

Sa voix tremblait, mais elle avait forcé chaque mot à sortir, martelé chaque syllabe avec une résolution si farouche qu'elle semblait prête à se briser.

À présent, le souvenir de cet avertissement le transperçait avec la netteté glaciale d'une lame.

Si ce n'était pas pour elle…

Si elle ne l'avait pas répété encore et encore…

Il aurait, comme les autres généraux, commis cette erreur fatale.

Personne n'aurait imaginé qu'un passage si étroit, dissimulé sous des herbes folles, existait encore.

Aucun stratège ordinaire n'aurait pu le deviner.

Et pourtant, il avait choisi de lui faire confiance.

Il avait pris ce risque — un pari immense — et misé la vie entière de l'armée sur cette seule confiance.

À présent que les flèches cessaient, l'ennemi battait en retraite, complètement brisé.

Le champ de bataille tremblait au bruit de leur effondrement.

Mais aucun triomphe ne monta dans le cœur de Gu Xiao.

Ce qui monta à la place fut un choc profond, presque insondable.

Comment… avait-elle su ?

Une telle clairvoyance dépassait de loin celle des vétérans qui avaient traversé d'innombrables campagnes.

Une telle précision ne pouvait pas être le fruit d'une simple observation.

Elle provenait de quelque chose de plus profond, de plus mystérieux — quelque chose qui le troublait autant qu'il le fascinait.

Une pulsation violente lui traversa la poitrine.

Depuis le moment où elle était venue jusqu'au camp pour le trouver, téméraire, intrépide, brûlant d'inquiétude… jusqu'à cet instant où le cours de la bataille se déroulait exactement comme elle l'avait prédit…

Il ne pouvait plus se mentir.

Qin Nianyin était le miracle placé sur son chemin, non pas une femme destinée à être protégée, mais une femme capable de se tenir à ses côtés sur le champ de bataille, une femme qui pouvait faire pencher la balance d'une guerre, une femme qui pouvait changer les cieux eux-mêmes.

Son cheval traversa des flaques de sang ; le liquide écarlate s'écrasait contre les membres de l'animal en éclats sombres.

Le cœur de Gu Xiao battait à tout rompre sous sa cage thoracique.

Un son rauque monta dans sa gorge, moitié rugissement, moitié serment — mais il le refoula de toutes ses forces.

Si je reviens de cette guerre…je ne la laisserai jamais partir.

* * * * *

Le feu à l'intérieur de la tente de commandement vacillait nerveusement, projetant une lueur cramoisie sur les murs qui l'entouraient. Les lampes étaient tamisées, leurs flammes tremblant à chaque changement de courant d'air.

Su Zhang était assis seul derrière le bureau bas, son expression dissimulée dans l'ombre accumulée sous la canopée.

Des documents étaient éparpillés à ses côtés, pourtant il n'avait pas tourné une seule page depuis longtemps. Toute la tente baignait dans un silence si dense que seul le faible crépitement de l'huile brûlante se faisait entendre.

Soudain, le rideau s'ouvrit brusquement.

Gu Xiao entra d'un pas lourd. Son armure était tachée de sang frais, sa présence imprégnée du poids métallique du champ de bataille. Il retira son casque et le posa sur le bureau avec une force délibérée.

Sa voix était basse, encore épaisse des restes de la bataille, mais même l'ombre de l'épuisement ne pouvait dissimuler l'exaltation qui y vibrait.

« Nous avons remporté une grande victoire. L'ennemi s'est effondré. Leurs pertes sont innombrables, tandis que nos hommes n'en ont perdu qu'une douzaine. »

Su Zhang leva brièvement les yeux. Son expression demeura inchangée.

Gu Xiao, au contraire, s'animait de plus en plus à mesure qu'il parlait. Une lueur féroce monta dans ses yeux et le timbre de sa voix s'aiguisa d'une fierté débordante.

« Savez-vous à qui revient cette victoire ? »

Il n'attendit aucune réponse. Ses lèvres se retroussèrent légèrement et il articula chaque mot avec une insistance volontaire :

« Qin Nianyin. »

La lumière dans la tente sembla se figer, retombant dans un silence lourd.

Gu Xiao s'approcha lentement, comme savourant chaque pas, son ton chargé d'un souvenir pesant mais triomphant.

« Ce jour-là, lorsque nous sommes partis de la capitale, elle est venue jusqu'aux abords du camp. Son visage était trempé de sueur, mais son regard était tranchant comme de l'acier. Sa voix tremblait, mais elle força malgré tout chaque mot, me disant de me méfier d'une fausse attaque à l'est et de me méfier de ceux qui m'entourent. »

Il leva légèrement la main, comme pour reproduire le mouvement désespéré qu'elle avait eu en tendant la main vers lui. Sa voix s'abaissa, rauque et grave.

« Elle était presque en larmes. Ses mains tremblaient, et pourtant elle s'accrochait à moi de toutes ses forces. »

Lorsqu'il eut fini, il inspira profondément et laissa échapper un rire sourd. La confiance éclairait son visage comme si elle était une lumière elle-même.

« Aurait-elle pris autant de risques si elle ne s'était pas inquiétée pour moi ? Si elle n'était pas venue ici pour moi ? Dis-moi, Zhang. N'est-elle pas la bénédiction que le Ciel m'a accordée ? Elle était là pour moi. »

Les quatre derniers mots tombèrent avec le poids du fer.

Le bout des doigts de Su Zhang glissait lentement sur la surface de la table en bois, comme sans y penser. Pourtant, le mouvement se resserra peu à peu. La lumière du feu capta le bord de son regard, révélant une faible lueur froide au fond de lui.

Il se souvint soudain du voyage à Jiangnan, du moment où elle s'était interposée entre lui et la flèche, le protégeant de son propre corps. Son épaule droite avait pris la blessure et ses vêtements étaient trempés de sang. Elle n'avait même pas hésité sur sa propre vie.

Maintenant, elle avait fait de même pour Gu Xiao.

Pourquoi avait-elle mis sa vie derrière la leur, encore et encore, comme si son existence était un fil lié entre eux deux, la tirant vers le danger sans poser de questions ?

La lumière changea. Des ombres enveloppaient le visage de Su Zhang, masquant la moitié de ses traits. Il resta silencieux, assis dans une immobilité qui semblait taillée dans la pierre, mais une tension invisible s'enroulait fermement autour de lui.

Gu Xiao, indifférent à la tempête qui se cachait sous cette apparence calme, devint plus passionné. Sa voix résonnait de plus en plus fort à chaque phrase, chaque mot frappant l'air comme un marteau.

« Son visage était couvert de sueur et pourtant son regard restait aussi perçant qu'une lame. Elle m'a averti de me méfier d'une feinte à l'est. Elle m'a dit de me méfier de quelqu'un de proche. »

« Elle tremblait, pourtant elle a attrapé mon bras de toutes ses forces. Elle était presque en larmes à ce moment-là. »

Chaque phrase tombait comme un coup.

Su Zhang baissa lentement les yeux. Ses doigts se recroquevillèrent sous la manche, les jointures blanchissant. Une fine couche de sueur se forma le long de ses tempes, bien que son souffle restât retenu et qu'aucun tremblement ne s'échappa.

Voyant le silence, Gu Xiao le prit pour un acquiescement. Sa fierté gonfla encore. Sa voix monta, empreinte d'une certitude audacieuse et triomphante.

« Frère Su, tu es toujours méticuleux et prudent. Mais cette fois, tu dois l'admettre. Elle m'a sauvé la vie et elle a sauvé Da Zhou. »

Le feu vacilla brusquement, projetant une lueur vive dans les yeux de Su Zhang, froid, profonds et incroyablement perçants.

Dans son esprit, cependant, le récit embelli de Gu Xiao commença à s'entremêler aux fragments étranges que Su Zhang avait personnellement expérimentés. Une image après l'autre refit surface, chacune s'emboîtant avec une précision troublante.

Le bout de papier étrange qu'il avait trouvé avant de partir pour Jiangnan, celui avec son avertissement cryptique.

Le moment pendant la tentative d'assassinat où elle s'était jetée devant lui, prenant la flèche contre son épaule.

Le délire fiévreux dans lequel elle murmurait des mots inconnus, comme si elle se rappelait une époque qui n'appartenait pas à ce monde.

L'instant où Liang Dong les avait trahis et où elle avait lancé son cheval en avant pour sauver Gu Xiao.

Et surtout, l'embuscade ennemie révélée dans cette bataille, celle dont elle avait mis en garde avec une urgence tremblante.

Ces fragments épars, chacun apparemment insignifiant en soi, formaient pourtant une conclusion unique et inévitable.

Sans connaître l'avenir, comment tout cela pourrait-il s'expliquer ?

Gu Xiao remarqua le silence persistant de Su Zhang. Il prit cela pour une résignation contenue, croyant que son élan avait complètement submergé l'autre homme.

La fierté monta dans sa poitrine. Il rit, un son fort et satisfait, saisit sa cuirasse et se dirigea vers la sortie.

Avant de franchir le rideau, il s'arrêta et jeta délibérément un regard en arrière.

Sa voix s'abaissa, avec une pointe de moquerie tranchante, chaque mot poussé comme une lame.

« Zhang, tu devrais être reconnaissant qu'une telle femme soit à tes côtés. Seulement... »

Il resta là, les yeux s'approfondissant, la courbe de ses lèvres marquée d'une lueur indéchiffrable.

« Avec la force de son inquiétude pour moi, même le cœur le plus froid serait brûlé par ses larmes. »

Sur ce, il s'éloigna d'un pas décidé. Son rire flottait dans l'air nocturne, s'entremêlant dans le vent à l'extérieur de la tente.

Dans la lumière vacillante du feu, le bout des doigts de Su Zhang avait déjà coupé sa propre paume. Une fine perle cramoisie s'échappa.

Ses yeux s'assombrirent, la couleur s'effaçant jusqu'à ressembler à de l'encre laissée trop longtemps sous le givre hivernal. Dans sa poitrine, quelque chose de violent et terrifiant monta, martelant ses côtes.

Sa respiration devint lourde. Ses poumons se soulevaient et s'abaissaient avec retenue, mais chaque émotion était écrasée sous la ligne rigide de ses lèvres. Ses doigts se recroquevillèrent fort sous la manche, se tendant jusqu'à ce que les jointures lui fassent mal, comme s'il essayait de réduire cette peur soudaine en poussière.

La lucidité militaire qu'elle possédait, les mots incohérents prononcés avec fièvre, même la note étrange — c'était probablement sa main qui l'avait écrite.

Sinon, comment aurait-elle pu connaître les événements bien avant qu'ils ne se produisent ?

Tout ce qui s'était passé, chaque indice, chaque fragment éparpillé, pointait vers une seule vérité.

Qin Nianyin avait véritablement vécu une autre vie.

* * * * *

La tente de commandement reprit le silence.

La lumière de la lampe vacillait sur le bureau, projetant des ombres qui s'étiraient et se rétractaient à chaque flamme tremblante.

Su Zhang resta assis. Ses doigts se déplièrent lentement, bien que sa paume portât encore les marques en croissant qu'il y avait gravées quelques instants plus tôt.

Comparé au triomphe éclatant de Gu Xiao, il ne ressentait que le poids écrasant d'une meule sur sa poitrine. Aucune vague de victoire ne l'atteignit.

Il ferma les yeux. Quelque chose de sec et d'amer monta dans sa gorge.

Les mots de Gu Xiao résonnaient encore à ses oreilles, chaque syllabe aussi tranchante qu'une aiguille, perçant sa contenance.

Nianyin… véritablement le sauveur du Grand Zhou.

Si elle n'était pas intervenue, la bataille aurait tourné au désastre. Il n'en doutait pas.

Et pourtant, la notion de renaissance était si absurde qu'elle frôlait le blasphème. Si quelqu'un d'autre venait à l'apprendre, on la traiterait de monstre, de présage — jamais de bienfaitrice. Ce qui l'attendrait alors ne serait pas l'honneur, mais la mort.

Sa gorge se serra, comme si une main invisible s'y était agrippée.

Les mots qu'elle murmurait dans sa fièvre… les éclairs de froideur, la distance défensive dans ses yeux…

Si elle avait vraiment vécu une fois, alors…

Dans cette vie antérieure, il ne lui avait offert ni abri ni chaleur.

Pire encore — il avait probablement été celui qui avait poussé son cœur jusqu'à son point de rupture.

Une douleur aiguë lui traversa la poitrine.

Pas étonnant qu'elle garde ses distances. Pas étonnant que son regard ne s'adoucisse jamais.

Ce n'était pas de l'indifférence, mais un mur construit à partir de blessures dont elle se souvenait encore.

Il voulait lui demander.

Demander ce qu'elle avait vu du passé.

Demander quel genre de mariage ils avaient eu autrefois, vingt longues années.

Demander si, dans cette vie… ou même dans la dernière… son cœur ne s'était jamais tourné vers Gu Xiao.

Mais une autre voix lui murmura en retour, douce et impitoyable.

Et que ferais-tu de ses réponses ?

Si chaque mot qu'elle prononce est vrai, peux-tu le supporter ?

Si elle ne parle que de tes échecs, de ta cruauté, de ton incapacité à la protéger, survivras-tu ?

Ses doigts tremblaient. Une sueur froide coula le long de ses tempes.

Chaque émotion montait en ligne contre lui, mais il les refoula jusqu'à ce qu'il ne reste sur son visage que le silence rigide.

Il leva les yeux et fixa la flamme vacillante.

Demander… ou faire semblant de ne rien savoir ?

Sa poitrine se gonfla douloureusement sous le poids de cette sensation. Aucune réponse ne vint.

Dehors, les soldats éclataient de rire, célébrant une victoire tant attendue.

Mais à l'intérieur de la tente, seule la bougie crépitait doucement, brûlant sur un visage assombri comme de l'acier trempé.

Chaque cri de triomphe venant de l'autre côté de la toile le frappa comme une cloche — lourde, creuse, battant contre son cœur.

Il pouvait presque le voir : s'il la confrontait vraiment, comment le regarderait-elle ?

D'un regard froid, lui disant qu'il avait été un homme sans tendresse, sans force, un homme qui avait brisé sa foi ?

Ou d'une admission discrète que son cœur appartenait déjà à quelqu'un d'autre ?

Les deux possibilités coupaient plus profondément que n'importe quelle lame.

Et ainsi, durant la longue nuit, il ne trouva aucune réponse.

Chapitre 81 : Le Scellement de la Résidence de la Princesse

Avant que les cloches vêpres ne sonnent encore, le tonnerre gronda soudain dans les rues de Chang'an, non pas du ciel, mais de sabots ferrés frappant la pierre.

L'avant-garde en armure noire avança près du sol, les ombres filant devant des étals déserts.

Depuis les remparts, les tambours de guerre résonnèrent trois fois — lourds, mesurés, résonnants. Un à un, les portes de protection de la ville laissèrent tomber leurs carreaux de fer. Quatre grandes intersections furent scellées à l'unisson, le cliquetis des chaînes résonnant comme un verdict.

Le commandant des Gardes impériaux chevauchait en tête, une cape d'un pâle gris cendre battant derrière lui. Sous un bras, il portait un coffre laqué jaune ; dans l'autre, un bref militaire estampillé au cinnabre.

Derrière lui déferlait une marée innombrable de soldats en armure noire.

Ils entrèrent par la Porte de la Manifestation Céleste, conduisirent directement dans les bureaux de la Division de la Cité Impériale, puis se divisèrent en quatre branches —chacune se dirigeant vers une seule cible : la résidence de la grande princesse.

Les habitants furent rappelés en retour sous l'abri de leurs avant-toits. Ils regardaient, les yeux écarquillés, les vagues d'armures noires envahir les ruelles étroites, se refermant comme un anneau de fer. Des lances s'élevaient comme une forêt ; des boucliers s'imbriquaient dans un mur.

Devant la résidence de la princesse, les piliers vermillon et les marches en jade poli furent englouties en quelques instants par l'infanterie lourde. Des arbalètes furent levées. Cordes d'arc tendues. Les pointes de flèches scintillaient, sombres comme des nuages d'orage.

Le chef intendant de la Résidence de la Princesse sortit en titubant, le visage vidé de sang, les membres tremblant comme des roseaux sous le vent d'hiver.

« Son Altesse se repose encore après son repas de midi. Mes seigneurs... q-que signifie tout ça ? »

« Par ordre impérial ! »

Le Commandant ouvrit le coffre de l'édit. Le parchemin aux bords dorés se déploya ; Un éclat d'écriture impériale jaune brillait sous la lumière du crépuscule.

« Décret de l'empereur Xuanwen : Le prince consort impérial, Zhao Ziqi, est mis en accusation pour collusion avec des puissances étrangères et pour avoir ourdi un complot visant l'assassinat d'un général aux commandes des troupes impériales.

Les Gardes impériaux doivent encercler et fouiller immédiatement les lieux, arrêter l'accusé et l'escorter en garde à vue. La résidence de la princesse doit être scellée jusqu'à nouvel ordre. Quiconque entrave cet ordre partagera ses crimes. »

À ses côtés, le Censeur en chef adjoint présentait des documents accompagnant du Censorat —un mémorandum d'urgence, le sceau militaire des Gardes des Tigres et des rapports de bataille originaux du front nord. La cire vermillon était encore douce ; les coins du parchemin portaient des traces de sable emporté par le vent.

Un sifflement collectif parcourut les personnes rassemblées dehors.

L'intendant, qui avait tenté de garder la courtoisie, se figea en voyant les envoyés rejeter le mandat impérial de confiscation, encré de la cloche dorée de l'autorité. Enfin, il ne put que murmurer, tremblant, « S-s'il vous plaît... entrez. »

Les Gardes impériaux affluèrent dans la résidence comme une marée d'acier. Leurs plaques d'armure raclaient l'une contre l'autre, le bruit de grincement montant et descendant comme la mer.

Les servantes de la cour avant et les intendants sous la tente de la bannière furent tous sommés de s'agenouiller face au mur. Sous les longs avant-toits, les clochettes de vent frémissaient violemment, résonnant en notes brisées et précipitées, comme si le bâtiment lui-même tremblait.

« Votre... Altesse... »

Un assistant de confiance entra en titubant dans la salle intérieure.

La grande princesse se réveilla en sursaut. Ses épingles à cheveux étaient encore lâches ; Un manteau fin de fourrure reposait sur ses genoux, qu'elle passa précipitamment autour de ses épaules. Sa voix se brisa de sommeil et d'indignation.

« Les Gardes Impériaux ont encerclé la résidence ? Absurde ! Il doit y avoir une erreur. »

Elle descendit de l'estrade pieds nus, forçant sa posture à adopter le calme.

« Invoquez le Prince Consort. Je vais l'interroger moi-même. »

Mais dès qu'elle franchit le seuil, son souffle se coupa.

Des rangées d'arbalètes arquées remplissaient sa vision.

Le Censeur en chef adjoint s'avança, offrit un salut formel et parla d'une voix froide et posée comme l'acier, trempée une douzaine de fois :

« Votre Altesse, il n'y a pas d'erreur. Les rapports de la frontière nord arrivèrent les premiers. Les aveux et les preuves matérielles sont complets. Par mandat impérial, je dois lire les accusations. »

Il leva le parchemin.

« Un — Zhao Ziqi, le prince consort impérial, a collaboré avec des espions du nord, transmettant des cartes de routes militaires à travers des fils dissimulés tissés dans des sacs. »

« Deux — il a soudoyé l'officier adjoint de la Garde du Tigre Liang Dong, le plaçant sous le commandement du général Gu Xiao pour qu'il attende une occasion d'assassiner. »

« Trois — il a falsifié des bornes frontalières occidentales, attirant l'ennemi dans un passage traître et mettant l'armée frontalière en danger d'anéantissement. »

« Quatre — il prévoyait de répandre du pétrole le long de la route du grain et d'enflammer les chariots de ravitaillement pour semer la panique parmi les troupes. »

« Cinq —il a secrètement conspiré avec des individus dans la capitale, promouvant des négociations de paix pour retourner l'opinion publique et troubler la cour. »

« Six, ... »

« Sept, ... »

À chaque accusation lue à voix haute, une preuve était déposée sur la table :

Un arc lourd avec une corde cassée.

Une flèche dont les plumes étaient encore tachées d'un rouge sombre et séché.

Du compartiment caché de l'armure de Liang Dong, des lettres scellées furent tirées —le blason en laque de feu assorti au sceau privé de Zhao Ziqi.

Un pendentif en jade creusé contenant une fine carte pliée, marquée d'un point rouge sang au point d'étranglement ouest.

Une bourse de pièces du Nord, chaque bord gravé de l'emblème d'un clan nomade.

La grande princesse, Li Rong, regardait son teint vaciller, nuance après nuance, comme si le sang l'abandonnait à chaque accusation. Ses lèvres tremblaient si violemment qu'elle pouvait à peine parler.

« Impossible... impossible... C'est fabriqué ! »

Elle éleva soudain la voix, angoissée et furieuse.

« Où est Zhao Ziqi ? Faites-le sortir ! Je veux le voir ! »

Les rideaux de la salle intérieure bougèrent.

Zhao Ziqi fut traîné dehors par deux capitaines, des chaînes de fer déjà enroulées autour de ses poignets. Sa robe bleue avait été arrachée à moitié de son épaule, suspendue de travers. Pourtant, il se força à lever la tête, esquissant un léger sourire.

« N'ayez pas peur, Votre Altesse, »

Mais lorsque son regard balaya la cour, les armes froides, les preuves rassemblées sur la table de l'affaire, sa voix se brisa brusquement.

Le Censeur en chef adjoint s'exprima avec un froid inflexible :

« Liang Dong a déjà avoué devant l'armée. Le rapport militaire porte le sceau des Gardes du Tigre. Zhao Ziqi, as-tu encore une défense à faire ? »

Zhao Ziqi baissa les cils. Sa gorge bougea une fois, deux fois, alors qu'il avalait. Il resta silencieux plusieurs instants. Puis, soudain, il renversa la tête en arrière et éclata de rire, un rire qui jaillit comme une flamme ouverte au vin, sauvage et empoisonné.

« Me défendre ? Défendre quoi ? »

La grande princesse fit un pas et faillit se jeter sur lui. Elle saisit sa manche avec des doigts tremblants.

« Dis-le ! Dis-le maintenant, dis-leur que tout cela est fabriqué ! »

Il la regarda. Les veines injectées de sang dans ses yeux gonflaient lentement, anneau après anneau. Quand il parla enfin, chaque mot semblait arraché entre ses dents.

« Pourquoi ? Tu me demandes pourquoi ? »

« Parce que je voulais me venger. »

Le vent dans la cour s'arrêta, soudain et absolu.

Il avança pas à pas, des chaînes de fer traînant derrière lui dans un clang froid et rythmique.

« Tu es la grande princesse —placée sur un piédestal, intouchable. Et moi ? Je suis le chien que tu as fait venir chez toi. Tu gardais tes amants dans les quartiers intérieurs, tu m'ordonnais de partager une table avec tes catamites, laissais les servantes me donner des ordres comme si j'étais inférieure à elles. M'as-tu déjà traité ne serait-ce qu'un demi-mari ? »

Le visage de la princesse Li Rong se figea d'un blanc de papier. Elle secoua la tête, désespérée.

«… J'ai agi avec colère... Je fais juste... »

« Tu voulais juste me réduire dans la boue ! »

Zhao Ziqi rugit, la fureur déchirant sa voix.

« Quand j'ai épousé une princesse, toute la capitale s'est moquée de moi comme un homme marié vers les hauts. À cause de ton arrogance, tes humiliations publiques, ils riaient, ils chuchotaient. À ton banquet, tu m'as fait m'agenouiller jusqu'à l'aube en punition devant tous tes invités. Ma dignité, petit à petit, tu l'as écrasée ! »

Il éclata soudain de rire, bas et sec, le son froid comme la colonne vertébrale d'une lame.

« Pour te faire vraiment t'agenouiller, il n'y a qu'un seul chemin. La chute du Grand Zhou. L'éclat de ton piédestal divin. Sans le titre de « Princesse », tu n'es rien. Et quand ce jour viendra, je te ferai ramper devant le monde comme je l'ai fait... mendiez comme je l'ai fait. »

« Folie ! » aboya le Censeur. « Fais attention à ta langue ! »

Mais Zhao Ziqi ne broncha pas. Son regard devint plus dérangé, ses pupilles brûlant d'un triomphe fiévreux.

« J'ai tout arrangé parfaitement. Vous pensiez que le terrain occidental était impraticable pour la cavalerie ? Parfait. Feindre des troupes à l'est, frapper à l'ouest. Mes hommes montrent le chemin. Une fois Gu Xiao morte, l'armée s'effondrera et la capitale réclamera la paix. Alors tu, »

Il se pencha en avant, les lèvres se tordant.

«, tu seras utilisé comme monnaie d'échange. Peut-être envoyés au-delà de la frontière, peut-être enfermés à vie. As-tu déjà imaginé ce destin ? »

La princesse Li Rong semblait avoir perdu ses os ; Elle s'effondra au pied des marches de jade, la voix s'effiloché en un fil.

«… Tu es en colère... Pour moi, tu vendrais tout le Grand Zhou ? »

« Pour te tirer vers le bas des cieux ! »

Il faillit hurler ces mots.

« De t'écraser juste une fois, pour que tu comprennes à quoi ont goûté mes années ! »

Un tremblement parcourut les fonctionnaires et soldats rassemblés. L'air lui-même semblait plus froid.

Le commandant des Gardes impériaux n'hésita plus. Son ordre résonna comme une lame frappant la pierre :

« Par ordre impérial, saisissez-le ! »

Des chaînes serrées sur les épaules, des crosses de taille verrouillées, des barreaux de fer enroulés autour de ses bras. Le Censeur en chef adjoint rassembla les parchemins et scella le compte rendu écrit sur-le-champ.

« Trahison, collusion avec l'ennemi, complot en vue de tuer un général commandant — aucun de ces crimes ne peut être pardonné. »

À ce moment-là, un intendant intérieur se précipita dans la cour en lançant un édit vermillon fraîchement prononcé. Il s'agenouilla, leva le parchemin au-dessus de sa tête et proclama d'une voix tremblante mais forte :

« Décret impérial de l'empereur Xuanwen : La trahison et la collusion de Zhao Ziqi avec l'ennemi sont prouvées au-delà de tout doute. Il doit être exécuté immédiatement à la Porte du Méridien pour faire respecter les lois du royaume.

La grande-princesse, pour manquement à son devoir de conduite, doit être confinée à sa résidence et jamais autorisée à partir.

La résidence de la princesse sera scellée et placée sous l'autorité du Département de la Maison Impériale, en attendant de nouvelles délibérations. »

La grande princesse releva brusquement la tête. Ses doigts griffaient le bord des marches en pierre bleue, les jointures blanchies sous la force.

« Père, Père ! »

Son cri se brisa sous les pas avancés des Gardes Impériaux.

Zhao Ziqi, cependant, éclata soudain de rire, rit jusqu'à ce que les larmes lui montent aux yeux.

« Excellent... Excellente. Enfin... Je n'ai plus besoin de faire semblant. »

* * * * *

À l'extérieur de la Porte du Méridien, le tambour retentit trois fois.

Le Greffier du ministère de la Justice lut à voix haute le rouleau des crimes, chaque ligne frappée d'une clarté métallique et finale :

« Le criminel Zhao Ziqi, qui a conspiré avec l'ennemi, soudoyé des officiers, divulgué des secrets militaires et failli provoquer l'anéantissement de nos forces frontalières, ses crimes ne peuvent être pardonnés.

Exécutez par décapitation ! »

Un éclair d'acier.

Une éclaboussure rouge éclaboussant la pierre bleue.

La foule retint son souffle.

Une rafale de vent traversa l'arche ombragée de la Porte du Méridien, emportant avec elle une légère odeur de sang qui se dissipait.

* * * * *

Les grandes portes de la Résidence de la Princesse se refermèrent lourdement, scellées par des bandes diagonales de soie blanche.

La grande princesse fut escortée dans la cour intérieure par deux eunuques. Chaque pas vacillait, comme si ses jambes ne se souvenaient plus comment supporter son poids.

Elle se retourna, jetant un dernier regard en direction de la Porte du Méridien. Ses lèvres étaient complètement vidées de toute couleur ; Ce qui leur échappa fut un murmure à peine plus que de l'air :

« Sûrement... C'est sûrement une erreur... Ça doit être... une erreur... »

Mais la serrure claqua avec un clic net, scellant son illusion finale de l'autre côté de la porte.

Dans les profondeurs du palais, l'empereur Xuanwen se tenait silencieux sur les marches impériales.

Le grand académicien s'inclina profondément devant lui.

D'en haut, l'Empereur ne prononça que quatre mots —tous froids comme le givre :

« Purifiez les prisons. Purifiez le palais. »

À partir de ce moment, la capitale trembla. Les factions de la cour changeaient comme les marées.

Une trahison née de l'amour et de la haine avait poussé le grand échiquier du pouvoir dans son prochain coup irréversible.

* * * * *

La nuit s'est approfondie sur le palais de Yongning ; La lumière des lanternes vacillait doucement sur les écrans laqués.

La deuxième princesse Li Jing fit irruption dans la salle comme si elle se réveillait d'un cauchemar. Sa robe était en désordre, son écharpe glissait, ses cheveux détachés comme si elle avait déchiré la moitié du palais dans la panique. Les servantes restèrent figées sur place, aucune n'osa s'avancer pour la retenir.

« Troisième frère ! »

Sa voix se brisa, tremblante de larmes.

Dans la salle, Li Suo s'adossa au canapé, un parchemin de bambou à moitié ouvert dans la main. La lumière des bougies projetait une lueur calme sur ses traits, sereine, impénétrable, comme si la tempête dehors appartenait à un tout autre monde.

« Qu'est-ce qui t'est arrivé ? »

Son ton était posé, pas un seul pli sur son front.

Li Jing s'arrêta, mais seulement un battement de cœur. Puis les larmes débordèrent, inarrêtables. Sa voix tremblait alors qu'elle forçait les mots à sortir :

« Grande Sœur... Sœur aînée... et le prince consort... il, il a trahi le royaume ! »

À ces mots trahissaient le royaume, ses genoux faillirent fléchir. Elle serra son mouchoir si fort qu'il se tordit entre ses doigts. Son souffle se coupait à chaque sanglot.

« Père a ordonné... exécution à la porte du Méridien... Exécution immédiate !

Troisième frère, que fait-on ?

Volonté... Allons-nous aussi être impliqués ? »

Sa dernière question se dissout en un murmure brisé, lourd de terreur.

Ses sanglots déchiraient la nuit comme le cri d'un corbeau, strident, paniqué, désolé.

Li Suo baissa légèrement les yeux et referma le bout de bambou avec une douceur délibérée. Une lueur froide passa dans ses yeux sous la flamme vacillante de la bougie, mais sa voix resta faible, posée :

« La trahison est un crime qui justifie l'exécution de neuf clans. »

Il s'arrêta, puis leva les yeux vers Li Jing. Son regard était immobile et profond, aussi calme qu'une piscine sans fond.

« Mais elle est la grande princesse — née de la lignée impériale. Père ne proligera pas la purge à la légère. Si vous en doutes, regardez le Second Prince. Il fut impliqué dans l'affaire Jiangnan et pourtant il est confiné uniquement à la Cour des Ancestraux. Sa vie n'est pas en danger. »

Li Jing se figea sur place. Des perles de larmes s'accrochaient encore à ses cils, mais son souffle se coupa brusquement dans sa poitrine. Elle se mordit la lèvre, la voix tremblante en un murmure mince et blessé.

« Troisième frère... Comment peux-tu parler de cela aussi calmement ? C'est notre sœur, notre propre sang ! »

Li Suo tourna la tête. La lumière des bougies traçait un angle froid et saisissant le long de son profil. Le coin de sa bouche se releva, à peine, juste une trace, mais sa voix était une lame, aiguisée et impitoyable :

« Dans la famille impériale, il n'y a qu'une seule façon de survivre. »

« Vous pouvez vous permettre de profiter du luxe. Vous pouvez vous délecter du plaisir. Mais il y a une chose que tu ne dois jamais —jamais —permettre. »

« Pour donner aux autres un contrôle sur toi. »

Les mots étaient peu nombreux, mais chacun tomba comme un marteau lourd, frappant le cœur de Li Jing coup après coup.

Elle fixa Li Suo, stupéfaite, les larmes coulant silencieusement sur ses joues. La panique sauvage des instants précédents lui boucha la gorge ; Maintenant, elle ne pouvait plus prononcer un seul mot.

Pour la première fois, elle le ressentit, le palais éblouissant d'or et de jade n'était pas un sanctuaire.

C'était une cage.

* * * * *

La nuit s'approfondit.

Après le retrait des servantes, la chambre tomba dans un lourd silence. Li Jing se blottit dans un coin de son lit, son épaule glissant le long de son bras sans qu'elle ne s'en rende compte. Ses larmes s'étaient depuis longtemps séchées, mais ses yeux lui brûlaient encore légèrement.

Dehors, les tambours nocturnes résonnaient en échos lents et lointains,

Mais à ses oreilles, seules deux phrases répétées encore et encore :

« La trahison justifie l'exécution de neuf clans. »

La seule chose que tu ne dois jamais faire, c'est donner aux autres un contrôle sur toi. »

Elle serra ses genoux plus fort, le bout des doigts s'enfonçant fort dans ses paumes. Un froid pulsait encore et encore dans sa poitrine, comme des vagues d'eau glacée poussant contre ses côtes.

Si celle qui a été traînée aujourd'hui n'avait pas été ma sœur... Mais moi ?

Au moment où cette pensée refit surface, tout son corps frissonna. Les larmes coulèrent à nouveau, incontrôlables. Elle pensa soudain à sa sœur aînée, sa sœur aînée autrefois envahissante et rayonnante, vêtue de brocart et de bijoux, éblouissante comme si elle était née au-dessus de tout autre...

Aujourd'hui, réduit à un prisonnier.

Son mari exécuté devant la Porte du Méridien.

Une princesse autrefois assise sur un piédestal divin, désormais dépouillée de toute protection, incapable même de se sauver elle-même.

Une peur qu'elle n'avait jamais connue auparavant monta violemment en elle.

La peur du lapin regardant un autre tomber sous le piège.

La certitude qu'ils étaient tous les mêmes —oiseaux dans la même cage dorée.

Aujourd'hui, c'était sa sœur aînée.

Demain... Est-ce que ça pourrait être elle ?

Li Jing enfouit son visage contre ses genoux, les lèvres vidées de couleur. Pour la première fois de sa vie, le mot avenir refit surface dans son esprit et il lui sembla plus petit, plus fragile que jamais.

Chapitre 82 : La bravade ne gagne rien

Les tambours de guerre roulaient au loin ; la fumée du champ de bataille se déchirait lentement, dévoilant les ruines du combat.

La nouvelle de la victoire écrasante au mont Wulan se répandit dans les rangs comme un incendie soudain. Au crépuscule, le campement dans toutes les directions était chargé de l'odeur de viande rôtie et de vin renversé.

Des rangées de feux de joie s'allumaient, colorant le ciel nocturne d'un rouge profond et vacillant. Les captifs ennemis étaient depuis longtemps confinés au camp arrière sous une forte garde ; leurs chaînes captaient la lumière du feu en éclairs froids et vifs.

Les soldats enlevèrent enfin leur lourde armure, leurs corps encore imprégnés de l'odeur du sang et de la poudre, mais personne ne s'en souciait. Certains déchiraient des morceaux de viande et les embrochaient au-dessus des flammes, la graisse dégoulinante grésillait, soulevant un nuage parfumé.

D'autres soulevaient des bols d'alcool fort et les avalaient d'une gorgée longue et imprudente, le visage rougi.

« Gloire au Général ! »

« Victoire au Grand Zhou ! »

Des cris secouèrent la nuit, féroces et jubilatoires. Les hommes se pressèrent autour de Gu Xiao, le poussant vers le plus grand feu de joie au centre.

L'armure blanche de Gu Xiao, autrefois trempée de sang, avait été retirée ; il ne portait plus qu'une robe légère, bien que l'aura meurtrière du combat flottât encore entre ses sourcils. Il leva une coupe de vin, son regard balayant la mer de visages rugueux et exaltés. Un rire tonitruant jaillit de sa poitrine.

« Cette victoire n'appartient pas seulement à Gu Xiao — elle appartient à chaque frère qui a combattu à mes côtés ! »

« Bien ! »

« Bien dit, Général ! »

« Pas un lâche parmi les soldats du Grand Zhou ! »

Des acclamations éclatèrent encore et encore. Les coupes de vin s'entrechoquaient ; des flammes rugissaient ; la vaillance gonfla avec la chaleur, brûlant le sang versé et le poids de la journée, ne laissant que des rires sauvages et le soulagement de la survie.

Gu Xiao pencha la tête en arrière et vida la tasse. L'alcool brûlant lui brûlait la gorge, mais la chaleur dans sa poitrine était encore plus intense. Son rire résonna avec audace, mais lorsque l'attention de la foule se dispersa enfin, il s'évanouit lentement de ses lèvres.

Le feu de joie crépitait férocement ; des étincelles montaient en spirale comme des lucioles. Mais de l'autre côté de l'horizon sombre, son regard s'enfonça profondément, ses pensées dérivant non pas vers le champ de bataille massacré, mais vers une silhouette familière unique.

Qin Nianyin.

La sueur lui coulait sur les joues, mais ses yeux étaient aussi perçants que des lames lorsqu'elle se tenait devant les tentes militaires, la voix tremblante alors qu'elle l'exhortait à « feindre l'est, frapper à l'ouest ».

Elle avait failli pleurer. Ses doigts s'étaient agrippés à sa manche avec une force désespérée. En cet instant fugace, l'éclat des larmes et la détermination de fer dans ses yeux pesaient plus que le poids d'un millier de cavaliers.

La chaleur monta de nouveau dans la poitrine de Gu Xiao. Il essuya le vin de ses lèvres du revers de la main, la douleur sous son sternum se resserrant, se transformant en une résolution forgée entre feu et boisson forte.

Nianyin...

Cette fois, il retournerait à la capitale.

Avec cette victoire.

Avec le mérite de milliers de soldats.

Avec la stabilité de la frontière nord sur ses épaules.

Il retournerait à la capitale, se tiendrait devant la salle impériale et demanderait ouvertement un décret de mariage, faisant comprendre à la cour et au monde que Qin Nianyin lui appartenait et que Su Zhang n'aurait plus aucun prétexte, aucun argument à avancer, aucune couture à exploiter.

« Mes affaires, » grogna Gu Xiao, « ne sont pas faites pour que qui que ce soit d'autre les prenne. »

La coupe de vin dans sa main se tendit sous sa prise, craquant légèrement. Son regard brûlait, brûlant comme une flamme léchant l'obscurité.

Autour du feu de joie, les soldats criaient et acclamaient encore, leurs rires résonnant dans la nuit. Mais sous toute cette fête, la détermination de Gu Xiao brûlait plus fort que l'alcool, plus féroce que le feu. Lorsqu'il retournerait à la capitale, il ne remporterait pas seulement les honneurs de la guerre.

Il la gagnerait.

* * * * *

Dehors, devant les tentes de commandement, la nuit était épaisse comme de l'encre. Dans un coin du camp, la lumière du feu brillait vivement ; La graisse grésillait sur les grilles en fer, élevant une brume de vapeurs de vin de graisse rôtie.

Les soldats faisaient claquer des coupes de corne de taureau en riant, certains martelant le rythme des tambours de guerre tandis que d'autres frappaient des lames dans un chœur grossier et triomphant. Le bruit de la victoire frappait les drapeaux et le vent nocturne au-delà des tentes.

Pourtant, à l'intérieur de la tente de commandement principale, régnait un silence étrange.

La flamme de la bougie tremblait dans le courant d'air, étirant puis rétrécissant les ombres projetées sur la table. Su Zhang était assis à son bureau, le bout des doigts posé sur une colonne de noms militaires fraîchement copiés.

Il n'avait pas bougé depuis un moment. Au coin de sa bouche, là où un poing avait fendu la peau plus tôt, une fine croûte commençait à se former.

Il inclina légèrement la tête, comme s'il écoutait depuis la tente médicale une légère toux, puis un silence revenait.

Soudain, le rabat de la tente fut balayé d'un seul mouvement brusque sur le côté. Le vent froid s'engouffra, elle sentit l'odeur du vin et la chaleur bruyante de la célébration.

Gu Xiao entra d'un pas décidé avec une nouvelle flasque d'alcool fort pendant à ses doigts ; une cape saupoudrée de cendres et de l'arôme de viande rôtie. Il franchit le seuil d'un pas audacieux ; sa voix, débridée et vibrante, brisa le dernier silence de la tente :

« Frère Su ! Les hommes dehors s'empressent de vous —la viande n'attend pas et le vin attend encore moins ! »

Su Zhang leva les yeux. Il laissa son regard franchir le feu doré dehors, franchir les silhouettes exaltées par la victoire. Quand il parla, sa voix resta aussi régulière que l'eau immobile :

« Va-t'en profiter avec eux. »

Gu Xiao laissa tomber le vin sur la table avec un bruit sourd, le parfum se répandant instantanément dans l'air. Il se pencha, prit une tasse propre, la remplit à ras bord, puis il s'arrêta.

Ses yeux dérivèrent, presque contre sa volonté, vers le coin de la tente.

Là, un rideau pendait bas ; de cette direction flottait le plus léger fil d'odeur médicinale porté dans l'air.

« Comment va-t-elle ? »

Le seul mot, elle, tomba doucement, ni lourd ni léger, mais impossible à ignorer.

« La fièvre s'est un peu calmée », répondit Su Zhang, d'un ton froid, sans hâte. « Qiqi et Yiyi prennent des tours pour veiller sur elle. Elle n'est en aucun danger. »

Gu Xiao laissa échapper un petit bruit, moitié soulagement, moitié tentative de le cacher. Son rire vint avec une pointe d'amertume :

« C'est vrai. Un homme adulte qui rôde sur un lit de malade a l'air un peu inconvenant. »

Il se versa une autre tasse pleine et la but d'un trait brûlant. Sa gorge fonctionnait ; ses yeux brillaient de chaleur, comme s'ils reflétaient le feu de camp lui-même.

« Mais en parlant de ça, »

Il fit tourner la tasse légèrement entre ses doigts. Sa voix monta, soudaine et pleine de force, comme un tambour de guerre frappé à nouveau :

« Quand nous reviendrons à la capitale après cette victoire, je demanderai un décret de mariage —avant le trône lui-même. »

Les doigts de Su Zhang s'immobilisèrent sur la table.

Les paroles de Gu Xiao coulaient de plus en plus, empreintes de la confiance d'un vainqueur et de la franchise d'un jeune général qui n'avait jamais appris à cacher son cœur.

« Notre mérite est pour le royaume. Sa Majesté ne refusera pas une récompense de mariage. »

Il se pencha légèrement en avant, comme un homme posant son dernier coup décisif sur le plateau.

« Cette victoire, Mademoiselle Qin mérite la moitié de son crédit. Sans son rappel, nous aurions pu tomber à Xiling. Quand le moment viendra, je lui donnerai la moitié du mérite. Elle pourrait même recevoir un grade de comté. Qu'elle soit rappelée, comme elle doit l'être ! »

(Xiling : Falaise ouest).

La flamme de la bougie trembla, comme poussée par une rafale de vent invisible.

« Non. »

La voix de Su Zhang était si faible qu'elle frôlait le froid, pourtant elle fendait l'air comme une lame aiguisée par la glace frappant le fer.

Gu Xiao se figea. Le sourire sur son visage se brisa.

« Qu'as-tu dit ? »

« Cette affaire ne doit pas être réglée », répondit Su Zhang. Il leva les yeux ; La lumière des bougies traçait une fine ligne nette sur ses pupilles. « Pas maintenant. Pas dans le futur. Jamais. »

Une veine se détacha vivement sur le dos de la main de Gu Xiao. Il repoussa la tasse sur la table, la tache s'infiltrant dans le grain du bois comme un bleu sombre.

« Pourquoi ? Qu'y a-t-il, Su Zhang, as-tu peur de ne pas pouvoir me battre ? »

Il s'avança, la voix basse, lourde comme un tonnerre étouffé dans une tempête.

« Toi et moi comprenons tous les deux les champs de bataille et l'autorité. L'amour ne fait pas exception. Si je prends l'initiative et qu'elle acquiesce, est-ce une défaite que tu ne peux pas supporter ? »

Su Zhang croisa son regard. Ses cils s'enfoncèrent juste assez pour enfermer ce qui vacillait sous son calme.

« Ce n'est pas quelqu'un qui s'épanouit sous la démonstration. Poussez-la au centre de la cour, placez-la sous tous les regards et elle reculera. »

Un rire court, presque rauque, s'échappa de Gu Xiao, saturé d'hostilité.

« Et tu présumes parler en son nom ? »

« Je parle en votre nom. »

Su Zhang ne fit pas un pas en arrière ; son ton resta posé.

« Tu dis que tu veux lui donner une part de ton crédit militaire. Mais quand d'autres le questionnent, quelle explication donnerez-vous ? Affirmez-vous que toute la stratégie a basculé à cause d'un avertissement qu'elle a donné ?

Si c'est le cas, que se passera-t-il pour ta réputation ? Tu deviendras le général qui a gagné à Xiling non par jugement ou commandement, mais parce qu'il a écouté les paroles d'une jeune femme.

 et que diraient les gens de la Garde du Tigre ? Que leur victoire ne soit pas due à la discipline ou à la force, mais à un coup de chance commode ? »

Il observait Gu Xiao directement, chaque mot délibéré, chaque conséquence abattue comme la chute d'une hache.

« Comment les censeurs de la cour vont-ils déformer cela ? Comment les espions étrangers en écriront-ils ? Comment vos rivaux vont-ils vous commémorer —vous accusant de superstition, de modifier les ordres militaires à partir des « avertissements infondés » d'une femme ? Si la tempête se retourne contre elle, pourras-tu la protéger ? »

Une oppression serra la poitrine de Gu Xiao. Quelque chose se coinça dans sa gorge. Il ne recula pas, mais son regard glissa un bref instant.

Su Zhang ne le pressa pas. Il a simplement porté le coup final, silencieux mais impitoyable :

« Et de plus, si tu revendiques son mérite devant le trône, quelqu'un demandera comment elle savait. Pouvez-vous donner une réponse qui ne la mette pas en danger et ne sape pas votre propre commandement ? »

La tente de commandement tomba dans un lourd silence.

Seul le bruit du vin dégoulinant du coin de la table brisa le silence, doux, rythmé, comme un calcul froid des coûts.

Les muscles du dos de Gu Xiao se contractèrent dans un nœud douloureux, une tension forte sous la peau qui rendait chaque respiration plus serrée que la précédente.

Il inspira entre ses dents, ouvrit la bouche et faillit lui renvoyer les répliques instinctives déjà en forme dans sa tête —la guerre prospère sur la tromperie, qui craint les rumeurs ou je porterai moi-même le fardeau.

Mais les mots ne montèrent pas.

Elles s'épaissirent, prirent du poids et se posèrent lourdement sur sa langue comme si elles étaient devenues métalliques. Aucune force de volonté ne les repousse.

Il resta là, la mâchoire serrée, sachant dans ce silence immobile que ce n'était pas Su Zhang qui s'accrochait à la fierté, ni à la jalousie, ni à une rivalité mesquine.

La vérité se lisait clairement dans les yeux de l'autre homme —froids, posés, dépourvus de tout artifice.

Il n'y avait ni ressentiment, ni désir de rivaliser, seulement le calcul brutal du risque et des conséquences. Chaque possibilité avait déjà été pesée ; chaque coût avait déjà été compté.

Gu Xiao comprit alors que ce que Su Zhang disait n'était pas un défi, mais une vérité non adoucie. Chaque chemin qu'il avait imaginé emprunter pourrait mener non pas à l'honneur ou à la protection, mais à des conséquences qui retomberaient d'abord sur elle.

Et soudain, il comprit : le désir farouche qu'il portait, de lui gagner un nom et une place légitime, autrefois placé sur la balance de la cour impériale, pouvait au contraire devenir une proclamation la poussant droit dans le feu.

Gu Xiao ne dit rien. Une fine couche de sueur apparut le long de ses tempes. le tissu et la paume de sa main de sa avaient déjà été trempés d'un rouge pâle, une vieille blessure fendue à nouveau par sa prise précédente.

Il pencha la tête en arrière, forçant la chaleur emprisonnée dans sa poitrine vers le bas. L'alcool lui brûlait la gorge, mais le rire qui s'échappa de lui était tranchant et amer, comme le plat d'un couteau raclé sur l'os.

« Su Zhang, toi avec tes huit cents plans et un esprit qui refuse de perdre... Toute cette analyse, ce raisonnement sans fin —parce que tu crains de ne pas pouvoir me battre. »

« Il ne s'agit pas de refuser la défaite. »

Su Zhang bougea légèrement et éloigna la pile de dossiers militaires de la tache de vin renversé. Sa voix s'abaissa, Nianyin devenant plus rude d'honnêteté sous la retenue.

« Elle ne devrait pas être celle qui perd. Surtout pas pour nous deux. »

La gorge de Gu Xiao se serra. La chaleur dans ses yeux s'enflamma, puis disparut.

Il se souvint soudain du vent sur la falaise et du moment où elle, tremblante et en pleurs, leva encore son épée pour le protéger.

Une main, invisible, semblait tordre l'intérieur de sa poitrine.

Après un long moment, Gu Xiao expira un souffle lourd et lourd. La tension dans ses épaules s'est finalement relâchée d'un peu. Il passa une main sur son visage et dit, rauque et à contrecœur : « ... Bien. Pas maintenant. »

Su Zhang baissa légèrement les yeux et répondit par un simple hum d'acquiescement.

Le silence retomba.

Dehors, les acclamations montaient et descendaient en grandes vagues, comme le tournant d'une marée. À l'intérieur de la tente, la lumière des bougies s'éteignit un instant, délimitant chacune de leurs ombres, l'une tranchante, l'autre retenue, mais toutes deux Nianyin ressentaient la même fatigue et la même chaleur intense sous la surface.

Gu Xiao attrapa la flasque à vin, versa une demi-tasse dans son bol, puis s'arrêta en plein mouvement et but directement à la bouche de la flasque. Il se retourna pour partir. Après un pas, il s'arrêta, jeta un regard en arrière vers Su Zhang et baissa la voix.

« Si elle se réveille... Ne me laisse pas découvrir en premier. »

Su Zhang croisa son regard. Son regard était faible, impénétrable.

« Et je ne lui laisserai pas savoir ce que tu viens de dire. »

Ils se sont soutenus un bref instant. Aucun des deux ne sourit.

Gu Xiao finit par repousser le rabat et sortit. Le vent nocturne le frappa avec l'odeur de la viande rôtie et le battement lointain de tambours. Il inspira profondément, mais ses pas ne le menèrent pas immédiatement vers la fête.

Lorsqu'il baissa les yeux, il vit le bandage sur sa paume suintant une tache de sang plus sombre. Il rit à voix basse dans l'obscurité.

C'était un retard, pas une reddition. Le décret de mariage pouvait attendre. Pour la poursuivre et la conquérir, il devrait emprunter le chemin stable, celui dont elle ne se détournerait pas.

À l'intérieur de la tente, Su Zhang se laissa aller confortablement sur son siège. Ses doigts effleurèrent la marque sombre laissée par le vin renversé et, d'un simple coup discret, il l'essuya.

Il leva les yeux vers la tente médicale au loin, où une seule lanterne émettait une lueur tamisée et tamisée. Son regard s'approfondit, centimètre par centimètre.

La bravade ne sert à rien ; La protection est le seul chemin qui compte. Pour la protéger de la tempête, il faut la tourner pour souffler là où elle doit.

Il referma les archives militaires, se leva et éteignit l'une des deux lampes de son bureau, ne laissant qu'une seule allumée. Sa flamme restait stable, silencieuse, comme une lame cachée ou un cœur maintenu pour l'empêcher de se libérer.

Dehors, la célébration s'intensifia, mais dans le silence, il enfonça une seule pensée profondément dans sa poitrine.

S'il y a un combat à mener, il doit se faire d'une manière qu'elle ne détestera pas.

La nuit s'est approfondie et le vent s'est fait plus froid. Les deux hommes marchaient dans des directions opposées, mais chacun portait le même feu dans sa poitrine, l'un déterminé à gagner en plein air et l'autre déterminé à se protéger de l'ombre.

Chapitre 83 : Le point de non-retour

La tente baignait dans la faible lueur des lampes, l'air chargé du parfum des herbes médicinales. La nuit était si calme qu'elle pouvait entendre le vent chuchoter contre les bannières de l'armée.

La silhouette sur le lit bougea légèrement, ses doigts tremblant sous la fine couverture.

«... Nianyin ? »

Les voix basses et urgentes s'élevaient presque simultanément des deux côtés de son lit.

Ses paupières papillonnèrent deux fois avant de s'ouvrir lentement. Deux visages familiers, mais radicalement différents, emplissaient sa vision : d'un côté, Gu Xiao, ses traits flamboyants d'intensité, son corps portant l'odeur du sang et du vin.

De l'autre côté, Su Zhang gardait une expression calme et posée, mais une fatigue discrète assombrissait son regard.

Elle fixa le vide, l'esprit encore engourdi, la gorge sèche et brûlante. Ses lèvres s'entrouvrirent, mais aucun son n'en sortit.

« De l'eau ! » Gu Xiao fut le premier à réagir, son épaule repoussant brusquement Su Zhang d'un demi-pas sur le côté. Le geste fut si soudain qu'il manqua renverser les tasses posées sur la table voisine.

Il versa personnellement une tasse d'eau tiède et la porta à ses lèvres.

« Tiens, doucement. »

Elle le prit, sa main encore instable, et but de petites gorgées précautionneuses. Le liquide frais apaisa la douleur brute dans sa gorge.

« Nianyin ! » La voir boire, un poids s'envola du cœur de Gu Xiao. La joie se répandit sur son visage, et ses mots commencèrent à sortir sans contrôle. « Tu sais ? C'est une bonne chose que j'aie écouté vos conseils ! Cette bataille —nous avons remporté une grande victoire pour le Grand Zhou ! »

Ses mots vinrent à toute vitesse, sa voix débordant d'une excitation à peine contenue. « L'armée Di du Nord est complètement mise en déroute, repoussée de trois cents miles ! Tout le camp célèbre. Tu es mon étoile porte-bonheur, celle de Gu Xiao, et l'étoile porte-bonheur de tous les Grands Zhou ! »

La femme sur le lit restait pâle, mais les coins de ses lèvres s'étirèrent en un léger sourire doux. Elle ne dit rien, se contentant de hocher la tête doucement.

À cet instant, son cœur fut envahi d'un réconfort et d'une joie indescriptibles.

Elle avait gagné cette bataille contre le destin.

Le Grand Zhou avait triomphé.

Gu Xiao avait survécu.

Et d'innombrables soldats et officiers du Grand Zhou avaient survécu.

Tout était fondamentalement différent de sa vie précédente.

Elle inclina légèrement la tête, son regard se tournant instinctivement vers l'autre côté.

Su Zhang resta silencieux, un contraste frappant avec la ferveur de Gu Xiao. Il n'intervint pas, se contentant de l'observer en silence. Son regard était comme la surface de l'eau au cœur de la nuit—calme, mais portant des courants sous-jacents d'une profondeur insondable.

Son expression était aussi posée que d'habitude, même teintée d'une pointe de fatigue, mais son cœur tremblait légèrement —elle ne savait pas pourquoi, mais elle sentait que son attitude était d'une certaine façon différente de l'habitude.

« Nianyin, ça va ? As-tu besoin de quelque chose ? » Gu Xiao finit par maîtriser son excitation, sa voix s'adoucissant alors qu'il demandait avec une inquiétude urgente.

Elle resta silencieuse un long moment, ses doigts serrant fermement le bord de la fine couverture.

Un tumulte d'émotions tourbillonnait dans sa poitrine, se condensant enfin en un murmure si faible qu'il semblait se dissoudre dans l'air nocturne : « ... Vouloir... rentrer chez soi. »

Gu Xiao fut surpris un instant, puis la rassura rapidement avec un sourire forcé. « Qu'est-ce qu'il y a de si difficile là-dedans ? L'armée se regroupe. Nous partirons pour la capitale dans trois jours. Tu pourras rentrer chez toi alors. »

Pourtant, alors que ses mots tombaient, des larmes silencieuses commencèrent à couler sur ses joues. Ses épaules tremblaient légèrement, chaque larme s'imbibant dans l'oreiller sous elle.

Elle secoua la tête, sa voix étranglée et si douce qu'elle semblait sur le point de se disperser par le vent nocturne. « ... Je ne peux pas revenir en arrière... C'est impossible maintenant... »

Gu Xiao fixait, le visage marqué par une confusion stupéfaite, totalement perdu dans son sens.

Il paniqué. « Qu'est-ce que tu veux dire, tu ne peux pas revenir en arrière ? Nous retournons à la capitale en triomphe ! Si l'armée accélère le pas, nous pourrons atteindre les périphéries en un peu plus de dix jours ! »

« Je suis... tellement fatigué... si fatigué... » Ses mots furent un soupir essoufflé, vidé de toute force.

« Quelles absurdités est-ce là ? » insista-t-il, la voix tendue d'inquiétude. « Ce n'est qu'un frisson, une perte de vitalité. Une fois de retour dans la capitale, avec un repos et des toniques appropriés, tu te rétabliras complètement ! » Il tendit la main avec urgence, voulant la stabiliser.

Mais Qin Nianyin évita son contact, repoussant doucement sa main. Quelques sanglots discrets s'échappèrent d'elle avant qu'elle ne retombe dans un murmure, « ... Non... Je ne peux pas revenir en arrière... »

Sa voix tremblait, teintée d'une fragilité prête à se briser.

La flamme de la bougie dans la tente vacilla une fois.

Gu Xiao resta figé, comme s'il avait porté un coup physique. Ses lèvres bougèrent, mais aucun son ne sortit.

« Nianyin, » murmura-t-il, le ton désormais presque suppliant, « Ne dis pas de telles choses. Je suis là. Quoi que tu aies besoin, je t'aiderai à l'obtenir. »

Elle baissa les yeux, ses doigts blanchissant autour du bord de la couverture, et secoua faiblement la tête, presque imperceptiblement.

Ses yeux, dérivant dans la lumière des bougies, se levèrent enfin et, comme attirés par un fil invisible, croisèrent le regard de la silhouette silencieuse en face d'elle.

Dans ce seul instant suspendu, ses yeux croisèrent ceux de Su Zhang.

La lumière des bougies semblait retenir son souffle, illuminant l'espace où leurs regards se croisaient et se croisaient.

Pendant un instant fugace, quelque chose de brut et tumultueux tourbillonna au fond de ses yeux —un tremblement, un chagrin —avant d'être forcé de réprimer, submergé dans un abîme silencieux et insondable.

Son cœur se serra. Son souffle se coupa. Mais elle se rendit compte qu'elle ne pouvait pas prononcer un mot de plus.

—La nuit était lourde et immobile, seulement brisée par le tremblement de la flamme de la bougie, sa lumière illuminant les trois silhouettes, chacune perdue dans son propre torrent furieux de pensées inavouées.

* * * * *

La nuit s'approfondit.

À l'extérieur de la tente, le vent hurlait, et les bannières lointaines de l'armée claquaient brusquement —un contraste saisissant avec le tumulte de la journée.

Su Zhang resta immobile au-delà du camp. La nuit froide transperçait jusqu'aux os, pourtant il ne portait pas de cape, laissant le vent et la neige fouetter ses robes.

Sa voix résonnait sans cesse dans son esprit—« ... Je ne peux pas revenir en arrière... »

Ses doigts se resserraient, un léger tremblement dans ses paumes, mais il n'osa pas laisser paraître ce tremblement.

Après les indices qu'elle avait laissés échapper dans ses rêves fiévreux cette nuit-là, il comprit avec une clarté glaçante —quand elle pleura ces mots, elle ne parlait pas de la capitale, du Jiangnan, ni même de la résidence Su.

Elle parlait de sa vie antérieure.

Son propre cœur ne pourrait jamais revenir en arrière.

Gu Xiao avait été ravi, croyant que sa détresse n'était qu'une peur passagère. Mais seul Su Zhang le savait—ce pour quoi elle pleurait vraiment, c'était le destin tissé à travers deux vies.

Il avait du mal à y croire, il ne voulait pas y croire, pourtant tous les signes pointaient vers une vérité : Nianyin... elle avait dû vivre une vie avant celle-ci.

Avec une prévoyance presque divine, elle avait prédit les mouvements ennemis, échappé aux avertissements avant le voyage au Jiangnan, intervenu pour sauver Xu Wencai, révélé la trahison de Liang Dong...

Su Zhang leva les yeux vers le ciel. La nuit était profonde, la rivière d'étoiles froide et tranchante —comme un vaste filet les enfermant tous les deux.

Toute sa vie, il avait été fier de son sang-froid, de ses calculs. Mais à cet instant, sa poitrine se remplit d'une impuissance qui le laissa vide.

Devait-il continuer à se battre pour elle ?

D'après ses murmures fragmentés, il semblait que le « lui » de cette vie précédente n'avait pas été un homme bien. Dans cette vie, elle avait choisi Gu Xiao, puis...

Ou peut-être le Troisième Prince, Li Suo ?

On pouvait lui offrir un amour féroce et sans défense ; l'autre, un statut suprême parmi les femmes. Les deux hommes étaient exceptionnels, ils pouvaient la protéger toute sa vie...

Une amertume s'insinua dans son cœur, mais il n'osa pas poursuivre cette pensée. La simple possibilité était une agonie. Pourtant, si Gu Xiao pouvait lui offrir dans cette vie ce qu'il ne pouvait pas lui-même... Devait-il lâcher prise ? Devait-il s'écarter ?

Mais il y a quelques instants, sur ce lit, elle leur avait dit —Je ne peux pas revenir en arrière —

Cela voulait-il dire que, dans son cœur, dans cette vie présente, il n'avait plus rien à lui offrir ?

Ou qu'elle ne voulait rien du tout ?

Le vent froid fouettait son visage. Soudain, un rire bas et sans humour s'échappa de lui. C'était un son amer, enfoncé profondément dans ses os.

« Nianyin... »

Il murmura son nom dans la nuit, sa voix si rauque et faible que le vent faillit lui voler. « Non, Nianyin... Désolé. Quand même... Je ne peux pas te laisser partir. »

À cet instant, le silence dans ses yeux était comme une lampe solitaire au cœur de la nuit.

Personne ne pouvait le voir. Lui seul le savait —la dernière lumière dans son cœur s'était depuis longtemps réduite à elle seule.

Dans cette vie, il pouvait se permettre de perdre le monde.

Mais il ne pouvait pas se permettre de la perdre.

Chapitre 84 : La cérémonie du retour triomphal

Les cornes de la victoire résonnaient dans le ciel, vibrant d'une clarté qui semblait secouer l'air lui-même.

Près de deux semaines plus tard, cent mille soldats marchèrent vers le sud depuis la frontière nord, leurs bannières flottant vivement au vent.

Des rangées et des rangées d'armures de fer captaient la lumière et brillaient comme du métal en fusion ; de longues lances s'élevaient en lignes denses ; Le tonnerre des sabots roulait sans cesse sur la route officielle qui s'étendait des terres frontalières à la capitale, la transformant en une rivière argentée qui semblait s'élancer sans fin vers l'horizon.

Gu Xiao chevauchait en première ligne de l'armée. Le vent soulevait les mèches de cheveux près de ses tempes, accentuant la dignité frappante de ses traits. Son expression était lumineuse de triomphe et la fierté entre ses sourcils signalait la victoire avec une force indéniable.

Partout où il passait, les gens alignés le long de la route s'agenouillaient pour saluer. Leurs voix montaient et descendaient comme des vagues, appelant : « Grand Zhou, toujours victorieux ! » et « Général Gu, puissant et inégalé ! »

Les enfants agitaient des rubans colorés ; Des hommes âgés s'appuyaient sur leurs cannes, les larmes aux yeux. Des acclamations jaillirent de toutes parts et se rassemblèrent comme une marée montante autour de la silhouette en armure argentée en tête de la formation.

Gu Xiao chevauchait avec une confiance pleine d'entrain, les rênes tendues dans sa main. Sa poitrine se gonfla d'un sentiment d'accomplissement qu'il n'avait jamais connu auparavant. Cette bataille avait prouvé qu'il n'était plus seulement un héritier d'un clan militaire, mais un jeune homme connu pour son bravoure brute.

Il avait forgé ses propres exploits et établi sa propre autorité —se tenant fermement aux côtés de l'empire lui-même.

Pourtant, même au milieu de tout cet éclat et de cette célébration écrasante, Qin Nianyin remarqua discrètement une présence en contraste marqué.

Su Zhang.

Il était élancé, austère et d'une pose inflexible.

Il montait aussi à cheval, mais il restait intégré dans les rangs plutôt qu'en première ligne. En contraste frappant avec la visibilité flamboyante de Gu Xiao, Su Zhang portait une robe simple d'encre sombre sous une cape sombre, et même son cheval avait la même teinte sombre.

Son absence d'armure le faisait paraître encore plus sévère et la couleur terne de sa tenue absorbait la lumière du soleil au lieu de la refléter. L'obscurité contenue créait une silhouette solitaire, une ombre se déplaçant avec l'armée sans jamais se fondre dans son atmosphère jubilatoire.

Même dans ses premières années à la cour, il était connu pour son calme inébranlable. Mais maintenant, il y avait quelque chose de plus lourd en dessous. C'était une obscurité silencieuse que la fumée de guerre ne pouvait expliquer entièrement, une lourdeur qui semblait venir de lui seul, et de trop de choses pendant bien trop longtemps.

Qin Nianyin leva instinctivement les yeux, et à ce moment précis, Su Zhang tourna la tête. Leurs regards se croisèrent à travers le rugissement de milliers de voix.

Un instant, sa poitrine se serra sans prévenir.

Ses yeux étaient froids, plus froids que les bassins profonds auxquels elle les avait autrefois comparés. Pourtant, ce froid n'était pas l'indifférence lointaine à laquelle elle était habituée. C'était le froid de la glace qui existait depuis des siècles, intact par la chaleur, dépouillé de tout mouvement ou de vie.

Un léger tremblement traversa sa poitrine, et elle retint inconsciemment son souffle.

Elle ne comprenait pas. Pourquoi la regardait-il ainsi ?

Elle ne pouvait nommer ce sentiment, seulement que ce regard était trop profond et trop lourd, comme s'il avait essayé d'entraîner tout son être dans cette obscurité silencieuse, ne serait-ce qu'un seul battement de cœur.

Mais l'instant d'après, il s'était déjà détourné, retrouvant sa réserve habituelle —comme si ce moment n'avait été qu'une pure création de son imagination.

Au cours de ce long voyage de retour depuis la frontière nord, Gu Xiao était resté audacieuse et chaleureux, parlant fréquemment avec elle et appelant les autres, dynamisé par le triomphe.

Su Zhang, cependant, était resté posé et renfermé, lui parlant peu. Bien qu'elle fût soulagée de voir qu'il semblait enfin avoir mis de côté le sentiment qu'il avait autrefois pour elle, elle ne pouvait chasser le léger malaise qui pesait dans son cœur.

Qin Nianyin resta un instant dans ses pensées. Quelque chose chez lui lui semblait déplacé, mais après avoir envisagé toutes les possibilités et obtenu rien, elle baissa enfin les yeux et pressa ses lèvres.

L'armée s'arrêta aux abords de la capitale, où seul un nombre restreint d'officiers entraient dans la ville pour annoncer leur victoire. La procession impériale attendait non loin devant.

Bientôt, elle monta dans la calèche préparée pour elle et le rideau tomba, coupant le vent et le tumulte lointain.

Pourtant, le léger tremblement dans sa poitrine ne s'atténuait pas, persistant obstinément sous ses côtes.

Au bout de la longue avenue, le son des cloches et le battement des tambours ont surgi sans avertissement. La ville impériale, superposée de tours imposantes et de toits de palais, émergea peu à peu de la pâle brume matinale.

Gu Xiao arrêta son cheval. Lorsqu'il regarda les étages de carreaux dorés s'élever vers le ciel, une chaleur lente et croissante monta dans sa poitrine. La lumière dans la capitale était plus douce que celle de la frontière nord, mais aussi plus froide.

Il se souvenait du tremblement dans la voix de Qin Nianyin lorsqu'elle lui avait parlé et que ses doigts se resserraient inconsciemment autour des rênes.

Il ne put réprimer l'envie de présenter publiquement sa « contribution » devant le Trône d'Or —pour que tous ceux sous le Ciel voient à quel point elle était extraordinaire. Mais l'avertissement de Su Zhang le força à reconsidérer, à peser à nouveau les conséquences avec plus de calme.

Pourtant, même s'il ne parlait pas de sa « perspicacité tactique » qui avait assuré la victoire du Grand Zhou, il avait déjà pris une décision ferme : il utiliserait ce triomphe pour demander un décret de mariage impérial.

Les tambours retentirent à nouveau. L'armée avança lentement. Les gens s'agenouillaient de chaque côté de la route et les pétales de fleurs flottaient dans le vent comme la pluie. L'odeur des fleurs écrasées se mêlait à l'odeur de fer dans l'air, un parfum qui ressemblait à la rencontre de la victoire et du destin.

À l'intérieur de la calèche, avec seulement un mince rideau la séparant d'eux des acclamations tumultueuses à l'extérieur, Qin Nianyin sentit ses pensées s'enfoncer.

Elle comprit soudain que ce retour triomphal n'était pas une fin, mais le début de quelque chose de tout à fait différent.

La gloire de Gu Xiao et le silence de Su Zhang —l'un lumineux, l'autre sombre —la tiraient de directions opposées, aucune ne voulant lâcher prise.

Lorsque la procession atteignit la Porte du Méridien, elle leva les yeux vers les lourds murs du palais.

Des carreaux couleur givre scintillaient faiblement à la lumière de l'après-midi. Le temps était clair, mais l'air était assez froid pour faire trembler. Une prémonition silencieuse et inexplicable monta en elle.

La route menant à la cité impériale allait changer le destin de beaucoup.

* * * * *

La grande route en périphérie de la capitale était bondée de dizaines de milliers de personnes.

Des officiels en coiffes cérémonielles s'étaient rassemblés, des bannières flottaient, des gongs et des tambours résonnaient, et les citoyens étaient entrés en masse depuis l'aube rien que pour assister au triomphe de l'armée de retour. Lorsque les bannières de l'avant-garde apparurent au loin, et les acclamations s'élevèrent comme une marée montante.

Au centre de la route se tenait la calèche impériale, son dais brodé d'un dragon doré à cinq griffes. L'opulence de sa décoration attirait l'attention, dégageant une autorité que personne ne pouvait confondre.

Le prince héritier Li Duan se tenait devant son cheval vêtu d'une tenue de cour en brocart sombre formel, l'expression solennelle. Pourtant, une trace indubitable et indéniable de sourire flottait entre ses sourcils.

Il était ici sous commandement impérial pour accueillir les forces victorieuses et démontrer au monde l'attitude de l'héritier présomptif.

« Le prince héritier arrive ! »

Le cri aigu de l'assistant impérial résonna, accueilli par la réponse tonitruante de dizaines de milliers de personnes.

Quelques instants plus tard, l'armée s'approcha en formation complète. L'armure scintillait comme du givre et des lances s'élevaient dans une forêt dense d'acier. En tête, deux coureurs attiraient tous les regards.

L'un était vêtu d'une armure argentée qui brillait comme la neige. Gu Xiao poussa sa monture en avant avec une vigueur énergique, le vent soulevant les mèches de cheveux près de ses tempes, son regard perçant et rempli de feu.

L'autre portait une armure aussi sombre que l'encre. La crinière de son cheval était noire comme la nuit. L'expression de Su Zhang était austère ; ses sourcils se froncèrent avec une intensité contenue. Il suivait légèrement l'éclatement de Gu Xiao, mais sa présence dégageait une gravité froide et tranchante que personne ne pouvait ignorer.

Tous les officiels s'inclinèrent profondément devant l'armée approchante, leurs voix se chevauchant dans une grande vague d'acclamations.

Li Duan s'avança, son sourire chaleureux mais posé, et s'adressa à eux d'une voix claire, digne de sa fonction.

« Les soldats du royaume ont enduré des épreuves et mérité un immense mérite. Avec cette victoire à nos frontières, tant moi que toute la cour sommes fiers de votre service. »

Gu Xiao descendit de son cheval et tomba à genoux dans un lourd bruit sourd. Sa voix résonna à travers le champ ouvert, claire et métallique, débordante de la ferveur d'un jeune général.

« Votre serviteur n'a pas failli à la confiance qui lui était accordée. Avec ce corps, je continuerai à servir le Grand Zhou. Que notre dynastie perdure dix mille ans ! »

La déclaration portait une force vive et émouvante, suscitant l'émotion chez tous ceux qui l'entendaient. Même les officiels les plus expérimentés ont senti leur cœur se serrer.

Le prince héritier Li Duan s'avança personnellement pour le relever, son sourire doux, son ton chaleureux.

« Général Gu, courageux et vaillant dans ta jeunesse, vraiment, tu es la bénédiction de notre Grand Zhou. »

Sur ces mots, des applaudissements jaillirent comme un tonnerre, les officiels réunis résonnant à l'unisson leur accord.

À ce moment-là, une autre voix flotta dans l'air, douce, nonchalement, avec une légère pointe d'amusement.

« Grand Frère dit la vérité. La prouesse martiale du général Gu est inégalée. Même moi, ton Troisième Frère, je ne peux m'empêcher de l'admirer. »

La foule leva les yeux.

Là, arrivant par le chemin latéral, se trouvait le troisième prince Li Suo. Vêtu d'une robe d'un vert jade profond, il marchait avec une assurance mesurée, plusieurs gardes suivant en formation ordonnée. Son regard balaya les soldats rassemblés avant de se poser sur Gu Xiao, portant à la fois admiration et quelque chose de plus difficile à lire, quelque chose de tranchant, délibéré.

« Troisième frère, » dit le prince héritier d'un ton léger, bien qu'une pointe de méfiance perçût sous son ton posé. « Qu'est-ce qui t'amène si tard ? »

Li Suo laissa échapper un rire éclatant et résonnant.

« Le Grand Frère est le Prince Héritier. Naturellement, l'honneur de saluer l'armée vous incombe. Quant à moi —simplement me joindre aux festivités. Un peu de retard importe peu. »

En parlant, il tourna la tête. Ses yeux, aussi perçants qu'une lame, se posèrent sur Su Zhang. Le coin de ses lèvres se releva légèrement.

« Surtout Lord Su. Capable d'élaborer des stratégies avec sa plume et de réprimer la frontière par l'esprit. Vous avez organisé les approvisionnements en céréales, veillé à leur arrivée sûre et opportune à la frontière — vraiment, le plus grand mérite méconnu de cette campagne vous appartient. »

Une vague parcourut les officiels rassemblés. L'atmosphère changea aussitôt.

Le sourire du prince héritier s'élargit presque imperceptiblement alors qu'il regardait Su Zhang. Son ton était doux, mais portait des louanges indéniables.

« La prévoyance et la planification minutieuse de Lord Su —de telles réalisations ne valent pas moins que celles des guerriers en première ligne. Je suis pleinement conscient de sa contribution. »

Deux frères, parlant apparemment avec admiration, mais sous chaque mot se trouvait un affrontement d'intentions.

Certains cherchaient à revendiquer tout le mérite du prince héritier.

L'autre insistait sur le fait que l'accomplissement de Su Zhang était indispensable, et peut-être hors du contrôle du prince héritier.

Les sourcils de Gu Xiao se froncèrent. Il sentait les courants subtils tourbillonner autour de lui, mais il ne dit rien. Sa main se serra sur la garde de son épée, tout son corps tendu comme un arc tendu.

Ils se tenaient là —trois hommes devant le prince héritier et l'armée victorieuse.

Un guerrier, un stratège de cour, un prince impérial.

Leurs présences s'affrontaient même sans l'acier dégainé.

Le prince héritier sourit, mais son regard était sombre sous sa chaleur.

Le Troisième Prince parlait d'un ton détaché, mais chaque mot cachait une pointe de tranchant.

Gu Xiao dégageait un élan déchaîné, impossible à ignorer.

Quant à Su Zhang… il ne dit rien. Son silence pesait encore plus lourd, ses yeux calmes, mais avec une légère agitation contenue.

À cet instant, l'air lui-même sembla se resserrer, chargé d'une tension dégagée.

Seul Qin Nianyin avait été discrètement escorté jusqu'à la résidence Su dès que l'armée atteignit les périphéries, épargné de s'immiscer dans ce courant sous-marin grandissant.

Et pourtant, son nom flottait entre ces hommes comme une lame invisible, dressée au-dessus d'eux tous, prête à trancher la grande façade de cette cérémonie triomphante à tout instant.

Chapitre 85 : Trois hommes cherchant le même destin

La résidence Su resta silencieuse et composée.

Au-delà de ses murs rouges, tambours et acclamations affluaient en vagues, roulant sur la capitale comme une marée sans fin.

Pourtant, aucune de cette chaleur ne pouvait percer le calme du domaine.

Qin Nianyin fut aidée à entrer dans une chambre latérale.

Ses vêtements n'avaient pas encore été changés et des traces de poussière de voyage s'accrochaient à ses tempes.

Elle s'assit sur le canapé en brocart, écoutant à travers la fenêtre en treillis le vacarme lointain qui montait.

La musique tonitruante et les cris des foules rassemblées parvenaient à ses oreilles, chaque note aussi forte qu'une vague déferlante, mais semblaient séparées d'elle par un écran épais et opaque.

«… Vive le Grand Zhou... Tout honneur au général Gu... »

Les cris se mêlèrent en une seule masse rugissante, assez pour faire trembler le papier de la fenêtre.

Mais sa poitrine semblait vide, comme si quelque chose de vital avait été arraché.

Ses doigts se resserrèrent autour de sa manche et, pendant longtemps, aucun mot ne sortit de ses lèvres.

La gloire de la victoire appartenait aux dix mille cavaliers en armure,

À Gu Xiao,

Au Grand Zhou.

À cet instant, cependant, elle avait été ramenée à la résidence Su par Su Zhang sans lui laisser la moindre possibilité de refus, placée dans cette cour silencieuse et isolée de toute la ferveur extérieure.

« Mademoiselle, permettez à ce serviteur de vous apporter une tasse de thé chaud. »

La voix douce de Mei interrompit ses pensées.

Qin Nianyin cligna des yeux, hocha faiblement la tête, puis leva les yeux vers la fenêtre.

La nuit s'approfondissait et, depuis les abords de la capitale, la lueur du feu atteignait encore le ciel.

Un sentiment soudain la saisit, qu'elle était à nouveau repoussée loin du plateau, réduite à une simple spectatrice observant le déroulement du jeu.

Dans sa vie précédente, elle s'était aussi tenue sous des lumières et des sourires, portant un masque parfait tout en étant interdite d'influencer toute matière réelle.

Même dans cette vie, bien qu'elle ait lutté désespérément pour changer le cours du destin, elle était arrivée à un point où elle ne pouvait que regarder — regarder trois noms poussés par le destin à converger sur le même champ de bataille.

« Mademoiselle, vous êtes enfin revenue. Mei t'a terriblement manqué. »

Alors qu'elle parlait, les yeux de Mei s'embuèrent, des larmes tremblant au coin de ses yeux.

Qin Nianyin sentit son cœur se serrer.

Sa voix baissa en un murmure doux.

« Mei, ne pleure pas. Nous sommes tous les deux en sécurité, c'est ce qui compte le plus. »

Le triomphe du Grand Zhou sur les tribus du nord signifia que Gu Xiao avait échappé à la calamité fatale de sa vie précédente et d'innombrables soldats avaient sauvé leur vie.

C'était ça qui comptait.

Le thé arriva, la vapeur s'élevant en spirales douces.

Elle attrapa la tasse, mais ses doigts tremblaient légèrement.

Au loin, les tambours continuaient de résonner dans la nuit froide, chaque battement retentissant sur sa poitrine comme un coup délibéré.

* * * * *

Salle impériale

La grande salle du palais était pavée de briques d'or froides et immaculées.

Sous les marches cramoisies, les fonctionnaires civils et militaires se tenaient en rangs ordonnés.

La nouvelle de la victoire à la crête du mont Wulan avait déjà balayé tout le royaume et l'assemblée de cour d'aujourd'hui était remplie d'une exaltation indéniable.

Sur le haut trône impérial, l'empereur Xuanwen portait une robe cérémonielle jaune vif.

Même avec son habituel sang-froid, une légère trace de satisfaction haussa encore ses sourcils.

« Au cours de cette campagne, la frontière fut sécurisée et l'État stabilisé », déclara l'empereur, sa voix posée résonnant dans toute la vaste salle. « Gu Xiao a mené l'armée avec bravoure et a obtenu le plus grand mérite.

Su Zhang, bien qu'en poste à la cour, organisa l'acheminement des provisions vers le Nord et veilla à ce que l'armée ne manque de rien. Les mérites de vous deux — l'un sur le terrain, l'autre dans l'administration — se complètent parfaitement. »

« Sa Majesté est sage », répondirent les officiels à l'unisson.

Gu Xiao se tenait à la tête des ministres rassemblés, sa posture inébranlable et son expression illuminée de fierté.

Pour toute raison, il n'aurait dû ressentir que de la joie.

Pourtant, lorsque les louanges de l'empereur s'étendirent dans la salle, une chaleur subtile mais irrésistible lui envahit la poitrine.

Il serra la mâchoire avec force.

L'instant d'après, il s'inclina soudainement et tomba à genoux dans un bruit sourd.

Un choc parcourut toute la salle.

« Votre Majesté, » déclara Gu Xiao d'une voix ferme, malgré le léger tremblement qu'il ne put entièrement dissimuler, « votre humble serviteur, Gu Xiao, implore la clémence impériale.

Chargé de défendre le Grand Zhou, il est de mon devoir de verser mon sang sur le champ de bataille, et je n'oserais jamais revendiquer ce mérite.

Mais… il est une requête, enfouie dans mon cœur, que je ne puis laisser inexprimée. »

Les officiels échangèrent des regards.

Les serviteurs du palais retinrent leur souffle.

Le regard de l'empereur Xuanwen s'aiguisa légèrement, un sourcil arqué révélant de l'intérêt.

« Oh ? Général, parlez librement. »

Gu Xiao se cogna le front contre le sol, sa voix résonnant comme du métal sur la pierre.

« Ce sujet souhaite demander un mariage, »

Avant la fin de la phrase, un autre impact résonna dans la salle.

« Ce sujet, Su Zhang, cherche également un décret impérial. »

Gu Xiao se figea.

Il se retourna brusquement, voyant Su Zhang agenouillé, vêtu de robes parfaitement arrangées et d'expression retenue, reflétant sa propre posture au pied des marches cramoisies.

Leurs regards se croisèrent avec force, comme deux lames qui se croisent dans les airs.

« Ministre Su ? » Les sourcils de l'empereur Xuanwen se haussèrent, une note d'amusement indéniable dans la voix.

« Oui. » Su Zhang releva la tête. Son expression restait calme et inébranlable, mais chaque mot portait le poids de l'acier forgé. « Bien que ce sujet n'ait pas combattu en première ligne, j'ai supervisé le transport des provisions et veillé à ce que chaque approvisionnement atteigne la frontière sans délai. Cela peut au moins être considéré comme une contribution modeste. Aujourd'hui, j'ose m'exprimer, car la question que je recherche a une importance singulière pour moi. »

Il releva la tête et sa voix claire et froide résonna dans chaque recoin de la grande salle. « Ce sujet demande un mariage impérial. Je demande à Votre Majesté d'accorder une union à la fille du défunt préfet de Jiangnan, Qin Shouyi, ma cousine maternelle, Qin Nianyin. »

La salle fut frappée comme par le tonnerre.

Les fonctionnaires éclatèrent en chuchotements et même l'impératrice assise sur les marches impériales laissa un léger changement transparaître son expression.

Le visage de Gu Xiao perdit ses couleurs. Ses pupilles se contractèrent brusquement, comme si un coup lourd avait frappé directement sa poitrine.

« Quoi... ? » Sa voix se brisa. La chaleur monta violemment sous ses côtes et ses doigts blanchirent sous la force avec laquelle il les recourbait. Il avait du mal à faire confiance à sa propre ouïe. Tremblant, il saisit le col de Su Zhang et le tira en avant, la tension dans son expression mêlant douleur et fureur qui semblait prête à le déchirer. « Su Zhang, tu —tu m'as dit —»

La poitrine de Su Zhang était serrée sous cette étreinte, mais son expression restait posée, la froideur de son regard ferme et inébranlable.

« Pardonnez-moi », dit-il, les deux mots tombant sous le poids du fer forgé. « Elle est la seule chose que je ne céderai pas. »

Le souffle de Gu Xiao s'interrompit net. Le rouge se fissura sur ses yeux comme des fissures dans le verre. La rage l'envahit. Son bras tressaillit et son poing se leva, prêt à frapper,

« Assez ! »

Depuis le trône impérial, la voix de l'empereur Xuanwen tomba lourde comme un tonnerre roulant.

« Xiao, ne sois pas insolent ! »

Le silence s'éleva dans la salle, écrasant chaque bruit.

Tout le corps de Gu Xiao sursauta. Son poing levé se figea en plein vol, chaque phalange tremblant sous l'effort de retenue. Ses yeux étaient injectés de sang ; sa poitrine se soulevait et s'abaissait en vagues violentes. Pourtant, sous l'autorité impériale, il força lentement son poing vers le bas.

Sa respiration était saccadée. Sa paume tremblait de façon incontrôlable. D'un geste sec, il jeta Su Zhang sur le côté, mais la douleur en lui ne fit que s'intensifier, tranchant sa poitrine comme si une lame le découpait coup après coup.

Su Zhang recula sous la force mais resta agenouillé au pied des marches impériales. Sa posture était parfaitement droite, impassible. Sous ses cils baissés, ses yeux étaient sombres comme minuit, inflexibles et illuminés d'une obsession que personne d'autre ne pouvait éteindre.

À cet instant, les deux hommes s'agenouillèrent côte à côte devant le trône, mais ils n'étaient plus frères d'armes.

Et le nom Qin Nianyin brûlait au centre de la salle comme une flamme montante, illuminant chaque regard, allumant chaque ambition et marquant le point d'où aucun d'eux ne pouvait faire demi-tour.

* * * * *

Les flammes des bougies dans le bureau impérial vacillaient faiblement et l'air semblait si lourd qu'il semblait presque solide.

Gu Xiao et Su Zhang s'agenouillèrent côte à côte devant le bureau impérial. Leurs propos différaient, mais les deux pétitions pointaient sans équivoque vers le même nom. Les responsables civils et militaires se regardaient les uns les autres, stupéfaits et incrédules.

Le regard de l'empereur Xuanwen passait d'un homme à l'autre, profond et impénétrable comme un tourbillon lent. Puis le coin de sa bouche se releva dans une expression oscillante entre l'amusement et quelque chose de bien plus froid.

« Gu Xiao, Su Zhang, vous vous disputeriez tous les deux à en perdre le souffle... tout ça pour une seule femme ? »

Son ton n'était ni précipité ni fort, pourtant chaque syllabe frappait la pièce du poids du fer qui s'abattait.

Gu Xiao s'inclina, la voix aiguë. « Votre Majesté, le cœur de ce sujet peut être témoin devant le soleil et la lune. Mademoiselle Qin est une femme exceptionnelle, droite d'esprit et loyale dans l'âme. Je lui dois une dette de gratitude et... Je la tiens aussi avec une profonde affection. Je supplie Votre Majesté d'accorder cette union. »

Su Zhang, en revanche, baissa les yeux et sa voix était posée, froide et posée. « Votre Majesté, Qin Nianyin n'est pas seulement compatissante mais aussi remarquablement perspicace.

Lors de l'affaire Jiangnan, ce sujet a personnellement été témoin de son sang-froid face au danger et de sa capacité à démêler la trahison. Ma demande de mariage ne naît pas uniquement d'un désir personnel. Je souhaite rallier une telle femme à mon camp afin qu'elle puisse m'aider dans des affaires plus importantes de l'État. Je demande à Votre Majesté de considérer cette pétition avec bienveillance. »

Les officiels échangèrent des regards inquiets. Leurs pensées étaient uniformes, quel genre de femme pouvait inspirer cela ?

Derrière le bureau impérial, l'empereur Xuanwen écoutait sans interruption. Ses doigts tapotaient légèrement la surface sculptée du dragon, chaque tapotement doux resserrant progressivement l'atmosphère dans la pièce.

Après une longue pause délibérée, il laissa échapper un petit rire. Son regard se déplaça légèrement, n'ayant qu'une pointe de cruauté taquine. « Comme c'est intrigant... Je me demande quel genre de femme pourrait faire perdre aussi complètement le sang-froid à un général né-tigre et un érudit de l'Académie Hanlin. »

La poitrine de Gu Xiao se souleva brusquement. Il s'apprêtait à reprendre la parole quand la voix de l'empereur baissa, la nuance devenant froide et tranchante.

« Gu Xiao, Su Zhang, il ne semble qu'aucun de vous ne soit au courant... qu'il y a seulement quelques jours, le Troisième Prince nous a soumis un mémorial, demandant un mariage impérial. Et la femme qu'il cherche à épouser », son regard durci, « est aussi Qin Nianyin. »

« Quoi ?! »

La salle explosa. Même les ministres les plus solennels et chevronnés échangèrent des regards choqués.

Gu Xiao se raidit violemment. Ses yeux s'écarquillèrent comme s'il avait été frappé en plein torse. « Le Troisième Prince... il lui aussi ? »

Les doigts de Su Zhang se resserrèrent imperceptiblement et son regard s'assombrit, une ombre plus profonde engloutissant ce qui s'y trouvait.

L'empereur Xuanwen regarda les deux hommes avec une expression presque amusée, bien que la froideur qui s'y cachait fût indéniable. « Une seule femme suffit à émouvoir le cœur de mon fils, mon général et mon ministre, vous poussant tous à concourir avant Moi. Dites-moi, qu'est-ce que Qin Nianyin est exactement ? »

Sa voix résonna dans la salle, ébranlant chaque fonctionnaire jusqu'au silence.

Quelques instants plus tard, il frappa brusquement le bureau impérial. Le bruit aigu traversa la pièce comme un tonnerre. « Assistez-moi, annoncez Mon décret ! »

Le grand eunuque s'hâta d'avancer, s'inclina et sortit précipitamment de la salle.

Le regard de l'empereur Xuanwen devint tranchant et ses mots émergèrent avec une clarté glaçante. « Invoque Qin Nianyin. Elle doit entrer immédiatement au palais pour être interrogée. »

Les portes du bureau impérial s'ouvrirent brusquement. Un vent froid balaya le seuil. Les flammes des bougies frémirent violemment et les ombres s'étiraient longuement sur les murs laqués.

La respiration de Gu Xiao devint saccadée, sa poitrine se serra comme si quelque chose en lui allait exploser. L'expression de Su Zhang demeurait maîtrisée et austère, mais les doigts cachés dans sa manche étaient serrés si fort que ses jointures en blanchissaient.

Les fonctionnaires sentirent leur cœur trembler d'inquiétude ; tous comprenaient qu'ils allaient assister à une décision impériale d'une sévérité rare.

Qin Nianyin, à cet instant, était devenu le centre de tout l'empire.

Chapitre 86 : Invoqué au Palais

Les gardes impériaux avancèrent à une vitesse surprenante. Qin Nianyin venait à peine de se débarrasser de la brume fiévreuse persistante qu'on la redressa et la drapa d'un manteau fin.

Les vents nocturnes dehors tranchaient comme de la glace, mais rien n'était aussi perçant que le malaise qui montait lentement dans sa poitrine.

Les gardes qui la flanquaient, chacun tenant une hallebarde, restaient silencieux, mais leur formation était serrée, disciplinée et impénétrable comme du fer. Ils l'entourèrent des deux côtés, la poussant en avant avec une efficacité qui ne laissait aucune pause.

Les quatre mots, « convoquée au palais pour interrogatoire », se pressèrent contre ses oreilles comme un poids tombant pierre par pierre. Son cœur battait en rythme frénétique, sa respiration devenant courte et désordonnée.

Le palais impérial.

Elle l'avait visité dans sa vie précédente, entrant dans ses salles dorées en tant qu'épouse d'un ministre, assistant à des banquets depuis les sièges des femmes, échangeant des courtoisies cérémonielles parmi les rangs des dames nobles.

Des lanternes scintillaient, des danseurs tournoyaient dans une lumière radieuse et la musique flottait sur les sols de jade. À l'époque, elle avait été témoin du pouvoir de loin, enveloppé de sa splendeur.

Mais ce soir était différent.

Ce soir, elle n'était ni l'épouse d'un ministre, ni l'épouse de qui que ce soit, pas même la maîtresse officielle d'un foyer. Elle n'était que la jeune cousine nominale du clan Su, une femme sans statut digne de ce nom. Pourquoi l'Empereur l'aurait-il convoquée ? Qu'avait-il l'intention de demander ?

Des carreaux de pierre s'étendaient devant elle, couche après couche, chaque pas la rapprochant des ombres imposantes des portes du palais.

À chaque foulée, la pression dans sa poitrine se resserrait, s'accumulant de plus en plus jusqu'à ce que ses côtes sentent qu'elles allaient se briser sous elle.

Le vent s'infiltrait à travers sa cape, glissant des doigts froids sur sa peau, mais elle ne s'en rendait presque pas compte. Chaque pas lui semblait lourd, comme si elle marchait directement sur son propre cœur.

Chaque fois que l'écho lointain des bottes d'un garde passait sous une lanterne, elle repliait instinctivement ses doigts vers l'intérieur, serrant fort comme si elle craignait qu'un instant de distraction ne permette à ce palais vaste et menaçant de l'engloutir tout entier.

Puis, tout à coup, un souvenir refit surface.

Les mots que le Troisième Prince, Li Suo, avait prononcés ce jour-là.

« J'ai déjà soumis un mémorial à mon Père Impérial, demandant le décret impérial de mariage. »

À l'époque, elle trouvait sa déclaration absurde, assez lointaine pour être rejetée sans réelle inquiétude. Mais maintenant, elle était convoquée en pleine nuit, escortée de porte après porte par les gardes impériaux. Est-ce que... En lien avec ça ?

Ses lèvres devinrent pâles. Sous sa manche, le bout de ses doigts pressait vivement sa paume jusqu'à ce que les articulations lui fassent légèrement mal.

Ses pensées tourbillonnaient en vagues irrégulières, des images de sa vie précédente s'entremêlant à celles de son présent, mais ses pieds n'avaient d'autre choix que de suivre le rythme des gardes qui la menaient en avant.

Le vent fouettait les avant-toits, dur et implacable. Plus profondément dans le palais, des rangées de lanternes brillaient d'un ordre froid et discipliné.

À cet instant, elle ne se sentait plus comme la femme silencieuse assise plus tôt dans la chambre de résidence des Su. Au lieu de cela, elle se sentit se transformer, devenir autre chose, devenir une seule pièce d'échecs poussée, sans avertissement, sur un plateau où chaque coup était périlleux.

* * * * *

Qin Nianyin, encore hésitante d'esprit et de respiration, fut escortée vers une salle latérale jouxtant un jardin impérial. L'endroit était silencieux, un silence si complet que même le vent caressant les feuilles de bambou semblait contenu.

Un léger parfum s'échappa de la salle. Les rideaux pendaient bas. Sur le siège surélevé siégeait l'empereur Xuanwen en tenue de cour formelle et à ses côtés, en tenue complète, se tenait l'impératrice.

Avant qu'elle ne puisse réfléchir, avant qu'une seule pensée ne se forme complètement, son corps réagit par instinct.

Elle s'avança et exécuta un salut de cour complet : s'inclina profondément, posa son front contre le sol, se leva, s'inclina à nouveau et présenta chaque geste avec une précision parfaite.

La séquence coulait comme de l'eau, régulière et maîtrisée, sans la moindre trace d'hésitation ou de faux pas.

La salle tomba dans le silence un instant.

L'Impératrice l'observa, une lueur de surprise traversant ses yeux avant qu'un léger sourire ne couvre ses lèvres.

« Tu te comportes avec un décorum irréprochable. Une telle précision rivalise avec celle des jeunes dames des grands clans. »

Un frisson traversa la poitrine de Qin Nianyin. Ce n'est qu'alors qu'elle comprit ce qu'elle avait fait, elle ne s'était pas arrêtée pour réfléchir à son statut actuel, ni n'avait adapté le salut à sa position supposée.

Elle avait effectué, sans un seul ajustement, un salut formel élaboré réservé aux plus grands banquets du palais.

Son pouls s'emballa. À cet instant, des souvenirs de sa vie antérieure remontèrent à la surface comme des marques pressées contre son esprit.

Durant ses années en tant qu'épouse d'un secrétaire impérial, elle avait accompagné son ancien mari à d'innombrables cérémonies au palais. L'étiquette faisait depuis longtemps partie de ses os.

L'empereur Xuanwen la regarda pendant plusieurs instants de silence avant d'incliner enfin la tête avec un calme délibéré.

« Vous pouvez vous lever. »

Retenant son souffle, Qin Nianyin se redressa lentement. Elle avait à peine retrouvé son équilibre lorsque la voix de l'Empereur retentit, mesurée, ferme, portant l'autorité absolue de quelqu'un habitué à l'obéissance.

« Comprenez-vous pourquoi vous avez été convoquée ce soir ? »

Qin Nianyin baissa les yeux. « Votre Majesté, Votre Majesté l'Impératrice, Cet humble sujet ne sait pas. »

À cela, l'Impératrice laissa échapper un petit rire, presque amusé.

« Ah bon ? Puis la situation devient encore plus curieuse.

Trois des jeunes hommes les plus prometteurs de notre dynastie ont demandé à Sa Majesté un décret de mariage impérial, chacun souhaitant vous épouser et pourtant vous affirmez ne rien savoir ? »

La tête de Qin Nianyin se releva brusquement. Son expression se figea dans un étonnement ouvert.

Ce n'est qu'alors que suivit la voix plus grave et lente de l'Empereur.

« Ces deux derniers jours, mon ministre Su, le général Gu, et même le troisième prince Li Suo nous ont tous demandé de leur accorder le mariage avec toi. Es-tu au courant de cette affaire ? »

Son cœur fit un bond violent. La force qu'elle venait à peine de retrouver se déroba de ses membres.

Elle retomba aussitôt à genoux, ses larges manches s'étalant sur le sol de jade comme des ailes pâles. Ses doigts s'enfoncèrent vivement dans sa paume, mais sa voix, bien que basse, ne vacilla pas.

« Votre Majesté… Ce sujet humble implore votre pardon. Cette affaire lui était entièrement inconnue, et elle n'a aucune intention de contracter mariage dans cette vie. Ce sujet se tient donc prêt à recevoir la punition que Votre Majesté jugera appropriée. »

L'air du jardin sembla s'arrêter. Même les feuilles des arbres cessèrent de bouger.

L'Impératrice se tourna vivement vers l'empereur Xuanwen, la surprise clairement inscrite sur son visage. Les deux échangèrent un bref regard, un instant de stupeur partagée.

Une jeune femme sans nom, sans titre ni famille — pourtant avec trois hommes puissants se disputant sa main —avait choisi, à ce moment critique, de rejeter tous les chemins vers la gloire tracés à ses pieds.

À quoi réfléchissait-elle, exactement ?.. Réfléchissait-elle ?

Qin Nianyin s'agenouilla sur le sol froid devant l'estrade. L'empereur Xuanwen était assis sur le trône rembourré, les mains croisées dans le dos, le regard insondable comme l'eau profonde. Quand il parla, sa voix glissa dans l'air comme une lame tirée lentement de son fourreau.

« Parmi toutes les femmes sous le Ciel, disait-il, il y en a bien peu dont les rêves ne tournent pas autour d'un décret de mariage ou d'un éclat de gloire. Et maintenant que le général Gu Xiao, le ministre Su Zhang et le troisième prince demandent tous ta main… non seulement tu les refuses, mais tu vas jusqu'à prétendre que tu devrais être punie. Dis-moi, Qin Nianyin, »

Ses yeux se plissèrent, aussi perçants qu'un aigle.

« Est-ce que c'est ce qu'on appelle la modestie... ou cherchez-vous autre chose ? »

Chaque mot tombait lourd et l'atmosphère dans la salle se resserra aussitôt.

Qin Nianyin s'inclina plus profondément, ses doigts pressant sa paume jusqu'à ce qu'elle pâlisse. Pourtant, sa voix resta stable et résonna clairement sur le sol silencieux.

« Votre Majesté, cette humble femme n'est ni noble ni sournoise. Mes parents d'accueil sont décédés prématurément, me laissant sans parenté. J'ai longtemps compté sur la protection de la maison Su pour la moindre place d'ancrage dans ce monde. Je connais bien ma modeste condition... et je ne possède pas la fortune nécessaire pour porter un tel honneur lourd. »

Son front s'abaissa de nouveau, effleurant les carreaux de jade froids.

« Si le mariage m'était imposé, il apporterait des calamités non seulement à moi, mais aussi à ceux qui sont mêlés à moi et, avec le temps — peut-être même à la cour. Ainsi... plutôt que d'accepter des faveurs imméritées, je supplie Votre Majesté de me punir à la place. »

La reine Zhao, drapée de broderies de phénix, leva les yeux, une lueur de surprise s'y dessinant. Elle étudia Qin Nianyin devant elle : pas éblouissante comme les célèbres dames nobles de la capitale, mais possédant une détermination ferme et infinie, rarement vue chez les filles protégées des grandes maisons.

L'empereur Xuanwen tapota légèrement une jointure contre la table du dragon, tok, tok, chaque son lent, délibéré. Puis une légère courbe, presque moqueuse, effleura ses lèvres.

« Tes mots semblent assez agréables. Mais si tu prétends ne pas t'intéresser au mariage, comment se fait-il que trois hommes se battent pour se tenir devant mon trône en ta faveur ? À moins que... »

Sa voix se refroidit encore.

«… tu les as attirés. »

La tension se tendit.

Un frisson parcourut la colonne vertébrale de Qin Nianyin. Pourtant, elle ne se défendit pas. Au lieu de cela, elle releva la tête pour la frapper fermement contre le sol, craquement, un écho net résonnant sous les poutres sculptées.

« Que Votre Majesté juge clairement, » dit-elle doucement. « Cette humble femme reçoit refuge auprès de la famille Su et lui est reconnaissante au-delà de toute mesure. Le général Gu Xiao m'a protégée à la frontière ; son Altesse le Troisième Prince a fait preuve de gentillesse occasionnelle. Ce sont des faveurs que je n'ose jamais rendre, encore moins présumer. »

Son souffle tremblait, mais ses mots restèrent résolus.

« Si une rumeur ou une irrégularité est apparue, la faute me revient seule. Pourtant, je jure sur ma vie, cette humble femme n'a aucune ambition, ne cherche aucune gloire et n'a jamais désiré une part du pouvoir du monde. »

La Reine bougea légèrement, son expression calme mais pénétrante.

« Ce palais a entendu, » dit-elle, « que dès que vous êtes arrivé à la frontière nord, vous êtes immédiatement parti à la recherche de Gu Xiao. Et certains disent même qu'au bord de la falaise, tu t'es précipité juste au moment où un assassin s'apprêtait à tirer une flèche dans son dos. Est-ce vrai ? »

Un frisson glacial serra les doigts de Nianyin. Elle força sa respiration à se calmer.

« Votre Majesté la Reine, » répondit-elle, « lorsque j'ai atteint la frontière, j'ai ressenti pour la première fois un malaise inexplicable — une urgence que je ne pouvais expliquer. Je voulais seulement trouver rapidement le général Gu Xiao. Par coïncidence… c'est à ce moment-là que j'ai vu l'assassin lever son arc. J'ai agi avant de réfléchir. »
La Reine l'observa dans un long silence avant d'esquisser un léger sourire indéchiffrable.

« Alors... simple coïncidence ? »

Qin Nianyin baissa de nouveau le regard, les cils tremblants mais la posture impeccable.

« En effet. Ma fortune est peu profonde ; Je n'oserais parler de rien d'autre que cela. »

Puis l'empereur Xuanwen intervint brusquement, sa voix tranchant l'air.

« Alors dis-moi, es-tu attachée à Gu Xiao ? »

Elle retint son souffle.

Puis, lentement, elle releva la tête.

« Votre Majesté, » dit-elle, sa voix claire et mesurée, « comme pour mon cousin Su Zhang, je le considère comme un grand frère. Rien de plus. »

La Reine expira doucement, presque incrédule.

« Quelle détermination... vraiment pas quelque chose qu'on attend d'une jeune fille. »

En vérité, elle avait demandé cette audience privée par curiosité. Elle voulait voir de ses propres yeux la femme qui avait poussé son neveu, Gu Xiao, à supplier ardemment pour le mariage. Pourtant, au lieu d'ambition ou d'admiration tremblante, elle trouva une femme qui rejetait tout.

Le regard de l'empereur Xuanwen s'approfondit. Il l'observa si longtemps que le silence commença à résonner. Enfin, il laissa échapper un souffle discret.

« Un beau 'cœur sans désir' que tu prétends avoir. Puisque tu parles si fermement, je m'en souviendrai. »

Son ton devint soudain plus dur.

« Cependant... N'en choisir aucun n'est pas une option. Parmi les trois, qui choisis-tu ? »

Qin Nianyin resta agenouillée, son front frôlant toujours le sol.

« Cette humble femme sait que son rang est bas. N'importe lequel d'entre eux est bien hors de ma portée. Et moi... Je souhaite seulement apprendre mon art et m'établir par mes propres mains. Je supplie Vos Majestés de m'accorder cette liberté. »

La salle retint son souffle.

Enfin, l'empereur Xuanwen fit un geste de la main.

« Lève-toi. Retourne à la résidence Su pour ce soir. Quant à cette affaire... »

Son ton devint indéchiffrable.

«... nous en discuterons un autre jour. »

Les eunuques répétèrent l'ordre, tirant les rideaux brodés.

Un vent froid s'insinuait dans le jardin silencieux à l'extérieur.

Qin Nianyin se leva lentement.

Son cœur battait comme un tambour sous ses côtes.

Elle comprenait parfaitement, elle n'avait pas échappé.

Elle s'était contentée de repousser cette tempête, pour l'instant.

* * * * *

Derrière les rideaux du pavillon du jardin impérial, Qin Nianyin venait
tout juste de se retirer.
L'eunuque qui la guidait ne marchait ni trop vite ni trop lentement. Les
lanternes du palais projetaient des halos chauds sur le chemin de pierre,
et les ombres des feuilles de bambou frémissaient doucement sous le
vent nocturne.

« Mademoiselle Qin, murmura-t-il en s'arrêtant sur un sentier étroit,
veuillez patienter ici un instant. Quelqu'un souhaite vous voir. »

Les mots venaient à peine de tomber qu'elle remarqua une silhouette
sombre se tenant silencieusement devant —immobile, à moitié cachée
parmi les ombres vacillantes.

Su Zhang.

Il portait des robes simples d'un noir d'encre ; sous la lueur des lanternes,
la retenue tranchante de ses sourcils et de ses yeux semblait encore plus
profondément, plus froide que la nuit elle-même.

L'eunuque se retira sans bruit, ne laissant qu'une étendue de silence et
essoufflé.

Un frisson parcourut Qin Nianyin. Elle se recula instinctivement d'un
pas à peine perceptible.
« Pourquoi… »
La question ne s'était pas terminée qu'il s'approcha d'elle.

Sous la lumière des lanternes, son ombre s'étendait longuement sur les
dalles, si longtemps qu'on aurait dit que le poids de tout le palais pesait
sur son dos. Son regard portait une tempête —turbulent, sombre —mais
refoulé avec une discipline impitoyable.

« J'ai entendu », dit-il.

Sa voix était basse, rauque sur les bords, chaque mot comme le coup
d'une lame retenue.

« Tu n'as choisi personne. »

Le souffle de Qin Nianyin se coupa. Ses doigts se refermèrent fermement
sur le tissu de sa manche. Elle n'osa pas croiser son regard ; son regard
tomba, silencieux comme une fenêtre fermée.

Su Zhang la regarda, comme si quelque chose dans sa poitrine était lentement et délibérément déchiré. Enfin, il força une seule question, la voix à peine audible :

« Pourquoi ? »

Le léger tremblement qu'il avait essayé, en vain, d'enterrer.

Sur le bout de sa langue flottait une question plus profonde, bien plus dangereuse — Es-tu vraiment quelqu'un qui a vécu une vie de plus que nous tous ?

Mais au dernier moment, il l'avala tout entier.

Il voulait demander.

Il craignait, craignait profondément, la réponse.

Leurs regards se croisèrent et l'air sembla se figer entre eux. Le cœur de Qin Nianyin battait à toute vitesse ; ses lèvres étaient devenues pâles. Enfin, elle parla, à peine audible :

« Parce que je ne suis pas digne. »

Elle se retourna, voulant partir.

Mais au moment suivant, un bras l'entoura par derrière.

La prise était féroce, si serrée qu'on aurait dit qu'il voulait la rassembler jusque dans ses os. La soudaineté lui coupa le souffle ; Tout ce qu'elle entendait, c'était le tonnerre de son pouls et le son irrégulier de sa respiration à son oreille.

« Nianyin... »

Son front pressé contre son épaule, sa voix rauque, si brute qu'elle frôlait une supplique silencieuse et brisée.

« S'il te plaît... Épouse-moi. Tu veux bien ? »

Qin Nianyin trembla. Elle resta figée, incapable de bouger.

À travers deux vies, elle n'avait jamais vu Su Zhang ainsi, un homme toujours posé, froid et sûr de lui, révélant désormais des fissures de fragilité... et quelque chose douloureusement proche du désespoir.

Sa gorge se serra, une légère brûlure monta derrière ses yeux. Pourtant, elle répondit quand même à voix basse :

« Cousin... cela fait longtemps que Nianyin ne t'a pas appelé ainsi. À partir de maintenant... que Nianyin reste seulement ta cousine. Alors, cousin... Nianyin te supplie, oublie Nianyin. Va chercher ton propre bonheur. Je suis vraiment... indigne de toi. »

Les bras autour d'elle se figèrent, juste pour un souffle, avant de se détendre, petit à petit.

Indigne?

Elle n'arrêtait pas de dire qu'elle n'en était pas digne, mais pour quelle raison ?

Qin Nianyin leva ses mains fines et les posa sur les siennes, celles qui entouraient toujours sa taille, les jointures acérées sous son toucher. Elle commença à retirer ses doigts, une phalange à la fois.

Mais Su Zhang ne fit que la rapprocher à nouveau, têtu, presque désespéré. La chaleur de son souffle effleura le côté de son cou, mais elle sentit un froid se répandre dans ses membres.

« Lâche-moi, cousin. »

« Tu as l'esprit décidé ? »

« Oui, cousin. »

La détermination dans sa voix le frappa comme une lame.

Su Zhang baissa les yeux. Au fond de ses yeux brûlait une lumière qui refusait de s'éteindre, silencieuse, féroce et inébranlable.

Il n'a rien dit de plus.

Enfin, ses bras se desserrèrent complètement et il la laissa s'éloigner, lui permit de suivre l'eunuque qui attendait à l'extrémité du chemin.

Elle avança de plus en plus, sa silhouette s'éloignant lentement sous les lanternes du palais.

Il resta là où il se tenait.

Ses doigts s'enfoncèrent dans sa propre paume, si fort qu'ils en firent presque couler du sang, mais il ne ressentit rien de tout cela.

Ses yeux restaient fixés sur la direction qu'elle avait prise, vifs et sans cligner, comme un chasseur fixé sur la proie unique qu'il avait marquée.

C'était un regard où brûlaient à la fois la détermination et l'obsession.

Chapitre 87 : Un sourire amer

Gu Xiao leva la main et secoua vivement sa cape. Les plaques argentées de son armure captaient la lumière nocturne et scintillaient d'un éclat glacial, mais ses sourcils étaient froncés en un sourire indéniable.

« J'attends ici », dit-il, debout sur le chemin entre le Jardin Impérial et la porte du palais, « depuis un bon moment. Même si le vent nocturne coupait comme de la glace, j'avais l'intention d'attendre que tu sortes. »

Le cœur de Qin Nianyin s'agita ; Un léger sourire doux effleura ses lèvres.

«… Il n'y a pas eu de réel délai. »

Mais le sourire de Gu Xiao disparut. Son expression se crispa et il faillit articuler les mots :

« Su Zhang t'a-t-il vu en premier ? »

Ses cils s'abaissèrent. Elle ne dit rien.

Et le silence, à cet instant, parlait plus fort que n'importe quelle réponse.

Une oppression frappa la poitrine de Gu Xiao. Il murmura un serment à voix basse :

« Ce vieux renard rusé... Il a dû soudoyer les eunuques intérieurs bien avant, t'attirer dans un coin tranquille du palais, juste pour pouvoir me devancer ! »

Sa voix débordait de frustration et d'une réticence farouche, comme un jeune homme au tempérament fougueux dont la victoire avait été volée au dernier moment.

Qin Nianyin n'esquissa qu'un léger sourire, son ton doux et froid.

« Tu m'as attendu ici. Y avait-il quelque chose que tu souhaitais demander ? »

L'expression de Gu Xiao changea instantanément. Ses yeux s'illuminèrent d'une vitalité féroce ; Baissant la voix, il demanda :

« Qu'est-ce que Sa Majesté et l'Impératrice vous ont demandé ? »

Qin Nianyin baissa les yeux. Sa voix resta calme, presque aérienne.

« Rien d'important. Ils se sont contentés de demander de mes nouvelles. »

« Nianyin, ne me cache pas la vérité. »

Gu Xiao s'approcha, sa posture se raffermissant, son regard la transperçant.

« Sa Majesté et l'Impératrice ont dû vous demander votre choix de mari.

Dis-moi, tu m'as choisi ? »

Qin Nianyin regarda le jeune général plein d'entrain devant elle, si plein de vie et de passion sincère. Son cœur se réchauffa d'une affection silencieuse.

Pourtant, le sourire qui s'éleva sur ses lèvres était teinté d'une amertume indéniable.

« L'Empereur et l'Impératrice ont demandé », répondit-elle doucement, chaque mot clair.

« Mais... connaissant mon indignité, j'ai tout refusé. »

La couleur disparut du visage de Gu Xiao.

« Pourquoi ? »

Son souffle se coupa ; sa poitrine se soulevait et s'abaissait en vagues irrégulières.

Son esprit revint à la scène à la falaise nord —le moment où elle s'était précipitée vers lui malgré le danger, sa silhouette frêle le protégeant d'une lame cachée.

« Si tu ne ressentais rien pour moi, » exigea-t-il d'une voix rauque, « pourquoi risquerais-tu ta vie pour la mienne ? »

Qin Nianyin secoua doucement la tête. Une ombre traversa ses yeux.

« Je n'ai vraiment aucune envie de me marier. Tant que tous ceux dont je prends soin vivent en sécurité, tant que le Grand Zhou endure en paix... C'est à lui seul mon plus grand souhait. »

« N'importe quoi ! »

Répliqua Gu Xiao, la colère montant.

« Vous n'êtes ni fonctionnaire ni ministre. Depuis quand est-ce à toi de t'inquiéter du sort de la nation ? Tu parles comme, comme une vieille matrone patinée qui a survécu à une demi-vie de tempêtes ! »

Les mots la frappèrent clairement.

Sa poitrine se serra. Ses cils s'abaissèrent.

Une vieille matrone usée par le temps ?

Il n'a pas tort... Ah bon ?

Deux vies additionnées — elle avait plus de cinquante ans.

« Mon cœur est en effet vieux », murmura-t-elle, la voix douce mais résolue.

« Je n'ai plus la force de me débattre. »

Elle s'arrêta. Le bout de ses doigts tremblait légèrement. Puis elle leva les yeux vers lui, vraiment —son regard stable, lumineux et définitif.

« Ne me presse pas davantage. Sinon... »

Elle inspira lentement. Les mots qui suivirent tombèrent comme une lame, rompant le dernier fil fragile entre eux,

« Sinon, j'irai au Temple de la Montagne Qin et je prononcerai mes vœux. »

Au moment où les mots quittèrent ses lèvres, elle eut l'impression que chaque son du monde s'était évanoui.

Gu Xiao la fixa, comme si elle avait été transpercée de plein cœur par une lame.

Pendant un long moment, il ne put que avaler difficilement, sa gorge bougeant avec difficulté. Sa voix, lorsqu'elle sortit enfin, était rauque et tremblante :

« Nianyin... êtes-vous... en train d'essayer de me faire peur ? »

Qin Nianyin ne répondit pas. Elle soutint simplement son regard.

Ses yeux étaient calmes, trop calmes, mais dans ce silence se cachait une résolution sombre et inébranlable.

Ce regard glaça plus que la charge de dix mille soldats en armure.

Un souffle soudain et rauque s'échappa de Gu Xiao. Une sueur froide s'infiltra dans ses paumes.

Son esprit revint à la falaise nord, ses yeux embués de larmes, sa course désespérée vers lui, la façon dont elle l'avait ramené de la mort à mains nues.

Il était certain, absolument certain, que son cœur le tenait.

Comment pourrait-il en être autrement ?

Autrement... Pourquoi risquer sa vie ?

Mais maintenant, maintenant elle prétendait que son cœur était vieux, disait qu'elle se retirerait au Temple de la Montagne Qin...

« Absurde ! »

Le mot déchira la gorge de Gu Xiao. Sa mâchoire se serra si fort que les traits de son visage devint pâle et figé.

Il fixa son regard sur elle, des veines injectées de sang se répandant dans ses iris, sa voix tremblante d'une fureur qu'il ne pouvait plus contenir.

« Nianyin, tu étais prête à risquer ta vie et tes membres pour moi, comment as-tu pu être sans rien ressentir ? Tu peux tromper les autres, mais tu ne peux pas me tromper ! »

Les lèvres de Qin Nianyin tremblèrent légèrement.

Pourtant, au final, elle ne répondit pas, se contenta d'abaisser la tête.

Une marée violente monta dans la poitrine de Gu Xiao, menaçant de s'échapper.

Sa main se leva, cherchant instinctivement ses épaules mais, au dernier instant, ses doigts se figèrent en l'air.

La porte du palais n'était qu'à quelques pas.

Autour d'eux, les ombres des gardes et des eunuques planaient comme des témoins silencieux. S'il perdait le contrôle ici, s'il la touchait impulsivement, les conséquences ne retomberaient pas seulement sur lui... mais sur elle.

Alors il n'a pas franchi cette dernière étape.

Il serra simplement le poing, si fort que ses jointures craquèrent bruyamment.

Après un long silence étouffant, un rire discret s'échappa de lui, un rire si amer qu'il en avait le goût du sang.

« Très bien, Nianyin. Tu dis que ton cœur a vieilli, que tu ne te remarieras jamais...

Je te crois. »

Il s'avança vers elle, un pas, puis un autre.

Ses yeux brûlaient d'un feu féroce et implacable.

« Mais si tu oses fuir au Temple de la Montagne Qin...alors tu te fais mon ennemi. »

Le vent hurlait dans la cour.

La lumière du feu vacillait dans ses yeux, illuminant une obstination sauvage et inébranlable, une dévotion si farouche qu'elle frôlait la folie.

Le cœur de Qin Nianyin fit un bond. Elle serra les lèvres, sans répondre.

La respiration de Gu Xiao était saccadée et rapide. Sa poitrine se soulevait et s'abaissait comme une tempête à peine contenue.

Puis, sans un mot de plus, il se retourna brusquement. Sa cape claqua derrière lui, tranchant le vent ; son dos était droit, tranchant comme une lame dégainée.

Pourtant, dans l'ombre, ses yeux brillaient en rouge, brûlant de douleur, de colère, d'un serment implacable.

Car Gu Xiao n'avait jamais, pas une seule fois de sa vie, lâché prise sur ce qu'il voulait.

* * * * *

La pièce était d'un silence mortel, l'air chargé de filaments flottants de fumée d'encens.

La princesse Li Jing venait de recevoir la nouvelle, Gu Xiao avait mené les Gardes Tigres à un retour triomphal.

À cet instant, sa poitrine se serra violemment.

Elle avait l'impression que quelque chose lui avait arraché tout soutien, la laissant s'effondrer silencieusement dans la chaise bordée de brocart. Une sueur froide coulait librement sur ses tempes ; Le mouchoir de soie qu'elle tenait était depuis longtemps trempé.

Ces derniers jours, elle s'était tournée et retournée chaque nuit.

Tous ses rêves étaient des plaines amères du nord, une fumée froide et étouffante sans fin provenant des feux de balises —et d'elle-même envoyée pour un mariage politique.

Si cet avenir s'était déroulé, elle aurait été condamnée à passer le reste de sa vie à parcourir les steppes arides, vivant la vie d'une nomade, ne revoyant jamais la chaleur de la capitale.

Pire encore, le souvenir de la princesse aînée et la réprimande impitoyable de Zhao Ziqi.

Leurs mots martelaient encore ses tympans comme des clous enfoncés profondément.

Que Zhao Ziqi, le mari de la grande consort, nourrisse un tel ressentiment venimeux envers la princesse qu'il avait comploté avec l'ennemi, cherché à renverser le Grand Zhou et voulu détruire la princesse elle-même...

Cette simple pensée fit glisser une nouvelle vague glaciale dans la colonne vertébrale de Li Jing.

Cela lui semblait risible maintenant, sa croyance naïve que, grâce à sa noble naissance, elle pourrait choisir sans effort son propre bien-aimé et assurer un mariage agréable.

Avec le recul, tout cela n'avait été qu'une humiliation auto-infligée.

Maintenant que la guerre avait été gagnée et que la perspective d'un mariage diplomatique avait disparu, elle aurait dû se sentir soulagée.

Au lieu de cela, ses membres étaient devenus faibles, complètement vidés.

C'était un soulagement, mais c'était aussi la réplique d'être au bord même d'un abîme.

Ses lèvres tremblaient ; Elle tenta de forcer un sourire, mais se rendit compte qu'elle ne pouvait pas soulever les coins du tout.

Des larmes coulaient silencieusement sur ses joues.

«... Bon... bon... Je n'ai plus besoin d'y aller... »

Murmura-t-elle pour elle-même, comme pour convaincre son propre cœur tremblant.

Mais une autre nouvelle lui parvint — des chuchotements de la cour impériale d'aujourd'hui.

On disait que Su Zhang et Gu Xiao, ainsi que le Troisième Prince, s'étaient tous présentés devant l'empereur Xuanwen...et chacun avait demandé le même décret de mariage impérial.

Chacun avait demandé à épouser la même femme.

Li Jing se figea sur place.

Une douleur aiguë lui tordit le cœur, comme si quelqu'un l'avait saisi et tiré sans pitié.

Un instant plus tard, un sourire fragile et triste se dessina sur ses lèvres, un sourire si faible qu'il frôlait le désespoir.

Elle était une princesse de sang impérial —née dans le privilège et la notoriété —pourtant elle avait été forcée à accepter de se marier en dessous d'elle, dans l'espoir désespéré d'éviter un destin qu'elle ne pouvait supporter.

Et celui qu'elle avait secrètement admiré...

L'homme dont la voix posée et l'attitude posée s'étaient ancrées dans son cœur...

Cet homme se tenait maintenant aux côtés des autres devant le trône, se disputant ouvertement la main d'une autre femme.

Une femme sans statut noble, sans héritage illustre.

Une fille ordinaire —mais qui, sans que nul comprenne comment, avait gagné le cœur d'un prince, d'un général et d'un ministre puissant, tous déterminés à combattre en son nom.

« Quelle blague... quelle cruelle blague... »

Murmura-t-elle, sa voix se dissolvant en sanglots brisés, des larmes coulant comme des gouttes de sang pressées du cœur.

Elle était une princesse, pourtant elle vivait plus modestement, plus craintive que n'importe quelle femme ordinaire.

Si humble qu'elle acceptait n'importe quel mariage qui pourrait la protéger, quel que soit son rang ou sa dignité.

Mais la femme qu'ils cherchaient, elle n'avait rien.

Pourtant, elle avait été bénie par ce que Li Jing n'avait jamais reçu.

Li Jing pressa une paume tremblante contre sa poitrine ; Un poids étouffant enflait sous ses côtes.

La moitié de son visage était mouillée de larmes.

Elle savait, savait avec une clarté douloureuse, qu'elle n'avait pas le temps d'hésiter.

Qu'il s'agisse du fils né de concubine dans une maison de marquis, ou d'un érudit pauvre mais respectable, cela n'avait plus d'importance.

Ce qui comptait était simple : tant que l'homme pourrait la protéger, sa vie, sa sécurité, sa fragile mesure de liberté, alors il deviendrait le seul chemin qui lui restait, la seule échappatoire qu'elle pourrait saisir.

Et pourtant... Au plus profond de son cœur, elle comprenait la vérité la plus dure :

Ce qu'elle désirait vraiment... ce qu'elle avait toujours désiré...

Cet homme froid et réservé dont chaque mot frappait comme du jade sculpté —

Su Zhang.

Mais dans ce monde... il n'y avait plus de place pour quelqu'un comme elle dans son histoire.

Le hall d'entrée de la résidence Su brillait de la lumière des lampes, les ombres projetées par les bougies vacillant sur les piliers sculptés et les paravents laqués. La mère de Su Wan était assise raide dans le fauteuil à dossier haut, le chapelet de Bouddha dans sa main déjà humide de sueur.

Chaque perle cliquait faiblement sous ses doigts serrés, un son lourd et régulier. Depuis que le jeune serviteur était revenu avec la nouvelle que l'empereur Xuanwen avait personnellement convoqué Qin Nianyin au palais, son cœur ne trouvait plus le moindre repos.

Son cœur semblait suspendu dans sa poitrine, alourdi comme si une pierre solide y pesait, ne lui laissant presque plus la force de respirer.

« Pourquoi Sa Majesté, soudainement… » murmura-t-elle, la voix tremblante d'anxiété et d'incrédulité.

Su Wan, vêtue maintenant d'un châle pâle, s'était assise calmement aux côtés de sa mère. En remarquant la froideur dans la paume de celle-ci, elle tendit la main pour la couvrir doucement, sa voix basse et apaisante.

« Mère, c'était peut-être simplement à cause de questions liées à l'armée de retour. Il se peut même que Sa Majesté ait l'intention de récompenser le cousin Nianyin. Cela ne signifie pas nécessairement quelque chose de négatif. Ne t'inquiète pas trop. »

Mais la mère de Su Wan secoua la tête, les fines rides aux coins de ses yeux tremblant légèrement. « Tu ne comprends pas. L'empereur convoque personnellement une jeune femme et il le fait à une heure pareille... Dis-moi, comment une personne ne peut-elle pas être troublée ? »

Su Wan resta silencieuse un instant. Elle garda toujours un ton calme et posé. Mais ma cousine a toujours été prudente et posée. Sa conduite et ses manières n'ont jamais manqué de la bienséance.

Elle n'a jamais donné la moindre raison à personne de lui trouver des défauts. Mère, attendons son retour avant de laisser la peur s'emparer. »

Pourtant, la mère de Su Wan restait agitée. Ses doigts glissèrent anxieusement le long des perles, le doux râle du bois contre le bois trahissant son malaise.

Sa voix tremblait alors qu'elle murmurait : « Depuis l'Antiquité, les portes du palais sont aussi profondes que la mer. Ce n'est qu'une jeune fille. À cet instant, elle doit être terrifiée. Ces portails... Une fois que vous y entrez, ils ne sont pas facilement laissés derrière. Et elle est encore si jeune, sans aucune famille puissante derrière elle... »

Ses mots s'arrêtèrent. Une vague d'émotion douloureuse monta dans sa gorge. Elle se souvenait de la façon dont Qin Nianyin était apparue lorsqu'elle était entrée dans leur maison, prudente, retenue, attentive à chaque geste.

Et elle se souvenait comment, ces derniers mois, l'enfant avait été maintes fois entraîné dans les affaires militaires et judiciaires. Plus elle y pensait, plus son malaise grandissait.

« Où est Zhang ? Il devrait être au palais maintenant non ? » demanda-t-elle doucement, comme si elle craignait que quelqu'un n'entende.

Su Wan leva les yeux vers les quelques mèches grises aux tempes de sa mère. Sa réponse fut douce. « Ne pense pas trop loin à l'avance, Mère. Le cousin n'est pas une personne stupide. Elle garde ses affaires mesurées et laisse toujours place à la retraite. Si Sa Majesté l'a convoquée, je ne crois pas qu'il lui compliquera la vie. Et puis, le Grand Frère veillera certainement sur elle. »

En entendant cela, la mère de Su Wan inspira lentement. Pourtant, elle murmurait encore le nom du Bouddha à voix basse, comme si le réciter pouvait refaire redescendre l'inquiétude grandissante dans son cœur centimètre par centimètre.

Elle regarda de nouveau sa fille. Bien que l'inquiétude dans ses yeux ne se soit pas estompée, les paroles de Su Wan avaient un peu apaisé son anxiété. Elle leva la main pour tapoter légèrement l'épaule de Su Wan et parla d'une voix feutrée. « Espérons-le. Espérons... »

Voyant la tension encore rassemblée entre les sourcils de sa mère, Su Wan reprit la parole, sa voix encore plus douce qu'avant. « Maman, il est tard. Trop d'inquiétudes ne fera que nuire à votre santé. Cousin Nianyin est béni. Le Ciel la protégera. Elle reviendra sûrement saine et sauve. Veuillez reposer votre esprit pour l'instant. »

La mère de Su Wan ferma les yeux un bref instant et la main qui serrait les perles se desserra enfin. Elle souffla doucement un « Amitabha », mais son regard resta fixé sur l'embrasure de la porte, observant la lumière changeante des lanternes à l'extérieur. Elle attendit, désirant voir une silhouette familière apparaître dans la lueur vacillante.

* * * * *

La nouvelle que la cour impériale avait été témoin de quelque chose d'inédit —que Su Zhang, le nouveau tan-hua ; Gu Xiao, le célèbre jeune général ; et le prince Li Suo avait tous demandé la permission impériale d'épouser la même femme, répandue dans la capitale à la vitesse d'un feu grégeois.

Dans chaque foyer et chaque quartier privé pour femmes, l'étonnement éclata comme si une tempête avait ouvert les volets.

Dans la cour intérieure de la résidence Shen, Shen Lingyan vérifiait les rouleaux de soie fraîchement acquis avec sa servante lorsqu'un jeune domestique entra précipitamment.

Essoufflée et pâle, elle balbutia le rapport : Gu Xiao, Su Zhang et le prince Li Suo avaient tous adressé une pétition à l'empereur Xuanwen lors de la cour du matin.

Chacun demandant à épouser une jeune femme d'origine inconnue, une simple roturière nommée Qin Nianyin.

À cet instant, la soie légère glissa de la main de Shen Lingyan. Elle resta figée sur place, incapable de bouger. Un rugissement sourd emplit ses oreilles, couvrant tous les autres sons.

« Gu... Gu Xiao ? » murmura-t-elle, le nom lui échappant sans réfléchir, sa voix à peine audible.

Elle avait toujours bien caché ses sentiments, les enveloppant sous des couches de décorum et de retenue. Mais à cet instant, quelque chose dans son cœur fut frappé d'une force qu'elle ne pouvait supporter.

Elle avait grandi parmi les fils de familles nobles et avait vu d'innombrables jeunes hommes talentueux et portants, pourtant c'était cette silhouette froide et stable, un aperçu de sa maîtrise sévère, qui s'était gravée silencieusement dans son cœur.

Elle n'avait jamais osé en parler. Elle n'avait même pas osé y réfléchir profondément. Mais dans ses rêves, ou dans le reflet des reflets sur l'eau ondulante lors des rassemblements printaniers, elle avait enfoui son nom dans les coins les plus sombres de son cœur.

Et maintenant,

Une douleur aiguë monta sous son sternum. Les coins de ses yeux brûlaient de chaleur. Ses doigts agrippèrent le bord de sa manche si fort que le tissu se tordit.

Elle avait toujours supposé qu'il ne se souciât que des exploits de bataille et du chemin de l'honneur militaire, qu'il ne se lierait pas facilement.

Elle n'aurait jamais imaginé qu'il se tiendrait dans la salle dorée aux côtés des autres et demanderait ouvertement un décret de mariage —pour le bien de Qin Nianyin.

« Alors c'est... elle », murmura Shen Lingyan, un sourire fragile aux lèvres, si faible qu'il ressemblait plus à une coupure qu'à un sourire.

Elle connaissait Qin Nianyin, le cousin de Su Zhang, qui résidait temporairement à la résidence des Su. Une fille au visage doux, aux mains habiles capables de confectionner des ornements capillaires. Mais cette connaissance ne lui apportait aucun réconfort.

Au contraire, elle ouvrit un coin caché de son cœur, la laissant exposée comme si l'air nocturne lui-même portait une piqûre.

Voyant la pâleur de Shen Lingyan, sa servante appela doucement : « Ma dame... » Son ton était prudent, craignant de toucher la chose fragile sous la surface calme.

Shen Lingyan secoua simplement la tête, ramassant la soie tombée d'une main assurée, bien que sa voix tremblât légèrement.
« Ce n'est rien. Je suis seulement... un peu fatiguée. »

Elle se tourna et regagna sa pièce intérieure, laissant derrière elle une seule lampe solitaire sur le petit bureau, dont la lueur cernait sa solitude silencieuse et le tumulte qu'elle ne pouvait exprimer.

À cet instant, des souvenirs refirent surface, épars mais vifs.

Il y a des années, Gu Xiao avait quinze ans, déjà d'une beauté frappante, éclatant comme le soleil levant et féroce comme un jeune faucon. Elle l'avait entendu rire sous les avant-toits sculptés cette année-là.

Ses sourcils étaient directs, sa voix claire. À la lumière obliquée du crépuscule, son profil semblait presque sculpté et son cœur avait vacillé sans prévenir.

Elle savait qu'il était proche de son ami d'enfance Su Zhang comme des frères. Après cela, elle avait cherché des excuses pour visiter plus souvent la résidence Su, feignant la décontraction même si ses intentions restaient soigneusement cachées.

Pourtant, elle comprenait trop bien la distance entre eux. Elle était la fille d'une famille respectable mais pas la fille du clan impérial. Il était le seul neveu de l'impératrice.

Les pensées d'une jeune femme se prêtaient aisément aux malentendus, et plus aisément encore au mépris ; alors elle avait confié ses sentiments à la poésie et les avait scellés dans les cordes de sa cithare, sans jamais en prononcer un mot.

Maintenant, en apprenant qu'il avait cherché à se marier avec une autre, l'ancien désir qu'elle avait réduit au silence et enchaîné semblait s'ouvrir instantanément, la laissant sans endroit où se cacher.

Elle ferma lentement les yeux, luttant contre la douleur dans sa poitrine.

Sa voix était à peine plus qu'un murmure. « Il y a des milliers de beaux paysages dans ce monde. Aucun d'eux n'était destiné à moi. »

Ses doigts glissèrent sur la surface lisse de la soie et, dans le silence de la pièce, elle pouvait presque entendre quelque chose de délicat en elle se briser doucement.

* * * * *

Le lendemain matin, chaque ruelle et ruelle de la capitale portait le même nom : Qin Nianyin.

À l'intérieur d'une maison de thé animée, le conteur frappa sa table en bois sur la table, sa voix forte et résonnante alors qu'il s'adressait à l'auditoire bondé.

« Avez-vous tous entendu ? Après la grande victoire à la crête de Wulan, le général Gu Xiao revint triomphant et, devant toute la cour, a demandé à Sa Majesté un décret de mariage ! Mais ce qui est étonnant, c'est qu'à genoux à ses côtés, demandant la même femme, se trouvait nul autre que la nouvelle tan-hua, Su Zhang ! »

Le rez-de-chaussée explosa instantanément.

Les clients se penchaient sur les tables, chuchotant, gesticulant et répétant la nouvelle avec des visages incrédules.

Dans une maison de broderie voisine, plusieurs jeunes dames nobles se rassemblaient autour d'une table basse, la tête rapprochée.

Une fille, les yeux légèrement rouges, parlait avec un mélange d'envie et d'amertume. « Elle n'est qu'une cousine recueillie par la famille Su, une fille sans lignée officielle, et pourtant elle peut faire tomber amoureux d'elle à la fois le général Gu et Lord Su, Su Zhang —? »

Une autre jeune femme, s'éventant légèrement, laissa échapper un petit rire teinté de malice.

« Vous n'avez vraiment pas entendu la suite ? On raconte que le prince Li Suo avait déjà soumis un mémorial demandant le même mariage. Tous trois se tenaient ensemble dans la salle devant Sa Majesté. Si ce n'est pas une tempête qui balaye toute la ville, je ne sais pas ce que c'est. »

Des exclamations parcoururent le groupe, manches relevées pour couvrir les bouches, yeux écarquillés de stupeur.

À un petit étal de rue, un homme, une charge posée sur l'épaule, criait tout en arrangeant ses marchandises.

« Pour des gens ordinaires comme nous, c'est simple. Si Mademoiselle Qin entre réellement au palais, ce sera comme monter au ciel en un seul pas ! »

Le marchand de confiseries à côté de lui claqua plusieurs fois la langue en secouant la tête.

« Non, non, ça ne va pas. Une femme qui attire à la fois le cœur d'un général, d'un érudit et d'un prince —ce genre de destin est aussi dangereux qu'enviable. Retiens bien mes paroles, des bénédictions comme celle-ci peuvent tourner au désastre. Le ciel peut très bien envier la beauté. »

En l'espace d'une seule journée, que ce fût dans les demeures des nobles ou dans les marchés bondés, on ne parlait plus que de cela.

Les trois caractères de « Qin Nianyin » se répandirent dans la capitale comme un incendie, éveillant tout à la fois curiosité, envie, admiration et crainte.

Chapitre 89 : La femme dans le miroir

La pluie nocturne s'entremêlait doucement dans l'obscurité, dégoulinant des avant-toits à intervalles réguliers.

Dans le bureau de la résidence Su, la lumière de la lampe était tamisée et le papier de fenêtre ondulait faiblement sous la pression du vent.

Su Zhang s'appuya contre l'accoudoir à côté du bureau, étrangement immobile.

Le poids qui avait pesé sur sa poitrine toute la journée n'avait pas encore disparu. Il buvait rarement, mais ce soir il avait brisé cette habitude, deux gorgées de vin chaud lui avaient déjà fait monter une légère chaleur à la gorge. Il a tenu la coupe longtemps avant de prendre une troisième.

Son regard se leva vers le bureau.

Les pages avaient été ramassées depuis longtemps ; à côté de la pierre d'encre, seul demeurait un repose-stylo au coin ébréché, posé de biais, aigu et dérangeant comme une écharde ancienne restée sous la peau.

Le vent et la pluie s'entrechoquaient dehors, mais à l'intérieur il n'entendait que le mince fil de bois de santal flottant dans la pièce, si léger qu'il en paraissait presque illusoire, maintenant proche, maintenant lointain.

Étouffant.

Enfin, il renversa la tasse et avala la troisième gorgée.

La chaleur descendit lourdement dans sa poitrine comme une pierre lisse et chauffée, pressant les bords tranchants qui s'agitaient en lui.

Ses paupières devinrent lourdes. Il referma le dossier, s'adossa à la chaise et ses doigts continuèrent à tapoter inconsciemment la table, tapotement après tapotement, comme s'il comptait, ou comme s'il retournait quelque chose dans son esprit.

Sa respiration s'allongea.

À la limite de sa vision, la flamme de la bougie vacillait comme une fleur effleurée par une rafale —s'éclaircissant et s'éteignant à tour de rôle.

Il voulait le stabiliser de la main, mais son bras s'enfonça soudainement.

Sa conscience avait l'impression que quelqu'un avait posé une main douce dessus, la pressant vers le bas, la laissant glisser lentement dans une mare d'obscurité chaude et ondulante.

« La porte… s'ouvrit d'elle-même. Il se tenait sur le seuil. L'encre dont il s'était servi collait encore faiblement à ses doigts, mais devant lui s'étendait une chambre silencieuse et isolée, totalement différente de celle qu'il avait quittée. Un auvent de gaze pendait bas. »

Une petite table en bois de santal se tenait polie et claire.

Sur le meuble, un miroir en bronze scintillait de l'éclat terne des années.

Le parfum ici était plus doux que dans le bureau, comme la première fleur de l'osmanthe printanier, effleurant doucement le bout du nez.

Elle était assise devant le miroir.

Ses longs cheveux tombaient comme une cascade sombre, descendant le long de son dos.

Ses mouvements étaient lents, prudents, comme si elle craignait de déranger quelque chose, guidant les dents du peigne dans ses cheveux centimètre par centimètre.

La lumière des bougies vacillait sur ses cheveux, projetant une lueur douce et dessinant la courbe calme et propre de sa joue.

Son cœur fit un mouvement brusque.

Il tendit la main sans réfléchir, voulant toucher l'arrière de ses cheveux, puis baissa aussitôt la sienne.

Su Zhang ressentait rarement quelque chose de semblable, même dans ses rêves :

Un tremblement silencieux, comme une lame lisse tracée légèrement le long des côtes, trop douce pour blesser, mais laissant derrière elle une chaleur dangereusement proche de la douleur.

Pendant un instant, il sentit même une pensée étrange et périlleuse monter en lui.
Approche-toi. Penche-toi. Rassemble cette mèche lâche et replie-la derrière son oreille.
Ses doigts bougèrent d'un demi-centimètre.

Puis, dans le miroir, il croisa son propre regard.

Il le niait silencieusement dans son cœur, léger comme le souffle, mais ferme comme un décret gravé dans la pierre, se disant qu'une femme comme elle, avec des sourcils doux, une voix douce et un sourire qui ne dépassait jamais la plus légère ligne, ne pouvait jamais nourrir de sentiments réels.

Sinon, pourquoi chaque étape serait-elle mesurée, chaque mot propre, chaque expression si chronométrée et contrôlée ?

Si elle montrait le moindre soupçon d'affection maintenant, ne serait-ce pas précisément ce qu'elle souhaitait — afin d'obtenir l'avantage qu'elle recherchait ?

Ce qu'elle voulait, se répétait-il, ce n'était rien d'autre que son statut et sa position.

Des fragments de mémoire ondulaient vers l'extérieur comme des anneaux sur une eau calme.

Ses salutations parfaitement appropriées, ses questions impeccables, sa modeste retenue exposée juste devant les autres, tout était trop calculé, trop précis, trop délibéré, comme pour polir le titre de « Madame ».

Le peigne s'arrêta. Comme si elle sentait quelque chose, elle tourna légèrement la tête, non pas vers lui, mais vers son reflet.

Les coins de ses yeux s'enfoncèrent légèrement, comme par fatigue... Ou de retenir quelque chose pour éviter qu'il ne se renverse.

Elle attrapa une épingle à cheveux en jade blanc sculptée d'une minuscule orchidée, simple, chaude, dépourvue de l'éclat des bijoux de banquet, si banale qu'elle aurait facilement pu passer inaperçue.

Elle le glissa dans ses cheveux et ses doigts s'attardèrent un battement de cœur trop longtemps sur la surface lisse, une pause si brève qu'elle ressemblait à une illusion.

La gorge de Su Zhang se serra. Il se souvenait de cette épingle, quelque chose qu'il avait achetée négligemment à un stand de marché simplement parce que la sculpture était élégante.

Elle l'avait accepté avec un petit sourire : pas de joie excessive, pas de refus poli, tout était parfaitement dans le « approprié ». Approprié. Convenable. Mesuré.

Un rire bref et glacé lui échappa. Oui, c'était bien cela qu'il ne devait jamais oublier, sa maîtrise infaillible du « juste ce qu'il faut », jamais trop, jamais trop peu, si parfaite qu'aucun défaut n'y paraissait. Comment une telle perfection pourrait-elle ne pas relever du calcul ?

Dans le miroir, elle baissa soudain la tête. Ses lèvres bougèrent légèrement, presque un sourire, mais pas du tout, plutôt comme réprimer un soupir avant qu'il ne s'échappe.

Elle pressa doucement le bout de son doigt au coin de l'œil, comme si elle craignait d'étaler son maquillage et, bien que le miroir en bronze manquât d'accrochage, il capturait la légère rougeur sous son toucher avec une clarté saisissante.

Son cœur se contracta ; sans s'en rendre compte, il s'approcha. Le parfum autour d'elle devint plus clair et la broderie sur sa robe scintillait comme une marée silencieuse.

Il vit ses doigts s'arrêter à nouveau au sommet de l'épingle —une hésitation presque imperceptible, un bref instant qui ne rentrait pas dans la « mesure appropriée ».

Il voulait l'appeler.

Sa langue commençait déjà à bouger quand une autre pensée s'insinua froidement et sans pitié.

Si tu l'appelles, elle se retournera, inclinera doucement la tête et t'appellera « mari ».

Tu te souviendras de son attention, de sa douceur, de cette déférence minutieusement dosée derrière les portes closes…

Puis elle s'enquerra de ta santé, t'offrira sans faillir une inquiétude parfaitement mesurée.

Ses jointures se crispèrent et il força les mots qui montaient à revenir dans sa gorge.

Elle, dans le miroir, ne remarqua rien.

Elle se contenta simplement de rassembler à nouveau ces longs cheveux noirs.

L'épingle de jade vacilla une fois, tremblant faiblement à la lumière des bougies.

Enfin, elle leva le regard, le laissant passer à travers le reflet, ne tombant pas directement sur lui, mais s'arrêtant précisément sur l'espace entre ses sourcils.

Ce regard fut extrêmement bref,

Pourtant, elle tomba comme une aiguille, silencieuse et précise.

Sa poitrine se serra, mais obstinément il murmura pour lui-même en défi : la prétention —tout cela n'est que de la façade. Si ce n'était pas pour l'ambition, pourquoi aurait-elle été aussi parfaitement attentionnée ? Elle leva soudain la main et poussa une boîte de brocart sur la coiffeuse plus près.

Il n'y avait pas de bijoux à l'intérieur, seulement plusieurs feuilles fines de papier soigneusement empilées. Elle déplia le premier ; Le miroir en bronze reflétait une ligne d'écriture élégante.

Su Zhang ne parvenait pas à distinguer clairement les mots ; il sentait seulement que les derniers traits étaient tendus, comme s'ils retenaient quelque chose d'indicible.
Il fixa le papier, son regard s'y arrêtant un bref instant.

Ses doigts lissant le bord avec une douceur qui semblait déplacée, comme si elle craignait de réveiller quelque chose, ou de s'éveiller elle-même. La seconde suivante, elle sourit, un léger sourire fugace des lèvres, comme pour cacher quelque chose silencieusement dans son cœur.

Un son presque un ricanement s'échappa de sa gorge, à peine audible : et ces mots, pour qui sont-ils écrits ? Pour lui ? Ou pour le titre de « Madame » ?

La flamme de la bougie vacilla vivement ; la lumière dans le miroir s'étirait et se déformait. Son profil se divisa en deux moitiés.

Ses sourcils et ses yeux calmes et obéissants ; En dessous, ses lèvres pressées si fort qu'elles étaient devenues pâles. Le peigne glissa de ses doigts et tomba sur la coiffeuse avec un doux « tapotement », mais ce bruit frappa sa poitrine comme une pierre jetée dans l'eau profonde.

Enfin, il tendit la main.

Au moment où ses doigts effleurèrent les pointes de ses cheveux, toute la scène se brisa violemment, comme si quelqu'un avait plongé une main dans l'eau et l'avait brisée —miroir, épingle à cheveux, canopée en gaze, son dos mince —tout se dispersa en fragments de lumière flottants.

Il ouvrit brusquement les yeux.

La bougie dans le bureau brûlait encore et la pluie dehors s'était intensifiée. Une sueur froide mouilla son front et une brûlure aiguë pulsa de sa paume —ce n'est qu'à ce moment-là qu'il réalisa que ses propres ongles s'étaient enfoncés si profondément dans sa peau qu'ils avaient laissé un anneau de marques pâles.

La chaleur dans sa poitrine s'était depuis longtemps dissipée, le vin s'était dissipé de sa tête, pourtant ce seul instant —l'instant où il avait failli l'appeler —restait comme une flamme vacillante logée sous ses côtes, brûlant sans se montrer.

Su Zhang ne bougea pas pendant longtemps. Ce n'est qu'après un bon moment qu'il redressa lentement le dos, lissa sa manche et laissa son expression se refroidir, centimètre par centimètre.

Pourtant, à la toute fin de ce murmure intérieur, il restait une légère brûlure indicible dans sa gorge, comme cette petite touche rouge pressée au coin de son œil dans le miroir, une lumière presque invisible et pourtant incroyablement difficile à effacer.

Chapitre 90 : Une mesure d'équilibre

La nuit s'abattit lourdement sur le Jardin Impérial, où des ombres de bambou se balançaient sous des rideaux abaissés. Qin Nianyin s'inclina et se retira, le regard baissé, suivant à distance l'eunuque qui l'emmenait jusqu'à ce que sa silhouette disparaisse au bout du chemin du palais.

Dans la salle, le silence s'installa aussitôt, seulement brisé par la légère volute de fumée d'encens.

L'Impératrice observa cette silhouette mince s'éloigner dans l'obscurité avant de finalement se tourner vers l'Empereur Xuanwen.

Sa voix était douce. « Votre Majesté a dû le voir aussi — elle ne nourrit vraiment aucune ambition de rang ou de pouvoir. Si ce qu'elle a dit est sincère, que son cœur ne penche plus vers le mariage, alors elle est en effet une fille propre. »

Mais l'empereur Xuanwen se tenait sous la lumière de la lampe, les mains jointes dans le dos, son expression froide, teintée d'un froid désinvolte.

« Impératrice, vous parlez naïvement. Quelle femme dans ce monde est vraiment dépourvue de désir ? Et si l'un d'eux prétend être sans désir, alors il est encore plus périlleux. La beauté sans ambition devient un désastre —combien de récits à travers l'histoire avertissent qu'une seule femme a changé le destin d'une nation ? »

L'Impératrice ouvrit les lèvres, voulant le réfuter, mais trouva que certaines de ses paroles avaient du poids. Incapable de formuler une contre-argumentation, elle ne put que pousser un long soupir discret.

La voix de l'empereur Xuanwen s'approfondit. « Cette fille a déjà poussé Gu Xiao et Su Zhang au point de rivaliser directement devant le trône. Et maintenant, même notre troisième fils est mêlé à cette affaire. Qu'elle ait elle-même des intentions ou non, une femme capable de semer un tel trouble ne sera jamais laissée seule, et moi, plus que tout, je ne la laisserai pas tranquille. »

Les sourcils de l'Impératrice se froncèrent. « Il semble que Xiao ait vraiment de profonds sentiments pour elle... pourtant, elle n'a ni héritage ni soutien. Comment pourrait-elle porter le poids d'une future dame en chef d'une maison noble ? Que faire d'une telle combinaison... »

L'empereur Xuanwen hocha légèrement la tête, son ton s'enfonçant dans la réflexion.

« Si elle est accordée à Su ou à Gu, l'autre se sentira inévitablement lésé et la discorde suivra. Au-delà de cela, quelle capacité cette fille possède-t-elle pour faire en sorte que les jeunes talents de notre dynastie se disputent sa main ? Les trois hommes sont exceptionnels à leur manière, pourtant elle les attire à se tenir côte à côte dans une demande ouverte devant le trône. Une femme comme celle-ci est soit une bénédiction de fortune... ou la graine de la calamité. La laisser parmi le peuple, c'est risquer de provoquer de futurs désordres. »

L'Impératrice émit un faible son d'accord. « Alors, selon le jugement de Votre Majesté... quelle voie devrait-on suivre ? »

« En vérité, » répondit l'empereur, « la solution la plus sûre serait de la tuer. »

« Votre Majesté ! Ce n'est pas possible ! » Les yeux de l'Impératrice s'écarquillèrent, son cri tranchant de choc.

L'empereur Xuanwen esquissa un sourire fin et froid. « Naturellement, pas maintenant. Si elle mourait à cet instant, l'équilibre se briserait complètement. Cela porterait du tort à la nation et à la cour. »

Ce n'est qu'alors que l'Impératrice relâcha le souffle qu'elle avait retenu.

« Si Votre Majesté exigeait vraiment que cette fille meure pour l'ordre, le cœur de Xiao ne ferait que s'éloigner davantage de nous. »

L'empereur inclina la tête. « Exactement. Puisqu'elle ne peut pas être touchée pour le moment, la solution la plus prudente est de la garder directement sous notre surveillance —de la placer à l'intérieur des murs du palais, de couper sa fuite et d'éviter de provoquer de rancunes chez l'un ou l'autre des trois. Ainsi, ni Su, ni Gu, ni le troisième prince n'auront de motifs d'objection et l'équilibre de la cour reste intact. »

L'Impératrice sentit un léger poids s'installer dans sa poitrine.

« Cette affaire peut être retardée pour l'instant, mais au final, elle doit encore être confiée à l'un d'eux. Si c'est quelqu'un d'autre que Xiao, il ne cédera pas. »

L'empereur Xuanwen commença à faire les cent pas lentement, sa voix basse, délibérée et froide.

« À mon avis... le seul choix, c'est Suo. »

L'Impératrice se figea un instant avant de parler à voix basse.

« Votre Majesté compte accorder la fille Qin au Troisième Prince ? »

Il hocha la tête, les yeux s'assombrissant comme une mare profonde sous le ciel nocturne.

« Dans cet arrangement, Gu ne peut pas en vouloir, Su ne peut pas s'opposer. Garder Qin en vue permet à la fois l'apaisement et la surveillance. Le plus important de tout —quand deux tigres s'affrontent, c'est toujours le pêcheur qui en profite. »

L'impératrice Yan baissa les yeux, ses doigts tremblant légèrement sur ses genoux. Elle savait trop bien qu'une fois un tel édit émis, il se resserrerait comme un filet de fer —aucun d'eux ne pourrait échapper à son attrait.

L'empereur Xuanwen laissa échapper un léger rire froid et leva la main, faisant signe à l'eunuque de préparer le décret.

La flamme de la lanterne voisine vacilla et l'air à l'intérieur du Jardin Impérial sembla se refroidir aussitôt. Juste au moment où la manche de l'empereur commença à bouger, le bout des doigts de l'impératrice trembla de nouveau. Enfin, elle tendit la main et pressa légèrement sa manche.

« Votre Majesté, veuillez patienter. »

L'empereur Xuanwen tourna la tête, un pli se formant entre ses sourcils tandis que le doute traversait ses yeux. « Que veut dire l'Impératrice par là ? »

L'expression de l'empereur changea, sa voix se durcit. « N'importe quoi. Un homme adulte, de rang et de rang, détruit à cause d'un sentiment aussi mesquin entre homme et femme ? »

« Non, » Le ton de l'impératrice devint pressant, Baissant encore plus les yeux, le cœur s'alourdissant, l'impératrice répondit, sa voix tremblant légèrement :

« Cette concubine... a peur. Xiao... ne supportera pas un tel coup. »

« Xiao ? » L'expression de l'empereur se fit plus vive.

L'impératrice serra les lèvres avant de finalement parler à voix basse.

« C'est l'enfant que j'ai élevé à mes genoux. Comment ai-je pu ne pas le connaître ? Au fond de lui, il considérait déjà Qin comme la seule à qui il s'engagerait jamais. La façon dont il s'agenouillait dans la Grande Salle aujourd'hui, perdant toute contenance devant la cour, il exprimait ses sentiments clairement visibles.

Si, à cet instant, Votre Majesté devait la confier au Troisième Prince... j'ai bien peur que Xiao... » presque suppliant.

« Cette fille est différente. Votre Majesté sait que Xiao était frivole dans sa jeunesse, cherchant les amusements sans retenue. Pourtant, ce n'est qu'après avoir entendu quelques mots simples de Qin qu'il se corrigea et redevint l'homme qu'il est aujourd'hui. Je crains que, pour lui, cette fille Qin ait une signification bien plus profonde que ce que nous pensions. Je crains qu'elle ne soit une calamité plutôt qu'une bénédiction... »

« Alors, » dit sèchement l'empereur Xuanwen, « selon l'impératrice, la fille Qin alors être accordé à Xiao ? »

L'impératrice secoua la tête, la voix partagée. « Je sais bien que Qin est pure dans sa conduite, pourtant elle n'a ni famille, ni statut. Si elle était vraiment établie comme l'épouse principale de Xiao, ce serait un mauvais mariage. Xiao est peut-être un héros de guerre, mais s'il prend une telle femme comme épouse principale, comment le monde verra-t-il la maison Gu ? Laquelle des familles nobles serait encore prête à marier ses filles dans un tel foyer en tant qu'épouses secondaires ? Avec le temps, du ressentiment surgira entre le principal et les concubines, semant discorde et calamité. »

Le regard de l'empereur s'assombrit. « Alors, que propose l'Impératrice ? »

L'impératrice parla d'une voix basse. « Peut-être... si Mademoiselle Qin recevait le poste de consort secondaire, cela pourrait honorer les sentiments de Xiao sans éclipser le rang de sa principale épouse. D'autres familles étaient toujours prêtes à envoyer leurs filles comme dames principales de sa maisonnée. Seulement... »

Sa voix s'adoucit de plus en plus jusqu'à ce qu'elle baisse les paupières, terminant dans un murmure à peine audible. « Seulement... après ce que Xiao a montré aujourd'hui dans la Grande Salle, si Qin n'est qu'une seconde épouse, quelle famille serait encore prête à envoyer leur fille à la résidence Gu comme dame principale ? Tout le monde voit où se trouve son cœur. Quelle femme accepterait volontairement un mariage en sachant qu'elle serait négligée à vie ? »

L'impératrice s'arrêta ici. Bien qu'elle comprenne que le dilemme était sans solution, elle ne pouvait s'empêcher de chercher le moindre répit pour son neveu.

Le vent nocturne balaya le Jardin impérial. Qin Nianyin se redressa brusquement, comme rappelée à l'ordre par sa propre vigilance.

L'empereur Xuanwen plissa les yeux et la contempla en silence. Dans son regard se mêlaient un examen calme et, dessous, une lueur d'amusement finement dissimulée.

« Dans ce cas, » dit-il enfin, « je vais y réfléchir davantage. Voyons clairement où se trouve vraiment le cœur de chaque homme. »

* * * * *

Dans la grande Salle d'Or, derrière le bureau impérial, l'empereur Xuanwen était assis, les mains jointes derrière lui. La salle était toujours en émoi ; su Zhang et Gu Xiao restèrent agenouillés et le nom Qin Nianyin planait sur l'assemblée comme une traînée de poudre, engloutissant l'esprit de chaque ministre de la Cour.

L'empereur Xuanwen était assis fermement sur le trône du dragon au sommet des marches dorées, tandis qu'en dessous, les fonctionnaires ne pouvaient faire taire la voix. Un rire froid et silencieux traversa ses pensées.

Une femme sans pouvoir, sans soutien, sans position, mais capable de réveiller trois hommes à la fois ?

Su Zhang du clan Su, un Tanhua célèbre et fierté de la faction érudite.

Gu Xiao du clan Gu, un général tigre dont le mérite militaire ébranla même le trône.

Et Li Suo, le Troisième Prince, oisif, sans entrave, et lui aussi était entré dans la salle pour demander sa main.

Absurde.

Affection? Sincérité? À ses yeux, ce n'était rien d'autre que l'excuse la plus maladroite.

Si cette Qin n'avait vraiment aucune intention, comment aurait-elle pu amener trois hommes à garder en même temps le souvenir de sa main ?

Si elle avait une intention réelle, alors d'autant plus elle ne pouvait pas être laissée dehors.

La cour civile, les rangs militaires et le clan impérial.

Les trois forces les plus difficiles à équilibrer, toutes désormais liées à une seule femme. Ce n'était pas de la chance. C'était une catastrophe.

Son regard s'approfondit, ses pensées tournant avec une clarté glaciale.

« Vous êtes tous des piliers de mon royaume, et pourtant vous amenez votre querelle sur une femme sur le trône même. Si cela n'est pas interrompu tôt, cela deviendra la source d'un futur désastre. »

Dans l'esprit d'un empereur, l'amour et la haine pouvaient être rejetés. Ce qui ne pouvait pas être abandonné, c'était l'équilibre —ce qui ne pouvait jamais être brisé, c'était la situation plus grande.

Elle n'était qu'une pièce sur l'échiquier. Et puisqu'elle pouvait avancer toute la partie, elle serait alors placée fermement sur l'échiquier de l'empereur.

Plutôt que de te laisser te battre pour elle, il vaut mieux que je la prenne moi-même.

Soudain, l'empereur Xuanwen leva la main. La salle tomba immédiatement dans le silence.

« Vous êtes tous des piliers de mon empire, pourtant vous disputez une femme devant le trône. Une telle faute doit être corrigée. Pour apaiser vos cœurs et préserver l'ordre, Qin du clan Qin sera envoyée au temple Qing Shan pour entreprendre une année de service consacré, les cheveux détachés, priant pour la prospérité du Grand Zhou. Lorsque l'année sera terminée, un jour propice sera choisi pour l'installer comme consort secondaire du Troisième Prince. »

La salle se figea. Sous l'estrade impériale, aucun ministre n'osa expirer, comme s'il ne pouvait croire ce qu'il venait d'entendre.

La poitrine de Gu Xiao se soulevait et s'abaissait comme le tonnerre. Son sang affluait à toute vitesse, un bourdonnement emplissait ses oreilles et un instant il crut avoir mal entendu.

« Non... impossible... »

Ses yeux devinrent violemment rouges. Un son rauque s'échappa de sa gorge alors que son poing se serrait jusqu'à ce que les jointures se fendent et que l'odeur du sang s'infiltre dans sa paume. En un battement de cœur, il faillit perdre le contrôle et rugir, mais une pointe de raison le retint.

S'il perdait le contrôle maintenant, il se détruirait non seulement lui-même, mais la traînerait dans un abîme d'où elle ne pourrait jamais revenir.

Su Zhang, cependant, était étrangement immobile.

Sa main se referma lentement dans sa manche, ses articulations blanchissantes, une fine ligne de sang montant sous sa paume. Ses yeux étaient d'un calme mortel, mais en eux brûlait un feu fumant et étouffant.

Donc, c'était le gain du pêcheur.

Il avait calculé chaque itinéraire du tribunal mais n'avait toujours pas pris en comptc ce mouvement. À présent, il ne bougeait pas, ne parlait pas, ne protestait pas. Ses lèvres se pincèrent en une ligne droite et son regard devint si froid qu'il figea toute la salle du trône.

Le regard de l'empereur Xuanwen balaya l'assemblée. Voyant les expressions variées des trois hommes, une légère courbe glacée effleura ses lèvres.

« C'est le décret impérial. Aucun d'entre vous ne peut s'y opposer. Le tribunal est levé. »

La cloche impériale tonna. Des centaines de fonctionnaires s'inclinèrent à l'unisson, criant :

« Vive l'Empereur, vive l'Empereur, vive l'Empereur... »

Chapitre 91 : L'Éclatement de Sa Résolution

Dans le bureau de la résidence Su, la lumière de la lampe vacillait en arcs irréguliers sur les murs.

Yefeng et Xiuyan se tenaient face à face, retenant leur souffle, aucun n'osant parler. Depuis la clôture de la cour ce matin-là, leur jeune maître s'était enfermé dans le bureau, interdisant à quiconque d'entrer sans être convoqué.

Un fracas soudain retentit de l'intérieur.

« Bang ! »

Des parchemins tombèrent au sol. Un pinceau de jade se brisa. Le support de brosses dorées heurta les briques bleues et se brisa, dispersant des fragments tranchants sur le sol dans un bruit qui leur serra le cœur.

« Maître... » Yefeng appela doucement malgré lui, mais sa voix fut engloutie par le prochain fracas violent.

Le lourd bureau fut renversé d'un seul coup de paume. Documents, pierres à encre et tablettes de bambou furent projetés en une vague brutale. L'encre jaillit en une éclaboussure noire, s'étalant aussitôt sur le sol comme une nappe de nuit.

« Comment cela pourrait-il être ! »

À l'intérieur de la pièce, l'homme jusque-là silencieux et parfaitement maître de lui leva des yeux rouges et brûlants, comme baignés de sang. Son front se contracta en un nœud douloureux, et une lueur de folie traversa son expression.

Ses doigts agrippèrent le bureau renversé si fort que les veines de ses mains étaient surélevées et marquées.

« Ça aurait dû être à moi. »

Sa voix était basse et rauque, tremblante de fureur, mais traversée d'une obsession si féroce qu'elle frôlait la folie.

Il n'avait jamais perdu le contrôle ainsi. Pas une seule fois.

Xiuyan et Yefeng échangèrent un regard terrifié, la sueur froide coulant dans leur dos. Depuis le premier jour où ils avaient eu la mémoire, ils n'avaient jamais vu Su Zhang dans un tel état.

L'homme qui avait toujours été stable comme une montagne et clair comme le pin d'hiver ressemblait désormais à un loup solitaire poussé au bord du gouffre, ses yeux brillant de soif de sang et de désespoir.

« Qin Nianyin... »

Il murmura son nom à voix basse, mais le son ressemblait à une lame raclée sur la pierre, aiguë, froide et mortelle.

« Ce jeu... je ne perdrai pas. Même si je dois épuiser tout ce que je possède, quel qu'en soit le prix, moi, Su Zhang, je renverserai l'issue, et je la récupérerai. »

Une fois les mots prononcés, il repoussa violemment le bureau tombé d'un coup violent. Le fracas du bois éclatant et l'écho dur de son éclat firent vibrer les cadres de fenêtres du bureau dans leurs rainures.

Les serviteurs s'agenouillèrent devant la porte, n'osant pas prononcer un mot. Tout le monde comprenait : la contenance que Su Zhang avait réprimée pendant des années, la retenue gravée dans ses os, avait finalement éclaté.

Il avait vraiment perdu le contrôle.

Une rafale de vent nocturne entra dans la pièce, faisant frissonner la flamme de la lampe. Su Zhang se tenait au milieu du chaos, le regard injecté de sang, mais le coin de ses lèvres se courbant en un arc fin et glaçant.

« Troisième Prince... et Gu Xiao... Aucun de vous n'a de chance. Elle ne peut être que la mienne. »

Ses mots tombèrent un à un, chacun assez froid pour glacer le sang.

Dans son esprit, l'image remonta —Qin Nianyin sur la route du Jiangnan, le protégeant d'une flèche avec son propre corps. Le souvenir le frappa comme une lame en plein cœur. Elle avait risqué sa vie pour le protéger. Comment une telle femme —comment pouvait-elle refuser de l'épouser ?

« Impossible... Nianyin... pourquoi... pourquoi tu... »

La question se brisa dans sa gorge, brute, douloureuse et incrédule, mais aucune réponse ne vint, seulement l'écho de son propre souffle brisé remplissant le bureau en ruines.

* * * * *

La nuit était profonde ; à l'extérieur de la résidence Su, la longue rue était mêlée d'un parfum de vin et de vent froid.

« Je refuse d'accepter cela ! »

Le jeune général, toujours en armure argentée, sa cape échevelée, une cruche à moitié vide de forte liqueur serrée dans son poing, trébucha en avant en titubant.

Les yeux de Gu Xiao étaient injectés de sang et du vin coulait du coin de sa bouche, brûlant sa gorge déjà rauque.

Il pencha la tête en arrière et rugit dans le ciel noir comme un jais. Le bruit s'arracha de lui comme quelque chose qui s'ouvre, assez fort pour effrayer les chiens qui aboient dans la rue.

« Pourquoi ! »

« Pourquoi accorder le mariage au Troisième Prince ?! »

« Nianyin... c'est elle que j'ai protégée ! »

Il tituba pas à pas jusqu'à atteindre les portes de la résidence Su et frappa du poing contre les portes laquées de rouge. Sa voix était brisée et rauque, mais portait la force obstinée qu'un jeune général seul pouvait exercer.

« Su Zhang ! Sors d'ici ! »

« N'es-tu pas celui qui calcule le mieux ?! Qu'est-ce que tu as calculé cette fois ?! »

Chaque mot était imprégné de vin, de rage et d'une haine frôlant le désespoir.

À l'intérieur, Xiuyan et Yefeng échangèrent des regards alarmés. Derrière eux, Su Zhang était immobile, silencieux dans l'ombre, une lueur froide dans le regard alors qu'il faisait rouler une seule pièce d'échecs glacée entre ses doigts.

Dehors, la voix criait encore et encore, comme si elle voulait diviser la nuit en deux.

« Je, Gu Xiao, je n'ai jamais craint dix mille soldats sur un champ de bataille ! »

« Mais cette fois... cette heure... j'ai perdu contre le grand dessein ! »

« Nianyin... »

Sa voix tomba soudainement, lourde d'un chagrin étouffant. Il appuya lourdement son front contre la grille en bois froide et murmura, chaque mot s'enfonçant.

« Nianyin... comment as-tu pu le supporter... »

Un long silence s'installa.

Puis, depuis l'intérieur de la résidence, un ordre froid et sans émotion fut prononcé,

« Emmenez-le. »

La porte s'ouvrit d'une étroite fente et deux gardes sortirent en courant. Avant que Gu Xiao ne puisse réagir, un lourd bâton frappa violemment son dos, le faisant tomber à genoux.

« Arrête ! Je peux marcher tout seul. »

Mais un autre coup lui tomba sur l'arrière de la tête. Sa vision devint noire. Son corps s'effondra sans résistance.

Les deux gardes, muets de crainte, saisirent le jeune général inconscient sous les bras et traînèrent son poids inerte dans l'escalier, le tirant vers les profondeurs de la nuit.

À l'intérieur, la lumière des bougies vacillait.

Su Zhang se tenait dans l'ombre, écoutant en silence alors que les bruits de traînée s'estompaient au loin. Ses yeux étaient froids comme du fer forgé.

Après un long moment, il expira enfin un murmure sourd.

« Xiao... Pardonne-moi. Elle ne peut être que la mienne. »

La pièce d'échecs se fissura dans sa main avec un craquement sec. La poudre fut triturée entre ses doigts et s'éparpilla sur le sol.

* * * * *

La salle de broderie était d'un silence mortel.

Qin Nianyin s'effondra sur le petit tabouret à broder, les mains faiblement pendant le long du corps. Ses doigts portaient encore le léger tremblement laissé par l'édit impérial quelques instants plus tôt.

La flamme de la bougie vacilla ; son ombre vacillait doucement sur le mur. Pourtant, sa poitrine avait l'impression qu'une pierre de mille jin avait été appuyée dessus, rendant la respiration difficile.

(Un jin, une unité ancienne de poids.)

Elle n'aurait jamais imaginé que l'empereur Xuanwen décernerait un tel édit devant toute la cour.

«... Accorder le mariage au Troisième Prince, Li Suo, pour épouser la fille de Qin Shouyi, Qin Nianyin. »

L'annonce prolongée de l'eunuque avait frappé ses oreilles comme un coup de tonnerre. Elle s'était figée sur place, manquant presque d'oublier de s'incliner, jusqu'à ce que Mei tire sa manche avec les yeux embués de larmes. Ce n'est qu'alors qu'elle s'était agenouillée, raide comme une marionnette, murmurant : « Cette humble femme... reçoit le décret. »

Même maintenant, en repassant ce moment, cela lui semblait encore un cauchemar.

« Troisième Prince... Sa... »

Elle murmura le nom, les lèvres vidées de couleur. Son esprit refit surface cette nuit-là au banquet du palais, les mots qu'il avait prononcés avec un sourire qui n'en était pas tout à fait un —

J'ai déjà présenté mes respects à Père et demandé sa permission pour le mariage.

À l'époque, elle avait pris cela comme une provocation négligente, destinée seulement à attiser la rivalité entre Gu Xiao et Su Zhang. Qui aurait pu prévoir qu'il avait tout pensé.

Un frisson la parcourut. Le froid se répandit dans son dos, perlant en une fine couche de sueur.

Comment sa vie précédente s'était-elle terminée ?

N'était-ce pas parce qu'elle s'était mêlée au pouvoir et qu'elle avait finalement été trahie de tous côtés, mourant seule sans personne pour réclamer son cadavre ?

Elle avait cru que dans cette vie, elle avait marché avec prudence, évitant chaque fil de ce chemin voué à l'échec. Pourtant, elle se retrouva une fois de plus prise dans le filet d'un décret de mariage royal.

« Je n'aurais pas dû... Je n'aurais pas dû... »

Ses mains serraient le tissu de sa jupe brodée si fort que ses jointures devinrent d'un blanc éclatant. La tension qui parcourait ses bras ne se relâchait pas, peu importe ses efforts pour calmer sa respiration.

Le Troisième Prince, que le monde considérait comme rien de plus qu'un noble frivole et oisif sans intérêt pour les affaires d'État, lui avait montré, en un instant sans défense, quelque chose de bien différent.

Dans ses yeux, elle avait entrevu une acuité cachée, retenue mais indéniablement réelle, une lame silencieuse attendant le bon moment pour être dégainée.

S'il nourrissait vraiment des intentions pour le trône, alors ce mariage n'était pas du tout l'union de deux personnes.

C'était un piège qui se resserrait —un piège qui la lierait, elle, Gu Xiao, Su Zhang et même toute la lutte pour le poste de prince héritier en une seule toile inévitable.

Sa poitrine se serra violemment ; sa respiration se brisa en halètements courts et paniqués.

« Non... Je ne veux pas de ça... »

Les larmes coulèrent enfin, tambourinant sur la surface brodée du tabouret à broder.

Mei, paniquée, se précipita avec de l'eau et du tissu.

« Mademoiselle, s'il vous plaît, ne soyez pas comme ça... »

Mais Qin Nianyin ne fit que fixer la flamme de la bougie d'un air vide et laissa échapper un rire doux et brisé —un rire empreint de désespoir.

« Mei... Dis-moi... Le destin n'a-t-il jamais eu l'intention de me laisser partir ? »

Une légère brise nocturne effleura la fenêtre en papier ; Au-delà, le murmure lointain des commérages de la ville se faisait encore entendre. Pourtant, dans cette salle de broderie silencieuse, elle avait l'impression d'être piégée au fond d'un puits profond, incapable d'apercevoir ne serait-ce qu'un mince filet de ciel.

Ce décret de mariage impérial l'avait une fois de plus transformée en une pièce du destin.

* * * * *

La lumière vacillante des bougies rendait l'expression de Qin Nianyin encore plus pâle.

Elle était encore perdue dans ses pensées lorsqu'une servante annonça de l'extérieur : « La Deuxième Jeune Dame est arrivée. »

Quelques instants plus tard, Su Wan fit entrer une boîte finement sculptée, un sourire posé aux lèvres.

« Cousine, » dit-elle en s'approchant, « j'ai fait choisir cette boîte de bijoux spécialement pour toi. Considère cela comme un cadeau de félicitations. »

Qin Nianyin reprit lentement ses esprits. Elle leva les yeux ; sous la lampe, la boîte brillait vivement, mais rien ne pouvait éclipser le poids oppressant qui pesait sur sa poitrine.

Elle força un léger sourire. « Merci, Sœur Wan. »

Su Wan l'observa attentivement. Une lueur subtile et complexe traversa ses yeux. « Je n'aurais jamais imaginé que tu aurais autant de chance — de t'élever d'un pas pour devenir la seconde épouse d'un prince. À partir de maintenant, quand je te verrai... Je vais devoir te saluer. »

Qin Nianyin cligna des yeux, puis baissa la tête avec un sourire amer et fragile. « Wan, ne te moque pas de moi. Il n'y a pas la moindre trace de joie dans mon cœur. »

Ses sourcils étaient froncés ; L'épuisement et la perplexité obscurcissaient son regard.

Su Wan vit tout cela et, après un moment, laissa échapper un léger soupir. « Est-ce que tu… n'es pas contente ? »

Qin Nianyin secoua la tête. Sa voix était légère, mais tremblait faiblement. « Il n'y a pas de surprise —seulement du choc. Ce décret de mariage impérial est arrivé bien trop soudainement. J'étais complètement dépourvue. »

Le silence s'installa un battement de cœur. L'expression de Su Wan s'assombrit légèrement alors qu'elle baissait la voix. « Le monde nous offre rarement des choix parfaits. Surtout pour des femmes comme nous... la plupart du temps, tout ce que nous pouvons faire, c'est accepter. »

Son ton était doux, mais le poids derrière ses mots pesait comme mille livres.
Le cœur de Qin Nianyin vacilla.

Elle leva lentement les yeux, et ce ne fut qu'alors qu'elle aperçut la gravité voilée dans le regard de Su Wan.

« Wan », demanda-t-elle doucement, « est-ce que tu… as quelqu'un dans ton cœur ? »

Le visage de Su Wan devint rouge. Elle se détourna rapidement, la réprimandant d'un ton embarrassé : « N'importe quoi ! Ne dis pas de telles choses ! »

Qin Nianyin la regarda en silence, puis quelque chose s'éveilla en elle. Elle sonda délibérément, « Serait-ce que... Son Altesse le Prince Héritier ? »

Au moment où les mots quittèrent ses lèvres, le teint de Su Wan devint d'un pâleur mortel. Ses lèvres s'entrouvrirent comme pour parler, mais aucun son ne sortit. Elle se leva brusquement, la panique montant dans ses mouvements, et se retourna pour partir.

Qin Nianyin se figea, une vague se répandant dans son cœur. Ce n'est qu'à ce moment-là qu'elle réalisa vraiment, que Su Wan avait déjà placé ses sentiments sur le prince héritier.

Mais la principale épouse du prince héritier avait depuis longtemps été choisie —Shen Lingyan. Même s'il pouvait nourrir un peu d'affection pour Su Wan, le plus qu'elle pourrait jamais recevoir... était la position d'épouse secondaire.

Un nœud se resserra dans la poitrine de Qin Nianyin. Elle se stabilisa contre le tabouret à broder, observant la silhouette de Su Wan qui s'éloignait. Une légère douleur monta dans son cœur.

Dans ce monde, qui ne lutte pas contre les chaînes du destin ?

Elle l'était elle-même tellement.

Gu Xiao était tellement.

Su Zhang était tellement.

Et même Su Wan, digne et posée Su Wan, n'était qu'une autre femme sans véritable droit de choisir.

Des larmes de cire glissèrent le long de la bougie.

Dehors, la nuit s'assombrissait.

Qin Nianyin sentit ses pensées s'emmêler en un nœud impossible, impossible à défaire.

Chapitre 92 : Retracer les veines d'argent

La pluie venait à peine de quitter le ciel nocturne, laissant un souffle humide flotter sur la capitale, s'accrochant aux avant-toits et à la pierre.

Dans le bureau de la résidence Su, chaque lanterne brillait intensément. Des parchemins et dossiers jonchaient le bureau. Des volutes de fumée de bois de santal s'élevèrent, délicates et pâles, mais incapables de dissiper le poids oppressant qui pesait sur la pièce.

Yefeng se tenait sur le côté, n'osant presque pas respirer. Après une longue hésitation, il baissa enfin la voix.

« Maître... Tu devrais te reposer. Tu n'as ni mangé ni bu pendant toute une journée. »

« Non. Restez en retrait pour l'instant. Je dois regarder encore. Il doit bien y avoir quelque chose que j'ai négligé. »

Yefeng échangea un bref regard avec Xiuyan, puis osa dire :
« Maître… cet homme, Cao Ji, a déjà avoué. Il a nommé le Second Prince. À ce stade, le cas ne devrait-il pas être considéré comme conclu ? Vous continuez à feuilleter ces vieux dossiers ; il n'y a peut-être rien d'autre à découvrir pour le moment. S'il vous plaît, reposez-vous d'abord. »

Les doigts de Su Zhang s'arrêtèrent en plein milieu de la page.

La lumière des bougies tremblait, tirant son ombre longuement à travers le mur, mais son regard était plus froid et plus perçant que cette silhouette étirée.

« L'affaire est close ? » Un rire discret s'échappa de sa gorge, glacial et fin comme un rasoir.

Yefeng se tendit, s'inclinant aussitôt, n'osant plus prononcer un mot de plus.

Su Zhang referma le dossier. Sa paume tapotait légèrement la surface du bureau, chaque tapotement doux, mais, un après l'autre, ils tombaient lourds comme des pierres sur le cœur.
Un homme comme Cao Ji, rusé et calculateur de nature… comment aurait-il pu soudainement « tout avouer » ?

Sa déclaration pointe directement vers le Second Prince, mais ne donne aucun détail supplémentaire. Ce n'est pas une confession. C'est une déviation.

La véritable piste réside dans ce qu'il a délibérément laissé non-dit.

Il ferma brièvement les yeux. Les récits de Jiangnan lui traversèrent l'esprit — des chiffres, des itinéraires d'argent, des registres écrits par différentes mains.

Le flux d'argent s'arrêta dans une petite boutique obscure. En poursuivant la piste vers l'amont, elle se perdit brusquement, telle un cerf-volant à la corde rompue, s'évanouissant dans le ciel vide.

Une intuition féroce le saisit, la réponse était cachée dans ce groupe apparemment chaotique de chiffres.

«… Non. » Sa voix baissa, à peine audible.

Yefeng sursauta et leva les yeux. Les sourcils de son maître étaient froncés ; ses doigts appuyèrent fort sur le coin d'un dossier. Ses lèvres s'étaient pincées en une ligne pâle et sévère. C'était le regard d'un homme qui avait plongé tout son être dans un seul jeu labyrinthique de stratégie.

« Cao Ji n'est rien de plus qu'une pièce sur le plateau », dit enfin Su Zhang, la voix froide et lourde. « Ce qu'il a avoué n'est que ce que Sa Majesté souhaitait entendre. La véritable veine d'argent... reste cachée dans l'obscurité. »

Le cœur de Yefeng fit un bond. Il allait parler quand Su Zhang leva la main, l'interrompant d'un geste unique et décisif.

« Pas besoin de demander davantage. »

Su Zhang se leva et se dirigea vers la fenêtre. Au-delà du cadre en treillis, la nuit s'étendait profondément et d'une noirceur d'encre.

La pluie s'accrochait encore aux tuiles du toit au loin, gouttant par intervalles lents et réguliers, chaque goutte tombant avec un tic feutré, comme si elle laissait entrevoir quelque chose d'encore non-dit, quelque chose qui se cache sous la surface.

Sa silhouette restait posée, mais sa voix était plus froide que la pluie qui venait à peine de cesser.

« Vas-y. »

Une seule syllabe, sèche et dure.

Yefeng se figea un bref souffle, incapable de réagir autrement.

« M-Maître, où comptez-vous aller ? »

« Dayue. » Le ton de Su Zhang était bas, rauque après de longues heures de silence, mais chaque mot était gravé avec précision. « Préparez les chevaux. Nous rendrons une nouvelle visite à Cao Ji. »

Yefeng sursauta mais s'inclina rapidement et se retira pour obéir.

Le bureau retomba dans le silence.

Su Zhang se tenait seul près de la fenêtre, faisant tourner une pièce d'échecs entre ses doigts. Le jade froid pressait sa paume, mais ne pouvait étouffer la chaleur qui montait au fond de sa poitrine.

Si quelqu'un utilisait vraiment les maisons de jeu comme un voile pour blanchir de l'argent, alors cette affaire irait plus loin que prévu.

Cao Ji chassa volontairement le Second Prince, un écran de fumée commode pour son véritable maître.

Il laissa tomber la pièce d'échecs. Il frappa le bureau avec un son net et tranchant, pa, tranchant comme le tranchant d'une lame.

Son regard se durcit comme le givre.

« Ce jeu... » murmura-t-il, à peine plus qu'un murmure, « Je refuse de croire que je ne peux pas le percer. »

Li Suo doit tomber.

Une rafale de vent nocturne traversa la fenêtre entrouverte, soulevant le rideau. La lumière de la lampe vacillait violemment, les ombres se tordant contre les murs. L'air à l'intérieur du bureau semblait écrasé sous un poids invisible de fer et de pierre —si lourd qu'il coupait le souffle de la pièce.

* * * * *

Le cachot était sombre, ses murs de pierre glissants d'humidité. L'eau s'infiltrait par les fissures et tombait en gouttes lentes et résonnantes, chacune frappant le sol comme le battement d'un tambour mort.

Cao Ji était lié main et pied, attaché fermement dans un nœud de cinq fleurs. Son visage était devenu d'un bleu cendré ; Une sueur froide coulait sur son front. Une flaque de sang se répandit à ses pieds, sa puanteur métallique saturant l'espace confiné.

Une paire de bottes cirées s'arrêta dans ce sang.

Su Zhang se pencha. Ses doigts touchèrent une goutte de rouge et l'étalèrent distraitement sur sa paume. La lumière des bougies vacillait sur son visage ; son regard était froid, mais dans ce froid, quelque chose de plus sombre s'éveillait — une lueur étrangère et troublante.

« Cao Ji. »

Sa voix était douce, mais portait une pression assez vive pour écraser des os.

« Tu crois vraiment que transférer tout sur le Second Prince te permettra de sortir indemne ? »

Cao Ji tremblait de la tête aux pieds. Sa mâchoire se serra, et il força un sourire crispé.

« L-le humble type… a déjà tout avoué. Je n'ai rien caché… »

Les mots venaient à peine de sortir de sa bouche —

Paf !

Un bruit sec et craquant fendit l'air vicié.

L'éventail pliant frappa sa joue avec une telle force que le mur de pierre derrière lui sembla résonner. La vision de Cao Ji vacilla ; la moitié de son visage gonfla instantanément, le sang s'écoulant du coin de sa bouche.

« Avoué ? »

Su Zhang laissa échapper un rire, bas, froid, comme si une lame était affûtée contre la pierre à aiguiser.

Il leva la main, saisit un poignard et, sans la moindre hésitation, traça la lame proprement sur sa propre paume.

Un chut mouillé brisa l'air.

Le sang monta aussitôt, dégoulinant sur les briques bleues avec un doux tapotement qui s'insinua jusqu'aux oreilles.

La lame s'était profondément enfoncée. Le cramoisi se répandit rapidement.

Su Zhang ne broncha même pas.

La douleur, brute et déchirante, perça la pression étouffante enfermée dans sa poitrine. Il avait l'impression que le feu qui consumait son cœur avait été forcé à s'écarter, traîné à la surface à travers la blessure dans sa paume.

Ça faisait mal. Mais pas autant que la douleur intérieure.

Plus le sang coulait vite, plus la lucidité s'installait en lui, accompagnée d'une étrange légèreté.

Il baissa les yeux, observant la fleur rouge s'élargir dans sa paume et un étrange calme mortel s'insinuer dans son esprit.

Alors, voilà comment ça se passe.

Seule la douleur de la chair peut étouffer une folie capable de rendre un homme fou.

Ses lèvres s'étirèrent légèrement, le sourire plus froid que le chagrin lui-même.

« Regarde bien, Cao Ji. Si je peux me pousser jusque-là... penses-tu que je t'épargnerais ? »

Les yeux de Cao Ji s'écarquillèrent tellement qu'ils faillirent bondir de leurs orbites.

« L-Seigneur Su, tu... tu es en colère... »

Mais Su Zhang ne fronça pas un seul sourcil. Il se contenta de regarder le sang couler de sa main, comme s'il observait un tableau qui ne le concernait pas.

« Fou ? »

Son sourire s'élargit, glaçant jusqu'aux os.

« Bien. Si la folie est nécessaire, alors avant de devenir fou, je m'assurerai que tu comprennes ce qu'est vraiment le désespoir. »

Au moment où les mots tombèrent, ses doigts jaillirent et se refermés autour de la gorge de Cao Ji.

La pression se resserra progressivement.

Le visage de Cao Ji devint rouge foncé et violent. Ses respirations étaient haletantes. L'instant d'après, il semblait prêt à suffoquer.

« Gh, kh... khhh, » Son corps convulsa. Les yeux roulèrent vers le haut. Des veines jaillirent sur son cou ; sa langue tremblait sans bruit.

Su Zhang se pencha, le regard sombre et immobile.

« Selon l'enquête, vous avez un fils illégitime. Et toi ? »

Cette phrase unique s'enfonça dans la poitrine de Cao Ji comme un couteau.

Ses pupilles se contractèrent brusquement. Tout son corps se raidit.

« Si tu refuses de dire la vérité, » poursuivit Su Zhang, la voix aussi basse que le fer d'hiver, « je le trouverai. Et sous tes yeux, je le découperai. Une tranche à la fois. »

C'est à ce moment-là que Cao Ji s'effondra complètement.

Un cri rauque s'échappa de sa gorge irritée, déchirée par la terreur.

« Je — je ne sais pas ! Vraiment pas ! Seulement... seulement que le dernier de l'argent... Tout... a été envoyé à la Maison de Jeux Golden Fortune dans la capitale ! »

Sa voix tremblait si violemment qu'elle se transforma en sanglots.

Ce n'est qu'à ce moment-là que Su Zhang le relâcha. Il lui lança un regard glacial, puis se retourna pour partir.

Ses manches balayaient l'air, et l'odeur cuivrée du sang flottait encore autour de lui.

Son dos, ombragé par la lumière tamisée, portait la solitude austère d'un roi démon s'éloignant du carnage.

Cao Ji s'effondra dans la mare de sang, haletant par des haut-le-cœur, tremblant comme si ses os s'étaient transformés en eau. Ce n'est qu'à ce moment-là qu'il comprit vraiment,

Cet homme, le grand érudit au visage doux que le monde louait comme doux et raffiné,

Quand il choisissait d'acculer quelqu'un, il était cent fois plus terrifiant que n'importe quel général au sang de fer.

* * * * *

La nuit pesait lourdement sur la ville. La pluie flottait dans l'air et les routes de pierre de la capitale brillaient encore d'un éclat glissant et traître.

La maison de jeu Golden Fortune était illuminée par des lanternes. La musique de soie et de bambou résonnait au-dessus du rugissement des voix ; les gobelets de dés tombaient et s'entrechoquaient ; Des cris montèrent jusqu'aux poutres.

L'air autour des tables de jeu empestait le vin, la sueur et le cuivre ancien —se mêlant en une odeur étouffante, comme une marmite d'huile au bord de l'éruption.

Puis,

L'entrée s'assombrit.

Le grincement de l'armure de fer s'approchait de loin, glissant de plus en plus, tranchant comme une lame froide qui descendait le long de la colonne vertébrale. En un clin d'œil, une masse de soldats en armure noire se précipita en avant et forma une formation courbe, scellant les trois portes de la maison de jeu.

De longues lances s'élevaient comme une forêt ; Les gâchettes de l'arbalète étaient tendues ; Les plaques d'armure captaient la lueur de la lanterne comme des écailles de glace.

« Scellez les terrains, »

Un ordre bas résonna dans la rue, renversant la gaieté de la salle comme une table frappée en dessous.

Le cavalier en tête descendit de cheval, son manteau projetant des gouttes de pluie en balayant le fil.

De l'ombre des hommes en armure émergea Su Zhang, vêtu d'une robe noire austère, sans sceau officiel à la taille, seulement un mince bandage enroulé autour de sa manche.

Le sang s'y était infiltré, tachant un anneau sombre au bord. Son regard était glacial, si froid qu'il assombrissait même le brasero à feu près de la porte.

Le maître du jeu était un homme rond et huileux. Surpris par la perturbation, il avança rapidement en titubant. Ses cheveux lisses et ses joues charnues brillaient à la lumière des lampes, mais il gardait une calme nonchalante, s'inclinant de loin avec un sourire trouble.

« Seigneur Su, ce modeste s'appelle Li. Votre visite distinguée à une heure pareille... Eh bien, cela doit être un présage prospère pour notre entreprise. Sauf que cette maison suit ses propres règles et derrière nous se tient, »

« Bouge. »

Su Zhang prononça un seul mot, sans lever les yeux.

Le maître du jeu s'arrêta, mais son sourire ne s'effaça pas. Au lieu de cela, il releva le menton, faisant signe à Su Zhang de remarquer la plaque dorée de taille suspendue aux avant-toits.

La plaque portait le personnage « Trésor », scellé avec une laque de feu bleu corbeau. L'empreinte était floue, mais indéniablement inhabituelle, une vantardise silencieuse de clients puissants derrière l'établissement.

« Alors ? » ricana-t-il. « Tu veux bien t'écarter, ou pas ? Seigneur Su, il n'y a pas besoin d'avoir un tel tempérament. Vous ne savez sûrement pas quel genre de soutien ce, »

Clang !

L'acier froid quitta son fourreau, le son tranchant l'air comme une pierre qui se fend.

Un éclair incliné de lame scintilla une fois.

Propre. Précis.

L'épée passa près de l'épaule et du cou de l'homme.

Le sang perla avant même que la douleur ne frappe, se répandant sur le tapis cramoisi comme des fleurs de prunes rouges épanouissant dans l'obscurité.

Pu,

Les yeux du maître du jeu s'écarquillèrent ; sa gorge ne parvint qu'à un demi-halètement avant qu'il ne s'effondre lourdement. La panique explosa instantanément, les invités hurlaient, les tasses brisées, les chaises raclaient le sol avec des grincements de dents.

Su Zhang ne leva pas une paupière.

D'un mouvement du poignet, il retira la lame. Un mince filet de sang roula le long de la colonne vertébrale de l'épée avant qu'il ne l'essuie avec un tissu blanc. Puis, d'un léger coup de pied sur le pied, il poussa le cadavre dans l'ombre sous un pilier.

« Entrave au devoir officiel », dit-il d'un ton égal. « Un homme mort avec un nom. Enregistre-le. Scellez le corps. »

Répondit aussitôt Yefeng. Deux soldats en armure s'avancèrent, l'un posant une feuille de tissu blanc sur le cadavre, l'autre ouvrant le registre pour noter le nom.

« Préparez-vous à recevoir des ordres, »

Le vacarme de la maison de jeu s'apaisa sous le poids de fer du commandement.

Su Zhang remit son épée dans son fourreau. Sa voix n'était pas forte, mais chaque syllabe portait une clarté troublante, comme si elle était prononcée à côté de l'oreille de chaque auditeur.

« Fouillez. Registres externes, registres internes, registres secrets. Chaque livre scellé, un par un.

Les réserves, les comptoirs d'argent, les compartiments dissimulés, les caves — fouillez tout. Ne laissez pas un seul centimètre sans contrôle. »

« Gardiens de comptes, caissiers, échangeurs de jetons, agents de l'étage —arrêtez-les, nom par nom. »

« Quiconque résiste, tue sur place. »

« Oui, monsieur ! »

Répondirent-ils à l'unisson, le son faisant vibrer les poutres du toit.

La salle se divisa aussitôt en trois équipes :

— l'une scellait les entrées et comptait les personnes présentes ;

— l'une ouvrait coffres et armoires ;

— tandis qu'un groupe avançait déjà plus profondément vers les quartiers arrière.

Les serrures des coffres en bois cédèrent sous les coups de marteau.

Les gonds de fer furent arrachés ; leur contenu se répandit sur le sol en piles de registres poussiéreux.

Dans le hall arrière, les planches de bois furent soulevées, révélant en dessous une couche de pin fraîchement posée, trop neuve pour ne pas éveiller la suspicion.

Des vitrines décoratives le long des chevrons furent retirées ; leurs couvercles s'ouvrirent avec des bruits secs, exposant brochure après brochure —« comptes d'ombre » reflétant les entrées des registres officiels.

Chaos, mais méticuleusement ordonné.

Chaque objet, une fois récupéré, était d'abord recouvert d'une feuille de papier blanc pour l'identification, estampillée dans un coin du sceau rouge « Censure Impériale, Scellé ».

Ensuite, des cordes de chanvre lient chaque faisceau en forme de croix. Un scribe nota le contenu sur un ticket de sceau —numéro d'article, heure du scellement, lieu trouvé.

Tous les mouvements étaient rapides. Silencieux. Précis.

L'unité sous Su Zhang bougeait comme une machine froide et immaculée, pas de souffle perdu, aucun bruit perdu.

« Rapport ! »

Un cri s'éleva depuis la cour arrière.

« Un puits souterrain découvert, relié à la ruelle extérieure ! »

Su Zhang, le regard s'assombrit.

« Scellez l'entrée. Bloquez-le de l'intérieur comme de l'extérieur. Capturez quiconque passera discrètement. »

« Compris ! »

Deux Gardes Aigles s'élancèrent ; Des lames brillèrent une fois avant que leurs silhouettes ne disparaissent dans les ombres de la ruelle.

Au centre de la salle, un maigre comptable fut forcé de tomber à genoux. Il tenta tout de même de protester :

« M-mon seigneur, ce ne sont que les chiffres de affaires quotidiens de la maison de jeu, tous —»

La botte de Yefeng le fit taire, coupant court à l'excuse.

Il poussa un registre de caisse du journal recouvert de lettres brillantes vers Su Zhang.

Les pages furent tournées jusqu'au début du mois d'août. Les colonnes paraissaient soignées ; pourtant, tous les quelques jours apparaissaient une entrée intitulée « or flottant » — des sommes étrangement identiques, chacune répertoriée sous des pseudonymes anodins :

« Printemps Zhi », « Été He », « Gui d'Automne ».

Il ne manquait qu'une seule saison.

L'hiver.

Su Zhang s'avança vers le bureau, sa haute silhouette projetant une longue ombre. Il baissa les yeux vers l'homme, la voix glaciale :

« Parle. Puisqu'il y a le printemps, l'été et l'automne, pourquoi n'existe-t-il aucun registre nommé "Hiver" ? »

« L'humble... ne sait vraiment pas, ah ! »

Son déni se brisa en un cri alors que Yefeng descendait brusquement, frottant les doigts de l'homme contre les lattes du plancher.

Su Zhang ne jeta pas un regard au gardien du compte.

Au lieu de cela, il appuya légèrement sur le coin de la page du registre.

La main enveloppée d'un bandage blanc paraissait particulièrement fine sous la lumière de la lampe ; Le sang qui s'infiltrait à travers le tissu ressemblait à une fleur qui refusait de se refermer.

Il toucha soudain de son pouce cette tache rouge pâle,

Puis j'ai appuyé sur une seule marque à côté des caractères « Automne Gui. »

Le cramoisi s'étendit, se confondant dans le grain du papier.

« Maintenant... ça correspond. » dit-il, la voix calme.

À une autre table, un scribe était occupé à assembler des bouts de papier déterrés dans les joints de poutres, les pieds de table et le dessous des canapés. Pièce par pièce, il les aligna par date et montant, formant un second ensemble de comptes.

La texture de ces chutes était différente du registre officiel —plus fine, presque translucide. Tenue contre la lumière, un faible filigrane apparut : la forme d'une demi-lune.

Les sourcils de Yefeng se froncèrent à cette vue.

« Ça correspond ! »

Le scribe laissa échapper un murmure aigu, tapotant rapidement entre les deux registres.

« Le six, douze, dix-sept août, trois entrées de 'or flottant'. Tous marqués sous la mention « Prune d'hiver »... scellé avec la même laque bleu corbeau ! »

« Bleu corbeau... »

Murmura Yefeng, son regard dérivant vers la plaque suspendue sous les avant-toits, celle-là même laquée dans cette teinte précise de bleu sombre et huileux.

Bleu corbeau.

Ainsi, le « bleu corbeau » était là où la piste argentée s'arrêtait vraiment.

Su Zhang leva les yeux et jeta un regard discret à la plaque, sans humour, quelque chose entre un sourire et une menace.

« Ne mets pas ma patience à l'épreuve. Quiconque se tient derrière tout cela, peu importe qui il est, sera retracé jusqu'au bout. »

Chapitre 93 : Laque de feu bleu corbeau

L'expression de Su Zhang était glaciale. La lumière des bougies accentuait les plans de son profil, rendant son visage encore plus sévère sous sa lueur. Il se retourna et s'enfonça plus profondément.

La lourde porte de la réserve de l'arrière-boutique avait déjà été forcée. À l'intérieur, des rangées de coffres en bois noir étaient empilés les uns sur les autres, chacun marqué d'un caractère rouge : « Jetons ».

Un coffre fut soulevé —

Pourtant, au lieu de jetons de jeu, il était rempli de lingots d'argent.

Chaque barre avait été recouverte d'un pigment noir d'encre pour en étouffer l'éclat.

À l'extrémité de chaque lingot, une incision presque invisible avait été gravée — comme si quelqu'un avait testé leur authenticité, un par un.

« Compte l'argent, »

« Oui, monsieur ! »

Chaque lingot, une fois pesé, était aussitôt consigné d'un trait net sur le billet de décompte.

« Rapport, monsieur, le total dépasse les comptes enregistrés de plus de trente pour cent ! »

« Où est passé le trente pour cent ? »

Le regard de Su Zhang trancha comme une lame.

Le gardien du compte fut traîné devant le coffre d'argent. Son visage prit la couleur de l'argile ; Il se cogna le front contre le sol encore et encore, tremblant de façon incontrôlable.

Su Zhang ne le regarda pas.

Au lieu de cela, il leva les yeux vers les poutres de la réserve.

« Démontez la troisième poutre latérale à gauche. »

« Mon seigneur, cette poutre porte du poids —»

« Démonte-la. »

Le seul mot tomba au sol comme du fer.

Deux soldats en armure hissèrent immédiatement un long banc sous la poutre en soutien.

Le bois fut arraché ; les articulations de mortaise craquèrent avec des sons secs, tranchants comme des éclats de bois qui se fendent.

La troisième poutre latérale tomba au sol, projetant autour d'elle une pluie d'échardes.

À l'intérieur de la poutre creusée se trouvait une boîte étroite et plate.

Une fois récupérée, la boîte révéla un sceau en laque de feu bleu corbeau. L'empreinte était claire, une demi-lune, flanquée de trois points en forme d'étoiles. La gravure était si fine que, sans une attention particulière, il serait impossible de la discerner.

« Ouvre-le. »

Une fois le sceau de laque fendu, la boîte ne contenait ni argent ni jetons de jeu ; elle renfermait trois minces piles de feuillets de registre en papier yatié, soigneusement alignées, comme placées là avec une intention précise.

Les en-têtes des tickets portaient des phrases telles que « New Jiangnan Levy » et « Transport des marchandises du Sud ». Chacune se terminait par un seul caractère — « reçu. » Les coups de pinceau étaient fins et puissants, la pointe du pinceau profondément cachée dans la calligraphie.

Chaque entrée enregistrée était une source de corruption.

Yefeng inspira brusquement.

Sa bouche s'entrouvrit légèrement, mais il n'osa pas émettre un son.

Su Zhang distribua les trois piles à trois scribes différents :

« Un — copie chaque port indiqué dans le yatié. »

« Deux — retrace les routes de transfert d'argent via les maisons de commerce. »

« Trois — font correspondre les signatures finales aux greffiers correspondants. Souviens-toi : note d'abord les caractères, puis les hommes. »

Il retourna dans le hall d'entrée.

Les joueurs avaient déjà été poussés contre les murs, agenouillés, les mains au-dessus de la tête. Les voyous de la maison de jeu avaient été désarmés et maintenant accroupis contre les piliers, cendrés et silencieux.

Quelqu'un tenta de jeter un coup d'œil furtif à Su Zhang, mais dès que leurs regards se croisèrent, ce regard glacial força immédiatement sa tête à baisser la tête.

Soudain, un intendant vêtu de simples robes bleues sortit brusquement du couloir intérieur, essoufflé et instable, levant un jeton de commandement bien haut au-dessus de sa tête comme si c'était la seule chose qui le maintenait debout.

Dans sa main, il leva un jeton de commandement enveloppé d'une liaison en fil d'or, criant frénétiquement :

« Cet établissement est sous, »

Il n'a jamais fini.

L'éclat froid de l'épée réapparut.

Pu!

La pointe lui transperça la gorge nette, lui coupant les mots en deux.

Il porta les mains à sa blessure, d'où le sang jaillissait.

S'effondra en arrière et commença à trembler violemment, étouffant des supplications à moitié formées :

« M-miséricorde, mon seigneur, mon seigneur, épargnez-moi ! »

La voix de Su Zhang était aussi glaciale que de la glace taillée. Quelques gouttes de sang s'accrochaient à l'angle aigu de sa mâchoire, glissant lentement le long de la ligne en forme de lame de sa joue. La scène fit inspirer brusquement toute la foule, leur souffle se glaçant dans leur poitrine.

« Qui abrite cet endroit ? »

Son épée glissa de nouveau dans le fourreau d'un geste discret et décidé.

« Parle clairement. Si tu ne le fais pas, ma lame se moque de la gorge qu'elle tranche. »

Son ton était léger, presque conversationnel, comme s'il demandait simplement qu'on lui laisse du temps.

Il parla sans hausser la voix, avec une douceur qui glaçait.

« Parle clairement et je confisquerai tes comptes. Si tu ne parles pas clairement… je te confisquerai aussi. »

Le silence s'abattit.

Plus rien ne bougeait, sinon le goutte-à-goutte lointain de l'eau de pluie glissant des tuiles après la tempête, chaque goutte tombant dans l'air immobile comme pour mesurer l'attente.

Dehors, des pas précipités approchèrent. Deux Gardes Aigles traînèrent une paire d'espions couverts de boue qui avaient tenté de s'échapper par la cage souterraine. Ils étaient ligotés de l'épaule aux poignets, incapables de lever la tête.

Su Zhang ne leur accorda pas un regard.

« Ajoutez-les à l'affaire. »

De l'autre côté de la salle, un scribe leva soudain la tête, incapable de contenir son excitation.

« Je rends compte à mon seigneur ! Ces registres correspondent entièrement au filigrane de demi-lune de l'affaire Jiangnan. Les « envois volants » s'écoulent sur trois itinéraires distincts et les trois se terminent dans des maisons d'argent dans le centre-ville. Chaque niveau de transfert se termine finalement par une seule signature — « Crow-Blue. »«

« Trois maisons d'argent ? »

Le regard de Su Zhang se durcit.

« Notez les noms. Scellez-les. »

« Oui, mon seigneur !, Qinyuan, Jingyun, Huaide. Les trois. »

Yefeng murmura à voix basse : « Tout à l'intérieur de la Ville Intérieure... Sans un soutien puissant, rien de tout cela ne pourrait arriver. »

Au moment où les mots lui sortirent, le regret le saisit. Il baissa aussitôt la tête.

Si Su Zhang entendit, il ne montra aucune réaction.

Il leva la main et retira la plaque laquée bleu corbeau suspendue aux avant-toits. Son pouce effleura légèrement sa surface. La laque devint collante sous son toucher, réchauffée par sa peau, s'adoucissant légèrement sur les bords.

Un léger sourire tira ses lèvres, si faible qu'il ressemblait à de la pitié.

« Tu crois que les étaler de noir les cachera ?

Tu penses que trois étages de maisons d'argent protégeront ta piste ? »

Il leva les yeux. Son regard traversa la salle, à travers la peur, le chaos, s'installant profondément dans les ombres les plus profondes.

« Mais l'argent qui a été sali porte une odeur.

La saleté attire les vermines.

Enterre-la aussi profondément que tu veux, elle sera quand même trouvée. »

Il se tourna et s'adressa à Yefeng :

« Envoyez un message à la Censure de la Centrale. Faites préparer deux coffres publics au Vice-Censeur pour un stockage scellé. Tous les registres seront conservés pour l'instant sous la garde de mon bureau. et informez le commandant Liu de la garnison gauche du Bataillon de la Capitale —ces trois maisons d'argent du centre-ville doivent être scellées immédiatement. Pas une seule personne ni un bout de papier ne s'échappe. »

« Oui, monsieur ! »

Répondit Yefeng sèchement, puis s'élança en courant.

« Et — »

Ajouta Su Zhang, la voix froide et posée,

« Extraire toute la colonne 'Gui d'Automne'. Scellez-le séparément. Copiez-le séparément. Archivez-le séparément. Appuie une goutte de rouge sur le coin. »

Le scribe acquiesça avec une compréhension nette.

Il marqua la colonne d'un point rouge vif.

Cette touche de rouge, petite, frappante, ressemblait à une goutte de sang gonflant entre les lignes noires et blanches.

Le vent dans la cour se fit plus dur. Les torches vacillaient sauvagement, projetant des ombres vacillantes sur les poutres, les rideaux et les visages effrayés. La maison de jeu Golden Fortune était passée de la chaleur tumultueuse au silence du cimetière en l'espace d'une demi-thé.

Le dernier compartiment caché fut déchiré.

Le dernier registre de l'ombre lié et scellé.

Le dernier cri s'étouffa sous la marche grinçante de l'armure.

Su Zhang se tenait à l'entrée principale. Il baissa les yeux et essuya le sang de sa manche. Le bandage autour de son bras s'était de nouveau assombri avec une tache fraîche, mais il semblait complètement inconscient.

Ses yeux parcoururent la rue, dans l'obscurité lourde au-delà.

Le filigrane de demi-lune des anciens récits du Jiangnan.

La laque bleu corbeau scellant la maison de jeu.

Les signatures unifiées des trois maisons d'argent.

Les lignes s'étaient connectées.

Il se retourna, la voix basse et froide : « Scellez l'établissement. Transportez tout ce soir. Avant l'aube, entrez dans le palais avec moi. »

« Oui, mon seigneur ! »

Les serrures de fer se refermèrent bruyamment. Les grandes portes se refermèrent avec un poids tonitruant.

Dans la rue dehors, ceux qui s'étaient rassemblés sentirent une vague de vent froid passer à côté. Quand ils relevèrent les yeux, la rangée étincelante de lanternes qui pendait autrefois devant la maison de jeu Golden Fortune avait disparu,

Ne laissant derrière elle que deux cordes nues qui se balancent dans le vent nocturne.

Cette nuit-là, la capitale apprit quelque chose qu'elle n'oublierait pas de sitôt :

Le plus grand érudit, Su Zhang, était capable de tuer.

Et quand il le fit —

Il tuait proprement, de manière décisive, sans bruit, sans hésitation.

* * * * *

La nuit pesait lourdement ; Des flammes de bougie vacillaient dans l'air immobile.

Coup!

Une lourde tasse de thé s'écrasa sans pitié, frappant le Troisième Prince Li Suo en plein front. Jade blanc brisé. Le thé éclaboussa le sol. Plusieurs gouttes de sang frais coulèrent le long de sa tempe.

Li Suo laissa échapper un gémissement étouffé, mais il resta agenouillé, la tête baissée, les doigts s'enfonçant fermement dans les carreaux froids de pierre.

« Quelle audace ! »

L'empereur Xuanwen balaya une manche, sa voix tranchante comme une lame.

« Je ne t'ai pas mal traité, et pourtant tu oses établir des maisons de jeu dans la capitale, en utilisant le nom du Second Prince comme voile ?! »

Derrière le bureau impérial, l'expression de l'empereur était glaciale, chaque mot résonnant comme le tonnerre.

Li Suo releva lentement la tête. Le sang coula sur le côté de son visage, mais il ne pouvait masquer l'éclat sombre et ombragé dans ses yeux. Sa voix était basse et rauque, mais étrangement calme.

« Père, votre fils n'a pas agi par cupidité. Les maisons de jeu... n'étaient que des outils pour rassembler des hommes et de l'influence. Sans ancrer les marchands de Jiangnan et de la capitale, ton fils... aurait été depuis longtemps abandonné de cette lutte. »

« Silence ! »

La paume de l'empereur Xuanwen s'écrasa contre le bureau du dragon. Toute la salle trembla.

« Tu te crois malin ? L'affaire des statues de pierre au Jiangnan, preuves inébranlables, et l'argent tous canalisés dans la capitale par ta main ! Si Su Zhang n'avait pas livré les registres, combien de temps avais-tu l'intention de nous tromper ?! »

Les pupilles de Li Suo se contractèrent. Une ombre vacilla derrière son regard.

Il ne s'attendait pas à ce que celui qui brisait le jeu soit ce grand érudit doux.

Pourtant, il ne paniqua pas.

Au lieu de cela, il sourit, mince et froid.

« Père est perspicace. Ton fils ne cherchait qu'une voie de retraite quand la tempête approche. Les ailes du prince héritier se sont remplies depuis longtemps. Si ton fils ne planifie pas pour lui-même... alors il n'aura bientôt plus de moyen de respirer, encore moins de survivre. »

« Impertinent ! »

Une étincelle violente s'alluma dans les yeux de l'empereur. Sa manche fouettait sur le bureau ; La pierre d'encre tomba, l'encre éclaboussant les parchemins comme une nuit renversée.

La salle tomba dans un silence étouffant, seul le goutte-à-goutte de sang et le bruit de l'encre troublaient le silence.

Le regard de l'empereur Xuanwen s'assombrit, sa voix tombant presque en une grogne.

« Donc, c'est la vérité. Toutes ces années de débauche, réjouissances nocturnes, indulgences sans fin, n'étaient qu'une façade ? Enveloppé de dissipation, tu as caché un cœur méticuleux, posant la route pour s'emparer du trône ? »

Li Suo baissa de nouveau la tête. Du sang et de la sueur froide coulaient de sa mâchoire, mais le coin de sa bouche se courbait vers le haut, lentement, délibérément.

« Votre fils ne nourrit aucun désir de s'emparer du trône...

Mais Père, ton cœur détient déjà sa décision. Si votre fils ne se permet pas de se protéger une seule fois pour lui-même... devrait-il simplement attendre la mort ? »

La poitrine de l'empereur Xuanwen se souleva brusquement. Ses yeux brûlaient de fureur, et, pendant un souffle fugace, de choc.

Le fils qu'il avait toujours cru indifférent au pouvoir — avait en réalité dissimulé toutes ses intentions sous le masque d'un homme qui ne voulait rien.« Toi... tu as osé me cacher tant de choses ! »

Li Suo posa ses mains au sol, s'inclinant. Sa voix était rauque mais glacée d'une résolution glaciale.

« Ton fils n'ose pas tromper son souverain. Je supplie seulement Père, pour le lien de sang, de laisser à ton fils un coin où se tenir. »

L'empereur Xuanwen le fixa. Les veines sur le dos de sa main se tendaient contre la peau. Enfin, il balaya sa manche d'un claquement sec.

« Quitte ma vue ! Si j'entends encore un mot de ces maisons de jeu —ne vous attendez pas à la pitié ! »

Li Suo s'inclina profondément. Le sang s'éparpillait sur le sol à chaque mouvement, mais sa voix restait basse et posée.

« Votre fils se conforme à vos ordres. »

Alors qu'il reculait, le sang coulant encore de son front, sa silhouette pesait lourdement sous la lumière vacillante des bougies.

Et juste avant qu'il ne disparaisse au-delà des piliers,

Le coin de ses lèvres se retroussa, un sourire fugace, fin comme un rasoir, disparu aussi vite qu'il était apparu.

* * * * *

Le vent nocturne était vif et froid. Au-delà des portes du palais se résonnait une rafale de rapports rapides, chaque voix tendue, chaque respiration haletante.

« Sa Troisième Altesse... a été emprisonné. »

Cette seule phrase frappa comme une lame, s'enfonçant droit dans la poitrine de la princesse Li Jing.

La louche en bronze glissa de ses doigts et tomba au sol. Le bouillon éclaboussait ses chaussures, des gouttelettes chaudes s'éparpillant sur les carreaux, elle restait totalement inconsciente.

« Comment pourrais-tu... comment cela pouvait-il être... »

Murmura-t-elle, à peine audible. Ses doigts tremblaient ; Toute couleur disparut de son visage. Le frère qui s'était toujours enveloppé de frivolité et d'indulgence —désormais confiné dans la prison impériale pour le crime des maisons de jeu.

Un frisson lui parcourut l'échine.

Si même lui, celui qui avait toujours ri à ses côtés, celui qui la protégeait et la faisait plaisir, était tombé dans un tel destin,

Qu'est-ce qui l'attendait alors ?

Les murs du palais, vastes et imposants dans la nuit, semblaient soudain se refermer sur eux, chaque brique un poids pesant sur ses poumons, l'étouffant de terreur.

Elle serra fermement la manche à son poignet.

Une peur qu'elle n'eût jamais éprouvée auparavant s'insinua dans sa poitrine, froide et impitoyable.

À l'intérieur de ce palais, l'autorité de l'empereur pesait sur chaque recoin comme un poids immobile, l'influence du prince héritier était si profondément enracinée qu'il semblait impossible de s'en débarrasser.

Le Second Prince observait depuis l'ombre avec son intention silencieuse et impénétrable—et son Troisième Frère, qui avait toujours semblé intouchable, était maintenant tombé à une vitesse si absolue qu'elle laissait l'air plus froid que le vent nocturne.

Et elle ?

Elle n'était rien de plus qu'une princesse solitaire, sans protection, sans ancrage.

Si même lui… ne peut pas se protéger, alors quel pouvoir ai-je ? Qui suis-je, vraiment ?

Le froid se répandit en elle, couche par couche.

Pour la première fois, elle comprit avec une clarté troublante qu'être princesse n'avait jamais été un bouclier, mais une chaîne qui se resserrait à chaque changement de volonté impériale.

La colère de son père pouvait balayer la cour comme une tempête ; elle n'était qu'une pièce sur son échiquier, à déplacer ou à abattre à sa guise.

Ses yeux rougirent aux coins, bien qu'elle se força à respirer régulièrement. Sa confusion se transforma —lentement, puis d'un coup —en un fil dur de résolution.

« Non... Je ne peux pas rester ainsi. »

Ses dents se serrèrent alors qu'elle se forçait à respirer ; La panique qui brillait dans ses yeux se durcit lentement en quelque chose de plus stable et de bien plus dangereux, une résolution façonnée non par l'impulsion mais par la réalité étouffante qui se refermait autour d'elle.

Si rester au palais signifiait vivre avec la peur tissée dans chaque pas, chaque pièce, chaque silence, alors la seule voie vers la survie, et encore moins la liberté, était de se tailler une échappatoire.

Une clarté qu'elle n'avait jamais connue s'installa en elle avec une précision froide, presque chirurgicale, et elle comprit qu'elle avait besoin d'une personne en qui elle pouvait avoir confiance.

Quelqu'un de compétent et prêt à agir.

Quelqu'un capable de la sortir de ce palais étouffant et sans air tant qu'elle en avait encore la possibilité.

La pluie nocturne s'éloignait, enveloppant la capitale d'un voile de froid humide.

L'huile de la lampe était presque épuisée. Su Zhang ferma les yeux, sa conscience entraînée dans les profondeurs par un froid sinistre et rampant.

Un épais brouillard se matérialisa brusquement.

Il avança pas à pas, les semelles de ses bottes écrasant le gravier éparpillé sous ses pieds. Des échos de hennissements de chevaux, de cris humains et du choc du métal résonnaient à ses oreilles, comme s'ils remontaient d'un puits profond d'une vie antérieure.

« Nianyin ! »

Un amas d'étoiles froides jaillit soudain de la brume, explosant en une floraison tremblante de feu. C'était son signal. Le rideau de vapeur fut déchiré par la lumière de l'éruption —

Le chemin de la falaise se tordit brusquement. Les moyeux des roues tournaient follement. Des silhouettes vêtues de noir déversaient des flèches depuis les bois sur la pente. Les chevaux terrifiés se cabraient, leurs sabots avant frappant l'air. La voiture pencha, déséquilibrée.

Le rideau fut arraché par le vent, son profil s'illuminant une fois au milieu des flèches chaotiques et du feu —puis, l'instant d'après, la calèche, avec du bois éclaté et de la soie déchirée, se renversa complètement. Tirant un long arc de flammes d'étincelles, il s'effondra vers le brouillard blanc sous la falaise.

« Non ! »

Il se précipita vers le bord de la falaise, ses doigts effleurant une rêne tranchée, sa paume brûlée et saignante à cause de la corde rugueuse. Son cœur semblait saisi par une main nue, le tirant vers le bas.

Il descendit en rampant la pente rocheuse, les bras, coudes et genoux écorchés, ses robes déchirées par des pierres dentelées. Les odeurs de bois calciné, la sueur de cheval et l'odeur métallique brute du sang inondaient ses poumons dans la brume.

Le fond de la vallée était étroit. Des roues brisées étaient coincées parmi des rochers chaotiques, le châssis de la voiture complètement démoli.

Elle était allongée sur le dos près de la canopée déchirée, ses cheveux étalés comme de l'encre renversée. Du sang séché tachait son visage, une entaille diagonale marquant sa tempe. Ses vêtements étaient déchirés par des éclats de bois, les coutures couvertes de marques de vent et de poussière.

Il s'agenouilla, les mains tremblantes. « Nianyin... »

Ses doigts essuyèrent la crasse et le sang de son visage, cherchant son souffle, aucun.

Il se pressa contre sa poitrine, cherchant un pouls, aucun.

Le monde se contracta en un seul point de silence tranchant comme une aiguille. Mais de loin, un seul coup grave de cloche de temple flotta dans le brouillard : «, Hum, »

Il entendit le son s'échapper de sa propre gorge, mais ne parvint pas à former un mot.

Il la serra dans ses bras, replaçant ses cheveux en bataille derrière son oreille —l'épingle en jade blanc était brisée en deux, un morceau coincé dans le sang séché. Il ramassa soigneusement les morceaux brisés, mais malgré tous ses efforts, il ne parvint pas à les recoller.

« Je suis arrivé trop tard... Je suis arrivé trop tard... »

À ce moment-là, dans le rêve, ses lèvres semblèrent bouger, à peine faible, prononçant un seul nom, Huai Zhang.

Un second son de la cloche du temple retentit, profond et lointain, comme s'il indiquait le chemin venu de quelque part.

Pourtant, il ne pouvait pas faire un seul pas, tout son être englouti par la brume sombre. Il baissa la tête, pressant ses lèvres sur son front. Le goût du sang, salé et métallique, effleura ses lèvres. Au plus profond de sa poitrine, quelque chose se brisa avec une finalité assourdissante.

Il est arrivé trop tard.

* * * * *

« Celui qui l'a enlevée, » dit Su Zhang, sa voix si basse qu'elle semblait s'échapper d'une fissure dans la pierre, « aucun d'eux ne vivra. » Son ton ne monta pas ; son silence faisait s'enfoncer la menace encore plus profondément, comme quelque chose pressé contre un os.

Le vent souffla sans prévenir. Les feuilles de la forêt se plaquèrent contre le sol comme écrasées par un poids invisible, et le brouillard roula en avant en une seule masse compacte. Il balaya la base de la falaise, les taches de sang, le bois éclaté et même le contour de son ombre, entraînant tout dans une obscurité de plus en plus dense.

Le troisième son de la cloche lointaine du temple s'éloigna encore plus. Sa résonance déclinante portait la faible suggestion que quelqu'un l'incitait à faire demi-tour.

Il laissa échapper un rire discret, un son vidé de toute chaleur. « Il n'y a pas de retour en arrière. »

La lumière dans ses yeux s'estompa, les dernières traces de feu s'effondrant dans la teinte durcie du fer. Dans sa poitrine, les pensées qu'il avait lutté pour retenir se tordaient en éperons acérés et osseux, s'étendant avec une clarté frôlant la douleur.

Dans ce brouillard à moitié conscient, il serra son corps froid contre lui. Des larmes se mêlaient au sang sur sa joue, mais les coins de ses lèvres se relevaient en un léger sourire glaçant.

Il la serra comme si elle était le dernier fil de clarté qu'il pouvait encore saisir alors qu'il s'enfonçait plus profondément dans l'obscurité grandissante.

« Si le monde m'a trahi... alors que tout sous le ciel s'enfonce en cendres. »

Un rugissement violent éclata.

Les couleurs du ciel et de la terre se renversèrent comme balayées d'un seul coup.

Dans le rêve, il sombra complètement dans la frénésie démoniaque.

Su Zhang se réveilla en sursaut. Ses yeux s'ouvrirent brusquement, la sueur glacée le long de sa colonne vertébrale. Sa paume restait fermement serrée, comme s'il tenait encore le dernier filet de son ombre qui s'estompait.

Il fixa le vide de sa main tandis que son souffle montait et descendait par des bouts secs et irréguliers. Sa voix, sèche et rauque, sonnait anormalement grave. « Alors... C'était la fin ? »

La lampe de nuit vacilla. Dans son regard se cachait à la fois une lueur d'horreur et une obsession qu'il ne pouvait plus réprimer.

Après un moment suspendu, il se redressa du lit. La chambre était aussi froide que le fond d'un puits. La sueur couvrait sa paume, mais il continuait de la serrer avec une force qui lui faisait pâlir les jointures.

Sa poitrine se soulevait vivement à chaque respiration et il inclinait légèrement la tête, comme s'il pouvait encore entendre le troisième son de la cloche du temple s'effaçant derrière des couches de brume.

Après un moment, il pressa sa paume contre ses yeux, sa voix un murmure rauque. « Alors... Je t'ai déjà perdu une fois. »

La lumière de la lampe vacilla de nouveau. Son regard se fit plus perçant et se rassembla en quelque chose de froid, d'inébranlable. Dans cette lumière dure se cachait une résolution —et une obsession assez forte pour entraîner un homme dans l'abîme.

* * * * *

La cité-palais reposait sous un vent nocturne, profond et tranchant.

À l'extérieur de la prison du Temple de Dalí, les Gardes impériaux se tenaient en formation.
Des chaînes tintèrent tandis que le Troisième Prince, Li Suo, était traîné en fers.

Son expression demeurait étrangement calme ; aux coins de ses lèvres flottait même une légère courbe moqueuse.

Soudain, des flammes éclatèrent en chaos à l'autre bout de la rue. Plusieurs silhouettes sombres sautèrent des toits, leurs lames scintillantes. D'un geste rapide, ils coupèrent le cadenas en bronze de la charrette de prison. L'embuscade plongea les Gardes Impériaux dans un état de désordre stupéfait et des cris éclatèrent dans toutes les directions.

Li Suo avançait à la vitesse d'un faucon frappant. Il se tordit, saisit une lame tombée et trancha les chaînes qui liaient ses poignets.

Du sang éclaboussa le sol. L'instant d'après, son regard se déplaça brusquement, et se fixa sur Qin Nianyin, qui était escortée par des serviteurs du palais non loin de là.

« Nianyin ! »

Sa voix était rauque, mais débordante d'une joie sauvage et fiévreuse. D'un seul bond, avant que quiconque ne puisse réagir, il réduisit la distance. Sa main se referma sur son poignet et la longue épée s'inclina froidement contre sa gorge pâle.

Le cœur de Qin Nianyin fit un bond. Autour d'elle, les servantes du palais hurlaient de panique. Les Gardes impériaux levèrent leurs lances et leurs lames, mais aucun n'osa avancer d'un pas de plus.

Li Suo rit —doucement, mais avec une froideur qui frôlait la folie. « Tu le vois ? Ces gens... ce monde entier... Tous se courbent sous la lame dans ma main. Quiconque ose faire un pas de plus —je lui trancherai la gorge immédiatement. »

La lumière captait l'acier et des traînées rouges se reflétaient le long du bord. Pourtant, les yeux derrière cette lame étaient creux, dépouillés d'espoir. Traînant Qin Nianyin avec lui, il recula dans un couloir latéral et claqua les lourdes portes.

Dehors, des cris et des poings frappants résonnaient à travers la pierre.

À l'intérieur, la lumière vacillante des bougies projetait de longues ombres sur le sol. Forcée de lui faire face à si près, Qin Nianyin pouvait voir chaque fissure dans son expression, la folie, le désespoir, la solitude acculée qui pressait directement contre sa poitrine.

« Votre Altesse, » dit-elle doucement, « pourquoi aller aussi loin ? Tu as encore un chemin de retour. »

« Un chemin de retour ? » Li Suo laissa échapper un souffle aigu et moqueur. La lame se pressa plus près, sa pointe effleurant sa peau et laissant une fine ligne de sang.

« J'ai perdu tous les chemins il y a longtemps. Su Zhang a démasqué mes manigances. Père est furieux. Le prince héritier devient plus fort chaque jour. L'influence de Gu Xiao dans l'armée augmente comme la marée. Dis-moi, où, dans tout ça, ai-je le droit de me tenir ? À part toi, Nianyin... à part toi, qu'est-ce qu'il me reste à m'accrocher ? »

Une douleur serrée se répandit dans sa poitrine. Elle se souvenait de la vie précédente, Li Suo seul sur le trône impérial, victorieux dans la lutte pour le pouvoir, mais immensément isolé. En le regardant maintenant, elle avait l'impression de fixer une bête poussée au bord d'une falaise par le destin lui-même.

Elle esquissa un léger sourire triste, les yeux brillants de larmes retenues. « Si me tuer peut t'apporter ne serait-ce qu'un moment de paix... alors fais-le. »

Li Suo se figea.

L'épée tremblait dans sa main. Sa respiration s'accéléra et dans son regard, la folie se fissura sous une fine ligne fragile. « Toi... tu n'as pas peur de la mort ? »

Qin Nianyin secoua la tête. Sa voix était douce, mais absolue. « Si cela apaise ton cœur, vas-y. »

Elle ne pouvait oublier que dans la vie antérieure, il avait gravi les échelons au plus haut siège de l'empire — pourtant, dans cette vie, à cause de sa renaissance, le chemin devant lui s'était tordu vers la ruine. Comment ne pas se sentir coupable ?

Li Suo la regarda, hébété. Puis, soudainement, il se mit à rire. Le rire commença bas, puis monta de plus en plus haut, jusqu'à déborder dans un élan presque maniaque —un écho rempli de désespoir et de quelque chose de douloureusement proche du chagrin.

« Si je choisis de ne pas te tuer... Tu viens avec moi ? » demanda-t-il, la voix rauque, mais les yeux flamboyants d'intensité. « J'ai encore une petite force loyale envers moi. Tant que tu viens avec moi, je ne te ferai pas de mal. Dis-moi juste, tu viens ? »

Qin Nianyin secoua simplement la tête, le mouvement faible mais régulier. « Si tu m'emmènes avec toi, tu ne t'échapperas pas. Pose l'épée et il restera encore un chemin ouvert pour toi. »

« Bien dit... Qin Nianyin. Tu es vraiment …» La voix de Li Suo se brisa, entre rires et angoisses, «…tu as vraiment l'intention de me tuer. »

« N'hésite pas, » répondit-elle doucement. « Si tu as l'intention de me tuer, fais-le vite. Les soldats se rapprochent de temps en temps. »

Son rire s'arrêta net. Un frisson parcourut sa voix, comme si c'était la dernière question qu'il avait retenue pendant des années. « Dès la première fois que je t'ai vu, j'ai su que tu n'étais pas comme personne d'autre. Je ne me trompais pas... Dis-moi, qui aimes-tu ? C'est Gu Xiao ? Ou Su Zhang ? »

Qin Nianyin baissa ses cils. « Ça n'a pas d'importance. Ce qui compte, c'est que nous vivions tous les deux... bien qu'il ne semble qu'aucun de nous ne puisse échapper à ce que le destin a déjà écrit. »

Pourtant, au plus profond d'elle, un visage refit surface dans son esprit — un visage froid, sévère, inoubliable. Mais quoi qu'il arrive dans cette vie, elle n'osait plus l'admettre à voix haute.

« Nianyin... » murmura Li Suo, la voix tremblante. « Est-ce que tu... As-tu peur ? »

Elle leva les yeux vers lui, croisant le désespoir injecté de sang qui brûlait dans ses yeux. « Je l'étais, autrefois. Mais pas maintenant. Si ma mort peut soulager ta souffrance, alors tue-moi. »

Le corps de Li Suo sursauta. L'épée dans sa main vacilla et, l'espace d'un instant, une tristesse brute et indéfinissable monta dans ses yeux.

Après un long souffle tremblant, il retira soudain la lame. Il semblait prêt à la repousser.

« Vas-y », dit-il. Un éclair de douceur traversa son regard, seulement un battement de cœur, avant de se durcir en quelque chose de définitif. « Si tu ne veux pas partir avec moi, alors ne te présente plus jamais devant moi, »

Il ne termina jamais sa phrase.

À cet instant, les portes s'ouvrirent bruyamment dans un fracas tonitruant. Le choc des armures métalliques emplit la salle et une forêt de lances s'élança alors que les Gardes Impériaux scellaient chaque recoin de la chambre.

La lame de Li Suo flottait toujours à la gorge de Qin Nianyin. La lumière des bougies scintillait sur la fine traînée de sang sur sa peau, la rendant crue et glaçante.

La folie tourbillonnant dans ses yeux remonta —puis vacilla lorsqu'il vit le calme inébranlable sur son visage.

Au-delà des rangs de gardes, une silhouette en noir entra dans la salle d'un pas long et décidé. Sa robe balayait brusquement derrière lui. Su Zhang entra avec un visage sculpté dans la glace. Une ombre s'accumula entre ses sourcils et son regard, assez froid pour fendre l'obscurité, fixa directement sur elle.

À la lumière des bougies, une lueur rouge brilla dans ses yeux.

C'était le regard de quelqu'un qui sortait d'un cauchemar, un regard capable de ramener une âme du bord — ou d'en repousser une autre droit dans l'abîme.

Li Suo ne proposa plus aucune résistance. Il rejeta simplement la tête en arrière et éclata de rire, un son à la fois dérangé et démoniaque. Dans ce rire résidait une désolation totale et une profonde tristesse. Dans cette vie, il avait finalement perdu.

Dès que les portes s'ouvrirent brusquement, des silhouettes se déplaçaient rapidement sous la lumière du jour, encerclant la zone avec rapidité.

L'homme qui les menait était froid et sévère comme un démon, ses yeux brûlant d'une teinte sanglante, tout son être rayonnant d'une intention meurtrière impitoyable alors qu'il dirigeait calmement l'opération.

« Li Suo, relâche-la. » La voix profonde et sombre semblait émaner d'un abîme.

C'était Su Zhang !

Il ne l'appelait pas « Troisième Prince », ni ne s'agenouilla en signe de respect. Il l'appelait uniquement par son nom complet, son ton trompeusement calme, mais bouillonnant comme des courants cachés et turbulents.

« Su Zhang. Qu'est-ce que c'est ? » Li Suo ricana, une trace de défi persistant malgré son immobilisation. « As-tu enfin abandonné ton déguisement raffiné et courtois et t'es révélé carrément démon ? »

« Tu n'aurais pas dû la toucher », la voix de Su Zhang était glaciale.

« Alors c'est pour elle ? Tu me traînerais de mon cheval pour elle ? » La lumière dans les yeux de Li Suo s'éteignit, suivie d'un éclat de rire frénétique. « Hahaha... Comme je le pensais ! Donc c'est vrai ! Même Su Zhang a... »

Au milieu de son rire, Li Suo tira brusquement Qin Nianyin plus près, pressant la longue épée contre son cœur, une vague de soif de sang palpable. « Tu la veux ? Tu la veux ? Dommage ! C'est ma concubine légitime ! Dans la vie comme dans la mort, elle m'appartient ! »

Qin Nianyin, écrasé contre sa poitrine, la pointe de l'épée pressant douloureusement, peinait à respirer. Pourtant, elle ne cria pas. Seules des larmes silencieuses traçaient des chemins sur ses joues.

« Votre Altesse... vous vous trompez », murmura-t-elle, la voix basse. « Je n'ai jamais appartenu à personne. »

Li Suo sursauta, une lueur de confusion traversant ses yeux.

Le regard de Su Zhang était glacial.

Il avança pas à pas, chaque pas semblant tomber directement sur le cœur de Li Suo.

« Relâchez-la », dit-il d'une voix basse, chargée d'une intention meurtrière jamais entendue auparavant.

« Sinon —je te ferai regretter d'être jamais né dans ce monde. »

Li Suo renversa la tête en arrière avec un rire strident et amer, la voix rauque comme si elle saignait.

« Hahahaha ! Regretter? Le seul regret que moi, Li Suo, ai dans cette vie, c'est de ne pas avoir envoyé quelqu'un pour te transpercer avec une épée au Jiangnan ! »

Avant que les mots ne s'estompent complètement, le tranchant de l'épée changea soudainement, tranchant de justesse la clavicule de Qin Nianyin, envoyant voler des gouttes de sang.

« Nianyin ! » La voix de Su Zhang éclata en un rugissement sourd, une fureur sanglante bouillonnant dans ses yeux.

À cet instant, cependant, Qin Nianyin devint complètement immobile.

Elle regarda Li Suo, sa voix très douce, mais chaque mot tombait comme une lame. « Votre Altesse, lâchez-moi. C'est fini. »

Tout le corps de Li Suo convulsa violemment. L'épée dans sa main tomba enfin au sol. Il pencha la tête en arrière avec un long rire bruyant, rempli de désespoir et de folie.

« Vas-y... alors... aller... Puisque tu ne viendras pas avec moi... alors va avec lui... »

Les flammes des bougies vacillaient dangereusement. Le tintement lointain d'une cloche de temple s'éleva, chaque note résonnante comme un dernier adieu.

Qin Nianyin resta figée sur place, la marque ensanglantée sur sa poitrine fraîche, mais elle pâlissait en comparaison de la douleur déchirante dans son cœur.

« Assez parlé. Emmenez-le. » ordonna froidement Su Zhang, sans laisser la moindre trace de son élégance érudite d'autrefois.

Ne voulant pas céder complètement, Li Suo éclata de rire, « Su Zhang, es-tu devenu fou ? Elle le sait ? A-t-elle déjà vu toi dans un tel état démoniaque ? Haha... »

Lorsque l'épée fut enfin arrachée des mains de Li Suo, il haleta, sa main se tordant dans une dernière tentative désespérée de la saisir.

Sans hésiter, Su Zhang attira Qin Nianyin dans ses bras, la protégeant fermement contre sa poitrine. Du sang coulait de la blessure non cicatrisée sur sa paume, tachant ses vêtements de fleurs cramoisies sombres.

Li Suo tourna la tête vers elle, le sang coulant de son front, mais un sourire amer s'accrochait encore à ses lèvres. À cet instant, la folie disparut de ses yeux, ne laissant derrière elle qu'une trace de soulagement.

« Nianyin… Donc, en fin de compte… tu n'as jamais… été à moi. Pas même au début. »

Bientôt, Li Suo fut escorté dehors et placé dans la charrette du prisonnier.

Qin Nianyin resta hébétée, témoin de tout ce qui s'était passé, regardant l'autrefois fier Li Suo être emmené dans la honte par les soldats en armure noire. Elle avait du mal à croire ce que ses yeux voyaient... Su Zhang !

Un Su Zhang qu'elle n'avait jamais vu auparavant, assoiffé de sang, frénétique, si froidement posé qu'il la terrifiait...

Chapitre 95 : Le masque tombe

« Nianyin, ma femme ! »

Une voix profonde et ombragée brisa l'air derrière elle comme un tonnerre contenu sous une montagne. Tout le corps de Qin Nianyin sursauta violemment et elle se retourna précipitamment. Pendant cet instant fugace, même son souffle se figea.

Dans sa vie antérieure, d'innombrables cauchemars avaient commencé exactement ainsi — sa voix l'appelant avec ce même mélange de calme et de folie contenue, son regard empli d'une obsession qui ne lui permettait aucun refus.

« Ma femme… »

Sa voix était basse et lourde, teintée d'une résolution sanglante, comme si l'appel avait traversé deux vies pour l'atteindre.

Qin Nianyin le fixa d'un air vide, une douleur aiguë lui traversant la poitrine.

Aurait-il pu se souvenir de leur vie passée ?

Impossible.

« Ma femme… Nianyin, il est temps de rentrer chez toi. »

Son cœur se serra aussitôt. Cette seule phrase, juste croiser son regard, suffisait. Elle comprit instantanément.

Il s'en souvenait.

Et à cet instant, elle comprit la cruelle symétrie du destin : dans leur vie précédente, elle avait échangé sa vie contre un mariage ; dans cette vie, il échangeait sa vie contre l'amour.

Pourtant, peu importe à quel point le destin les rapprochait, ils se manquaient toujours de peu.

Su Zhang avança vers elle, pas à pas. Le reflet froid de la lame dans sa main traversa ses yeux, mais il semblait aveugle au sang sur le sol autour d'eux. Le monde semblait s'être déséquilibré.

Un brouillard épais s'éleva dans son esprit, lourd et sombre comme la nuit.

Le grondement des roues de la calèche — tranché brusquement.

Le feu qui monte.

Son cri englouti par le chaos.

Les images de leur vie passée s'écrasaient violemment sur le présent : son visage couvert de sang, son corps tombant dans le ravin, sa poitrine déjà froide quand il la rattrapa. Peu importe comment il l'appelait, aucun souffle ne revenait jamais.

« Nianyin… »

C'est à ce moment-là qu'il avait perdu le contrôle pour la première fois.

Et maintenant, en la voyant à nouveau avec une épée pressée contre sa poitrine, le sang s'infiltrant à travers sa robe, son cœur sembla être éventré. Son sang reflua brutalement ; son souffle se coupa dans sa gorge. S'il échouait encore à la sauver, il ne survivrait pas.

Ses jointures blanchirent autour du fourreau. L'arme tremblait faiblement dans sa main. Un bourdonnement sourd emplit son crâne, noyant toute pensée.

« Nianyin, ma femme… mon amour… »

Il força le mot à sortir, chargé de sang et d'âme, comme s'il le déchirait des profondeurs de sa poitrine.

Qin Nianyin se figea au son de sa voix.

Elle le regarda et, pendant un bref instant, le monde s'effondra.

Dans ses yeux, elle vit exactement ce qu'elle avait entendu d'innombrables nuits dans ses rêves : cet appel empli de désespoir, de douleur, et d'une dévotion si dévorante qu'elle ne laissait aucune échappatoire.

Les larmes brouillèrent sa vision d'un coup. La douleur dans sa poitrine était presque insupportable.

Dans l'esprit de Su Zhang, le tintement lointain d'une cloche de temple s'éleva faiblement. Le son, doux mais implacable, le tira hors du bourbier de sang et de haine, tout en lui rappelant clairement que l'enchevêtrement de leurs deux vies était déjà devenu une calamité destinée.

Cette fois, je ne te laisserai pas retomber de cette falaise.

Le serment non-dit s'installa comme du fer dans ses os.

L'épée dans sa main émit un bourdonnement sourd et vibrant. Son corps trembla une fois, violemment. À cet instant, chaque fil de raison, de haine et de détermination obstinée se condensa en lui : il trancha d'un seul mouvement et tourna la lame droit vers le Troisième Prince.

Elle comprit soudain — il se souvenait vraiment de tout.

« Nianyin, n'aie pas peur », dit-il doucement.

Sa voix tremblait, mais la conviction y restait ferme.

Tout son corps s'immobilisa dans son étreinte.

Sa poitrine était pressée contre la montée rapide de sa respiration.

Sa voix, la force de ses bras — tout la frappa d'une telle familiarité qu'elle en fut momentanément désorientée.

À ce moment-là, dehors, le vent souffla violemment.

L'armure s'entrechoqua.

Des pas résonnèrent comme du tonnerre.

« Nianyin ! »

Gu Xiao fit irruption dans l'embrasure de la porte, épée dégainée, l'intention meurtrière vive et concentrée. Mais lorsque son regard se posa sur la scène devant lui, ses pas vacillèrent.

À la lumière vacillante du feu, Su Zhang la serrait fermement contre sa poitrine. Son visage était maculé de sang, déformé par un désespoir sombre et inflexible. Les vêtements de Qin Nianyin étaient en désordre, sa respiration irrégulière, son expression tremblante.

La vision frappa Gu Xiao comme une lame plantée droit dans son cœur.

Son souffle se coupa douloureusement. La pointe de son épée trembla.

Un sentiment brut, presque absurde, de rupture le submergea : il avait traversé la capitale pour la rejoindre, avait abattu danger après danger, pour arriver et la voir retenue dans les bras d'un autre homme.

« …Nianyin. »

Sa gorge se serra ; sa voix se brisa, rauque, ses yeux brûlaient de fureur et de douleur.

Qin Nianyin fit un signe de tête vers lui, surprise.

Les cernes rouge sang de ses yeux firent s'écarter ses lèvres sans qu'aucun son n'en sorte.

Su Zhang ne fit que resserrer son étreinte autour d'elle, la tirant complètement sous la protection de son corps.

Son regard se fixa sur celui de Gu Xiao, froid, perçant, inflexible.

Pendant un instant, leurs regards s'entrechoquèrent comme des lames.

Entre la lumière du feu et l'odeur du sang, une tension étouffante emplissait la chambre.

* * * * *

L'odeur du sang s'accrochait encore lourdement à la salle.

Les bougies vacillaient faiblement, comme si elles pleuraient.

Des taches sombres et des chaînes brisées restaient éparpillées sur le sol, l'odeur métallique si épaisse qu'elle étouffait l'air.

Qin Nianyin avait été placée dans un coin de la chambre.

Le sang marquait encore ses robes, et la pâleur de son visage sous la lumière changeante du feu la rendait encore plus froide, encore plus fragile.

Ses doigts se crispèrent fermement, son cœur battant à tout rompre, mais elle ne prononça pas un mot.

Au centre de la salle, deux silhouettes se faisaient face dans la lueur tremblante des flammes.

Gu Xiao avait planté son épée dans la fissure entre les carreaux de pierre.

Ses yeux de tigre étaient injectés de sang, son souffle lourd et irrégulier.

Il fixa l'homme devant lui, sentant comme si mille blocs de pierre lui écrasaient la poitrine.

Cet homme, c'était Su Zhang.

Su Zhang, qui avait toujours été calme et réservé, avec des traits aussi raffinés que du jade sculpté.

L'homme que tout le monde louait comme un parfait gentleman, la dernière personne dans la capitale que l'on pouvait imaginer perdre le contrôle.

Mais maintenant, il était trempé de sang.

Ses robes blanches avaient été imbibées et tachées.

Ses mains portaient encore des traînées sombres et sèches.

Son expression était froide et ombragée, mais la légère courbure au coin de ses lèvres trahissait une pointe de folie et de soif de sang.

C'était le sourire de quelque chose qui avait rampé des profondeurs de l'abîme.

Un frisson parcourut l'échine de Gu Xiao.

« Su Zhang… »

Sa voix était rauque, râpée comme du gravier frottant contre la pierre.

« Pourquoi… pourquoi es-tu devenu comme ça… ? »

Su Zhang leva les yeux.

Ses yeux, aussi perçants qu'une lame, glissèrent sur le visage de Gu Xiao.

« Xiao, » dit-il calmement, « tu es arrivé un pas trop tard. »

La simple phrase trancha comme une épée, rompant le dernier fil de fraternité entre eux.

Gu Xiao le fixa, stupéfait, l'esprit vide une brève seconde.

Était-ce encore le frère qu'il avait connu autrefois ?

Quand le doux et courtois lauréat du troisième rang s'était-il transformé en un démon froid et impitoyable ?

« J'ai entendu ce que tu as fait », dit Gu Xiao, le souffle irrégulier.

« Les preuves contre le Troisième Prince… c'est toi qui as tout présenté ? »

« Oui. » répondit Su Zhang sans hésiter, chaque mot résonnant comme du fer.

La poitrine de Gu Xiao se soulevait et s'abaissait brusquement.

Ses yeux rougirent.

« Exécuter le maître du Jinbao Gambling House dans les rues, torturer des hommes toute la nuit pour forcer des aveux… Su Zhang, es-tu encore le frère élégant et érudit que j'ai connu ? »

Un mince sourire froid traversa les lèvres de Su Zhang, tranchant l'air comme un couteau.

« Xiao, les gens changent. »

« Non ! » rugit Gu Xiao, les veines de sa main saillant tandis qu'il serrait la garde de son épée. Ses yeux étaient remplis d'une douleur presque larmoyante.

« Tu n'as pas changé — tu as simplement enfin enlevé ton masque ! »

La lumière des bougies vacilla et une lueur vive traversa les yeux de Su Zhang.

« Peut-être », dit-il. Sa voix était froide. « Le monde m'a forcé. Si je veux la sauver, je n'ai pas d'autre chemin. »

Gu Xiao serra les dents.

« Je peux la sauver aussi ! Je peux l'empêcher d'épouser le Troisième Prince, tant que je supplie Sa Majesté— »

« Et quel droit as-tu ? »

Le rire de Su Zhang était mince et glacial, transperçant jusqu'à l'os.

« Avec ton sang brûlant seul, combien de fois peux-tu la protéger ?

Si je n'étais pas arrivé à temps ce soir, elle serait déjà un cadavre sur le sol. »

Le souffle de Gu Xiao se coupa, sa poitrine se soulevant brusquement.

Il n'avait pas de réplique.

Su Zhang s'avança, sa présence pesant comme une montagne qui s'effondre.

L'éclat rouge dans ses yeux devint plus vif, plus dangereux.

« Tu oses risquer ta vie pour elle ? » demanda-t-il, sa voix basse et froide au point de geler l'air, chaque mot aussi tranchant qu'une lame.

« J'ose bien plus. »

Il rit — d'abord doucement, puis avec une intensité glaciale, presque folle.

« Tu oses mourir avec elle ?

J'ose faire mourir le monde entier pour elle. »

Un silence étouffant s'installa dans la salle.

Les mots frappèrent comme un tonnerre.

Le souffle de Gu Xiao s'interrompit, et l'épée dans sa main faillit lui échapper.

Il avait toujours été audacieux, un jeune général indompté, vif et inarrêtable.

Mais à cet instant, pour la première fois, il comprit parfaitement :

Il avait perdu.

Complètement perdu.

Les flammes des bougies tremblaient.

L'ombre de Su Zhang s'étendait longuement sur le sol ensanglanté, comme s'il était sorti du feu et du carnage.

Il réduisit la distance jusqu'à ce qu'un seul pas les sépare.

Sa voix baissa, rauque, presque brisée.

« Tu veux gagner ? »

Son regard rouge sang fendit l'air.

« Tu as déjà perdu. Parce que tu l'aimes, et que tu tiens encore au monde. »

Une légère courbe froide effleura ses lèvres, tranchante et impitoyable.

« Mais moi, je l'aime — et j'ose devenir l'ennemi du monde. »

Le corps de Gu Xiao trembla violemment.

La lame dans sa main frémissait ; des veines montèrent nettement le long de son poignet.

Il ne pouvait plus la tenir.

Qin Nianyin fixa la scène, figée sur place.

Sa poitrine se serra ; ses doigts étaient glacés.

À cet instant, Su Zhang lui parut étranger — terriblement étranger.

Le noble jeune érudit qu'elle avait connu avait disparu.

À sa place se tenait quelqu'un assoiffé de sang, déséquilibré, un démon de guerre dépouillé de toute retenue.

Gu Xiao laissa enfin échapper un rire bas, sans humour,

chargé d'amertume et d'auto-dérision.

« Alors c'est ça… Je n'ai jamais eu de chance dès le début. »

Il balaya sa manche et se détourna.

Son dos restait droit, fier ; mais le léger tremblement de ses épaules ne pouvait être dissimulé.

Ses pas étaient lourds, chacun semblant frapper directement son cœur.

La salle retomba dans un silence dense, ne laissant que Su Zhang debout au milieu du sang et du feu, avec pour seule compagnie l'écho mourant de la cloche du temple.

Il baissa la tête. Dans ses yeux, l'éclat rouge se mêlait à la lumière changeante des flammes. Ses doigts tremblèrent une fois, puis s'étendirent enfin vers la silhouette élancée dans le coin.

« Nianyin… »

Sa voix était basse, mêlée de folie et de fatalité.

« Tu as toujours été à moi. »

* * * * *

La salle empestait encore le sang, l'air lourd comme du fer.

Les dernières étincelles de feu vacillaient faiblement sur les chaînes brisées et les taches sombres au sol.

Qin Nianyin était serrée contre sa poitrine.

Ses doigts étaient froids et raides, sa respiration rapide et superficielle, incapable de se libérer malgré ses efforts.

« Nianyin », dit Su Zhang.

Sa voix était rauque, tremblante sous la surface, avec une pointe de folie à peine contenue.

Cela ressemblait à une lame tirée de chair vive.

« S-Su Zhang… Qu'est-ce qui t'est arrivé ? » murmura-t-elle.

Il la fixa sans cligner des yeux, les iris rouges comme traversées par le feu.

« Je me souviens de tout », dit-il.

« Tout ce qui vient de la vie précédente, chaque instant de solitude, de froideur. Je me souviens de tout. »

Le cœur de Qin Nianyin fit un bond violent. Son souffle se serra.

Sa main se referma sur son poignet, la pression si forte qu'elle eut l'impression que ses os allaient se briser.

La lueur rouge dans ses yeux se mêlait à la lumière tremblante du feu, créant une intensité terrifiante et déchaînée.

« Tu peux pleurer », dit-il.

« Tu peux me haïr, tu peux me détester. Mais ne pense même pas à repartir une autre fois.

Tu es morte à cause de moi dans la vie précédente. Dans cette vie, tu vivras grâce à moi.

Que tu m'aimes ou non, je te garderai à mes côtés pour le reste de ta vie. »

Des larmes jaillirent dans les yeux de Qin Nianyin, mais elle se retint, se forçant à croiser son regard.

« Su Zhang », dit-elle. Sa voix tremblait, mais restait stable, chaque mot tombant comme un marteau.

« Dans la vie précédente, nous étions mariés — et pourtant nous avons passé toute notre vie dans le froid.

Tu étais seul sur le terrain, comme un givre intouchable, et moi, je n'étais rien d'autre qu'un oiseau en cage dans ta maison.

Nous ne nous sommes jamais réchauffés, pas une seule fois, pas avant le jour de notre mort.

Tu veux vraiment répéter cette fin ? »

Su Zhang se figea un instant.

La tension dans ses épaules se relâcha à peine avant qu'un rire bas ne s'échappe — discret d'abord, mais s'aiguisant à chaque respiration.

« Froid ? » répéta-t-il. « Oui. Nous avons eu froid toute une vie. »

Il parlait sans hésitation, comme s'il affrontait enfin une vérité qu'il avait longtemps évitée.

« Et c'était ma faute. »

Son regard s'ancrait dans le sien.

Le léger tremblement de sa voix disparut, remplacé par une dureté gravée dans l'os — inflexible, absolue.

« Mais cette vie est différente. Le Ciel nous a donné une autre chance », dit-il, chaque mot stable et sûr.

« Et je ne la gaspillerai pas. Je changerai ce qui était destiné à être. »

Il s'approcha, son souffle instable mais sa détermination inébranlable.

« Si tu ne veux pas le donner », murmura-t-il, « alors je le prendrai. »

Sa main se resserra sur son poignet comme s'il craignait qu'elle ne disparaisse s'il la lâchait un seul instant.

« Si tu essaies de fuir, je t'enchaînerai. »

Sa voix tomba en un vœu grave et rauque — celui d'un homme qui s'est brisé une fois et qui ne se briserait plus.

« Nianyin », dit-il, « ton destin ne peut être que le mien. »

Il la serra encore plus près, sa voix à peine audible, mais portant le poids d'une résolution absolue.

« Nianyin… Désolé. Je ne peux pas lâcher prise. Pas dans cette vie. Tu resteras à moi. »

Qin Nianyin trembla.

Ses larmes brouillaient sa vision ; sa poitrine semblait s'ouvrir.

Elle enfonça ses ongles dans sa paume, se forçant à parler clairement.

« Dans la vie précédente, nous avons gaspillé toute une vie », dit-elle.

« Dans cette vie… je ne gaspillerai pas une autre. »

Une larme coula sur sa joue, mais sa voix était comme une lame froide.

« Si t'aimer signifie revivre cette même vie froide et vide, alors je préférerais ne pas t'aimer du tout. »

La salle tomba dans un silence mortel.

La respiration de Su Zhang devint irrégulière.

Les coins de ses lèvres se relevèrent, formant un sourire froid et glacial.

Debout au milieu du sang et du feu, il ressemblait à un démon né de la folie.

« Pas l'amour… » murmura-t-il. « Tu dis que tu n'aimes pas… »

Ses yeux se plissèrent ; le rouge s'intensifia.

« Nianyin… alors j'attendrai. J'attendrai que tu m'aimes enfin. »

Chapitre 96 : Le sang sur la capitale

L'aube venait à peine de se lever, pourtant la ville tremblait encore sous la tempête implacable de raids, d'exécutions et d'arrestations de la nuit.

De la salle du Trésor d'Or aux trois grandes Maisons d'Argent, jusqu'aux portes mêmes du palais — partout demeuraient les marques de bottes cuirassées sur la pierre.

Des taches de sang de la nuit précédente s'accrochaient aux dalles, à peine atténuées par la fine brume matinale.

Quelques passants se précipitèrent sans un mot, craignant que même un moment de présence ne leur attire le malheur.

Le tambour du matin et les cris des coqs sonnaient faibles, isolés, presque désolés.

Une vieille femme poussant un chariot de bois aperçut les traînées de sang séchées. Son expression se crispa de peur, et elle tourna brusquement dans une ruelle.

À un coin de rue, un jeune garçon jeta un coup d'œil en tenant un panier vide. Sa mère le ramena aussitôt, le réprimandant à voix basse, bien que la panique soit indéniable dans ses yeux.

Les maisons de thé et les tavernes gardaient leurs portes fermées.

Les vendeurs ambulants n'osaient pas installer leurs stands.

Toute la capitale avait l'impression que quelqu'un avait serré son poing autour de sa gorge.

À l'extérieur du Censorat, des piles de registres scellés et de caisses enchaînées s'élevaient plus haut qu'un homme. Des sceaux de cire rouge et des traces de sang se mêlaient au bois —preuves de l'enquête de la nuit.

À l'intérieur et à l'extérieur des portes du palais, plusieurs conseillers de la maison du Troisième Prince étaient traînés dans des chaînes de fer, leurs visages pâles. Personne n'osa discuter ; personne n'osa lever la tête.

« Le Troisième Prince... a été emprisonné. »

Cette seule phrase balaya la cour et la ville comme une tempête soudaine.

Certains refusaient d'y croire ; certains sentirent une sueur froide couler le long de leur colonne vertébrale.

D'autres calculaient déjà, changeant discrètement d'allégeance vers le prince héritier.

En une nuit, la capitale avait été lavée de sang.

Même la lumière de l'aube sur les murs de la ville paraissait pâle et vive, comme si les cieux eux-mêmes ressentaient le poids de l'agitation.

Et dans ce silence étouffant, une seule émotion résonnait clairement, la peur, tremblant à chaque souffle.

Tout le monde savait qu'après la nuit dernière, le Grand Zhou ne redeviendrait jamais ce qu'il avait été.

* * * * *

De l'autre côté de la capitale, Qin Nianyin rangeait discrètement ses affaires.

Elle portait très peu —seulement quelques vêtements simples et ses outils à broder rangés soigneusement dans un paquet de tissu. Soutenant Madame Lin de ses propres mains, elle marcha pas à pas vers la porte de la montagne du temple Qing Shan.

La brume matinale ne s'était pas encore dissipée.

Le chemin de montagne était calme et frais, seulement interrompu par l'appel occasionnel d'un oiseau.

Comparé au tumulte et au sang versé qui avaient englouti la capitale, cet endroit semblait être un tout autre monde.

Madame Lin murmura tout au long du chemin. Une légère odeur de vin persistait sur elle ; à demi soutenue par Nianyin, elle grognait encore à voix basse : « Cette vieille dame n'a aucune envie de manger des légumes et de réciter des sutras… »

Pourtant, finalement, elle fut quand même présente.

Les marches de pierre s'incurvaient vers le haut.

La porte du temple apparut à travers la brume —sa laque rouge usée et fanée, mais son encens intact.

Qin Nianyin s'arrêta un instant et regarda de nouveau vers la capitale lointaine en contrebas.

Une légère douleur monta soudainement dans sa poitrine.

Les échos du massacre de la nuit précédente résonnaient encore dans ses oreilles, mais elle avait déjà décidé de ne jamais se retourner.

Ce qui lui appartenait à partir de ce jour n'était ni contention ni lutte.

C'était la paix.

Elle prit une longue inspiration et conduisit Madame Lin à travers le seuil du temple Qing Shan.

La vie au temple Qing Shan se révéla encore plus froide qu'elle ne l'avait imaginé.

Les nuits venteuses, le son lointain de la cloche de la montagne se laissait emporter et disperser par les rafales.

Lorsqu'elle se penchait sur son bureau pour broder, la lumière de la lampe vacillait, et, de loin, s'élevait le chant lent et inégal des moines, doux, discret, comme s'ils racontaient des histoires poussiéreuses de vies révolues.

Elle leva les yeux vers les montagnes ombragées à l'extérieur de la fenêtre, sentant un vide s'ouvrir brièvement dans sa poitrine.

Les torts de sa vie précédente, les fardeaux de celle-ci — tout semblait emporté par les chants et se dissoudre dans la brume.

À cet instant, elle comprit que le vrai repentir ne se prononçait pas avec un seul « Je regrette ».

On le trouvait dans les matins d'avant l'aube, dans la manière dont Nianyin montait les escaliers jour après jour, dans ce travail silencieux qui épuisait peu à peu les pensées agitées de son cœur.

Elle laissa échapper un petit rire et murmura : « Ainsi soit-il. »

Le sourire était faible, mais c'était comme fermer doucement une porte derrière elle.

Avant l'aube, la cloche du matin retentit de nouveau.

Ses échos profonds résonnaient dans la vallée, résonnant comme pour rappeler à tous qu'un autre jour avait commencé.

Qin Nianyin se levait souvent avec les moines, s'enveloppait de robes grossières et accompagnait Qiqi et Yiyi chercher de l'eau derrière la montagne.

Les escaliers en pierre étaient humides, l'eau de la source glaciale.

Elle releva ses manches, ses doigts tremblant en touchant le ruisseau glacé, mais elle souleva tout de même le bocal plein sans protester.

Madame Lin ne put s'adapter aux règles strictes du temple.

Elle cachait souvent une petite fiole de vin derrière la cour de la cuisine, aussitôt chapardée en douce par un jeune moine novice.

À chaque fois, elle protestait bruyamment :

« Cette vieille dame est déjà à moitié enterrée dans la terre — pourquoi n'aurais-je pas le droit de boire un peu ? »

Puis elle tirait sur la manche de Nianyin, la suppliant de parler en son nom.

Nianyin ne pouvait que la regarder, impuissante, le rire s'échappant malgré elle, et au final parvenait toujours à alléger la punition.

Pendant les heures calmes, Nianyin s'asseyait sous le couloir, déroulant tissu et fil d'or pour s'exercer à l'art que Madame Lin avait autrefois maîtrisé.

Les doigts de Madame Lin étaient vieux mais étonnamment stables.

Elle donnait des leçons tout en travaillant, la voix basse :

« Ce métier exige un cœur calme. Si l'esprit vagabonde, le fil ne retrouvera jamais son chemin. »

Nianyin écoutait, une légère douleur montant dans sa poitrine ; elle se tut pourtant, et recousit-elle aussi ses pensées, fil après fil.

Qiqi, en revanche, restait espiègle. Elle courait souvent dehors cueillir des fleurs sauvages, puis les glissait derrière l'oreille de Nianyin en riant :

« Mademoiselle, vous êtes encore plus jolie que les fleurs du temple. »Yiyi était bien plus raisonnable, la suivant toujours silencieusement, aidant parfois à ramasser des fils éparpillés.

Tard dans la nuit, le vent de la montagne soufflait doucement.

La lumière de la lampe projetait son ombre longue sur le mur.

Elle referma son cadre de broderie et s'assit en silence dans sa salle de méditation, laissant le son lointain de la cloche emplir l'air.

Son ton profond et persistant était presque identique à celui qu'elle avait entendu avant sa chute de la falaise dans sa vie antérieure, et son cœur se serra légèrement.

Peut-être était-ce le destin.

Elle avait vécu les amours et les haines du monde des mortels.

Dans cette vie, en cet instant, tout ce qu'elle souhaitait, c'était un endroit de calme et la force de protéger les quelques personnes qu'elle pouvait encore avoir.

* * * * *

La vie au temple Qing Shan était austère, mais grâce à quelques petites créatures, elle portait un fil de chaleur qui adoucissait ses journées calmes.

Entre les cloches du matin et celles des vêpres, Qin Nianyin trouvait souvent un petit animal roulé sous les avant-toits de sa salle de méditation.

Sa queue battait nonchalamment, avec une assurance paresseuse, et ses yeux brillants restaient fixés sur les mains de la jeune femme, comme s'il savait qu'elle y cachait toujours quelques fruits secs pour lui.

Le chaton était encore plus attaché à elle, marchant sans cesse sur ses robes, remontant ses manches ou grattant ses chevilles, miaulant avec insistance jusqu'à ce qu'elle le prenne dans ses bras où il se mettait immédiatement à ronronner.

Qiqi riait et disait : « Mademoiselle ressemble beaucoup au Bodhisattva, les deux mains pleines, l'une tenant un chaton, l'autre taquinant le petit animal. »

Nianyin ne put s'empêcher de sourire, tapotant légèrement le front de Qiqi. « N'importe quoi. Quel genre de Bodhisattva se comporte ainsi ? »

Yiyi resta la plus silencieuse de tous.

Elle aidait souvent à calmer le chaton une fois qu'il était fatigué, le glissant dans un panier en roseaux pour qu'il s'endorme, ou faisait plaisir au petit animal en cousant une petite bourse remplie de fruits secs et en la suspendant à la poutre du plafond pour éviter qu'il ne renverse la boîte de nourriture chaque nuit.

Parfois, elle dépoussiérait même les moustaches du petit animal lorsqu'il revenait de rouler dans la cabane à bois, murmurant qu'il avait l'air « bien trop satisfait de lui-même ».

Madame Lin était la moins tolérante envers les animaux.

Elle se plaignait qu'ils troublaient sa paix tout en leur donnant quand même des morceaux de porc imbibés de vin, insistant obstinément.

« Hmph, ce sont des restes. Si personne ne le mange, il sera gaspillé. »

Le résultat inévitable fut un petit animal ivre roulant dans la cour comme un châtaignier tombé, faisant retenir aux moines novices leur rire jusqu'à ce que l'ancien moine sorte pour gronder tout le groupe.

Alors que Nianyin travaillait sous le couloir, son aiguille s'enfonçant régulièrement dans le tissu, le chaton se recroquevillait et somnolait sur ses genoux, son souffle doux réchauffant ses genoux.

Pendant ce temps, le petit animal grimpa sur son épaule, observant curieusement le fil d'argent qui scintillait entre ses doigts.

Parfois, il tendait une patte pour le balayer, ce qui la poussait à murmurer : « Ne cause pas d'ennuis », bien que son ton trahît toujours une tendresse discrète.

La nuit, quand le vent traversait la forêt et que la cloche du temple résonnait faiblement au loin, Nianyin leva les yeux vers la lumière vacillante de la lampe et aperçut le chaton blotti contre sa robe brodée, ainsi que la petite zibeline recroquevillée sur un coussin de méditation sous la statue du Bouddha, comme si elle veillait silencieusement sur la pièce.

Une petite chaleur monta dans sa poitrine.

Cet endroit autrefois calme, froid, distant, presque intimidant —contenait désormais le doux murmure de la vie ordinaire.

Les jours au temple Qing Shan passaient dans un rythme régulier et immuable : cloches du matin et cloches des vêpres, eau potable, cueillette de bois, repas simples partagés à de longues tables en bois. Le silence était si complet qu'il semblait parfois que même le temps lui-même avait été scellé dans ces montagnes.

Tous les dix jours environ, Mei montait secrètement la montagne.

Dès qu'elle voyait Qin Nianyin, elle se mettait à se plaindre, les yeux légèrement rouges.

« Mademoiselle, vous ne voulez vraiment plus de Mei. Tu m'as laissé seule dans la capitale pendant que tu venais ici souffrir ! Savez-vous à quel point la capitale est animée ces derniers temps ? La Seconde Princesse organise un autre banquet de contemplation florale, et les nouveaux érudits composent des poèmes, tout le monde en parle dans la ville ! »

Qin Nianyin se contenta de sourire. Elle tendit la main pour lisser les mèches de cheveux que le vent avait détachées autour des tempes de Mei.

« Espèce de petite idiote... Tu as une belle vie devant toi. Tu es destinée à des bénédictions et à la longévité. Pourquoi viendrais-tu ici et souffrir avec moi ? »

Mei fit la moue mais ne put s'empêcher de baisser la voix en partageant secrètement la nouvelle qu'elle avait recueillie.

Rumeurs de la cour, ragots dans les rues, que les jeunes dames de la capitale avaient récemment fait leur beauté...

Chaque mot portait la chaleur et le bruit du monde des mortels, adoucissant l'air froid et silencieux du temple.

Qin Nianyin écouta en silence. Parfois, elle riait ; D'autres fois, une légère mélancolie traversa ses yeux.

« Mei », murmura-t-elle soudain. Elle leva la main et encadra délicatement le visage de la jeune fille.

« Ne m'en veux pas de ne pas t'avoir emmenée ici. Cette vie-là… tu n'aurais jamais dû avoir à la supporter.

Quand cette année de retraite prendra fin, selon la volonté de Sa Majesté, je retournerai arranger pour toi une union honorable.

Je souhaite seulement que tu connaisses la paix, jusqu'à la fin de tes jours. »

Les larmes de Mei coulèrent immédiatement, bien qu'elle parvint encore à marmonner ses griefs.

« Mademoiselle dit toujours que tu veux t'occuper de moi, mais tu ne fais que me repousser... Tu préfères même Qiqi et Yiyi plutôt que moi… »

Qin Nianyin ne put s'empêcher de rire doucement. Elle la serra dans ses bras et murmura,

« Je ne te repousse que parce que je ne peux pas supporter de te laisser souffrir. »

Dehors, le vent soufflait à travers la forêt de pins et la cloche lointaine du temple résonnait doucement.

Dans la petite pièce, la chaleur persistait entre elles — mais sous cette paix, elle effleurait faiblement les courants sous-jacents qui s'agitaient dans la capitale en contrebas, créant un subtil mélange de solitude et de tranquille réconfort.

* * * * *

À midi en plein été, le vent de montagne balayait la forêt de pins et les cigales criaient sans interruption.

Qin Nianyin était assise sous le couloir, triant des fils de soie, lorsqu'elle entendit soudain Qiqi se précipiter avec un rapport.

« Mademoiselle, la Seconde Jeune Dame de la famille Shen est montée à la montagne avec Madame Shen pour offrir de l'encens. Elle souhaite te voir. Elle attend devant la porte de la montagne. »

Qin Nianyin s'arrêta, surprise, puis se leva et suivit Qiqi hors de la véranda avant.

À l'extérieur de la porte de la montagne, la laque rouge sur les portes s'était depuis longtemps estompée et écaillée. La fumée d'encens flottait en fines boucles blanches.

Madame Shen parlait avec l'abbé, tandis que Shen Lingyan se tenait à l'écart dans une robe bleue simple. Ses traits étaient délicats et sereins mais légèrement touchés de tristesse. En voyant Qin Nianyin, elle se figea un instant avant d'offrir un petit sourire.

« Nianyin, tu vas bien ? »

Un jeune moine novice les conduisit tous deux au pavillon du thé dans la cour arrière. Madame Shen se rendit dans la grande salle pour brûler de l'encens, laissant Shen Lingyan et Qin Nianyin assis face à face.

Le parfum du thé était léger, et la brise de la montagne portait au loin des échos de chants bouddhistes.

Qin Nianyin sourit la première et demanda : « Qiqi a dit que tu es venue prier pour un mariage aujourd'hui ? »

Un éclair passa dans les yeux de Shen Lingyan, et pourtant ses lèvres esquissèrent un sourire discret, chargé d'une légère autodérision.

« C'est l'idée de ma mère. Même si je priais, quelle différence cela ferait-il ? »

Voyant son manque d'intérêt, Qin Nianyin demanda,

« Le candidat... ne vous plaît-il pas ? »

Shen Lingyan poussa un léger soupir.

« Si ce n'est pas la personne qui habite le cœur, prier dix mille fois est vain. »

Un frisson discret serra la poitrine de Qin Nianyin. Elle demanda avec précaution : « À t'entendre... y aurait-il déjà quelqu'un dans ton cœur ? »

Ce n'est qu'alors que Shen Lingyan réalisa qu'elle avait parlé trop librement. Son visage rougit instantanément.

« Ce n'est rien. Oublie ce que j'ai dit. »

Mais Qin Nianyin devint encore plus curieux.

« Il n'y a que nous deux ici. Pourquoi ne pas me le dire ? Peut-être que ta petite sœur pourra t'aider à trouver une solution. »

Shen Lingyan resta silencieuse un instant avant de finalement laisser échapper un soupir discret et las.

« Si je le disais à voix haute, je suis sûre que cela ne ferait qu'attirer le ridicule. C'est impossible. Ce n'est rien d'autre que mon vœu insensé. »

« Alors, la personne que ta mère a choisie... serait-ce aussi celle que tu choisis ? »

Shen Lingyan hocha la tête.

« Père et Mère m'ont demandé d'épouser le grand général de Zhen. »

Un souvenir de sa vie passée traversa l'esprit de Qin Nianyin —

Le résultat final dans cette vie, où Shen Lingyan épousa effectivement un général, très probablement ce grand général. Mais parce qu'il avait passé tant d'années à la guerre, Shen Lingyan vivait dans de longues périodes de solitude.

Qin Nianyin la regarda attentivement et demanda doucement,

« À t'entendre… on dirait que tu n'aimes pas ce grand général ? »

L'expression de Shen Lingyan trembla. Elle leva soudain les yeux, la panique traversant ses yeux alors qu'elle secouait la tête à plusieurs reprises.

« Quel grand général ? Sœur, ne dis pas de bêtises ! »

« Alors… » Qin Nianyin hésita, mais ne put s'empêcher de demander : « Et le seigneur Su Zhang ? »

Shen Lingyan se figea. Ses oreilles devinrent rouges instantanément et elle balbutia nerveusement,

« Q-Qu'est-ce que Su Zhang… pourquoi penses-tu ça ? »

Entendant cela et voyant que la réaction de Shen Lingyan ne semblait pas feinte, Qin Nianyin resta momentanément stupéfaite.

Alors la chérie de Shen Lingyan… n'était-ce pas Su Zhang ?

Shen Lingyan baissa les yeux. Ses doigts s'enroulèrent fermement autour de l'ourlet de sa manche et sa voix était si douce qu'elle en était presque un murmure.

« Très bien… puisque nous sommes seuls aujourd'hui, je vais discrètement ouvrir mon cœur. La personne que j'admire… c'est Gu Xiao. »

Les mots tombèrent comme un caillou au centre immobile d'un lac, envoyant Qin Nianyin un choc jusqu'à ce qu'elle soit complètement figée sur place.

Dans sa vie précédente, elle avait cru que Su Zhang et Shen Lingyan étaient destinés l'un à l'autre. Ce n'est qu'à ce moment-là qu'elle réalisait, ce que Shen Lingyan avait caché dans son cœur était en réalité Gu Xiao ?

Un souvenir refit surface,

Lors de leur première rencontre de cette vie, au rassemblement de thé de Ningfang organisé par Su Wan, Shen Lingyan avait laissé courir son regard à travers le jardin, comme en quête de quelqu'un. Qin Nianyin lui avait demandé si elle attendait un invité précis, mais Shen Lingyan avait répondu par la négative.

À l'époque, elle n'y avait pas trop prêté attention.

Mais avec la confession d'aujourd'hui, tout avait enfin du sens.

La personne que Shen Lingyan cherchait du regard dans le jardin… c'était Gu Xiao.

Les sentiments de Shen Lingyan s'étaient clairement manifestés déjà à l'époque, juste devant elle, et elle-même avait été aveugle jusqu'à présent.

Une légère douleur se répandit dans la poitrine de Qin Nianyin.

Dans sa vie antérieure, Gu Xiao était mort dans les terres frontalières du nord et Shen Lingyan avait finalement épousé le grand général... Mais beaucoup de choses n'étaient pas ce qu'elle avait supposé.

Shen Lingyan serra les lèvres. Sa voix était basse.

« J'admire le général Gu depuis de nombreuses années. Je n'ai jamais osé le dire. D'autres pensent que j'ai approché Su Zhang avec des arrière-pensées, mais... c'est seulement parce que cela m'a permis de voir le général Gu quelques fois de plus. »

Qin Nianyin la fixa, le cœur serré d'une douleur silencieuse et impuissante.

Donc c'était la vérité.

Elle ne réalisait que maintenant, à quel point elle s'était trompée.

Dans sa vie précédente, elle avait cru à tort que Shen Lingyan et Su Zhang partageaient une profonde affection et, même si elle avait brisé leur lien destiné, Nianyin avait gardé cette culpabilité dans son cœur pendant des années.

Pourtant, la vérité était que Shen Lingyan avait toujours caché Gu Xiao dans son cœur du début à la fin.

Dans cette vie, Gu Xiao était mort, couvert de sang, à la frontière nord, et ses os ne revinrent jamais chez eux. N'ayant plus personne sur qui compter, Shen Lingyan avait finalement accepté les arrangements de ses parents et épousé le grand général.

Elle s'était trompée, non seulement sur son enchevêtrement avec Su Zhang, mais aussi sur son incapacité à voir à travers le cœur de Shen Lingyan, laissant le destin la pousser sur un chemin sans amour qu'elle n'avait jamais choisi.

Elle réalisa maintenant que le destin de Shen Lingyan dans la vie précédente avait été tout aussi tragique.

Shen Lingyan avait regardé, impuissante, l'homme qu'elle aimait secrètement pendant des années mourir au combat et, par la suite, désespéré, avait accepté un mariage politique sans aucune affection.

Un léger éclat de larmes monta aux yeux de Qin Nianyin, mais elle resserra sa prise sur la main de Shen Lingyan, faisant silencieusement un vœu dans son cœur —cette vie, elle ne laisserait plus jamais ce lien se perdre.

Elle ne put s'empêcher de lever la main pour serrer doucement celle de Shen Lingyan, son ton ferme.

« Dans ce cas, pourquoi ne pas essayer d'être courageux ? Si tu ne parles jamais, comment pourra-t-il jamais le savoir ? »

La tête de Shen Lingyan se redressa brusquement, la panique montant vivement dans ses yeux.

« Sœur, ne me fais pas peur ! Quelle femme avoue en premier ? Si la nouvelle se répand, comment une fille de la famille Shen montrera-t-elle son visage ? »

Qin Nianyin laissa échapper un petit rire, bien que ses yeux soient chaleureux et qu'il y ait de la chaleur sur ses cils.

« La façon dont les autres pensent n'a pas d'importance. Si tu le regrettes, tu le regretteras toute ta vie. Lingyan, si tu me fais confiance, ne le laisse pas filer. »

Shen Lingyan la fixa d'un air vide. Seul le tintement lointain de la cloche du temple emplissait ses oreilles. Le rouge sur son visage s'accentua et elle murmura,

«… J'ai peur. »

Qin Nianyin la regarda et pensa silencieusement :

Si elle pouvait changer le destin de Shen Lingyan par rapport à la vie précédente, alors peut-être que c'était un autre lien qu'elle était destinée à réparer dans celle-ci.

Chapitre 98 : Mon cœur a vieilli

Six mois plus tard.

Le vent de montagne au temple Qing Shan était toujours aussi frais et vif que jamais, et les jours passaient dans le même calme immuable.

Avec la cloche du matin et la cloche des vêpres, les ombres de bambou éparpillées sur la pierre, la silhouette de Qin Nianyin se fondait peu à peu dans le calme de cet endroit. Ses robes simples, ses manches simples, même ses sourcils et ses yeux avaient perdu l'éclat qu'ils avaient autrefois.

Ce jour-là, le bruit de sabots retentit de l'extérieur de la porte du temple.

Quand Mei entra pour le signaler, ses yeux étaient pleins de surprise.

« Mademoiselle, c'est le général Gu... Il est revenu. »

Qin Nianyin pinça les lèvres avec un petit sourire, comme si elle s'y attendait déjà. Elle sortit elle-même pour le saluer.

Gu Xiao s'approcha sans même retirer son armure d'argent, la poussière s'accrochant encore à lui depuis la route.

« Général, » le salua-t-elle doucement, « vous avez fait un autre long voyage. »

Gu Xiao la regarda. L'émotion dans ses yeux était impossible à cacher. Il s'avança, mais lorsqu'il parla, son ton portait une amertume discrète.

« Regarde ça, six mois s'est écoulés et la seule qui vient encore te chercher, c'est moi. À part moi, qui d'autre se souvient de toi ? Et cet homme nommé Su, est-il venu ne serait-ce qu'une seule fois ? »

L'expression de Qin Nianyin resta calme. Seule la plus légère ombre d'un sourire effleura le coin de ses lèvres.

« Le temple est calme. Que quelqu'un vienne ou non... ça ne change pas grand-chose. »

« Petite différence ? » Gu Xiao laissa échapper un rire glacial, bien que sa voix tremblât.

« Nianyin, ton cœur est-il vraiment fait de pierre ? Après tout ce temps, tu ne vois pas ? Dans ce monde, je suis le seul à être sincère envers toi. »

Son regard brûlait, comme s'il essayait de découvrir ce qu'elle cachait encore.

Qin Nianyin le regarda en silence, puis finit par entrouvrir les lèvres.

« Xiao, ce n'est pas que je ne comprends pas ta sincérité. C'est que... Je ne peux pas l'accepter. »

« Pourquoi ? » Le mot lui échappa d'un coup, alimenté par la frustration et le désir.

Elle baissa les yeux et sa voix, bien que douce, portait un léger sourire, presque taquin.

« Parce que je suis vieux. »

« Vieux ? » Gu Xiao la fixa, puis laissa échapper un rire incrédule, les yeux rougissant lentement. Il fit un pas en avant, insistant obstinément,

« N'importe quoi. Quel âge as-tu ? Même pas vingt ans et tu te dis vieux. Tu me repousses et tu ne prends même pas la peine de trouver une excuse convaincante. »

Qin Nianyin leva les yeux pour croiser les siens. Son regard n'était pas froid, mais il y avait une clarté calme et usée, quelque chose de vieilli, de résolu.

« Xiao, » dit-elle doucement, « mon cœur a déjà vieilli. »

En comptant sa vie précédente et celle-ci, elle avait vécu plus de cinquante ans. Comment son cœur pouvait-il ne pas se sentir ancien ?

Gu Xiao, qui n'avait aucun souvenir de leur vie passée, n'avait en réalité qu'un peu plus de vingt ans, un jeune général au sommet de son génie précoce.

Su Zhang, après avoir retrouvé les souvenirs de sa vie passée, avait vieilli intérieurement comme elle.

Mais Gu Xiao... il était encore trop jeune pour comprendre ce genre de fatigue.

Les simples mots de Qin Nianyin, « mon cœur a vieilli », étaient aussi légers que le vent de la montagne, mais ils tranchaient net tout le désir persistant de Gu Xiao.

Il resta figé sur place.

Sa poitrine lui semblait frappée par un marteau lourd.

Pendant un long moment, il ne put parler.

Le vent caressait les pins.

Une cloche de temple au loin retentit, résonnant à travers les montagnes, scellant ce moment de confrontation dans le paysage silencieux.

La nuit tomba, calme et profonde.

La cloche du temple Qing Shan sonna de nouveau, lentement, lourde, résonnant au loin.

Les lampes de la cour vacillaient doucement tandis que Qin Nianyin débarrassait les tasses de thé sur la table. Elle entendit des pas lents et réguliers derrière elle. Lorsqu'elle leva les yeux, elle vit Gu Xiao debout sur le seuil, ses traits à moitié cachés dans l'ombre, son expression retenue et froide.

« Dans trois mois, ton année de retraite au temple Qing Shan sera terminée », dit-il. « Le Troisième Prince a déjà été envoyé pour garder les tombes impériales. Le Second Prince a été libéré. Heureusement, Sa Majesté n'a jamais eu la chance de publier le décret de mariage qui vous aurait remis au Troisième Prince. Alors dis-moi, dans trois mois, envisageras-tu de devenir l'épouse d'un général ? »

Qin Nianyin sourit légèrement.

« J'ai entendu de Mei que la famille Shen cherche discrètement des entremetteurs pour Lingyan. Tu ne voudrais pas tenter ta chance ? »

Gu Xiao fronça les sourcils et laissa échapper un long soupir.

« Même si tu refuses de m'accorder ta place, ne me renvoie pas vers quelqu'un d'autre. Je suis déjà au bord de ce que je peux supporter. »

Qin Nianyin acquiesça.

« Oui, le général est très impressionnant. »

Gu Xiao lui rendit un léger sourire, comme si, dans ce bref échange, tous les griefs et émotions emmêlés entre eux s'étaient discrètement dénoués.

Il se tut un instant avant que sa voix, rauque et contenue, ne s'élève enfin.

« Tu l'as toujours aimé, n'est-ce pas ? »

Qin Nianyin se raidit. La tasse de thé faillit glisser de sa main. Elle força sa respiration à se calmer et répondit calmement,

« Non. »

Les yeux de Gu Xiao s'assombrirent. Il fit soudain un pas en avant, la voix tremblante d'un mélange de frustration et de désespoir.

« Ne le nie pas. »

Il la fixa, comme s'il essayait d'enlever chaque couche derrière laquelle elle se cachait. Ses mots étaient bas, têtus et douloureusement sincères.

« Je le vois à la façon dont tu le regardes. Même si tu l'évites, même si tu le nies, même si je déteste l'admettre moi-même... Tes yeux s'illuminent quand tu le regardes. »

Les doigts de Qin Nianyin tremblèrent légèrement avant qu'elle ne baisse ses cils, refusant de croiser son regard.

Il laissa échapper un rire sec et sans humour, se détournant pour regarder vers les montagnes lointaines.

« Qu'est-ce qu'il y a de si bien chez Su Zhang, d'ailleurs ? Après avoir vaincu le Troisième Prince, il agit comme un fou à la cour depuis six mois, mordant tous ceux qu'il croise. Les gens ont peur de lui. Certains ont même commencé à l'appeler 'Mad Su' dans son dos. »

En entendant cela, Qin Nianyin ne put s'empêcher de rire doucement.

Oui. C'était le Su Zhang dont elle se souvenait de sa vie passée, l'homme qui avait fini par atteindre le rang de Ministre d'État ; froid, impitoyable, terriblement brillant.

Quand Gu Xiao vit sa réaction, il eut l'impression que quelqu'un lui avait enfoncé un coup lourd droit dans la poitrine. Même son souffle portait la tension d'une douleur refoulée.

Il laissa échapper un rire discret, amer jusqu'aux os.

« Alors c'est comme ça... Je n'ai jamais eu de chance dès le début. »

Elle secoua doucement la tête et soupira.

« Tu ne comprendrais pas même si je t'expliquais. Mais te voir vivant et en bonne santé, encore capable de me rendre visite ainsi... Je suis déjà reconnaissant. »

Après tout, dans sa vie antérieure, Gu Xiao n'avait jamais vécu assez longtemps pour se tenir devant elle ainsi. Sa mort prématurée avait été un nœud qu'elle portait depuis des années. Le voir sain et sauf dans cette vie, rien que cela était l'un de ses plus grands réconforts.

Gu Xiao observait son profil calme et serein et il savait, elle n'était jamais destinée à lui appartenir.

« Très bien, » dit-il d'une voix basse. « Je ne peux pas rivaliser avec ce fou de Su et tu l'aimes. Je ne peux donc que te souhaiter bonheur pour le reste de ta vie. »

« Mm. »

Quelque chose lui vint soudain à l'esprit. Elle leva les yeux et parla doucement,

« Attends ici. »

Elle se retourna et retourna rapidement dans sa chambre de méditation. D'un petit coffre, elle sortit un petit cheval en bois. Le temps avait lissé ses bords, mais les marques rugueuses de la gravure étaient encore visibles.

Elle le suivit de deux pas et posa le cheval en bois dans sa paume, son sourire faible.

« Bien. J'ai encore la chance de te la rendre de mes propres mains... parce que tu es vivant. »

Gu Xiao se figea, les sourcils légèrement froncés avant qu'il ne l'accepte enfin. Il laissa échapper un petit rire moqueur.

« Quelle chose d'enfant —je n'arrive pas à croire que tu l'aies gardé. Je pensais que tu l'aurais jetée depuis longtemps. »

Qin Nianyin secoua simplement la tête. Sa voix était douce mais inébranlable.

« Comment pourrais-je le jeter ? J'attendais de te le rendre, le toi qui as survécu. »

« Qu'est-ce que vivre ou mourir ? Je vais très bien pour l'instant. »

« Oui, Général Gu, vivant et vigoureux. »

Qin Nianyin sourit légèrement, une faible lueur étoilée dans les yeux.

Les deux se regardèrent et échangèrent un sourire discret. À cet instant, tous les fils emmêlés de leur passé semblèrent se déposer et tomber.

Gu Xiao pensa en lui-même que ses sentiments —malgré toute leur profondeur —ne pouvaient que rester enfouis dans son cœur désormais, pour ne plus jamais être exprimés.

Le vent caressait les fenêtres en papier. La lumière de la lampe tremblait. Elle resta là, silencieuse, sans argumenter, sans expliquer, laissant ce silence couper la distance entre eux comme une lame.

Les pas de Gu Xiao vacillèrent de Gu Xiao vacillèrent. Il avait voulu partir facilement, mais il ne pouvait s'empêcher de vouloir se retourner pour la regarder une dernière fois. Après plusieurs respirations d'hésitation, il réprima son impulsion et s'éloigna du temple Qing Shan sans se retourner.

Qin Nianyin resta là, les yeux fixés sur la direction où Gu Xiao s'était éloigné, jusqu'à ce que toute trace de lui se dissolve dans la nuit. La petite cour du temple de Qing Shan retomba dans un calme absolu.

Elle resta là, le bout des doigts serrant toujours le tissu de sa manche, comme si un poids appuyait fort sur sa poitrine, la laissant sans souffle.

La lampe vacilla et, dans la lumière vacillante, elle se demanda silencieusement,

« Est-ce que je l'aime ? »

La question transperça son cœur comme une lame tranchante.

Elle ferma les yeux. Et dans son esprit, le visage de Su Zhang était toujours le même, froid et noble, expression retenue, voix profonde et maîtrisée ; parfois assez froide pour glacer les os, parfois révélant une douceur fugace qu'elle ne pourrait jamais oublier.

Oui.

Elle l'aimait.

Dans sa vie antérieure, elle l'avait aimé à la folie, imprudente, désespérément, au point de lui imposer le mariage par tous les moyens possibles.

Dans cette vie, elle l'aimait encore.

Mais cet amour avait depuis longtemps été usé et déchiré par les blessures du passé.

Elle l'aimait — mais ne pouvait plus se permettre d'aimer.

Parce qu'elle comprenait maintenant qu'un tel amour ne la détruisait pas seulement.

Cela l'a aussi détruit.

Des larmes coulèrent enfin sur ses joues, tombant silencieusement sur sa robe.

Elle leva la main et la posa doucement sur son cœur, laissant échapper un souffle tremblant de rire.

« Comme dans la vie précédente... c'est donc dans celui-ci. »

Aimer ou ne pas aimer —quoi qu'il en soit, c'était une calamité dont elle ne pourrait jamais s'échapper.

* * * * *

La nuit était profonde et le vent hurlait comme une bête sauvage.

Gu Xiao s'était endormi, mais ses sourcils étaient fortement froncés, comme si une ombre dans son cœur tourbillonnait sans repos.

Dans son rêve, il était de retour à la frontière nord.

Le monde était vaste et sombre. La neige balayait le ciel dans une tempête aveuglante et le vent rugissant portait l'odeur du sang et du feu. Les tambours de guerre résonnaient. Les sabots résonnaient comme du tonnerre. Les cris de massacre transperçaient droit les nuages.

Gu Xiao portait une armure d'argent, les plaques sur sa poitrine déjà tachées de sang. Sa longue lame était stable dans sa main et son regard restait perçant.

Il menait la Garde du Tigre en tête, abattant les ennemis comme des bambous cassés. Le sang et la neige se mêlaient en une scène infernale sous ses pieds.

Soudain, il sentit une étrange présence derrière lui.

C'était une intention froide et mortelle, silencieuse, mais plus mortelle que n'importe quelle armée.

Un sifflement aigu déchira l'air.

Une flèche fonça avec une précision impitoyable et transperça son dos. La pointe de flèche jaillit à travers l'armure à sa poitrine, tachant la neige de sang frais.

« Kh ! »

Une douleur écrasante explosa dans sa poitrine. Le sang lui monta à la gorge. Sa vision se brouilla alors que les bruits de la bataille et des tambours de guerre s'estompaient.

Il se força à se retourner. À travers la neige tourbillonnante, il vit Liang Dong debout sur une haute crête.

L'arc dans ses mains n'était pas encore descendu ; La corde tremblait encore. Ses yeux étaient glaçants d'une émotion et un léger sourire cruel flottait même au coin de ses lèvres.

Alors, la flèche dans son dos venait de son propre homme.

Les pupilles de Gu Xiao se contractèrent brusquement. Du sang s'échappa du coin de sa bouche alors qu'il poussait un murmure brisé.

« Toi... en fait... »

Liang Dong resta indifférent. Il ne dit rien, restant ferme dans la tempête de neige comme s'il avait attendu ce moment depuis le début.

Le sang jaillit de la poitrine de Gu Xiao comme un barrage brisé. Ses genoux fléchirent et sa longue lame tomba dans un cliquetis métallique. Son corps s'inclina vers le bord de la falaise, envoyant des fragments de glace et de pierre s'éparpiller.

« Pas ! »

Il poussa un rugissement étranglé, rempli de sang, tendant la main pour attraper quelque chose, n'importe quoi, mais ses doigts ne touchèrent que le froid tranchant du vent.

L'instant d'après, le monde s'est renversé. Il plongea dans l'abîme sans fin.

La tempête déferlait autour de lui. La neige fouettait son visage. Tout ce qu'il entendait, c'était le battement frénétique de son propre cœur.

L'immense blancheur du champ de neige se dissout dans l'obscurité.

Dans le dernier instant avant de perdre tout sens, il vit la neige en dessous tachée de cramoisi de son sang, une scène gravée dans son âme comme un cauchemar infernal.

…

« Ah ! »

Gu Xiao se réveilla en sursaut. La sueur froide trempait tout son corps. Sa poitrine se soulevait violemment et ses doigts tremblants se crispaient sur son cœur. Mais sous sa paume, il n'y avait que du tissu froid, pas de blessure, pas de sang.

Sa respiration était saccadée dans l'obscurité. La sueur coulait sur ses tempes, goutte après goutte.

Le cauchemar semblait si réel que c'était comme mourir une seconde fois.

Ce n'était pas un rêve.

C'était un souvenir.

Dans cette vie antérieure, il était mort exactement ainsi sur la falaise nord, une flèche en plein cœur, tirée par l'homme en qui il avait le plus confiance.

Dans la boue, dans les restes brisés.

Ses lèvres tremblaient ; un murmure s'échappa, rauque et déchiré.

Ses yeux brillaient d'une haine rouge sang.

Chapitre 99 : Accomplissement sur la montagne Qing Shan

Le vent de l'après-midi flottait lentement sur la montagne et les ombres de bambou se balançaient d'avant en arrière sur les marches de pierre.

À côté de la cuve d'eau dans le coin de la cour, Qiqi avait les manches retroussées en rinçant le riz, tandis que Yiyi était accroupie à côté d'elle en fouillant dans des gousses de haricots cassées.

Un petit chat se prélassait sur le bord de la cuve ; de la patte, il effleurait l'eau, le museau frémissant, cherchant à chaparder quelques lamelles de radis séché.

Qiqi fut la première à se mettre à grogner, sa voix basse mais pleine de feu.

« Hmph, je te jure, Lord Su n'est en réalité qu'un bloc de bois. Notre Dame est au monastère depuis un an entier, et il n'est pas venu une seule fois. Qu'est-ce que ça veut dire ? Notre Général Gu n'est pas du tout comme ça, il vient de temps en temps. Tu peux au moins voir son ombre deux ou trois fois. »

Yiyi ne leva pas les yeux, écrasant calmement des coquilles de haricots dans le panier.

« Arrête de parler un peu. Chacun a ses raisons. »

Qiqi fit la moue.

« Quelle raison ? C'est évident qu'il se moque de notre dame. S'il le faisait vraiment, quelle montagne pourrait l'arrêter ? Si quelqu'un veut vraiment venir, il n'y a pas de chemin qu'il ne puisse emprunter ! »

Yiyi leva enfin les yeux. Elle fit un claquement du doigt et le frappa légèrement mais vivement contre le front de Qiqi, ce qui lui valut un grand « ouf ! »

« Tu ne sais rien. Ça s'appelle 'craindre la proximité de la maison'. »

Qiqi siffla et se couvrit le front, la fusillant du regard.

« C'est quoi ce dicton ? Être trop proche signifie que tu n'oses pas venir ? Tu crois que je suis un enfant de trois ans que tu peux tromper ? »

Yiyi n'était pas agacée. Sa voix baissa, assurée et posée.

« C'est parce qu'il est trop proche qu'il n'ose pas. Si Lord Su vient ici et voit la dame, il ne pourra peut-être plus s'éloigner. Son année de retraite n'est pas terminée, comment ose-t-il la déranger jusque-là ? C'est quelqu'un dont les pensées sont profondes et les sentiments encore plus profonds. Plus il aime, moins il ose être imprudent. »

Qiqi claqua la langue, à moitié convaincue, à moitié réticente.

« Alors il n'ose pas parce qu'il aime trop ? … N'invente pas des choses juste pour l'excuser. »

Yiyi secoua la dernière poignée de coquilles de haricots, redressa le panier et dit calmement,

« Je n'excuse personne. Je te dis juste la vérité. Certaines personnes aiment s'avancer avec audace. D'autres aiment faire un pas en arrière en attendant que la cloche ne sonne avant d'arriver. Le général Gu est le feu ; Où qu'il brûle, le monde s'illumine. Mais Lord Su, c'est de la neige ; Il tombe silencieusement, sans un mot, mais il aplatit la route avant de laisser quelqu'un marcher dessus. »

Qiqi se figea un instant, les yeux au ciel alors qu'elle réfléchissait à tout cela. Pourtant, elle marmonna obstinément,

« Hmph, ça sonne bien quand tu le dis. Mais s'il ne vient toujours pas bientôt, je vais supposer qu'il ne viendra vraiment pas. »

Yiyi lui lança un regard et sourit soudain.

« Pourquoi es-tu si pressé ? Qu'il l'ait dans son cœur ou non —quand ce jour viendra, tu le verras clairement. »

Avant qu'elle n'ait fini de parler, un claquement de bois résonna faiblement depuis la porte de la montagne. Un chant bouddhiste lointain flottait dans l'air et le vent emportait de l'encens dans la petite cour.

Le chat bondit vers l'entrée, les oreilles brusquement dressées. Abandonnant sa maraude, il se hissa sur une poutre et pencha la tête pour jeter un coup d'œil au-dehors.

Qiqi marmonnait encore,

« Quel jour ? »

Yiyi lissa ses manches, sa voix légère et posée.

« Quand le moment sera venu, celui qui doit venir arrivera naturellement. »

Qiqi renifla doucement, mais elle ajusta un peu ses vêtements et frotta la marque rouge sur son front. À voix basse, elle ajouta,

« Toujours à parler comme un sage errant... Eh bien, s'il vient vraiment... bien. Je vais voir quel genre d'entrée il compte faire. »

* * * * *

Sous la chaleur de juin, le bosquet à l'ouest du temple Qing Shan reposait sous une canopée scintillante de phénix, leurs ombres cuites par le soleil et le bruit incessant des cigales. Pourtant, à l'intérieur du monastère, tout restait immobile comme de l'eau. Chaque sonnerie de la cloche du temple résonnait le long des allées couvertes en vagues lentes et régulières.

Qin Nianyin emballa ses affaires aussi simplement que possible : deux robes simples, un paravent roulé à broder et une petite pochette de médicaments.

Qiqi et Yiyi se tenaient sur le seuil, le petit animal serré contre elles, tandis qu'elle se retournait pour avertir Mamie Lin de dissimuler son pot de vin avant que les jeunes moines ne viennent la signaler.

Depuis les pins ombragés derrière la salle, la bhikkhuni aux sourcils blancs s'approcha d'un pas mesuré, tenant dans ses paumes un vieux chapelet de perles en bois de santal.

Les perles, sombres et tièdes, exhalaient un parfum léger, comme si elles avaient traversé un long chemin avant de venir reposer dans les mains de Nianyin.

« Bienfaitrice », dit la bhikkhuni d'une voix calme et posée, « ce chapelet est lié à votre destinée. Dans votre vie précédente comme dans celle-ci, il est toujours revenu entre vos mains. Aujourd'hui, à l'heure de notre séparation, je vous le confie une fois encore. »

Au moment où les doigts de Qin Nianyin touchèrent le bois chaud, quelque chose trembla dans sa poitrine. Le vent et la neige au bord de la falaise, la forme du sang éclaboussée sur la pierre, ces souvenirs remontèrent brusquement, ramenés au point par le poids d'une seule perle.

Elle hésita pour reprendre son souffle, une chaleur s'accumulant soudain derrière ses yeux.

« Pourquoi pleurer ? » murmura la bhikkhuni en abaissant sa manche pour essuyer la fine trace d'humidité sur la joue de Nianyin, avant d'ajouter d'une voix douce : « Les dettes de ta vie précédente sont acquittées, et le chemin de cette vie est sur le point de s'ouvrir devant toi ; l'accomplissement n'exige pas une seule fin — savoir lâcher prise, cela aussi est un accomplissement. »

Qin Nianyin inclina la tête et répondit doucement : « Oui. » Elle n'avait pas encore rangé le chapelet qu'un rayon de soleil entra dans la salle.

Quelqu'un se tenait sur le seuil, sa silhouette découpée par la lumière. Ses robes étaient simples et encore couvertes de poussière de voyage, un document roulé tenu dans sa main.

Le soleil d'été brûlant traçait clairement son profil ; ses sourcils et ses yeux étaient frais, son expression calme.

Son cœur fit un battement soudain et douloureux. Ses doigts glissèrent et les perles de bois de santal faillirent tomber de ses mains.

Il la regarda, sa gorge bougeant une fois avant de parler. Sa voix était basse, posée et indéniablement claire. « Nianyin... Je suis là. »

La cloche du temple sonna d'un coup profond et résonnant. Qin Nianyin serra plus fort les perles, mais elle ne put réprimer la chaleur qui lui montait à la gorge.

« Toi... Qu'est-ce que tu veux dire par là ? » demanda-t-elle, s'efforçant de calmer sa voix.

Su Zhang abaissa le parchemin et s'avança légèrement dans l'ombre de la salle. Son regard était stable et direct.

Lorsqu'il l'atteignit, il tint le parchemin dans ses paumes et le lui tendit avec une révérence formelle.

« Par décret impérial, » dit-il, « Madame Qin, ayant accompli une année complète de retraite rituelle, peut quitter la montagne et rentrer chez elle. Voici les documents pour votre libération et votre réintégration. »

Qin Nianyin accepta le parchemin ; Le papier était frais sous ses doigts. Elle leva les yeux, sur le point de parler, quand il continua, « Et le sens est ceci —je me souviens. »

Son corps sursauta comme si une cloche de temple lui avait traversé la poitrine.

Su Zhang croisa son regard. La froideur dans ses yeux s'était relâchée, remplacée par une lourdeur silencieuse qui appuyait toujours vers le bas.

« Dans notre vie antérieure, » dit-il, « tu m'as protégé de cette calamité. La calèche tomba de la falaise avec toi à l'intérieur. Je t'ai trouvée en bas, ensanglantée, à peine vivante. Je t'ai tenue dans mes bras et à cet instant, je n'ai eu qu'une seule pensée : s'il y a une autre vie, je ne te lâcherai plus jamais. »

Il s'arrêta et avala difficilement, comme s'il refoulait quelque chose d'amer. « Dans cette vie, j'ai failli te perdre encore une fois. »

Les doigts de Qin Nianyin se resserrèrent autour du coin du document. Sa voix tremblait. « Comment... comment as-tu appris tout cela ? »

« Dans les rêves. » Ses lèvres s'étirèrent légèrement, bien que son sourire fût presque effacé.

« Encore et encore, je t'ai vu tomber avec ce carrosse, froid, essoufflé, disparu. Je pensais que ce n'était qu'un cauchemar. Jusqu'à ce que toutes les expressions de ton visage correspondent à celles de mon rêve, j'ai compris que ce n'était pas du tout un rêve. C'était la route que nous avions déjà empruntée. »

Une brise passa à l'extérieur de la salle, inclinant la traînée de fumée d'encens. Les cils de Qin Nianyin tremblaient. « Si c'est vraiment notre vie passée, » murmura-t-elle, « alors tu sais... la fin n'était pas bonne. »

« C'est pourquoi, » dit-il doucement, « que dans cette vie, cela doit changer. »

Sa voix était si basse qu'il craignait que même le son lui-même ne dérange les fragiles perles qu'elle tenait dans sa paume. « Cette année, je ne suis pas monté à la montagne parce que j'avais peur de perturber ton entraînement... et j'ai peur de répéter mes anciennes erreurs. J'ai terminé ce qui devait être fini. J'ai sectionné ce qui devait être coupé. Ce n'est que lorsque j'étais complètement propre que j'osais venir. »

Qin Nianyin leva les yeux vers lui. Ses yeux étaient toujours froids et contrôlés, mais plus comme le givre lointain qu'il portait autrefois. Dans ce froid se trouvait une trace de brûlure, une cicatrice de chaleur et de détermination tempérée par le feu.

Elle laissa échapper un sourire amer. « Mais je suis déjà vieux. »

Su Zhang resta silencieux un instant avant de baisser les yeux. « Ce n'est pas toi qui as vieilli », dit-il doucement. « Ce sont les blessures dans ton cœur. Deux vies entières de fuite... Tout notre feu de jeunesse s'est éteint. Nous sommes tous les deux usés maintenant. »

Il leva la main, le bout des doigts flottant près du coin de son œil, mais il se retint et la laissa retomber sur son côté. « Je suis vieux aussi. Mais si tu es prêt à me faire confiance à nouveau, je passerai cette vie à tout rembourser. Je te le devais avant, morceau par morceau. Pas pour te forcer à faire demi-tour, mais pour marcher le reste du chemin à tes côtés. »

La gorge de Qin Nianyin se serra jusqu'à ce qu'elle ne puisse plus parler. Des larmes coulaient déjà sur ses joues. Les perles de bois de santal dans sa paume se frappaient doucement, chaque contact comme un nœud qui se détachait de son cœur.

Une autre cloche retentit au loin.

Elle prit enfin une inspiration calme, serra le parchemin contre sa poitrine, s'inclina profondément devant la bhikkhuni aux sourcils blancs puis se tourna vers lui. Dans ses yeux, il y avait à la fois des clartés forgées par les difficultés et une petite soumission silencieuse.

« Allons-y », dit-elle.

Su Zhang répondit doucement par un « Mm », puis s'écarta pour draper sa robe extérieure sur ses épaules. Sa paume était chaude, mais son toucher sur son épaule était léger.

Ensemble, ils franchirent le seuil de la salle. La lumière du soleil s'échappait des avant-toits, étirant leurs ombres sur le chemin de pierre.

Devant, Qiqi entraîna Yiyi le long du chemin, tandis que la petite martre grimpa le long de la manche de Su Zhang pour se percher sur son épaule, regardant autour comme pour repérer la route. Granny Lin enfonça encore plus son jarre de vin dans son paquet, marmonnant : « Descends la montagne maintenant — il est temps de reprendre du vrai vin chaud. »

La cloche derrière eux émit une longue note résonnante qui descendit la pente. Qin Nianyin baissa les yeux vers les perles de bois de santal posées dans sa main et sentit, pour la première fois, que le chemin devant elle n'était plus étroit ni étouffant.

Elle enroula les perles autour de son poignet et marcha à ses côtés. Le vent agitait les arbres parasols, dispersant leurs ombres comme des fragments dorés, et la lumière brisée tomba sur leurs doigts entrelacés.

Lorsqu'ils atteignirent la capitale, il était déjà début automne. Un vent doré et frais balayait les rues. Au-delà des portes du palais, les marchés restaient animés, mais après la tempête de sang et de bouleversements endurés par la ville, même son agitation portait désormais une note plus discrète.

* * * * *

Li Jing & Xu Wencai

Le claquement des fouets cérémoniels retentit alors que la procession nuptiale avançait en rythme régulier. La princesse Li Jing, vêtue de ses robes de mariée, avait l'air totalement différente de la jeune fille gâtée et impulsive qu'elle avait été. Son expression portait désormais un calme doux et tendre.

Elle leva les yeux vers son nouveau mari, Xu Wencai, un homme d'origines modestes qui avait échoué plusieurs fois aux examens avant de finalement obtenir sa place sur la liste impériale.

Il n'était pas un homme de richesse ni de lignée noble, mais il se tenait droit, ses traits clairs et sincères, et ses yeux dégageaient une sincérité qu'on ne pouvait feindre.

Le cœur de Li Jing se calma.

Elle pensa : Entre les murs froids du palais et sous l'ombre du pouvoir impérial, seul quelqu'un comme lui m'offrirait une vie de véritable dévotion.

Lors de la cérémonie de mariage, Xu Wencai n'avait prononcé qu'une seule phrase :

« Votre Altesse m'a choisi. Pour le reste de ma vie, je te protégerai de toutes mes forces. »

Les yeux de Li Jing s'échauffèrent et, après un bref instant, elle répondit d'une voix douce :

« Une vie, une paire. »

* * * * *

Le Second Prince – Li Xuan

Longtemps confiné, il a finalement été libéré.

Ses titres furent retirés, son pouvoir retiré, ne lui laissant qu'un corps fragile et maladif.

Il ne nourrissait plus aucun désir de se battre pour le trône ; Tout ce qu'il voulait, c'était se reposer paisiblement dans une résidence isolée.

Certains se moquaient de lui pour sa chute en disgrâce, le disant pitoyable et brisé.

Il se contenta d'afficher un sourire froid et indifférent.

« Des combines et des luttes... Au final, ils ne mènent à rien. Maintenant que je n'ai plus rien pour quoi me battre, je trouve que la paix est la plus grande bénédiction. »

Une seule personne restait à ses côtés, la femme qui avait traversé toutes les tempêtes pour lui dans l'ombre et qui pouvait enfin se tenir à ses côtés ouvertement et sans peur.

* * * * *

Gu Xiao & Shen Lingyan

La résidence Gu était remplie de joie le jour du mariage.

La mariée, Shen Lingyan, la fille légitime de la famille Shen, portait une couronne de phénix et des robes de mariage écarlates, dignes et d'une beauté discrète.

Tous les invités louèrent l'union : le jeune général féroce d'une maison militaire associé à une fille élégante d'une lignée noble.

Seul Gu Xiao, lorsqu'il leva la coupe nuptiale et but le vin cérémoniel, montra un vide fugace dans ses yeux.

Shen Lingyan baissa les yeux et sourit doucement, choisissant de ne pas poser de questions.

Après le mariage, elle le traita avec beaucoup de tendresse et Gu Xiao laissa peu à peu aller le désir qu'il portait autrefois dans son cœur.

Pourtant, certaines nuits, lorsque le sommeil le ramenait à de vieux souvenirs, il rêvait de la silhouette froide et lointaine debout sous les avant-toits du temple Qing Shan.

Et à chaque fois, une oppression lui serrait la poitrine avant que le rêve ne s'estompe.

* * * * *

Prince héritier Li Duan & Su Wan

Le mariage au Palais de l'Est fut célébré avec une grande splendeur et toute la cour lui adressa ses félicitations.

Le prince héritier, Li Duan, devait épouser Su Wan —la sœur cadette de Su Zhang. Elle entra dans le palais en robe de mariée, ses pas assurés et calmes, sans la moindre trace de panique.

Elle avait depuis longtemps compris que devenir princesse héritière était la façon pour le prince héritier de s'assurer de puissantes alliances, et non un acte né de l'affection.

Son propre cœur, cependant, lui témoignait une véritable admiration.

Mais elle savait aussi que dans ce monde, il n'y avait pas de choix parfaitement entiers.

Puisque le destin avait tracé son chemin, elle le parcourrait avec résilience et détermination, offrant au Palais de l'Est sa paix la plus inébranlable.

Le prince héritier n'a jamais parlé d'amour.

Pourtant, un soir calme après le mariage, il murmura une seule phrase :

« Wan... merci. »

En entendant ces mots, Su Wan sentit un sentiment inattendu de libération s'installer doucement dans son cœur.

* * * * *

La vie heureuse de Mei

Ce qui réconfortait le plus Qin Nianyin, c'était nul autre que Mei.

La petite servante qui l'avait suivie pendant tant d'années, toujours prompte à se plaindre, mais fidèle jusqu'à l'os, était enfin mariée.

Son mari était un jeune intendant de la maison Su, stable dans son tempérament et agréable d'apparence.

Bien qu'il soit encore dans la vingtaine, il gérait déjà plusieurs boutiques ; Avec le temps, il monterait sûrement encore plus haut.

Le jour du mariage, Mei s'accrocha à la main de Qin Nianyin et pleura, disant qu'elle ne pouvait pas se séparer d'elle.

Qin Nianyin se contenta de rire doucement et d'essuyer ses larmes.

« Ta petite idiote, » dit-elle. « Tu mérites un foyer à toi et quelqu'un qui te chérira comme il se doit. »

Les yeux de Mei étaient encore rouges, mais elle finit par esquisser un sourire —teinté de la douceur timide d'une jeune mariée.

Histoire supplémentaire 1 : L'ouverture de Blossom Hall

Le début de l'été dans la capitale marquait la fin de la saison de floraison, mais aussi la période la plus chargée pour les marchés. Les étals s'affairaient, les voix montaient et descendaient, et les affaires prospéraient dans chaque ruelle.

Qin Nianyin se tenait au coin de la rue, regardant le bâtiment de deux étages en face d'elle. Ses murs étaient ébréchés, les poutres sous les avant-toits manquaient une tache de peinture, mais son emplacement était excellent —proche à la fois de la rue animée du marché et des bureaux gouvernementaux, avec des foules qui passaient constamment.

« Mademoiselle ! » Mei sauta presque sur place, le visage illuminé d'excitation. « Notre Salle des Fleurs va vraiment s'ouvrir ! »

Nianyin esquissa simplement un sourire discret. « Oui. Et à cause de cela, il nous faudra plus de mains. C'est bien que tu sois là pour aider. Une fois mariée... Les choses changent. »

Les joues de Mei s'empourprèrent. « Mademoiselle, ne vous moquez pas de moi. Où que tu sois, j'y serai aussi. Je ne te quitterai jamais. »

La vieille Madame Lin renifla à ses côtés, appuyée sur sa canne. « Tu es mariée et tu t'accroches toujours à ta jeune fille. Très bien, très bien, si vous avez décidé de faire ces bêtises, cette vieille dame viendra avec nous et ira jusqu'au bout. »

Même en grognant, elle avait déjà sorti son livre de comptes et commencé à calculer le coût des réparations.

En quelques jours, l'ancien bâtiment a eu un nouveau propriétaire. Un plâtre frais illumina les murs, des carreaux sombres furent restaurés et une plaque dorée indiquant Blossom Hall fut accrochée au-dessus de l'entrée.

Le jour de l'ouverture, Qin Nianyin portait une simple robe vert clair, ses cheveux ornés d'une seule fleur de velours qu'elle avait elle-même cousue.

Contrairement aux autres boutiques de la rue, dont les entrées résonnaient de tambours et d'appels bruyants, Blossom Hall était calme mais raffinée. De délicats rideaux de perles pendaient sous les avant-toits, captant et dispersant la lumière du soleil comme des fils de lumière flottants.

Les premiers clients entrèrent avec une curiosité prudente. Derrière la porte, Mei serrait son mouchoir fermement, les paumes humides de nervosité.

Puis Nianyin ouvrit une boîte laquée et souleva une épingle à cheveux en forme de tête de phénix dans sa paume. Ce n'était pas flamboyant, mais ses fils étaient fins et méticuleux, les plumes superposées captant la lumière si vivement qu'elles semblaient presque réelles.

« Quelle pièce magnifique », souffla une noble dame et elle l'acheta sur-le-champ.

La nouvelle s'est répandue rapidement. En quelques jours, Blossom Hall était devenue le sujet des dames nobles de la capitale.

Certains affirmaient que ses épingles surpassaient même celles fabriquées dans les ateliers du palais ; d'autres murmuraient que, puisque la magnifique Mademoiselle Qin elle-même supervisait les créations, chaque fleur de la boutique semblait porter une touche de sa grâce.

Un soir, alors que les lanternes s'allumaient, Qiqi murmura, incapable de se retenir : « Mademoiselle, vous êtes vraiment remarquable. Je me souviens encore quand tu as commencé à apprendre avec Madame Lin, tes mains étaient toujours couvertes de piqûres d'aiguilles et tu travaillais du lever à la nuit. Et maintenant regarde —tu as déjà trouvé ta place dans cette grande rue. »

Nianyin sourit doucement en rangeant les épingles à cheveux terminées. « Quand c'est quelque chose que tu veux vraiment faire, la fatigue ne ressemble jamais à de la souffrance. Le plus souvent, tu oublies simplement de te reposer. »

Les yeux de Mei rougirent à ces mots, mais elle hocha la tête avec force en silence.

Madame Lin entra chez Qin Nianyin avec un pot de thé fraîchement infusé et laissa échapper un rire franc.

« C'est ma bonne apprentie ! Une femme qui ne compte que sur les faveurs d'un homme court au désastre. Ce sont ses propres compétences, entre ses mains, qui la maintiennent debout. »

La lumière des lanternes dansait sur les épingles, illuminant la pièce.

À partir de ce jour, le nom Blossom Hall s'est progressivement implanté dans la capitale. Même la vieille rue elle-même semblait plus lumineuse par sa présence.

Debout à la fenêtre de l'étage, Qin Nianyin regardait les lumières du
marché et réfléchissait en silence. Dans sa vie précédente, elle avait raté
trop de choses. Dans celui-ci, elle comptait sur ses propres mains pour
tracer un nouveau chemin —pour elle-même et pour les personnes
qu'elle aimait.

Histoire supplémentaire 2 : Li Jing et Xu Wencai

La fin du printemps dans la capitale apporta une pluie dérivante de fleurs d'abricot.

Les examens du palais venaient de se terminer. Cent candidats retenus sortirent des portes du palais en rangées ordonnées, leurs nouvelles robes printanières impeccables, leurs ceintures parfaitement droites.

Chacun gardait une contenance rigide, craignant qu'un faux pas ne ternisse leur réputation. Les servantes du palais étaient techniquement interdites de chuchoter ou de rire, mais plusieurs se cachaient encore derrière la colonnade, jetant des regards furtifs aux nouveaux diplômés de cette année.

Li Jing se tenait à l'ombre sous les avant-toits, le pétale écrasé qu'elle avait roulé entre ses doigts encore légèrement parfumé.

Les derniers mois avaient été tumultueux, sa sœur aînée, la princesse aînée, était tombée en disgrâce et son Troisième Frère Royal l'avait rapidement suivi. À l'intérieur du palais, tout le monde retint son souffle.

Pour quelqu'un d'aussi gâté et plein d'entrain que Li Jing, c'était la première fois qu'elle ressentait un vide douloureux dans sa poitrine. À l'instigation de quelques servantes, elle était sortie simplement pour se distraire —rien de plus.

Son regard parcourut la file des érudits, d'abord faible et désintéressé. Puis, de façon inattendue, une seule silhouette attira son attention.

Il ne se tenait ni en tête ni parmi les plus hauts rangs. Il était placé près de l'arrière de la formation, mais sa grande silhouette élancée le rendait discrètement visible. Sa robe était sobre, son apparence modeste, mais il se tenait avec une certaine sincérité droite.

Une brise traversa la cour. La fleur cérémonielle épinglée à sa casquette —le symbole d'un nouveau diplômé du palais —frissonna, puis faillit glisser.

Le jeune homme paniqua un instant et leva instinctivement la main pour le rattraper. Le mouvement fut brusque et complètement déplacé au milieu de la procession solennelle. Quelques servantes du palais derrière les colonnes laissèrent échapper de doux éclats de rire qu'elles ne purent contenir.

Li Jing était tendue d'irritation depuis des jours, son humeur piégée dans un brouillard qu'elle ne pouvait dissiper. Pourtant, voir la posture embarrassée mais toujours obstinée de cet érudit droit... Quelque chose dans sa poitrine se relâcha.

Elle rit.

Juste un souffle de rire, léger comme une brise, et pourtant même elle en fut surprise.

L'une de ses servantes se pencha et chuchota prudemment : « Votre Altesse... Ce savant est assez beau, même s'il paraît un peu idiot. »

Li Jing leva une main pour couvrir la petite courbe de ses lèvres. L'amusement qui persistait dans ses yeux la surprit elle-même. Pour la première fois depuis des mois, elle réalisa que le monde n'était pas construit uniquement sur les luttes de la cour et les tempêtes imminentes.

Au moins, en ce moment de vent printanier, il y avait encore des gens qui perdaient leur sang-froid devant une fleur cérémonielle tombante — honnête, humaine et authentique.

Elle ne se souvenait pas de son nom à ce moment-là.

Mais ce bref aperçu resterait en elle pendant des années, un souvenir silencieux et inattendu niché entre les murs froids du palais.

* * * * *

Xu Wencai se préparait à se retirer lorsqu'une voix claire et mélodieuse l'appela au-dessus de lui.

« Étais-tu l'érudit qui a essayé d'attraper sa fleur cérémonielle tout à l'heure ? »

Il s'arrêta net et leva instinctivement les yeux.

Devant lui se tenait une jeune femme en robes ornées. Une épingle dorée tremblait légèrement à sa tempe. Ses traits étaient lumineux et saisissants, mais posés, rien à voir avec l'élévation distante et glaciale qu'il attendait de quelqu'un de haute naissance. Au lieu de cela, elle le regarda avec une pointe de curiosité, son expression teintée d'un léger amusement.

Ce seul regard sembla lui couper le souffle.

Xu Wencai se redressa brusquement et s'inclina, le cœur battant à tout rompre.

« Pardonnez-moi, ma dame. Mon comportement tout à l'heure était inconvenant... »

« Ma dame ? » répéta-t-elle.

Ses lèvres se relevèrent, non pas méchante, mais avec un léger mouvement qui lui fit réaliser, tardivement et avec un froid bruit, qu'il ne s'agissait pas d'une noble ordinaire.

Il était clair que le jeune homme n'avait toujours aucune idée de qui elle était.

Li Jing s'autorisa un rire doux et lumineux.

« Inconvenant ? À peine. Comparé à tous ces visages raides dans la file, tu étais le plus authentique. »

Son ton était posé, d'une confiance naturelle et d'une acuité presque joueuse.

Xu Wencai sentit la chaleur lui monter le long du cou. Les servantes du palais chuchotaient derrière les piliers, mais il n'entendait que les battements de son cœur. Debout aussi près, il pouvait même percevoir une légère trace de parfum flottant sur sa manche.

« Comment tu t'appelles ? et quel grade as-tu reçu ? » demanda Li Jing légèrement, ses yeux le parcourant avec une curiosité ouverte.

Être examinée de la tête aux pieds par une jeune femme aussi magnifiquement vêtue fit rougir les oreilles de Xu Wencai.

« Je — je suis Xu Wencai. Lors de cet examen, j'ai été classé vingt-sixième dans le deuxième niveau. »

Li Jing acquiesça, son expression s'illuminant. Elle se souvint soudain de la raison pour laquelle elle était sortie du palais en premier lieu, et alors qu'elle observait le jeune érudit séduisant mais modeste devant elle, une pensée inattendue lui traversa l'esprit. Peut-être que cet homme... c'était peut-être la réponse qu'elle n'avait pas osé envisager.

Elle demanda directement : « Êtes-vous marié ? Ou fiancée ? »

Xu Wencai cligna des yeux, pris au dépourvu, puis secoua précipitamment la tête.

« Ma famille est humble et mes deux parents sont décédés. Je n'ai pas d'anciens pour organiser de telles affaires, je ne me suis donc pas encore marié. »

Au moment où elle entendit cela, la satisfaction de Li Jing s'approfondit. Son sourire s'illumina, épanouissant comme une pivoine au printemps, radieux, noble et éblouissant au point de faire battre son cœur douloureusement.

Un milieu modeste n'était pas un défaut. En vérité, elle préférait quelqu'un qui n'était pas lié aux clans puissants. Et pas de parents, elle ne serait pas censée s'incliner et se battre devant ses beaux-parents malgré son statut de princesse.

« Sais-tu qui je suis ? » demanda-t-elle.

Du début à la fin, Xu Wencai eut l'impression d'avoir été emporté par un nuage. Qu'une jeune femme céleste se tenait ici et lui parle —ce n'était rien de moins qu'un rêve. Il ne put que secouer la tête, bêtement.

« Alors souviens-toi bien de moi. » Li Jing se détourna gracieusement, ses pas assurés, sa jupe balayant légèrement les marches de pierre.

« Je suis la Seconde Princesse, Li Jing. »

Xu Wencai resta figé, la regardant s'éloigner. Ses lèvres étaient serrées, mais sa poitrine se soulevait d'une excitation inhabituelle et agitée.

Une femme si belle,

lui avait souri.

Même en sachant qu'elle était bien au-delà de sa portée, il sentit quelque chose trembler en lui, comme le premier pincement d'une corde.

Deuxième Princesse... Li Jing.

Un nom doux et lumineux, comme un vers de vieille poésie et à cet instant, il pensa,

Quel beau nom en effet.

Histoire supplémentaire 3 : Le Décret de mariage impérial

La pluie planait sur la capitale depuis des jours, pourtant le palais brillait avec des lanternes et de la soie rouge. Un décret impérial avait été annoncé : l'empereur ordonna que le général Gu Xiao —toujours célibataire —épouse Shen Lingyan, la fille du grand précepteur Shen.

Une fois la nouvelle répandue, la cour et les familles nobles s'exclamèrent que c'était un mariage parfait. Un tigre du champ de bataille associé à une fille noble issue d'un clan prestigieux —bien équilibré en statut et bénéfique pour les deux familles. Les maisons de thé de toute la ville bourdonnaient d'envie et d'éloges.

Seul Gu Xiao lui-même ressentait un poids inébranlable dans sa poitrine.

Il savait qu'il n'avait pas le pouvoir de refuser un mariage impérial.

Pourtant, il comprenait aussi que le mariage ne devait pas être un outil pour réparer les fractures politiques, ni un vecteur pour les attentes d'autrui.

* * * * *

Ce soir-là

La brise nocturne traversait le bambou, laissant des ombres onduler le long du couloir. Gu Xiao venait tout juste de revenir du camp, toujours en armure, et se dirigeait vers la grande salle quand il remarqua une silhouette silencieuse debout sous les avant-toits.

« Mademoiselle Shen ? »

Shen Lingyan sortit de derrière un pilier. Elle ne portait aucun bijou, seulement une épingle à cheveux en jade blanc qui rendait ses traits encore plus calmes. Elle s'inclina, sa voix douce mais inébranlable.

« Général Gu, pardonnez mon inconvenance. Je suis venue ce soir parce que j'ai quelque chose à dire. »

Gu Xiao fronça légèrement les sourcils mais hocha la tête.

« Parle, s'il te plaît. »

Baissant les yeux, les doigts de Shen Lingyan se crispèrent fermement avant qu'elle ne réussisse enfin à prononcer les mots :

« Je sais que ce mariage ne t'apportera peut-être pas de joie. Pourtant, je veux que tu comprennes —je ferai tout mon possible pour être une maîtresse convenable de ta maisonnée. Et s'il y a quelqu'un d'autre dans ton cœur, je ne lui en voudrai pas. Si un jour tu dois prendre une concubine, je ne m'en empêcherai pas. »

Son ton resta stable, mais en dessous se cachait une résolution silencieuse.

Gu Xiao fut déconcerté. Ses yeux s'assombrirent un instant avant qu'il ne parle lentement.

« Pourquoi dis-tu de telles choses ? J'ai toujours pensé... la personne dans ton cœur était Su Zhang. »

Shen Lingyan se raidit. Pendant un bref instant, ses yeux tremblèrent puis elle laissa échapper un faible rire triste.

« Sans ce malentendu, comment aurais-je pu trouver des excuses pour te voir toutes ces années ? »

La prise de conscience le frappa vivement.

Enfin, Shen Lingyan leva les yeux. Sa voix était basse, mais chaque mot était clair.

« Général Gu, vous et moi sommes tous les deux des personnes qui avons perdu des choses. Je sais qui tu chéris. Mais celui dans mon cœur... n'a jamais été Lord Su. »

Ses yeux tenaient les siens, stables, profonds, portés d'une affection longtemps enfouie.

Des larmes bordaient ses cils alors qu'elle se forçait à sourire.

« L'Empereur et l'Impératrice ont accordé ce mariage. Je ne veux pas laisser passer cette occasion à nouveau. Quoi que l'avenir me réserve, si je peux rester à tes côtés ne serait-ce qu'un seul jour, ce jour suffira. Et si, un jour, tu n'es plus là, alors je garderai ta mémoire pour le reste de ma vie. »

Gu Xiao resta silencieux longtemps. Le choc, la culpabilité et quelque chose d'inexprimé bouillonnaient sous l'armure qu'il portait. La froideur dans ses yeux s'apaisa lentement sous sa sincérité inébranlable.

« Mademoiselle Shen... » Sa voix était basse, instable d'une manière qu'elle n'avait jamais été.

« Ce mariage, si quelque chose —c'est moi qui te suis redevable. Le champ de bataille est impitoyable. Chaque pas est dangereux. Je ne peux pas vous promettre une vie paisible. Si un jour je tombe, ce qui t'attend, c'est la solitude et le veuvage. Cela... est mon fardeau sur toi. »

Les larmes de Shen Lingyan coulèrent enfin, mais elle secoua la tête.

« Il n'y a pas de dette. C'est mon propre choix. Si tu meurs pour notre pays, alors c'est un honneur. Je ne garderai aucune rancune. »

Gu Xiao la regarda, vraiment la regarda, et quelque chose se serra en lui. Après un instant, il tendit la main, ses doigts frais de l'air nocturne, essuyant doucement les larmes sur sa joue.

« Petite idiote... » murmura-t-il. Une rare douceur apparut dans son regard.

« Je vais essayer de vivre un peu plus longtemps, alors. Si je peux rester à tes côtés, je resterai aussi longtemps que possible. »

Shen Lingyan le fixa, les larmes encore collées à ses cils, mais un vrai sourire apparut enfin. Ce qu'elle craignait le plus, ce n'était pas la difficulté, mais la perte de la chance de marcher à ses côtés.

Les lanternes vacillaient doucement dans la brise nocturne. Leurs ombres s'étiraient ensemble sur le sol sous le couloir.

Serrant ses manches, Shen Lingyan sentit son cœur trembler d'une joie longtemps refoulée. Après tant d'années, elle avait enfin reçu une promesse —aussi petite soit-elle —qui lui appartenait seule.

Gu Xiao étudia la force silencieuse de son profil et laissa échapper un soupir silencieux. Il avait déjà trop perdu dans son passé. Il ne perdrait pas quelqu'un prêt à partager le poids de sa vie. Si le destin l'avait amenée à lui, il était enfin prêt à lui donner de l'espoir... et se donner un nouveau départ.

Un léger parfum de bambou flottait dans la cour.

Aucun des deux ne parla à nouveau, mais dans leur silence, ils laissèrent tous deux partir les fardeaux qu'ils avaient portés pendant tant d'années.

Certains liens n'avaient pas besoin de grands gestes.

Marcher côte à côte, cela seul était déjà assez rare.

Histoire supplémentaire 4 : Su Wan et le Prince héritier

Leur première rencontre

La fin du printemps dans la capitale a vu la floraison des pommiers sauvages dans le Jardin Impérial. Le palais accueillit un banquet et les dames des familles nobles furent invitées à y assister.

Ce jour-là, Su Wan entra dans le palais avec sa mère. Elle n'avait aucune intention d'attirer l'attention et resta assise tranquillement à une table d'appoint, observant les festivités sans se joindre à eux.

À mi-chemin du banquet, un petit tumulte parcourut la salle.

Le prince héritier, Li Duan, était revenu de l'avant du palais et passait par la véranda. Né de sang impérial, il se tenait avec une élégance naturelle, sa posture droite, ses robes parfaitement ajustées, chacun de ses gestes calme et mesuré.

Le regard de Su Wan le dépassa sans trop réfléchir.

Mais à ce moment-là, il s'arrêta, quelque chose se serra soudainement dans sa poitrine.

Un bruant jeune était tombé d'une branche fleurie voisine, atterrissant au pied des marches avec des ailes frénétiques et tremblantes. Les servantes du palais furent paniquées momentanément, mais aucune n'osa s'approcher trop précipitamment.

Li Duan se pencha simplement, soulevant la petite créature dans sa paume. Sa main était stable, son expression posée et il reposa le moineau sur la branche avec un soin silencieux.

L'action ne dura que quelques secondes, mais elle fit taire tous les spectateurs.

La lumière du soleil filtrait à travers les feuilles, traversant son profil et dessinant des traits presque sculptés.

Su Wan se surprit à fixer, ses doigts se crispant inconsciemment sur sa manche.

Pour la première fois, elle comprit que lorsque le monde parlait de noblesse impériale, ce n'était pas seulement une question de pouvoir ou de rang.

À cet instant, quelque chose en elle s'éveilla vraiment.

Même après la fin du banquet, l'image la suivit jusqu'à la maison.

Les roues de la calèche roulaient sur la route de pierre bleue, pourtant dans son esprit elle pouvait encore voir — la tête légèrement baissée, les plumes tremblantes d'un moineau dans sa paume captant la lumière de l'après-midi.

* * * * *

Le décret impérial

La pluie venait de tomber sur la capitale, laissant le bambou du domaine Su frais et brillant.

Quelques jours après l'annonce du décret de mariage, le prince héritier lui-même vint à la résidence Su pour lui remercier. Toute la maison était stupéfaite. le grand Précepteur Su l'accueillit personnellement dans la grande salle. Après un échange approprié de courtoisie, l'atmosphère devint chaude, jusqu'à ce que le prince héritier se lève soudainement et parle avec un faible sourire posé :

« Le Grand Précepteur, les affaires du palais m'occupent. Je ne peux pas rester longtemps. Il y a un petit cadeau que je dois offrir personnellement à votre fille. »

La salle tomba dans le silence. le grand Précepteur Su hésita un instant, puis sourit et ordonna à sa plus jeune fille de venir de la cour intérieure.

Su Wan portait une robe rose pâle en s'approchant. Ses pas étaient assurés, mais un léger tremblement persistait au bout de ses doigts. En poussant la porte, elle vit le prince héritier debout parmi les ombres de bambou, robes impeccables, posture droite, profil calme et saisissant.

Elle s'inclina gracieusement.

« Votre Altesse. »

Li Duan baissa les yeux vers elle. Son expression resta froide, mais jamais déplacée.

Il lui tendit une petite boîte recouverte de soie. Sa voix était basse et posée :

« Ce sont des cadeaux de félicitations préparés par l'Impératrice. Puisque vous entrerez dans le Palais de l'Est en tant que ma Consort Principale, les règles du palais peuvent sembler écrasantes au début. Ces ornements sont destinés à t'apporter un peu de réconfort. »

Su Wan accepta la boîte. Au moment où ses doigts effleurèrent le bord froid, un léger tremblement la traversa.

Elle leva les yeux et croisa son regard.

Sa voix était douce, mais sincère.

« Je comprends l'intention de Votre Altesse. »

Li Duan s'arrêta, un léger pli se formant entre ses sourcils comme s'il avait l'intention de parler.

Mais c'est Su Wan qui continua, sa voix douce mais inébranlable.

« Je comprends, » dit-elle doucement. « Votre Altesse m'épouse pour la force de la famille Su, moi, pour la force de la famille Su. C'est une question d'équilibre politique. À l'avenir, si Votre Altesse prend d'autres consorts, je considérerai cela naturel. »

Les pupilles de Li Duan se contractèrent. Sa voix s'assombrit.

« Su Wan, »

« Il n'y a pas besoin d'expliquer. » Elle offrit un sourire calme, les yeux brillants et clairs. « Je ne demande pas d'être le seul dans le cœur de Votre Altesse. Je souhaite seulement que, devant les yeux du monde, je puisse me tenir à tes côtés avec dignité. »

Sa voix était douce, mais chaque mot portait parfaitement dans l'air immobile.

Li Duan l'observa en silence. Un instant, quelque chose de subtil changea en lui.

Il avait cru que cette jeune femme de la famille Su était douce, réservée, simplement une pièce d'échecs conforme aux arrangements de son clan.

Il ne s'attendait pas à ce qu'elle parle avec autant de clarté, énonçant les dures vérités de leur avenir sans trembler et même les acceptant avec un sourire sincère.

Pendant un bref instant, il ressentit une étrange émotion inconnue.

Su Wan baissa les yeux, la plus légère courbe restant sur ses lèvres.

« Il fut un temps où j'enviais ceux qui trouvaient la véritable affection », dit-elle doucement. « Mais après avoir été témoin de ce qui s'est passé entre mon frère et Mademoiselle Qin, j'ai enfin compris, certains cœurs ne peuvent pas être gagnés par l'effort ou la force.

Avoir ne serait-ce que ce moment est déjà une bénédiction. »

Dehors, des ombres de bambou vacillaient doucement. La brise après la pluie s'infiltrait dans le couloir, portant l'odeur de la terre humide et des feuilles fraîches.

Li Duan resta silencieux un long moment avant de finalement parler, sa voix basse et posée.

« Wan... tu seras toujours ma principale épouse. »

Un frisson parcourut son cœur, mais elle ne répondit qu'un murmure posé.

« Votre Altesse est gracieuse. »

Elle se retourna pour partir, ses pas mesurés et élégants. Dans le coin de son champ de vision, la silhouette du prince héritier —en robe blanche et posée —s'était gravée clairement dans sa mémoire.

Elle ne savait pas s'il tomberait un jour vraiment amoureux.

Mais elle avait déjà fait son choix :

de le suivre, comme on suit une lumière lointaine mais inébranlable.

Histoire supplémentaire 5 : Fin parfaite

La fin de l'été dans la capitale apportait une lumière longue et persistante.

Avant la tombée de la nuit, une brise s'échappait des profondeurs du bosquet de bambous, portant la fraîcheur des pluies récentes.

Elle traversa le chemin de pierre et effleura l'étang de la cour.

La surface ondulait des couleurs du coucher de soleil déclinant, de douces vagues s'étendant comme de la soie retournée.

Qin Nianyin se tenait sous les avant-toits, un livre relié de fils dans les bras. Elle avait voulu lire quelques pages, mais dès qu'elle leva les yeux et vit la silhouette dans la cour, ses doigts s'immobilisèrent.

Su Zhang.

Il avait mis de côté sa robe de cour et enfilé une robe pâle d'un blanc de lune. À sa taille pendait un simple ornement en jade, sans aucun embellissement. Il restait là, silencieux, pourtant l'air autour de lui semblait changer. Le vent du soir et les ombres de bambou semblaient disposés uniquement pour l'encadrer.

Il lisait un ensemble de documents sur la table. Ses doigts étaient longs, ses mouvements lents et délibérés. De temps en temps, il s'arrêtait pour réfléchir, baissant légèrement les yeux. La lumière de la lampe projetait une lueur douce sur ses traits, dessinant une silhouette calme et raffinée.

Qin Nianyin le regarda, momentanément incapable de bouger.

Dans une nuit comme celle-ci, devant elle avec une silhouette pareille, elle avait l'impression d'être revenue dans le passé, à une époque avant l'effusion de sang et le tumulte, où le jeune érudit qui se distinguait comme tanhua était élégant, chaleureux et intact par le froid du monde.

Une légère douleur s'éveilla en elle.

Enfin, elle fit un petit pas en avant.

Ses pas étaient silencieux. Elle ne voulait pas troubler le silence qui l'enveloppait, alors elle marcha encore plus lentement. Sa jupe effleura les dalles de pierre dans un murmure à peine audible, se fondant dans la nuit.

Ce n'est que lorsqu'elle atteignit son chevet qu'il leva enfin les yeux.

La lumière des bougies oscilla et ses yeux s'adoucirent sous sa lueur. Ses lèvres s'étirèrent en un sourire subtil, lent, régulier, doux comme une mare d'eau claire.

« Pourquoi restes-tu là ? »

Sa voix était calme, avec une aisance qui desserrait la tension dans la poitrine.

Qin Nianyin cligna des yeux, le cœur serré de façon inattendue. Elle ouvrit la bouche pour parler, mais aucun mot ne sortit. Au lieu de cela, elle lui rendit son sourire, petit et discret.

Su Zhang tendit la main. Sa paume était chaude alors qu'il enroulait ses doigts autour des siens, la guidant pour qu'elle s'assoie à côté de lui. Le geste n'avait aucune force, mais il portait une certitude silencieuse, comme s'il s'était depuis longtemps habitué à la garder à portée.

Elle s'assit, encore chancelante par le soudain changement d'émotions.

Puis elle le sentit.

Sa main se posa sur son bas-ventre.

Son souffle se coupa.

Pendant un battement de cœur, elle se sentit entourée de quelque chose à la fois de léger et d'écrasant.

Elle se tourna vers lui.

Su Zhang le regardait déjà en retour. Ses yeux étaient clairs, son sourire faible. La froideur qui autrefois vivait entre ses sourcils avait disparu, remplacée par quelque chose de plus doux, quelque chose de sûr.

« Le bébé te dérange ? » demanda-t-il.

Elle secoua légèrement la tête. « Le bébé va très bien. »

Il hocha la tête. « Bien. Après tout ça... notre enfant est enfin revenu parmi nous. »

La gorge de Qin Nianyin se serra et une brûlure chaleureuse monta soudain derrière ses yeux. Elle baissa la tête et posa sa main sur le dos de la sienne, ses doigts tremblant légèrement sous le poids de l'émotion.

Dans la cour, des ombres de bambou se balançaient doucement ; Le vent bougeait comme de l'eau qui coule.

Su Zhang plongea la main dans sa manche et en sortit un petit objet. Elle était enveloppée dans une minuscule boîte en bois de santal.

« J'ai cherché longtemps », dit-il doucement. « Mais j'ai enfin trouvé ça pour toi. »

Elle l'accepta avec un petit sourire. « Qu'y a-t-il ? »

« Ouvre-le et tu verras. »

Elle lui lança un regard noir, bien qu'un rire indéniable se lisât dans ses yeux.

« C'est quoi ce truc ? Pourquoi es-tu si mystérieux ? »

Pourtant, elle souleva le couvercle d'un bout de doigts fins.

À l'intérieur reposait un seul objet —silencieux, intact, indubitable.

Ses yeux s'écarquillèrent. Pendant un instant, elle ne put parler.

C'était le pendentif en jade qu'elle avait mis en gage des années auparavant pour récolter des fonds pour son atelier d'épingle à cheveux —le dernier souvenir de sa mère.

Il rit doucement. « Trop heureux ? »

Ses yeux rougirent aussitôt. Des larmes coulèrent avant qu'elle ne puisse les retenir.

« Toi... Comment as-tu su ? »

Il sourit de nouveau, sans répondre.

Il ne lui dirait jamais qu'à l'époque, il avait connu chaque pas, chaque fardeau, chaque lutte silencieuse.

« Ce n'est pas grave », dit-il doucement. « C'est de retour maintenant. Ne pleure pas. »

« Mm. » Elle essuya ses larmes avec un mouchoir, la voix brisée. « Merci. »

« Pas besoin de remerciements. Dans cette vie, tu n'auras jamais à me dire ce mot. »

Ils s'assirent côte à côte sans un mot de plus.

Le silence s'installa, chaud plutôt que vide. Sous elle coulaient d'innombrables choses non dites, erreurs passées, la réunion de cette vie, la solitude passée, la tendresse qui la remplaçait désormais.

Su Zhang ne détourna jamais le regard.

Il tendit la main pour lisser les mèches rebelles près de sa tempe. Ses mouvements étaient lents, prudents. La chaleur dans ses yeux était douce mais assez forte pour effacer toute trace de difficulté qu'ils avaient endurée.

Enfin, Qin Nianyin se pencha vers lui, posant son visage contre son épaule. Elle ferma les yeux. Il ne restait plus de tremblements de vieux souvenirs dans son cœur, seulement une paix calme et régulière.

La lumière des bougies vacillait. L'eau scintillait dans l'étang.

La nuit ne portait ni grands vœux, ni bouleversements du destin.

C'était simplement calme, limpide comme l'eau de source, remplissant doucement le cœur, certain de ne jamais s'assécher.

, L'accomplissement, réalisa-t-elle, ne venait pas toujours avec une passion tonitruante.

Parfois, elle arrivait dans des moments de calme comme celui-ci.